Os dois duques de Wyndham

O fora da lei

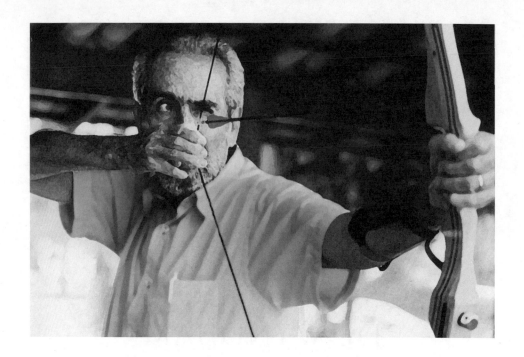

O Arqueiro

GERALDO JORDÃO PEREIRA (1938-2008) começou sua carreira aos 17 anos, quando foi trabalhar com seu pai, o célebre editor José Olympio, publicando obras marcantes como *O menino do dedo verde*, de Maurice Druon, e *Minha vida*, de Charles Chaplin.

Em 1976, fundou a Editora Salamandra com o propósito de formar uma nova geração de leitores e acabou criando um dos catálogos infantis mais premiados do Brasil. Em 1992, fugindo de sua linha editorial, lançou *Muitas vidas, muitos mestres*, de Brian Weiss, livro que deu origem à Editora Sextante.

Fã de histórias de suspense, Geraldo descobriu *O Código Da Vinci* antes mesmo de ele ser lançado nos Estados Unidos. A aposta em ficção, que não era o foco da Sextante, foi certeira: o título se transformou em um dos maiores fenômenos editoriais de todos os tempos.

Mas não foi só aos livros que se dedicou. Com seu desejo de ajudar o próximo, Geraldo desenvolveu diversos projetos sociais que se tornaram sua grande paixão.

Com a missão de publicar histórias empolgantes, tornar os livros cada vez mais acessíveis e despertar o amor pela leitura, a Editora Arqueiro é uma homenagem a esta figura extraordinária, capaz de enxergar mais além, mirar nas coisas verdadeiramente importantes e não perder o idealismo e a esperança diante dos desafios e contratempos da vida.

Julia Quinn

Os dois duques de Wyndham

O FORA DA LEI

ARQUEIRO

Título original: *The Lost Duke of Wyndham*

Copyright © 2008 por Julie Cotler Pottinger
Copyright da tradução © 2022 por Editora Arqueiro Ltda.

Todos os direitos reservados. Nenhuma parte deste livro pode ser utilizada ou reproduzida sob quaisquer meios existentes sem autorização por escrito dos editores.

tradução: Livia de Almeida
preparo de originais: Sheila Til
revisão: Ana Grillo e Camila Figueiredo
diagramação: Ana Paula Daudt Brandão
capa: Renata Vidal
imagem de capa: Lauren Rautenbach / Arcangel Images
impressão e acabamento: Associação Religiosa Imprensa da Fé

CIP-BRASIL. CATALOGAÇÃO NA PUBLICAÇÃO
SINDICATO NACIONAL DOS EDITORES DE LIVROS, RJ

Q64d

Quinn, Julia, 1970-
Os dois duques de Wyndham : O fora da lei ; O aristocrata / Julia Quinn ; tradução Livia de Almeida. - 1. ed. - São Paulo : Arqueiro, 2022.
560 p. ; 23 cm.   (Os dois duques de Wyndham)

Tradução de: The lost duke of Wyndham ; Mr. Cavendish, I presume.
ISBN 978-65-5565-274-1

1. Ficção americana. I. Almeida, Livia de. II. Título: O aristocrata. III. Título. IV. Série.

22-75834

CDD: 813
CDU: 82-3(73)

Meri Gleice Rodrigues de Souza - Bibliotecária - CRB-7/6439

Todos os direitos reservados, no Brasil, por
Editora Arqueiro Ltda.
Rua Funchal, 538 – conjuntos 52 e 54 – Vila Olímpia
04551-060 – São Paulo – SP
Tel.: (11) 3868-4492 – Fax: (11) 3862-5818
E-mail: atendimento@editoraarqueiro.com.br
www.editoraarqueiro.com.br

Para minha mãe,
que torna tudo possível.

E também para Paul,
embora minha mãe já tenha se referido a nós dois
como o filho e a nora. Puxa vida!

Queridos leitores,

Quando eu tinha 12 anos, a banda Dire Straits lançou uma música chamada "Industrial Disease", e ela tem dois versos que sempre chamaram minha atenção:

Dois homens dizem que são Jesus.
Um deles deve estar errado.

Essa música ainda é uma das minhas favoritas, mas, depois que me tornei autora de romances de época, comecei a mudar levemente a letra na minha cabeça:

Dois homens dizem que são o duque Fulano de Tal.
Um deles deve estar errado.

Eu não conseguia tirar isso da cabeça. Como será que dois homens poderiam achar ser o mesmo duque? Esse tipo de coisa não era sempre muito bem estabelecido? E, quando eu finalmente consegui entender como isso aconteceria, me veio a pergunta: qual deles seria o vilão?

Porém não seria muito mais interessante se *nenhum* fosse o vilão? Os dois poderiam ser mocinhos, não poderiam? Nesse momento eu percebi que precisaria escrever duas histórias, e foi aí que as coisas começaram a ficar interessantes. Enquanto eu desenvolvia os romances, notei que, se eu não quisesse que a trama e os personagens de uma história fossem determinados pela outra, eu precisaria escrevê-las simultaneamente. Cada uma delas tem seu próprio enredo, mas ambas compartilham a mesma trama principal. Como consequência, muitas cenas acontecem nas duas histórias, porém são narradas a partir de pontos de vista diferentes.

Tudo isso acabou dando um trabalhão (escrevi ao todo dezessete versões do rascunho!), mas tenho muito orgulho desta duologia, e espero que você venha a amar Jack & Grace e Thomas & Amelia tanto quanto eu.

Boa leitura!

Julia Q.

O FORA DA LEI

CAPÍTULO UM

Ao longo dos cinco anos em que trabalhava como dama de companhia da duquesa viúva de Wyndham, Grace Eversleigh havia aprendido muito sobre aquela dama. E a lição mais importante de todas era a seguinte: por trás da fachada severa, exigente e altiva da duquesa *não batia* um coração de ouro.

O que não queria dizer que ele pertencesse às trevas. Não se poderia acusar a duquesa viúva de ser monstruosa. Ela não era cruel, nem maliciosa, nem de todo mesquinha. Porém Augusta Elizabeth Candida Debenham Cavendish era filha de um duque, casara com um duque e dera à luz outro duque. Sua irmã entrara para a família real de um pequeno país da Europa central cujo nome Grace nem sequer conseguia pronunciar e seu irmão era dono da maior parte da Ânglia Oriental. Até onde a viúva tinha conhecimento, o mundo era um lugar estratificado, com uma hierarquia clara e rígida.

E os Wyndhams, em especial os que vinham da família Debenham, se encontravam firmes no topo dessa hierarquia.

Assim, a viúva esperava determinadas atenções e deferências. Raramente se mostrava gentil, não tolerava estupidez e nunca oferecia elogios falsos. (Alguns diriam que ela nunca oferecia nenhum elogio, porém Grace testemunhara, precisamente em duas ocasiões, um "muito bem" seco mas sincero – embora ninguém tivesse acreditado nisso quando ela contou.)

A viúva, no entanto, a salvara de uma situação insuportável e, por esse motivo, conquistara a gratidão, o respeito e, acima de tudo, a lealdade de Grace. Mesmo assim, não dava para negar que a dama não era exatamente esfuziante. Por isso, Grace sentiu um grande alívio ao ver que a patroa dormia profundamente enquanto as duas voltavam para casa em uma elegante carruagem. O veículo seguia sem trepidações pelas estradas na escuridão da noite.

Grace se recriminou por seus pensamentos tão pouco generosos, já que a noite tinha sido encantadora. Desde a chegada à reunião social de Lincolnshire, a viúva se juntara a seus pares nos lugares de honra e não requisitara nenhuma assistência. Por isso, Grace dançara e rira com amigas de longa data, tomara três taças de ponche e fizera troça de Thomas – sempre uma diversão. Ele era o atual duque e, com certeza, necessitava de um pouco menos de adulação em sua vida. Acima de tudo, Grace sorrira sem parar. Tinha sorrido tanto que suas bochechas doíam.

A alegria pura e inesperada daquela noite continuava a vibrar dentro dela, que agora sorria sob a penumbra enquanto ouvia o ronco suave da viúva.

Apesar de não estar com sono, Grace fechou os olhos. Havia algo de hipnótico no movimento da carruagem. Ela ocupava o assento diante da viúva, viajando de costas, como sempre fazia, e as batidas ritmadas dos cascos dos cavalos a deixavam sonolenta. Era estranho sentir os olhos cansados enquanto o restante dela parecia desperto. Mas talvez um cochilo não fosse má ideia, uma vez que, assim que voltassem para Belgrave, ela deveria ajudar a viúva a...

Pôu!

Grace aprumou as costas e olhou para a patroa, que, milagrosamente, não despertara. Que som fora aquele? Alguém tinha...

Pôu!

Dessa vez a carruagem sacudiu e parou tão abruptamente que a viúva, sentada de frente para a estrada, foi arrancada do assento.

Por instinto, Grace se atirou de joelhos no mesmo instante, envolvendo a patroa nos braços para amparar sua queda.

– Que diabo...? – reclamou a viúva, mas ficou em silêncio ao perceber a expressão de sua acompanhante.

– Tiros – sussurrou Grace.

A viúva franziu os lábios e então, num gesto brusco, arrancou de seu pescoço o colar de esmeraldas e o jogou para Grace.

– Esconda – ordenou.

– Eu? – exclamou Grace com uma voz quase esganiçada, o que não a impediu de enfiar a joia debaixo de uma almofada.

Só conseguia pensar que adoraria enfiar um pouco de bom senso na cabeça da estimadíssima Augusta Wyndham. Não tinha a menor vontade de ser morta porque a viúva se recusara a entregar as joias...

A porta foi escancarada.

– A bolsa ou a vida!

Grace ficou petrificada, ainda agachada no chão junto à viúva. Devagar, ela levantou a cabeça e olhou para a porta. Mas a única coisa que viu foi o cano prateado e ameaçador de uma pistola apontado para sua testa.

– Senhoras – era a mesma voz e, dessa vez, soou um pouco diferente, quase educada.

Seu interlocutor deu um passo à frente para sair das sombras e, com um movimento gracioso, desenhou um arco com o braço para convidá-las a descer da carruagem.

– É uma honra ter sua companhia – murmurou.

Os olhos de Grace iam de um lado para o outro – o que era inútil, pois com certeza não havia como escapar. Virou-se para a viúva esperando encontrá-la em fúria, soltando fogo pelas ventas, mas a dama tinha ficado branca como cera. Foi então que Grace percebeu que ela tremia.

A viúva estava tremendo.

As duas estavam.

O salteador apoiou o ombro na moldura da porta. Sorriu – um sorriso lento, lânguido, com o charme de um despudorado. Grace não saberia dizer como conseguiu notar tudo isso quando metade do rosto do homem estava coberta pela máscara, mas havia três fatos claríssimos a respeito dele:

Ele era jovem.

Era forte.

E era perigosíssimo.

– Senhora – chamou Grace, dando um cutucão na viúva. – Acredito que devemos fazer o que ele manda.

– Adoro mulheres sensatas – disse ele, voltando a sorrir.

Apenas um sorriso breve dessa vez, erguendo ligeiramente o canto da boca de modo irresistível. A arma, porém, continuava apontada para ela, e aquele encanto não contribuía em nada para aliviar o medo de Grace.

Em seguida, ele lhe ofereceu o braço livre. *Ofereceu o braço.* Como se fossem entrar numa festa. Como se ele fosse um cavalheiro prestes a perguntar sobre o clima.

– Posso ajudá-las? – murmurou ele.

Grace balançou a cabeça de forma frenética. Não podia tocar nele. Não sabia exatamente *por quê*, mas tinha certeza absoluta de que pousar a mão sobre a dele seria um desastre completo.

– Muito bem – disse ele, com um pequeno suspiro. – As damas de hoje em dia são muito independentes. Na verdade, isso parte meu coração.

Ele se inclinou na direção dela, quase como se compartilhasse um segredo.

– Ninguém gosta de se sentir supérfluo – completou ele.

Grace se limitou a olhá-lo fixamente.

– Ficou sem palavras diante da minha graça e do meu encanto – disse ele, dando um passo para trás para permitir que as duas saíssem. – Acontece o tempo todo. Na verdade, eu não deveria ter permissão para me aproximar das damas. Causo incômodo às senhoras.

Só havia uma explicação. Ele era louco. Não importava a delicadeza de seus modos. Ele só podia ser louco. E estava armado.

– Algumas pessoas argumentariam, porém, que uma mulher em silêncio é o menor dos incômodos – divagou ele, com a arma firme nas mãos enquanto as palavras pareciam ziguezaguear pelo ar.

Thomas concordaria, pensou Grace. Thomas, o duque de Wyndham – que anos antes insistira para que ela o chamasse pelo nome de batismo em Belgrave, depois de um diálogo ridículo recheado de *Vossa Graça, Srta. Grace, Vossa Graça* –, não tinha paciência para conversas fiadas.

– Madame – sussurrou ela com urgência, puxando a dama pelo braço.

A viúva não disse nenhuma palavra nem fez qualquer sinal com a cabeça, mas tomou a mão de Grace e permitiu que a ajudasse a descer da carruagem.

– Ah, bem melhor! – exclamou o salteador, com um imenso sorriso. – Que sorte a minha ter esbarrado com duas damas tão divinas. Pensei que seria saudado por um velho rabugento.

Grace deu um passo para o lado, mantendo os olhos grudados no rosto dele. Não parecia um criminoso, ou pelo menos a ideia que ela fazia de um criminoso. Seu modo de falar esbanjava educação e berço. Além disso, o nariz de Grace não acusava falta de banho por parte do sujeito.

– Ou talvez um daqueles jovens janotas enfiados em coletes apertados demais – continuou ele, passando a mão livre no queixo com ar meditativo. – Conhece esse tipo de indivíduo, não é? – perguntou a Grace. – Cara vermelha, bebe demais, pensa de menos.

E, para sua grande surpresa, Grace se pegou assentindo.

– Achei que conhecesse mesmo – respondeu ele. – Infelizmente, eles parecem se proliferar.

14

Grace piscou e permaneceu parada, observando a boca do homem. Era a única parte dele que ela *podia* observar, pois a máscara cobria a porção superior de seu rosto. Mas os lábios eram tão cheios de movimento, tão expressivos, tão bem desenhados que ela praticamente sentia que *podia* vê-lo. Era estranho. E fascinante. E mais do que um pouco perturbador.

– Pois bem – disse ele com o mesmo suspiro de tédio enganador que Thomas costumava utilizar quando queria mudar de assunto. – Estou certo de que as damas percebem que não se trata de uma reunião social. Não inteiramente.

Os olhos dele brilharam, voltando-se para Grace, e ele abriu um sorriso provocante.

Os lábios de Grace se entreabriram.

Os olhos dele – o que ela conseguia ver por trás da máscara – ficaram semicerrados e sedutores.

– Gosto de misturar negócios e prazer – murmurou ele. – Não costuma ser uma opção frequente, com tantos jovens corpulentos viajando pelas estradas.

Grace sabia que deveria reagir, até protestar, mas a voz do salteador era doce como o conhaque de boa qualidade que às vezes ofereciam a ela em Belgrave. Havia também uma levíssima inflexão melodiosa naquela voz, atestando uma infância passada bem longe de Lincolnshire. Grace sentiu que vacilava, como se fosse tombar para a frente, com leveza e suavidade, e se descobrir em outro lugar. Longe, bem longe dali.

Com a rapidez de um raio, a mão dele segurou o cotovelo dela, apoiando-a.

– Não vai desmaiar, não é? – perguntou ele, oferecendo com os dedos a pressão correta para mantê-la de pé.

Sem soltá-la.

Grace balançou a cabeça.

– Não – respondeu ela, a voz baixa.

– Tem a minha sincera gratidão. Seria um prazer ampará-la, mas eu precisaria largar a arma, e isso não pode acontecer, não é verdade?

Ele então se voltou para a viúva com uma risada.

– E a senhora nem pense nisso. Eu ficaria felicíssimo em segurá-la também, mas acredito que nenhuma das duas gostaria que meus parceiros se encarregassem das armas de fogo.

Foi somente naquele instante que Grace percebeu que havia outros três homens. Claro, tinha que haver outros – ele não poderia ter orquestrado tudo sozinho. Mas os companheiros se mantinham em silêncio, preferindo permanecer nas sombras.

Além do mais, Grace não fora capaz de tirar os olhos do líder.

– Nosso cocheiro está ferido? – perguntou Grace, abismada por ter demorado tanto a se preocupar com o bem-estar do homem.

Nem ele nem o lacaio encarregado de escoltá-las estavam à vista.

– Nada que não possa ser curado com um pouco de amor e carinho – garantiu o salteador. – Ele é casado?

O que ele estava dizendo?

– Eu... acho que não – respondeu Grace, desconcertada pela pergunta.

– Nesse caso, mande-o para a taverna. Há uma mulher robusta por lá que... Ah, o que estou pensando? Esqueço que estou na presença de damas. Nesse caso, caldo quente e talvez uma compressa fria. E, depois disso, um dia de folga para encontrar aquele amor e carinho. O outro sujeito, aliás, está logo ali – disse ele, meneando a cabeça na direção de um grupo de árvores próximas. – Completamente ileso, eu garanto, embora ele talvez considere que suas amarras estão mais apertadas do que gostaria.

Grace corou e se voltou para a viúva, surpresa por ela não repreender o salteador por sua conversa vulgar. Mas a viúva continuava branca feito um lençol e fitava o ladrão como se estivesse vendo um fantasma.

– Senhora? – disse Grace, tomando sua mão no mesmo instante.

Estava fria e úmida. E frouxa. Completamente frouxa.

– Qual é o seu nome? – sussurrou a viúva.

– Meu nome? – repetiu Grace, aterrorizada.

Teria a dama sofrido uma apoplexia? Teria perdido a memória?

– *Seu* nome – repetiu a viúva com mais força, então ficou claro que ela se dirigia ao salteador.

Ele apenas riu.

– Fico encantado por receber a atenção de uma dama tão encantadora, mas com certeza não espera que eu revele meu nome durante um ato que poderia ser punido com a forca.

– Preciso saber seu nome – insistiu a viúva.

– E temo precisar de seus objetos de valor – respondeu ele.

Fez um respeitoso sinal com a cabeça na direção da mão da viúva.

– Esse anel, se puder me ceder.

– Por favor – sussurrou a viúva.

Grace virou a cabeça bruscamente para encará-la. A duquesa viúva raramente dizia "obrigada" e *nunca* dizia "por favor".

– Ela precisa se sentar – disse Grace para o salteador.

Porque, com toda a certeza, a velha senhora estava mal. Sua saúde era excelente, mas ela já passara dos 70 anos e acabara de sofrer um choque.

– Não preciso me sentar – replicou a viúva, incisiva, soltando-se de Grace.

Então se virou para o salteador, arrancou o anel do dedo e o ofereceu. O homem o tomou, colocou-o na palma da mão e o guardou no bolso.

Grace se manteve em silêncio, observando, esperando que ele pedisse mais. Contudo, para sua surpresa, a viúva foi a primeira a se manifestar.

– Tenho outra bolsa na carruagem – contou ela, lentamente, com uma deferência surpreendente e totalmente atípica. – Permita-me que eu a pegue.

– Por mais que eu deseje atendê-la – disse ele, com suavidade –, sou obrigado a recusar. Até onde sei, a senhora pode ter duas pistolas escondidas sob o assento.

Grace engoliu em seco, pensando no colar de esmeraldas.

– Além disso – acrescentou ele, assumindo modos quase sedutores –, percebo que a senhora é do tipo mais enlouquecedor de mulher – falou ele, com um suspiro dramático. – Independente. Ah, admita.

Ele abriu um sorrisinho subversivo para a viúva.

– É uma amazona habilidosa, dona de excelente pontaria e capaz de recitar a obra completa de Shakespeare de trás para a frente.

A viúva pareceu ficar ainda mais pálida ao ouvir suas palavras.

– Ah, se eu tivesse vinte anos a mais – disse ele, suspirando. – Não permitiria que me escapulisse.

– *Por favor* – implorou a viúva. – Há algo que preciso dar ao senhor.

– Por essa eu não esperava. As pessoas raramente desejam me entregar algo. O que faz com que o indivíduo se sinta mal-amado – observou ele.

Grace se aproximou da viúva.

– Por favor, deixe-me ajudá-la.

Era óbvio que a patroa não estava bem. Não podia estar. Ela nunca demonstrava humildade, jamais implorava e...

– Fique com ela! – exclamou a viúva, de repente, agarrando o braço de

17

Grace e empurrando-a para o salteador. – Faça dela sua refém com a arma apontada para a cabeça, se assim desejar. Prometo, vou retornar. E vou retornar desarmada.

Grace titubeou, o impacto daquelas palavras deixando-a quase entorpecida. Tombou sobre o salteador e um dos braços dele a envolveu imediatamente. Era um abraço estranho, quase protetor, e ela percebeu que ele ficara tão aturdido quanto ela.

Os dois viram a viúva subir depressa na carruagem, sem esperar pela anuência dele.

Grace lutava para respirar. Suas costas estavam apoiadas nele, e a mão grande do homem estava pousada na sua barriga, a ponta dos dedos se curvando com delicadeza em torno do lado direito de seu quadril. Ela sentia o calor de seu corpo. Céus, ela nunca, *nunca*, ficara tão perto de um homem.

Sentia seu cheiro, sentia seu hálito, cálido e suave, em sua nuca. E então ele fez algo assombroso. Seus lábios se aproximaram da orelha dela.

– Ela não deveria ter feito isso – sussurrou ele.

Parecia... *gentil*. Quase compassivo. E severo, como se não aprovasse o modo como a viúva a tratara.

– Não estou acostumado a segurar uma mulher deste modo – murmurou em seu ouvido. – Em geral, prefiro um tipo diferente de intimidade. E você?

Ela nada disse, com medo de falar. Com medo de tentar falar e descobrir que não tinha voz.

– Não vou machucá-la – murmurou ele, os lábios esbarrando na orelha dela.

Os olhos de Grace pousaram na arma, ainda na mão direita do salteador. Parecia violenta e perigosa e estava encostada na sua coxa.

– Todos nós temos uma armadura – sussurrou ele.

Então ele mudou de posição e, de repente, sua mão livre pousou no queixo de Grace. Um dedo contornou de leve os lábios dela. Em seguida, ele se abaixou e a beijou.

Grace o fitou em choque quando ele se afastou, sorrindo para ela.

– Foi curto demais – disse ele. – Que pena!

Ele deu um passo para trás, tomou sua mão e a beijou também.

– Numa outra ocasião, talvez – sussurrou ele.

Porém não soltou sua mão. E, quando a viúva surgiu de dentro da carruagem, ele ainda a segurava, o polegar acariciando de leve a sua pele.

Grace estava sendo seduzida. Mal conseguia pensar – mal conseguia *respirar* –, mas sabia o que aquilo significava. Em alguns minutos, os dois se afastariam, ele não teria feito nada além de beijá-la e ela nunca mais seria a mesma.

A viúva se colocou diante deles. Se ela se importava de encontrar um salteador acariciando sua dama de companhia, não deixou transparecer. Em vez disso, apresentou um pequeno objeto.

– Por favor – implorou a ele. – Fique com isto.

Ele soltou a mão de Grace, seus dedos se despedindo com relutância da pele dela. Grace percebeu que a viúva segurava uma pequena pintura. Era o retrato de seu segundo filho, morto muitos anos antes.

Grace conhecia bem aquele retrato. A viúva o carregava por toda parte.

– Conhece esse homem? – sussurrou a viúva.

O salteador olhou para a pintura minúscula e balançou a cabeça.

– Olhe com mais atenção.

Porém ele apenas voltou a balançar a cabeça, tentando devolver o retrato para a viúva.

– Talvez tenha algum valor – disse um de seus companheiros.

Ele balançou a cabeça pela terceira vez e examinou atentamente o rosto da viúva.

– Jamais será tão precioso para mim quanto é para a senhora.

– Não! – exclamou a viúva, empurrando o retrato para ele. – Veja! Eu imploro, *veja*! Os olhos. O queixo. A boca. *São iguais aos seus.*

Grace prendeu a respiração.

– Sinto muito – disse o salteador com delicadeza. – A senhora está enganada.

Porém ela não se convenceu.

– A voz dele é a sua – insistiu ela. – O tom, o humor. Eu sei. Eu sei com tanta certeza quanto sei respirar. É meu filho. *Meu filho.*

– Senhora – interveio Grace, enlaçando-a com ar maternal.

Em condições normais, a viúva não permitiria tal gesto de intimidade, mas não havia nada de normal na patroa naquela noite.

– Madame, está escuro. Ele está de máscara. Não pode ser ele.

– Claro que não é ele – retrucou a dama, afastando Grace bruscamente.

Ela correu e Grace quase caiu aterrorizada quando todos os homens fizeram mira com as armas.

– Não a machuquem! – exclamou ela.

Contudo seu apelo era desnecessário. A viúva já havia segurado a mão livre do salteador e a agarrava como se ele fosse sua única salvação.

– Este é meu filho – disse ela, segurando o retrato com dedos trêmulos. – Seu nome era John Cavendish e ele morreu há 29 anos. Tinha cabelos castanhos, olhos azuis e uma marca de nascença no ombro.

A dama engoliu em seco convulsivamente e sua voz se transformou num murmúrio.

– Adorava música, não podia comer morangos. E ele conseguia... conseguia...

A viúva engasgou, mas ninguém se pronunciou. O silêncio pesava no ar. Todos os olhos estavam na idosa até que ela finalmente conseguiu prosseguir, a voz pouco mais que um sussurro.

– Ele conseguia fazer qualquer um rir.

Grace nunca teria imaginado o que a viúva admitiria a seguir, voltando-se para ela.

– Até mesmo eu.

As palavras ficaram suspensas naquele instante silencioso e pesado. Ninguém se atreveu a falar. Grace não saberia dizer se alguém ali sequer respirava.

Olhou para o salteador, para sua boca, aquela boca expressiva e diabólica, e *soube* que algo estava errado. Seus lábios estavam entreabertos e, mais do que isso, imóveis. Pela primeira vez, sua boca não apresentava nenhum movimento e, mesmo sob a luz prateada da lua, era possível ver que ele empalidecera.

– Se isso significa algo para o senhor, pode me encontrar no castelo Belgrave. Ficarei à espera da sua visita – prosseguiu a viúva com determinação.

Em seguida, curvada e trêmula de um modo que Grace nunca a vira, a viúva deu meia-volta, ainda agarrando o retrato, e subiu na carruagem.

Grace se manteve imóvel, sem saber o que fazer. Não se sentia mais em perigo – por mais estranho que pudesse parecer, já que havia três armas apontadas para ela e uma, a do salteador – do *seu* salteador –, pendendo junto ao corpo dele. Porém elas haviam entregado apenas um anel – com certeza não era um butim satisfatório para um bando de ladrões experientes. Por isso, ela hesitou em voltar para a carruagem sem permissão.

Pigarreou.

– Senhor? – disse ela, sem saber muito bem como se dirigir a ele.

– Meu nome não é Cavendish – falou ele, em voz baixa, num tom que só poderia ser ouvido por ela. – Mas já foi.

Grace teve um sobressalto.

Em seguida, com movimentos precisos e velozes, ele pulou no cavalo.

– Já acabamos por aqui – vociferou.

E Grace só pôde segui-lo com os olhos enquanto ele se afastava noite adentro.

CAPÍTULO DOIS

Horas depois, Grace se encontrava sentada numa cadeira no corredor, diante da porta do quarto da viúva. Estava mais do que cansada e só queria rastejar para a própria cama, mesmo sabendo que, apesar da exaustão, ficaria virando de um lado para outro, sem pegar no sono. Sua patroa, porém, estava tão alterada e já tocara a campainha tantas vezes que Grace desistira de se recolher e arrastara a cadeira para aquele lugar. Na última hora, já levara para a dama (que se recusava a sair da cama) um maço de cartas guardado no fundo de uma gaveta trancada à chave; um copo de leite quente; um cálice de conhaque; outro retrato de John, o filho falecido; um lenço que certamente possuía algum valor sentimental, e mais um cálice de conhaque para substituir aquele que a viúva derrubara enquanto, ansiosa e com gestos febris, indicava a Grace onde encontrar o lenço.

Haviam se passado dez minutos desde o último chamado. Dez minutos sem nada a fazer além de esperar e pensar, pensar...

No salteador.

No beijo.

Em Thomas, o atual duque de Wyndham, que ela considerava um amigo.

No filho do meio da viúva, morto fazia tanto tempo, e no homem que se parecia com ele. *E* tinha seu sobrenome.

Seu sobrenome. Grace respirou fundo, inquieta. O *sobrenome*.

Meu Deus.

Ela não mencionara aquilo para a viúva. Permanecera imóvel no meio da estrada, vendo o salteador se afastar sob a luz de uma fatia de lua. E depois, quando finalmente julgara ser capaz de se mexer, ela tratara de fazer com que todos voltassem para casa. Fora preciso desamarrar o lacaio e cuidar do cocheiro. Quanto à viúva, ela se encontrava tão transtornada que não murmurara uma queixa sequer quando Grace instalara o ferido no interior da carruagem, junto a ela.

A seguir, Grace se juntara ao lacaio na boleia e conduzira a carruagem para casa. Não era particularmente experiente com as rédeas, mas conseguia se arranjar.

E tinha que se arranjar. Não havia ninguém que pudesse ajudá-la. Mas ela era boa nisso.

Em se arranjar. Em lidar com a situação.

Assim que chegaram em casa, ela encontrara alguém para cuidar do cocheiro e então fora atender a viúva. Porém, durante todo o tempo, as perguntas não saíam de sua cabeça.

Quem era ele?

Quem era o salteador que dissera que Cavendish já tinha sido seu nome? Poderia ser neto da viúva? Até onde sabia, John Cavendish morrera sem deixar herdeiros, mas não seria o primeiro jovem da nobreza a espalhar filhos ilegítimos pelo país.

Só que ele dissera que seu nome era Cavendish. Ou melhor, que seu nome *tinha sido* Cavendish. O que significava que...

Grace balançou a cabeça, os olhos turvos. Estava tão cansada que mal conseguia raciocinar. Ao mesmo tempo, parecia que tudo o que conseguia fazer era pensar. Por que um salteador se chamaria Cavendish? Um filho ilegítimo poderia ganhar o nome do pai?

Não fazia ideia. Nunca conhecera um bastardo, pelo menos não um bastardo de origem nobre. Mas havia conhecido pessoas que mudaram seus nomes. O filho do vigário fora morar com parentes quando pequeno e, na sua última visita, se apresentara com um sobrenome diferente. Com certeza um filho ilegítimo poderia usar o nome que quisesse. E, mesmo se não fosse possível do ponto de vista legal, um salteador não se preocuparia com detalhes técnicos, certo?

Grace tocou seus lábios tentando se convencer de que não adorava os arrepios de excitação que a atravessavam quando se lembrava do beijo. Ele a beijara. Tinha sido seu primeiro beijo e ela não sabia quem era aquele homem.

Conhecia seu cheiro, conhecia o calor de sua pele e a maciez aveludada de seus lábios, mas não sabia seu nome – ou o nome completo, pelo menos.

– Grace! Grace!

Grace se levantou cambaleante. Deixara a porta entreaberta para ouvir melhor a viúva que, com toda a certeza, voltaria a chamá-la. Devia estar mesmo transtornada, pois raramente a chamava pelo nome de batismo. *Srta. Eversleigh*, sem dúvida, permitia uma entonação mais autoritária.

Grace voltou correndo ao quarto.

– Como posso ajudá-la? – perguntou, esforçando-se para banir todo o cansaço e o ressentimento da voz.

A viúva estava sentada na cama. Na verdade, não exatamente sentada. Estava praticamente deitada, com a cabeça apoiada em muitos travesseiros. Grace supôs que ela estava terrivelmente desconfortável, mas, na última vez que tentara acomodá-la melhor, a dama quase arrancara sua cabeça.

– Por onde andou?

Grace achava que a pergunta não exigia uma resposta, mesmo assim a deu:

– À porta de seu quarto, senhora.

– Preciso que me traga algo – disse a viúva, soando mais agitada do que autoritária.

– Do que gostaria, Vossa Graça?

– Quero o retrato de John.

Grace a fitou com ar perplexo.

– Não fique parada aí! – praticamente berrou a viúva.

– Mas, senhora... – protestou Grace, afastando-se. – Eu lhe trouxe os três retratos e...

– Não, não, não! – exclamou a viúva, balançando a cabeça de um lado para outro no travesseiro. – Eu quero o quadro. Da galeria.

– O quadro – repetiu Grace.

Talvez estivesse confusa pela exaustão. Afinal, eram três e meia da manhã. *Achara* que tinham lhe pedido para retirar da parede uma pintura em tamanho natural e transportá-la por dois lances de escada até o quarto da viúva.

– Sabe muito bem qual é. Ele está de pé ao lado de uma árvore e tem um brilho no olhar.

Grace piscou, ainda sem saber se compreendera bem aquelas palavras.

– Há apenas um, acho eu.

– Sim – confirmou a viúva, a voz quase desequilibrada pela urgência. – O que tem o brilho no olhar.

– Quer que eu o traga para cá?

– Não tenho outro quarto, que eu saiba – disparou a viúva.

– Muito bem.

Grace engoliu em seco. Céus, como realizaria aquela façanha?

– Vai demorar um pouco – avisou.

– Pegue uma cadeira e arranque o maldito quadro da parede. Não precisa...

A viúva foi sacudida por um terrível acesso de tosse. Grace correu para acudi-la.

– Senhora! Senhora! – disse ela, passando o braço em torno da dama para ajudá-la a se erguer. – Por favor, senhora. Precisa tentar se acalmar. Vai acabar ficando doente.

A viúva tossiu mais algumas vezes, deu um bom gole no leite quente, depois praguejou e esvaziou o cálice de conhaque.

– Vou *deixá-la* doente se não me trouxer aquele quadro – balbuciou, pousando o cálice com força sobre a mesinha de cabeceira.

Grace engoliu em seco mais uma vez e fez um sinal com a cabeça.

– Como quiser, senhora.

Ela saiu correndo. Assim que se encontrou longe dos olhos da viúva, parou e se apoiou na parede do corredor.

A noite tinha começado tão agradável! E como Grace se encontrava agora? Apontaram uma arma para ela, fora beijada por um homem que tinha um encontro marcado com a forca e a viúva queria que ela arrancasse da parede da galeria um quadro em tamanho natural.

Às três e meia da madrugada.

– Ela não me paga o suficiente – resmungou Grace baixinho, enquanto descia a escada. – Não é possível que exista dinheiro bastante para...

– Grace?

Ela parou, tropeçando no último degrau. Duas mãos grandes a seguraram imediatamente pelos antebraços, impedindo a queda. Grace não precisou erguer os olhos para saber quem estava ali. Era Thomas Cavendish, o neto da viúva, também conhecido como duque de Wyndham e, indiscutivelmente, o homem mais poderoso da região. Apesar de ele dividir seu tempo entre Londres e Belgrave, Grace tinha passado a conhecê-lo bem nos cinco anos desde que se tornara dama de companhia da viúva.

Eram amigos. Uma situação estranha e completamente inesperada, considerando a diferença de suas posições sociais. Mas eram amigos.

– Vossa Graça – disse Grace, embora tivesse sido instruída a usar seu nome de batismo quando se encontrassem em Belgrave.

Ela o cumprimentou com um meneio de cabeça cansado quando ele a soltou e deu um passo para trás. Era muito tarde para discutir questões de título e modos de tratamento.

– Que diabo está fazendo acordada? – perguntou ele. – Já deve passar das duas.

– Já passa das três, na verdade – corrigiu ela, distraída.

Então se apercebeu abruptamente da gravidade da situação. *Thomas.* Ficou totalmente desperta. O que dizer a ele? Deveria dizer algo? Não haveria como esconder que ela e a viúva tinham sido abordadas por salteadores. Não sabia se deveria ou não revelar que ele *talvez* tivesse um primo que galopava pelo campo aliviando a nobreza local de seus bens valiosos.

Porque, pensando bem, talvez não fosse o caso. E com certeza não fazia sentido preocupá-lo inutilmente.

– Grace?

Ela balançou a cabeça.

– Perdão. O que disse?

– Por que está vagando pelos corredores?

– Sua avó não está se sentindo bem – falou ela e, como desejava mudar de assunto, atalhou: – Chegou tarde.

– Tive negócios para resolver em Stamford – disse ele, brusco.

A amante. Se fosse qualquer outra questão, ele não teria sido tão vago. Era estranho, porém, que ele estivesse de volta. Em geral, passava a noite fora. Grace, apesar de sua origem respeitável, era empregada em Belgrave e, como tal, tomava conhecimento de quase todos os mexericos. Se o duque passava a noite fora, ela costumava saber.

– Tivemos uma noite... agitada – começou a contar Grace.

Ele a observou, esperando que prosseguisse.

Grace hesitou e decidiu que não havia mais nada a fazer.

– Fomos abordadas por salteadores.

A reação foi veloz.

– Meu bom Deus! – exclamou ele. – Está tudo bem? Minha avó está bem?

– Não nos ferimos – garantiu Grace. – Embora o cocheiro tenha ficado com um galo na cabeça. Tomei a liberdade de lhe dar três dias de descanso para que se recupere.

– Claro.

Ele fechou os olhos por um momento, parecendo sofrer.

– Devo minhas desculpas. Deveria ter insistido em que fossem acompanhadas por mais criados.

– Não seja tolo. Não é sua culpa. Quem poderia imaginar...

Ela interrompeu a frase porque não fazia sentido culpar ninguém.

– Não fomos feridas. É o que importa.

Ele suspirou.

– O que eles levaram?

Grace engoliu em seco. Não podia dizer que haviam roubado apenas um anel. Thomas não era idiota. Iria querer saber o motivo. Ela sorriu, tensa, resolvendo que a ordem do dia era ser vaga.

– Não levaram muita coisa. Nada meu. Imagino que estava óbvio que eu não era uma mulher de posses.

– A vovó deve estar furiosa.

– Está um pouco transtornada – disse Grace, evasiva.

– Ela estava com as esmeraldas, não estava? – indagou ele e balançou a cabeça. – Aquela velha tem um apego ridículo por aquelas pedras.

Grace se absteve de repreendê-lo pela forma com que havia se referido à avó.

– Ela não perdeu as esmeraldas. Escondeu-as debaixo do assento.

Thomas pareceu impressionado.

– Ela fez isso?

– Eu fiz – corrigiu-se Grace, que não queria dividir sua glória. – Ela jogou as pedras para mim quando cercaram o veículo.

Thomas deu um leve sorriso e então, depois de um momento de silêncio um tanto constrangedor, voltou a falar.

– Não me explicou por que está acordada a esta hora. Com certeza também merece um descanso.

– Eu... quero dizer...

Não parecia haver jeito de omitir. Na melhor das hipóteses, ele perceberia o imenso vazio na parede da galeria no dia seguinte.

– Sua avó fez um pedido estranho.

– Todos os pedidos dela são estranhos – replicou ele, de imediato.

– Não, este... bem...

O olhar de Grace revelava sua exasperação. Como sua vida tinha chegado àquele ponto?

– Creio que não estaria disposto a me ajudar a tirar um quadro da galeria, estaria?

– Um quadro?

Ela assentiu.

– Da galeria?

Ela voltou a assentir.

– Suponho que ela não esteja pedindo uma daquelas telas quadradas de tamanho modesto.

– Com as tigelas de fruta? – indagou Grace.

Ele assentiu.

– Não.

Como ele nada disse, ela prosseguiu:

– Ela quer um retrato do seu tio.

– Qual dos tios?

– John.

Ele assentiu com um ligeiro sorriso, mas sem o menor humor.

– Sempre foi o favorito.

– Mas o senhor não chegou a conhecê-lo – comentou Grace.

Pelo tom de voz do duque, seria de supor que ele houvesse testemunhado aquele favoritismo.

– Não, claro que não. Ele morreu antes que eu nascesse. Mas meu pai falava dele.

A expressão dele deixou claro que não desejava estender aquela conversa. Não ocorreu a Grace mais nada para dizer. Ficou parada, esperando que ele organizasse seus pensamentos.

O que provavelmente ocorreu, pois ele se voltou para ela e perguntou:

– Aquele retrato é em tamanho natural, não é?

Grace se imaginou tentando tirar o quadro da parede.

– Temo que sim.

Por uma fração de segundo, pareceu que Thomas estaria disposto a se dirigir à galeria. Então seu queixo ficou tenso e ele encarnou o papel do duque consciente da autoridade conferida por seu título.

– Não – disse ele com firmeza. – Hoje, não. Se ela quer o maldito quadro, pode pedir a assistência de um lacaio pela manhã.

Grace teve vontade de sorrir diante daquela atitude protetora, mas estava exausta demais para isso. Além do mais, quando se tratava da viúva, ela aprendera a seguir a lei da menor resistência.

– Garanto que não há nada que eu queira mais do que me recolher, mas é mais fácil simplesmente atender o pedido de lady Cavendish.

– De modo algum – declarou ele, decidido, e se virou para subir a escada sem esperar.

Grace o acompanhou com o olhar por um momento. Depois, dando de ombros, se dirigiu para a galeria. Não poderia ser tão difícil assim tirar um quadro da parede, certo?

Só dera dez passos quando ouviu Thomas vociferar seu nome.

Suspirou e parou. Deveria saber. Aquele homem era tão teimoso quanto a avó – uma comparação que, sem dúvida, ele não apreciaria.

Deu meia-volta e refez seus passos, acelerando quando ele voltou a chamá-la.

– Estou bem aqui – respondeu ela, irritada. – Minha nossa, assim vai acordar a casa inteira.

Thomas revirou os olhos.

– Não me diga que tinha a intenção de carregar o quadro sozinha.

– Se eu não fizer isso, ela vai tocar a campainha pelo resto da noite e não poderei dormir.

Ele estreitou os olhos.

– Veja só o que vou fazer.

– Ver o quê? – perguntou Grace, aturdida.

– Desarmar o cordão da campainha – respondeu ele, subindo a escada com determinação renovada.

– Desarmar... Thomas!

Ela correu atrás dele, mas não conseguia acompanhar seu ritmo.

– Thomas, não pode fazer isso.

Ele se virou e abriu um sorriso maroto, que Grace considerou alarmante.

– A casa é minha. Posso fazer o que eu quiser.

E enquanto Grace assimilava as palavras com seu cérebro exausto, ele atravessou o corredor e entrou no quarto da avó.

– O que acha que está fazendo? – Grace o ouviu disparar.

Ela suspirou e correu atrás dele, entrando no quarto enquanto ele dizia:

– Céus, a senhora está bem?

– Onde está a Srta. Eversleigh? – perguntou a viúva, com o olhar frenético a vasculhar o aposento.

– Estou bem aqui – garantiu Grace, dando um passo à frente.

– Providenciou o que pedi? Onde está o quadro? Quero ver meu filho.

– Senhora, está tarde – tentou explicar Grace.

Avançou devagar, sem saber por quê. Não poderia fazer nada caso a viúva resolvesse contar sobre o salteador e da semelhança com seu filho favorito.

A proximidade, porém, ao menos lhe dava a ilusão de ter alguma chance de impedir o desastre.

– Senhora – repetiu Grace, com delicadeza e voz baixa, lançando um olhar cauteloso para a viúva.

– Pode instruir um lacaio para trazer o quadro pela manhã – afirmou Thomas, com um tom de voz ligeiramente menos ríspido do que antes. – Mas não admito que a Srta. Eversleigh se encarregue de tamanho trabalho braçal, muito menos no meio da noite.

– Preciso daquele quadro, Thomas – explicou a viúva.

Grace por pouco não segurou sua mão. A mulher parecia aflita. Ela parecia idosa. E com certeza não parecia ser ela mesma ao acrescentar:

– Por favor.

Grace lançou um olhar para Thomas, que parecia pouco à vontade.

– Amanhã. Bem cedo, se assim o quiser – decretou o duque.

– Mas...

– Não – interrompeu ele. – Sinto muito que tenha sido abordada por salteadores hoje à noite e, com certeza, farei o que for necessário... *dentro dos limites do razoável...* para garantir seu conforto e bem-estar, mas isso não inclui realizar caprichos em horas impróprias. Compreende o que estou dizendo?

Os dois se encararam por tanto tempo que Grace sentiu vontade de se encolher.

– Vá dormir, Grace – ordenou Thomas então, decidido e seco, sem se virar para ela.

Grace ficou imóvel por um momento à espera de não sabia o quê – os protestos da viúva, uma trovoada? Como nada disso parecia estar prestes a acontecer, ela decidiu que não poderia fazer mais nada naquela noite e saiu do aposento.

Enquanto atravessava devagar o corredor, ela ouviu a discussão entre os dois – sem violência, sem exaltação. Não que esperasse algo do tipo. Os Cavendishes eram frios, bem mais propensos a ataques com farpas gélidas do que a gritos acalorados.

Grace soltou um suspiro longo e cansado. Nunca se acostumaria. Já haviam se passado cinco anos desde que chegara a Belgrave e o ressentimento entre Thomas e a avó ainda a deixava estupefata.

O pior de tudo: nem havia motivo para aquilo! Uma vez ousara perguntar a Thomas *por que* nutriam tamanho desdém mútuo. Ele dera de ombros e dissera que sempre fora assim. A avó não amava seu pai, dissera Thomas, o pai o odiara, e ele mesmo poderia ter ficado bem melhor sem nenhum dos dois.

Grace ficara aturdida. A seu ver, deveria existir amor numa família. Na dela, havia. Sua mãe, seu pai... Ela fechou os olhos, segurando as lágrimas. Estava sendo sentimental. Ou talvez fosse apenas o cansaço. Já não chorava por causa dos pais. Sentia saudade – *sempre* sentiria saudade. Mas a imensa cratera aberta em seu peito pelas suas mortes fora remediada.

E agora... bem, ela encontrara outro lugar para si no mundo. Não era o que Grace previra nem o que os pais haviam planejado para ela, mas incluía comida, roupas e a oportunidade de ver os amigos de vez em quando.

No entanto, às vezes, tarde da noite, deitada na cama, ela passava por momentos difíceis. Sabia que não deveria ser ingrata – morava num *castelo*, pelo amor de Deus. Mas não tinha sido educada para aquilo. Para aquela servidão e para tanto azedume. O pai fora um cavalheiro do interior; a mãe, um membro muito popular da comunidade local. Grace fora criada com amor e alegria e, às vezes, quando se sentavam diante do fogo no final do dia, o pai suspirava e dizia que ela permaneceria solteira porque, com toda a certeza, não havia um homem no condado à altura de sua filha. E Grace ria e dizia:

– *E no resto da Inglaterra?*

– *Também não há!*

– *E na França?*

– *Céus, não.*

– *Nas Américas?*

– *Quer matar sua mãe, garota? Sabe que basta ela* olhar *para a praia para ficar mareada.*

E os três sabiam que Grace se casaria com alguém dali, de Lincolnshire, e que ela passaria a morar do outro lado da rua ou a uma pequena distância e que seria feliz. Encontraria a mesma felicidade de seus pais, porque ninguém esperava que ela se casasse por outro motivo além de amor. Teria filhos, a casa viveria cheia de risos.

Ela se considerava a moça mais sortuda do mundo.

No entanto, a febre que se abatera sobre o lar dos Eversleighs fora cruel e deixara Grace órfã. Aos 17 anos, não teria condições de viver sozinha e, na verdade, ninguém soubera direito o que fazer com ela até que os negócios do pai fossem resolvidos e ocorresse a leitura do testamento.

Grace soltou um riso amargo ao tirar as roupas amassadas e se aprontar para dormir. As instruções deixadas pelo pai só pioraram a situação. Estavam endividados. Não eram dívidas imensas. Apenas o suficiente para se tornar um fardo. Ao que parecia, os pais sempre viveram ligeiramente acima de seus recursos, provavelmente com a convicção de que o amor e a felicidade resolveriam tudo.

E de fato tinham resolvido. O amor e a felicidade tinham resistido bem a todos os obstáculos enfrentados pelos Eversleighs.

Exceto a morte.

De acordo com a lei, Sillsby – o único lar que Grace tivera – caberia a um herdeiro do sexo masculino. Ela sempre soubera disso. O que não previra era que o primo Miles estaria tão ansioso por estabelecer residência. Como também não fazia ideia de que ele ainda fosse solteiro. Assim como ignorava que devesse permitir que o primo a jogasse contra a parede e apertasse os lábios contra os seus – na verdade, que devesse ficar *agradecida* pela gentileza e benevolência de seu interesse por ela.

Em vez disso, Grace cravara o cotovelo nas costelas dele e dera uma joelhada num lugar sensível.

Pois bem, desde então a estima dele por Grace havia diminuído consideravelmente. Era a única parte de toda aquela desgraça que ainda a fazia sorrir.

Furioso por ser rejeitado, Miles a jogara na rua de mãos abanando. Grace ficara sem nada. Sem casa, sem dinheiro e sem parentes (recusava-se a incluir Miles nessa categoria).

Fora nesse momento que a duquesa viúva entrara em cena.

As notícias sobre as desventuras de Grace deviam ter viajado depressa pela região. A viúva aparecera em Sillsby como uma deusa de gelo e a arrebatara. Não houvera nenhuma ilusão de que ela seria uma hóspede cercada de mimos. A viúva chegara com uma comitiva completa, encarara Miles até que ele se contorcesse (de verdade: tinha sido um momento extremamente agradável para Grace) e depois declarara para a jovem: "Você será minha dama de companhia."

Antes que Grace tivesse a oportunidade de aceitar ou recusar, a viúva dera meia-volta e saíra. O que apenas confirmava o que todos sabiam – desde o início, Grace nunca tivera escolha.

Haviam se passado cinco anos. Grace morava num castelo, tinha boas refeições e suas roupas, embora talvez não fossem da última moda, eram bem-feitas e muito bonitas. (A viúva podia ser qualquer coisa, menos avarenta.)

Grace residia a poucos quilômetros do lugar onde fora criada e, como a maioria de seus amigos permanecia na região, ela os via com alguma regularidade – na aldeia, na igreja, em visitas vespertinas. E, embora não tivesse a própria família, pelo menos não fora obrigada a começar uma com Miles.

Porém, por mais que fosse grata por tudo o que a viúva havia feito por ela, Grace queria mais da vida.

Ou talvez não quisesse mais. Talvez quisesse apenas algo diferente.

Improvável, pensou ela, caindo na cama. As únicas opções para uma mulher como ela eram o trabalho e o casamento. No caso dela, só o trabalho. Os homens de Lincolnshire sentiam medo demais da viúva para ousarem demonstrar qualquer interesse por Grace. Era bem sabido que Augusta Cavendish não tinha nenhum desejo de treinar uma nova dama de companhia.

Era ainda mais sabido que Grace não possuía um centavo.

Fechou os olhos e tentou lembrar a si mesma que os lençóis que a envolviam eram de altíssima qualidade e que a vela que acabara de soprar era feita de cera de abelha pura. Grace desfrutava de verdade de todos os confortos possíveis.

Mas o que ela queria era...

Não importava o que ela queria. Foi seu último pensamento antes de finalmente adormecer.

E sonhar com um salteador.

CAPÍTULO TRÊS

A menos de 10 quilômetros dali, numa pequena estalagem, um homem se encontrava sozinho em seu quarto com uma garrafa de um excelente conhaque francês, um cálice vazio, uma pequena maleta com roupas e um anel feminino.

Seu nome era Jack Audley, conhecido previamente como capitão John Audley, do exército de Sua Majestade; conhecido previamente como Jack Audley de Butlersbridge, do condado de Cavan, na Irlanda; conhecido previamente como Jack Cavendish-Audley, do mesmo local; e conhecido previamente – até onde era possível recuar no tempo, na época do seu batizado – como John Augustus Cavendish.

O retrato não significara nada para ele. Mal o enxergara na penumbra e ainda não conhecera um artista capaz de capturar a essência de um homem num retrato em miniatura.

Mas o anel...

Com a mão trêmula, ele se serviu de mais bebida.

Não tinha olhado com muita atenção para o anel ao aceitá-lo das mãos da velha senhora. Mas ali, na privacidade de seu quarto, ele o examinara. E o que vira o deixara abalado até os ossos.

Já vira aquele anel. No próprio dedo.

O dele era uma versão masculina, mas o desenho era idêntico. Uma flor retorcida, um pequeno D estilizado. Nunca soubera o que significava, pois lhe contaram que o nome de seu pai era John Augustus Cavendish, sem D maiúsculo em parte alguma.

Ainda não sabia o que significava o D, mas aquela senhora sabia. E, por mais que ele tentasse se convencer de que se tratava de mera coincidência, sabia que, naquela noite, numa estrada deserta de Lincolnshire, ele havia conhecido sua avó.

Meu Deus do céu.

Voltou a olhar o anel. Estava sobre a mesa, reluzindo, piscando para ele à luz da vela. Com um gesto brusco, ele tirou o seu. Não se lembrava da última vez que saíra de seu dedo. A tia sempre insistira que ele o guardasse junto de si. Era a única lembrança que tinha do pai.

A mãe, segundo lhe disseram, segurava a joia entre os dedos trêmulos ao ser retirada das águas gélidas do mar da Irlanda.

Jack pousou seu anel ao lado do outro com cuidado. Ao observar o par, ele apertou os lábios ligeiramente. O que tinha pensado, afinal? Que, ao ver os dois juntos, lado a lado, chegaria à conclusão de que eram bem diferentes?

Sabia pouco sobre o pai. Sabia seu nome, claro, e sabia que ele era um dos filhos mais jovens de uma próspera família inglesa. A tia se encontrara com ele apenas duas vezes. Ficara com a impressão de que ele havia rompido com os familiares. Falava deles apenas em um tom irônico, da forma que as pessoas fazem quando não querem se alongar num assunto.

Parecia não ter muito dinheiro, ou pelo menos fora o que a tia presumira. As roupas eram de boa qualidade, mas gastas e, ao que tudo indicava, fazia meses que ele vinha vagando pelo interior da Irlanda. Contara ter viajado para lá para participar da cerimônia de casamento de um amigo dos tempos de escola e que gostara tanto do lugar que decidira ficar. A tia não encontrara motivos para duvidar de suas palavras.

No final das contas, tudo o que Jack sabia se resumia ao seguinte: John Augustus Cavendish era um cavalheiro inglês de boa família que viajara para a Irlanda, se apaixonara por Louise Galbraith, casara-se com ela e morrera quando o navio que levava os dois para a Inglaterra afundou na costa da Irlanda. Louise fora parar na praia com o corpo castigado e gelado, mas viva. Um mês se passara antes que alguém descobrisse que ela estava grávida.

Porém ela estava fraca e arrasada pela perda. Sua irmã – a mulher que criara Jack como um filho – dizia que se surpreendia mais por Louise ter sobrevivido à gravidez do que por ter sucumbido ao parto.

E era tudo o que Jack sabia sobre sua linhagem paterna. Pensava nos pais de tempos em tempos, imaginando quem tinham sido e qual dos dois o brindara com um sorriso constante, mas na verdade nunca sentira o desejo de descobrir mais. Com 2 dias de vida, fora entregue para William e Mary Audley. Se o casal amava mais os próprios filhos, isso nunca transparecera. Jack havia crescido como filho de criação de um cavalheiro com uma propriedade rural, tivera dois irmãos, uma irmã e 8 hectares de pastos verdejantes perfeitos para andar a cavalo, correr e pular – tudo com que um menino poderia sonhar.

Fora uma infância maravilhosa. Quase perfeita. Se não levava a vida que um dia imaginara, se às vezes se deitava na cama e se perguntava que diabo estava fazendo assaltando carruagens na calada da noite, pelo menos sabia que o caminho que o conduzira até ali havia sido pavimentado por suas próprias escolhas, por seus próprios defeitos.

E, na maior parte do tempo, era um homem feliz. Era razoavelmente alegre por natureza e, com certeza, havia coisa pior do que bancar o Robin Hood em estradas rurais britânicas. Pelo menos, parecia haver uma espécie de propósito nisso. Depois de deixar o exército, ele não soubera que caminho seguir. Não estava disposto a voltar à vida de soldado. Mas o que mais poderia fazer? Tinha duas habilidades, ao que parecia. Sabia montar um cavalo como se tivesse nascido sobre a sela e sabia conduzir uma conversa com habilidade e inteligência para encantar o mais rabugento dos indivíduos. Juntando tudo, assaltar carruagens parecia a opção mais lógica.

Jack cometera seu primeiro roubo em Liverpool, ao ver um jovem almofadinha chutando um antigo soldado que perdera uma das mãos e ousara pedir esmolas. Encorajado pelo consumo de uma cerveja forte, Jack seguira o sujeito até uma ruela escura, apontara uma arma para seu peito e saíra com sua carteira.

Ele distribuíra o conteúdo da carteira entre os mendigos de Queens Way. A maioria deles havia lutado pelo bom povo da Inglaterra e fora esquecida.

Bem, Jack na verdade distribuíra noventa por cento do conteúdo da carteira. Ele também precisava comer.

Depois disso, tinha sido fácil passar para os assaltos na estrada. Era muito mais elegante do que a vida de um bandido a pé. E não dava para negar que era bem mais fácil escapulir a cavalo.

E assim levava a vida. Era o que fazia. Se tivesse voltado para a Irlanda, provavelmente já estaria casado, dormindo com a mesma mulher, na mesma cama, na mesma casa. Sua vida se resumiria ao condado de Cavan e seu mundo seria bem menor do que era naquele momento.

Jack tinha uma alma itinerante. Por isso não voltava para a Irlanda.

Derramou um pouco mais de conhaque no cálice. Havia uma centena de motivos que o impediam de voltar para a Irlanda. Ou pelo menos uns cinquenta.

Tomou um gole, mais outro, então bebeu sofregamente até ficar embriagado demais para continuar a mentir para si mesmo.

Havia um único motivo para não voltar para a Irlanda. Um motivo e quatro pessoas que ele achava que não poderia encarar.

Ergueu-se do assento, caminhou até a janela e olhou para fora. Não havia muito que ver – um estábulo para cavalos, uma árvore com uma densa copa do outro lado da estrada. O luar deixava uma claridade leitosa no ar, cintilante e densa como uma bruma, como se um homem pudesse se perder caso pusesse os pés do lado de fora.

Ele abriu um sorriso sombrio. Era tentador. Sempre tentador.

Sabia onde ficava o castelo Belgrave. Encontrava-se no condado fazia uma semana. Não era possível passar tanto tempo em Lincolnshire sem descobrir a localização das grandes casas, mesmo sem estar disposto a roubar os moradores. Poderia dar uma olhada, supôs. Provavelmente *deveria* dar uma olhada. Devia isso a alguém. Que inferno. Talvez devesse isso a si mesmo.

Não se interessava pelo pai tanto assim... mas sempre se interessara um pouquinho. E ali estava ele, em Lincolnshire.

Quem haveria de saber quando voltaria? Tinha muito amor à própria cabeça para que se arriscasse a permanecer muito tempo no mesmo lugar.

Não queria conversar com a velha senhora. Não queria se apresentar, dar explicações nem fingir ser diferente do que era...

Um veterano de guerra.

Um salteador.

Um tratante.

Um idiota.

Um tolo, por vezes sentimental, que sabia que as damas bondosas que cuidavam dos feridos não entendiam nada: às vezes *não era possível* voltar para casa.

Mas o que ele não daria em troca de notícias!

Fechou os olhos. A família o acolheria. Era o pior de tudo. A tia o abraçaria. Diria que não era culpa dele. Seria tão compreensiva...

Só que não compreenderia. Foi seu último pensamento antes de adormecer.

E sonhar com a Irlanda.

O dia seguinte começou ensolarado e límpido, como se zombasse dele. Se tivesse chovido, Jack não se daria ao trabalho de sair. Estava a cavalo e passara boa parte da vida fingindo não se importar se ficasse encharcado até os ossos. Agora não saía na chuva a não ser que fosse necessário. Havia conquistado esse direito, pelo menos.

Porém ele só se encontraria com os comparsas ao anoitecer, por isso não tinha uma desculpa para *não* ir. Além do mais, iria apenas olhar. Talvez verificar se havia algum jeito de devolver o anel para a senhora. Desconfiava de que tinha grande valor sentimental e, apesar de ser possível conseguir uma bela soma por ele, Jack sabia que não seria capaz de vendê-lo.

Assim, ele fez um desjejum substancioso – acompanhado por uma bebida enjoativa que o estalajadeiro jurou que ajudaria a clarear suas ideias. Não que Jack tivesse dito nada além de "ovos". O homem logo emendara: "Vou providenciar o que o senhor precisa." De forma surpreendente, a poção funcionara (daí a capacidade de digerir o desjejum substancioso) e Jack subira no cavalo, dirigindo-se ao castelo Belgrave, num ritmo sossegado.

Tinha passado por aquela área com frequência nos últimos dias, mas era a primeira vez que o entorno despertava sua curiosidade. As árvores pareciam mais interessantes para ele por algum motivo – a forma das folhas, o jeito como oscilavam quando o vento soprava. As flores também. Algumas eram familiares, idênticas àquelas que desabrochavam na Irlanda. Mas outras eram novas, talvez nativas das campinas e dos charcos da região.

Era estranho. Não sabia ao certo no que deveria estar pensando. Talvez aquela paisagem fosse a mesma que o pai via quando passava pela estrada. Ou talvez aquelas pudessem ter sido as flores e as árvores de sua própria infância se uma tempestade monstruosa não tivesse sacudido o mar da Irlanda. Jack não sabia onde seus pais escolheriam se estabelecer. Aparentemente, quando o navio afundou, os dois viajavam para que a mãe pudesse ser apresentada à família Cavendish. Segundo tia Mary, os dois decidiriam onde morar depois que Louise tivesse a oportunidade de ver um pouco da Inglaterra.

Jack parou e arrancou uma folha de uma árvore por puro capricho. Constatou que não era tão verde quanto as do seu antigo lar. Não que isso importasse, claro. A verdade, porém, era que importava, e isso lhe pareceu estranho.

Jogou a folha no chão e, com um suspiro de impaciência, acelerou o ritmo. Era ridículo que sentisse um fiapo sequer de culpa com a visita ao castelo. Céus, ele não estava ali na intenção de se apresentar. E não queria encontrar uma nova família. Devia bem mais que isso aos Audleys.

Queria apenas ver Belgrave. De longe. Saber como poderia ter sido aquilo que o deixava feliz por *não ter acontecido*.

Mas que talvez devesse ter acontecido.

Jack começou a galopar, deixando que o vento soprasse as lembranças para longe. A velocidade era purificadora, quase redentora e, antes que pudesse imaginar, Jack chegou ao final da estradinha. E tudo em que conseguiu pensar foi...

Minha nossa.

⟳

Grace estava exausta.

Chegara a dormir na noite anterior, só que mal e pouco. E, apesar de a viúva ter escolhido passar a manhã na cama, aquele não era um luxo ao alcance de Grace.

A patroa era exigente estando de pé, deitada ou mesmo inclinada, caso descobrisse um jeito de se manter assim.

Mesmo virando-se de um lado para outro na cama sem ao menos tirar a cabeça do travesseiro, ela ainda conseguira chamar Grace seis vezes.

Na primeira hora.

Por fim, ela se concentrara na leitura de um maço de cartas que Grace havia encontrado para ela no fundo da escrivaninha do antigo duque, guardado numa caixa com uma etiqueta: JOHN, ETON.

Salva por papéis da escola. Quem teria imaginado?

O descanso de Grace foi interrompido menos de vinte minutos depois, porém, pela chegada de lady Elizabeth e lady Amelia Willoughby, belas e louras, filhas do conde de Crowland. Eram suas antigas vizinhas e – como Grace sempre se alegrava ao lembrar – grandes amigas.

Elizabeth em especial. Eram da mesma idade e, antes de Grace perder sua posição social em consequência da morte de seus pais, as duas eram consideradas companheiras adequadas. Ah, todos sabiam que Grace não conseguiria um marido tão distinto quanto os futuros pares das garotas Willoughby – nunca passaria uma temporada de eventos sociais em Londres, afinal de contas. Contudo, quando se encontravam em Lincolnshire, mesmo não sendo mais da mesma posição social, podiam ser consideradas como de níveis equivalentes. As pessoas não eram tão exigentes assim nos eventos locais.

E, quando as meninas estavam juntas, nenhuma delas dava atenção a essas diferenças.

Amelia era a irmã caçula de Elizabeth. Tinha apenas um ano a menos, mas, quando eram mais jovens, a diferença parecia um fosso gigantesco. Por isso, Grace não a conhecia tão bem. Mas supunha que isso mudaria em breve. Amelia estava comprometida com Thomas desde o berço. Deveria ter sido Elizabeth, mas a irmã já tinha sido destinada a outro nobre (também na primeira infância: lorde Crowland não era do tipo que deixava tais assuntos nas mãos do acaso). O noivo de Elizabeth, porém, morrera muito jovem. Lady Crowland (que não era conhecida pelo tato) declarara que aquilo tudo era muito inconveniente, porém os documentos que ligavam Amelia a Thomas já tinham sido assinados. Todos concordaram que seria melhor deixar as coisas como estavam.

Grace nunca conversara sobre o noivado com Thomas – eram amigos, mas ele nunca falaria de algo tão pessoal. No entanto, ela desconfiava que ele encontrava vantagens na situação. Ter uma noiva ajudava a manter as senhoritas casadoiras (e suas mães) sob controle. Pelo menos, um pouco. Era óbvio que as damas da Inglaterra eram previdentes, de modo que o pobre Thomas não conseguia ir a parte alguma sem esbarrar em mulheres que tentavam causar a melhor impressão possível, caso Amelia... desaparecesse.

Morresse.

Decidisse que não queria ser uma duquesa.

Como se Amelia tivesse escolha, pensou Grace, com ironia.

E, embora uma esposa fosse ainda mais eficiente do que uma noiva em desencorajar as moças, Thomas continuava a postergar o matrimônio, atitude que Grace achava terrivelmente insensível da parte dele. Amelia tinha 21 anos, pelo amor de Deus. E, de acordo com lady Crowland, pelo menos quatro homens teriam lhe proposto casamento em Londres se ela não estivesse destinada a ser a futura duquesa de Wyndham. (Elizabeth, como boa irmã, contara que o número de pretendentes era mais próximo de três. De qualquer modo, a pobre garota vinha sendo enrolada como um novelo por muitos anos.)

– Livros! – anunciou Elizabeth quando cruzou o saguão. – Como prometido.

A mãe de Elizabeth pedira emprestados diversos livros da biblioteca da viúva. Não que lady Crowland tivesse intenção de lê-los. Lady Crowland lia bem pouco além das páginas de mexericos, mas devolvê-los era um bom pretexto para visitas a Belgrave e ela aproveitava qualquer oportunidade para colocar Amelia perto de Thomas.

Ninguém tinha coragem de lhe dizer que Amelia raramente chegava a *ver* o duque nas visitas a Belgrave. Na maior parte do tempo, ela era obrigada a suportar a companhia da viúva – se bem que *companhia* talvez fosse uma palavra generosa demais para descrever Augusta Cavendish diante da jovem designada para dar prosseguimento à linhagem dos Wyndhams.

A viúva tinha uma grande habilidade para encontrar defeitos. Talvez fosse mesmo seu maior talento. E Amelia era seu assunto favorito.

Naquele dia, entretanto, a jovem foi poupada. A viúva se manteve no quarto, no andar superior, lendo as conjugações do latim feitas pelo filho, e assim Amelia acabou bebericando chá enquanto Grace e Elizabeth tagarelavam.

Ou melhor: Elizabeth tagarelava. Tudo o que Grace conseguia fazer era assentir e murmurar nos momentos apropriados. Seria de imaginar que o cansaço a impedisse de pensar direito, mas o que vinha acontecendo era o contrário. Não conseguia parar de pensar no salteador. E no beijo. E na identidade dele. E no beijo. E se voltaria a encontrá-lo. E que ele a beijara. E...

E *precisava* parar de pensar nele. Era uma loucura. Olhou para a bandeja de chá e imaginou se seria falta de educação comer o último biscoito.

– Tem certeza de que está bem, Grace? – perguntou Elizabeth, esticando-se para segurar a mão da amiga. – Está com uma aparência muito cansada.

Grace piscou e tentou se concentrar no rosto de sua querida amiga.

– Sinto muito. Estou bem cansada, porém isso não é desculpa para minha desatenção.

Elizabeth fechou a cara. Conhecia bem a viúva. Todos conheciam.

– *Ela* a fez ficar acordada até tarde ontem à noite?

Grace assentiu.

– Sim. Embora, para dizer a verdade, não tenha sido culpa dela.

Elizabeth lançou um olhar para a porta, para ter certeza de que ninguém as ouvia.

– Sempre é culpa dela – ressaltou a amiga.

Grace sorriu.

– Não, dessa vez não foi. Fomos... fomos abordadas por salteadores, na verdade.

Havia realmente algum motivo para não contar a Elizabeth? Thomas já sabia e decerto todo o distrito teria conhecimento antes do anoitecer.

– Céus, Grace! – falou Elizabeth e pousou a xícara abruptamente. – Não é de espantar que esteja tão distraída!

– Humm? – fez Amelia.

A mais nova vinha fitando o espaço vazio como costumava fazer enquanto Grace e Elizabeth tagarelavam, mas aquilo chamara sua atenção.

– Já me recuperei – garantiu Grace. – Temo que esteja apenas um pouco cansada. Não dormi bem.

– O que aconteceu? – perguntou Amelia.

Elizabeth lhe deu um empurrão.

– Grace e a viúva foram abordadas por salteadores.

– Verdade?

Grace assentiu.

– Ontem à noite. Quando voltávamos para casa.

E depois pensou: *Meu Deus, se o salteador for realmente neto da viúva e um filho legítimo, o que será de Amelia?*

Não, ele não poderia ser legítimo. Não poderia. Talvez tivesse o sangue de um Cavendish nas veias, mas sem o mesmo berço. Os filhos de duque não costumavam abandonar filhos legítimos. Isso simplesmente não acontecia.

– Levaram alguma coisa? – perguntou Amelia.

– Como pode ser tão controlada? – interveio Elizabeth. – Apontaram uma arma para ela!

Elizabeth se voltou para Grace.

– Não apontaram? – quis confirmar.

Grace reviu tudo em sua mente – a ponta do cano da pistola, o olhar indolente e sedutor do salteador. Ele não teria atirado. Ela sabia disso agora.

– Na verdade, apontaram – murmurou, no entanto.

– Não ficou aterrorizada? – perguntou Elizabeth, sem fôlego. – Eu teria ficado. Teria desmaiado.

– Eu não teria desmaiado – ressaltou Amelia.

– Claro que não – retorquiu Elizabeth, irritada. – Você nem ficou surpresa com o relato de Grace.

– Na verdade, parece bastante emocionante – acrescentou Amelia, e olhou para Grace com grande interesse. – Foi emocionante?

Grace sentiu que corava. Céus!

Amelia se aproximou com os olhos brilhando.

– Ele era bonito?

Elizabeth encarou a irmã como se ela estivesse louca.

– Quem?

– O salteador, claro.

Grace gaguejou alguma coisa e fingiu beber o chá.

– Ele *era* – concluiu Amelia, triunfante.

– Ele estava de *máscara* – sentiu-se obrigada a apontar.

– Mesmo assim você percebeu que ele era bonito.

– Não!

– Então o sotaque dele devia ser terrivelmente romântico. Francês? Italiano? – arriscou Amelia, então arregalou os olhos ainda mais. – *Espanhol.*

– Ela ficou louca! – decidiu Elizabeth.

– Ele não tinha sotaque – retorquiu Grace.

E aí se lembrou daquela cadência, daquele toque diabólico em sua voz que ela não conseguia localizar muito bem.

– Quero dizer, não tinha muito sotaque. Escocês, talvez? Irlandês? Não saberia dizer com precisão.

Amelia se recostou no assento com um suspiro feliz.

– Um salteador. Que romântico!

– Amelia Willoughby! – ralhou Elizabeth. – Grace ficou sob a mira de uma arma e você chama isso de romântico?

Amelia abriu a boca para responder, mas nesse momento as três ouviram passos no corredor.

– Será a viúva? – sussurrou Elizabeth, dirigindo-se a Grace com um ar de quem gostaria muito de estar enganada.

– Acho que não – respondeu Grace. – Ainda estava deitada quando eu desci. Ficou bastante... hum... abalada.

– Imagino – retrucou Elizabeth, então seu rosto foi tomado por uma expressão de pavor. – Levaram as esmeraldas?

Grace negou com a cabeça.

– Nós as escondemos sob as almofadas do assento.

– Ah, que astucioso! – disse Elizabeth, com aprovação. – Não concorda, Amelia?

Sem esperar pela resposta, ela se voltou para Grace.

– A ideia foi sua, não foi?

Grace ia responder que teria ficado feliz em entregá-las aos malfeitores, porém, naquele momento, Thomas passou diante do vão da porta, que se abria para a sala.

A conversa foi interrompida. Elizabeth olhou para Grace, que olhou para Amelia. Esta, por sua vez, ficou observando o vão vazio. Depois de um momento com a respiração suspensa, Elizabeth se voltou para Amelia.

– Acho que ele não percebeu que estamos aqui.

– Não me importo – declarou Amelia.

Grace acreditou nela.

– Aonde será que ele foi? – murmurou Grace, mesmo sem achar que pudessem ser ouvidas.

As três ainda olhavam fixamente a porta, esperando para ver se ele retornaria.

Então houve um grunhido e um estrondo. Grace se levantou, conjeturando se deveria investigar.

– Maldição! – vociferou Thomas.

Grace estremeceu e olhou para as outras, que também haviam se levantado.

– Cuidado com isso! – ordenou Thomas a alguém.

Em seguida, diante dos olhares das três damas silenciosas, a pintura de John Cavendish passou diante da entrada, sob os cuidados de dois lacaios que estavam tendo dificuldade para equilibrá-la.

– O que era aquilo? – perguntou Amelia assim que o retrato desapareceu.

– O filho do meio da viúva – murmurou Grace. – Morreu há 29 anos.

– Por que estão mexendo no retrato?

– A viúva quer que ele seja levado para o quarto dela – respondeu Grace.

Supôs que aquela resposta bastaria. Quem saberia as motivações de sua patroa para o que quer que fosse?

Amelia pareceu se satisfazer com essa explicação, pois não fez mais perguntas. Ou talvez não tivesse feito porque Thomas escolheu aquele minuto para reaparecer à porta da sala.

– Senhoritas – cumprimentou-as.

As três fizeram reverências.

Ele respondeu com um gesto que costumava fazer quando estava sendo apenas educado.

– Com licença.

E saiu.

– Pois bem – disse Elizabeth.

Grace não entendeu se a outra tentava expressar ultraje diante da descortesia do duque ou se apenas queria preencher o silêncio. Se fosse esse o caso, a estratégia não funcionou, pois ninguém disse mais nada até que a própria Elizabeth finalmente acrescentasse:

– Talvez devamos partir.

– Não, não podem – respondeu Grace, sentindo-se péssima por ter que transmitir notícias tão ruins. – Ainda não. A viúva quer ver Amelia.

Amelia gemeu.

– Sinto muito – disse Grace, e falava sério.

Amelia se sentou e encarou a bandeja de chá.

– Vou comer o último biscoito – anunciou.

Grace assentiu. Amelia precisaria de energias para enfrentar a provação que a esperava.

– Quer que eu peça mais?

E aí Thomas reapareceu. *De novo.*

– Por pouco não tivemos um desastre na escada – disse ele para Grace, balançando a cabeça. – A tela tombou para a direita e quase acabou cravada no corrimão.

– Minha nossa!

– Teria sido uma estaca no coração – disse ele com um humor sombrio. – Valeria a pena só para ver a cara dela.

Grace se preparou para se levantar e seguir para o andar superior. Se a viúva estava acordada, isso queria dizer que sua conversa com as amigas chegara ao fim.

– Sua avó deixou o leito, então? – perguntou Grace.

– Apenas para supervisionar o transporte do quadro. Você está segura por enquanto.

Ele balançou a cabeça, revirando os olhos.

– Não posso acreditar que ela fez a temeridade de exigir que você buscasse a pintura para ela ontem à noite. Nem que – acrescentou ele, com severidade – você tenha chegado a pensar que fosse capaz de cumprir a tarefa.

Grace achou que deveria explicar o assunto às amigas.

– A viúva solicitou que eu levasse a pintura para ela ontem à noite – informou para Elizabeth e Amelia.

– Mas é uma pintura imensa! – exclamou Elizabeth.

– Minha avó sempre preferiu o filho do meio – informou Thomas com um movimento dos lábios que Grace não chamaria de sorriso.

Ele olhou de relance para o aposento e então, como se percebesse de súbito que a futura esposa se encontrava presente, disse:

– Lady Amelia.

– Vossa Graça – respondeu ela.

Porém não devia ter sido ouvida, pois o duque já se voltara para Grace de novo.

– Certamente vai me apoiar se eu mandar trancafiá-la, não?

– Tho...

Grace interrompeu o que dizia no último momento. Supunha que Elizabeth e Amelia sabiam que ele permitira que ela o chamasse pelo nome de batismo em Belgrave. Mesmo assim, parecia desrespeitoso fazê-lo na presença de outras pessoas.

– Vossa Graça – disse ela, pronunciando cada palavra com cuidado e determinação. – É preciso ser muito paciente com ela hoje. Sua avó está abalada.

Grace rezou para ser perdoada por deixar que todos pensassem que a viúva ficara transtornada por um roubo insignificante. Não estava *exatamente* mentindo para Thomas, mas desconfiava que, naquele caso, o pecado da omissão poderia ser igualmente perigoso.

Ela se obrigou a sorrir. Pareceu-lhe um sorriso forçado.

– Amelia? Sente-se mal?

Grace se virou. Elizabeth observava a irmã com ar de preocupação.

– Estou perfeitamente bem – retrucou Amelia.

O que era suficiente para demonstrar que não estava.

As duas trocaram implicâncias por um momento, com vozes baixas que não permitiam a Grace distinguir as palavras exatas. Então Amelia se levantou dizendo algo sobre precisar tomar ar.

Thomas estava de pé, claro, e Grace também se levantou. Amelia passou por ela e chegou a alcançar a porta antes que Grace percebesse que Thomas não tinha intenção de segui-la.

Céus, para um duque, seus modos eram abomináveis! Grace lhe deu uma cotovelada na costela. Alguém precisava fazer aquilo, ela disse a si mesma. Ninguém tinha coragem de contrariá-lo.

Thomas fez cara feia, mas obviamente percebeu que ela estava com a razão, pois se voltou para Amelia, fez um sinal quase imperceptível com a cabeça e disse:

– Permita que eu a acompanhe.

Os dois saíram. Grace e Elizabeth ficaram em silêncio durante pelo menos um minuto antes que Elizabeth dissesse, com ar resignado:

– Eles não formam um bom casal, não é?

Grace olhou para a porta de relance, embora os dois já tivessem saído havia algum tempo. E balançou a cabeça.

Era gigantesco. Era um castelo, claro, e por isso deveria ser imponente. Mas *nossa*!

Jack permaneceu boquiaberto.

Era gigantesco.

Engraçado como ninguém mencionara que seu pai provinha de uma linhagem de duques. Teriam conhecimento? Sempre presumira que o pai descendesse da pequena nobreza do interior, talvez um baronete ou até um barão. Sempre lhe disseram que ele se chamava John Cavendish, e não lorde John Cavendish, como deveria ser tratado.

Quanto à velha... Jack percebera naquela manhã que ela não lhe dissera seu nome, mas na certa era a duquesa. Seus modos eram altivos demais para que fosse uma tia solteirona ou uma parenta viúva.

Minha nossa! Ele era neto de um duque. Como aquilo era possível?

Jack fitou a estrutura diante de si. Ele não era completamente provinciano. Havia viajado muito com o exército e frequentara a escola com os filhos das famílias mais distintas da Irlanda. Estava familiarizado com a aristocracia. Não se sentiria desconfortável nesse meio.

Mas aquilo...

Era gigantesco.

Quantos quartos haveria naquele lugar? Sem dúvida, mais de uma centena. E de quando datava? Não parecia muito medieval, apesar das ameias no topo, mas certamente era anterior aos Tudors. Devia ter sido o local de algum acontecimento importante. Casas grandes como aquela sempre faziam parte de algum evento histórico. A assinatura de algum tratado, talvez? Uma visita da realeza? Parecia o tipo de coisa que se aprenderia na escola, e talvez fosse justamente por isso que ele não sabia.

Estava longe de ser um erudito.

A vista do castelo, à medida que ele se aproximara, tinha sido enganadora. A área estava cheia de árvores, que faziam os torreões e as torres aparecerem e desaparecerem conforme ele atravessava a folhagem. Só quando chegou ao fim do caminho ele teve a visão completa – colossal e impressionante. A pedra era cinza com um toque amarelado e, embora os ângulos fossem retos em sua maioria, não havia nada de entediante naquela fachada. Subia e descia, projetava-se e recuava. Não era uma grande parede cheia de janelas no estilo georgiano.

Jack nem conseguia imaginar quanto tempo seria preciso para que um recém-chegado descobrisse como se orientar no interior da construção. Ou quanto tempo levaria para que o sujeito fosse encontrado, depois de se perder.

E lá estava ele, parado e admirado, tentando absorver tudo. Como seria crescer naquele lugar? Seu pai tinha sido criado ali e, segundo todos os relatos, era um bom homem. Quer dizer, segundo *um* relato, ele supôs – sua tia Mary era a única pessoa que ele conhecia que tivera contato suficiente com seu pai para ser capaz de contar uma ou duas histórias a respeito dele.

No entanto, era difícil imaginar uma família morando ali. A casa de sua infância na Irlanda não era pequena. Mesmo assim, com quatro crianças na propriedade, parecia que todos viviam se esbarrando. Não se passavam dez minutos nem se davam dez passos sem que se encontrasse um primo, um irmão, uma tia ou até um cachorro. (Tinha sido um bom cachorro. Deus protegesse sua alma peluda. Ele fora melhor do que a maioria das pessoas.)

Eles, os Audleys, se conheciam. Fazia tempo que Jack entendera que aquilo era algo raríssimo e muito precioso.

Depois de alguns minutos, notou uma pequena movimentação na entrada. Três mulheres saíram da casa. Duas eram louras. Estava distante demais para ver seus rostos, mas percebeu pela forma como se movimentavam que eram jovens e provavelmente bonitas.

Ele havia aprendido que as jovens mais belas se movimentavam de modo diferente das desprovidas de beleza mesmo que não estivessem cientes de seus dotes. Isso porque elas não pensavam no que lhes faltava, enquanto as não tão belas nunca deixavam de se preocupar com isso.

Jack abriu um meio sorriso. Talvez pudesse ser considerado um erudito no que dizia respeito às mulheres, um tema tão nobre quanto qualquer outro – ou pelo menos ele tentava se convencer disso.

Contudo, foi a terceira garota – a última a sair do castelo – que lhe tirou o fôlego e o deixou imóvel, sem conseguir desgrudar os olhos dela.

Era a jovem que estava na carruagem na noite anterior. Não restava dúvida. O cabelo era da cor certa – brilhante e escuro, mas não era de um tom tão singular que não pudesse pertencer a outra. Ele sabia que era ela porque... porque... porque sabia.

Lembrava-se dela. Lembrava-se do modo como se mexia, de tê-la junto a si. Lembrava-se do vazio entre seus corpos quando ela se afastou.

Gostara dela. Não costumava ter a oportunidade de gostar ou desgostar daqueles a quem assaltava, mas vinha pensando que havia algo muito atraente no brilho perspicaz que vira em seu olhar quando a velha a empurrara na direção dele e dera permissão para que ele apontasse uma arma para a jovem.

Ele desaprovara aquilo. Entretanto fora um prazer inesperado tocá-la, enlaçá-la. E quando a outra voltara com o retrato, ele apenas lamentara não haver tempo para beijar a jovem devidamente.

Jack se manteve em silêncio enquanto a observava. Ela olhou para trás, depois se inclinou para dizer algo às outras. Uma das louras lhe deu o braço e a levou para o lado. Eram amigas, constatou com surpresa. Ele se perguntou se a moça – a sua moça, como agora pensava nela – seria mais do que uma dama de companhia. Uma parenta pobre, talvez? Com certeza não era uma das donas da casa, mas também parecia não ser exatamente uma criada.

A jovem ajustou as tiras da touca (qual era seu nome?, ele queria saber) e apontou algo a distância. Jack se pegou olhando na direção que ela indicava mas havia árvores demais para permitir que ele enxergasse o que capturara o interesse dela.

E aí ela se virou.

Encarou-o.

E o *viu*.

Não gritou nem estremeceu, mas ele compreendeu que ela o vira pela forma como...

Pela sua forma de ser, supôs, porque não enxergava o rosto dela daquela distância. Mas ele tinha certeza.

Sentiu um arrepio e lhe ocorreu que ela o reconhecera também. Era uma ideia ridícula, pois ele estava a uma enorme distância e não vestia seus trajes de salteador. Mesmo assim, se convenceu: ela fitava o homem que a beijara.

O momento se estendeu por uma eternidade – embora tenha durado apenas alguns segundos. E então, em algum lugar, uma ave piou, despertando-o do transe e um único pensamento tomou conta de sua cabeça.

Hora de partir.

Nunca permanecia tempo demais parado, mas aquele lugar com certeza era o mais perigoso de todos.

Lançou um último olhar para o castelo, um olhar desprovido de desejo ou de arrependimento. Quanto à jovem da carruagem, ele também não a desejaria, decidiu ele, apesar de sentir algo estranho subir por sua garganta queimando.

Algumas coisas eram simplesmente inalcançáveis.

⌒

– Quem era aquele homem?

Grace escutou as palavras de Elizabeth, porém fingiu não ouvir. Estavam sentadas na confortável carruagem dos Willoughbys, mas o trio feliz havia se transformado num quarteto.

Ao se levantar da cama, a viúva dera uma olhada nas bochechas coradas de Amelia (Grace supunha que ela e Thomas acabaram dando um longo passeio juntos) e começara um discurso quase ininteligível sobre o decoro esperado de uma futura duquesa. Não era todo dia que se ouvia uma fala contendo dinastia, procriação e manchas de sol, tudo na mesma frase.

Contudo a viúva conseguira esse feito e agora *as três* jovens se sentiam infelizes, sobretudo Amelia. A viúva pusera na cabeça que precisava conversar com lady Crowland – muito provavelmente para tratar das supostas manchas na pele de Amelia – e, assim, se convidara para a viagem, enviando instruções aos estábulos de Wyndham para que aprontassem uma carruagem que fosse buscá-la depois.

Grace a acompanharia. Porque, com toda a franqueza, não tinha opção.

– Grace? – tornou a perguntar Elizabeth.

Grace mordeu os lábios e praticamente grudou o olhar na almofada do assento logo à esquerda da cabeça da viúva.

– Quem era? – insistiu Elizabeth.

– Ninguém – respondeu Grace depressa. – Estamos prontas para partir?

Ela olhou pela janela fingindo interesse em saber o porquê da demora. A qualquer momento, partiriam para Burges Park, onde os Willoughbys moravam. Vinha temendo a viagem, por mais curta que fosse.

E aí ela o vira.

O salteador. Aquele cujo nome não era Cavendish.

Mas que já fora.

Ele partira antes que a viúva deixasse o castelo, conduzindo sua montaria com tamanha habilidade que até ela, que estava longe de ser uma amazona, reconhecia seu talento.

Mas ele a vira. E ele a reconhecera. Tinha certeza disso.

Ela sentira.

Grace tamborilou os dedos com impaciência na lateral da própria coxa. Pensou em Thomas e no enorme retrato que desfilara pela porta que dava para a sala. Pensou em Amelia, que havia sido criada desde o nascimento para ser a futura esposa de um duque. E pensou em si mesma. Aquela vida talvez não fosse exatamente a que desejara para si, mas era a sua vida e era segura.

Apenas um homem poderia destruir tudo.

E foi por isso que, apesar de estar disposta a dar parte de sua alma por mais um beijo daquele homem de nome misterioso, quando Elizabeth voltou a comentar que parecia que ela o conhecia, Grace respondeu com rispidez:

– Não, não o conheço.

A viúva levantou o olhar, o rosto franzido pela irritação.

– Do que estão falando?

– Havia um homem no final da estrada – contou Elizabeth, antes que Grace pudesse negar qualquer coisa.

A cabeça da viúva virou bruscamente na direção de Grace.

– Quem era? – quis saber.

– Não sei. Não consegui ver o rosto dele.

Não era mentira. Pelo menos a segunda frase.

– Quem era? – vociferou a viúva, com a voz se sobrepondo ao som das rodas que começavam a descer a estrada.

– Não sei – repetiu Grace, mas até ela percebeu o tremor na própria voz.

– Você o viu? – perguntou a viúva para Amelia.

Os olhares de Grace e de Amelia se encontraram. Houve uma espécie de comunicação entre as duas.

– Não vi ninguém, senhora – respondeu Amelia.

A viúva a dispensou, bufando, e voltou todo o peso de sua fúria para Grace.

– Era ele?

Grace balançou a cabeça.

– Não sei – gaguejou. – Realmente não sei.

– Pare a carruagem! – berrou a viúva, jogando-se para a frente e empurrando Grace para o lado, para poder bater na parede que separava a cabine do cocheiro. – Pare, eu ordeno!

A carruagem estacou de repente e Amelia, que ia sentada ao lado da viúva, foi jogada para a frente, aterrissando aos pés de Grace. Tentou se levantar, mas foi bloqueada pela viúva, que estendera o braço para alcançar o queixo de Grace, os dedos longos e envelhecidos cruelmente cravados na sua pele.

– Vou lhe dar mais uma chance, Srta. Eversleigh – sibilou. – Era ele?

Perdão, pensou Grace.

Ela assentiu.

CAPÍTULO QUATRO

Dez minutos depois, Grace se encontrava no interior da carruagem dos Wyndhams, sozinha com a viúva, esforçando-se para lembrar por que tentara dissuadir Thomas de trancafiar a avó. Nos últimos cinco minutos, a viúva tinha:

Mandado a carruagem dar meia-volta.

Empurrado Grace para fora, fazendo-a aterrissar de forma desajeitada sobre o tornozelo direito.

Despachado as irmãs Willoughbys para casa sem a menor explicação.

Solicitado a carruagem dos Wyndhams.

Equipado tal carruagem com seis criados robustos.

Jogado Grace no interior do veículo. (O criado encarregado da tarefa pedira desculpas enquanto fazia isso, mas obedecera mesmo assim.)

– Senhora? – perguntou Grace, hesitante.

Viajavam a uma velocidade que não poderia ser considerada segura, o que não impedia a mulher de bater com a bengala na parede, urrando para que o cocheiro acelerasse mais ainda.

– Senhora? Para onde vamos?

– Sabe muito bem.

Grace aguardou um momento, com cautela, e então disse:

– Sinto muito, senhora. Não sei.

A viúva lhe lançou um olhar furioso.

– Não sabemos onde ele está – apontou Grace.

– Descobriremos.

– Mas, senhora...

– Basta! – interrompeu a viúva.

Não falou alto, mas sua voz continha intensidade suficiente para calar Grace de imediato. Depois de um momento, ela olhou de soslaio para a mulher mais velha. Estava sentada com as costas eretas como uma vara – eretas demais, na verdade, para uma viagem de carruagem. A mão direita se curvava num ângulo parecido com o de uma garra, puxando a cortina para ver o lado de fora.

Árvores.

Era tudo o que havia para ser visto. Grace não conseguia imaginar por que a viúva olhava para fora com tamanha atenção.

– Se você o viu, isto significa que ele ainda está na região – disse a viúva, a voz baixa atravessando os pensamentos de Grace.

Grace não disse nada. De qualquer forma, a outra não olhava para ela.

– O que quer dizer – prosseguiu a voz gelada – que há pouquíssimos lugares onde ele pode estar. Há somente três estalagens nas redondezas.

Grace apoiou a cabeça na mão. Era um sinal de fraqueza, algo que em geral ela tentava não demonstrar diante da viúva, mas não havia como manter uma fachada impassível naquele momento. Preparavam-se para sequestrá-lo. Ela, Grace Catriona Eversleigh, que nunca surrupiara sequer uma fitinha barata num mercado, seria cúmplice de um crime grave.

– Meu bom Deus! – sussurrou ela.

– Cale a boca e tente ser útil – disparou a viúva.

Grace rangeu os dentes. Diabos, como a viúva imaginava que ela *poderia* ser útil? Com certeza, qualquer violência necessária seria realizada pelos lacaios, todos com 1,80 metro de altura, de acordo com as regras vigentes em Belgrave. E não, ela não se enganava quanto ao objetivo da viagem. Ao olhar com desconfiança para a idosa, a resposta tinha sido lacônica: "Talvez meu neto tenha de ser convencido."

Naquele momento a viúva rosnou.

– Olhe pela janela. Foi você quem o viu.

Ela a tratava como se Grace tivesse se transformado numa idiota da noite para o dia.

Deus, Grace ficaria feliz em abrir mão de cinco anos de sua vida para estar em qualquer lugar menos no interior daquela carruagem.

– Senhora, eu já disse... Não o vi direito.

– Você o viu de perto ontem à noite.

Grace vinha tentando não olhar para ela, mas, ao ouvir aquilo, não conseguiu deixar de encará-la, estupefata.

– Eu vi quando o beijou – disse a viúva, num silvo. – E eu a aviso agora. Não tente ascender além de sua posição.

– Senhora, foi *ele* que me beijou.

– É meu neto – disparou a dama. – E talvez seja o verdadeiro duque de Wyndham. Por isso, não tenha ideias. É apreciada como minha dama de companhia, *só isso.*

Grace não conseguiu encontrar a expressão de ultraje necessária para reagir ao insulto. Só conseguia fitar horrorizada a viúva, incapaz de acreditar que realmente pronunciara aquelas palavras: "o verdadeiro duque de Wyndham".

A mera sugestão já seria escandalosa. Seria tão simples para ela descartar Thomas, destituí-lo de sua herança, de seu próprio nome? Wyndham não era apenas um título que cabia a Thomas, era sua identidade.

No entanto, se a viúva declarasse publicamente que o salteador era o legítimo herdeiro... Céus! Grace não conseguia sequer imaginar o tamanho do escândalo. A ilegitimidade do impostor seria provada – não poderia haver outro resultado, com certeza –, mas o dano já teria sido feito. Haveria sempre aqueles que insinuariam que *talvez* Thomas não fosse realmente o duque, que *talvez* ele não devesse ser tão seguro de si porque, na verdade, não tinha tantos direitos assim.

Grace não conseguia imaginar o que aquilo significaria para Thomas. Para todos eles.

– Senhora – disse ela, com a voz ligeiramente trêmula. – Não pode achar que esse homem seja um filho legítimo.

– Claro que posso – retrucou a viúva. – Seus modos eram impecáveis...

– Ele é um salteador!

– Um salteador com uma bela postura e o linguajar correto – retorquiu a viúva. – Não importa sua condição atual: ele foi criado de forma adequada e recebeu a educação de um cavalheiro.

– Mas isso não quer dizer que...

– Meu filho morreu num barco – interrompeu a viúva com dureza na voz – depois de ter passado oito meses na Irlanda. Oito malditos meses que deviam ter sido quatro semanas. Ele foi para uma cerimônia de casamento. Um casamento.

O corpo da mulher pareceu endurecer, a ponto de ela ranger os dentes com a lembrança.

– E nem era alguém digno de menção. Apenas um colega cujos pais compraram um título e depois deram um jeito para que ele estudasse em Eton, como se isso pudesse torná-los melhor.

Grace arregalou os olhos. A viúva baixara a voz, que se transformara num silvo peçonhento. A jovem se aproximou da janela de modo involuntário. Estar perto dela naquele instante parecia tóxico.

– E então... – prosseguiu a viúva. – E então! Tudo o que recebi foi um bilhete com três frases escritas com a letra de outra pessoa, relatando que ele vinha se divertindo tanto que provavelmente ficaria por lá.

Grace piscou.

– Ele não escreveu a mensagem? – perguntou ela, sem saber muito bem por que achava tão curioso aquele detalhe.

– Ele assinou – respondeu a viúva, ríspida. – E colocou o selo com seu anel. Sabia que eu não conseguia decifrar seus rabiscos.

A idosa se encostou no assento, o rosto contorcido por uma raiva e um ressentimento que duravam décadas.

– Oito meses. Oito malditos meses perdidos. Quem pode garantir que ele não se casou com uma meretriz por lá? Teve tempo suficiente para isso.

Grace a observou por um instante. O nariz estava empinado numa demonstração arrogante de cólera. Alguma coisa, porém, não parecia certa. Os lábios estavam contraídos e estremeciam. Os olhos brilhavam de forma suspeita.

– Senhora – disse Grace, com delicadeza.

– Não – interrompeu a viúva, a voz parecendo prestes a vacilar.

Grace imaginou se seria sábio se pronunciar naquele momento e decidiu que havia coisas demais em jogo para permanecer em silêncio.

– Vossa Graça, é simplesmente impossível que isso tenha acontecido – começou, conseguindo manter a coragem apesar da expressão desdenhosa da mulher. – Não se trata de uma humilde sucessão numa propriedade do interior. Não estamos falando de Sillsby – acrescentou, engolindo o nó na garganta que se formou diante da menção à casa de sua infância. – Estamos falando de Belgrave. De um ducado. Herdeiros legítimos não desaparecem simplesmente. Se seu filho tivesse um filho, a senhora teria sido informada.

A viúva a fitou por um momento longo e desconfortável.

– Vamos tentar primeiro a Lebre Feliz. É a menos rústica entre as estalagens locais.

Ela se acomodou na almofada, os olhos fixos num ponto à sua frente.

– Se ele for parecido com o pai, deve apreciar demais o conforto para se satisfazer com algo inferior.

Jack já se sentia um idiota quando puseram um saco sobre sua cabeça.

Era isso. Sabia que tinha se demorado demais. Durante todo o caminho de volta, ele se repreendera por ter sido tão tolo. Deveria ter partido depois do desjejum. Deveria ter partido ao alvorecer. Mas não, enchera a cara na noite anterior, depois saíra a cavalo para encontrar o maldito castelo. E aí ele a vira.

Se não a tivesse visto, nunca teria ficado parado na beira da estrada por tanto tempo. Nem teria partido com tanta velocidade. Nem teria precisado fazer uma parada para dar água e repouso para sua montaria.

E com certeza não estaria postado junto do cocho como um alvo fácil quando alguém o atacou pelas costas.

– Amarre-o – disse uma voz rude.

Foi o suficiente para que o corpo inteiro dele se pusesse em modo de luta. Um homem não passava a vida tão perto do laço da forca sem estar pronto para ouvir aquelas palavras.

Não importava que não pudesse ver. Não importava que não fizesse ideia de quem eram seus adversários ou seus motivos. Ele lutou. E sabia brigar fosse de forma limpa ou não. Só que eram pelo menos três, possivelmente mais, e ele só conseguiu dar dois bons socos antes de acabar com a cara na terra, as mãos para trás amarradas com uma...

Bom, aquilo não era uma corda. Verdade fosse dita, parecia mais com seda.

– Sinto muito – balbuciou um de seus agressores, o que foi estranho.

Homens que tinham por ocupação amarrar outros homens raramente pensam em se desculpar.

– Não foi nada – respondeu Jack, amaldiçoando-se em seguida pela insolência.

Tudo o que conseguiu com a resposta atrevida foi engolir a poeira do saco de aniagem.

– Por aqui – disse alguém, ajudando-o a se levantar.

E Jack só podia obedecer.

– Err... por favor – disse para a primeira voz, aquela que ordenara que ele fosse amarrado. – Seria possível me dizer aonde vou? – indagou Jack.

Houve bastante hesitação. Asseclas. Eram asseclas. Ele suspirou. Subordinados nunca sabiam das coisas importantes.

– Hum, o senhor pode subir?

E antes que Jack pudesse responder ou questionar, ele foi içado no ar e jogado no interior de alguma coisa que só podia ser uma carruagem.

– Instalem-no num dos assentos – rosnou uma voz.

Jack conhecia aquela voz. Era a dama idosa. Sua avó.

Pelo menos não estava a caminho da forca.

– Suponho que ninguém vá cuidar do meu cavalo – disse Jack.

– Cuidem do cavalo dele – disparou a mulher.

Jack permitiu que o transferissem para um assento. A manobra não foi particularmente fácil, já que ele estava amarrado e vendado.

– Suponho que não vão desamarrar minhas mãos.

– Não sou estúpida – respondeu a dama.

– Não – retrucou ele com um suspiro falso. – Não acho que seja. A beleza e a estupidez não andam juntas com a frequência que seria desejável.

– Lamento ter que levá-lo assim. Mas me deixou sem escolha.

– Sem escolha – repetiu Jack. – Sim, claro. Pois até agora tenho feito de tudo para escapar de suas garras.

– Se tivesse a intenção de me fazer uma visita – continuou a dama, incisiva –, não teria partido no início desta tarde.

Jack sentiu que abria um sorriso zombeteiro.

– Então foi ela quem contou – disse ele, perguntando a si mesmo por que tinha achado que ela não o faria.

– A Srta. Eversleigh?

Esse era seu nome.

– Ela não teve escolha – disse a mulher com desdém, como se os desejos da Srta. Eversleigh fossem algo que ela raramente levava em consideração.

Foi então que Jack sentiu um leve sopro de ar ao lado dele. Um vago farfalhar.

Ela estava ali. A evasiva Srta. Eversleigh. A silenciosa Srta. Eversleigh.

A deliciosa Srta. Eversleigh.

– Retirem o capuz – ordenou a avó. – Vai sufocá-lo.

Jack esperou com paciência, colocando um sorriso indolente no rosto – não era, afinal de contas, a expressão esperada e por isso era a que ele mais desejava exibir.

Ouviu-a fazer um ruído – a Srta. Eversleigh. Não foi exatamente um suspiro nem um gemido. Foi algo que ele não conseguiu classificar muito bem. Um misto de resignação e fadiga, talvez. Ou então...

O capuz foi retirado e ele aproveitou um momento para saborear o ar fresco em seu rosto.

Depois, olhou para ela.

Era a mortificação em pessoa. A pobre Srta. Eversleigh personificava a infelicidade. Um cavalheiro mais delicado teria desviado o olhar, mas ele não se sentia tão generoso naquele momento e se permitiu examinar seu rosto de forma demorada. Era bela, mas não de forma previsível. Não era uma típica beldade inglesa, não com aquela gloriosa cabeleira escura e os olhos azuis reluzentes, ligeiramente amendoados. Os cílios eram bem escuros, num forte contraste com a perfeição pálida da pele.

Evidentemente, aquela palidez bem poderia ser resultado de seu extremo desconforto. A pobre parecia prestes a colocar o estômago inteiro para fora.

– Foi tão ruim assim me beijar? – murmurou ele.

Ela ficou escarlate.

– Aparentemente, foi.

Ele se virou para a avó no tom mais casual possível:

– Espero que perceba que está cometendo um crime passível de ser punido com a forca.

– Sou a duquesa de Wyndham – respondeu ela, erguendo as sobrancelhas com altivez. – Não tenho preocupações com a forca.

– Ah, como a vida é injusta. Não concorda, Srta. Eversleigh? – indagou ele com um suspiro.

Parecia que a jovem queria falar. De fato, com toda a certeza, ela estava mordendo a língua.

– Agora, se fosse você a perpetrar este pequeno crime – prosseguiu ele, permitindo que seus olhos deslizassem com insolência do rosto para o busto de Grace e de volta para o rosto –, tudo seria bem diferente.

A mandíbula dela ficou tensa.

– Seria muito agradável, acho eu – murmurou ele, permitindo que seu olhar pousasse nos lábios dela. – Pense nisso... Eu e você, sozinhos nesta carruagem demasiadamente luxuosa.

Ele soltou um suspiro satisfeito e se recostou no assento.

– A imaginação voa.

Esperou que a dama defendesse a jovem. Ela não defendeu.

– Importam-se de compartilhar seus planos? – perguntou ele, pousando um tornozelo sobre a outra perna e afundando no assento.

Não era fácil chegar àquela posição com as mãos ainda amarradas às costas, mas ele não iria ficar ali sentado com as costas eretas, muito bem-educado.

A mulher idosa se voltou para ele apertando os lábios.

– A maioria dos homens não reclamaria deles.

Ele deu de ombros.

– Não sou a maioria dos homens.

Ele abriu um meio sorriso e se virou para a Srta. Eversleigh.

– Uma réplica um tanto banal de minha parte, não diria? Tão óbvia. Digna de um principiante.

Ele balançou a cabeça como se estivesse decepcionado.

– Espero não estar perdendo o jeito.

Os olhos dela se arregalaram.

Ele abriu um sorriso maroto.

– Acha que sou louco.

– Ah, acho sim – concordou ela.

Jack apreciou bastante ouvir a voz dela de novo, envolvendo-o com seu calor.

– É algo a ser considerado.

Ele voltou à mulher mais velha.

– Há registros de loucura na família?

– Claro que não – retrucou ela.

– Muito bem, é um alívio. Não que eu esteja reconhecendo um vínculo – acrescentou ele. – Acredito que não gostaria de ser associado a bandidos da sua estirpe. Que horror! Veja só: nunca pratiquei um sequestro.

Ele inclinou o corpo para a frente, como se fizesse uma confidência gravíssima para a Srta. Eversleigh.

– É de péssimo gosto, sabe?

E ele achou – ah, que *maravilha*! – que viu os lábios da jovem estremecerem. A Srta. Eversleigh tinha senso de humor. Tornava-se mais deliciosa a cada segundo.

Sorriu para ela. Sabia exatamente como sorrir para uma mulher e provocar uma reação.

Sorriu e ela corou.

O que o fez sorrir ainda mais.

– Basta – retrucou a mulher mais velha.

Ele fingiu inocência.

– Basta do quê?

Olhou para ela, para aquela mulher que muito provavelmente era sua avó. O rosto estava tenso e enrugado, os cantos da boca sustentavam o peso de uma carranca eterna. Pareceria infeliz mesmo se sorrisse, pensou ele. Mesmo se, de algum modo, ela conseguisse formar um arco na direção correta...

Não, decidiu ele. Não funcionaria. Ela nunca conseguiria. Provavelmente sucumbiria à exaustão.

– Deixe minha dama de companhia em paz – disse ela com secura.

Ele se inclinou para a Srta. Eversleigh dando a ela um sorriso torto, embora a jovem olhasse na direção oposta com grande determinação.

– Eu a incomodei?

– Não – respondeu ela, depressa. – Claro que não.

O que não podia estar mais longe da verdade. Mas quem era ele para reclamar?

Voltou-se para a senhora.

– Não respondeu à minha pergunta.

A dama ergueu uma sobrancelha de modo presunçoso. Jack reconheceu ali a origem da expressão que ele mesmo costumava fazer e não ficou feliz com isso.

– O que planeja fazer comigo? – perguntou ele.

– O que planejo fazer com o senhor – repetiu ela de forma curiosa, como se as palavras fossem estranhíssimas.

Ele ergueu a sobrancelha e imaginou se ela reconheceria a própria expressão.

– Existem muitas opções.

– Meu querido rapaz... – começou ela.

O tom era grandioso. Condescendente. Como se ele precisasse apenas perceber que deveria lamber as botas dela.

– Vou lhe dar o mundo.

Grace tinha acabado de recuperar a compostura quando o salteador, depois de uma careta demorada e pensativa, se voltou para a viúva:

– Não creio que esteja interessado no seu mundo.

Ela não conseguiu conter o riso horrorizado. Céus, a viúva parecia prestes a cuspir.

Grace tapou a boa com a mão e virou para o outro lado, tentando não reparar que o salteador sorria para ela, sem a menor sombra de dúvida.

– Minhas desculpas – disse ele para a viúva, sem parecer minimamente contrito. – Mas será que posso ficar com o mundo *dela*?

A cabeça de Grace se virou bruscamente, a tempo de ver que ele fazia um sinal na sua direção. Ele deu de ombros.

– Prefiro você.

– Nunca fala sério? – retrucou a viúva.

E algo nele mudou. Não mexeu um músculo, mas Grace sentiu o ar em torno dele ficar tenso. Era um homem perigoso. Disfarçava bem com todo aquele encanto e o sorriso insolente. Mas não era um homem a ser contrariado.

– Sempre falo sério – afirmou ele, sem que seu olhar se desviasse da viúva. – Seria bom tomar nota disso.

– Sinto muitíssimo – sussurrou Grace, as palavras saindo antes que tivesse oportunidade de pesá-las.

A gravidade da situação se abatia sobre ela com uma intensidade desconfortável. Tinha se preocupado tanto com Thomas e com o que tudo aquilo significaria para ele. Naquele momento, entretanto, percebia que os dois homens estavam presos na mesma teia.

E não importava quem aquele homem fosse, não merecia aquilo. Talvez quisesse a vida de um Cavendish, com toda a riqueza e o prestígio. A maior parte dos homens desejaria isso. Mas merecia ter escolha. Todo mundo merecia.

Examinou-o, obrigando-se a pousar os olhos sobre seu rosto. Vinha evitando o olhar dele tanto quanto possível, mas agora esse ato de covardia parecia uma indelicadeza.

Ele devia ter percebido que ela o observava, porque se virou. O cabelo escuro tombou sobre a testa, os olhos – com um tom espetacular de verde-musgo – se iluminaram.

– Prefiro você – murmurou ele.

E Grace pensou – ou teve esperanças – de ver um fulgor de respeito naquele olhar.

E, num piscar de olhos, o momento passou. Os lábios se moldaram naquele meio sorriso atrevido e ele soltou o ar antes de dizer:

– É um elogio.

Por mais ridículo que parecesse, Grace estava prestes a agradecer, mas o homem sacudiu o ombro – apenas um ombro, como se não quisesse se dar ao trabalho – e acrescentou:

– Claro, imagino que a única pessoa que eu gostaria *menos* do que nossa estimada condessa...

– Duquesa – retrucou a viúva.

Ele parou, lhe lançou um olhar levemente altivo, depois se voltou para Grace.

– Como eu dizia, a única pessoa que eu gostaria menos do que *ela* – ele fez um sinal com a cabeça na direção da viúva, não se dignando sequer a olhar para ela – seria Napoleão em pessoa. Por isso, acredito que não fiz um *grande* elogio, mas queria que soubesse que foi sincero.

Grace tentou não sorrir, mas ele sempre parecia estar olhando para ela como se compartilhassem um gracejo, apenas os dois, e ela sabia que aquilo deixava a viúva cada vez mais furiosa. Um olhar de relance confirmou que estava certa. A viúva parecia ainda mais rígida e transtornada do que o habitual.

Grace se voltou para o salteador movida pelo instinto de autopreservação, entre outras coisas. A viúva demonstrava todos os sinais de estar prestes a explodir, mas depois do que ocorrera na noite anterior, sabia que a idosa não o tornaria um de seus alvos: estava obcecada demais pela ideia de ter encontrado um neto perdido.

– Qual é o seu nome? – perguntou Grace, pois parecia ser a pergunta mais óbvia.

– Meu nome?

Grace assentiu.

Ele se virou para a viúva com uma expressão de grande desdém.

– Engraçado que a *senhora* ainda não tenha feito essa pergunta – ressaltou ele e balançou a cabeça. – Modos vergonhosos. Todos os melhores sequestradores sabem os nomes das vítimas.

– Não estou sequestrando ninguém! – explodiu a viúva.

Houve um momento embaraçoso de silêncio e em seguida a voz dele emergiu, suave como seda.

– Nesse caso, eu me equivoquei sobre as amarras.

Grace deu uma olhada cautelosa na direção da viúva. Ela nunca apreciava o sarcasmo a menos que saísse dos próprios lábios e nunca permitiria que o homem tivesse a última palavra. De fato, ao responder, as palavras pareciam entrecortadas e duras, coloridas pelo azul do sangue de alguém que está seguro da própria superioridade.

– Estou devolvendo-o a seu devido lugar neste mundo.

– Entendo – disse ele, lentamente.

– Bom. Então estamos de acordo. Tudo o que nos falta é devolvê-lo...

– A meu devido lugar – disse ele, interrompendo-a.

– Decerto.

– No mundo.

Grace percebeu que prendia a respiração. Não conseguia desviar o olhar, não conseguia tirar os olhos dele nem quando ele murmurou:

– A arrogância é notável.

A fala saiu suave, quase pensativa, e foi direto ao ponto.

A viúva virou bruscamente para a janela e Grace examinou seu rosto em busca de algo – qualquer coisa – que pudesse demonstrar sua humanidade, mas ela permanecia rígida.

– Estamos chegando em casa – falou a duquesa, a voz não traindo a menor emoção.

A carruagem pegou a estrada de acesso, passando pelo lugar onde Grace o vira no início daquela tarde.

– Estão chegando – corrigiu o salteador, olhando pela janela.

– Não tardará para que considere esta como a sua casa – declarou a viúva, a voz imperiosa, desafiadora e, acima de tudo, conclusiva.

Ele não respondeu. Nem precisava. As duas sabiam o que ele pensava. *Nunca.*

CAPÍTULO CINCO

– Que linda casa! – declarou Jack enquanto era conduzido, ainda com as mãos amarradas, pela grandiosa entrada de Belgrave.

Virou-se para a duquesa.

– Foi a senhora quem decorou? Tem um toque feminino.

A Srta. Eversleigh ia atrás deles. Mesmo assim, ele percebeu que ela engolia o riso.

– Ah, Srta. Eversleigh, não se contenha – exclamou ele, olhando por cima do ombro. – É bem melhor para a saúde.

– Por aqui – ordenou a viúva, fazendo um gesto para que ele a seguisse pelo corredor.

– Devo obedecer, Srta. Eversleigh?

Esperta como era, a jovem não respondeu. Mas Jack estava furioso demais para ser cauteloso e compreensivo, de modo que decidiu levar sua insolência adiante.

– E então, Srta. Eversleigh? Está me ouvindo?

– Claro que ela o ouve – retrucou a viúva, colérica.

Jack parou, inclinando a cabeça ao encarar a viúva.

– Achei que estivesse transbordando de felicidade por me conhecer.

– Estou – rosnou a mulher.

– Humm.

Ele se virou para a Srta. Eversleigh, que se aproximara deles durante o diálogo.

– Não acho que ela pareça transbordar de felicidade, não concorda?

A Srta. Eversleigh olhou para ele e para a patroa duas vezes antes de dizer:

– A duquesa viúva anseia por recebê-lo em sua família.

– Muito bem, Srta. Eversleigh – aplaudiu ele. – Perspicaz e prudente.

Jack retornou à avó:

– Espero que ela seja bem paga.

Duas manchas vermelhas apareceram nas bochechas da viúva, em tamanho contraste com a brancura de sua pele que ele teria jurado que eram *rouge* se não tivesse testemunhado seu surgimento.

– Pode sair – ordenou a duquesa sem sequer olhar para a Srta. Eversleigh.

– Posso? – perguntou ele, fingindo-se de desentendido. – Que ótimo. Importa-se em resolver isto? – prosseguiu ele, mostrando os punhos amarrados.

– Não o senhor, *ela* – disparou a avó com a mandíbula tensa. – Como sabe muito bem.

Porém Jack não queria demonstrar complacência e, naquele momento, não fazia questão de manter seu habitual ar jocoso. Encarou a mulher, seus olhos verdes encontrando os dela, de um azul glacial. Ao falar, ele sentiu um arrepio diante de algo que parecia familiar. Era como se estivesse de volta ao continente, de volta à batalha, os ombros eretos, os olhos franzidos ao enfrentar o inimigo.

– Ela fica.

Os três ficaram paralisados e os olhos de Jack continuaram pregados nos da viúva quando ele prosseguiu:

– A senhora a envolveu nesta história. Ela ficará até o final.

Jack imaginava que a Srta. Eversleigh protestaria. Diabo, qualquer pessoa sã sairia correndo o mais rápido que pudesse para se afastar do confronto que se configurava. A jovem, porém, permaneceu absolutamente imóvel, com os braços grudados junto ao corpo. Seu único movimento foi o da garganta quando ela engoliu em seco.

– Se me quiser – disse Jack em voz baixa – terá que ficar com ela também.

A viúva respirou fundo, colérica, e virou a cabeça num gesto abrupto.

– Grace, o salão escarlate. *Agora* – rosnou.

O nome da jovem era Grace. Jack se virou e olhou para ela. A pele era muito clara e os olhos, bem abertos e pensativos.

Grace. Ele gostou. Combinava com ela.

– Não quer saber meu nome? – perguntou ele para a viúva, que já atravessava o corredor.

Ela parou e deu meia-volta, como ele previra.

– É John – anunciou, apreciando o modo como o rosto dela empalideceu. – Ou Jack, para os amigos – emendou e olhou para Grace com um ar de sedução. – E para as *amigas*.

Poderia jurar que a moça estremecera, o que o encantou.

– É o que somos, não é? – murmurou ele.

66

Os lábios dela se entreabriram por um segundo inteiro antes que Grace conseguisse proferir um som.

– Somos o quê?

– Amigos, claro.

– Eu... eu...

– Deixe minha dama de companhia em paz! – rosnou a viúva.

Jack suspirou e balançou a cabeça, dirigindo-se à Srta. Eversleigh.

– Tão autoritária, não acha?

A Srta. Eversleigh corou. Era o tom de rosa mais bonito que Jack já vira.

– É uma pena que eu esteja amarrado. Parece que estamos vivendo um momento romântico, exceto pela presença desagradável de sua patroa, e seria bem mais fácil beijar sua mão se eu tivesse condições de segurá-la – prosseguiu ele.

Dessa vez ele teve certeza que Grace estremecia.

– Ou sua boca – sussurrou ele. – Posso beijar sua boca.

Houve um silêncio encantador, interrompido de forma um tanto rude.

– Que diabo está acontecendo aqui?

A Srta. Eversleigh deu um pulo para trás e Jack viu um homem extremamente zangado caminhando em sua direção.

– Grace, este homem está sendo impertinente?

Ela balançou a cabeça depressa.

– Não, não. Mas...

O recém-chegado se voltou para Jack com olhos azuis e furiosos. Olhos azuis e furiosos que eram bem parecidos com os da viúva, afora as olheiras e as rugas.

– Quem é o senhor?

– Quem é *o senhor*? – retrucou Jack, antipatizando imediatamente com o outro.

– Sou Wyndham – respondeu. – E o senhor está em minha casa.

Jack piscou. Um primo. Sua nova família ficava mais encantadora a cada segundo.

– Ah. Bem, neste caso sou Jack Audley. Antigo integrante do estimado exército de Sua Majestade, frequentador recente das estradas poeirentas.

– Quem são esses Audleys? – inquiriu a viúva, aproximando-se. – Você não é um Audley. Está no seu rosto. No nariz, no queixo e em cada maldito traço, a não ser nos olhos, que são da cor errada.

– Da cor errada? – reagiu Jack, fingindo-se magoado. – Verdade?

Jack se virou para a Srta. Eversleigh.

– Sempre me disseram que as damas *gostam* de olhos verdes. Fui enganado?

– Você é um Cavendish! – rugiu a viúva. – É um Cavendish e exijo saber por que não fui informada da sua existência.

– Que *diabos* está acontecendo? – perguntou Wyndham.

Jack achou que não tinha obrigação de responder e preferiu se manter em silêncio.

– Grace? – perguntou Wyndham, voltando-se para a amiga.

Jack observou o diálogo com interesse. Eram amigos, mas até onde ia aquela amizade? Ele não saberia dizer.

A Srta. Eversleigh engoliu em seco, com visível desconforto.

– Vossa Graça – disse ela –, talvez possamos ter uma palavra em particular?

– E estragar tudo para o resto de nós? – interferiu Jack.

Afinal, depois de tudo que lhe acontecera, estava convencido de que ninguém merecia um momento de privacidade. E, para causar o máximo de irritação, acrescentou:

– Depois de tudo pelo que passei?

– Este é seu primo – anunciou a viúva, cortante.

– Este é o salteador – disse a Srta. Eversleigh.

– Não estou aqui por vontade própria, posso garantir – acrescentou Jack, exibindo as mãos amarradas.

– Sua avó pensou tê-lo reconhecido ontem à noite – explicou a Srta. Eversleigh para o duque.

– Eu o *reconheci* – retrucou a viúva.

Jack resistiu ao desejo de se abaixar quando a mulher apontou o dedo para ele.

– Basta olhar para ele.

Jack se virou para o duque.

– Eu estava usando uma máscara – contou, porque precisava deixar claro que a culpa de tudo aquilo não deveria ser atribuída a ele.

Ele sorriu alegremente, observando o duque com interesse quando o homem pôs a mão na testa e apertou as têmporas com força suficiente para esmagar o crânio. E então, de repente, a mão tombou e ele gritou:

– Cecil!

Jack estava prestes a fazer outra troça a respeito de mais um primo perdido, mas naquele momento um criado – que presumivelmente se chamava Cecil – chegou correndo.

– O retrato – rosnou Wyndham. – Do meu tio.

– Aquele quadro que acabamos de levar para...

– Sim. No salão. *Agora!*

Jack arregalou os olhos ao perceber fúria naquela voz. E, naquele momento, ele viu a Srta. Eversleigh pousar a mão no braço do duque. Foi como se seu estômago se enchesse de ácido.

– Thomas – disse ela com suavidade, surpreendendo Jack ao usar o nome de batismo do duque –, permita que eu explique.

– Sabia de tudo isso? – indagou Wyndham num tom acusatório.

– Sim, mas...

– Ontem à noite – cortou-a, com um tom glacial. – Sabia ontem à noite?

Ontem à noite?

– Sabia, mas, Thomas...

O que tinha acontecido ontem à noite?

– Basta! – vociferou o duque. – Quero todos no salão.

Jack seguiu o duque e, depois que a porta se fechou, ele mostrou as mãos.

– Seria possível...? – perguntou ele usando o tom mais casual que pôde.

– Pelo amor de Deus – resmungou Wyndham.

Ele agarrou alguma coisa que se encontrava sobre uma escrivaninha perto da parede e voltou. Com um golpe furioso, cortou as amarras com um abridor de cartas de ouro.

Jack olhou para baixo, para ter certeza de que não sangrava.

– Muito bom – murmurou.

Nenhum arranhão.

– Thomas – insistiu a Srta. Eversleigh –, eu realmente acho que deveria me deixar ter uma palavra antes de...

– Antes do quê? – retrucou Wyndham, voltando-se para a jovem com algo que Jack considerou uma fúria pouco atraente. – Antes de ser informado de que tenho um primo perdido cuja cabeça pode ou não ser procurada pela Coroa?

– Pela Coroa, não, eu acho – disse Jack com brandura.

Tinha uma reputação a zelar, afinal de contas.

– Mas com certeza por alguns magistrados. E por um ou dois vigários. Ser salteador não é uma das profissões mais seguras.

Ninguém apreciou seu senso de humor, nem mesmo a pobre Srta. Eversleigh, que conseguira provocar a cólera dos dois Wyndhams. Cólera imerecida, na opinião de Jack. Ele detestava tiranos.

– Thomas – implorou a Srta. Eversleigh, com um tom de voz que fez Jack se perguntar de novo o que existia entre aqueles dois. – Vossa Graça – corrigiu ela, lançando um olhar nervoso para a viúva –, há algo que o senhor precisa saber.

– De fato – retrucou Wyndham. – Como, por exemplo, quem são meus verdadeiros amigos e confidentes.

A Srta. Eversleigh estremeceu, como se tivesse recebido um tapa. Naquele momento, Jack decidiu que não aguentava mais.

– Sugiro que o senhor fale com a Srta. Eversleigh de forma mais respeitosa – disse Jack, a voz leve mas firme.

O duque se virou para ele com olhos tão atordoados quanto o silêncio que inundou o ambiente.

– *Perdão?*

Jack odiou o homem naquele momento e todas as particulazinhas aristocráticas e orgulhosas de seu ser.

– Não está acostumado a ser tratado como homem, não é? – provocou.

O ar ficou cheio de eletricidade e Jack sabia que deveria ter previsto o que aconteceria a seguir. O rosto do duque se contorceu em fúria e, por algum motivo, Jack não foi capaz de se mover quando Wyndham se jogou em cima dele, as mãos se fechando em torno do seu pescoço. Os dois caíram no tapete.

Amaldiçoando-se pela tolice, Jack tentava se levantar quando o punho do duque acertou seu queixo. O instinto de sobrevivência animal se sobrepôs e ele tensionou o abdome até que ficasse duro como pedra. Num movimento rápido como um raio, ele jogou seu tórax para a frente e usou a cabeça como arma. Ouviu um estalo agradável ao atingir o queixo de Wyndham e se aproveitou de seu atordoamento para rolar e inverter as posições.

– *Nunca...* volte... a me atacar – rosnou Jack.

Havia lutado em trincheiras, em campos de batalha, por seu país, por sua vida, e *nunca* tivera paciência com aqueles que davam o primeiro golpe.

Levou uma cotovelada na barriga e estava prestes a retribuir com uma joelhada na virilha quando a Srta. Eversleigh entrou na refrega, colocando-se entre os dois sem pensar no decoro ou na própria segurança.

– Parem! Parem, os dois!

Jack conseguiu empurrar o antebraço de Wyndham bem a tempo de impedir que seu punho alcançasse o rosto dela. Teria sido um acidente, claro, mas então ele teria de matá-lo e *isso* com certeza poderia levá-lo para a forca.

– Deveria se sentir envergonhado – ralhou a Srta. Eversleigh, olhando direto para o duque.

Ele apenas ergueu uma sobrancelha e disse:

– Talvez seja melhor que você se afaste do meu...

Olhou para baixo, para a parte de seu corpo onde ela se sentara.

– Ah!

Grace deu um salto. Jack teria defendido sua honra, mas tinha de admitir que diria o mesmo se ela estivesse sentada em cima dele. Sem falar que ela ainda segurava seu braço.

– Vai cuidar dos meus ferimentos? – perguntou ele, seus olhos grandes e verdes transbordando com a expressão sedutora mais eficiente do mundo.

Que dizia, é claro, *preciso de você. Preciso de você e, se me quiser, eu me esquecerei de todas as outras e me desmancharei a seus pés e possivelmente me tornarei podre de rico e, se preferir, até farei parte da realeza,* tudo num arrebatamento sonhador.

Nunca falhava.

A não ser, talvez, naquele momento.

– O senhor não está ferido – disparou ela, afastando-o.

Ela olhou para Wyndham, que já estava de pé a seu lado.

– Nem o senhor.

Jack estava prestes a fazer um comentário sobre a compaixão humana, mas, naquele momento, a viúva deu um passo à frente e acertou o neto – ou melhor, o neto de linhagem conhecida – bem no ombro.

– Peça desculpas imediatamente. Ele é um hóspede em nossa casa.

Hóspede. Jack ficou emocionado.

– Na minha casa – retrucou o duque.

Jack observou a dama com interesse. Não aceitaria muito bem aquela afirmação.

– É seu primo – declarou ela com rigidez. – Dada a falta de parentes próximos em nossa família, seria de imaginar que você ficasse ansioso por acolhê-lo.

Ah, com certeza. O duque estava *transbordando* de alegria.

– Alguém poderia me fazer o favor de explicar como este homem apareceu no meu salão? – grunhiu Wyndham.

Jack esperou que alguém oferecesse uma explicação e, como ninguém se atreveu, ele apresentou a própria versão.

– Ela me sequestrou – disse, sacudindo o ombro na direção da viúva.

Wyndham se virou lentamente para a avó.

– Sequestrou? – inquiriu ele, a voz indiferente e estranhamente desprovida de ceticismo.

– De fato – confirmou ela, levantando o queixo. – E eu faria de novo.

– É verdade – confirmou a Srta. Eversleigh.

Então encarou Jack, virando-se em sua direção e disse:

– Sinto muito.

– Desculpas aceitas, claro – falou Jack com gentileza.

O duque, porém, não achou graça. A ponto de a pobre Srta. Eversleigh sentir necessidade de defender seu ato.

– Ela o *sequestrou* – ressaltou a jovem.

Wyndham a ignorou. Jack começava a antipatizar com ele *de verdade*.

– E me obrigou a tomar parte – balbuciou a Srta. Eversleigh.

Ela, por outro lado, se tornava depressa uma de suas pessoas preferidas.

– Eu o reconheci ontem à noite – anunciou a viúva.

Wyndham a encarou com descrença.

– No escuro?

– Apesar da máscara – acrescentou ela com orgulho. – É a imagem do pai. A voz, o riso, igualzinho.

Jack não considerava esse argumento particularmente convincente, por isso ficou curioso para saber o que o duque diria.

– Vovó – disse Wyndham, num tom que Jack considerou de notável paciência –, compreendo que ainda lamente a perda de seu filho...

– Seu tio – interrompeu ela.

– Meu tio – repetiu ele e pigarreou. – Mas já se passaram trinta anos desde a morte dele.

– Vinte e nove – corrigiu a duquesa.

– Faz muito tempo. As lembranças se esvaem.

– As minhas, não – contrapôs ela, altiva. – E com certeza não é o caso com as lembranças que tenho de John. O *seu* pai eu fico mais do que feliz em ter esquecido...

– Quanto a isso, estamos de acordo – cortou Wyndham, deixando Jack curioso com aquela história.

Em seguida, parecendo ainda querer estrangular alguém (Jack apostaria que esse alguém seria a viúva, já que ele mesmo já tivera a honra de receber as mãos do duque em seu pescoço), Wyndham berrou:

– Cecil!

– Vossa Graça – respondeu uma voz do corredor.

Jack viu dois criados lutando para fazer com que uma pintura gigante contornasse um canto e entrasse no aposento.

– Coloque em qualquer lugar – ordenou o duque.

Depois de alguns grunhidos e de um momento delicado em que jurou que o quadro despencaria sobre o que, para Jack, parecia ser um vaso chinês caríssimo, os empregados conseguiram encontrar um canto livre e pousaram a pintura no chão, apoiando-a com cuidado na parede.

Jack deu um passo à frente. Todos deram um passo à frente. E a Srta. Eversleigh foi a primeira a dizer:

– *Ai, meu Deus.*

Era ele. Com certeza não era *ele*, porque era John Cavendish, falecido quase três décadas antes. Mas, por Deus, era idêntico ao homem que se encontrava a seu lado.

Grace arregalou tanto os olhos que eles chegaram a doer. Olhava de um lado para outro, de um lado para outro e...

– Vejo que ninguém mais discorda de mim – disse a viúva, presunçosa.

Thomas se virou para o Sr. Audley como se tivesse visto um fantasma.

– Quem é você? – sussurrou.

Só que até o Sr. Audley estava sem palavras. Apenas fitava o quadro, fitava, fitava, fitava, o rosto branco, os lábios entreabertos, todo o seu corpo frouxo.

Grace prendeu a respiração. Ele acabaria recuperando a voz e, quando recuperasse, com certeza contaria a todos o que dissera a ela na noite anterior.

Meu nome não é Cavendish.

Mas já foi.

– Meu nome – gaguejou o Sr. Audley. – Meu nome de batismo...

Ele parou, engoliu em seco, e sua voz tremeu quando ele disse:

– Meu nome completo é John Augustus Cavendish-Audley.

– Quem eram seus pais? – sussurrou Thomas.

O Sr. Audley, Sr. *Cavendish*-Audley, não respondeu.

– Quem era seu pai? – indagou Thomas, a voz mais alta dessa vez, mais insistente.

– Quem diabos acha que ele era? – disparou o Sr. Audley.

O coração de Grace batia forte. Olhou para Thomas. Estava pálido, com as mãos trêmulas, e ela se sentia uma grande traidora. Poderia ter contado a ele. Poderia ter avisado.

Tinha sido covarde.

– Seus pais – disse Thomas, com a voz baixa. – Eles eram casados?

– O que está querendo dizer? – inquiriu o Sr. Audley.

Por um momento, Grace temeu que os dois voltassem a trocar socos. O Sr. Audley lembrava uma fera enjaulada, incitada e espicaçada até não aguentar mais.

– Por favor – implorou ela, voltando a se colocar entre os dois. – Ele não sabe.

O Sr. Audley não poderia saber o que significaria ser, de fato, legítimo. Mas Thomas sabia e tinha ficado tão imóvel que Grace pensou que ele poderia se estilhaçar. Ela olhou para ele e para a duquesa.

– Alguém precisa explicar ao Sr. Audley...

– Cavendish – vociferou a viúva.

– O Sr. Cavendish-Audley – atalhou Grace, pois não sabia como se dirigir a ele sem ofender alguém naquele aposento. – Alguém precisa dizer a ele que... que...

Seus olhos buscaram auxílio nos demais presentes, uma orientação, qualquer coisa, porque tinha certeza de que essa obrigação não era sua. Era a única entre eles que não tinha sangue Cavendish. Por que caberia a *ela* dar todas as explicações?

Olhou para o Sr. Audley tentando não enxergar nele o homem da pintura e falou:

– Seu pai... quero dizer, o homem na pintura... presumindo que seja seu pai... é o irmão *mais velho*... do pai de Sua Graça.

Ninguém disse nada.

Grace pigarreou.

– Portanto, se... se seus pais fossem de fato legalmente casados...

– Eles eram – praticamente rosnou o Sr. Audley.

– Sim, claro. Quero dizer, não é claro, mas...

Foi interrompida por Thomas.

– O que ela quer dizer é que, se for de fato o filho legítimo de John Cavendish, então o senhor é o duque de Wyndham.

E lá estava. A verdade. Ou, se não era a verdade, era uma possível verdade, e ninguém, nem a viúva, sabia o que dizer. Os dois homens – os dois duques, pensou Grace, reprimindo um riso nervoso – simplesmente se encararam, avaliando-se mutuamente, até que por fim o Sr. Audley estendeu a mão.

Ela tremia feito a da velha viúva quando ela procurava apoio. Acabou encontrando o encosto de uma cadeira, onde se segurou firme. Com as pernas visivelmente vacilantes, o Sr. Audley sentou.

– Não. Não.

– Ficará por aqui até que este assunto possa ser resolvido a meu contento – ordenou a viúva.

– Não. Não ficarei – declarou o Sr. Audley com bem mais convicção.

– Ah, sim, ficará. Se não ficar, vou entregá-lo para as autoridades como o ladrão que você é.

– Não faria isso – balbuciou Grace.

Ela se dirigiu ao Sr. Audley.

– Ela não faria isso. Não acreditando que é sua avó.

– Cale-se! – grunhiu a viúva. – Não sei o que pensa que está fazendo, Srta. Eversleigh, mas não faz parte da família e não deveria estar neste aposento.

O Sr. Audley se levantou. Seu porte era elegante e orgulhoso e, pela primeira vez, Grace enxergou nele o militar que ele dizia ter sido. Ao falar, as palavras foram medidas e claras, completamente diferente do jeito arrastado e indolente que ela passara a esperar dele.

– Não volte a falar desse modo com a Srta. Eversleigh.

Grace sentiu que derretia por dentro. Thomas a defendera antes. De fato, tinha sido seu defensor muitas vezes, mas não daquele jeito. Sabia que ele valorizava sua amizade. Aquilo, porém, era diferente. Ela não ouviu as palavras.

Ela as sentiu.

E, ao observar o rosto do Sr. Audley, seus olhos desceram para sua boca. Ela se lembrou... do toque de seus lábios, do beijo, de sua respiração, do espanto agridoce quando tudo acabou, porque ela não queria o beijo... mas depois não queria que terminasse.

Houve um silêncio perfeito, uma completa imobilidade, exceto pelo arregalar de olhos da viúva. E, naquele momento, quando Grace percebeu que suas mãos tinham começado a tremer, a viúva decretou:

– Sou sua avó.

– Isso ainda deve ser determinado – replicou o Sr. Audley.

Surpresa, Grace entreabriu os lábios, pois ninguém poderia duvidar de sua origem, não com a prova encostada na parede do salão.

– O quê? – explodiu Thomas. – Está tentando dizer agora que acha que não é filho de John Cavendish?

O Sr. Audley deu de ombros e, no instante seguinte, a determinação férrea em seu olhar havia desaparecido. Voltou a ser o salteador tratante, o aventureiro completamente sem responsabilidade.

– Com toda a franqueza, não sei se gostaria de ganhar acesso a este clubinho tão encantador.

– Não tem escolha – disse a viúva.

– Tão amorosa! – suspirou o Sr. Audley. – Tão protetora. A imagem perfeita de uma avó.

Grace tapou a boca, mas seu riso abafado escapou. Tão impróprio... de tantos modos... mas foi impossível se conter. O rosto da viúva tinha ficado roxo, os lábios franzidos a ponto de as linhas de cólera chegarem ao nariz. Nem Thomas conseguira provocar tamanha reação. E só Deus sabia quanto ele tentara.

Ela examinou o amigo. De todos os que estavam no aposento, decerto era ele quem tinha mais a perder. Parecia exausto. E atônito. E furioso e, surpreendentemente, prestes a gargalhar.

– Vossa Graça – disse Grace, hesitante.

Não sabia o que queria dizer a ele. Provavelmente não havia nada a dizer, porém o silêncio era terrível.

Ele a ignorou, mas Grace sabia que a ouvira, pois seu corpo enrijecera mais ainda, depois estremecera enquanto ele soltava o ar. Então a viúva – porque ela nunca podia deixá-lo em paz – pronunciou seu nome como se chamasse um cachorro.

– Cale a boca – retrucou ele.

Grace queria apoiá-lo. Thomas era seu amigo, contudo se encontrava – sempre se encontrara – numa posição muito superior. E ali estava ela, odiando a si mesma por não conseguir deixar de pensar no outro homem no aposento, no homem que poderia roubar a própria identidade de Thomas.

E por isso nada fez. E se odiou mais ainda.

– O senhor deve ficar – disse Thomas para o Sr. Audley. – Precisaremos... Grace prendeu o fôlego enquanto Thomas pigarreou.

– Precisaremos entender o que está acontecendo.

Todos esperaram a resposta do Sr. Audley. Ele parecia avaliar Thomas, medi-lo dos pés à cabeça. Grace rezou para que ele percebesse como deveria ser difícil para Thomas se dirigir a ele com tamanha civilidade. Com certeza, ele responderia à altura. Queria muito que ele fosse uma boa pessoa. Ele a beijara. Ele a defendera. Seria esperar demais que, por trás daquela fachada, houvesse um cavalheiro pronto para salvar alguém?

CAPÍTULO SEIS

Jack sempre se orgulhara de ser capaz de encontrar a ironia em qualquer situação. No entanto, ali, no salão de Belgrave – correção: em um dos salões de Belgrave, porque com certeza havia dezenas –, ele não conseguia encontrar nada além da fria realidade.

Passara seis anos como oficial no exército de Sua Majestade e se havia algo que aprendera no campo de batalha era que a vida podia virar de ponta-cabeça a qualquer momento – e que isso costumava acontecer. Um movimento errado, um indício ignorado e ele podia perder um batalhão inteiro. Desde que voltara para a Inglaterra, porém, ele deixara aquele conhecimento um tanto de lado. Sua vida se tornara uma série de pequenas decisões e encontros insignificantes. Ele, de fato, era um criminoso, o que queria dizer que sempre dançava poucos passos à frente do laço da forca, mas sua existência não era como antes. Nenhuma vida dependia de seus atos. Nem o sustento de ninguém.

Não havia nada de sério em roubar carruagens. Na verdade, era um jogo para homens com educação demais e objetivos de menos. Quem imaginaria que uma de suas decisões insignificantes – tomar a estrada de Lincolnshire no sentido norte e não no sentido sul – levaria àquela situação? Pois uma coisa era certa: sua vida despreocupada pelas estradas chegara ao fim. Desconfiava que Wyndham ficaria mais do que feliz em vê-lo pelas costas, mas a viúva não sossegaria com tanta facilidade. Apesar das palavras da Srta. Eversleigh, ele estava convencido de que a velha faria de tudo para mantê-lo sob controle. Talvez não o entregasse às autoridades, mas decerto diria ao mundo que seu neto perdido vagava pelo interior roubando carruagens. O que dificultaria muito continuar na profissão escolhida.

E se ele fosse realmente o duque de Wyndham...

Que Deus os protegesse.

Começava a torcer para que a tia tivesse mentido. Pois ninguém desejaria que ele assumisse uma posição de tanta autoridade. Ele, menos que qualquer um.

– Alguém poderia explicar, por favor...

Ele respirou e parou, apertando as têmporas. Parecia que um batalhão inteiro havia marchado sobre sua testa.

– Alguém poderia explicar a árvore genealógica?

Alguém deveria *saber* se seu pai fosse herdeiro de um ducado. Sua tia? Sua mãe? Ele mesmo?

– Tive três filhos – disse a viúva. – Charles era o mais velho; John, o do meio; Reginald, o caçula. Seu pai partiu para a Irlanda pouco depois do casamento de Reginald com a mãe *dele*.

O rosto da duquesa assumiu uma expressão de visível desgosto e ela fez um gesto com a cabeça na direção de Wyndham.

– Ela era de uma família de comerciantes – disse Wyndham sem qualquer expressão. – O pai era dono de fábricas. Montes e montes de fábricas.

Ele ergueu uma de suas sobrancelhas muito de leve.

– Agora somos os donos – concluiu.

Os lábios da viúva ficaram tensos, mas ela ignorou a interrupção.

– Fomos informados da morte de seu pai em julho de 1790.

Jack assentiu. Ouvira a mesma coisa.

– Um ano depois, meu marido e meu filho mais velho morreram de uma febre. Não contraí a doença. O caçula não morava mais em Belgrave, por isso também foi poupado. Charles ainda não tinha se casado e acreditávamos que John morrera sem deixar filhos. Desse modo, Reginald se tornou o duque.

A viúva fez uma pausa, sem manifestar a menor emoção.

– Não era o esperado.

Todos olharam para Wyndham. Ele nada disse.

– Vou ficar – disse Jack em voz baixa, percebendo que não havia escolha.

E talvez não fizesse mal aprender uma ou duas coisas sobre o pai. Um homem deveria conhecer suas origens. Era o que o tio William sempre dizia. Jack começava a se perguntar se essas palavras já seriam como um perdão adiantado. Um perdão caso ele decidisse, um belo dia, que desejava ser um Cavendish.

Claro que tio William não conhecia *esses* Cavendishes. Se tivesse conhecido, talvez mudasse completamente seu discurso.

– Muito sensato de sua parte – afirmou a viúva, juntando as mãos. – Então agora nós...

Jack a interrompeu.

– Mas primeiro devo voltar à estalagem para pegar meus pertences.

Ele observou o salão quase rindo de sua opulência.

– Por mais parcos que sejam – emendou.

– Bobagem – decretou a viúva, ríspida. – Seus pertences serão substituídos...

Ela olhou para as roupas dele.

– Por itens de melhor qualidade, devo acrescentar.

– Não estava pedindo sua permissão – respondeu Jack, esforçando-se para manter a leveza.

Não queria que sua raiva transparecesse na voz. Aquilo deixava um homem em desvantagem.

– De qualquer manei...

– Além do mais – acrescentou Jack, pois não queria ouvir a voz da mulher mais do que o necessário –, devo explicações a meus parceiros.

Nesse momento, ele olhou para Wyndham.

– Nada que se aproxime da verdade – acrescentou num tom seco, para que o duque não presumisse que ele pretendia espalhar boatos pela região.

– Não desapareça. Garanto que vai se arrepender – advertiu a viúva.

– Não há por que se preocupar – interveio Wyndham num tom inexpressivo. – Quem desapareceria diante da possibilidade de receber um ducado?

A mandíbula de Jack ficou tensa, mas ele se conteve. Não havia necessidade de outra troca de murros naquela tarde.

Então o duque acrescentou de forma abrupta:

– Eu o acompanharei.

Ah, meu bom Deus. Era a última coisa de que ele precisava. Jack se virou para encará-lo, uma sobrancelha erguida demonstrando desconfiança.

– Preciso me preocupar com minha segurança?

Wyndham ficou visivelmente rígido. Treinado para notar os mínimos detalhes, Jack reparou que os punhos do outro ficaram cerrados. Ele insultara o duque. Àquela altura, considerando os hematomas que apareceriam no seu pescoço, ele não se importava.

Dirigiu-se para a Srta. Eversleigh com seu sorriso mais inocente.

– Sou uma ameaça à identidade dele. Com certeza, qualquer homem de juízo questionaria a própria segurança.

– Está enganado! – exclamou ela. – O senhor cometeu um erro de julgamento. O duque...

Ela lançou um olhar horrorizado para Wyndham e todos foram obrigados a compartilhar seu constrangimento ao perceber o que dissera. Entretanto Grace foi em frente, determinada como era.

– É o homem mais honrado que conheço – prosseguiu, com a voz baixa e ardente. – O senhor nunca correria riscos em sua companhia.

Aquele ardor havia deixado a jovem com as bochechas rosadas e Jack teve um pensamento cruel. Haveria algo entre a Srta. Eversleigh e o duque? Habitavam a mesma casa ou castelo, tendo uma velha amargurada como única companhia. Embora a viúva estivesse longe de ser senil, Jack não imaginava que faltassem oportunidades para namoricos bem debaixo de seu nariz.

Observou a Srta. Eversleigh com atenção, demorando-se nos lábios dela. Ele se surpreendera ao beijá-la na noite anterior. Não tinha essa intenção e com certeza nunca fizera nada parecido ao assaltar uma carruagem. Naquele momento, parecera a coisa mais natural do mundo – tocar seu queixo, erguer seu rosto de leve, aproximando-o do seu, e unir seus lábios aos dela.

Fora doce e fugaz. E só agora ele se dava conta de como queria mais.

Olhou para Wyndham e o ciúme devia estar evidente em seu rosto, pois o primo recém-descoberto pareceu divertir-se ligeiramente ao dizer:

– Garanto que, por mais que eu sinta desejos violentos, nada farei em relação a eles.

– Que coisa terrível de dizer – comentou a Srta. Eversleigh.

– Mas é sincero – reconheceu Jack com um meneio de cabeça.

Não gostava do sujeito, daquele duque que fora criado para encarar o mundo como um domínio seu. Porém apreciava a sinceridade de quem quer que fosse.

E, enquanto Jack o fitava nos olhos, pareceu haver um acordo silencioso entre os dois. Não precisavam ser amigos. Não tinham sequer de ser amistosos. Mas seriam sinceros.

O que era suficiente para Jack.

Pelas contas de Grace, os homens deveriam ter retornado em noventa minutos, duas horas no máximo. Nunca passara muito tempo sobre uma sela, por isso não era a pessoa mais qualificada para estimar a velocidade deles, mas estava bem certa de que dois homens a cavalo alcançariam a estalagem em menos de uma hora. Em seguida, o Sr. Audley recolheria seus pertences, o que não poderia levar muito tempo, certo? E aí...

– Afaste-se dessa janela – vociferou a duquesa.

Grace franziu os lábios, irritada, mas conseguiu recuperar uma expressão plácida antes de se virar.

– Encontre algo útil para fazer – acrescentou a viúva.

Grace olhou de um lado para outro, tentando decifrar a ordem. A duquesa sempre tinha algo específico em mente e Grace detestava quando era obrigada a adivinhar.

– Gostaria que eu lesse para a senhora? – perguntou.

Era uma de suas obrigações mais agradáveis. Naquele momento, liam *Orgulho e preconceito*, que Grace apreciava imensamente e que a viúva fingia não gostar nem um pouco.

A viúva grunhiu. Era um grunhido que significava *não*. Grace era fluente nesse método de comunicação. Não se orgulhava particularmente daquela habilidade.

– Eu poderia escrever uma carta. A senhora não planejava responder à recente missiva de sua irmã? – sugeriu a jovem.

– Posso escrever minhas próprias cartas – respondeu a viúva, incisiva, embora as duas soubessem que sua ortografia era atroz.

Grace sempre acabava reescrevendo toda a correspondência antes de enviá-la. Ela respirou fundo e soltou o ar devagar, estremecendo com aquele suspiro. Não tinha a energia necessária para deslindar o emaranhado da mente da viúva. Não naquele dia.

– Estou com calor – anunciou a viúva.

Grace não disse nada. Esperava que não fosse necessário. Em seguida, a dama pegou algo numa mesinha próxima. Um leque, constatou Grace com desgosto assim que ele foi aberto.

Não, por favor, não. Agora não.

A viúva examinou o leque, um modelo azul bastante festivo com motivos chineses em preto e dourado. Depois voltou a fechá-lo, obviamente apenas para segurá-lo com mais facilidade como um bastão diante de si.

– Pode me deixar mais confortável – disse ela.

Grace fez uma pausa. Levou apenas um momento, provavelmente menos de um segundo, mas era sua única forma de rebelião. Não tinha condições de recusar nem de deixar que seu desagrado transparecesse. Mas podia fazer uma pausa. Ficar imóvel pelo tempo suficiente para intrigar a viúva.

E depois, claro, ela deu um passo à frente.

– Acho que a temperatura está bastante agradável – disse ela assim que assumiu seu posto ao lado da outra mulher.

– É porque você está abanando o leque.

Grace olhou para o rosto fechado da duquesa. Algumas rugas foram provocadas pela idade, mas não aquelas próximas da boca, que deixavam seus lábios constantemente franzidos. O que acontecera com aquela mulher para que ficasse tão amarga? Teria sido a morte dos filhos? A perda da juventude? Ou simplesmente viera ao mundo com aquele azedume?

– O que acha do meu novo neto? – perguntou a mulher mais velha de repente.

Grace ficou paralisada, em seguida recuperou o controle e voltou a abanar.

– Não o conheço bem o bastante para formar uma opinião – respondeu, cautelosa.

A viúva ficou olhando para a frente ao retrucar:

– Bobagem. Todas as melhores opiniões são formadas num instante. Sabe muito bem disso. Caso contrário estaria casada com aquele seu priminho repulsivo, não é verdade?

Grace pensou em Miles instalado em sua antiga casa. Tinha que admitir: volta e meia, a viúva acertava em cheio.

– Com certeza tem algo a dizer, Srta. Eversleigh.

O leque subiu e desceu três vezes antes que Grace decidisse responder.

– Ele parece ter um senso de humor vigoroso.

– Vigoroso – repetiu a viúva, a curiosidade na voz, como se testasse aquela palavra em sua língua. – Um adjetivo apropriado. Eu não teria pensado nele, mas é adequado.

Era o mais perto que a viúva chegava de fazer um elogio.

– Ele é bastante parecido com o pai – prosseguiu a viúva.

Grace passou o leque para a outra mão.

– É mesmo? – murmurou.

– De fato. Mas se o pai fosse um pouco mais... vigoroso, talvez nós não tivéssemos acabado nesta situação, não é verdade?

Grace engasgou.

– Sinto muito, senhora. Deveria ter escolhido melhor as minhas palavras.

A viúva não tomou conhecimento do pedido de desculpas.

– A irreverência dele é bem parecida com a do pai. Meu John nunca se permitiu passar por um momento de seriedade. Tinha uma inteligência mordaz.

– Não diria que o Sr. Audley é mordaz – disse Grace.

Seu humor era astucioso demais.

– O nome dele não é Sr. Audley e claro que ele é mordaz – disse a viúva, incisiva. – Você está inebriada demais para perceber.

– Não estou inebriada – protestou Grace.

– Claro que está. Qualquer moça estaria. Ele é extremamente bonito, exceto pela cor dos olhos.

Grace resistiu ao desejo de dizer que não havia nada de errado com olhos verdes.

– Na verdade, estou me sentindo abalada – falou Grace. – Foi um dia muito exaustivo. E uma noite muito exaustiva – acrescentou depois de pensar.

A viúva deu de ombros e voltou a conversa para o assunto desejado.

– A inteligência do meu filho era lendária. Você também não a teria considerado mordaz porque ele era simplesmente sagaz demais. Um homem brilhante é aquele que consegue proferir um insulto sem que o insultado se aperceba disso – declarou.

Grace achou que aquilo era um tanto triste.

– Mas qual seria, então, o objetivo?

– Objetivo? – indagou a viúva e piscou várias vezes. – Do quê?

– De insultar alguém.

Grace voltou a trocar a posição do leque, depois sacudiu a mão livre para despertar os dedos dormentes de tanto segurar o cabo. Como tinha certeza de que a viúva poderia encontrar muitos motivos para menosprezar alguém, ela emendou:

– Digo: de insultar alguém com a intenção de que o alvo não perceba?

A viúva continuou sem se voltar para ela, mas Grace notou quando ela revirou os olhos.

– É uma questão de orgulho, Srta. Eversleigh. Eu não esperava que compreendesse.

– Não – disse Grace em voz baixa. – Eu não compreenderia.

– Não sabe o que significa distinguir-se em algo.

A viúva franziu os lábios e esticou ligeiramente o pescoço de um lado para o outro.

– Não poderia saber – concluiu ela.

Foi um insulto tão mordaz quanto possível, mas a viúva parecia ignorar por completo o que acabara de fazer.

Havia ali uma ironia. Tinha de haver.

– Vivemos tempos interessantes, Srta. Eversleigh – comentou a viúva.

Grace assentiu em silêncio, virando a cabeça para o lado para que a outra não visse as lágrimas em seus olhos caso decidisse olhar em sua direção. Os pais não dispunham de recursos para viajar, embora tivessem corações de aventureiros. Por isso, o lar dos Eversleighs era cheio de mapas e livros sobre lugares distantes. Grace se lembrava, como se tivesse acontecido no dia anterior, da ocasião em que os três se encontravam diante do fogo, envolvidos cada um em sua leitura, e o pai tirara os olhos do livro e exclamara: "Não é maravilhoso? Na China, se desejar insultar alguém, basta dizer 'Que você viva tempos interessantes."

Grace, de repente, não sabia dizer se as lágrimas em seus olhos eram de tristeza ou de júbilo.

– Já basta, Srta. Eversleigh. Já estou bem refrescada.

Grace fechou o leque e decidiu pousá-lo na mesa próxima à janela para ter um motivo para atravessar o aposento. Havia apenas os primeiros sinais do anoitecer, por isso não foi difícil enxergar a estrada de acesso ao castelo. Não sabia por que estava tão ansiosa pela volta dos dois: talvez apenas para ter certeza de que não tinham se matado durante a jornada. Apesar de defender a honradez de Thomas, ela não gostara do que vira em seus olhos. E com certeza nunca ouvira falar que ele agredira alguém. Parecia uma fera ao se jogar sobre o Sr. Audley. Se o Sr. Audley tivesse sido menos habilidoso ao se defender, Grace estava convencida de que Thomas lhe causaria danos permanentes.

– Acha que vai chover, Srta. Eversleigh?

Grace se virou.

– Não.

– O vento está aumentando.

– Está.

Grace esperou até que a viúva voltasse sua atenção para algo sobre a mesa ao lado dela e então olhou de novo a janela. Claro que naquele momento ela ouviu...

– Espero que chova.

Mas Grace se manteve imóvel. Depois, se virou:

– Perdão, o que disse?

– Espero que chova – repetiu a viúva com muita naturalidade, como se fosse perfeitamente normal torcer por uma precipitação enquanto duas pessoas viajavam a cavalo.

– Eles vão ficar encharcados – observou Grace.

– Serão obrigados a se avaliar. O que terá de acontecer mais cedo ou mais tarde. Além do mais, meu John nunca se importou de cavalgar na chuva. Aliás, ele apreciava bastante.

– Isso não significa que o Sr...

– Cavendish – completou a viúva.

Grace engoliu em seco. Era uma forma de recuperar a paciência.

– Independentemente do nome pelo qual ele prefira ser chamado, não acho que devamos presumir que ele goste de cavalgar na chuva só porque o pai dele gostava. A maioria das pessoas não gosta.

A duquesa não parecia inclinada a considerar essa possibilidade. Mas ponderou sobre o comentário.

– É verdade que não sei nada sobre a mãe dele. Ela poderia ser responsável por uma série de adulterações.

– Gostaria de um chá, senhora? – perguntou Grace. – Eu poderia pedir.

– O que sabemos dela, afinal de contas? Quase com certeza era irlandesa, o que pode significar uma série de coisas, todas terríveis.

– O vento está aumentando – disse Grace. – Não gostaria se a senhora pegasse friagem.

– Ele chegou a nos dizer o nome dela?

– Acredito que não – suspirou Grace, porque no caso das perguntas diretas ficava mais difícil fingir que não fazia parte da conversa.

– Santo Deus. – A viúva estremeceu e seu olhar assumiu uma expressão de completo terror. – Ela poderia ser católica.

– Já conheci muitos católicos – disse Grace, pois estava claro que suas tentativas de desviar o assunto haviam fracassado. – Foi estranho. Nenhum deles tinha chifres.

– O que disse?

– Disse apenas que conheço muito pouco da fé católica – respondeu Grace com leveza.

Havia motivos para que ela com frequência dirigisse seus comentários para uma janela ou uma parede.

A viúva emitiu um ruído que Grace não conseguiu identificar. Parecia um suspiro, mas era provavelmente a patroa bufando, pois as palavras que saíram de sua boca foram:

– Precisamos cuidar disso.

Ela se inclinou apertando a ponte do nariz e parecendo extremamente aborrecida.

– Suponho que terei de entrar em contato com o arcebispo.

– Isso será um problema? – perguntou Grace.

A dama balançou a cabeça com desaprovação.

– Ele é um homenzinho gordo que vai passar anos posando como se fosse melhor do que eu por causa disso.

Grace se inclinou para a frente. Que movimento era aquele que ela via a distância?

– Deus sabe que tipo de favores ele exigirá de mim – resmungou a viúva. – Suponho que terei de deixá-lo dormir no Quarto Nobre, para que possa dizer que dormiu nos lençóis da rainha Elizabeth.

Grace observou a aproximação dos dois homens a cavalo.

– Estão de volta – disse ela, perguntando-se mais uma vez qual seria seu papel naquele drama.

Não pertencia à família. A viúva tinha razão quanto a isso. E, apesar da posição de relativo destaque dentro da estrutura doméstica, ela não era incluída em questões relativas à família ou ao título. Não esperava por isso e, na verdade, nem queria. A viúva mostrava o pior de si ao tratar de questões dinásticas. E Thomas mostrava o pior de si quando precisava lidar com a viúva.

Deveria pedir licença para sair de cena. Não importava que o Sr. Audley insistisse na sua presença. Grace sabia qual era seu lugar – e não era no meio de uma questão de família.

Contudo, todas as vezes que dizia a si mesma que era hora de se retirar, que ela deveria sair da janela e informar à viúva que deixaria que ela e os netos conversassem em particular, não conseguia se mover. Ouvia – não, *sentia* – a voz do Sr. Audley.

Ela fica.

Ele precisava dela? Talvez. Não conhecia nada dos Wyndhams, nada da história deles e das tensões que perpassavam a casa como uma teia de aranha perniciosa e intratável. Não poderiam esperar que ele conseguisse se orientar sozinho naquela nova vida, pelo menos num primeiro momento.

Grace estremeceu e cruzou os braços na altura do peito ao ver os dois desmontarem. Como era estranho se sentir necessária. Thomas gostava de dizer que precisava dela, mas os dois sabiam que não era verdade. Ele poderia contratar qualquer uma para aguentar a avó. Thomas não precisava de ninguém. De nada. Era incrivelmente autossuficiente. Confiante e orgulhoso, tudo o que ele realmente precisava era de uma alfinetada ocasional para estourar aquela bolha que o cercava. Ele também sabia disso, o que o salvava de se tornar insuportável. Nunca dissera isso, mas Grace sabia que tinha sido a razão para se tornarem amigos. Ela deveria ser a única pessoa em Lincolnshire que não se curvava e dizia apenas o que achava que ele queria ouvir.

Mas ele não *precisava* dela.

Grace ouviu passos no corredor e se virou, nervosa. Esperou que a viúva ordenasse sua partida. Chegou a olhar para ela, erguendo de leve as sobrancelhas, como num gesto de provocação, mas a velha senhora fitava a porta, ignorando-a.

Quando os homens chegaram, Thomas foi o primeiro a entrar.

– Wyndham – disse a viúva, ríspida.

Só se dirigia a ele pelo título.

Ele fez um meneio em resposta.

– Mandei que enviassem os pertences do Sr. Audley para o quarto de seda azul.

Grace lançou um olhar cauteloso para a viúva, avaliando sua reação. O quarto de seda azul era um dos melhores quartos de hóspedes, mas não era nem o maior nem o mais prestigioso. Ficava, porém, próximo da viúva.

– Excelente escolha – respondeu a viúva. – Mas preciso repetir: não se refira a ele como Sr. Audley na minha presença. Não conheço esses Audleys e não gostaria de conhecê-los.

– Também não sei se eles gostariam de conhecê-la – comentou o Sr. Audley, que entrou atrás de Thomas.

A viúva ergueu uma sobrancelha como se quisesse ressaltar quanto era magnífica.

– Mary Audley é irmã da minha falecida mãe – declarou o Sr. Audley. – Ela e o marido, William Audley, me acolheram desde o nascimento. Criaram-me como se fosse um de seus filhos e, *a pedido meu*, deram-me seu sobrenome. Não tenho intenção de abrir mão dele.

Olhou para a viúva com frieza, como se a desafiasse a dar uma resposta.

Ela não respondeu, para surpresa de Grace.

Então ele se virou para a jovem, curvando-se em uma elegante saudação.

– Pode se referir a mim como Sr. Audley se desejar, Srta. Eversleigh.

Grace fez uma reverência. Não tinha certeza de que era necessária, pois ninguém tinha ideia de sua posição social, mas pareceu educado. Ele se curvara, afinal de contas.

Lançou um olhar para a viúva, que a fitava furiosa, e depois para Thomas, que parecia achar graça e estar irritado ao mesmo tempo.

– Ela não pode demiti-la por usar o nome legal dele – afirmou Thomas com a habitual ponta de impaciência. – E, se fizer isso, vou aposentá--la com uma renda vitalícia e despachar minha avó para alguma propriedade bem distante.

O Sr. Audley olhou para Thomas com surpresa e aprovação antes de se voltar para Grace e sorrir.

– É tentador – murmurou ele. – E qual é o lugar mais distante para onde ela pode ser despachada?

– Estou considerando a aquisição de novas propriedades – respondeu Thomas. – As Hébridas Exteriores são lindas nesta época do ano.

– Você é desprezível – disparou a viúva.

– Por que fico com ela? – indagou Thomas em voz alta.

Dirigiu-se até um armário e serviu-se de bebida.

– Ela é sua avó – ressaltou Grace, pois alguém precisava ser a voz da razão.

– Ah, sim, o sangue – suspirou Thomas. – Ouvi dizer que o sangue é mais denso que a água. Que pena.

Ele olhou para o Sr. Audley.

– Vamos descobrir em breve.

Grace esperava que o Sr. Audley desse uma alfinetada em resposta ao tom condescendente de Thomas, mas o rosto dele não se alterou. Curioso. Parecia que os dois haviam forjado uma espécie de trégua.

– E agora – anunciou Thomas, olhando diretamente para a avó – meu trabalho foi concluído. Devolvi o filho pródigo para seu seio amoroso e tudo vai bem no mundo. Não no *meu* mundo – acrescentou –, mas no mundo de alguém, tenho certeza.

– Não no meu – respondeu o Sr. Audley quando mais ninguém pareceu disposto a comentar.

Depois, ele abriu um sorriso – indolente, sedutor, feito para deixar claro que ele era um tratante despreocupado.

– Caso esteja interessado.

Thomas olhou para ele e torceu o nariz numa expressão de vaga indiferença.

– Não estou.

Grace voltou a cabeça na direção do Sr. Audley. Ele continuava a sorrir. Olhou então para Thomas esperando que dissesse algo mais.

Ele meneou a cabeça para ela numa breve saudação, então virou a bebida em um único gole.

– Vou sair.

– Aonde vai? – quis saber a viúva.

Thomas passou pela soleira da porta.

– Ainda não decidi.

O que, para Grace, queria dizer com certeza: *para qualquer lugar longe daqui.*

CAPÍTULO SETE

E aquela era sua deixa para sair também, decidiu Jack.

Não que adorasse o duque. De fato, já suportara o suficiente de sua admirável altivez num único dia e ficara perfeitamente feliz em vê-lo partir. Só que a ideia de permanecer ali com a viúva...

Nem a deliciosa companhia da Srta. Eversleigh era tentação suficiente para suportar mais *daquilo*.

– Acredito que também esteja na hora de me retirar – anunciou.

– Wyndham não se retirou – ressaltou a viúva de modo impertinente. – Ele saiu.

– Então *eu* vou me retirar – contrapôs Jack e deu um leve sorriso. – Ponto final.

– Mal escureceu – assinalou a mulher.

– Estou cansado.

Era verdade. Estava mesmo.

– Meu John costumava ficar acordado até a madrugada – comentou a duquesa com suavidade.

Jack suspirou. Não queria sentir pena daquela mulher. Ela era dura, cruel e desagradável. Mas aparentemente amara o filho. O pai de Jack. E o perdera.

Uma mãe não deveria sobreviver aos filhos. Ele sabia disso tão bem quanto sabia respirar. Era contra a natureza.

E foi por isso que, em vez de salientar que seu filho John provavelmente nunca fora sequestrado, estrangulado, chantageado e desprovido de seu ganha-pão (por mais torpe que fosse), tudo no mesmo dia, ele deu um passo à frente e colocou numa mesa o anel – o mesmo que ele praticamente arrancara do dedo daquela senhora. O anel dele continuava no bolso. Jack ainda não estava preparado para revelar sua existência.

– Seu anel, senhora.

Ela fez um sinal com a cabeça e o tomou em suas mãos.

– O que o D significa? – perguntou ele.

91

Passara a vida inteira se fazendo tal pergunta. Achou que poderia afinal ganhar algo com aquela desgraça.

– Debenham. Meu sobrenome de solteira.

Ah. Fazia sentido. Ela dera uma relíquia de família para o filho favorito.

– Meu pai era o duque de Runthorpe.

– Não estou surpreso – murmurou ele.

Ela podia decidir sozinha se aquilo era um elogio. Ele fez uma mesura.

– Boa noite, Vossa Graça.

A boca da viúva ficou tensa de decepção. Ainda assim, ela pareceu reconhecer que, se houvera uma batalha naquele dia, a única vitoriosa fora ela. Assim, foi surpreendentemente indulgente ao dizer:

– Mandarei que o jantar seja servido em seu quarto.

Jack assentiu e murmurou um agradecimento, prestes a sair.

– A Srta. Eversleigh mostrará onde ficam seus aposentos.

Aquilo despertou a atenção de Jack. Quando olhou para a Srta. Eversleigh, notou que o mesmo acontecera com a jovem.

Esperara a companhia de um criado. Possivelmente do mordomo. Aquela era uma ótima surpresa.

– Algum problema, Srta. Eversleigh? – perguntou a viúva num tom ligeiramente sarcástico.

– Certamente não – respondeu a jovem.

Seu olhar não era de todo indecifrável. Ela se surpreendera. Ele percebia pela forma como seus cílios pareciam se aproximar das sobrancelhas. Sem dúvida, não tinha o hábito de se ocupar de mais ninguém além da viúva. Sua senhora não gostava de dividir seus serviços. E, assim que os olhos dele voltaram para aqueles lábios, ele decidiu que concordava com a viúva. Se tivesse algum direito sobre ela... também não desejaria dividi-la.

Queria beijá-la de novo. Queria tocá-la, apenas um leve esbarrão, tão fugaz que só poderia ser considerado acidental.

Mais do que tudo, ele queria usar seu nome.

Grace.

Gostava dele. Achava reconfortante.

– Cuide para que ele fique confortável, Srta. Eversleigh.

Jack se voltou para a viúva com os olhos arregalados. A mulher permanecia sentada como uma estátua, com as mãos no colo, recatada, mas os cantos da boca se erguiam ligeiramente e seu olhar astucioso parecia achar graça.

Estava entregando Grace para ele. Claro como o dia, autorizava que ele fizesse uso de sua dama de companhia, se fosse seu desejo.

Deus do céu! Que tipo de família era aquela?

– Como queira, senhora – respondeu a Srta. Eversleigh.

Naquele momento, Jack se sentiu quase sujo, pois com certeza a jovem não tinha ideia de que a patroa tentava oferecê-la como uma prostituta.

Era o tipo mais ultrajante de suborno. *Passe a noite aqui e poderá ficar com a garota.*

Aquilo o fez sentir-se duplamente enojado. Porque ele desejava a garota. Só não a queria como um presente.

– É muita delicadeza de sua parte, Srta. Eversleigh – disse ele, num esforço para ser mais educado de forma a compensar o comportamento da viúva.

Assim que os dois chegaram à porta, ele se virou para a duquesa, antes que pudesse esquecer. Ele e o duque haviam trocado poucas palavras enquanto estiveram fora, mas tinham entrado em acordo quanto a um ponto.

– Ah, aliás, caso alguém pergunte, sou um amigo de Wyndham. Um amigo dos velhos tempos.

– Da universidade? – sugeriu a Srta. Eversleigh.

Jack conteve um riso amargo.

– Não, nunca estive em uma.

– Nunca? – espantou-se a viúva. – Fui levada a crer que você recebeu uma educação de cavalheiro.

– Quem a levou a crer? – indagou Jack com grande delicadeza.

Ela balbuciou alguma coisa e então fechou a cara.

– É a sua forma de falar.

– Traído pelo meu sotaque.

Ele olhou para a Srta. Eversleigh e deu de ombros.

– Quem manda ter uma pronúncia aristocrática, não é?

Contudo a viúva não estava preparada para esquecer o assunto.

– Você recebeu uma boa educação, não foi?

Era tentador alegar que estudara com os jovens da região, nem que fosse apenas para ver a reação da mulher. Mas ele não poderia fazer isso com seus tios.

– Portora Royal, e mais dois meses no Trinity College. Em Dublin, não em Cambridge. E depois, seis anos no exército de Sua Majestade, protegendo *vocês* de uma invasão.

Ele inclinou a cabeça.

– Aceitarei os agradecimentos agora, se quiser.

Os lábios da viúva se afastaram com o ultraje.

– Não? – falou ele e ergueu as sobrancelhas. – Engraçado como ninguém parece se importar por ainda poder falar inglês e saudar o bom rei Jorge.

– Eu me importo – disse a Srta. Eversleigh.

Quando ele a encarou, ela piscou e acrescentou:

– Muito obrigada.

– Não há de quê.

Ocorreu a ele que era a primeira vez que ele pudera dizer aquilo. Infelizmente, a viúva não era a única a se comportar com tamanha arrogância. Os soldados eram festejados vez ou outra e era verdade que os uniformes funcionavam bem para atrair as damas, mas ninguém pensava em agradecer. Não a ele, muito menos aos homens que sofreram ferimentos permanentes ou foram desfigurados.

– Diga a quem perguntar que tivemos aulas de esgrima juntos – falou Jack para a Srta. Eversleigh, ignorando a viúva o máximo possível. – É uma explicação suficientemente boa. Wyndham disse que tem habilidade razoável com a espada. É verdade?

– Não sei – disse ela.

Claro que não saberia. Não fazia diferença. Se Wyndham se dissera razoável, decerto seria um mestre. Estariam à altura um do outro caso tivessem que confirmar a mentira. A esgrima tinha sido sua melhor disciplina na escola. Era provavelmente o único motivo para que o tivessem mantido por lá até os 18 anos.

– Vamos? – murmurou ele, fazendo um sinal com a cabeça na direção da porta.

– O quarto de seda azul – acrescentou a viúva com azedume.

– Ela não gosta de ser excluída de uma conversa, não é? – murmurou Jack, apenas para os ouvidos da Srta. Eversleigh.

Sabia que a jovem não poderia responder, não com sua senhora por perto, mas viu que ela desviou o olhar, como se tentasse esconder que achava graça.

– Também pode se retirar por esta noite, Srta. Eversleigh – ordenou a viúva.

Surpresa, Grace se virou para a patroa.

– Não deseja que eu lhe faça companhia? Ainda está cedo.

– Nancy pode fazer isso – respondeu a outra, franzindo os lábios. – Ela é aceitável com os botões e, acima de tudo, não diz uma palavra. Considero essa uma característica excepcionalmente boa num criado.

Como Grace costumava segurar a língua, resolveu considerar aquilo um elogio, não um desaforo.

– Claro, senhora – disse ela, fazendo uma reverência bem-comportada. – Volto pela manhã então, com seu chocolate e o jornal.

O Sr. Audley já estava à porta, estendendo a mão num gesto para que ela o guiasse. Grace seguiu para o corredor. Não tinha ideia do que passava pela cabeça da viúva ao dispensá-la, mas não a questionaria.

– Nancy é a criada da duquesa – explicou ao Sr. Audley.

– Imaginei.

– É muito estranho – comentou Grace, balançando a cabeça. – Ela...

Jack esperou com paciência que ela terminasse a frase, mas Grace decidiu se calar.

Ia dizer que a viúva odiava Nancy. De fato, a patroa se queixava demorada e amargamente sempre que ela estava fora e Nancy a substituía.

– O que dizia, Srta. Eversleigh? – murmurou.

Grace quase completou seu raciocínio. Foi estranho, pois mal o conhecia. Além do mais, ele não poderia ter interesse nas trivialidades da administração doméstica de Belgrave. Mesmo se ele se tornasse o duque – e aquela ideia ainda revirava seu estômago. Era verdade que Thomas não seria capaz de identificar nenhuma das criadas. E, caso perguntassem de quais criadas a avó não gostava, ele na certa diria "Todas elas".

O que provavelmente era verdade, pensou Grace com um sorriso irônico.

– Está sorrindo, Srta. Eversleigh – reparou o Sr. Audley, como se fosse ele quem guardava um segredo. – Conte-me.

– Ah, não é nada. Com certeza não é nada que seria de seu interesse.

Ela se dirigiu para a escadaria no fim do corredor.

– Os quartos são por aqui.

– Estava mesmo sorrindo – repetiu ele, ficando a seu lado.

Por algum motivo, aquilo a fez sorrir de novo.

– Não neguei.

– Uma mulher sem dissimulação – disse ele, com ar de aprovação. – Percebo que gosto mais da senhorita a cada minuto.

Grace franziu os lábios ao olhar para ele por sobre o ombro.

– Isso não indica uma opinião muito favorável das mulheres.

– Peço desculpas. Deveria ter dito uma *pessoa* sem dissimulação.

Ele exibiu um sorriso que fez Grace estremecer dos pés à cabeça.

– Eu nunca diria que homens e mulheres são intertrocáveis... graças aos céus por isso... mas, no que diz respeito à sinceridade, nenhum dos dois sexos ganha notas altas.

Ela o encarou com surpresa.

– Não sei se a palavra *intertrocáveis* existe. Na verdade, estou convencida de que não.

Os olhos dele se desviaram por um segundo – talvez uma fração de segundo, mas fora tempo suficiente para ela se perguntar se o constrangera. O que não seria possível. Ele era eloquente e confiante demais para isso. Não era preciso conhecê-lo bem para perceber. E, de fato, ele abriu um sorriso alegre, com os olhos brilhantes.

– Não existe? Pois deveria existir.

– O senhor costuma inventar palavras?

Ele deu de ombros, modesto.

– Tento me conter.

Ela o observou com considerável descrença.

– Tento mesmo – protestou ele.

Pôs uma das mãos no coração como se estivesse ferido, mas o olhar era de galhofa.

– Por que ninguém acredita em mim quando digo que sou um cavalheiro íntegro e respeitador da moral, com *toda* a intenção de obedecer a *todas* as regras?

– Talvez porque a maior parte das pessoas tenha a oportunidade de conhecê-lo quando está apontando uma arma para elas e obrigando-as a descer de suas carruagens?

– Verdade. Isso realmente marca um relacionamento, não é? – reconheceu ele.

Grace reparou no humor à espreita naqueles olhos cor de esmeralda e sentiu os lábios formigarem. Queria rir. Queria rir do jeito que ria quando os pais estavam vivos, quando tinha liberdade para buscar os absurdos da vida e tempo para fazer troça deles.

Era quase como se algo houvesse despertado dentro dela. Era bom. Parecia *ótimo*. Queria agradecer, mas ele a tomaria por tola. Assim, fez a segunda melhor opção.

Pediu desculpas.

– Sinto muito – disse ela, fazendo uma pausa ao pé da escada.

Aquilo pareceu surpreendê-lo.

– Sente muito?

– Sinto. Pelo dia de... hoje.

– Por ter me sequestrado.

Ele pareceu se divertir ou até demonstrar condescendência.

– Não tive a intenção – protestou ela.

– A senhorita estava na carruagem – salientou ele. – Acredito que qualquer tribunal a consideraria cúmplice.

Ah, *aquilo* era mais do que ela poderia aguentar.

– Esse seria, presumo eu, o mesmo tribunal que o teria condenado à forca horas antes, por apontar uma arma carregada para uma duquesa.

– Eu disse, não é um crime passível de enforcamento.

– Não? – indagou Grace num tom idêntico ao que ele usara um pouco antes. – Mas deveria ser.

– Ah, é o que acha?

– Se *intertrocável* é uma palavra, então abordar uma duquesa com uma arma deveria ser suficiente para levar alguém à forca.

– Seu raciocínio é rápido – disse ele, com admiração.

– Obrigada. Ando sem prática.

– Sim – concordou ele, olhando para o salão do outro lado do corredor, onde a viúva ainda deveria estar entronizada no sofá. – Ela a obriga a ficar bem silenciosa, não é?

– A eloquência não é um atributo bem-visto numa criada.

– É assim que se considera?

O olhar dele a encontrou, examinando-a com tamanha profundidade que ela quase recuou.

– Uma criada? – concluiu ele.

Então Grace recuou. Porque não tinha certeza se ela mesma queria enxergar aquilo que ele descobriria nela.

– Não devemos nos demorar – desconversou ela e fez um gesto em direção à escada. – O quarto de seda azul é lindo. Muito confortável, com excelente luz matinal. As obras de arte são soberbas. Acho que o senhor vai apreciar.

Estava dizendo futilidades, mas ele foi gentil e não comentou.

– Tenho certeza de que será um progresso considerável em relação a meus últimos aposentos.

Grace olhou para ele com surpresa.

– Ah, presumi que...

Ela interrompeu a frase, constrangida demais para dizer que achara que fosse um nômade sem um teto sobre a cabeça.

– Uma vida de estalagens e campo. Essa é a sorte de um salteador – disse ele com um suspiro afetado.

– Aprecia essa vida?

Grace se surpreendeu ao fazer a pergunta e também ao constatar como estava curiosa pela resposta.

Ele abriu um sorriso maroto.

– Essa vida de roubar carruagens?

Ela assentiu.

– Depende de quem esteja a bordo – murmurou. – Gostei muito de não roubar nada seu.

– *Não* roubar?

Ela se virou e o gelo entre os dois, que já estava rachado, foi oficialmente rompido.

– Não levei nada, não foi? – retrucou ele com toda a inocência.

– Roubou um beijo.

– Aquele beijo foi dado livremente – replicou ele, aproximando-se com audácia.

– Sr. Audley...

– Gostaria que me chamasse de Jack – suspirou ele.

– Sr. Audley – repetiu Grace.

Ela olhou em volta e baixou o tom de voz.

– Eu não... *fiz*... o que o senhor disse que fiz – sussurrou.

Ele deu um sorriso indolente.

– Quando foi que a palavra "beijar" se tornou tão perigosa?

Grace contraiu os lábios. Estava claro que não haveria uma forma de sair bem daquela conversa.

– Muito bem. Não vou atormentá-la.

Aquela teria sido uma declaração generosa caso ele não acrescentasse:

– Por hoje.

Grace sorriu. Era difícil não sorrir na presença dele.

Chegaram ao andar superior e ela o conduziu à ala reservada aos aposentos da família, onde ele ficaria. Seguiram em silêncio, o que lhe deu bastante tempo para ponderar sobre o cavalheiro a seu lado. Não se importava com o que ele dissera sobre os estudos interrompidos. Ele era extremamente inteligente, mesmo considerando a singularidade de seu vocabulário. E seu charme era inegável. Não havia motivo para que não encontrasse um ofício remunerado. Entretanto não poderia perguntar a ele por que escolhera roubar carruagens. Seria impertinência demais com alguém que conhecia fazia tão pouco tempo.

Aquilo era irônico. Quem teria pensado que ela se preocuparia com modos e regras sociais ao lidar com um ladrão?

– Por aqui – disse ela, indicando para seguirem para a esquerda.

– Quem dorme aqui? – perguntou o Sr. Audley, olhando para o lado oposto.

– Sua Graça, o duque.

– Ah – disse ele, sombrio – Sua Graça.

– É um bom homem – afirmou Grace, sentindo-se na obrigação de defender Thomas.

Era compreensível que Thomas não tivesse se comportado como deveria. Desde o dia de seu nascimento, fora criado para ser o duque de Wyndham. E agora, pelo mais inesperado dos caprichos do destino, tomara conhecimento de que poderia não ser nada além de um simples Sr. Cavendish.

Se o dia do Sr. Audley tinha sido difícil, com certeza o dia de Thomas fora pior.

– A senhorita admira o duque – declarou o Sr. Audley.

Grace não compreendeu bem se era uma pergunta. Não achou que fosse. De qualquer forma, percebeu o tom seco em sua voz – como se ele achasse Grace um tanto ingênua por estimá-lo.

– Ele é um bom homem – repetiu ela com firmeza. – Vai concordar comigo assim que vier a conhecê-lo melhor.

O Sr. Audley suspirou, com diversão.

– Agora está parecendo uma criada: engomada, recatada e devidamente leal.

Grace fez uma careta com a qual ele obviamente não se importou, porque já estava abrindo outro sorriso maroto e dizendo:

– Vai defender a viúva a seguir? Gostaria de ouvi-la, pois estou curiosíssimo para saber como alguém conseguiria realizar tal façanha.

Grace não imaginava que ele esperasse uma resposta de sua parte. Porém se virou para que ele não pudesse vê-la sorrir.

– Eu não conseguiria. E já me disseram que tenho o dom da palavra – prosseguiu ele, inclinando-se como se estivesse prestes a contar um grande segredo. – É meu lado irlandês.

– O senhor é um Cavendish – assinalou ela.

– Sou apenas metade Cavendish. Graças a Deus.

– Eles não são tão ruins.

Ele soltou uma gargalhada.

– Não são tão ruins? Essa é sua vibrante defesa?

E, céus, ela não conseguiu pensar numa única coisa boa para dizer, a não ser:

– A viúva daria a vida pela família.

– Pena que ainda não tenha feito isso.

Grace o encarou atônita.

– Fala exatamente como o duque.

– Sim, reparei que os dois desfrutam de um relacionamento cheio de amor e carinho.

– Aqui estamos – disse Grace, abrindo a porta do quarto.

Então deu um passo para trás. Não seria apropriado ir além. Já passara cinco anos em Belgrave e nunca pusera os pés nos aposentos de Thomas. Podia não possuir muitas coisas, mas tinha respeito próprio e uma reputação. Tinha também a forte intenção de preservar os dois.

O Sr. Audley olhou para dentro.

– Como é azul – comentou.

Ela não conteve um sorriso.

– E sedoso.

– Verdade – concordou ele e entrou. – Não vai me acompanhar?

– Ah, não.

– Não achei que fosse. Que pena. Vou ter que ficar sem fazer nada, rolando em todo esse esplendor azul.

– A viúva tinha razão – disse Grace, balançando a cabeça. – O senhor nunca fala sério.

– Não é verdade. Costumo ser bem sério. Cabe aos outros descobrir quando isso acontece.

Ele deu de ombros enquanto se dirigia até a escrivaninha, os dedos passando sobre o mata-borrão até deslizarem da beirada e voltarem para junto do corpo.

– Acho conveniente fazer com que as pessoas tentem adivinhar.

Grace nada disse, apenas observou enquanto ele inspecionava o quarto. Deveria sair. Na verdade, *queria* sair. Passara o dia inteiro com vontade de ir para a cama e dormir. Mas ficou quieta. Só observando, tentando imaginar como seria a experiência de ver tudo aquilo pela primeira vez.

Ela chegara ao castelo de Belgrave como criada. Ele era possivelmente o senhor.

Tinha de ser uma experiência estranha, tinha de ser avassaladora. Não teve coragem de dizer a ele que aquele aposento não era o mais extravagante nem o mais luxuoso entre os quartos destinados aos hóspedes. Nem de longe.

– A arte é excelente – comentou ele, inclinando a cabeça ao admirar uma pintura na parede.

Ela assentiu, entreabrindo os lábios e voltando a fechá-los.

– Estava a ponto de me dizer que é uma obra de Rembrandt.

Grace voltou a entreabrir os lábios, dessa vez com surpresa. Ele nem olhava para ela.

– É verdade – admitiu.

– E este? – perguntou ele, voltando sua atenção para o quadro logo abaixo. – Caravaggio?

Grace piscou.

– Não sei.

– Eu sei. É um Caravaggio – disse ele num tom que parecia ao mesmo tempo impressionado e sombrio.

– É um conhecedor de arte? – perguntou ela.

Reparou que seus dedos dos pés haviam, de algum modo, cruzado o limiar do quarto. Os calcanhares continuavam em segurança, com recato, no chão do corredor, mas os dedos do pé...

Eles formigavam dentro dos sapatos.

Eles ansiavam por aventura.

Ela ansiava por aventura.

O Sr. Audley passou para outra pintura – a parede leste estava cheia delas – e murmurou:

– Não diria que sou um conhecedor, mas eu aprecio arte. É fácil de ler.

– De ler?

Grace deu um passo à frente. *Que declaração estranha.*

Ele assentiu.

– Sim, veja aqui.

Ele apontou para uma mulher num quadro que parecia ser uma obra pós-renascentista. Ela se sentava numa cadeira luxuosa, estofada com veludo escuro, ornada com ouro. Talvez um trono?

– Observe como seu olhar está baixo. Ela observa aquela outra mulher, mas não olha seu rosto. Sente ciúme.

– Não, não sente – opinou Grace e foi para o lado dele. – Está zangada.

– Claro que sim. Mas está zangada porque sente ciúme.

– Daquela ali? – perguntou Grace, apontando para a "outra", num canto.

O cabelo era da cor do trigo. Vestia uma túnica grega translúcida. Devia ser um traje um tanto escandaloso. Um de seus seios parecia prestes a pular para fora a qualquer momento.

– Acho que não. Olhe para ela – falou Grace e fez um gesto para a primeira, a mulher no trono. – Ela tem tudo.

– Tem tudo de material, é verdade. Mas aquela – retrucou ele e apontou para a mulher de túnica grega – tem seu marido.

– Como pode saber que ela é casada?

Grace estreitou os olhos e se aproximou, inspecionando os dedos da pintura para ver se encontrava um anel, mas as pinceladas não eram tão nítidas a ponto de distinguir um detalhe tão pequeno.

– *Claro* que ela é casada! Olhe para sua expressão.

– Não vejo nada que indique matrimonície.

Ele ergueu uma sobrancelha.

– *Matrimonície?*

– Tenho certeza de que essa palavra existe. É melhor do que *intertrocável*.

Ela franziu a testa.

– E, se ela é casada, onde está o marido?

– Bem aqui – respondeu ele, tocando na elaborada moldura dourada logo atrás da mulher de túnica grega.

– Como poderia saber? Está fora da tela.

– Precisa apenas olhar para o rosto dela. Para os olhos. Está contemplando o homem que a ama.

Grace achou curioso.

– Não está olhando para o homem que ela ama?

– Não posso dizer – falou ele com a cabeça ligeiramente inclinada.

Ficaram em silêncio por um momento e em seguida ele disse:

– Existe um romance inteiro nesta pintura. Basta ter tempo para ler.

Tinha razão, percebeu Grace, e aquilo era perturbador, porque ele não deveria ser tão sensível. Não o salteador loquaz e desenvolto que não se dava ao trabalho de encontrar um trabalho digno.

– A senhorita está no meu quarto – disse ele.

Ela recuou. De forma abrupta.

– Cuidado.

Ele esticou os braços e segurou o cotovelo dela.

Grace não o repreendeu, pois, sem a ajuda dele, teria caído.

– Muito obrigada – disse ela, em voz baixa.

Ele não a soltou.

Ela recuperou o equilíbrio. Estava bem ereta.

Mas ele não a soltou.

E ela não se afastou.

CAPÍTULO OITO

E Jack a beijou. Não conseguiu se conter.

Não, não conseguiu evitar. A mão sobre o braço dela sentia sua pele, seu calor. E seus rostos estavam próximos. Olhos azuis profundos e desprovidos de mistérios contemplavam Jack e, na verdade, seria impossível – absolutamente impossível – não beijá-la naquele momento.

Qualquer outro gesto teria sido trágico.

Beijar era uma arte. Aprendera isso fazia muito tempo e já ouvira dizer que ele poderia ser considerado um especialista. Contudo, ao beijar aquela mulher, em vez de executar um ato puramente artístico, ele se sentiu com os nervos à flor da pele, porque jamais desejara alguém da forma como desejava a Srta. Grace Eversleigh.

E nunca se preocupara tanto em acertar.

Não poderia assustá-la. Precisava agradá-la. Queria que ela o desejasse e que tivesse vontade de *conhecê-lo*. Queria que ela se apoiasse nele, precisasse dele, sussurrasse em seu ouvido que ele era seu herói e que jamais pensaria em se aproximar de outro homem.

Queria prová-la. Queria devorá-la. Queria sorver sua essência e descobrir se aquilo o transformaria no homem que ele às vezes achava que deveria ser. Naquele momento, ela se tornou sua salvação.

E sua tentação.

E tudo o que poderia haver entre uma coisa e outra.

– Grace. Grace – repetiu, porque adorava dizer seu nome.

O pequeno gemido que ela deixou escapar revelou tudo que ele queria saber.

Beijou-a com suavidade. Com dedicação. Os lábios e a língua encontraram cada canto de sua alma. E ele quis mais.

– Grace – repetiu ele, com a voz mais rouca.

Suas mãos deslizaram pelas costas dela, apertando-a contra si para que ele pudesse sentir seu corpo como uma parte do beijo. Ela não usava espartilho e ele passou a explorar cada uma das curvas voluptuosas do seu corpo, seguindo seus contornos. Ele queria mais do que sua forma, porém. Queria o sabor, o cheiro, o toque.

O beijo era sedução.

E era ele quem estava sendo seduzido.

– Grace – falou mais uma vez.

– Jack – sussurrou ela.

Foi a ruína dele. O som de seu nome saindo dos lábios dela com tanta doçura repercutiu dentro dele como nenhum *Sr. Audley* poderia fazer. Sua boca se tornou mais premente e ele a apertou com mais força, sem se importar se a rigidez de seu sexo roçava nela.

Beijou seu rosto, a orelha, o pescoço, descendo até o ombro. Uma de suas mãos subiu pelas costelas, erguendo um seio até que a curva superior estivesse tão próxima de seus lábios, tão tentadora...

– Não...

Foi praticamente um sussurro, nada mais. Mesmo assim, ela o afastou.

Fitou-a ofegante, a respiração pesada. Havia certo espanto no olhar de Grace e seus lábios pareciam úmidos. O corpo dele vibrava de desejo e seu olhar deslizou pelo ventre de Grace, como se, de algum modo, sob as dobras do tecido, ele pudesse enxergar aquele lugar, aquele lugar em V onde as pernas dela se encontravam.

O que ele sentia triplicou. Pelos céus, chegou a doer.

Com um gemido trêmulo, ele voltou a encarar seu rosto.

– Srta. Eversleigh – disse ele, pois o momento pedia *algo* e ele não tinha a intenção de pedir desculpas. Não por uma coisa tão boa.

– Sr. Audley – respondeu ela, tocando os próprios lábios.

E, num único momento atordoante de puro terror, ele percebeu que tudo o que via no rosto dela, cada piscar de olhos aturdidos, era o mesmo que ele sentia.

Mas não, era impossível. Acabara de conhecê-la. Além disso, ele não era adepto do amor. Correção: não era adepto do excesso de lascívia que fazia disparar o coração e turvar a cabeça, o que tantas vezes era confundido com amor.

Amava as mulheres, claro. Gostava delas também, o que o tornava um tanto singular entre os homens, como percebia. Amava o modo como se moviam, os sons que emitiam ao se desmancharem em seus braços ou manifestarem desaprovação. Amava como cada uma tinha um perfume diferente, gestos diferentes e, mesmo assim, possuíam algo que parecia uni-las. *Sou uma mulher*, o ar em torno delas parecia proclamar. *Com toda a certeza não sou como você.*

Ainda bem.

Porém nunca se apaixonara. Não tinha inclinação para isso. Vínculos eram problemáticos, criavam todo tipo de questões desagradáveis. Preferia viver de caso em caso. Era o que mais convinha à sua vida – e à sua alma.

Sorriu. Um pequeno sorriso. Exatamente o tipo que se esperaria de um homem como ele numa situação como aquela. Talvez um pouquinho mais aberto num dos cantos. O suficiente para emprestar um pouco de astúcia e ironia a seu tom de voz ao dizer:

– A senhorita entrou no meu quarto.

Ela assentiu, mas o meneio da cabeça foi tão lento que ele não poderia afirmar que ela percebia o que estava fazendo. Ao responder, pareceu um tanto atordoada, como se falasse sozinha.

– Não voltarei a fazê-lo.

Isso, sim, seria uma tragédia.

– Gostaria que voltasse – disse ele, oferecendo seu sorriso mais descon-certante.

Estendeu o braço e, antes que ela pudesse adivinhar sua intenção, tomou sua mão e a levou aos lábios.

– Com certeza foram as melhores boas-vindas que recebi em Belgrave – falou sem soltar os dedos dela, e acrescentou: – Apreciei muito nossa conversa sobre aquela pintura.

Era verdade. Sempre tinha preferido as mulheres inteligentes.

– Eu também – respondeu ela.

Puxou a mão de leve, obrigando-o soltá-la. Deu alguns passos rumo à porta e então parou, dando um pequeno giro ao dizer:

– A coleção de Belgrave está à altura dos grandes museus.

– Estou ansioso por examiná-la em sua companhia.

– Começaremos pela galeria.

Ele sorriu. Ela era perspicaz.

Quando a jovem estava prestes a alcançar a porta, ele perguntou:

– Há nus?

Ela ficou paralisada.

– Estava só me perguntando – disse ele, fingindo inocência.

– Há, sim – respondeu ela, sem se virar.

Ele quis muito ver a cor das bochechas dela. Estariam vermelhas ou apenas rosadas?

– Na galeria? – indagou ele, só porque queria ver seu rosto uma última vez e sabia que não seria educado ignorar sua pergunta.

– Não na galeria – respondeu Grace, e se virou.

O suficiente para que ele pudesse enxergar o brilho em seus olhos.

– É uma galeria de retratos – destacou ela.

– Entendo.

Ele assumiu uma expressão apropriadamente séria.

– Nesse caso, sem nudez, por favor – pediu ele. – Confesso que não tenho o mínimo desejo de ver o bisavô Cavendish ao natural.

Ela contraiu os lábios e ele entendeu que era por achar graça e não por desaprovação. Perguntou a si mesmo o que seria necessário para levá-la mais longe e provocar a gargalhada que, com certeza, ela andava prendendo.

– Nem a viúva, minha nossa! – murmurou.

Ela engasgou ao ouvir isso.

Jack levou a mão aos olhos.

– Ai! Meus olhos! – gemeu. – Meus olhos!

E aí, inferno, ele deixou o momento escapar. Ela riu, ele teve certeza, ainda que soasse mais como alguém se asfixiando. Só que ele estava de olhos cobertos.

– Boa noite, Sr. Audley.

Ele deixou o braço tombar junto ao corpo.

– Boa noite, Srta. Eversleigh.

Ele tinha jurado que já se preparara para deixá-la partir, mas se pegou dizendo:

– Irei vê-la no desjejum?

Ela fez uma pausa, a mão na maçaneta.

– Sem dúvida, se tiver o hábito de acordar cedo.

O que ele não tinha.

– Sem dúvida, eu tenho.

– É a refeição favorita da viúva – explicou ela.

– Ela não passa a manhã só com chocolate e jornal?

Ele se perguntou se conseguia se lembrar de tudo o que ela dissera naquele dia. Era bem possível.

Grace negou com a cabeça.

– Isso é às seis horas. O desjejum é servido às sete.

– Na sala de desjejum?

– Sabe onde fica, então?

– Não faço a mínima ideia – admitiu ele. – Mas me pareceu uma boa opção. Estará aqui para me acompanhar até lá?

– Não – disse ela numa voz que transmitia um ligeiro humor (ou seria exasperação? Ele não tinha certeza). – Mas cuidarei para que alguém o conduza até lá.

– Que pena – suspirou ele. – Não será a mesma coisa.

– Espero que não – disse ela, fechando devagar a porta entre eles.

E então, por trás da porta ele ouviu:

– Porque planejo enviar um lacaio.

Ele riu. Adorava mulheres com senso de humor.

Na manhã seguinte, às seis em ponto, Grace entrou no quarto da viúva segurando a pesada porta para permitir a passagem da criada que a seguia com uma bandeja.

A duquesa estava desperta, o que não era surpreendente. Sempre acordava cedo, estivesse o sol de verão se esgueirando pela beira das cortinas ou a escuridão do inverno pairando pesada sobre a manhã. Grace, por outro lado, dormiria feliz até o meio-dia, se pudesse. Tinha passado a dormir com as cortinas abertas desde que chegara a Belgrave, para que os raios de sol a arrancassem do sono a cada manhã.

Contudo, a estratégia não funcionava tão bem, tampouco surtia efeito o soar do relógio que deixava sobre a mesa de cabeceira. Supunha que estaria adaptada aos horários da viúva àquela altura, mas, aparentemente, seu relógio interno se rebelava – era a última parte de Grace que se recusava a crer que ela era e sempre seria a dama de companhia da duquesa viúva de Wyndham.

Assim, era bom que Grace tivesse feito amizade com todas as criadas. A viúva tinha Grace para dar início a seu dia, mas Grace tinha as criadas, que se revezavam todas as manhãs para sacudi-la pelos ombros até que ela gemesse, garantindo que estava acordada.

Como era estranho o Sr. Audley. Ela nunca teria imaginado que seria do tipo matinal.

– Bom dia, Vossa Graça – saudou Grace, encaminhando-se para as janelas. Abriu as pesadas cortinas de veludo. O dia estava nublado, com uma ligeira neblina, mas o sol parecia se esforçar para vencer. Talvez as nuvens desaparecessem durante a tarde.

Com ares de rainha, a viúva se mantinha muito ereta, com as costas apoiadas em travesseiros na sua cama de dossel de linhas elaboradas. Tinha quase acabado sua série de exercícios matinais, que consistia em flexionar os dedos da mão, depois os dedos dos pés, terminando com movimentos de pescoço para a esquerda e para a direita. Nunca passava direto de um lado para o outro, como Grace reparara.

– Meu chocolate – disse ela, secamente.

– Aqui está, senhora.

Grace foi até a escrivaninha, onde a criada deixara a bandeja antes de sair.

– Tenha cuidado. Está quente.

A viúva esperou que Grace arrumasse a bandeja em seu colo e então abriu o jornal. Era o jornal de dois dias antes (três dias era o padrão para aquela região) e fora passado a ferro pelo mordomo.

– Meus óculos de leitura.

Já estavam nas mãos de Grace.

A viúva os postou na ponta do nariz, dando um gole cauteloso no chocolate enquanto examinava o jornal. Grace sentou na cadeira de espaldar reto perto da escrivaninha. Não era o lugar mais conveniente – a viúva era tão exigente pela manhã quanto no resto do dia e com certeza a faria pular da cadeira e cruzar o quarto até sua cama diversas vezes. Porém Grace não tinha permissão para sentar ao lado da cama. A viúva reclamava que parecia que Grace estava lendo por sobre seus ombros.

O que era verdade, claro. Grace passara a levar o jornal para o próprio quarto assim que a viúva terminava a leitura. As notícias estavam apenas dois dias e meio atrasadas quando ela as lia, o que era doze horas a menos do que para outras pessoas da região.

Era bem estranho notar os pequenos detalhes que davam a sensação de superioridade a alguém.

– Humm.

109

Grace inclinou a cabeça, abstendo-se de fazer perguntas. Se perguntasse, a viúva não responderia.

– Houve um incêndio em Howath Hall – informou a viúva.

Grace não sabia onde ficava aquele lugar.

– Espero que ninguém tenha se ferido.

A viúva leu mais algumas linhas.

– Apenas um lacaio e duas criadas – respondeu e, um momento depois, acrescentou: – O cão não resistiu. Minha nossa, isso é *mesmo* terrível.

Grace não comentou. Não confiava em si mesma para entabular conversas razoáveis até tomar a própria xícara de chocolate. Em geral, não conseguia fazer isso antes do desjejum, às sete horas.

Pensar em comida fez sua barriga roncar. Para alguém que detestava as manhãs, era notável que adorasse tanto os pratos servidos no desjejum. Se repetissem o cardápio à noite, ela se sentiria no paraíso.

Olhou de relance para o relógio. Faltavam mais 55 minutos. Imaginou se o Sr. Audley estaria acordado.

Provavelmente. Pessoas matinais nunca acordavam apenas dez minutos antes do desjejum.

Ela conjeturou como seria a aparência dele sonolento e amassado.

– Alguma coisa errada, Srta. Eversleigh? – indagou a viúva, ríspida.

Grace piscou.

– Errada, senhora?

– Você... *arrulhou* – disse isso com considerável desagrado, como se estivesse lidando com algo que exalava um aroma particularmente nauseante.

– Sinto muito, senhora – disse Grace, depressa, olhando para as mãos dobradas no colo.

Sentiu um calor subir por seu rosto e teve a impressão de que, apesar da fraca luz matinal e da visão reduzida da viúva, seu rubor ainda seria visível.

Com certeza, não deveria ficar divagando sobre o Sr. Audley, ainda mais num cenário tão informal. Quem saberia o tipo de som inapropriado que ela produziria da próxima vez?

Só que ele *era* atraente. Mesmo quando só conseguira ver a metade inferior de seu rosto e a máscara, isso tinha ficado claro. Os lábios pareciam sempre prontos para sorrir. Grace se perguntou se ele sequer saberia franzi-los. E os olhos... bem, sem dúvida fora bom que não os visse naquela primeira noite. Nunca vira nada naquele tom verde-esmeralda. Superavam em brilho as esmeraldas da viúva, as mesmas que ela havia arriscado a vida (pelo menos teoricamente) para salvaguardar.

– Srta. Eversleigh!

Grace se sobressaltou.

– Senhora?

A viúva lhe lançou um olhar fulminante.

– Você resfolegou.

– Foi?

– Está questionando minha audição?

– Claro que não, senhora.

A viúva tinha ojeriza à ideia de que qualquer parte sua pudesse estar suscetível às deficiências típicas da idade. Grace pigarreou.

– Peço perdão, senhora. Não percebi. Devo ter... respirado com muita força.

– Respirado com muita força – repetiu a viúva, que parecia ter achado aquilo tão agradável quanto o guincho anterior.

Grace pousou a mão de leve sobre o peito.

As narinas da viúva se inflaram enquanto ela contemplava a xícara em suas mãos.

– Espero que não tenha respirado sobre meu chocolate.

– Claro que não, senhora. As criadas da cozinha sempre carregam a bandeja para cá.

A viúva não encontrou motivos para fazer mais considerações, então voltou para o jornal, deixando Grace mais uma vez sozinha, pensando no Sr. Audley.

Sr. Audley.

– Srta. Eversleigh!

Ao ouvir isso, Grace se levantou. Estava ficando ridículo.

– Sim, senhora.

– Você suspirou.

– Eu suspirei?

– Nega isso?

– Não – respondeu Grace. – Quero dizer, não notei que havia suspirado, mas com certeza admito que poderia ter feito isso.

– Está verdadeiramente irritante esta manhã.

Grace sentiu os olhos se iluminarem. Isso significava que ela poderia escapulir mais cedo?

– Sente-se, Srta. Eversleigh.

Sentou-se. Aparentemente, não.

A viúva baixou o jornal e torceu os lábios.

– Conte-me sobre meu neto.

E o rubor retornou.

– Perdão?

A sobrancelha da viúva se ergueu, fazendo uma imitação muito boa do contorno de uma sombrinha.

– A senhorita mostrou o quarto para ele ontem à noite, não?

– Claro, senhora. Sob suas instruções.

– Muito bem. O que ele disse? Estou ansiosa por saber que tipo de homem é ele. O futuro de nossa família pode estar nas mãos dele.

Grace pensou em Thomas, sentindo-se culpada. Praticamente o esquecera nas últimas doze horas. Ele era tudo o que um duque deveria ser e ninguém conhecia o castelo tão bem quanto ele. Nem mesmo a viúva.

– Não seria um pouco prematuro, Vossa Graça?

– Está defendendo meu outro neto?

Grace arregalou os olhos. Havia algo malevolente no tom da viúva.

– Considero Sua Graça um amigo. Jamais desejaria nenhum mal a ele.

– Se o Sr. Cavendish... não ouse chamá-lo de Sr. Audley... for filho legítimo do meu John, não vejo como estaria desejando algo de mal para Wyndham. Na verdade, o homem deveria se sentir grato.

– Por lhe puxarem o tapete e levarem seu título?

– Pela boa sorte de manter o título por tanto tempo – retorquiu a viúva. – Se o Sr... maldição, vou chamá-lo de John...

Jack, pensou Grace.

– Se John for mesmo filho legítimo do *meu* John, então Wyndham nunca teve direito ao título. Ninguém poderia dizer que ele foi destituído.

– A não ser por terem lhe dito, desde que nasceu, que o título era dele.

– Não é culpa minha, é? – escarneceu a viúva. – E nem se pode dizer que o título era dele desde que nasceu.

– Não – admitiu Grace. – Contudo, desde pequeno ele sabia que um dia viria a ter o título, o que é praticamente o mesmo.

Thomas herdara o título aos 20 anos, depois da morte do pai em consequência de uma doença do pulmão.

A viúva resmungou um pouco, com o tom impertinente que sempre usava quando lhe apresentavam um argumento que ela não era capaz de contradizer de imediato. Deu um último olhar furioso para Grace e levantou o jornal, metendo-o bem na frente do rosto.

Grace aproveitou o momento para relaxar a postura. Não ousava fechar os olhos.

E, de fato, apenas dez segundos se passaram antes que a viúva baixasse o jornal e perguntasse:

– Acha que ele se tornará um bom duque?

– O Sr. Au... digo... nosso novo hóspede? – corrigiu-se a tempo.

A viúva revirou os olhos diante daquela acrobacia verbal.

– Chame-o de Sr. Cavendish. É o nome dele.

– Mas não é assim que ele deseja ser chamado.

– Não dou a mínima para o modo como ele deseja ser chamado. Ele é quem ele é.

A viúva deu um longo gole no chocolate.

– Como todos nós. E é bom que seja assim.

Grace nada disse. Tinha sido obrigada a aguentar por vezes demais os sermões da viúva sobre a ordem natural da humanidade para se arriscar a provocar um repeteco.

– Não respondeu à minha pergunta, Srta. Eversleigh.

Grace levou um momento para decidir sua resposta.

– Com toda a sinceridade, eu não poderia dizer, senhora. Faz pouquíssimo tempo que o conhecemos.

Era basicamente a verdade. Era difícil pensar que alguém além de Thomas pudesse carregar o título de duque de Wyndham. O Sr. Audley – apesar de sua simpatia e humor – parecia desprovido de certa solenidade. Demonstrava inteligência, com certeza, mas possuiria a argúcia e a capacidade de julgamento necessárias para cuidar de uma propriedade do tamanho de Wyndham? Belgrave era a residência principal da família, mas havia inúmeras outras propriedades, tanto na Inglaterra quanto no exterior. Thomas empregava pelo menos uma dúzia de secretários e intendentes para ajudá-lo a gerenciar seu patrimônio, estava longe de ser um proprietário ausente. Se não percorrera cada centímetro das terras de Belgrave, Grace apostava que chegara perto disso. E ela substituíra a viúva em muitas das obrigações em torno da propriedade, de modo que sabia que Thomas conhecia quase todos os arrendatários pelo nome.

Grace sempre considerara aquilo um feito notável para alguém que tinha recebido a educação dele, com uma ênfase constante na posição ocupada por Wyndham na hierarquia humana. (Logo abaixo do rei e bem acima de *você*, muito obrigada.)

Thomas gostava de apresentar ao mundo a imagem de aristocrata ligeiramente entediado, sofisticado, mas era bem mais do que isso. Era o motivo de ele ser tão bom em cumprir seu papel, acreditava Grace.

E *por isso*, era muita insensibilidade da viúva tratá-lo com tão pouca consideração. Grace supunha que era preciso ter sentimentos para ser capaz de se importar com os dos outros, mas nesse caso a viúva fora muito além de seu egoísmo habitual.

Grace não sabia se Thomas tinha voltado na noite anterior, mas se não tivesse... pois bem, ela não o culparia.

– Mais chocolate, Srta. Eversleigh.

Grace se levantou e reabasteceu a xícara da patroa com o chocolate que estava no bule ao lado da mesa de cabeceira.

– O que conversaram ontem à noite?

Grace decidiu fingir estupidez.

– Retirei-me cedo – falou enquanto erguia o bule com cuidado para não haver respingos. – Com sua generosa permissão.

A viúva fechou a cara. Grace evitou a expressão dela indo devolver o bule a seu devido lugar sobre a mesa. Demorou bastante para concluir a operação.

– Ele falou de mim? – perguntou a viúva.

– Bem... não muito – esquivou-se Grace.

– Não muito ou nada?

Grace se virou. Havia um limite para as perguntas que ela poderia evitar antes que a viúva perdesse a paciência.

– Tenho certeza de que *mencionou* a senhora.

– O que disse?

Céus. Como poderia dizer que ele a chamara de velha ranzinza? E, se não dissera isso, provavelmente usara palavras piores.

– Não me lembro bem, senhora. Lamento muito. Não estava ciente de que desejava que eu anotasse suas palavras.

– Muito bem, da próxima vez faça isso – resmungou a viúva.

Voltou para o jornal e, em seguida, ergueu os olhos para a janela, a boca formando uma linha reta firme. Grace ficou imóvel, com as mãos dobradas diante de si, e esperou com paciência enquanto a viúva se remexia, bebericava o chocolate e rangia os dentes.

Por mais difícil de acreditar que fosse, Grace começou a sentir *pena* da mulher mais velha.

– Ele me lembra a senhora – disse ela, antes de ter tempo de pensar melhor nas suas palavras.

A viúva se virou com um ar encantado.

– Lembra? Como?

Grace sentiu um frio na barriga – embora não soubesse se era por causa da felicidade atípica no rosto da viúva ou se era pelo fato de não ter ideia do que dizer.

– Bom, não completamente, é claro. Mas há algo na expressão.

Depois de dez segundos de um sorriso inexpressivo, ficou aparente para Grace que a viúva esperava ouvir mais.

– A sobrancelha – disse ela, no que considerou uma jogada de mestre. – Ele ergue a sobrancelha como a senhora.

– Assim?

A sobrancelha esquerda da viúva se ergueu tão depressa que Grace ficou surpresa por ela não ter saído voando do rosto.

– Ah... sim. Alguma coisa assim. As dele são...

Grace fez gestos desajeitados para as próprias sobrancelhas.

– Mais cerradas?

– Sim.

– Bem, ele é homem.

– Sim.

Ah, sim.

– Ele consegue fazer com as duas ao mesmo tempo?

Grace a encarou, sem compreender.

– Com as duas, senhora?

A viúva começou a levantar e a baixar sobrancelhas alternadamente. Esquerda, direita, esquerda, direita. Era um espetáculo bizarro.

– Não sei – respondeu Grace depressa, a fim de interrompê-la.

– Muito estranho – comentou a viúva, devolvendo as sobrancelhas ao lugar onde Grace esperava que fossem mantidas. – Meu John não conseguia.

– Essas peculiaridades dentro de uma família são mesmo misteriosas – concordou Grace. – Meu pai não conseguia fazer isto aqui...

Ela exibiu o polegar e o curvou para trás a ponto de quase tocar no antebraço.

– Mas contava que o pai dele fazia a mesma coisa.

– Ah! – exclamou a viúva e se virou, desgostosa. – Ponha no lugar! Ponha no lugar!

Grace sorriu.

– Então a senhora não gostaria de ver o que consigo fazer com o cotovelo – disse a moça com um tom perfeitamente brando.

– Pelo amor de Deus, não.

A viúva resfolegou e acenou para a porta.

– Já terminei com você. Vá cuidar do desjejum.

– Devo pedir que Nancy venha ajudá-la a se vestir?

A viúva soltou um suspiro longo e sentido, como se uma vida inteira de privilégios aristocráticos fosse um fardo para ela.

– Sim, porque não suporto mais olhar para o seu polegar.

Grace riu. E devia estar se sentindo muito audaciosa, pois não fez nenhum esforço para disfarçar.

– Está rindo de mim, Srta. Eversleigh?

– Claro que não.

– Nem *pense* em dizer que estava rindo *comigo* – alertou a viúva, ríspida.

– Estava apenas rindo, senhora – respondeu Grace, o rosto se abrindo com o sorriso que ela não conseguia conter. – Às vezes eu faço isso.

– Nunca testemunhei – declarou a viúva num tom que questionava aquela declaração.

Grace não tinha condições de dizer nenhuma das três respostas que lhe ocorreram de imediato.

É porque a senhora não ouve ninguém, Vossa Graça.

É porque raramente tenho motivos para rir na sua presença.

Ou então:

E daí?

Em vez de responder, ela sorriu – de um jeito caloroso, até. Aquilo era mesmo estranho. Tinha passado muito tempo engolindo suas respostas, o que sempre lhe deixava um gosto amargo na boca.

Mas não desta vez. Desta vez, sentia-se leve. Liberta. Não importava que ela não pudesse dizer o que pensava para a viúva. Tinha expectativas demais para aquela manhã.

Desjejum. Ovos com bacon. Peixe defumado. Torrada com manteiga e geleia também e...

E ele.

O Sr. Audley.

Jack.

CAPÍTULO NOVE

Jack se arrastou para fora da cama quando faltavam exatamente quatorze minutos para as sete. Despertar tinha sido uma tarefa complicada. Depois da saída da Srta. Eversleigh, na noite anterior, ele chamara uma criada e dera ordens expressas para que batesse à porta do quarto às 6h15. Quando ela saía, porém, ele pensou melhor e revisou a ordem para seis batidas fortes na hora marcada, seguida por outras doze, quinze minutos depois.

Ele não iria mesmo conseguir sair da cama na primeira tentativa.

A criada também tinha sido informada que, caso não o visse na porta dez segundos depois da segunda série de batidas, ela deveria entrar no aposento e não sair até ter certeza de que ele estivesse desperto.

E, por fim, prometera dar 1 xelim para a jovem caso ela não mencionasse aquilo para mais ninguém.

– E vou saber, se mencionar – avisara ele com o mais desconcertante dos seus sorrisos. – Os mexericos sempre acabam voltando para mim.

Era verdade. Não importavam a casa ou o estabelecimento, as criadas sempre contavam tudo para ele. Era impressionante como era possível ir longe com apenas um sorriso e seu ar de inocência.

Infelizmente para Jack, porém, o que sobrava em estratégia ao plano faltara na execução.

Não que a criada tivesse culpa. Ela desempenhara seu papel como combinado. Seis batidas fortes às 6h15. Com toda a precisão. Jack conseguira entreabrir um dos olhos, o que fora suficiente para ter um vislumbre do relógio sobre a mesa de cabeceira.

Às 6h30, já voltara a roncar e acabara contando apenas sete das doze batidas – tinha certeza que era por culpa sua, não dela. E era preciso admirar como a pobre moça se mantivera fiel ao plano ao ouvir um *Não* um tanto ríspido seguido por: "Vá embora", "Mais dez minutos", "Eu disse 'mais dez minutos'" e "Não tem nenhuma panela para lavar?"

Quinze minutos antes das sete, ele rolou na beirada da cama, com um braço pendendo para fora, e finalmente conseguiu abrir os dois olhos e a viu, sentada na cadeira do outro lado do quarto, recatada.

– Humm, a Srta. Eversleigh está acordada? – balbuciou, esfregando o olho esquerdo.

O direito parecia ter se fechado de novo, tentando arrastá-lo de volta para o sono.

– Desde as 5h40, senhor.

– Alegre como um maldito passarinho, tenho certeza.

A criada ficou muda.

Ele inclinou a cabeça, de repente um pouco mais desperto.

– Nem tão alegre assim, é?

Então a Srta. Eversleigh *não* era uma pessoa matinal. O dia ficava mais iluminado a cada segundo.

– Não é tão ruim quanto o senhor – admitiu a criada.

Jack jogou as pernas para o lado e bocejou:

– Para ser pior, era preciso que ela estivesse *morta*.

A criada deu risinhos. Era um som bem-vindo. Enquanto fizesse as criadas rirem, a casa seria dele. Quem tinha a criadagem na mão tinha o mundo. Aprendera isso aos 6 anos. Levava a família à loucura, o que só tornava tudo mais divertido.

– Até que horas ela dormiria se não fosse acordada? – perguntou ele.

– Ah, eu não seria capaz de responder a *isso* – disse a criada, corando muito.

Jack não compreendeu o que haveria de confidencial nos hábitos de sono da Srta. Eversleigh. Mesmo assim, teve de aplaudir a criada pela lealdade. O que não queria dizer que ele não se esforçaria ao máximo para conquistá-la e obter informações.

– E quando a viúva dá a ela um dia de folga? – perguntou, de modo um tanto inesperado.

A criada balançou a cabeça com tristeza.

– A viúva nunca lhe dá folga.

– Nunca?

Jack se surpreendeu. A avó recém-descoberta era altiva, exigente e dona de uma infinidade de defeitos exasperantes, mas lhe parecera que, no fundo, ela seria um tanto justa.

– Apenas algumas tardes livres – disse a criada.

A jovem então se aproximou, olhando primeiro para a esquerda e depois para a direita, como se pudesse haver mais alguém no quarto para ouvir suas palavras.

– Acho que a senhora faz isso pois sabe que a Srta. Eversleigh não é grande apreciadora das manhãs.

Ah, *aquilo* parecia estar à altura da viúva.

– Ela recebe tardes em dobro – continuou a explicar. – E assim fica tudo equilibrado no final das contas.

Jack assentiu, compassivo.

– É uma vergonha.

– Injusto.

– Tão injusto.

– E a pobre Srta. Eversleigh é tão bondosa – prosseguiu a criada, com a voz cada vez mais animada. – Gentil com toda a criadagem. Nunca se esquece dos nossos aniversários e nos dá presentes dizendo que são da viúva, mas sabemos que são dela.

Olhou para ele e Jack a premiou com um meneio encorajador.

– Tudo o que ela deseja, pobrezinha, é dispor de uma manhã a cada quinze dias para dormir até o meio-dia.

– Ela disse isso? – murmurou Jack.

– Apenas uma vez – admitiu a moça. – Acredito que nem se lembraria. Estava muito cansada. Acho que a viúva a manteve acordada até muito tarde na noite anterior. Precisei do dobro do tempo habitual para despertá-la.

Jack assentiu, compreensivo.

– A viúva nunca dorme – continuou.

– Nunca?

– Bem, estou certa de que deve dormir. Mas não parece precisar de muitas horas de sono.

– Conheci uma velha assim uma vez – murmurou Jack.

– A pobre Srta. Eversleigh é obrigada a se adaptar aos horários da viúva – explicou a criada.

Jack continuou assentindo. Parecia estar funcionando.

– Mas ela não se queixa. Nunca se queixaria de Sua Graça – acrescentou a jovem, ansiosa por defender a Srta. Eversleigh.

– Nunca?

Se ele morasse em Belgrave há tanto tempo quanto Grace, estaria se queixando 48 horas por dia.

A criada balançou a cabeça com o ar piedoso que caberia à esposa de um pastor.

– A Srta. Eversleigh não é chegada a mexericos.

Jack estava prestes a destacar que todo mundo fazia mexericos e que, apesar do que pudessem dizer, todo mundo os apreciava. Mas não queria que a criada interpretasse suas palavras como uma crítica a seu comportamento. Por isso, voltou a assentir, estimulando-a com um elogio.

– Muito admirável.

– Pelo menos não faz mexericos com a criadagem – esclareceu. – Talvez com as amigas.

– Amigas? – repetiu Jack, atravessando o quarto de camisolão.

Haviam deixado roupas para ele sobre uma almofada, todas recém-lavadas e passadas. Bastou olhar de relance para saber que eram da melhor qualidade. Deviam ser de Wyndham. Os dois tinham um porte semelhante. Perguntou a si mesmo se o duque saberia que seu armário fora saqueado. Provavelmente não.

– Lady Elizabeth e lady Amelia. Elas moram do outro lado do vilarejo. Na outra casa grande. Não tão grande quanto esta, aliás.

– Não, claro que não – murmurou Jack.

Decidiu que aquela criada – cujo nome realmente deveria saber – seria sua favorita. Um poço de informações. E tudo o que precisava fazer era deixá-la sentar-se por um momento numa cadeira confortável.

– O pai delas é o conde de Crowland – prosseguiu a criada, tagarelando mesmo enquanto Jack entrava no quarto de vestir para se aprontar.

Ele supôs que alguns homens se recusariam a usar as vestimentas do duque depois do conflito no dia anterior, mas aquilo lhe pareceu muito pouco pragmático. Presumindo que não teria sucesso em seduzir a Srta. Eversleigh para participar de uma delirante orgia sensual (pelo menos não de imediato), seria preciso vestir-se. E suas roupas estavam bastante surradas e empoeiradas.

Por outro lado, aquele empréstimo poderia contrariar Sua Duquesice. E irritar o duque parecia um objetivo nobre para Jack.

– A Srta. Eversleigh consegue ver lady Elizabeth e lady Amelia com frequência? – indagou ele, vestindo a calça.

Caimento perfeito. Que felicidade.

– Não. Embora as duas tenham passado por aqui ontem.

As duas jovens que ele vira na entrada da casa. As louras. Claro. Devia ter percebido que eram irmãs. Teria percebido, ele imaginou, caso tivesse sido capaz de tirar os olhos da Srta. Eversleigh por tempo suficiente para enxergar mais do que a cor do cabelo delas.

– Lady Amelia deverá ser nossa próxima duquesa – continuou a criada.

Jack parou de abotoar a camisa de linho de Wyndham, de corte esmerado.

– Verdade? – disse ele. – Não tinha conhecimento de que o duque estivesse noivo.

– Desde que lady Amelia era bebê – complementou a jovem. – Vamos ter uma festa de casamento em breve, imagino. Na verdade, está na hora. Ela já está passando do ponto. Não acho que os pais vão tolerar muito mais delongas.

Jack tinha achado que as duas garotas pareciam bem jovens, mas ele se encontrava a alguma distância.

– Vinte e um anos. Acho que é a idade dela. Lady Amelia.

– Tanto assim? – murmurou ele, irônico.

– Tenho 17 – falou a criada com um suspiro.

Jack decidiu não comentar, já que não sabia se a moça desejava ser vista como mais velha ou mais jovem. Ele deixou o quarto de vestir enquanto terminava de arrumar a gravata.

A criada se levantou num salto.

– Ah, mas eu não deveria fazer mexericos.

Jack acenou a cabeça com um ar reconfortante.

– Não direi nada. Dou-lhe minha palavra.

A moça correu para a porta e depois se virou de volta.

– Meu nome é Bess – contou fazendo uma reverência. – Se precisar de algo, estou a seu dispor.

Jack sorriu. Estava convencido de que a proposta fora feita com toda a inocência. Havia algo de revigorante nisso.

Um minuto depois da saída de Bess, um lacaio chegou para acompanhá-lo à sala de desjejum, como prometido pela Srta. Eversleigh. O lacaio demonstrou não ser tão informativo quanto Bess (os lacaios nunca eram, pelo menos não com ele) e os cinco minutos de trajeto se passaram em silêncio.

O fato de o percurso durar cinco minutos não passou despercebido a Jack. Se por fora Belgrave parecia gigantesca, por dentro era um verdadeiro labirinto. Calculara ter percorrido menos de um décimo da casa e já avistara três escadarias. Havia também torreões, ele os vira de fora. E era muito provável que houvesse calabouços.

Tinha de haver calabouços, decidiu ele, entrando no que devia ser o sexto corredor desde que descera a escada. Nenhum castelo digno dispensaria o calabouço. Resolveu pedir que Grace o levasse para dar uma olhada. Pelo menos nos aposentos subterrâneos não haveria pinturas caríssimas de antigos mestres penduradas nas paredes.

Ele se considerava um amante da arte, mas *aquilo* – ele quase estremeceu ao esbarrar num quadro de El Greco – era simplesmente demais. Até as paredes do quarto de vestir estavam abarrotadas de preciosas pinturas a óleo até o teto. Quem fizera a decoração daquele lugar tinha uma perturbadora estima por cupidos. Quarto de seda azul, coisa nenhuma. O lugar deveria ser chamado de *Quarto dos bebês corpulentos armados com arco e flecha*. Como subtítulo: *Cuidado, visitantes*.

Porque, com certeza, devia haver um limite para o número de cupidos colocados num pequeno quarto de vestir.

Por fim, os dois viraram em um corredor e Jack quase suspirou de alegria ao sentir os aromas familiares de um desjejum inglês. O lacaio indicou uma porta aberta e Jack a cruzou, o corpo formigando com uma expectativa pouco familiar. E então descobriu que a Srta. Eversleigh ainda não chegara.

Olhou para o relógio. Faltava um minuto para as sete horas. Com certeza, era um novo recorde para ele, depois do serviço militar.

O aparador estava arrumado, por isso ele pegou um prato, encheu-o e se instalou à mesa. Fazia muito tempo desde a última vez que seu desjejum fora feito numa casa. Nos últimos tempos, suas refeições tinham acontecido em estalagens e quartos alugados e, antes, no campo de batalhas. Sentar-se para fazer uma refeição parecia um luxo, algo quase pecaminoso.

– Café, chá ou chocolate, senhor?

Fazia tanto tempo que Jack não tomava chocolate que seu corpo quase estremeceu, deliciado. O lacaio recebeu o pedido e se dirigiu para outra mesa, onde, como uma fileira de cisnes, três elegantes bules de bicos arqueados se destacavam. Em um instante, Jack foi servido de uma xícara fumegante, na qual logo acrescentou três colheres de açúcar e um pouco de leite.

Com certeza havia algumas vantagens naquela vida de luxo, decidiu ele ao tomar um delicioso gole.

Tinha quase terminado de comer quando ouviu passos cada vez mais próximos. Momentos depois, a Srta. Eversleigh apareceu. Usava um recatado vestido branco – não, não era branco, decidiu ele, era creme, mais ou menos da cor da nata na superfície de um balde de leite. Não importava o nome do tom: combinava de forma perfeita com os adornos de gesso em volta da porta. Ela precisava apenas de uma fita amarela (pois as paredes eram surpreendentemente alegres para uma casa tão imponente). Ele quase podia jurar que o aposento fora construído só para aquele momento.

Levantou-se, fazendo um cumprimento educado.

– Srta. Eversleigh – murmurou.

Gostou de vê-la corar um pouquinho, o que era ideal. Se corasse demais, significaria que ela estava constrangida. Um toque de rosado, porém, significava que ela ansiava pelo encontro.

E talvez achasse que não devesse ficar ansiosa.

O que era ainda melhor.

– Chocolate, Srta. Eversleigh? – ofereceu o lacaio.

– Ah, sim, por favor, Graham.

Ela quase pareceu aliviada ao receber a bebida. E, de fato, quando por fim se sentou, com o prato quase tão cheio quanto o de Jack, ela deu um suspiro de satisfação.

– Não toma com açúcar? – perguntou ele, surpreso.

Nunca tinha conhecido uma mulher – e pouquíssimos homens, aliás – que apreciassem o chocolate não adoçado. Ele mesmo não suportava.

Ela balançou a cabeça.

– De manhã, não. Preciso que seja puro.

Ele observou com interesse – e achando um pouco de graça. Ela dava goles na bebida e sentia seu perfume, alternadamente. As mãos não deixaram a xícara até que Grace consumiu a última gota. Em seguida, Graham, que na certa conhecia suas preferências, voltou para o lado dela num instante, reabastecendo a xícara sem que fosse necessária qualquer solicitação.

A Srta. Eversleigh, com certeza, não era uma pessoa matinal, decidiu Jack.

124

– Desceu há muito tempo? – perguntou ela, depois de ter consumido uma xícara inteira.

– Não muito – falou ele e, depois de lançar um olhar pesaroso para o prato, quase limpo, explicou: – Aprendi a comer depressa no exército.

– Por necessidade, imagino – observou Grace, pondo na boca um pouco de ovo poché.

Ele meneou a cabeça de leve para demonstrar ter ouvido sua declaração.

– A viúva descerá em breve.

– Ah. Então quer dizer que devemos aprender a conversar bem rápido também, se quisermos uma agradável troca de palavras antes da chegada da duquesa.

Os lábios dela estremeceram.

– Não foi o que quis dizer, mas... – murmurou ela e deu um gole no chocolate que não ocultou seu sorriso. – É quase isso.

– As coisas que precisamos aprender a fazer depressa...

Ele deu um suspiro.

Ela levantou a cabeça, o garfo paralisado a caminho da boca. Um pedacinho do ovo caiu no prato. Agora suas bochechas estavam de fato cheias de cor.

– Não estou me referindo a *isso* – disse ele, satisfeitíssimo com o rumo dos pensamentos dela. – Céus. Eu nunca faria *isso* depressa.

Os lábios de Grace se entreabriram. Não chegaram a fazer um O, mas sim uma pequena e atraente forma oval.

– A não ser que fosse necessário – acrescentou ele, assumindo um olhar sedutor e caloroso. – Ao enfrentar a escolha entre velocidade e abstinência...

– Sr. Audley!

Ele se recostou no assento com um olhar satisfeito.

– Estava me perguntando quando ralharia comigo.

– Não fui rápida o suficiente – contrapôs Grace.

Jack pegou o garfo e a faca e cortou um pedaço de bacon. Era grosso, rosado e cozido à perfeição.

– E mais uma vez chegamos aqui. Na minha incapacidade de ser sério – disse ele, colocando a carne na boca, mastigando e engolindo.

– Mas alegou que não era verdade.

Grace se inclinou um pouco, apenas alguns centímetros, mas o movimento parecia dizer *Estou prestando atenção*.

Ele quase estremeceu. Gostava quando ela prestava atenção nele.

– Disse-me que costuma ser sério e que cabe a mim descobrir que ocasiões são essas – prosseguiu ela.

– Foi o que eu disse? – provocou Jack.

– Algo assim.

– Pois bem.

Ele também se inclinou, aproximando-se. Seus olhos capturaram os dela, verde sobre azul, frente a frente na mesa de desjejum.

– O que acha? Estou falando sério agora?

Por um momento, achou que ela talvez respondesse. Não. Ela apenas se recostou no assento com um sorrisinho inocente.

– Eu não poderia dizer – falou somente.

– Fiquei decepcionado, Srta. Eversleigh.

O sorriso dela ficou sereno quando ela voltou a atenção para a comida no prato.

– Não poderia fazer julgamento sobre um assunto tão impróprio para meus ouvidos – murmurou.

Ele soltou uma gargalhada.

– Tem um senso de humor bem tortuoso, Srta. Eversleigh.

Grace pareceu feliz com o elogio, quase como se esperasse havia anos que alguém o reconhecesse. Contudo, antes que pudesse dizer qualquer coisa (isto é, se de fato *pretendesse* dizer algo), o momento foi interrompido pela viúva, que entrou triunfante na sala, seguida por duas criadas um tanto agoniadas e de aparência infeliz.

– Do que estão rindo? – quis saber a mulher.

– De nada em particular – respondeu Jack, decidindo poupar a Srta. Eversleigh da tarefa de conduzir a conversa.

Depois de cinco anos a serviço da viúva, a pobre moça merecia uma pausa.

– Estava apenas desfrutando da encantadora companhia da Srta. Eversleigh.

A viúva lançou um olhar cortante para os dois.

– Meu prato – disparou.

Uma das criadas correu para o aparador, porém estacou ao ouvir a duquesa:

– A Srta. Eversleigh cuidará disso.

Grace se levantou sem dizer uma palavra.

– Ela é a única que consegue fazer isso direito – falou para Jack.

Com isso, a viúva balançou a cabeça e soltou um suspiro impaciente, lamentando-se dos níveis de inteligência habituais da criadagem.

Jack nada disse, resolvendo que seria uma boa ocasião para invocar um dos ensinamentos preferidos da tia: "Se não conseguir dizer algo de bom, não diga nada."

Embora fosse tentador dizer algo excepcionalmente bom sobre a criadagem.

Grace voltou com o prato na mão e o colocou diante da viúva. Depois, o girou levemente, até deixar os ovos à esquerda, mais próximos dos garfos.

Jack observou tudo, a princípio curioso, depois impressionado. O prato tinha sido dividido em seis partes iguais, cada uma com uma comida diferente. Nada se tocava, nem o molho holandês, derramado sobre os ovos com uma precisão admirável.

– É uma obra-prima – declarou ele, curvando-se para a frente.

Tentava ver se ela usara o molho para assinar seu nome.

Grace o fitou com um olhar que não era difícil de interpretar.

– É um relógio de sol? – perguntou ele com ar de inocência.

– Do que está falando? – resmungou a viúva, erguendo o garfo.

– Não! Não o arruíne – exclamou ele, o mais sério que conseguia sem cair na gargalhada.

O que não impediu a viúva de fisgar um quarto de maçã cozida.

– Como pôde? – acusou Jack.

Grace chegou a se virar na cadeira, sem condições de assistir àquilo.

– Que diabos está dizendo? – ralhou a viúva. – Srta. Eversleigh? Por que está virada para a janela? O que ele pretende?

Grace voltou à posição, tapando a boca.

– Não sei bem.

A viúva franziu os olhos.

– Acho que sabe.

– Eu lhe asseguro – garantiu Grace. – Nunca sei bem o que ele pretende.

– Nunca? – questionou Jack. – Que comentário radical. Acabamos de nos conhecer.

– Parece que foi há muito tempo.

– Por que tenho a impressão de que acabei de ser insultado? – inquiriu Jack, pensativo.

– Se foi insultado, não deveria ter dúvidas a respeito – afirmou a viúva, com secura.

Grace se virou para ela com alguma surpresa:

– Não foi o que a senhora disse ontem.

– O que ela disse ontem? – perguntou o Sr. Audley.

– Ele é um Cavendish – resumiu a viúva.

A seus olhos, era explicação suficiente. Entretanto, como aparentemente tinha pouca fé nas habilidades dedutivas de Grace, ela acrescentou, como se falasse com uma criança:

– Nós, a família Cavendish, somos diferentes.

– As regras não se aplicam – deduziu o Sr. Audley, dando de ombros.

E então, assim que a viúva desviou o olhar, ele piscou para Grace.

– O que ela disse ontem? – repetiu.

Grace não tinha certeza de que conseguiria explicar o pensamento de forma adequada, já que discordava tanto da ideia geral, mas não podia ignorar duas vezes uma pergunta direta.

– Insultar é uma arte. E o auge ocorre quando o autor do insulto consegue fazê-lo sem que o alvo se aperceba.

Ela olhou para a viúva, esperando para saber se seria corrigida.

– Não se aplica quando se é o *alvo* do insulto – esclareceu a viúva, condescendente.

– Ainda não seria arte para a outra pessoa? – arriscou Grace.

– Claro que não. E por que eu me importaria se fosse?

A viúva torceu o nariz com desdém e voltou para o desjejum.

– Não gostei deste bacon.

– Suas conversas são sempre tão oblíquas? – perguntou o Sr. Audley.

– Não – respondeu Grace, com sinceridade. – Os últimos dois dias foram excepcionais.

Ninguém julgou necessário dizer mais nada, sem dúvida porque todos estavam de acordo. Mas o Sr. Audley preencheu o silêncio, dirigindo-se à viúva.

– Achei o bacon soberbo.

Ao ouvir aquilo, a mulher replicou:

– Wyndham voltou?

– Acredito que não – respondeu Grace.

A jovem lançou um olhar indagador para o lacaio.

– Graham?

– Não, senhorita. Ele não está em casa.

A viúva franziu os lábios, assumindo um ar de descontentamento.

– É muita falta de consideração da parte dele.

– Ainda está cedo – observou Grace.

– Ele não indicou que passaria a noite fora.

– Espera-se que o duque tenha o hábito de submeter sua programação à avó? – murmurou o Sr. Audley, procurando encrenca.

Grace lhe lançou um olhar irritado que não exigia uma resposta. Jack sorriu para ela. Gostava de irritá-la. Estava ficando claríssimo. Ela não compreendia isso muito bem, no entanto. O homem gostava de irritar a todos.

Grace se dirigiu à viúva.

– Tenho certeza de que ele voltará em breve.

O descontentamento no rosto da dama não sofreu qualquer alteração.

– Esperava que ele estivesse aqui para podermos conversar com franqueza. Suponho que devamos prosseguir sem ele.

– Acredita que seria uma atitude sábia? – perguntou Grace sem refletir.

E, de fato, a viúva reagiu àquela impertinência com um olhar devastador. Mas Grace se recusou a se arrepender de suas palavras. Não era correto fazer determinações sobre o futuro na ausência de Thomas.

– Lacaio! – rosnou a viúva. – Deixe-nos e feche a porta ao sair.

Assim que ficaram a sós, a viúva se virou para o Sr. Audley.

– Pensei muito no assunto – anunciou.

– Realmente acredito que deveríamos esperar pelo duque – interrompeu Grace.

Havia uma ponta de pânico em sua voz e ela não entendia muito bem por quê. Talvez porque Thomas fosse a única pessoa que tornara sua vida suportável nos últimos cinco anos. Se não fosse por ele, ela teria se esquecido do som do próprio riso.

Gostava do Sr. Audley. Gostava até demais, para ser sincera, mas não permitiria que a viúva entregasse a ele a herança de Thomas, assim, de mão beijada, durante o desjejum.

– *Srta. Eversleigh!* – rosnou a viúva, com certeza começando uma reprimenda feroz.

– Concordo com a Srta. Eversleigh – interrompeu o Sr. Audley, com suavidade. – Devemos esperar pelo duque.

Contudo a viúva não esperava por ninguém. Com uma expressão ao mesmo tempo desafiadora e intransigente, ela decretou:

– Precisamos viajar para a Irlanda. Amanhã, se possível.

CAPÍTULO DEZ

Sorrir era a reação costumeira de Jack ao ouvir notícias desagradáveis. Era também sua reação ao ouvir palavras agradáveis, decerto, mas qualquer um conseguiria sorrir ao ser elogiado. Era preciso talento para abrir um sorriso, por exemplo, ao receber ordens para limpar um urinol ou para arriscar a própria vida esgueirando-se por trás das linhas da batalha para determinar o número de soldados inimigos.

Em geral, porém, ele tinha êxito. Não importava se precisasse lidar com excrementos ou com movimentações arriscadas entre os franceses. Sempre que recebia uma missão, apenas dizia algo espirituoso e abria um sorriso indolente.

Não se tratava de um talento cultivado ao longo dos anos. Até a parteira que o trouxera ao mundo jurara até o fim da vida que ele fora o único bebê que ela vira sair do ventre da mãe com um sorriso nos lábios.

Detestava conflitos. Sempre detestara, o que parecia um tanto interessante diante de suas escolhas profissionais – soldado e, em seguida, salteador. Contudo, não havia conflitos em disparar uma arma mirando um inimigo anônimo ou em surrupiar um colar do pescoço de uma aristocrata bem nutrida.

Para Jack, conflito era algo pessoal. A traição de uma amante, o insulto de um amigo. Dois irmãos disputando a aprovação do pai, uma parenta pobre obrigada a engolir o orgulho. Envolvia escárnio ou uma voz estridente e deixava a pessoa desconcertada, imaginando se ofendera alguém.

Ou se decepcionara alguém.

Tinha descoberto, com uma taxa de sucesso de quase 100%, que um sorriso e uma observação jocosa eram capazes de desarmar quase qualquer situação. Ou de promover a mudança de assunto. Em consequência, era bem raro que ele tivesse que se debruçar sobre assuntos que não eram de sua escolha.

Mesmo assim, ao encarar a viúva e seu anúncio inesperado (embora ele devesse estar preparado para isso), tudo o que ele conseguiu fazer foi olhá-la fixamente e dizer:

– Perdão?

– Precisamos ir para a Irlanda – repetiu ela, naquele tom autoritário que devia acompanhá-la desde o nascimento. – Não há como resolver a questão sem visitar o local do casamento. Presumo que as igrejas irlandesas guardem registros, não?

Meu bom Deus, ela achava que *todos* eram ignorantes? Jack engoliu a raiva.

– De fato – disse ele, tenso.

– Que bom.

A viúva voltou ao desjejum, dando o assunto por encerrado em sua cabeça.

– Encontraremos quem realizou a cerimônia e obteremos o registro. É o único modo.

Jack cerrou os punhos sob a mesa. Parecia que o sangue iria esguichar de seus poros.

– Não seria preferível mandar alguém em seu lugar? – indagou.

A viúva o encarou como se ele fosse um idiota.

– Como poderia confiar a alguém um assunto de tal importância? Não, tenho que fazer isso pessoalmente. Junto com você, claro, e Wyndham, pois acredito que ele também queira ver com os próprios olhos a prova que encontraremos.

O Jack de sempre nunca teria deixado um comentário desse tipo passar sem uma resposta irônica. Mas o Jack atual – aquele que tentava desesperadamente descobrir um modo de viajar para a Irlanda sem ser visto pela tia, o tio ou algum dos primos – chegou a morder o lábio.

– Sr. Audley? – chamou Grace em voz baixa.

Jack se recusou a olhar para ela. Grace seria capaz de perceber bem mais em seu rosto do que a viúva.

– Claro – disse ele, ríspido. – Claro que devemos ir.

O que mais ele poderia dizer? "Sinto muitíssimo, mas não posso ir para a Irlanda porque matei meu primo"?

Apesar de não frequentar a sociedade havia muito tempo, Jack estava convicto de que aquele não seria um tema apropriado para conversar à mesa, durante o desjejum.

E, sim, ele sabia que não tinha apertado o gatilho e, sim, ele sabia que não tinha obrigado Arthur a entrar para o exército com ele e, sim, ele sabia que a tia jamais o culparia pela morte do filho. Aliás, isso era o pior de tudo.

Só que ele conhecia Arthur. E, mais importante, Arthur o conhecia melhor do que ninguém. Conhecia todos os seus pontos fortes – e todas as fraquezas – e, quando Jack por fim encerrara a desastrosa temporada universitária e entrara para o exército, Arthur se recusara a deixar que ele fosse sozinho.

E os dois sabiam o motivo.

– Partir amanhã talvez seja um plano um tanto ambicioso – aventou Grace. – É preciso reservar as passagens de barco e...

– O secretário de Wyndham pode resolver tudo. Está na hora de mostrar que vale o salário que recebe. E, se não for amanhã, então no dia seguinte.

– Deseja que eu a acompanhe? – perguntou Grace, em voz baixa.

Jack estava prestes a exclamar "claro que sim" – ou ela viajaria ou ele não partiria –, mas a viúva lançou um olhar altivo para Grace e respondeu:

– É óbvio. Não acha que eu faria tal jornada sem uma acompanhante, acha? Não posso levar as criadas... sabe como são os mexericos. Por isso vou precisar de alguém que ajude a me vestir.

– Sabe que não sou muito boa com o cabelo – ressaltou Grace.

E, para horror de Jack, ele riu. Foi uma breve risada, com uma ponta de nervosismo, mas suficiente para que as damas interrompessem a conversa e a refeição, voltando-se para ele.

Ah. Maravilha. Como iria explicar? *Não liguem para mim. Eu estava rindo apenas do ridículo de tudo isso. As senhoras preocupadas com o cabelo; eu, com a morte do meu primo.*

– Meu cabelo o diverte? – questionou a viúva de forma ríspida.

Por não ter nada a perder, Jack apenas deu de ombros.

– Um pouco.

A dama bufou, indignada, e Grace o encarou com fúria.

– O cabelo feminino sempre me diverte – esclareceu. – Tanto trabalho para prendê-lo, quando tudo o que se quer é soltá-lo.

As duas pareceram relaxar um pouco. O comentário talvez fosse um pouco malicioso, mas tirou o viés pessoal do insulto. A viúva lançou um último olhar irritado em sua direção, depois se voltou para Grace a fim de retomar a conversa.

– Você pode passar a manhã com Maria – ordenou. – Ela vai mostrar o que fazer. Não pode ser tão difícil. Pratique em uma das copeiras da cozinha. Ela vai ficar grata pela oportunidade, tenho certeza.

Grace não parecia tão entusiasmada, mas assentiu.

– Claro.

– Cuide para que o trabalho na cozinha não seja prejudicado – continuou a viúva, terminando a porção de maçã cozida. – Um penteado elegante é compensação suficiente.

– Para o quê? – perguntou Jack.

A viúva se voltou para ele, o nariz mais empinado do que o normal.

– Compensação para o quê? – repetiu ele, pois sentia vontade de ser do contra.

A viúva o fitou por mais um momento e devia ter decidido que era melhor ignorá-lo, pois se dirigiu a Grace:

– Pode começar a embalar minhas coisas assim que tiver terminado com Maria. E, depois disso, cuide para que haja uma explicação apropriada para nossa ausência.

Fez um gesto com a mão como se considerasse tudo uma bobagem.

– Um chalé de caça na Escócia vai funcionar bem. Numa região próxima à fronteira. Ninguém acreditaria se eu escolhesse as Terras Altas.

Grace assentiu em silêncio.

– Em algum lugar fora do circuito conhecido, porém – prosseguiu a viúva, parecendo estar se divertindo. – A última coisa de que preciso é que um de meus amigos tente me visitar.

– Tem muitos amigos? – perguntou Jack com um tom perfeitamente educado que faria a dama se perguntar o dia inteiro se fora insultada.

– A viúva é muito admirada – respondeu Grace, depressa, como a perfeita dama de companhia que era.

Jack resolveu não comentar.

– Já esteve na Irlanda? – perguntou Grace para a viúva.

Contudo Jack captou o olhar zangado que ela lhe lançou antes de se voltar para a patroa.

– Claro que não – retrucou a viúva de cara fechada. – Por que eu faria uma coisa dessas?

– Dizem que tem um efeito calmante sobre o temperamento das pessoas – declarou Jack.

– Até agora, não estou impressionada com essa influência sobre os modos das pessoas.

Ele sorriu.

– Acha que sou indelicado?

– Acho que é impertinente.

Jack se virou para Grace com um suspiro triste.

– E eu que pensei que seria considerado o neto pródigo, incapaz de cometer o menor erro.

– Todos erram – disparou a viúva. – A questão é errar menos.

– Eu diria que o mais importante é o que se faz para corrigir o erro – comentou Jack, com a voz baixa.

– Ou talvez se possa começar evitando os erros.

Jack se inclinou, interessado.

– O que meu pai fez que foi tão errado assim?

– Ele morreu – respondeu ela e a voz era tão amarga, tão gélida que Jack ouviu Grace respirar com dificuldade do outro lado da mesa.

– Com certeza não pode culpá-lo por isso – murmurou Jack. – Uma tempestade inesperada, um barco com problemas...

– Ele nunca deveria ter permanecido na Irlanda por tanto tempo – chiou a viúva. – Nunca deveria sequer ter partido. Precisavam dele aqui.

– A senhora precisava – completou Jack, com delicadeza.

O rosto da viúva perdeu um pouco da rigidez habitual e, por um momento, ele julgou que seus olhos ficaram úmidos. Mas a emoção que sobreveio foi logo controlada. Ela apunhalou o bacon e o mastigou.

– Precisavam dele aqui. Todos nós precisávamos.

Grace se levantou de súbito.

– Vou procurar Maria, Vossa Graça, se não se importar.

Jack se levantou também. Não ficaria sozinho com a viúva de jeito nenhum.

– Acredito que me prometeu um passeio pelo castelo – murmurou.

Grace olhou para a viúva, para Jack e para a viúva de novo. Por fim, a dama fez um gesto no ar.

– Ah, leve-o – ordenou. – Ele deve ver seu patrimônio antes de partirmos. Pode ter sua sessão com Maria mais tarde. Ficarei à espera de Wyndham.

Quando alcançaram a porta, contudo, eles a ouviram acrescentar baixinho:

– Se é que o nome dele ainda é esse.

Grace estava zangada demais para esperar pelo Sr. Audley junto à porta como ditava a boa educação. Já se encontrava no meio do corredor quando ele a alcançou.

– É um passeio ou uma corrida? – perguntou ele.

Seus lábios formavam aquele sorriso que já se tornara familiar. Mas daquela vez o único efeito foi aumentar a ira de Grace.

– Por que teve de provocá-la? – exclamou ela. – Por que faria tal coisa?

– Fala do comentário sobre o cabelo?

Ele lhe lançou um daqueles olhares irritantes e inocentes, como se perguntasse o que fizera de errado. Quando na certa sabia muito bem.

– Falo de tudo – replicou ela, com intensidade. – Era um desjejum agradabilíssimo e...

– Talvez fosse um desjejum agradabilíssimo para você – interrompeu ele e sua voz mostrou uma nota cortante. – Eu estava conversando com a Medusa.

– É, mas não precisava piorar tudo com provocações.

– Não é assim que Sua Santidade age?

Grace olhou para ele, zangada e confusa.

– Do que está falando?

– Sinto muito. O duque. Reparei que ele não segura a língua na presença dela. Pensei em seguir o exemplo.

– Sr. Aud...

– Ah, mas tropecei nas palavras. Ele não é santo, não é? Apenas perfeito?

Grace só conseguiu fitá-lo. O que Thomas fizera para merecer tamanho desdém? Thomas, sim, teria todo o direito de se encontrar de péssimo humor. E deveria estar mesmo. Pelo menos tinha decidido se enfurecer em outro lugar.

– É Sua Graça, não é? – prosseguiu o Sr. Audley, sem diminuir o tom sarcástico. – Não sou tão ignorante a ponto de desconhecer as formas corretas de tratamento.

– Eu nunca disse isso. Nem a viúva, devo acrescentar.

Grace soltou um suspiro irritado.

– Agora vai ser difícil lidar com ela o dia inteiro.

– E normalmente não é?

Céus, ela queria bater nele. Claro que era difícil lidar com a viúva. Ele sabia. O que poderia obter com aquele comentário além de piorar o temperamento já cáustico da duquesa?

– Vai ser pior – gemeu ela. – E sou eu quem vai pagar por isso.

– Nesse caso, peço desculpas – respondeu ele, curvando-se com ar contrito.

De repente, Grace se sentiu pouco à vontade. Não por achar que ele zombava dela. Pelo contrário. Tinha certeza de que não zombava.

– Não foi nada – balbuciou. – Não cabe ao senhor se preocupar com minha situação.

– Wyndham se preocupa?

Grace o encarou. Por algum motivo, foi capturada pela intensidade do olhar dele.

– Não. Sim, ele se preocupa, mas não...

Não, ele não se preocupava. Thomas cuidava dela e tinha, em mais de uma ocasião, interferido ao sentir que ela estava sendo tratada de forma injusta. Porém, ele nunca controlara a língua diante da avó apenas para manter a paz. E Grace jamais sonharia em lhe pedir tal coisa. Nem ralharia com ele por não agir assim.

Era o duque. Não poderia falar com ele daquele modo, por maiores que fossem os laços de amizade.

Mas o Sr. Audley...

Fechou os olhos por um momento, virando-se para que ele não visse a agitação em seu rosto. Por enquanto, ele era apenas o Sr. Audley, com uma posição não muito diferente da dela. Mas a voz da viúva, baixa e ameaçadora, ainda ecoava em seu ouvido...

Se é que o nome dele ainda é esse.

Falava de Thomas, claro, mas a contrapartida era evidente. Se Thomas não fosse Wyndham, o Sr. Audley seria.

E então aquele homem... aquele homem que a beijara duas vezes e que a fizera sonhar com algo bem além das paredes daquele castelo... aquele homem passaria a *encarnar* o castelo. O ducado não se limitava a ter algumas palavras acrescidas ao nome de alguém. Era a terra, era o dinheiro, era a própria história da Inglaterra colocada sobre os ombros de um homem. E, se havia algo que Grace aprendera durante aqueles cinco anos em Belgrave, era que a aristocracia se diferenciava do restante da humanidade. Eram mortais, claro, sangravam e choravam como todo mundo, mas carregavam dentro de si algo que os distinguia dos outros.

137

Não eram *superiores*. Apesar de todos os discursos da viúva sobre o tema, Grace nunca acreditara nisso. Contudo, eram diferentes, moldados pelo conhecimento de suas respectivas histórias e de seus papéis.

Caso o Sr. Audley fosse um filho legítimo, ele seria o duque de Wyndham, enquanto ela não passaria de uma solteirona que não teria sequer o direito de sonhar com seu rosto.

Grace respirou fundo para se recompor, e quando conseguiu ficar suficientemente calma, voltou-se para ele.

– Que parte do castelo gostaria de ver, Sr. Audley?

Ele devia ter reconhecido que não era a hora de pressioná-la.

– Todo o castelo, claro – respondeu alegremente. – Por que não? Mas imagino que não seja um passeio viável para uma única manhã. Por onde sugere que comecemos?

– Pela galeria?

Ele demonstrara tanto interesse pelas pinturas no quarto, na noite anterior. Parecia lógico começar por lá.

– E contemplar os rostos simpáticos de meus supostos ancestrais?

As narinas dele se dilataram e, por um momento, pareceu que ele tinha engolido algo desagradável.

– Acho que não. Já basta de ancestrais por uma manhã, muito obrigado.

– São ancestrais mortos – murmurou Grace, quase sem crer na própria ousadia.

– São meus preferidos, mas não esta manhã.

Ela olhou pelo corredor até um ponto onde dava para ver a luz do sol entrando por uma janela.

– Posso mostrar o jardim.

– Não estou vestido para isso.

– O jardim de inverno.

– Coberto com folhas de flandres, temo eu.

Ela contraiu os lábios, esperou um momento e falou:

– Teria algum lugar em mente?

– Muitos – respondeu ele, depressa. – Mas destroçariam sua reputação.

– Sr. Aud...

– Jack – lembrou ele.

De algum modo, foi como se o espaço entre os dois diminuísse.

– A senhorita me chamou de Jack ontem à noite.

138

Grace não se mexeu, embora seus calcanhares ansiassem por se arrastarem para trás. Ele não estava suficientemente próximo para beijá-la, nem mesmo para tocar seu braço por acidente. De repente, pareceu que os pulmões de Grace ficaram sem ar e o coração disparou no peito.

Grace sentiu que a língua já formava o nome... *Jack*. Mas não conseguia dizer. Não naquele momento, quando a imagem dele como duque ainda estava fresca em sua mente.

– Sr. Audley – disse ela, tentando, sem muito êxito, parecer severa.

– Meu coração está partido – respondeu ele com o tom exato de bom humor necessário para restaurar o equilíbrio de Grace. – Mas prosseguirei, por mais doloroso que seja.

– Sim, parece estar desesperado – murmurou a jovem.

Ele arqueou uma sobrancelha.

– Estou detectando um toque de sarcasmo?

– Apenas um toque.

– Que bom, porque garanto que estou morrendo por dentro – brincou ele e bateu com a mão no peito.

Ela tentou segurar o riso, mas não adiantou. O som escapuliu como uma espécie de ronco. Deveria ter sido constrangedor. Com qualquer outra pessoa, *teria* sido. Mas ele a deixou à vontade e Grace sentiu que abria um sorriso. Perguntou a si mesma se ele se dava conta daquele grande talento – devolver o bom humor a qualquer conversa.

– Acompanhe-me, Sr. Audley. Vou levá-lo para conhecer meu aposento favorito.

Ela gesticulou para que ele a seguisse pelo corredor.

– Há algum cupido?

Ela piscou.

– O quê?

– Fui atacado por cupidos esta manhã – disse ele, dando de ombros, como se fosse uma ocorrência habitual. – No quarto de vestir.

E ela abriu ainda mais o sorriso.

– Ah, eu tinha esquecido. É um tanto exagerado, não é?

– A não ser para quem tem um fraco por bebês nus.

E ela voltou a dar uma risada que soava como um ronco.

– Está com algum problema na garganta? – perguntou ele, inocente.

Ela respondeu com um olhar seco.

– Acredito que o quarto de vestir tenha sido decorado pela bisavó do atual duque.

– Sim, presumi que não fosse obra da viúva – comentou ele, animado. – Ela não parece ser do tipo que aprecie querubins de qualquer espécie.

Aquilo foi o suficiente para fazer com que Grace risse alto.

– Finalmente! – exclamou ele e, diante do olhar curioso de Grace, acrescentou: – Achei que iria acabar se engasgando.

– Parece ter recuperado o bom humor também – salientou ela.

– Para isso, basta me retirar da presença *dela*.

– Mas só conheceu a viúva ontem. Com certeza, já viveu momentos desagradáveis antes.

Ele abriu um grande sorriso.

– Sou feliz desde que nasci.

– Ah, fale a verdade, Sr. Audley.

– Nunca cedo a meus maus momentos.

Foi a vez dela de erguer as sobrancelhas.

– Apenas os vive?

Ele riu.

– Exatamente.

Os dois seguiram juntos em direção aos fundos da casa. No caminho, por diversas vezes, o Sr. Audley perguntou aonde iam.

– Não direi – respondeu Grace, tentando ignorar a sensação vertiginosa causada pela ansiedade que começara a tomar conta dela. – Em palavras, não vai parecer nada de especial.

– Apenas mais um salão, não é?

Talvez fosse assim para os outros. Para ela, era mágico.

– Quantos salões existem aqui, aliás?

Ela parou, tentando fazer a conta.

– Não tenho certeza. A viúva só gosta de três. Por isso raramente usamos os outros.

– Poeira e mofo?

Ela sorriu.

– Limpos todos os dias.

– Claro.

Jack olhou em volta e ocorreu a Grace que ele não parecia intimidado pela grandiosidade do cenário. Apenas... se divertia.

Não, não era que se divertisse. Parecia mais manifestar uma incredulidade irônica, como se ainda imaginasse se poderia deixar tudo aquilo e ser sequestrado por outra duquesa viúva. Uma com um castelo menor, talvez.

– Uma moeda por seus pensamentos, Srta. Eversleigh. Embora eu tenha certeza de que valham mais.

– Muito mais.

O bom humor dele era contagiante e ela se sentiu ousada. Era algo pouco familiar. Pouco familiar e delicioso.

O Sr. Audley ergueu as mãos, rendendo-se.

– Temo que seja caro demais. Sou apenas um salteador empobrecido.

Ela inclinou a cabeça.

– Isso não faria do senhor um salteador fracassado?

– *Touché!* – reconheceu ele – Mas, infelizmente, não é verdade. Tenho uma carreira muito lucrativa. A vida de ladrão cai como uma luva para os meus talentos.

– Seus talentos para apontar armas e tirar colares do pescoço das damas?

– Eu uso meus *encantos* para fazer com que os colares saiam dos pescoços delas – ressaltou ele e balançou a cabeça, simulando um ar ofendido.

– Tenha a bondade de fazer essa distinção.

– Ora, por favor!

– Eu a encantei.

– Não é verdade – protestou Grace, indignada.

Antes que ela pudesse escapulir, ele segurou sua mão e a levou aos lábios.

– Recorde-se da noite em questão, Srta. Eversleigh. O luar, a brisa suave.

– Não havia brisa.

– Está estragando minha lembrança – resmungou ele.

– Não havia brisa. Está romantizando o encontro – insistiu Grace.

– Pode me recriminar? – retrucou, sorrindo para ela com malícia. – Nunca sei quem vai sair pela porta da carruagem. Na maioria das vezes, encontro gente caquética.

A inclinação inicial de Grace era perguntar se *gente caquética* se referia a um homem ou mulher, mas decidiu que isso apenas o encorajaria. Além disso, ele continuava a segurá-la. O polegar acariciava a palma de sua mão. Grace acabava de descobrir que tais intimidades prejudicavam seu talento para dar respostas sagazes.

– Aonde está me levando, Srta. Eversleigh? – perguntou, a voz um murmúrio que acariciava de leve a pele de Grace.

Ele a beijava de novo e o braço inteiro de Grace estremeceu de excitação.

– É logo ali – sussurrou.

Sua voz parecia tê-la abandonado. Tudo o que ela conseguia fazer era suspirar.

O Sr. Audley se aprumou, mas não soltou a mão de Grace.

– Mostre o caminho, Srta. Eversleigh.

Ela obedeceu, puxando-o com delicadeza enquanto se deslocava até seu destino. Para os outros era apenas um salão, decorado em tons de creme e ouro e apenas um ligeiro toque ocasional do mais suave tom pastel de verde. Porém os horários que a viúva obrigava Grace a seguir lhe davam motivos para passar por ali pela manhã, pouco depois do nascer do sol.

O ar tremeluzia no início do dia, dourado pela luz matinal, e, quando fluía pelas janelas daquele salão distante e sem nome, o mundo todo parecia cintilar. No meio da manhã, se tornaria apenas mais um aposento com decoração luxuosa. Mas naquele momento, enquanto as cotovias ainda piavam suavemente nos jardins, aquele era um lugar mágico.

Se ele não percebesse...

Pois bem, Grace não saberia dizer qual o significado caso ele não percebesse aquilo. Mas seria decepcionante. Era uma bobagem, algo que não fazia sentido para mais ninguém, no entanto...

Ela queria que ele percebesse a magia simples da luz matinal. A beleza e a graça no interior do único aposento em Belgrave que ela quase conseguia imaginar como seu.

– Aqui estamos – disse Grace, um tanto sem fôlego por conta da expectativa.

A porta estava aberta e, quando se aproximaram, ela viu partículas de poeira dançando sob a luz oblíqua que entrava pelas janelas e se despejava na superfície lisa do chão. Tudo ganhava um tom dourado.

– É um coro privativo? – provocou ele, ainda do lado de fora. – Um cativeiro com animais exóticos?

– Nada desse tipo – respondeu a jovem. – Mas feche os olhos. Precisa ver tudo de uma vez.

Ele tomou suas mãos, ainda de frente para ela, e as colocou sobre seus olhos. Aquilo fez com que ela ficasse dolorosamente perto dele, com os

142

braços estendidos, o corpete do vestido a um fio de distância de seu casaco bem-cortado. Seria tão fácil para Grace se aproximar, suspirar. Tirar as mãos dos olhos dele, fechar os seus e aproximar o rosto. Ele a beijaria e ela perderia o fôlego, a força de vontade, até mesmo o desejo de ser apenas ela mesma naquele momento.

Queria se derreter. Queria se tornar parte dele. E o mais estranho era que, bem ali, naquele lugar, banhados pela luz dourada, isso parecia ser a coisa mais natural do mundo.

Porém os olhos de Jack estavam fechados e, para ele, faltava um pouco da magia. Só podia faltar, porque, se ele sentisse tudo o que flutuava em volta e dentro dela, não teria dito num tom completamente encantador...

– Já chegamos?

– Quase – respondeu.

Deveria se sentir grata por aquele momento ter passado. Deveria se sentir aliviada por não ter feito algo que, com certeza, levaria ao arrependimento.

Só que não era assim que se sentia. Queria os arrependimentos. Queria desesperadamente. Queria fazer algo que sabia que não deveria e queria se deitar na cama à noite aquecida pela lembrança.

Porém não tinha coragem suficiente para dar início à própria queda. Em vez disso, ela o conduziu pela entrada e disse com suavidade:

– Pode abrir os olhos.

CAPÍTULO ONZE

Jack perdeu o fôlego com o que viu.

– Ninguém vem aqui, só eu – revelou Grace, baixinho. – Não sei por quê.

A luz, a ondulação no ar enquanto os raios de sol atravessavam o vidro irregular das janelas antigas...

– No inverno, em especial, é algo de mágico – prosseguiu Grace, com a voz um pouquinho hesitante. – Não consigo explicar. Acho que o sol fica mais baixo. E com a neve...

Era a luz. Tinha que ser. Era a maneira como a luz tremulava e cintilava *nela*.

Jack sentiu um aperto no peito. Foi como se tivesse sido atingido por um soco – aquela necessidade, aquele desejo irresistível... Não conseguia falar. Era incapaz de sequer começar a traduzir aquilo em palavras, mas...

– Jack? – sussurrou Grace.

Foi o que bastou para interromper seu transe.

– Grace.

Era apenas uma palavra, mas também uma bênção. Ia além do desejo, era uma necessidade. Era algo indefinível, inexplicável, vivo e pulsante nele e que só poderia ser domado por ela. Se não a abraçasse, se não a tocasse naquele exato momento, algo dentro dele morreria.

Para um homem que tentava encarar a vida como uma série infindável de ironias e ditos espirituosos, nada poderia ser mais aterrorizante.

Estendeu os braços e a puxou com força para junto de si. Não foi delicado nem gentil. Não poderia ser. Não conseguiria, não naquele momento, não quando estava tão desesperado por ela.

– Grace – repetiu.

Era impossível imaginar que a conhecia fazia apenas um dia. Ela era sua dádiva, sua graça, sua Grace. Era como sempre tivesse habitado nele, à espera de que Jack por fim abrisse os olhos e a encontrasse.

Segurou o rosto dela. Era um tesouro inestimável. No entanto, ele não conseguia se obrigar a tocá-la com a reverência merecida. Seus dedos pareciam desajeitados. Seu corpo, bruto e pulsante. Os olhos dela, tão límpidos, tão azuis... poderia se afogar neles. *Queria* se afogar neles, se perder nela e nunca mais partir.

Os lábios deles se encontraram e, naquele momento – disso Jack teve certeza –, ele se perdeu. Não havia mais nada além daquela mulher, naquele instante e talvez até em todos os que se seguiriam.

– Jack – disse ela num suspiro.

Era a segunda vez naquela manhã que Grace dizia seu nome. Ondas de desejo atravessaram o corpo dele já rígido.

– Grace – respondeu ele.

Tinha medo de dizer algo mais, medo de que, pela primeira vez na vida, o dom da palavra lhe faltasse e as frases saíssem erradas. Talvez dissesse algo que significasse muito pouco ou talvez dissesse algo que significasse demais. E aí, a mulher saberia – se, por algum milagre, ainda não soubesse – que ela o enfeitiçara.

Beijou-a com toda a paixão que o devorava, com todo o fogo que o consumia. Suas mãos deslizaram por suas costas, memorizando aquela colina suave e, ao alcançarem as curvas mais exuberantes de seu traseiro, ele não pôde se conter – apertou-a junto a si com mais firmeza. Estava excitado e se agarrou a ela com mais força do que pensava ser possível. Tudo em que conseguia pensar – se é que conseguia pensar – era que precisava se aproximar mais e mais. Aceitaria tudo que pudesse obter.

– Grace – repetiu, descansando uma das mãos sobre seu decote, no ponto onde o tecido tocava a pele.

Ela estremeceu ao toque e ele ficou imóvel, mal podendo imaginar como se afastaria. Mas a mão dela cobriu a dele.

– Fiquei surpresa – sussurrou ela.

Foi só então que ele voltou a respirar.

Com dedos trêmulos, ele acompanhou a borda delicadamente ornada do corpete, notando a aceleração do pulso dela enquanto a tocava. Nunca estivera tão consciente de um som como estava daquela respiração suave.

– Tão bela – sussurrou.

E o mais impressionante era que ele nem estava olhando para seu rosto. Via apenas sua pele, tão clara e leitosa, e o suave tom rosado resultante de seu toque.

Com delicadeza, ele baixou a cabeça e roçou os lábios na cavidade na base da garganta de Grace. Ela arfou – ou talvez tivesse gemido – e sua cabeça pendeu devagar para trás num consentimento silencioso. Os braços dela o envolviam, as mãos acariciavam seu cabelo e então, sem considerar o que aquilo significava, ele a tomou nos braços e a carregou até o outro lado do aposento, onde havia um divã largo perto da janela, banhado pelos raios de sol mágicos que seduziam os dois.

Por um momento, ajoelhando-se a seu lado, ele não conseguiu fazer nada além de observá-la. Depois, uma de suas mãos trêmulas começou a acariciar seu rosto. Ela o fitava, com espanto, expectativa e, era verdade, um pouco de nervosismo.

Contudo também havia confiança. Ela o desejava. Ele. Mais ninguém. Nunca fora beijada. Disso, ele tinha certeza. Poderia ter sido. Disso, tinha mais certeza ainda. Uma mulher com tamanha beleza não chegava à sua idade sem recusar (ou afastar) múltiplos assédios.

Ela esperara. Por ele.

Ainda ajoelhado ao lado de Grace, Jack se inclinou para beijá-la, a mão descendo do rosto para o ombro e então para o quadril. Sua paixão ganhou intensidade, assim como a dela. Correspondia a seu beijo com uma ansiedade inocente que o fazia perder o fôlego.

– Grace, Grace – gemeu com a voz perdida no calor da sua boca.

A mão dele buscou a bainha do vestido, encontrou a circunferência esguia do tornozelo e depois subiu, mais e mais, até o joelho. E continuou subindo. Até que Jack não conseguiu mais suportar e se juntou a ela no divã, cobrindo-a parcialmente com o próprio corpo.

Os lábios dele foram para o pescoço de Grace. Sentiu quando ela inspirou profundamente. Mas ela não disse não. Não cobriu a mão dele com a sua, para que parasse. Não fez nada além de sussurrar seu nome e arquear o quadril.

Ela não poderia saber o que aquele momento significava, não poderia ter imaginado o que faria com ele, mas aquela leve pressão sob seu corpo, erguendo-se e roçando em seu desejo, exacerbou seu ardor.

Seus lábios percorreram o pescoço dela e desceram até a delicada curva do seio, encontrando o mesmo lugar que tinha sido acariciado, na beirada do corpete. Jack se afastou um pouquinho, apenas o suficiente para deslizar os dedos sob a costura ou talvez libertar o seio – o que fosse necessário para sua devoção.

Porém, no exato momento em que a mão chegou a seu destino, quando ele havia desfrutado da plenitude de Grace por um glorioso segundo de pele na pele, sentindo o mamilo rijo na sua palma, ela soltou um grito de surpresa.

E também de consternação.

– Não, não posso.

Ela se levantou com movimentos desajeitados, arrumando o vestido. As mãos tremiam. Mais do que tremiam: pareciam tomadas pelo nervosismo. Quando ele fitou seus olhos, foi como se levasse uma facada.

Não havia repulsa, não havia medo. O que ele viu foi aflição.

– Grace, o que houve? – perguntou ele, aproximando-se.

– Sinto muito – disse ela, recuando. – Eu... não deveria. Agora não. Pelo menos não até...

Uma de suas mãos tapou a boca.

– Até o quê, Grace? Até o quê?

– Sinto muito – repetiu.

O que confirmou a crença dele de que aquelas eram as duas piores palavras do mundo.

– Preciso ir – falou ela, fazendo uma reverência rápida.

E saiu correndo do aposento, deixando-o sozinho. Jack fitou a porta por um minuto inteiro, tentando assimilar o que acabara de acontecer. E só quando por fim voltou ao corredor ele percebeu que não fazia ideia de como retornar a seu quarto.

Grace atravessou o castelo alternando passos e carreiras... correndo... fazendo o que julgava necessário para chegar logo a seu quarto, sem perder a dignidade. Se a criadagem a visse – e não poderia imaginar que não tivesse visto, pois eles pareciam estar por toda parte naquela manhã –, estranharia sua aflição.

A viúva não esperava por ela. Acreditava que ainda estaria mostrando a casa para o Sr. Audley. Grace tinha pelo menos uma hora antes de ser obrigada a aparecer.

Meu bom Deus, o que havia feito? Se não tivesse finalmente se lembrado de quem ele era e de quem poderia ser, ela teria permitido que ele prosseguisse. Era o que queria. Queria com um fervor que a surpreendera. Quando tomara sua mão, quando a apertara, ele despertara algo dentro dela.

Não, aquilo tinha sido despertado duas noites antes. Naquela noite enluarada, diante da carruagem, algo florescera dentro dela. E agora...

Sentou-se na cama querendo se esconder sob as cobertas, mas se contentou em ficar apenas sentada, fitando a parede. Não havia como desfazer tudo. Não era possível devolver aqueles beijos e fingir que nunca aconteceram.

Com a respiração agitada e talvez um riso nervoso, ela tapou o rosto com as mãos. Não poderia ter escolhido alguém mais adequado por quem se apaixonar? Não que seus sentimentos fossem esses, ela rapidamente disse a si mesma para se tranquilizar. Mas não, ela não era tola a ponto de não reconhecer suas inclinações. Caso se permitisse... e permitisse que ele...

Ela se apaixonaria.

Céus!

Ou ele era um salteador e ela estava destinada a ser a consorte de um fora da lei ou ele era o verdadeiro duque de Wyndham, o que queria dizer...

Riu, porque na verdade a situação era engraçada. Tinha de ser engraçada. Se não fosse, então seria trágica – e ela não achava que conseguiria lidar com isso naquele momento.

Que maravilha! Talvez estivesse se apaixonando pelo duque de Wyndham. Muito apropriado. Seria um desastre sob todos os aspectos. Para começar, ele era seu patrão, o dono da casa onde ela morava, e sua posição social era bem mais elevada, a ponto de se tornar inatingível.

E, para completar o desastre, havia Amelia. Com certeza, ela e Thomas não combinavam, mas a jovem tinha todo o direito à expectativa de se tornar duquesa de Wyndham. Grace não suportava imaginar como pareceria insensível e abusada para as Willoughbys – suas amigas – se achassem que ela vinha se oferecendo para o novo duque.

Grace fechou os olhos e levou a ponta dos dedos aos lábios. Se respirasse fundo, conseguiria relaxar um pouco.

Quase sentia a presença dele, o toque, o calor de sua pele.

Era terrível.

Era maravilhoso.

Ela era uma tola.

Deitou-se e soltou um suspiro longo e cansado. Era engraçado que houvesse desejado uma mudança, algo que rompesse a monotonia de seus dias dedicados só à viúva. A vida era zombeteira, não era? E o amor...

O amor era o mais cruel de todos os gracejos.

⌒

– Lady Amelia está aqui para vê-la, Srta. Eversleigh.

Grace se levantou de um pulo, piscando. Devia ter adormecido. Nem conseguia se lembrar da última vez que fizera aquilo durante o dia.

– Lady Amelia? – repetiu, surpresa. – Com Lady Elizabeth?

– Não, senhorita. Ela está sozinha – informou a criada.

– Que curioso.

Grace se sentou na cama e mexeu os pés e as mãos para despertar o corpo.

– Por favor, diga que a receberei imediatamente.

Esperou que a criada partisse e foi até o pequeno espelho para ajeitar o cabelo. Estava pior do que ela temia, embora não soubesse se o estrago fora feito pelo sono ou pelo Sr. Audley.

A recordação a fez corar e soltar um gemido. Encheu-se de determinação, voltou a prender o cabelo e saiu, caminhando tão depressa quanto podia, como se a velocidade e os ombros erguidos pudessem manter todas as suas preocupações sob controle.

Ou, pelo menos, lhe dessem a aparência de não se importar com nada.

Parecia estranho que Amelia fizesse uma visita a Belgrave sem Elizabeth. Grace não se lembrava de algo assim ter acontecido antes. Ao menos não *para vê-la*. Grace se perguntou se a intenção real fora visitar Thomas, que ainda não tinha voltado, até onde ela sabia.

Desceu a escada correndo, depois virou para se dirigir ao salão. Mas não tinha dado mais do que alguns passos quando foi agarrada por alguém e arrastada a uma pequena sala.

– Thomas! – exclamou.

Era ele, de fato, um tanto abatido e com um hematoma feio sob o olho esquerdo. Sua aparência, aliás, causava espanto. Nunca o vira em tamanho desalinho. A camisa estava amassada, a gravata desaparecera. Os cabelos estavam bagunçados de um jeito quase animalesco.

E havia os olhos, estranhamente avermelhados.

– O que aconteceu?

Ele levou um dedo aos lábios e fechou a porta.

– Esperava outra pessoa? – perguntou.

Grace sentiu o rubor. De fato, ao sentir a força da mão masculina fechando-se em torno de seu braço e puxando-a, ela presumira que se tratava do Sr. Audley tentando roubar um beijo.

Ficou mais corada ainda ao perceber que se desapontara ao ver que estava errada.

– Claro que não – respondeu depressa, apesar de desconfiar que ele sabia que era mentira.

Ela olhou de relance para o aposento a fim de conferir se estavam a sós.

– O que está acontecendo?

– Precisava conversar com você antes que se encontrasse com lady Amelia.

– Ah, então sabe que ela está aqui?

– Fui eu quem a trouxe – confirmou.

Grace arregalou os olhos. Isso era novidade. Ele passara a noite fora e estava com uma aparência péssima. Olhou o relógio de relance. Ainda não era meio-dia. Quando poderia ter encontrado Amelia? E onde?

E por quê?

– É uma longa história – disse ele, antes que ela pudesse fazer qualquer pergunta. – Basta dizer a ela que você informará que esteve em Stamford hoje de manhã e que a convidou para acompanhá-la até Belgrave.

Grace ergueu as sobrancelhas. Se ele estava pedindo que ela mentisse, então se tratava de algo seriíssimo.

– Thomas, muitas pessoas sabem que não estive em Stamford esta manhã.

– Mas a mãe dela não está entre essas pessoas.

Grace não sabia bem se deveria ficar chocada ou contente. Teria ele comprometido a honra de Amelia? Por que mais precisariam mentir para a mãe dela?

– Hum... Thomas... – começou ela, sem saber direito como prosseguir. – Sinto que devo dizer que, diante de toda a demora, eu imaginaria que lady Crowland adoraria saber...

– Pelo amor de Deus, não é nada disso – resmungou ele. – Amelia me ajudou a voltar para casa quando eu estava... prejudicado.

Ele corou. *Thomas* corou!

Grace mordeu o lábio para conter o sorriso. Era incrível quanto aquela imagem era agradável: Thomas permitindo a si mesmo estar menos do que completamente composto.

– Foi um gesto muito caridoso da parte dela – disse Grace, talvez com uma inevitável pitada de reprovação e zombaria.

Ele a encarou furioso, o que apenas tornou mais difícil manter a seriedade no rosto.

Grace pigarreou.

– Pois bem... já pensou em se arrumar?

– Não. Eu até que gosto de parecer um idiota desleixado.

Grace se encolheu.

– Agora escute – prosseguiu ele, parecendo terrivelmente determinado. – Amelia vai repetir o que eu disse, mas é imperativo que não haja nenhuma menção ao Sr. Audley.

– Eu nunca faria isso – respondeu Grace, depressa. – Conheço meu lugar.

– Ótimo.

– Mas ela vai querer saber por que você... hum...

Como dizer aquilo de modo educado?

– Você dirá que desconhece o motivo – determinou ele, com firmeza. – Só precisa fazer isso. Por que ela desconfiaria de que você sabe?

– Ela sabe que o considero um amigo. Além do mais, eu moro aqui. Os criados sempre descobrem tudo. Ela tem consciência disso.

– Você não é uma criada – retrucou ele.

– Sou, sim, e você sabe disso – respondeu Grace, quase achando graça. – A única diferença é que tenho permissão para usar roupas melhores e de, ocasionalmente, dialogar com os convidados. Mas lhe asseguro: tenho acesso a todos os mexericos da casa.

Por alguns segundos ele não fez nada além de fitá-la, como se esperasse que ela desse uma gargalhada e dissesse "É só uma brincadeirinha!". Por fim, ele balbuciou algo que Grace tinha certeza de que não deveria compreender (e não compreendeu; os mexericos da criadagem por vezes eram picantes, mas nunca de baixo calão).

– Faça isso por mim, Grace. Dirá a ela, por favor, que não sabe o que houve? – pediu Thomas, encarando os olhos dela.

Grace nunca o vira tão próximo de implorar. Ficou desorientada e pouco à vontade.

151

– Claro. Tem minha palavra.

Ele assentiu.

– Amelia deve estar esperando por você.

– Sim, claro.

Grace começou a correr, mas, assim que sua mão tocou na maçaneta, ela percebeu que ainda não poderia sair. Virou-se e deu mais uma olhada no rosto dele.

Estava alterado. Ninguém poderia recriminá-lo. Os últimos dois dias tinham sido muito atípicos. Mesmo assim, ela se preocupou.

– Vai ficar bem? – perguntou.

Arrependeu-se do comentário no mesmo instante. O rosto dele pareceu crispar-se, contorcer-se, e ela não saberia dizer se ele estava prestes a rir ou a chorar. Teve certeza, porém, de que não queria testemunhar nem uma coisa nem outra.

– Não, não responda – balbuciou.

E saiu pela porta.

CAPÍTULO DOZE

Jack acabou encontrando o caminho para o quarto e de volta para a cama. Provavelmente ainda estaria dormindo se não estivesse determinado a encontrar Grace no desjejum. No entanto, ao se deitar sobre as cobertas para tirar uma soneca, descobriu que era impossível dormir.

Aquilo era muito irritante. Sempre se orgulhara de sua capacidade de adormecer quando quisesse, um dom bem útil na época em que fora soldado, quando ninguém conseguia ter a qualidade nem a quantidade adequadas de horas de sono. Pois ele cochilava sempre que podia e os amigos viviam com inveja da facilidade com que se encostava numa árvore, fechava os olhos e apagava em três minutos.

Aparentemente, não era o que acontecia naquele dia, embora tivesse trocado uma árvore de tronco nodoso pelo colchão mais caro que o dinheiro pode comprar. Fechou os olhos, respirou fundo devagar, como costumava fazer, e... nada.

Nada além de Grace.

Gostaria de poder dizer que ela o assombrava, mas seria mentira. Não era culpa dela que ele fosse um imbecil. Se pensava nela sem parar, não era apenas por desejá-la com loucura (embora a desejasse assim, o que também lhe causava grande desconforto). O outro motivo era que não *queria* tirá-la da cabeça. Porque, caso parasse de pensar em Grace, ele começaria a refletir sobre outros assuntos. Sobre a possibilidade de ser o duque de Wyndham, por exemplo.

Possibilidade... Bobagem! Tratava-se de uma certeza. Os pais tinham se casado. Bastava encontrar o registro na paróquia.

Fechou os olhos tentando afastar a terrível sensação que se abatia sobre ele. Deveria ter mentido e dito que os pais nunca se casaram. Inferno, ele não imaginava as consequências de sua resposta. Ninguém o advertira de que ele seria coroado a porcaria de um duque. Tudo o que passara por sua mente na hora fora a ira contra a viúva por causa do sequestro e contra Wyndham por fitá-lo como se ele fosse algo a ser varrido para debaixo do tapete.

E, naquele momento, Wyndham dissera com aquela vozinha superior dele: *Se seus pais fossem de fato legalmente casados...*

Jack respondera antes de ter a oportunidade de pensar na consequência. Aquelas pessoas não eram melhores do que ele. Não tinham o direito de difamar seus pais.

Tarde demais. Mesmo se tentasse mentir e se desdizer, a viúva não descansaria até abrir caminho pela Irlanda, em busca dos documentos matrimoniais. Queria que ele se tornasse o herdeiro, estava claro. Era difícil imaginar que ela tivesse sentimentos, mas tudo indicava que adorava o filho do meio.

Seu pai.

E, apesar da viúva não ter demonstrado nenhuma estima em particular por ele – não que tivesse feito grande esforço para impressioná-la –, ela claramente dava preferência a ele e não ao outro neto. Jack não fazia ideia do que acontecera entre a viúva e o duque atual, mas havia pouquíssimo afeto entre os dois.

Jack admitiu a derrota na tentativa de dormir e se encaminhou à janela. O sol matinal já estava alto e forte. Sentiu uma súbita necessidade de sair, ou melhor, de sair de Belgrave. Era estranho que alguém se sentisse tão confinado numa residência tão ampla, mas era o que acontecia com ele. Queria sair.

Atravessou o quarto e pegou seu casaco. Parecia agradavelmente surrado sobre as roupas requintadas de Wyndham que ele vestira de manhã. Quase teve vontade de esbarrar na viúva para que ela pudesse vê-lo, todo poeirento e gasto.

Quase.

Seguiu depressa, dando passadas largas até o saguão principal, que era praticamente o único lugar em que sabia chegar sozinho. O barulho dos passos ressoava no piso de mármore. Tudo parecia ecoar naquela casa. Era grande demais, impessoal demais...

– Thomas?

Ele parou. Era uma voz feminina. Não de Grace, mas soara jovem e um tanto insegura.

– É Tho... Ah! Sinto muito – concluiu a pessoa.

Era de fato uma jovem, de altura mediana, loura, com olhos castanhos muito atraentes. Estava na entrada do cômodo para onde ele fora arrastado no dia anterior. As bochechas exibiam um delicioso tom rosado com um punhado de sardas que ele tinha certeza de que ela detestava. (Assim como todas as mulheres, ele descobrira.) Havia algo muito agradável nela, decidiu Jack. Se não estivesse tão obcecado por Grace, ele flertaria.

– Sinto decepcioná-la – murmurou, oferecendo um sorriso maroto.

Não era flerte. Era assim que conversava com todas as damas. A diferença era a intenção.

– Não. Imagine! – replicou ela com vivacidade. – Foi engano meu. Estava só sentada ali – disse ela, indicando a área onde se encontravam os assentos. – O senhor parecia muito com o duque ao passar.

Devia ser a noiva, percebeu Jack. Que interessante. Era difícil imaginar por que Wyndham vinha adiando o casamento. Ele fez uma reverência graciosa.

– Capitão Jack Audley a seu dispor, senhorita.

Fazia um bom tempo desde a última vez que se apresentara com o título militar, mas parecia a coisa certa a fazer.

Ela respondeu com uma reverência educada.

– Lady Amelia Willoughby.

– A noiva de Wyndham.

– Então o conhece? Claro que sim. É um hóspede. Ah, deve ser seu parceiro de esgrima.

– Ele falou sobre mim?

O dia ficava mais interessante a cada segundo.

– Não muito – admitiu ela.

A jovem piscou ao fitar algo abaixo dos olhos dele. Jack percebeu que ela observava o hematoma em seu rosto, resultado do confronto com o noivo dela no dia anterior.

– Ah, isso – murmurou ele, fingindo um leve constrangimento. – Parece pior do que é na realidade.

A jovem queria fazer perguntas. Dava para ver em seus olhos. Ele se perguntou se ela vira o olho roxo de Wyndham. Nesse caso, deveria estar mesmo morrendo de curiosidade.

– Diga-me, lady Amelia – falou num tom informal –, qual é a cor de hoje?

– No seu rosto? – perguntou ela com alguma surpresa.

– Sim, sim. Os hematomas ficam com uma aparência pior à medida que o tempo passa. Já reparou? Ontem estava bem roxo, quase num tom de púrpura imperial, com um leve toque de azul. Não chequei o espelho nas últimas horas.

Ele virou a cabeça para permitir que ela visse melhor.

– Ainda está bonito?

Ela arregalou os olhos e, por um momento, pareceu que lady Amelia não sabia o que dizer. Jack se perguntou se não estaria habituada com flertes. Que vergonha, Wyndham! Tinha feito um grande desserviço à moça.

– Bem... não. Não diria que é bonito.

Ele riu.

– A senhorita não mede palavras, não é?

– Temo que os tons de azul que lhe davam tanto orgulho se tornaram bastante esverdeados.

Ele se inclinou com um sorriso caloroso.

– Combinam com meus olhos?

Ela parecia indiferente a seus encantos.

– Não, não com o roxo ao redor. Ficou péssimo.

– Roxo misturado com verde dá o quê?

– Algo terrível.

Jack voltou a rir.

– É encantadora, lady Amelia. Mas tenho certeza que seu noivo não perde uma oportunidade sequer de dizer isso.

Ela não respondeu. Nem poderia. Se dissesse "sim", pareceria convencida. Se dissesse "não", revelaria a negligência de Wyndham. Uma dama não desejaria mostrar nem uma coisa nem outra para o mundo.

– Espera por ele? – perguntou Jack, julgando ser hora de encerrar a conversa.

Lady Amelia era encantadora e ele não podia negar que havia certa graça em conhecê-la sem que Wyndham soubesse, mas ainda se sentia um pouco confinado e estava ansioso por passar algum tempo ao ar livre.

– Não. Acab... – começou ela e pigarreou. – Estou aqui para ver a Srta. Eversleigh.

Grace?

E quem disse que um homem não poderia tomar um pouco de ar fresco num salão? Bastava escancarar a janela.

– Já conheceu a Srta. Eversleigh? – perguntou lady Amelia.

– Conheci. Ela é encantadora.

– Sim.

Houve uma pausa longa o suficiente para intrigar Jack.

– Todos gostam muito dela – concluiu lady Amelia.

Jack pensou em criar dificuldades para Wyndham. Bastava murmurar um simples "Deve ser difícil para a senhorita ver uma dama tão bela morando aqui em Belgrave". Mas isso criaria problemas para Grace também, o que ele não tinha intenção de fazer. Por isso, escolheu palavras mais moderadas.

– A Srta. Eversleigh faz parte do seu círculo de relacionamentos?

– Sim. Digo, não. Mais do que isso, devo dizer. Conheço Grace desde a infância. Ela tem uma relação bastante próxima com minha irmã mais velha.

– E com a senhorita também, com certeza.

– Claro – admitiu lady Amelia. – Mas é mais próxima da minha irmã. As duas têm a mesma idade.

– Ah, as provações dos irmãos mais novos – murmurou Jack.

– O senhor compartilha dessa experiência?

– De modo algum – respondeu ele com um sorriso. – Era eu quem ignorava os menores.

Ele se lembrou do tempo com os Audleys. Edward era apenas seis meses mais jovem que ele e Arthur chegara dezoito meses depois. O pobre Arthur tinha ficado de fora de uma série de aventuras. No entanto, não era interessante que tivesse forjado o vínculo mais forte justo com o caçula?

Arthur tinha uma sensibilidade extraordinária. Os dois compartilhavam desse talento. Jack sempre fora bom em interpretar o que as pessoas pensavam. Tinha que ser. Às vezes era sua única forma de obter informações. Quando menino, contudo, ele considerava Arthur um pirralho irritante. Só mais tarde, quando os dois estudavam em Portora Royal, ele percebera que Arthur também compreendia tudo.

E, embora nunca tivesse dito, Jack sabia que ele também compreendia tudo que havia dentro *dele*.

Entretanto, Jack não se renderia à pieguice. Não naquele momento, na companhia de uma dama encantadora, com a promessa da presença de outra a qualquer momento. Por isso, recordou momentos mais alegres de Arthur.

– Fui o mais velho da ninhada. Uma posição fortuita, acredito. Ficaria muito infeliz se não estivesse no comando.

Lady Amelia sorriu.

– Sou a segunda de cinco. De forma que também posso apreciar seu ponto de vista.

– Cinco! Todas meninas?

– Como sabe?

– Não fazia ideia – respondeu ele, com sinceridade. – Era apenas uma imagem encantadora. Teria sido uma vergonha estragá-la com um homem.

– O senhor é sempre tão abençoado pelo dom da palavra, capitão Audley?

Ele abriu um de seus melhores sorrisos.

– Só quando o assunto me inspira.

– Amelia!

Os dois se viraram. Grace chegara.

– E Sr. Audley – acrescentou Grace, parecendo surpresa ao vê-lo.

– Ah, sinto muito – disse lady Amelia, voltando-se para ele. – Achei que fosse *capitão* Audley.

– E é – confirmou ele, dando de ombros de leve. – Depende do meu estado de espírito.

Jack se virou para Grace e se curvou.

– Com certeza é um privilégio vê-la de novo depois de tão pouco tempo, Srta. Eversleigh.

Grace corou. Jack imaginou se lady Amelia teria percebido.

– Não sabia que o senhor estaria aqui – disse Grace, depois de uma reverência.

– Não haveria como saber. Eu estava me dirigindo para fora, para dar uma caminhada restauradora, quando fui interceptado por lady Amelia.

– Achei que ele fosse Wyndham. Não é estranho?

– De fato – respondeu Grace, parecendo pouco à vontade.

– Claro que não prestava muita atenção – prosseguiu Amelia. – O que deve explicar meu erro. Eu o vi apenas com o canto do olho, quando ele passou diante da porta aberta.

Jack se voltou para Grace.

– Falando assim, faz muito sentido, não?

– Muito sentido – repetiu Grace.

Ela olhou para trás.

– Está esperando alguém, Srta. Eversleigh? – indagou Jack.

– Não, eu só estava pensando que Sua Graça talvez quisesse se juntar a nós. Afinal, a noiva dele está aqui.

– Então ele já está de volta? – murmurou Jack. – Eu não sabia.

– Foi o que me informaram – disse Grace.

Jack ficou convencido de que era mentira, embora não soubesse o que a motivava.

– Ainda não o vi – emendou Grace.

– Uma pena. Ele está fora há algum tempo – comentou Jack.

Grace engoliu em seco.

– Acho que é melhor procurá-lo.

– Mas acabou de chegar aqui.

– Mesmo assim...

– Vamos tocar a campainha e chamá-lo – falou Jack.

Estava decidido a não deixá-la escapar com tanta facilidade. Além disso, ficara um tanto ansioso para ser descoberto pelo duque ali, junto de Grace e lady Amelia.

Ele atravessou o aposento e deu um puxão na campainha.

– Aí está. Feito.

Grace sorriu, desconfortável, e se dirigiu ao sofá.

– Acho que vou me sentar.

– Eu a acompanho – disse lady Amelia com vivacidade.

Foi atrás de Grace e se acomodou a seu lado. Ficaram as duas ali, rígidas e constrangidas.

– Que linda cena, as duas juntas – comentou Jack.

Como não provocá-las?

– E eu sem meus pincéis...

– O senhor pinta? – indagou lady Amelia.

– Infelizmente, não. Mas andei pensando em aprender. É uma atividade nobre para um cavalheiro, não acha?

– Ah, com certeza.

Silêncio. Lady Amelia cutucou Grace.

– O Sr. Audley é um grande apreciador de arte – balbuciou Grace.

– Então deve estar gostando de sua estadia em Belgrave – afirmou lady Amelia.

Seu rosto era o retrato perfeito do interesse ditado pela boa educação. Jack imaginou quanto tempo teria sido necessário até que ela aperfeiçoasse aquela expressão. Sendo filha de um conde, devia enfrentar uma série de obrigações sociais. Ele supôs que aquela fisionomia – plácida e impassível, mas ao mesmo tempo simpática – fosse bem útil.

– Estou ansioso para visitar as coleções – respondeu Jack. – A Srta. Eversleigh concordou em mostrá-las.

Lady Amelia se virou para Grace da melhor forma possível, considerando-se que as duas estavam espremidas, uma ao lado da outra.

– Foi muito gentil de sua parte.

Grace grunhiu algo à guisa de resposta.

– Planejamos evitar os cupidos – disse Jack.

– Cupidos? – repetiu Amelia.

Grace olhou para o outro lado.

– Descobri que não os tenho em grande estima.

Lady Amelia o observou com um curioso misto de irritação e descrença.

Jack olhou Grace de relance para avaliar sua reação e depois se dirigiu a lady Amelia.

– Vejo que discorda, lady Amelia.

– Como é possível não gostar de cupidos?

Ele se empoleirou no braço do sofá diante delas.

– Não acha que são um tanto perigosos?

– Bebezinhos rechonchudos?

– Portando armas mortais – ressaltou ele.

– Mas não são flechas *de verdade*.

Ele fez mais uma tentativa de atrair Grace para a conversa.

– O que acha, Srta. Eversleigh?

– Não costumo pensar em cupidos – respondeu ela, secamente.

– No entanto já falamos do assunto duas vezes.

– Porque o *senhor* o levantou.

Jack se voltou mais uma vez para lady Amelia.

– Eles pululam no meu quarto de vestir.

Lady Amelia se virou para Grace.

– Esteve no quarto de vestir dele?

– Não *com ele* – quase rosnou Grace. – Mas com certeza já visitei o local.

Jack sorriu para si mesmo ao ponderar quanto a situação evidenciava seu prazer em criar encrencas.

– Perdão – resmungou Grace, nitidamente constrangida com sua explosão.

– Sr. Audley – disse lady Amelia com determinação.

– Lady Amelia.

160

– O senhor consideraria uma grosseria se a Srta. Eversleigh e eu déssemos uma volta pelo aposento?

– De maneira nenhuma – respondeu ele, embora pudesse ver no rosto da jovem que ela mesma considerava aquilo pouco educado.

Contudo ele não se importava. Se as damas queriam dividir confidências, ele não atrapalharia. Além do mais, gostava de ver Grace em movimento.

– Obrigada por sua compreensão – disse lady Amelia, dando o braço a Grace e levantando as duas. – Preciso caminhar um pouco e temo que seu passo seja rápido demais para uma dama.

Jack sequer imaginava como a jovem conseguira dizer aquilo sem engasgar. Entretanto, apenas sorriu e observou as duas seguirem juntas em direção à janela, para longe do alcance de seus ouvidos.

CAPÍTULO TREZE

Grace deixou Amelia ditar o ritmo das passadas. Assim que atravessaram o aposento, a mais jovem começou a cochichar sobre os acontecimentos da manhã, sobre Thomas ter precisado de sua ajuda, além de algo sobre sua mãe.

Grace se limitava a menear a cabeça, assentindo, enquanto seus olhos corriam constantemente em direção à porta. Thomas chegaria a qualquer momento e, embora não fizesse ideia de como evitar o que com certeza seria um encontro desastroso, ela também não conseguia pensar em mais nada.

Enquanto isso, Amelia cochichava sem parar. Grace teve presença de espírito suficiente para captar suas últimas palavras, quando Amelia disse:

–... imploro que não me contradiga.

– Claro que não – assegurou Grace, depressa.

Amelia com certeza acabara de fazer o mesmo pedido que Thomas lhe fizera minutos antes. Se não fosse isso, então Grace não teria ideia do assunto com que estava concordando ao acrescentar:

– Tem minha palavra.

Àquela altura, Grace não tinha certeza se faria diferença saber.

As duas continuaram a se deslocar pelo aposento, calando-se ao desfilar próximas do Sr. Audley, que fez um sinal cúmplice com a cabeça e sorriu enquanto passavam.

– Srta. Eversleigh. Lady Amelia – murmurou.

– Sr. Audley – respondeu Amelia.

Grace disse o mesmo, mas sua voz saiu desagradável e rouca.

Amelia voltou a cochichar assim que se afastaram do Sr. Audley. Foi nesse instante que Grace ouviu passos pesados aproximando-se da entrada. Virou-se para olhar: era apenas um lacaio passando com um baú.

Ela engoliu em seco. Céus, a viúva já começara a fazer as malas para a viagem para a Irlanda e Thomas nem tinha conhecimento dos seus planos. Como podia ter se esquecido de contar a ele durante sua conversa?

Então ela notou de novo a presença de Amelia, de quem se esquecera apesar de as duas caminharem de braços dados.

162

– Perdão – disse às pressas, pois desconfiava que fosse sua vez de falar.
– Disse algo?

Amelia balançou a cabeça.

– Não.

Grace acreditava que sim, mas não estava com disposição para discordar.

Mais passos ressoaram perto da entrada.

– Com licença – disse Grace, incapaz de suportar o suspense por mais um segundo.

Afastou-se e correu porta afora. Diversos criados passavam por ali, todos imersos nos preparativos da viagem. Grace voltou para o lado de Amelia e lhe deu o braço.

– Não era o duque.

– Alguém vai para algum lugar? – perguntou Amelia, observando dois lacaios que passavam diante da porta, um com um baú e outro com uma caixa de chapéus.

– Não – respondeu Grace.

Ela odiava mentir e era péssima naquilo. Assim, emendou:

– Bem, suponho que alguém vá viajar, mas não sei de nada.

O que também era mentira. Maravilhoso. Olhou para Amelia e tentou dar um sorriso animado.

– Grace, você está bem? – perguntou Amelia, parecendo bastante preocupada.

– Ah, não... digo, sim. Estou muito bem.

Esforçou-se para abrir outro sorriso animado e desconfiou que ele saiu ainda menos convincente do que o anterior.

– Grace, está apaixonada pelo Sr. Audley? – sussurrou Amelia, num tom diferente, mais malicioso e perturbador.

– Não!

Céus. Sua voz soou alto demais. Grace olhou para o Sr. Audley. Não que quisesse, mas tinham acabado de virar na direção dele, então seria impossível evitar. O rosto dele estava ligeiramente abaixado, mas ela percebeu que ele a observava com ar um tanto perplexo.

– Sr. Audley – disse ela.

Como ele olhava em sua direção, parecia apropriado saudá-lo, apesar de estar longe demais para ouvi-la.

Assim que teve a oportunidade, porém, Grace se virou para Amelia e começou a murmurar de modo frenético.

– Acabei de conhecê-lo. Ontem. Não, anteontem.

Que tola ela era! Balançou a cabeça e olhou com firmeza para a frente.

– Não me lembro mais.

– Anda conhecendo muitos cavalheiros intrigantes nos últimos tempos – comentou Amelia.

Grace se virou para a amiga.

– O que quer dizer?

– O Sr. Audley – provocou Amelia. – O salteador italiano.

– Amelia!

– Ah, certo. Você disse que ele era escocês. Ou irlandês. Não tinha certeza. Amelia franziu a testa, pensativa.

– De onde o Sr. Audley vem? Ele também tem um pouco de sotaque.

– Não sei – gemeu Grace.

Onde estava Thomas? Temia sua chegada, mas a expectativa era pior.

– Sr. Audley! – chamou Amelia de repente, sabia-se lá por quê.

Grace se voltou para uma parede.

– Grace e eu estávamos imaginando de onde o senhor vem – disse Amelia. – Seu sotaque não me é familiar.

– Da Irlanda, lady Amelia, logo ao norte de Dublin.

– Irlanda! – exclamou Amelia. – Minha nossa, o senhor está longe de casa.

Tinham acabado de circular pelo aposento, mas Grace permaneceu de pé mesmo depois de Amelia soltar seu braço e se sentar. Depois, se dirigiu para a porta da forma mais sutil que encontrou.

– Está apreciando Lincolnshire, Sr. Audley? – perguntou Amelia.

– Acho muito surpreendente.

– Surpreendente?

Grace espiou o corredor, ainda entreouvindo a conversa da amiga com o Sr. Audley.

– Minha visita não foi o que eu esperava – disse o Sr. Audley.

Grace podia imaginar muito bem o sorriso que acompanhava aquela declaração.

– Verdade? O que esperava? – indagou Amelia – Garanto que somos muito civilizados nesta parte da Inglaterra.

164

– Com certeza – murmurou ele. – Civilizados demais para o meu gosto, se me permite a franqueza.

– O que quer dizer, Sr. Audley?

Se ele respondeu, Grace não escutou. Naquele momento, viu Thomas descendo o corredor, todo arrumando, com a autoridade ducal recobrada.

– Ah! – disse ela, a exclamação escorregando de sua garganta. – Com licença.

Ela seguiu apressadamente para o corredor, acenando para Thomas, de modo a não alertar Amelia e o Sr. Audley das razões de sua aflição.

– Grace, o que isso significa? – disse ele, avançando com grande determinação. – Penrith me informou que Amelia estava aqui e queria me ver.

Ele não diminuiu o ritmo ao se aproximar e Grace percebeu que ele pretendia que ela o acompanhasse.

– Thomas, espere – alertou ela com a voz baixa, em tom de urgência.

Segurou seu braço e o puxou até que parasse.

Ele se virou para ela. Uma de suas sobrancelhas se ergueu, formando um arco altivo.

– É o Sr. Audley – disse ela, afastando-o ainda mais do aposento. – Ele está no salão.

Thomas olhou de relance para o salão e depois para Grace, obviamente sem compreender.

– Com Amelia – praticamente sibilou Grace.

Todos os vestígios da fachada inabalável do duque desapareceram.

– Que inferno! – praguejou.

Ele se virou para o salão de forma brusca, embora fosse impossível ver seu interior dali.

– Por quê?

– Não sei – respondeu Grace, a voz transbordando de irritação.

Por que *ela* saberia?

– Ele estava lá quando cheguei. Amelia disse que o abordou quando ele passava pela porta, achando que fosse você.

Thomas estremeceu.

– O que ele disse?

– Não sei. Eu não estava lá na hora e, depois, não pude interrogá-la na presença dele.

– Não, claro que não.

Em silêncio, Grace esperou que ele falasse algo mais. Thomas massageava a ponte do nariz e parecia estar com dor de cabeça. Grace se esforçou para lhe dar notícias que *não* fossem desagradáveis:

– Tenho quase certeza de que ele não revelou sua...

Céus. Como ela poderia dizer aquilo?

–... identidade a ela – concluiu com uma careta.

Thomas lhe lançou um olhar tenebroso.

– Não é culpa minha – defendeu-se Grace.

– Eu não disse que era.

O tom do duque foi seco. E, sem dizer mais nenhuma palavra, ele se dirigiu ao salão.

Jack e lady Amelia se mantinham em silêncio desde o momento em que Grace saíra correndo do aposento. Era como se tivessem um acordo tácito. O silêncio prevaleceria enquanto os dois tentavam ouvir a conversa no corredor.

Jack sempre se considerara acima da média na arte de bisbilhotar, mas não conseguia captar nem os sussurros naquele momento. Mesmo assim, tinha uma boa ideia do que estaria sendo dito. Grace advertia Wyndham de que o perverso Sr. Audley tinha posto suas garras sobre a bela e inocente lady Amelia. E aí Wyndham praguejaria – de um jeito quase inaudível, pois jamais seria tão grosseiro a ponto de fazer algo assim na frente de uma dama –, depois perguntaria o que fora revelado.

Tudo seria divertidíssimo se não fosse por ela e pelo que ocorrera de manhã. E pelo beijo.

Grace.

Queria Grace de volta. Queria a mulher que estivera em seus braços, não a pessoa rígida que caminhara em torno do aposento com lady Amelia, encarando-o como se ele estivesse prestes a roubar a prata da casa a qualquer momento.

Ele imaginou que aquilo deveria ser divertido. De algum modo. E imaginou que deveria se parabenizar. O que Grace sentia por ele podia ser qualquer coisa, menos desinteresse. O que seria a reação mais cruel de todas.

Pela primeira vez, contudo, ele não via a conquista de uma dama como um mero jogo. Não se importava com a emoção da caçada, com o prazer de calcular os passos da presa, nem com os planos de sedução e sua consumação em grande estilo.

Ele simplesmente a desejava.

Talvez até para sempre.

Deu uma olhada em lady Amelia. Inclinava-se para a frente, a cabeça um pouco para o lado, como se procurasse o melhor ângulo possível para sua orelha.

– Não vai conseguir ouvir nada do que dizem – comentou Jack.

A expressão dela foi impagável. E falsa.

– Ora, não finja que não estava tentando – ralhou ele. – Eu, com certeza, estava.

– Muito bem – disse lady Amelia, então aguardou um momento antes de perguntar: – O que supõe que estejam falando?

Ah, a curiosidade sempre venceria aquela ali. Era mais inteligente do que aparentava à primeira vista, ele decidiu. Deu de ombros, fingindo ignorância.

– É difícil dizer. Não presumo compreender a mente feminina, tampouco a de nosso estimado anfitrião.

Ela se virou, surpresa.

– Não gosta do duque?

– Eu não disse isso – respondeu Jack.

Porém os dois sabiam que era o que ele queria dizer.

– Por quanto tempo permanecerá em Belgrave? – perguntou ela.

Ele sorriu.

– Quer se livrar de mim, lady Amelia?

– Claro que não. Vi que a criadagem transportava baús pela casa. Achei que talvez fossem seus.

Jack tentou manter uma expressão impassível. Não sabia por que se surpreendia ao constatar que a velha já começara a fazer as malas.

– Imagino que os baús pertençam à viúva – falou ele.

– Ela vai a algum lugar?

Ele quase soltou uma gargalhada ao notar a expressão esperançosa no rosto dela.

– Irlanda – respondeu, distraído, antes que lhe ocorresse que aquela mulher, entre todas as pessoas, talvez não devesse ser informada dos planos.

Ou talvez ela fosse a única pessoa que devesse saber. Com certeza, merecia. Merecia ser canonizada, na opinião dele, se de fato planejava levar adiante o casamento com Wyndham. Não conseguia pensar em nada menos agradável do que passar o resto da vida com um sujeito tão arrogante.

E então, como se convocado por seus pensamentos, o sujeito arrogante apareceu.

– Amelia.

Wyndham estava na entrada, em seu esplendor ducal. Exceto pelo belo olho roxo, pensou Jack com alguma satisfação. Ficara ainda mais feio do que na noite anterior.

– Vossa Graça – respondeu ela.

– Fico feliz em vê-la – disse Wyndham, depois de se juntar a eles. – Vejo que já conheceu nosso hóspede.

– Conheci. O Sr. Audley é muito agradável.

– Muito – concordou Wyndham.

Jack achou que o duque estava com cara de quem acabara de comer rabanete. Sempre detestara rabanete.

– Vim visitar Grace – disse lady Amelia.

– Claro – respondeu Wyndham.

– Porém encontrei lady Amelia primeiro – interveio Jack, divertindo- -se com o constrangimento daquele diálogo.

Wyndham se limitou a reagir com um desdém glacial. Jack sorriu em resposta, convencido de que isso o irritaria mais do que qualquer coisa que pudesse dizer.

– Na verdade, eu o encontrei – salientou lady Amelia. – Eu o vi no cor- redor e achei que fosse o senhor.

– Impressionante, não é? – murmurou Jack, e se voltou para lady Ame- lia. – Não temos a mínima semelhança.

– Não. Não temos – decretou Wyndham, ríspido.

– O que acha, Srta. Eversleigh? – perguntou Jack, levantando-se.

Parecia que ele tinha sido o único a notar que ela entrara no aposento.

– Será que o duque e eu compartilhamos algumas semelhanças?

Os lábios de Grace ficaram entreabertos por um segundo.

– Temo não conhecer o senhor suficientemente bem para ser uma juíza justa.

– Boa resposta, Srta. Eversleigh – respondeu ele, meneando a cabeça para cumprimentá-la. – Devo concluir, portanto, que a senhorita conhece muito bem o duque.

– Trabalho para a avó dele há cinco anos. Durante esse período, tive a sorte de conhecer um pouco do caráter de Sua Graça.

– Lady Amelia – chamou Wyndham, ansioso por interromper a conversa. – Posso acompanhá-la até sua casa?

– Claro.

– Já? – murmurou Jack, só para causar problemas.

– Minha família está à minha espera – explicou lady Amelia, embora não tivesse feito qualquer menção ao assunto antes que Wyndham se oferecesse para retirá-la dali.

– Partiremos neste momento – declarou Wyndham.

A noiva tomou seu braço e se levantou.

– Vossa Graça?

Jack se virou ao ouvir o som da voz de Grace.

– Será que eu poderia dar uma palavra com Vossa Graça, antes de partir? Por favor.

Wyndham pediu licença e a seguiu até o corredor. Ainda podiam ser vistos do salão, embora fosse difícil – ou melhor, impossível – captar a conversa.

– Qual poderia ser o assunto? – perguntou Jack para lady Amelia.

– Posso garantir que não faço ideia – respondeu ela, ríspida.

– Nem eu – disse ele, mantendo um tom leve e casual, para fazer contraste.

A vida era mais divertida desse jeito.

Então os dois ouviram:

– Irlanda!

Era Wyndham, num tom consideravelmente alto. Jack se inclinou para a frente, para ver melhor, mas o duque tomou Grace pelo braço e a retirou de seu campo de visão e do alcance de seus ouvidos.

– Temos nossa resposta – murmurou Jack.

– Ele não pode estar perturbado porque a avó vai para fora do país – disse lady Amelia. – Era de esperar que ele planejasse uma comemoração.

– Acredito que a Srta. Eversleigh o informou que a avó pretende que ele a acompanhe.

– Até a Irlanda? – indagou Amelia e sacudiu a cabeça. – Ora, o senhor deve estar enganado.

Jack deu de ombros, fingindo indiferença.

– Talvez. Sou apenas um recém-chegado por aqui.

Então lady Amelia deu início a um discurso bastante ambicioso:

– Além de não conseguir encontrar um motivo para que a viúva queira ir à *Irlanda*... não que eu não queira conhecer seu belo país, mas não parece característico da viúva, que já ouvi falar de forma bem pouco elogiosa da Nortúmbria, da região dos lagos e, na verdade, da Escócia inteira...

Ela fez uma pausa, possivelmente para respirar.

– A Irlanda parece um pouco demais para ela.

Ele assentiu, pois parecia ser o esperado.

– Mas na verdade não faz sentido que ela deseje que Sua Graça vá junto. Eles não apreciam a companhia um do outro.

– Quanta delicadeza em suas palavras, lady Amelia – comentou Jack. – Alguém aprecia a companhia deles?

Amelia arregalou os olhos, em choque, e ocorreu a ele que talvez devesse ter limitado o insulto à viúva, mas naquele instante Wyndham entrou no aposento parecendo zangado e arrogante.

E, quase com certeza, merecedor de qualquer insulto proferido por Jack.

– Amelia – chamou ele com indiferença e rispidez. – Temo não ter condições de acompanhá-la até sua casa.

– Claro – disse ela, como se pudesse dizer qualquer outra coisa.

– Tomarei todas as providências para seu conforto. Talvez queira escolher um livro na biblioteca – sugeriu.

– Consegue ler numa carruagem? – perguntou Jack.

– O senhor, não?

– *Consigo* – respondeu ele, com gosto. – Consigo fazer quase tudo numa carruagem. Ou com uma carruagem – acrescentou, dando um sorriso para Grace, que permanecia na entrada.

Wyndham o olhou com fúria e agarrou o braço da noiva, levantando-a sem nenhuma cerimônia.

– Foi um prazer conhecê-lo, Sr. Audley – disse lady Amelia.

– Sim, parece que a senhorita está de partida – disse ele com leveza.

– Amelia – falou o duque, a voz ainda mais brusca que antes.

Levou-a para fora do aposento.

Jack os seguiu até a entrada, procurando por Grace, mas ela desaparecera. Bem, talvez fosse melhor assim.

Fitou a janela. O céu tinha escurecido e parecia que a chuva estava prestes a cair.

Hora de dar uma caminhada, decidiu. A chuva seria fria. E molhada. E exatamente o que ele precisava.

CAPÍTULO CATORZE

Depois de cinco anos em Belgrave, Grace tinha compreendido o que se podia alcançar com um pouco de prestígio e muito dinheiro – e talvez até já estivesse acostumada com isso. No entanto, ficou impressionada com a velocidade com que os planos de viagem se concretizaram. Em três dias, foi providenciado um barco particular para o trajeto de Liverpool até Dublin. A embarcação permaneceria à espera deles no cais até que estivessem prontos para voltarem à Inglaterra – não importava o tempo necessário.

Um dos secretários de Thomas fora despachado para a Irlanda para cuidar dos detalhes da estadia. Grace sentira pena do pobre homem, obrigado a ouvir – e, depois, a repetir duas vezes – as numerosas e detalhadas instruções da viúva. Grace estava acostumada aos modos da dama, mas o secretário, habituado com um patrão bem mais razoável, parecera prestes a cair em prantos.

Apenas as estalagens mais elegantes seriam adequadas para o grupo e, com certeza, eles esperavam contar com os melhores aposentos de cada estabelecimento.

Se os quartos já estivessem reservados, os estalajadeiros teriam de tomar providências para acomodar os outros viajantes em outro lugar. A viúva contara a Grace que gostava de mandar alguém na frente para evitar esse tipo de problema. Também era mais educado avisar os estalajadeiros com alguma antecedência, de modo que pudessem encontrar quartos para os outros clientes.

Grace julgava que seria mais educado não mandar para a rua pessoas cujo único crime fora reservar um quarto antes dos Cavendishes, mas tudo o que pudera fazer fora dar um sorriso compreensivo para o pobre secretário. A duquesa não iria mudar sua atitude. Além do mais, já havia acrescentado as instruções seguintes, relativas a limpeza, alimentação e ao tamanho ideal das toalhas de mão.

Grace passava os dias correndo de um lado para o outro do castelo, preparando a viagem e transmitindo mensagens importantes, pois os outros três moradores pareciam determinados a não se encontrarem.

A viúva andava rabugenta e grosseira como sempre, mas surgira também uma camada de agitação que Grace achava desconcertante. Ela demonstrava *empolgação* com a viagem. Isso seria o bastante para inquietar a mais experiente das damas de companhia. A viúva nunca se empolgava com nada. Sentir-se gratificada, sim. Manifestar satisfação, com frequência (embora a insatisfação fosse manifestada com bem mais frequência). Demonstrar empolgação? Grace nunca vira.

Era estranho, pois a viúva não parecia gostar muito do Sr. Audley e estava claro que não o respeitava. Ele, por sua vez, retribuía o sentimento em dobro. Era bem parecido com Thomas nesse aspecto. Grace pensava que os dois teriam se tornado grandes amigos se não tivessem se conhecido em circunstâncias tão tensas.

Por outro lado, o comportamento de Thomas com a viúva era franco e direto, enquanto o Sr. Audley tinha um jeito bem mais disfarçado de agir. Não parava de provocar a dama e sempre trazia algum comentário tão sutil na ponta da língua que Grace só o entendia bem quando notava seu sorriso secreto.

Havia sempre um sorriso secreto. E era sempre para ela.

O simples fato de pensar no assunto fazia com que ela abraçasse a si mesma, como se quisesse manter aquele sorriso junto do coração. Quando Jack sorria, Grace *sentia* o sorriso – como se não fosse algo apenas para ser visto. Aquilo chegava a ela feito um beijo e seu corpo reagia à altura – o estômago se revirava um pouco, o calor lhe subia à face. Mantinha a compostura porque fora treinada para se comportar, porém respondia a seu modo: uma mudança mínima num dos cantos da boca, talvez uma alteração no olhar. Ela sabia que seus sinais não passavam despercebidos. Ele notava tudo. Gostava de bancar o bobo, mas Grace nunca conhecera ninguém com um olhar mais aguçado.

Enquanto isso, a viúva seguia em frente, obcecada em arrancar o título de Thomas e entregá-lo ao Sr. Audley. Quando falava da viagem, nunca dizia *se encontrassem* provas, e sim *quando encontrassem*. Já começara a planejar a melhor forma de anunciar a mudança para a sociedade.

Grace reparara que ela não mantinha grande discrição em relação ao assunto. O que a viúva dissera no outro dia, bem na cara de Thomas? Algo relativo a refazer inúmeros contratos para que refletissem o devido nome ducal. Tinha até se voltado a ele e perguntado se achava que os documentos que ele assinara como duque continuariam legalmente válidos.

173

Grace considerara Thomas um mestre do autocontrole por não esganar a avó naquele instante. Ele apenas dissera: "Se isso acontecer, não será problema meu." E aí, com uma reverência zombeteira, ele deixara o aposento.

Grace não sabia por que ainda se surpreendia com a atitude odiosa da viúva diante de Thomas. Ela nunca demonstrara preocupação com os sentimentos alheios. Porém aquelas eram circunstâncias extraordinárias. Até mesmo Augusta Cavendish seria capaz de perceber que poderia magoar Thomas ao falar sobre o modo como planejava lidar com sua humilhação pública.

Quanto a Thomas, ele não vinha agindo como de hábito. Bebia demais e, quando não ficava fechado em seu gabinete, rondava a casa como um leão mal-humorado. Grace tentava evitá-lo, em parte pelo seu estado de espírito, mas também por se sentir tão culpada, tão irracionalmente desleal por gostar do Sr. Audley.

E então havia *ele*, o Sr. Audley. Vinha passando tempo demais na sua companhia. Sabia disso, mas não conseguia evitar. E, na verdade, não era culpa sua. A viúva não parava de lhe dar tarefas que a colocavam em sua órbita.

Liverpool ou Holyhead, qual era o melhor porto para a partida? Jack com certeza saberia (a viúva ainda se recusava a chamá-lo de Sr. Audley e ele não respondia quando chamado de Cavendish).

Como seria o clima naquela época do ano? Grace deveria encontrar Jack e pedir sua opinião.

Seria possível comprar um chá decente na Irlanda? E quando deixassem os arredores de Dublin? E, depois que Grace voltara com as respostas – um "sim" e um "pelo amor de Deus" (eliminando as blasfêmias) –, fora enviada a ele de novo para determinar se ele saberia mesmo julgar a qualidade de um chá.

Era quase constrangedor fazer perguntas desse gênero. Deveria ser, mas, àquela altura, os dois gargalhavam quando se viam. Era assim o tempo todo. Ele sorria. Ela sorria. E ela se lembrava de como gostava mais de si mesma quando tinha motivos para sorrir.

Naquele momento, a viúva ordenara que ela o encontrasse para obter um relato completo da rota proposta pela Irlanda, o que Grace achara estranho, pois acreditava que a duquesa já tivesse resolvido tudo. Mas não ia se queixar de uma tarefa que a afastava da viúva e colocava perto do Sr. Audley.

Jack, era o que dizia a si mesma. Ele era Jack. O nome era perfeito para ele, audacioso e despreocupado. John seria sóbrio demais e Sr. Audley, muito formal. Ela queria que ele fosse Jack, embora não se permitisse chamá-lo assim desde aquele beijo.

Ele a provocara por causa disso – sempre a provocava. Insistira, dissera que ela deveria usar seu nome de batismo ou ele não responderia, mas Grace permanecera firme. Porque temia ser incapaz de recuar caso cedesse. E já corria grande risco de perder o coração para sempre.

Poderia acontecer. Aconteceria, se ela deixasse. Ao fechar os olhos, conseguia imaginar um futuro... com ele, filhos e muito riso.

Só que não ali. Não em Belgrave, com ele como duque.

Ela queria recuperar Sillsby. Não a casa. Sabia que era impossível. Queria aquele sentimento perdido. O calor confortável, a horta de que a mãe cuidava. Ela queria as noites na sala de estar – a única sala de estar, nada que precisasse ser descrito por uma cor, um tecido ou uma localização dentro do prédio. Queria ler perto da lareira com o marido, apontando partes que a divertiam e rindo quando ele fizesse o mesmo.

Era a isso que aspirava e, quando tinha coragem de ser sincera, admitia que queria viver tudo isso ao lado dele.

Entretanto nem sempre era sincera consigo mesma. De que adiantava? Ele não sabia quem era. Como ela saberia o que sonhar?

Estava se protegendo, guardando o coração numa armadura até obter uma resposta. Porque, se ele fosse o duque de Wyndham, ela não passaria de uma tola.

⌒

Por mais confortos que Belgrave oferecesse, Jack preferia passar o tempo ao ar livre e, depois que sua montaria fora transferida para os estábulos de Wyndham (onde deveria estar relinchando de alegria com infindáveis cenouras e o calor das novas acomodações), ele criara o hábito de dar um passeio a cavalo todas as manhãs.

Não era tão diferente assim da sua antiga rotina. Em geral, Jack se via sobre uma sela ao final da manhã. A diferença era que, antes, ele se dirigia a algum lugar ou, de vez em quando, *fugia* de algum lugar. Agora circulava por esporte, para fazer exercício. Como era estranha a vida de um cavalheiro. O exercício físico era obtido por meio de um comportamento organizado e não pelo trabalho honesto, como o resto da sociedade.

Ou pelo trabalho desonesto, como costumava ser o seu caso.

Era seu quarto dia em Belgrave. Estava voltando para a casa – era difícil chamar de castelo, apesar de ser exatamente isso, pois dava vontade de revirar os olhos –, sentindo-se revigorado pelo vento suave nos campos.

Ao subir os degraus que conduziam à porta principal, ele se pegou espiando para um lado e para outro, na esperança de vislumbrar Grace, embora fosse improvável que ela estivesse lá fora. Sempre acalentava a expectativa de vê-la, em qualquer lugar que estivesse. Bastava avistá-la para sentir que algo se agitava em seu peito. Na metade das vezes, ela nem o percebia por perto. Jack não se importava. Apreciava observá-la nas suas tarefas. Porém, quando a fitava por bastante tempo – e ele sempre fazia isso, pois não havia motivo melhor para colocar os olhos em outra parte –, Grace sentia sua presença. Mesmo quando ele se encontrava num ângulo esquisito ou sob as sombras. Ela acabava se virando.

Naqueles momentos, Jack sempre tentava bancar o sedutor e contemplá-la com um olhar ardente, destinado a fazê-la perder-se de desejo.

Contudo Jack nunca conseguia. Porque, quando ela o encarava, a única coisa que ele fazia era sorrir como um tolo apaixonado. Ficaria horrorizado com seu comportamento se ela não sorrisse sempre em resposta. Aquele sorriso fazia com que a agitação em seu peito se transformasse em algo ainda mais efervescente e despreocupado.

Jack empurrou a porta do saguão principal de Belgrave, entrou e parou por um instante. Levou alguns segundos para se adaptar à súbita falta de vento. Seu corpo chegou mesmo a sacudir com um tremor inesperado, como se quisesse afastar a friagem. Assim, Jack teve algum tempo para olhar à sua volta e foi recompensado.

– Srta. Eversleigh! – chamou, pois ela se encontrava do outro lado, possivelmente cuidando de uma das tarefas ridículas impostas pela viúva.

– Sr. Audley – disse ela, sorrindo ao se aproximar.

Jack tirou o casaco (que devia ter sido surrupiado do armário ducal) e o entregou a um lacaio, espantando-se como sempre com a forma como a criadagem parecia se materializar do nada, no momento necessário.

Alguém a treinara muito bem. A vida militar ainda estava fresca na memória de Jack, de modo que ele dava valor àquilo.

Grace chegou ao lado dele antes que ele retirasse as luvas.

– Saiu para andar a cavalo? – perguntou ela.

– Sim. Está um dia perfeito.

– Mesmo com todo o vento?

– É melhor com o vento.

– Acredito que tenha se reencontrado com seu cavalo, não?

– Sim. Lucy e eu formamos uma boa equipe.

– Monta uma égua?

– Um capão.

Ela piscou, intrigada. Estranhamente, não se sentia surpresa.

– Deu o nome de Lucy a seu cavalo?

Ele deu de ombros para acrescentar um toque dramático.

– É uma daquelas histórias que perde a graça ao ser recontada.

Na verdade, a história envolvia bebida, três apostas diferentes e uma propensão à contrariedade que talvez não fosse motivo de orgulho.

– Não sou exatamente uma amazona – disse ela.

Não era um pedido de desculpas. Apenas uma declaração.

– Por escolha ou circunstâncias?

– Um pouco dos dois – respondeu ela com interesse, como se aquela pergunta nunca tivesse lhe ocorrido.

– Terá de me acompanhar em alguma ocasião.

Ela deu um sorriso triste.

– Acho que isso não faz parte das minhas atribuições de dama de companhia.

Jack tinha dúvidas. Permanecia desconfiado das intenções da viúva no que tangia a Grace. A duquesa parecia empurrá-la para cima dele em todas as ocasiões possíveis, como se a jovem fosse uma fruta madura sacudida diante de seu nariz para convencê-lo a ficar ali. Jack julgava a ideia um tanto assustadora, mas não negaria a si mesmo o prazer da companhia de Grace apenas para contrariar a velha.

– Bobagem. As melhores damas de companhia montam com os hóspedes.

– Ah. Mesmo? – indagou Grace num tom ambíguo.

– Bem, pelo menos é o que fazem na minha imaginação.

Grace balançou a cabeça sem tentar conter o sorriso.

– Sr. Audley...

Mas ele olhou de um lado para outro, de modo sorrateiro e quase cômico.

– Acho que estamos a sós – cochichou.

Grace se inclinou, sentindo-se muito travessa.

– E isso quer dizer...?

– Que pode me chamar de Jack.

Ela fingiu ponderar.

– Não, acho que não.

– Não vou contar para ninguém.

– Humm... – murmurou Grace e franziu o nariz. – Não.

– Já me chamou assim.

Ela contraiu os lábios, para conter não um sorriso, mas sim uma gargalhada.

– Foi um erro.

– *De fato.*

Grace engasgou e se virou. Era Thomas.

– De onde diabos ele veio? – murmurou o Sr. Audley.

Da saleta, Grace pensou, sentindo-se péssima. A entrada ficava logo atrás deles. Thomas com frequência usava o aposento para ler ou cuidar da correspondência. Dizia que gostava da luz vespertina.

Porém não era de tarde. E ele cheirava a conhaque.

– Que conversa agradável – disse Thomas com a voz arrastada. – Uma de muitas, eu presumo.

– Andou bisbilhotando? – perguntou o Sr. Audley num tom leve. – Que vergonha.

– Vossa Graça – começou Grace –, eu...

– É Thomas – interrompeu cheio de desdém. – Ou não se lembra? Já usou o *meu* nome mais de uma vez.

Grace sentiu um calor subindo a seu rosto. Não sabia quanto da conversa Thomas ouvira. Aparentemente, a maior parte.

– É mesmo? – perguntou o Sr. Audley a Grace. – Nesse caso, insisto que me chame de Jack.

Virou-se para Thomas e deu de ombros.

– É justo – falou.

Thomas não respondeu com palavras, mas sua expressão fechada dizia muito.

– Vou chamá-la de Grace – declarou o Sr. Audley, dirigindo-se a ela.

178

– Não, não vai – retrucou Thomas.

O Sr. Audley permaneceu calmo como de costume.

– Ele sempre toma essas decisões pela senhorita?

– Esta é a minha casa – devolveu Thomas.

– Não por muito tempo, provavelmente – murmurou o Sr. Audley.

Grace chegou a se jogar para a frente, convencida de que Thomas atacaria o outro. No final, porém, Thomas só deu uma risada.

Deu uma risada, mas o som foi *horrível*.

– Deve saber que ela não vem junto com a casa – disse ele, fitando o Sr. Audley diretamente.

Grace ficou em choque.

– O que quer dizer? – indagou o Sr. Audley e a voz soou suave, tão propositalmente educada que era impossível não perceber que também cortava como aço.

– Acho que sabe.

– Thomas – tentou intervir Grace.

– Ah, voltamos a Thomas, é?

– Acho que ele nutre sentimentos pela senhorita – falou o Sr. Audley, num tom quase animado.

– Não seja ridículo – respondeu Grace, de imediato.

Porque não era verdade. Ele não podia. Se Thomas tivesse sentimentos... Ora, ele tivera anos para manifestá-los. Não que isso pudesse dar em algo.

Thomas cruzou os braços e lançou um olhar para o Sr. Audley – o tipo de olhar que faria outros homens saírem correndo.

O Sr. Audley apenas sorriu.

– Não gostaria de afastá-lo de suas responsabilidades – disse ele ao duque.

Ele o dispensava com palavras elegantes e uma inegável descortesia. Grace não podia acreditar. Ninguém falava assim com Thomas.

Porém Thomas sorriu.

– Ah, agora são *minhas* responsabilidades.

– Enquanto a casa for sua.

– Não é apenas uma casa, Audley.

– Acha que não sei disso?

Ninguém falou. A voz do Sr. Audley tinha soado como um silvo, baixa e urgente.

E assustadora.

– Com licença – disse Thomas, abrupto.

E, enquanto Grace observava em silêncio, ele se virou e voltou para a saleta, batendo a porta com força.

Depois de um tempo que pareceu uma eternidade olhando apenas para a tinta branca da porta, Grace se dirigiu ao Sr. Audley.

– Não deveria tê-lo provocado.

– Ah, *eu* não deveria provocá-lo?

Ela soltou o ar, tensa.

– Com certeza compreende a posição difícil em que ele se encontra.

– Ao contrário da minha – rebateu ele com a voz mais horrível que ela ouvira. – Como eu *adoro* ser sequestrado e preso contra minha vontade.

– Ninguém está apontando uma arma para a sua cabeça.

– É o que acha?

O tom era zombeteiro. Os olhos diziam que ele mal podia crer na ingenuidade de Grace.

– Não acho que o senhor o queira – disse Grace.

Como aquilo não lhe ocorrera antes? Como ela não vira?

– Não quero o quê? – praticamente rosnou ele.

– O título. O senhor não o quer, não é?

– O título não me quer – retrucou, glacial.

Ela não pôde fazer nada além de fitá-lo, horrorizada, enquanto ele dava meia-volta e se afastava.

CAPÍTULO QUINZE

Durante suas perambulações por Belgrave, num dia em que uma tempestade o prendera em casa, Jack conseguira encontrar uma coleção de livros de arte. Não tinha sido fácil. O castelo possuía duas bibliotecas separadas e cada uma devia contar com pelo menos quinhentos volumes. Mas Jack já reparara que os livros de arte tendiam a ser maiores. Assim, ele concentrara sua busca nos volumes com as lombadas mais altas. Selecionava esses livros, os folheava e, depois de algumas tentativas, acabara achando o que queria.

Porém, não desejava particularmente permanecer na biblioteca. Ficar cercado por tantos livros sempre lhe parecera opressivo. Por isso, ele reunira aqueles que lhe pareceram mais interessantes e os transportara para seu novo cômodo favorito – o salão creme e dourado nos fundos do castelo.

A sala de Grace. Ele nunca seria capaz de pensar naquele cômodo de outro modo.

Foi ali que ele se recolheu depois do encontro constrangedor com Grace no saguão. Ele não gostava de perder a cabeça. Para ser mais exato, odiava.

Estava ali fazia horas, acomodado junto a uma mesa de leitura, levantando-se ocasionalmente para esticar as pernas. Chegara ao último livro – um estudo sobre o estilo rococó francês – quando um lacaio entrou pela porta aberta, parou e recuou.

Jack olhou para o rapaz e arqueou uma das sobrancelhas, curioso. O lacaio, porém, nada disse. Saiu correndo por onde viera.

Dois minutos depois, Jack foi recompensado por sua paciência ao ouvir passos femininos no corredor. Os passos de Grace.

Fingiu estar absorto na leitura.

– Ah, está lendo – disse Grace, parecendo surpresa.

Ele virou a página com cuidado.

– Faço isso de vez em quando.

Quase deu para ouvir Grace revirar os olhos enquanto adentrava o salão.

– Andei procurando o senhor por toda parte.

Ele levantou a cabeça e abriu um sorriso.

– E aqui estou.

Grace parou, hesitante, as mãos unidas diante do corpo. Estava nervosa, ele percebeu.

E odiou ser o responsável por seu nervosismo. Inclinou a cabeça, num convite, indicando a cadeira a seu lado.

– O que está lendo? – perguntou Grace, aproximando-se.

Jack virou o livro para o assento vazio.

– Dê uma olhada.

Ela não se sentou de imediato. Pousou as mãos na beirada da mesa e se inclinou, espiando as páginas abertas.

– Arte – disse ela.

– Meu segundo tema favorito.

Ela lhe lançou um olhar astucioso.

– Deseja que eu pergunte qual é o seu tema favorito.

– Sou tão óbvio assim?

– Só é óbvio quando deseja ser.

Ele levantou as mãos num desespero fingido.

– E, infelizmente, não funcionou. Não me perguntou qual é meu tema favorito.

– Não perguntei porque estou convencida de que a resposta conterá algo inapropriado – devolveu Grace, sentando-se.

Ele colocou uma das mãos sobre o peito, o gesto dramático restaurando seu equilíbrio de algum modo. Era mais fácil bancar o bobo da corte. Ninguém esperava muito deles.

– Estou magoado. Eu juro, não ia dizer que meu tema favorito era a sedução nem a arte do beijo, muito menos o modo adequado de retirar a luva de uma dama, ou mesmo o modo adequado de retirar...

– Pare com isso!

– Eu ia dizer que meu tema favorito, nos últimos tempos, é você – declarou ele, tentando soar como uma vítima.

Seus olhares se encontraram por um único instante. Grace baixou os olhos, agitada. Ele a observava fascinado pelas emoções que se sucediam em seu rosto, pelo modo como as mãos, entrelaçadas sobre a mesa, ficavam tensas e se mexiam.

– Não gosto desta pintura – disse ela, de repente.

Ele precisou olhar o livro para saber qual era o quadro a que ela se referia. A pintura representava um homem e uma mulher sentados na grama. A mulher fora retratada de costas para a tela e parecia tentar se livrar do homem. Jack não estava familiarizado com a obra, mas achou que reconhecia o estilo.

– O Boucher?

– Sim... não – disse ela, um tanto confusa.

Inclinou-se para a frente e olhou para baixo.

– Jean-Antoine Watteau, *O passo em falso* – leu ela.

Jack olhou com mais atenção.

– Perdão – disse ele, com leveza. – Eu tinha acabado de virar a página. Acho que se parece um pouco com um Boucher. Não acha?

Ela deu de ombros de leve.

– Não estou familiarizada com nenhum desses artistas para ser capaz de responder. Quando criança, não estudei pintura nem pintores. Meus pais não se interessavam muito por arte.

– Como é possível?

Ela sorriu ao ouvi-lo, o tipo de sorriso que era quase uma gargalhada.

– Não foi tanto por falta de interesse. É que meus pais tinham mais inclinação para outras coisas. Acho que, acima de tudo, gostariam de viajar. Os dois adoravam mapas e todo tipo de atlas.

Jack não conteve uma careta.

– Detesto mapas.

– Mesmo?

Ela pareceu atônita e talvez um pouquinho encantada com aquela confissão.

– Por quê?

– Não tenho talento para lê-los – confessou ele, sendo franco.

– O senhor, um salteador?

– E qual é a relação?

– Não é preciso saber para onde se está indo?

– Não tanto quanto preciso saber por onde passei.

Ela pareceu perplexa com as palavras de Jack, por isso ele acrescentou:

– Existem certas regiões do país, como Kent, para ser sincero, que é melhor evitar.

– É um daqueles momentos em que não tenho certeza de que está falando sério – disse ela, piscando sucessivamente.

– Estou falando bem sério – garantiu ele, quase alegre. – A não ser pela parte referente a Kent.

Ela o olhou sem compreender.

– Talvez eu tenha sido um tanto modesto.

– Modesto? – repetiu ela.

– Há motivos para que eu evite todo o Sul do país.

– Céus!

Era uma exclamação muito feminina e educada. Ele quase riu.

– Acho que nunca conheci um homem que admitiria não ler bem os mapas – disse ela assim que recuperou a compostura.

Ele deixou que seu olhar se tornasse caloroso e, depois, quente.

– Eu disse que era especial.

– Pare com isso.

Ela não olhava para ele, pelo menos não diretamente, por isso não viu a mudança em sua expressão. O que na certa explicava por que seu tom permanecia tão animado enquanto ela dizia:

– Devo dizer que isso complica tudo. A viúva pediu que eu o encontrasse para pedir sua ajuda com o trajeto após o desembarque em Dublin.

Ele fez um gesto com a mão.

– Isso eu posso fazer.

– Sem um mapa?

– Viajávamos frequentemente quando eu estava na escola.

Ela ergueu os olhos e sorriu, quase nostálgica, como se pudesse ver as memórias dele.

– Aposto que não era o monitor da turma.

Ele ergueu uma sobrancelha.

– Sabe, acho que a maioria das pessoas consideraria isso um insulto.

O sorriso de Grace se alargou, os olhos reluzindo com malícia.

– Mas não o senhor.

Tinha razão, claro. Não que ele fosse permitir que ela soubesse disso.

– E por que acha isso?

– O senhor nunca iria querer ser o monitor.

– Responsabilidade demais? – arriscou Jack, imaginando se era isso que ela pensava dele.

Grace abriu a boca e ele percebeu que ela estava prestes e dizer que sim. Suas faces ficaram um tanto rosadas e ela desviou o olhar por um momento antes de responder.

– É rebelde demais. Não iria querer se alinhar com a administração.

– Ah, a *administração* – não conseguiu deixar de repetir, divertindo-se.

– Não ria da minha escolha de palavras.

– Pois bem. Espero que perceba que está dizendo isso para um ex-oficial do exército de Sua Majestade – declarou ele, arqueando uma sobrancelha.

Grace não deu a mínima importância.

– Devo dizer que o senhor aprecia *bancar* o rebelde. Desconfio um pouco que, no fundo, seja tão convencional quanto o restante de nós.

Ele fez uma pausa.

– Espero que perceba que está dizendo isso para um ex-salteador das estradas de Sua Majestade.

Jack não fazia ideia de como conseguia dizer aquelas palavras com ar sério. De fato, foi um alívio quando Grace, depois de um momento de surpresa, caiu na gargalhada. Porque ele não achava que conseguiria manter a expressão ofendida por nem mais um segundo.

Sentia-se como se estivesse imitando Wyndham, sentado ali, tão sério. Era de revirar o estômago.

– O senhor é terrível – disse Grace, enxugando os olhos.

– Eu me esforço ao máximo – respondeu Jack com modéstia.

– E é por isso que nunca vai ser monitor – concluiu Grace, brandindo o dedo e sorrindo o tempo todo.

– Meu bom Deus, espero que não – falou ele. – Eu me sentiria um tanto deslocado, na minha idade.

Sem mencionar quanto sua época de escola fora abominável. Ainda sonhava com ela. Não eram pesadelos – não valeria tanto gasto de energia. Contudo, mais ou menos uma vez por mês, ele despertava de uma daquelas irritantes visões em que ele estava de volta à escola (absurdamente, com seus 28 anos). Era sempre algo do tipo: ele olhava para sua programação e, de repente, percebia que se esquecera de frequentar as aulas de latim o semestre inteiro. Ou ia fazer uma prova sem estar usando calça.

As únicas disciplinas escolares das quais se lembrava com algum carinho eram as de esporte e artes. Sempre tivera facilidade com esportes. Bastava observar um jogo por um minuto para que seu corpo soubesse, por instinto, como se movimentar. Quanto à arte, pois bem, ele nunca fora bom na execução, mas sempre adorara estudar as obras. Por todas aquelas razões mencionadas para Grace na primeira noite em Belgrave.

Os olhos dela pousaram no livro, ainda aberto sobre a mesa, entre os dois.

– Por que a pintura a desagrada? – perguntou ele, gesticulando para o livro.

Não era sua obra preferida, mas ele não encontrava nada que o ofendesse.

– Ela não gosta dele.

Grace olhava para o livro, mas Jack olhava para ela e se surpreendeu por sua testa estar franzida. Preocupação? Raiva? Não saberia dizer.

– Não quer receber a atenção dele – prosseguiu Grace. – E ele não desiste. Olhe para a expressão dele.

Jack espiou a imagem com mais atenção. Supôs que compreendia o que ela queria dizer. A reprodução não tinha uma excelente qualidade. Era difícil saber quanto era fiel à pintura original. Com certeza, a cor deveria ser um tanto diferente, mas as linhas pareciam nítidas. Ele imaginou que havia algo de insidioso na expressão do homem. Mesmo assim...

– Mas seria possível dizer que suas objeções são relacionadas ao tema da pintura e não à pintura em si?

– Qual é a diferença?

Ele pensou por um momento. Fazia algum tempo desde que ele mantivera o que poderia ser chamado de conversa intelectual com alguém.

– Talvez a intenção do artista seja provocar essa reação. Talvez seu objetivo seja retratar exatamente esse tipo de cena. Não quer dizer que ele a aprove.

– Suponho que sim.

Grace juntou os lábios com força, de um modo que ele ainda não vira. Jack não gostou. Aquilo a fazia parecer mais velha. Mais do que isso, parecia colocar em evidência uma infelicidade arraigada. Quando sua boca ficava assim – zangada, perturbada, resignada –, parecia que ela nunca mais seria feliz.

Pior, parecia que ela aceitava isso.

– Não precisa gostar – determinou ele, com suavidade.

A boca de Grace pareceu relaxar, mas os olhos permaneceram turvos.

– É. Não preciso.

Ela estendeu o braço e virou a página, os dedos mudando o tema.

– Ouvi falar do Sr. Watteau, claro, e talvez ele seja um artista respeitado, mas... Ah!

Jack já sorria. Grace virara a página sem olhar. Mas ele continuara olhando.

– Minha nossa...

– Dessa vez, é *mesmo* um Boucher – apreciou Jack.

– Não... eu nunca...

Os olhos dela estavam arregalados: duas enormes luas azuis. Os lábios ficaram entreabertos e as bochechas... Ele precisou se esforçar muito para resistir ao desejo de abaná-la.

– Marie-Louise O'Murphy.

Ela o fitou horrorizada.

– O senhor a conhece?

Ele não deveria rir, mas não conseguiu se conter.

– Todo estudante a conhece. Ou já ouviu falar – corrigiu ele. – Acredito que tenha falecido há pouco tempo. Na velhice, não se preocupe. Tragicamente, tinha idade para ser minha avó.

Jack contemplou com carinho a mulher na pintura, estirada de forma provocante sobre um sofá. Estava de bruços, maravilhosa, gloriosa e completamente nua. Suas costas pareciam levemente arqueadas enquanto ela se apoiava no braço do sofá, espiando algo num canto da pintura. Ela era retratada de lado e, mesmo assim, parte do vão entre suas nádegas ficava visível, de forma escandalosa, e suas pernas...

Jack suspirou feliz diante das lembranças. As pernas ficavam bem afastadas e ele estava convencido de que não tinha sido o único estudante a imaginar que se acomodava entre elas.

Muitos jovenzinhos haviam perdido a virgindade (em sonhos) com Marie-Louise O'Murphy. Ele imaginava se a dama teria consciência do serviço que prestara.

Olhou para Grace, que encarava fixamente a pintura. Achou – esperou – que ela se excitasse.

– Nunca a tinha visto antes? – murmurou ele.

Ela balançou a cabeça. De leve. Fora hipnotizada.

– Era amante do rei da França. Dizem que o rei viu um dos retratos dela feitos por Boucher. Esse não, eu acho, talvez uma miniatura... E decidiu que precisava possuí-la.

Grace abriu a boca como se quisesse fazer um comentário, mas nada saiu.

– Ela foi criada nas ruas de Dublin, pelo que ouvi. É difícil imaginar que o sobrenome O'Murphy tivesse vindo de outra parte.

Ele suspirou diante de doces lembranças.

– Sempre nos orgulhamos de dizer que ela era uma de nós.

Jack mudou de posição para ficar atrás dela, aproximando-se de seu ombro. Ao falar, sabia que as palavras chegariam à sua pele como se fossem beijos.

– Bem provocante, não é?

Grace, no entanto, não parecia saber o que dizer. Jack não se importou. Tinha descoberto que observar Grace olhando o quadro era bem mais erótico do que a própria pintura.

– Sempre quis ver o original – comentou ele. – Acredito que se encontre na Alemanha. Talvez em Munique. Infelizmente, minhas viagens nunca me levaram para lá.

– Nunca vi nada parecido – sussurrou Grace.

– Provoca sensações, não é?

Ela assentiu.

E ele perguntou a si mesmo: se sempre tinha sonhado em ficar entre as coxas da Srta. O'Murphy, estaria Grace pensando em como seria *estar* no papel daquela mulher? Teria se visualizado deitada no divã, exposta ao olhar erótico de um homem?

Ao *seu* olhar.

Nunca permitiria que mais ninguém a visse assim.

O aposento estava em silêncio. Ele ouvia a própria respiração, cada vez mais entrecortada.

E também ouvia a dela – suave, discreta e cada vez mais rápida.

Ele a desejava. Com desespero. Queria Grace. Queria vê-la esparramada diante de si como a mulher na pintura. Queria tomá-la de todas as formas possíveis. Queria despi-la de todas as roupas e adorar cada centímetro de pele.

Quase sentia o peso suave das coxas sob suas mãos enquanto ele as afastava, o calor almiscarado quando ele se aproximasse para beijá-la.

– Grace – sussurrou.

Ela não o fitava. Os olhos continuavam pousados na pintura no livro. Sua língua despontou, umedecendo o centro de seus lábios.

Ela não fazia ideia do que provocava nele.

Jack tocou os dedos dela. Grace não se afastou.

– Dance comigo – murmurou ele, envolvendo sua cintura com uma das mãos. Puxou-a com delicadeza, insistindo para que se levantasse.

– Não há música – respondeu baixinho.

Contudo, ela se levantou. Sem resistência, sem a menor hesitação.

E ele disse o que estava em seu coração.

– Faremos nossa música.

Houve tantos momentos em que Grace poderia ter interrompido tudo aquilo. Quando a mão dele a tocou. Quando ele insistiu que se levantasse. Quando ele a convidou para dançar apesar de não haver música. Faria todo o sentido.

Só que ela nada disse. Não poderia. Deveria. Mas não queria.

E, de algum modo, ela foi parar em seus braços e os dois valsaram ao ritmo suave da melodia que ele cantarolava. Não a segurava como seria apropriado num verdadeiro salão de baile. Ele a apertava e parecia ficar cada vez mais próximo até que, por fim, a distância entre eles já não poderia ser medida em centímetros, apenas em calor.

– Grace – disse ele, num gemido rouco, carente.

Ela não ouviu o final da palavra, pois ele havia começado a beijá-la e todo som emudecia diante daquele ataque.

E ela também o beijava. Céus, nunca desejara nada como desejava aquele homem, naquele momento. Queria que ele a envolvesse, que a engolisse. Queria se perder nele, deitar-se e oferecer seu corpo.

Tudo, ela queria sussurrar. *Tudo o que quiser.*

Porque, sem dúvida, ele sabia do que ela precisava.

O retrato daquela mulher – a amante do rei francês – tinha provocado algo. Estava enfeitiçada, não havia outra explicação. Queria deitar-se nua num divã. Queria conhecer a sensação do tecido adamascado roçando seu ventre enquanto o ar fresco a envolvia por trás.

Queria saber como era ficar daquele jeito, com o olhar de um homem consumindo sua silhueta.

O olhar dele. Só o dele.

– Jack – murmurou, jogando-se nele.

Precisava senti-lo, conhecer a pressão, a força. Não queria que ele tocasse apenas em seus lábios. Queria que ele estivesse por toda parte e imediatamente.

Ele vacilou por um momento, como se fosse surpreendido pelo súbito entusiasmo dela. Recobrou-se depressa e em poucos segundos fechou a porta com o pé e apertou Grace contra a parede, sem interromper o beijo.

Grace ficou na ponta dos pés, tão espremida entre Jack e a parede que quase poderia pairar. A boca de Jack era faminta e ela estava sem fôlego. Quando ele desceu para adorar sua face e, depois, seu pescoço, tudo o que ela pôde fazer foi jogar a cabeça para trás. Ela sentia o corpo se arqueando, seus seios em busca de um contato mais próximo.

Não era a primeira intimidade entre eles, mas agora era diferente. Antes ela queria que ele a beijasse. Queria *ser beijada*. Mas naquele momento... era como se todos os sonhos e desejos reprimidos tivessem despertado dentro dela, transformando-a numa estranha criatura de fogo. Sentia-se impetuosa. Forte. E estava cansada demais de ver a vida passar.

– Jack... Jack...

Ela parecia não ser capaz de dizer nada além disso, não quando os dentes dele puxavam o corpete de seu vestido e seus dedos soltavam com habilidade os botões nas suas costas.

Porém não era justo. Ela também queria tomar parte naquilo.

– Eu – conseguiu dizer apenas.

Então correu as mãos dos cabelos sedosos dele até a frente da camisa. Deslizou parede abaixo, arrastando-o consigo, até que os dois estivessem no chão. Sem parar, ela se dedicou aos botões e, assim que soltou todos, arrancou a camisa dele.

Por um momento, não conseguiu fazer nada além de contemplá-lo. O fôlego estava preso e o peito ardia. Ainda assim, ela não conseguia soltar o ar. Quando pousou a palma da mão no peito de Jack, sentiu o coração dele aos pulos. O ar enfim escapou de seus lábios. Ela deslizou a mão para cima e para baixo, assombrada pelo contato, até que uma das mãos dele cobriu as dela.

– Grace.

Jack engoliu em seco e ela percebeu que os dedos dele estavam trêmulos. Levantou o olhar, esperando que ele prosseguisse. Bastava um olhar para que a seduzisse, pensou ela. Uma carícia e ela derreteria. Teria ele ideia da magia que exercia sobre ela? Do poder?

– Grace – repetiu ele, a respiração entrecortada. – Em breve não serei capaz de parar.

– Não me importo.

– Importa-se.

A voz dele saiu rouca e aumentou ainda mais o desejo que ela sentia.

– Quero você. Quero isto – implorou ela.

Ele parecia sofrer de desejo. *Ela* sofria.

Apertou a mão dela e os dois pararam. Grace levantou a cabeça e os olhares se encontraram.

E ficaram por ali. E, naquele momento, ela se apaixonou. Não sabia o que ele fizera com ela, mas tudo tinha se transformado. E o amava por esse motivo.

– Não vou tirar isso de você – disse ele num sussurro rouco. – Assim, não.

Então como?, quis perguntar, mas sua sensatez começava a voltar e Grace sabia que ele tinha razão. Grace possuía pouquíssimos bens de valor – os minúsculos brincos de pérola da mãe, uma Bíblia da família, cartas de amor dos pais. Mas tinha seu corpo e seu orgulho e não poderia se permitir entregá-los para um homem que não estivesse destinado a ser seu marido.

E os dois sabiam que, se ele fosse mesmo o duque de Wyndham, nunca poderiam se casar. Grace não conhecia todas as circunstâncias da sua educação, mas ouvira o suficiente para saber que ele estava familiarizado com as regras da aristocracia. Deveria saber o que esperavam dele.

Ele envolveu o rosto dela nas mãos e a fitou com um carinho que a fez perder o fôlego.

– Deus é minha testemunha – sussurrou, virando-a para fechar os botões do vestido. – Nunca fiz nada tão difícil na vida.

De algum modo, Grace encontrou forças para sorrir. Ou pelo menos para não chorar.

Mais tarde, naquela noite, Grace foi ao salão rosa à procura de papel de carta para a viúva, que decidira – no calor do momento, aparentemente – enviar uma carta para a irmã, a grã-duquesa daquele pequeno país europeu cujo nome Grace nunca conseguia pronunciar (nem lembrar).

Era um processo mais demorado do que parecia, pois a viúva gostava de compor a correspondência em voz alta (com Grace como plateia), debatendo – sem pressa – cada frase. Grace tinha de se concentrar para memorizar cada palavra, pois era necessário fazer uma cópia (um serviço à humanidade, e não um pedido da viúva), traduzindo seus garranchos ininteligíveis em algo um pouco mais organizado.

A viúva não tomava conhecimento disso. Na verdade, na única vez em que Grace oferecera esse serviço, a dama ficara tão furiosa que a jovem nunca mais tocara no assunto. Mas, considerando que a irmã havia iniciado a carta seguinte com elogios rasgados à nova caligrafia, Grace não imaginava que a duquesa ignorasse o estratagema.

Que assim fosse. Era um daqueles assuntos que as duas não mencionavam.

Às vezes a tarefa lhe dava dor de cabeça. Grace tentava fazer a cópia quando o sol ainda estava alto e ela podia se beneficiar da luz natural. Contudo, não se importou em fazê-la naquela noite. Era algo que exigia concentração, e supôs ser exatamente o que precisava para tirar da cabeça... tudo.

O Sr. Audley.

Thomas. E quanto se sentia culpada.

O Sr. Audley.

O retrato daquela mulher.

O Sr. Audley.

Jack.

Grace soltou um suspiro curto e ruidoso. A quem tentava enganar? Sabia bem o que se esforçava tanto para evitar.

Não queria pensar nela mesma.

Suspirou mais uma vez. Talvez devesse partir para o país de nome impronunciável. Imaginou que idioma falariam por lá. Ficou pensando se a grã-duquesa Margareta (nascida Margaret e conhecida como Maggs, segundo informara a viúva) poderia ser tão mal-humorada quanto a irmã.

Parecia improvável.

Embora, por ser parte de uma família real, Maggs talvez tivesse autoridade para mandar cortar a cabeça de alguém. A viúva dissera que eram um tanto medievais naquelas partes.

Grace tocou na própria cabeça e resolveu que preferia que ela continuasse no mesmo lugar. Com determinação renovada, abriu a primeira gaveta da escrivaninha usando mais força do que o necessário. Fez uma careta ao ouvir o rangido de madeira raspando em madeira, depois franziu a testa. Aquele não era um móvel de boa qualidade. Diria que estava deslocado em Belgrave.

Nada na primeira gaveta. Apenas uma pena que parecia não ser usada desde os tempos do antigo rei.

Passou para a segunda gaveta, tateando até o fundo para conferir se algo ficara escondido nas sombras. Foi então que ouviu algo.

Alguém.

Era Thomas. Ele estava parado à porta, parecendo um tanto abatido. Mesmo na penumbra, Grace notou seus olhos vermelhos.

Grace engoliu uma onda de culpa. Ele era um bom homem. Ela odiava estar se apaixonando por seu rival. Não, não era isso. Ela odiava que o Sr. Audley *fosse* seu rival. Não, isso também não. Ela odiava toda a maldita situação. Do início ao fim.

– Grace – disse ele.

Nada mais, apenas o nome dela.

Ela engoliu em seco. Já fazia algum tempo desde que haviam mantido uma conversa amigável. Não que houvesse hostilidade entre eles. Mas haveria algo pior do que uma civilidade cheia de dedos?

– Thomas, não percebi que ainda estava acordado.

– Não é tão tarde assim – falou ele e deu de ombros.

– Não, suponho que não.

Grace olhou para o relógio.

– A viúva está na cama, mas ainda não dormiu.

– Seu trabalho nunca acaba, não é? – perguntou ele, entrando no aposento.

– Nunca – respondeu ela.

Teve vontade de suspirar. Entretanto, recusou-se a sentir pena de si mesma.

– Fiquei sem papel de carta lá em cima – explicou ela.

– Para sua correspondência?

– Para a correspondência de sua avó. Não tenho com quem me corresponder.

Céus, seria mesmo verdade? Nunca pensara no assunto. Havia escrito uma carta que fosse em todos os anos que passara ali?

– Suponho que quando Elizabeth Willoughby se casar e se mudar...

Ela parou, pensando em como aquilo era triste. Que precisaria que uma amiga partisse para poder escrever uma carta.

– Vou sentir falta dela.

– São boas amigas, não são? – comentou ele, um tanto distraído.

Grace não poderia culpá-lo, diante da situação.

Ela assentiu enquanto vasculhava os confins da terceira gaveta. Sucesso!

– Aqui está.

Grace puxou uma pequena pilha de papel e percebeu que o triunfo significava que teria de voltar às suas obrigações.

– Preciso escrever as cartas da sua avó.

– Ela não as escreve sozinha? – perguntou ele com surpresa.

Grace quase soltou uma risada.

– Ela pensa que escreve. Mas a verdade é que sua caligrafia é péssima. Ninguém conseguiria decifrá-la. Eu mesma tenho dificuldades. Acabo improvisando metade do que preciso copiar.

Grace bateu as folhas de papel sobre a escrivaninha para formar uma pilha arrumada. Quando levantou a cabeça, Thomas se encontrava um pouco mais próximo, com um ar um tanto sério.

– Devo me desculpar, Grace – disse, caminhando em sua direção.

Ah, ela não queria isso. Não queria um pedido de desculpas quando sentia tanto remorso.

– Pelo que aconteceu hoje à tarde? Não, por favor, não seja bobo. É uma situação terrível e ninguém poderia culpá-lo por...

– Por muitas coisas – interrompeu.

O duque olhava para ela de um jeito muito estranho e Grace se perguntou se teria bebido. Andava bebendo muito nos últimos tempos. Tinha dito a si mesma que não deveria repreendê-lo. Na verdade, era um espanto que ele estivesse se comportando tão bem sob aquelas circunstâncias.

– Por favor – disse ela, esperando pôr fim na discussão. – Não posso pensar em nada que justifique seu pedido de desculpas, mas garanto: se houvesse um motivo real para ele, eu o aceitaria com toda a boa vontade.

– Obrigado – disse ele, então, de súbito, mudou de assunto. – Partimos para Liverpool em dois dias.

Grace assentiu. Já sabia. E, com certeza, ele saberia que ela estava a par dos planos.

– Imagino que tenha muito a fazer antes de partirmos – falou ela.

– Quase nada – respondeu ele.

Contudo havia algo estranho em sua voz, quase como se ele a provocasse a perguntar o que queria dizer. E tinha de haver algo, pois Thomas sempre tinha muito que fazer, com ou sem viagem.

– Ora, deve ser uma mudança agradável.

Ela não poderia simplesmente ignorar aquela declaração.

Thomas se inclinou de leve e Grace sentiu o bafo de bebida. *Ah, Thomas.* Ela sofria por ele, pelo que devia estar sentindo. E queria lhe dizer: "Também não quero isso. Quero que seja o duque e que Jack seja apenas o Sr. Audley. E quero que tudo isso termine depressa."

Mesmo se a verdade não fosse aquela que ela tanto pedia em suas orações. Queria saber.

Porém não podia dizer nada disso em voz alta. Não para Thomas. Ele já a encarava com aquele olhar penetrante, como se soubesse de todos os seus segredos – que estava apaixonada por seu rival, que já o beijara... várias vezes... e que desejava muito mais.

Teria *feito* bem mais se Jack não a impedisse.

– Estou praticando – respondeu Thomas.

– Praticando?

– Praticando ser um cavalheiro ocioso. Talvez devesse imitar o seu Sr. Audley.

– Ele não é meu Sr. Audley – replicou Grace de imediato, embora soubesse que Thomas dissera aquilo apenas para provocá-la.

– Ele não deve se preocupar – prosseguiu Thomas, como se ela não tivesse falado. – Deixei todos os negócios em perfeita ordem. Todos os contratos foram revisados e todos os números de todas as colunas foram examinados. Se ele acabar com a propriedade, será por conta própria.

– Pare com isso, Thomas.

Grace não conseguia suportar pensar naquilo, por ela mesma e por Thomas.

– Não fale assim. Não sabemos se ele é o duque.

– Não sabemos? Sejamos francos, Grace. Sabemos muito bem o que vamos encontrar na Irlanda.

– Nós não sabemos – insistiu ela, com um fio de voz.

Ela se sentia vazia, como se precisasse permanecer imóvel para não correr o risco de se espatifar.

Thomas a encarou. Por muito mais tempo do que era confortável.

– Você o ama?

Grace sentiu que empalidecia.

– Você o ama? – repetiu, desta vez com estridência. – Audley.

– Sei de quem está falando – respondeu ela antes de refletir melhor sobre o que fazer.

– Imagino que saiba.

Ela ficou paralisada, obrigando-se a abrir as mãos. Provavelmente estragara o papel de carta. Tinha ouvido o som dele sendo amassado. Em questão de segundos, Thomas passara de um pedido de desculpas a um comportamento odioso. Ela *sabia* que ele estava sofrendo. Mas ela também estava.

– Há quanto tempo está aqui?

Ela recuou, inclinando um pouco a cabeça para o lado. Ele a observava com um ar estranho.

– Aqui, em Belgrave? Cinco anos – disse ela, hesitante.

– E durante todo esse tempo eu não...

Thomas balançou a cabeça.

– Por que será? – questionou ele.

Sem pensar, Grace tentou dar um passo para trás, mas a escrivaninha impediu sua passagem. O que havia de errado com ele?

– Thomas, o que está dizendo? – perguntou, cautelosa.

Ele pareceu achar graça.

– Não faço a mínima ideia.

E, enquanto ela buscava uma réplica apropriada, ele soltou uma gargalhada amarga:

– O que vai ser de nós, Grace? Estamos condenados. Os dois.

Grace sabia que era verdade, mas era terrível ouvir a confirmação.

– Não sei do que está falando.'

– Ora, Grace, você é inteligente demais para isso.

– Preciso ir.

Só que ele bloqueava sua passagem.

– Thomas, eu...

Então ele a beijou. Pousou a boca sobre a dela e o estômago de Grace revirou de terror. Não por achar o beijo repugnante, porque não foi. Foi o susto. Passara cinco anos ali sem que ele desse a mínima sugestão de...

– Pare! – ordenou ela, afastando-se. – Por que está fazendo isso?

– Não sei – respondeu ele. – Estou aqui, você está aqui...

– Estou de saída.

Uma das mãos dele permanecia em seu braço. Precisava que ele a soltasse. Podia ter se soltado, pois ele não a prendia com força. Mas necessitava que a decisão fosse dele.

Ele precisava que fosse, para o próprio bem.

– Ah, Grace – falou com um ar quase derrotado. – Não sou mais o duque. Nós dois sabemos disso.

Ele fez uma pausa, deu de ombros e a soltou, rendendo-se.

– Thomas?

– Por que não se casa comigo quando tudo isso tiver acabado?

– O quê?

Grace foi tomada por uma sensação semelhante a terror.

– Ah, Thomas, você está louco.

Ela entendia o que estava por trás daquelas palavras. Um duque não poderia se casar com Grace Eversleigh. Mas se ele não fosse... se fosse apenas o Sr. Cavendish... por que não?

Sentiu um gosto amargo subindo pela garganta. Ele não pretendia insultá-la. Nem ela se sentia insultada. Conhecia o mundo em que habitava. Conhecia as regras e o lugar que ocupava.

Jack nunca poderia ser seu. Não se ele fosse o duque.

– O que acha, Grace?

Thomas tocou seu queixo e o ergueu para obrigá-la a encará-lo.

E ela pensou... *talvez.*

Seria tão ruim assim? Não poderia permanecer em Belgrave, com certeza. Talvez aprendesse a amá-lo. Na verdade já o amava, como amigo.

Ele quis beijá-la de novo e dessa vez ela permitiu, rezando para que seu coração batesse forte, seu pulso acelerasse e que aquele lugar entre suas pernas... Ah, queria muito sentir o mesmo que acontecia quando Jack a tocava.

Porém nada aconteceu. Apenas um sentimento carinhoso de amizade. Que ela imaginava não ser a pior coisa do mundo.

– Não posso – sussurrou, virando o rosto.

Queria chorar.

E aí chorou, porque Thomas pousou o queixo sobre sua cabeça, consolando-a como um irmão faria.

O coração de Grace ficou apertado.

– Eu sei – disse ele baixinho.

CAPÍTULO DEZESSEIS

Jack não dormiu bem naquela noite, o que o deixou irritável e indisposto. Por isso dispensou o desjejum, certo de que encontraria pessoas que desejariam conversar, e partiu direto para sua cavalgada matinal. Era uma das melhores qualidades dos cavalos: eles nunca queriam conversa.

Jack não fazia ideia do que dizer a Grace quando voltasse a encontrá-la. "Adorei beijá-la. Gostaria que tivéssemos feito mais"?

Era verdade, apesar de ter sido ele a interromper os beijos. Passara a noite inteira sentindo sua ausência.

Talvez devesse casar com aquela mulher.

Jack parou, estarrecido. De onde tinha surgido *aquela* ideia?

Da sua consciência, disse a ele uma vozinha irritante – provavelmente da sua consciência.

Maldição. Precisava muito de uma boa noite de sono. Sua consciência nunca fora tão barulhenta.

Mas seria possível? Casar-se com ela? Com certeza era o único modo de levá-la para a cama. Grace não era o tipo de mulher com quem se flertava sem consequências. Não era apenas uma questão de berço, embora fosse um fator a se considerar. Era simplesmente... ela. O modo como ela era. A dignidade incomum, o humor discreto e astucioso.

Casamento. Que ideia curiosa.

Jack não vinha evitando o casamento. Na verdade, o assunto nunca fizera parte de suas considerações. Era raro que se demorasse o suficiente em algum lugar para criar vínculos. E sua renda era esporádica, devido à natureza do ofício que exercia. Nunca teria sonhado em pedir a mulher nenhuma que dividisse sua vida com um salteador.

O caso era que ele deixara de ser um salteador. A viúva tinha cuidado disso.

– Muito bem, Lucy – murmurou Jack, acariciando o pescoço do capão antes de desmontar no estábulo.

Supôs que deveria dar um nome masculino ao pobre animal. Mas fazia tanto tempo que estavam juntos que seria difícil fazer a mudança.

– Meu vínculo mais duradouro – disse Jack a si mesmo enquanto voltava para a casa. – Que coisa mais patética.

Lucy era um cavalo maravilhoso. Ainda assim, era um cavalo.

O que Jack poderia oferecer a Grace? Olhou para Belgrave, assomando diante de si como um monstro de pedra, e quase caiu na gargalhada. Um ducado, era bem provável. *Pai do céu*, mas ele não queria aquilo. Era demais.

E se ele não fosse o duque? Sabia que era, claro. Os pais tinham se casado, estava certo disso. E se não houvesse prova? E se a igreja tivesse pegado fogo? Ou sofrido uma inundação? Ou uma praga de camundongos? Camundongos não roíam papel? E se um camundongo – não – se uma legião inteira de camundongos tivesse roído todos os registros da paróquia?

Seria possível.

Mas o que teria a oferecer a ela se não fosse o duque?

Nada. Absolutamente nada. Um cavalo chamado Lucy e uma avó que era da linhagem de Satã, como ele ficava cada vez mais convencido. Não tinha habilidades – era difícil imaginar como empregaria os talentos de salteador em um trabalho honesto. E não voltaria para o exército. Mesmo sendo uma atividade respeitável, aquilo o afastaria da esposa, o que não fazia o menor sentido.

Supôs que Wyndham destinaria a ele uma pequena e aconchegante propriedade rural o mais longe possível de Belgrave. Ele aceitaria, claro. Nunca fora adepto do orgulho fora de hora. Porém o que sabia sobre pequenas e aconchegantes propriedades rurais? Fora criado numa delas, mas nunca se dera ao trabalho de prestar atenção à forma como era administrada. Sabia limpar um estábulo e flertar com as criadas, mas seria preciso bem mais que isso caso se desejasse fazer um trabalho decente.

E havia Belgrave, ainda assomando diante dele, ainda obscurecendo o sol. Santo Deus, ele não achava que teria condições de administrar devidamente uma pequena propriedade rural. O que raios ele faria com *aquilo ali*? Sem falar nas outras tantas propriedades de Wyndham. A viúva as listara certa noite, durante o jantar. Não conseguia nem começar a imaginar a papelada a examinar. Montanhas de contratos, livros-caixa, propostas e cartas – o cérebro doía só de pensar.

No entanto, se ele não assumisse o ducado, se por acaso encontrasse um modo de interromper tudo aquilo antes de ser engolido, o que teria para oferecer a Grace?

A barriga protestava pela falta do desjejum, e ele subiu apressado os degraus que conduziam à entrada do castelo. O saguão estava bem movimentado, com criados cuidando de milhares de tarefas. Sua entrada passou praticamente despercebida, o que não importava a ele. Tirou as luvas e começara a esfregar as mãos para aquecê-las quando vislumbrou Grace do outro lado.

Ela não parecia ter notado sua chegada. Dirigiu-se a ela, mas, ao passar por um dos salões, ouviu várias vozes e não conseguiu conter a curiosidade. Parou e espiou o interior.

– Lady Amelia! – exclamou ele, surpreso.

Ela estava de pé, um tanto rígida, com as mãos entrelaçadas diante do corpo. Não podia condená-la. Tinha certeza de que se sentiria um feixe de nervos se estivesse noivo de Wyndham.

Entrou no aposento para cumprimentá-la.

– Não sabia que a senhorita nos brindava com sua encantadora presença.

Foi então que ele percebeu a presença de Wyndham. Na verdade, era praticamente impossível ignorá-lo. O duque emitia sons um tanto macabros. Quase como um riso.

De pé, a seu lado, encontrava-se um cavalheiro mais velho, barrigudo, de altura mediana. Parecia um aristocrata da cabeça aos pés, mas tinha uma aparência bronzeada, castigada pelo vento, o que sugeria que ele passava um bom tempo ao ar livre.

Lady Amelia tossiu, engoliu em seco e pareceu um tanto constrangida.

– Hum... pai, posso apresentá-lo ao Sr. Audley? Ele é um hóspede em Belgrave. Eu o conheci no outro dia, quando fiz uma visita a Grace – falou lady Amelia, dirigindo-se ao cavalheiro mais velho.

– Onde está Grace? – perguntou Wyndham.

Algo no seu tom de voz soou estranho para Jack. Mesmo assim, ele respondeu.

– No saguão. Na verdade, eu estava me dirigindo...

– Com certeza estava – disparou Wyndham, sem sequer olhá-lo, depois se dirigiu a lorde Crowland. – Muito bem. O senhor desejava saber das minhas intenções.

Intenções? Jack avançou no aposento. Aquilo seria interessante.

– Talvez não seja o melhor momento – argumentou lady Amelia.

– Não. Mas talvez possa ser a única oportunidade – respondeu Wyndham com uma solenidade inesperada.

Enquanto Jack decidia o que pensar, Grace chegou.

– Vossa Graça desejava me ver?

Por um momento, Wyndham pareceu perplexo.

– Falei tão alto assim?

Grace fez um gesto na direção do saguão.

– O lacaio o ouviu.

Ah, sim. Havia uma abundância de lacaios em Belgrave. O que fazia Jack se perguntar como seria possível que a viúva acreditasse que a viagem para a Irlanda seria mantida em segredo.

Wyndham não pareceu se abalar.

– Entre, Srta. Eversleigh – convidou ele, fazendo um gesto de boas--vindas com o braço. – Talvez queira tomar um assento para assistir a este espetáculo.

Jack começou a se sentir desconfortável. Não conhecia bem o primo recém-encontrado, nem queria conhecê-lo melhor, mas aquele não era seu comportamento habitual. Wyndham parecia melodramático demais, solene demais. Era um homem à beira do abismo, prestes a despencar. Jack reconhecia os sinais. Tinha passado por aquilo.

Deveria interferir? Poderia fazer algum tipo de comentário fútil para dissipar a tensão. Talvez ajudasse e, com certeza, reafirmaria o que Wyndham já pensava dele: um galhofeiro sem raízes que não deveria ser levado a sério.

Jack decidiu ficar quieto.

Seguiu Grace com olhos enquanto ela atravessava o cômodo e encontrava um assento perto da janela. Seus olhares se encontraram por um breve instante. Parecia tão atônita quanto ele, só que bem mais preocupada.

– Exijo saber o que está se passando – decretou lorde Crowland.

– Claro. Como estou sendo rude. Onde estão meus modos? – respondeu Wyndham.

Jack olhou para Grace, que tapava a boca.

– Tivemos uma semana bastante palpitante em Belgrave – prosseguiu o duque. – Muito além dos maiores desvarios de minha imaginação.

– O que quer dizer? – indagou de modo seco lorde Crowland.

– Ah, sim. Provavelmente seria bom que soubesse que este homem bem aqui – falou Thomas e apontou Jack – é meu primo. Talvez seja o duque.

Ele olhou para lorde Crowland e deu de ombros.

– Não temos certeza – concluiu Thomas.

Silêncio. E então se ouviu:

– Ai, meu Deus do céu.

Jack olhou para lady Amelia. A jovem empalidecera. Ele não conseguia imaginar o que estaria passando por sua cabeça.

– A viagem para a Irlanda... – dizia seu pai.

– É para determinar se ele é filho legítimo – confirmou Wyndham e, com uma expressão ao mesmo tempo alegre e mórbida, ele continuou: – Vai ser um grupo e tanto. Até minha avó viajará conosco.

Jack lutou para não exibir seu espanto e olhou para Grace. Ela também fitava o duque, horrorizada.

O semblante de lorde Crowland, por outro lado, parecia apenas sombrio.

– Vamos acompanhá-los.

Lady Amelia se sobressaltou.

– Pai?

O homem nem se mexeu.

– Fique fora disso, Amelia.

– Mas...

– Garanto que faremos nossas determinações com a maior rapidez possível – interrompeu Wyndham. – E o informaremos imediatamente.

– O futuro de minha filha está em risco – respondeu Crowland, acalorado. – Estarei lá para examinar os documentos.

A expressão de Wyndham se tornou ameaçadora. A voz ficou perigosamente baixa.

– Acha que queremos enganá-lo?

– Quero apenas garantir que os direitos de minha filha sejam respeitados.

– Pai, por favor.

Amelia tinha se aproximado de Crowland e colocado a mão em seu braço.

– Por favor, apenas um minuto.

– Já falei para ficar fora disso – berrou o pai.

Ele se sacudiu para libertar o braço com força suficiente para fazer com que a moça perdesse o equilíbrio.

Jack avançou para ajudá-la, mas Wyndham já a amparava.

– Peça desculpas à sua filha.

– Que diabos está dizendo? – balbuciou Crowland, confuso.

– Peça desculpas a ela – rugiu Wyndham.

– Vossa Graça – disse Amelia, tentando se colocar entre os dois homens. – Por favor, não julgue meu pai com excessiva severidade. São circunstâncias excepcionais.

– Ninguém sabe disso melhor do que eu.

Porém Wyndham não olhava para ela ao dizer essas palavras. Nem tirou os olhos do rosto do pai dela ao acrescentar:

– Peça desculpas a Amelia ou terei de expulsá-lo da propriedade.

E, pela primeira vez, Jack sentiu admiração por ele. Já tinha reconhecido que o respeitava, mas não era a mesma coisa. Wyndham era um chato, em sua modesta opinião, mas tudo o que fazia, cada decisão que tomava, cada gesto era para os outros. Wyndham era sua única preocupação – o legado, não o indivíduo. Era impossível não respeitar um homem daqueles.

Aquilo, contudo, era diferente. O duque não estava defendendo sua gente. Estava defendendo uma pessoa. Era algo bem mais difícil de fazer. No entanto, ao olhar para o primo naquele momento, ele diria que era um gesto tão natural quanto respirar.

– Sinto muito – disse, enfim, lorde Crowland, parecendo não saber muito bem o que acabara de acontecer. – Amelia, você sabe, eu...

– Eu sei – interrompeu Amelia.

E então, por fim, Jack se viu no centro do palco.

– Quem é este homem? – perguntou lorde Crowland, levantando o braço em sua direção.

Jack se voltou para Wyndham e ergueu uma sobrancelha, permitindo que o duque respondesse.

– É o filho de um dos irmãos mais velhos de meu pai – contou Wyndham.

– Charles? – perguntou Amelia.

– John.

Lorde Crowland assentiu, ainda se dirigindo a Wyndham.

– Tem certeza?

Thomas deu de ombros.

– Pode examinar o retrato se quiser.

– Mas o nome...

– Era Cavendish quando nasci – interrompeu Jack.

Se era para ser o assunto da conversa, melhor que lhe permitissem tomar parte nela.

– Frequentei a escola como Cavendish-Audley. Pode verificar os registros, se quiser.

– Aqui? – perguntou Crowland.

– Em Enniskillen. Só vim para a Inglaterra depois de servir no exército.

– Estou convencido de que ele seja um parente consanguíneo – declarou Wyndham em voz baixa. – Resta determinar se ele também é um parente diante da lei.

Jack o fitou surpreso. Era a primeira vez que Wyndham o reconhecia publicamente como parente.

O conde não fez comentários. Pelo menos de forma direta.

– É um desastre – resmungou.

Então se dirigiu para a janela e não disse mais nada.

Ninguém disse mais nada.

Até o conde romper o pesado silêncio numa voz baixa e furiosa.

– Assinei aquele contrato de boa-fé – disse ele, ainda fitando os gramados. – Há vinte anos, eu assinei o contrato.

Ninguém comentou.

De modo abrupto, ele se virou.

– Compreende? – exclamou, olhando Wyndham com fúria. – Seu pai me procurou com os planos e eu concordei, acreditando que o senhor fosse o herdeiro do ducado. Ela se tornaria uma duquesa. Uma duquesa! Pensa que eu teria entregado minha filha se soubesse que seria para um simples... um simples...

Para um sujeito como eu, Jack teve vontade de dizer. Mas dessa vez lhe pareceu não ser a hora nem o lugar para um gracejo.

E foi então que Wyndham... Thomas, como Jack subitamente desejou chamá-lo... olhou para o conde:

– Pode me chamar de Sr. Cavendish, se desejar. Caso isso o ajude a se acostumar com a ideia.

Era exatamente o que Jack gostaria de ter respondido. Se estivesse na posição de Thomas. Se tivesse pensado.

O conde, porém, ignorou a resposta sarcástica. Olhou para Thomas com mais fúria, praticamente tremendo ao disparar:

– Não vou permitir que minha filha seja lesada. Se não provar que é o duque de Wyndham diante da lei, pode considerar o noivado anulado para todos os fins.

– Como preferir – respondeu Thomas, seco.

Não discutiu, não deu sinal de querer lutar pela noiva.

Jack se voltou para lady Amelia e então desviou os olhos. Havia coisas, algumas emoções, que um cavalheiro não devia testemunhar.

Ao virar-se, descobriu estar frente a frente com o conde. O pai de Amelia. E o dedo do homem estava apontado para seu peito.

– Se for o caso, se o senhor for o duque de Wyndham, então o senhor se casará com ela.

Era preciso muito esforço para deixar Jack sem palavras. Foi o que aconteceu naquele momento.

Ao recuperar a voz, depois de fazer um barulho desagradável com a garganta, como se estivesse asfixiado, ele balbuciou:

– Ah, não.

– Ah, vai – advertiu Crowland. – Vai se casar com ela nem que eu tenha que levá-lo para o altar sob a mira do meu bacamarte.

– Pai! – exclamou lady Amelia. – Não pode fazer isso.

Crowland ignorou a filha.

– Minha filha está noiva do duque de Wyndham e vai se casar com o duque de Wyndham.

– Não sou o duque de Wyndham – disse Jack, recuperando um pouco da compostura.

– Ainda não. Talvez nunca seja. Mas estarei presente quando a verdade for descoberta. E vou garantir que ela se case com o homem certo.

Jack fez uma avaliação. Lorde Crowland não era um homem frágil e, embora não transmitisse exatamente o mesmo poder altivo de Wyndham, com certeza conhecia seu valor e seu papel na sociedade. Não permitiria que sua filha fosse prejudicada.

Jack o respeitou por isso. Se tivesse uma filha, provavelmente faria o mesmo. Mas esperava que não precisasse fazer isso à custa de um inocente.

Olhou para Grace. Apenas por um momento. Foi só por um instante fugaz, mas ele captou a expressão em seus olhos, o horror silencioso que aquela cena inspirava nela.

Ele não desistiria dela. Não por causa de um maldito título e muito menos para honrar o contrato de noivado de outro homem.

– É loucura – disse Jack, olhando em volta, incapaz de acreditar que era o único a falar em sua defesa. – Eu nem a conheço.

– Isso está longe de ser um problema – rebateu Crowland, rude.

– O senhor está *louco*! – exclamou Jack. – Não vou me casar com ela.

Olhou depressa para Amelia e desejou não ter olhado.

– Perdão, senhorita. Não é nada pessoal.

Ela moveu a cabeça um pouquinho, depressa, com sofrimento. Não foi um sim nem um não. Pareceu apenas um reconhecimento, o tipo de gesto que alguém faria quando não fosse capaz de mais nada.

Aquilo fez Jack sentir uma dor no fundo da alma.

Não, disse a si mesmo. *Não é responsabilidade sua. Não precisa consertar a situação.*

E, a seu redor, ninguém dizia uma palavra sequer para defendê-lo. Ele compreendia Grace, pois não estava na posição de se manifestar. Mas, por Deus, e Wyndham? Não se *importava* que Crowland entregasse sua noiva a outro homem?

O duque ficou ali, parado como uma estátua, os olhos ardendo com algum sentimento que Jack não conseguia identificar.

– Não fui eu que fiz esse acordo – disse Jack. – Não assinei nenhum contrato.

Com certeza, isso deveria significar algo.

– Ele também não assinou – respondeu Crowland, apontando a cabeça na direção de Wyndham. – Foi o pai dele quem assinou.

– Em nome *dele* – exclamou Jack, elevando o tom de voz.

– É aí que o senhor se engana. Não há nenhum nome especificado. Minha filha, Amelia Honoria Rose, deve se casar com o sétimo duque de Wyndham.

– Mesmo? – finalmente se manifestou Thomas.

– Não leu os documentos? – indagou Jack, surpreso.

– Não – disse Thomas com franqueza. – Nunca vi necessidade.

– Pelo amor de Deus. Como vim parar com esse bando de idiotas?

Ninguém o contradisse, ele reparou. Olhou com desespero para Grace, que tinha de ser a única representante sã da humanidade naquele castelo. Mas ela não queria fitar seus olhos.

Bastava daquilo. Tinha de pôr um fim à situação. Ergueu os ombros e olhou com dureza para o rosto de lorde Crowland.

– Senhor, não vou me casar com sua filha.

– *Ah, vai sim.*

Aquelas palavras, porém, não foram ditas por Crowland, mas sim por Thomas, que atravessou o aposento com o olhar cheio de uma fúria mal contida. Ele não parou até estar praticamente cara a cara com Jack.

– O que disse? – perguntou Jack, convencido de que ouvira errado.

De tudo o que observara até então, o que com certeza não era muito, parecia que Thomas gostava bastante de sua noivinha.

– Esta mulher – disse Thomas, gesticulando para Amelia – passou a vida inteira se preparando para ser a duquesa de Wyndham. Não permitirei que destrua a vida dela.

Todos ficaram imóveis.

A não ser por Amelia, que parecia prestes a desmoronar.

– Está me compreendendo?

E a não ser por Jack... ora, Jack era Jack, de modo que se limitou a erguer as sobrancelhas. Não chegou a dar um sorriso afetado, mas ficou óbvio que não era um sorriso sincero. Encarou Thomas.

– Não.

Thomas nada disse.

– Não. Não compreendo. Perdão.

Thomas olhou para o primo. E então disse:

– Acredito que vou matá-lo.

Lady Amelia soltou um grito e deu um pulo, agarrando Thomas segundos antes que ele pudesse atacar Jack.

– Pode roubar minha vida – rosnou Thomas para Jack, mal permitindo que Amelia o segurasse. – Pode roubar até meu nome, mas não vai roubar o dela.

– Ela *tem* um nome. É Willoughby. E, pelo amor de Deus, ela é filha de um conde. Vai encontrar outra pessoa.

– Se for o duque de Wyndham – disse Thomas, com fúria –, vai honrar seus compromissos.

– Se eu for o duque de Wyndham, então não poderá me dizer o que fazer.

– Amelia – disse Thomas, com uma calma mortal. – Solte meu braço.

Ela o segurou com mais força.

– Não acho que seja uma boa ideia.

Lorde Crowland escolheu aquele momento para se colocar entre os dois.

– Cavalheiros, por favor, é tudo hipotético a esta altura. Talvez devamos esperar até...

E aí Jack se deu conta de como poderia contornar aquela situação.

– De qualquer modo, eu não seria o sétimo duque.

– Perdão? – disse Crowland como se Jack fosse uma unha encravada e não o homem que ele tentava obrigar a se casar com a filha.

– Eu não seria o sétimo duque.

A cabeça de Jack funcionava furiosamente, tentando juntar os detalhes da história da família que ele aprendera nos últimos dias. Olhou para Thomas.

– Como eu poderia ser? Pois seu pai foi o sexto duque. Só que ele não era. Se eu for. Ele teria sido, se eu fosse?

– Do que diabos estão falando? – cobrou Crowland.

Jack percebeu que Thomas compreendera o que ele dissera. E de fato, ele falou:

– Seu pai morreu antes do próprio pai. Se seus pais se casaram, *você* teria herdado o título depois da morte do quinto duque, eliminando meu pai... e eu... da sucessão.

– O que me torna o duque número seis – falou Jack.

– De fato.

– Então não sou obrigado a cumprir o contrato. Nenhum tribunal do país exigiria isso de mim. Duvido que reconhecessem sua validade mesmo se eu fosse o sétimo duque – declarou Jack.

– Não é a um tribunal que você deve recorrer – disparou Thomas –, mas à corte da própria responsabilidade moral.

– Não pedi nada disso – redarguiu Jack.

– Nem eu – falou Thomas com suavidade.

Jack nada disse. Foi como se sua voz ficasse presa no peito, roubando-lhe o ar. O aposento pareceu quente. A gravata, apertada. E, naquele momento em que sua vida virava de cabeça para baixo e fugia de seu controle, ele teve apenas uma certeza.

Precisava sair dali.

Procurou o olhar de Grace, mas descobriu que ela mudara de lugar. Estava de pé, junto de Amelia, segurando sua mão.

Ele não desistiria dela. Era impossível. Pela primeira vez na vida, tinha encontrado alguém que preenchia todos os espaços vazios em seu coração.

Não sabia quem ele seria depois que fossem para a Irlanda e descobrissem o que pensavam que deveriam encontrar. Não importava quem ele fosse – duque, salteador, soldado, canalha –, queria que ela estivesse a seu lado.

Ele a amava.

Ele a amava.

Havia um milhão de razões para não merecê-la, mas ele a amava. E era um egoísta. Ele se casaria com ela. Tinha que encontrar um jeito. Não importava quem ele fosse ou o que possuísse.

Talvez estivesse comprometido com Amelia. Provavelmente não era esperto o bastante para compreender todas as sutilezas legais – com certeza não poderia fazê-lo sem o contrato na mão e sem alguém que pudesse traduzir todo o juridiquês para ele.

Iria se casar com Grace. Era o que faria.

Mas primeiro tinha de ir à Irlanda.

Não poderia se casar com ela até saber quem ele era. Mais do que isso: não poderia se casar com ela até pagar por seus pecados.

E isso só poderia acontecer na Irlanda.

CAPÍTULO DEZESSETE

Cinco dias depois, no mar

Não era a primeira vez que Jack atravessava o mar da Irlanda. Não era nem a segunda nem a terceira. Ele se perguntava se algum dia se livraria daquele mal-estar, se algum dia seria capaz de olhar para as águas escuras e turbulentas e não pensar no pai desaparecendo nas profundezas e encontrando a morte.

Nunca tinha gostado daquela travessia, nem mesmo antes de conhecer os Cavendishes, quando o pai não passava de uma imagem tênue na sua mente.

No entanto, ali estava ele, na amurada. Não parecia ser capaz de se conter. Não conseguia estar no mar e não olhar para as ondas.

Vinha sendo uma viagem tranquila, embora isso lhe oferecesse pouco conforto. Não temia pela própria segurança. Apenas lhe parecia mórbido navegar sobre a sepultura do pai. Queria que acabasse logo. Queria estar de volta à terra firme. Mesmo que a terra fosse a Irlanda.

A última vez que estivera em casa...

Jack contraiu os lábios e fechou os olhos com força. A última vez que estivera em casa fora para levar o corpo de Arthur.

Fora a pior provação pela qual passara. Não apenas por seu coração se partir de novo e de novo a cada quilômetro percorrido, nem mesmo por temer a chegada. Como poderia olhar para os tios e lhes entregar o filho morto?

E, como se tudo isso não bastasse, era extremamente difícil transportar um corpo da França para a Inglaterra e, em seguida, para a Irlanda. Tivera de encontrar um caixão e, para sua surpresa, descobrira se tratar de uma tarefa dificílima em tempos de guerra. "Oferta e procura", constatara um dos seus amigos depois da primeira tentativa frustrada. Havia centenas de mortos nos campos de batalha. Os caixões se tornavam um luxo supremo.

Porém ele havia persistido. Seguindo as instruções do agente funerário, preenchera o caixão com serragem e o selara com piche. Mesmo assim, o cheiro acabara escapando e, ao alcançar a Irlanda, nenhum condutor quisera transportar aquela carga. Jack tivera que comprar uma carroça para levar o primo para casa.

A viagem também mudara sua vida. O exército recusara seu pedido de licença para levar o corpo. Ele fora obrigado a abrir mão de seu posto. Fora um preço baixo a pagar para prestar aquele último serviço à família. Porém ele renunciara a um posto para o qual era perfeito. A escola tinha sido uma tristeza, fracasso após fracasso. Ele avançara com dificuldade, muito em função da ajuda de Arthur, que, ao perceber seu problema, fora silenciosamente em seu auxílio.

Quanto à universidade – bom Deus, ele ainda não conseguia acreditar que tinha sido encorajado a prosseguir nos estudos. Sabia que seria um desastre, mas os alunos de Portora Royal seguiam para a universidade. Era simples assim. Porém, Arthur estava dois anos atrás dele e, sem o primo, Jack não teria a menor chance. O fracasso seria insuportável demais, por isso ele dera um jeito de ser expulso. Não que tivesse exigido muita imaginação da parte dele para se comportar de modo inadequado para um universitário do Trinity College.

Voltara para casa supostamente em desgraça e fora decidido que ele poderia fazer carreira no exército. E lá se fora Jack. Tinha sido a combinação perfeita. Por fim havia um lugar onde ele poderia ter sucesso e progredir sem livros, papéis e penas. Não lhe faltava inteligência. Só que odiava livros, papéis e penas. Ficava com dor de cabeça.

Porém tudo tinha ficado para trás e ali estava ele, a caminho da Irlanda pela primeira vez desde o funeral de Arthur. E talvez ele fosse o duque de Wyndham, o que lhe garantiria uma vida inteira dos malditos livros, papéis e penas.

E dores de cabeça.

Lançou um olhar para a esquerda e viu Thomas perto da proa, junto a Amelia. Mostrava-lhe algo – provavelmente uma ave, pois Jack não conseguia ver nada de interessante. Amelia sorria. Não era um sorriso enorme, mas o suficiente para diminuir parte da culpa que Jack carregava desde aquela cena em Belgrave, quando se recusara a casar com ela. O que mais ele poderia ter feito? Pensavam mesmo que ele bateria palmas e diria "Ah, claro, fico com qualquer uma! Vou aparecer na igreja e me sentir grato"?

Não havia nada de errado com lady Amelia. Na verdade, havia opções bem piores, no que diz respeito a casamentos por obrigação. Se ele não tivesse conhecido Grace, talvez até aceitasse.

Ouviu alguém se aproximando e, ao se virar, lá estava ela, como se tivesse sido convocada por seus pensamentos. Estava sem chapéu e o cabelo escuro se agitava na brisa.

– Está muito agradável aqui fora – disse ela, apoiando-se na amurada ao lado dele.

Ele assentiu. Não a vira muito durante a viagem. A viúva escolhera permanecer na cabine e era função de Grace acompanhá-la. E ela não reclamava. Ela nunca reclamava e ele mesmo acreditava que não havia motivos para queixas. Afinal de contas, era seu trabalho ficar ao lado da viúva. Mesmo assim, não conseguia imaginar um posto menos palatável. E sabia que ele mesmo nunca teria aguentado.

Em breve, pensou ele. Em breve ela estaria livre. Os dois se casariam e Grace nunca mais seria obrigada a voltar a ver a viúva, se fosse seu desejo. Jack não ligava que a velha fosse sua avó. Era uma mulher cruel, egoísta e ele não tinha intenção de trocar mais nenhuma palavra com ela depois que tudo terminasse. Se por acaso fosse o duque, ele bem que poderia comprar a tal fazenda nas Hébridas Exteriores e mandá-la para lá. Se não fosse o duque, planejava pegar Grace pela mão, tirá-la de Belgrave e nunca olhar para trás.

Era um sonho bem feliz, para falar a verdade.

Grace olhou para a água.

– Não é estranho como parece ir depressa? – observou.

Jack se voltou para a vela.

– O vento está bom.

– Eu sei. Faz todo o sentido, claro.

Ela ergueu a cabeça e sorriu.

– É que nunca estive num barco.

– Nunca?

Parecia difícil de imaginar.

Ela fez que não com a cabeça.

– Não num barco como este. Meus pais me levaram para remar num lago, certa vez, mas foi só por diversão.

Ela voltou a observar o mar.

– Nunca tinha visto a água se agitar desse jeito. Chega a dar vontade de me inclinar e molhar os dedos.

– É fria.

– Com certeza.

Ela se debruçou, jogando a cabeça para trás como se oferecesse o rosto ao vento.

– Mesmo assim, gostaria de tocá-la – ressaltou Grace.

Jack deu de ombros. Deveria ser mais falante, em especial com ela, mas achava ter visto o primeiro sinal de terra no horizonte. Sentiu um aperto no estômago.

– Está tudo bem? – perguntou Grace.

– Sim, tudo bem.

– Parece um tanto esverdeado. Está mareado?

Ele queria que fosse apenas isso. Nunca se mareava. Seu mal estava em terra firme. Não queria voltar. Despertara no meio da madrugada, molhado de suor.

Tinha de voltar. Sabia que era preciso. Mas isso não significava que uma grande parte dele não preferisse assumir a covardia e fugir.

Ouviu Grace prender a respiração e, quando a fitou, ela apontava para o horizonte, o rosto iluminado de empolgação.

Devia ser a coisa mais linda que ele já vira.

– É Dublin? – perguntou. – Lá longe?

Ele assentiu com um meneio.

– O porto. A cidade propriamente dita fica um pouco mais longe.

Grace esticou o pescoço, o que teria sido divertido caso ele não estivesse num estado de espírito tão lastimável. Não era possível ver nada àquela distância.

– Ouvi dizer que é uma cidade encantadora – falou ela.

– Há muito para ver.

– É uma pena. Não espero que passemos muito tempo por lá.

– Não. A viúva está ansiosa por partir.

– E você não está? – perguntou ela.

Ao ouvir aquilo, ele respirou fundo e esfregou os olhos. Sentia-se cansado, nervoso e com a impressão de estar a caminho do cadafalso.

– Não. Para ser sincero, eu ficaria bem feliz de permanecer por aqui, neste barco, nesta amurada, pelo resto da vida.

Grace se voltou para ele com ar sério.

– Com você – emendou ele com suavidade. – Aqui nesta amurada com você.

Ele voltou a olhar para o mar. O porto de Dublin se tornara mais do que um pontinho no horizonte. Em breve, ele seria capaz de distinguir construções e navios. À sua esquerda, ouvia Thomas e Amelia conversarem. Também apontavam para a água, observando o porto que parecia crescer diante de seus olhos.

Jack engoliu em seco. O nó em seu estômago também ficava cada vez maior. Meu Deus, era quase engraçado. Ali estava, de volta à Irlanda, obrigado a enfrentar a família, que decepcionara tantos anos antes. E, como se não fosse ruim o bastante, ele poderia muito bem acabar sendo o duque de Wyndham, uma posição para a qual ele era excepcionalmente desqualificado.

E, para coroar toda essa desgraça, ele teria que passar por tudo na companhia da viúva.

Queria rir. Era engraçado. *Tinha* de ser. Se não fosse engraçado, então ele teria que cair no choro.

Não conseguia rir. Contemplava Dublin, cada vez maior a distância.

Era tarde demais para o riso.

Muitas horas depois, estalagem Queen's Arms, Dublin

– *Não* está tarde demais!

– Senhora – disse Grace, tentando soar o mais calma e apaziguadora possível –, já passa das sete da noite. Estamos todos cansados e famintos. As estradas estão às escuras e são desconhecidas.

– Não são desconhecidas para ele – retrucou a viúva, virando a cabeça na direção de Jack.

– Estou cansado e faminto – disparou Jack, no mesmo instante. – E, graças à senhora, parei de viajar pelas estradas à noite.

Grace mordeu o lábio. Vinham viajando fazia três dias e quase dava para mapear o progresso da jornada pela irritabilidade dele, que crescia a cada quilômetro que se aproximavam da Irlanda. Jack tinha se tornado silencioso e introspectivo, muito diferente do homem que ela conhecia.

Do homem por quem se apaixonara.

Tinham alcançado o porto de Dublin no final daquela tarde, mas, depois de reunirem seus pertences e seguirem para a cidade, era quase hora da ceia. Grace não tinha comido muito durante a viagem marítima e, agora que estava de volta a superfícies que não vibravam e balançavam sob seus pés, sentia-se faminta. A última coisa que desejava era prosseguir a viagem até Butlersbridge, o pequeno vilarejo no condado de Cavan onde Jack fora criado.

A viúva, contudo, estava cheia de argumentos, como de hábito. Assim, estavam todos os seis postados no salão da frente da hospedaria enquanto ela tentava ditar a velocidade e a direção da viagem.

– Não deseja resolver logo este assunto de uma vez por todas? – perguntou a viúva a Jack.

– Nem tanto assim – respondeu ele, insolente. – Com certeza, não desejo tanto quanto quero uma fatia de torta de carneiro e uma caneca de cerveja.

Jack se voltou para os demais e a expressão em seu olhar fez Grace sentir um grande aperto no coração. Algo o assombrava e Grace não fazia ideia do que podia ser.

Que demônios o aguardavam ali? Por que passara tanto tempo sem fazer visitas? Havia contado a ela que sua infância fora maravilhosa, que adorava a família adotiva e que não os trocaria por nada no mundo. Não era isso o que todos sonhavam? Não queria voltar para casa? Não compreendia como tinha sorte por ter um lar para onde retornar?

Grace teria feito qualquer coisa para ter essa possibilidade.

– Srta. Eversleigh. Lady Amelia – disse Jack, com uma saudação educada.

As duas damas fizeram reverências e ele partiu.

– Ele tem razão – murmurou Thomas. – A ceia parece infinitamente mais atraente do que uma noite nas estradas.

A viúva virou a cabeça na direção dele, abruptamente, e lançou um olhar enfurecido.

– Não que eu esteja tentando adiar o inevitável – argumentou ele, devolvendo um olhar seco à avó. – Mesmo os duques prestes a perder o título sentem fome.

Lorde Crowland soltou uma gargalhada.

– Ele tem razão, Augusta – disse, jovial, e partiu para o bar.

– Farei minha ceia no quarto – anunciou a dama.

O tom foi desafiador, como se ela esperasse que alguém protestasse, mas ninguém disse nada.

– Srta. Eversleigh, pode me acompanhar.

Grace suspirou, cansada, e começou a segui-la.

– Não – disse Thomas.

A viúva ficou paralisada.

– Não? – repetiu ela, gélida.

Grace se virou e olhou para Thomas. O que ele pretendia? Não havia nada de incomum na ordem da patroa. Grace era a dama de companhia. Aquilo era o tipo de tarefa que fazia parte de suas atribuições.

Thomas, porém, continuou a fitar a avó com um sorrisinho subversivo insinuando-se em seus lábios.

– Grace vai jantar conosco. No salão.

– Ela é minha dama de companhia – chiou a viúva.

– Não é mais.

Grace prendeu o fôlego enquanto acompanhava o diálogo. As relações entre Thomas e a avó nunca tinham sido cordiais, mas aquilo ia além do usual. Thomas parecia quase se divertir.

– Ainda não fui afastado do meu posto – disse ele, devagar, saboreando cada palavra. – Assim, tomei a liberdade de tomar algumas providências de última hora.

– Que diabos está dizendo?

– Grace, está oficialmente dispensada de seus deveres para com minha avó – declarou Thomas, dirigindo à jovem um olhar cheio de carinho e nostalgia. – Ao voltar para casa, vai descobrir que pus um chalé em seu nome, junto com fundos suficientes para fornecer uma renda para o resto da sua vida.

– Está louco? – explodiu a viúva.

Grace só conseguia olhar para ele, estarrecida.

– Deveria ter feito isso há muito tempo – prosseguiu ele. – Fui egoísta demais. Não suportava a ideia de viver com ela – Thomas indicou a avó com a cabeça – sem contar com sua intermediação.

– Não sei o que dizer – sussurrou Grace.

– Em condições normais, eu aconselharia um "obrigada", mas, como sou eu quem está agradecido, basta um simples "És um príncipe entre os homens".

Grace conseguiu abrir um sorriso vacilante.

– És um príncipe entre os homens – sussurrou.

– É sempre bom ouvir isso. Agora, gostaria de se juntar a nós para a ceia?

Grace se virou para a viúva, que ficara vermelha de fúria.

– Sua prostitutazinha gananciosa. Acha que não sei o que você é? Acha que permitiria que voltasse à minha casa?

Grace a fitou com calma, apesar de todo o espanto.

– Estava prestes a dizer que ofereceria minha assistência à senhora pelo resto da viagem, pois nunca sonharia em deixar meu posto sem um aviso prévio e cortês. Acredito, porém, que reconsiderei minha oferta.

Voltou-se para Amelia tendo o cuidado de manter as mãos junto ao corpo. Grace tremia. Não sabia se era por causa do susto ou da alegria, mas tremia.

– Posso dividir o quarto com você hoje? – pediu a Amelia.

Porque com certeza não ficaria com a viúva.

– Claro – respondeu Amelia, de imediato, e deu o braço para Grace. – Vamos cear.

Mais tarde, Grace decidiria que aquela tinha sido a melhor torta de carneiro que já provara na vida.

Muitas horas depois, Grace se encontrava no quarto, olhando pela janela, enquanto Amelia dormia.

Grace tinha tentado pegar no sono, mas a mente continuava agitada por causa do incrível gesto de generosidade de Thomas. Além disso, ela se perguntava para onde Jack fora. Não estava no salão de jantar quando ela, Thomas e Amelia chegaram e ninguém sabia o que fora feito dele.

E, para completar... Amelia roncava.

Grace apreciava bastante a vista de Dublin. Não se encontravam no centro da cidade, mas a rua tinha movimento, com moradores que se ocupavam de suas atividades habituais e muitos viajantes que entravam e saíam do porto.

Era estranha aquela sensação recém-descoberta de liberdade. Ainda não podia acreditar que estava ali, dividindo a cama com Amelia, em vez de ficar encolhida numa cadeira desconfortável à cabeceira da viúva.

A ceia tinha sido um evento alegre. Thomas parecera muito animado, levando tudo em consideração. Não dissera mais nada sobre seu generoso presente, mas Grace sabia por que ele fizera aquilo: se Jack fosse o duque verdadeiro – e Thomas estava convencido de que era o caso –, ela não poderia permanecer em Belgrave.

Como poderia suportar que o coração se partisse um pouco mais a cada dia, pelo resto da vida?

Thomas sabia que ela se apaixonara por Jack. Grace não lhe revelara isso, não diretamente, mas ele a conhecia bem. Tinha de saber. Para agir com tamanha generosidade quando ela se apaixonara pelo homem que poderia muito bem ser a causa de sua derrocada...

Grace ficava com lágrimas nos olhos cada vez que pensava nisso.

E agora ela era independente. Uma mulher independente! Gostava dessa ideia. Dormiria até o meio-dia. Leria livros. Chafurdaria na mais pura preguiça por alguns meses e então encontraria algo construtivo para fazer com seu tempo. Uma obra de caridade, talvez. Ou, quem sabe, aprendesse a fazer aquarelas.

Parecia escandaloso. Parecia perfeito.

E solitário.

Não, decidiu com firmeza. Teria os amigos. Tinha muitos amigos na região. Estava feliz por não ter que deixar Lincolnshire, mesmo que significasse ter que encontrar Jack de vez em quando. Lincolnshire era seu lar. Lá, conhecia todos e todos a conheciam. Sua reputação não seria questionada mesmo que morasse desacompanhada na própria casa. Seria capaz de viver em paz e com respeitabilidade.

Seria bom.

Mas solitário.

Não. Solitário, *não*. Teria dinheiro. Poderia visitar Elizabeth, que estaria casada com seu conde no Sul. Poderia entrar para um daqueles clubes femininos que a mãe tanto adorava. Havia encontros às terças-feiras à tarde – supostamente para tratar sobre arte, literatura e atualidades, mas quando as reuniões aconteciam em Sillsby, Grace ouvia risos demais para acreditar que discutiam aqueles assuntos.

Não seria solitária.

Recusava-se a ser solitária.

Voltou a olhar para Amelia, que roncava sem parar na cama. Pobrezinha. Grace costumava invejar as meninas Willoughbys por terem um lugar garantido na sociedade. Eram filhas de um conde, com linhagens impecáveis e dotes generosos. Era estranho que, naquele momento, seu futuro estivesse tão definido enquanto o de Amelia parecesse tão turvo.

Contudo Grace descobrira que Amelia não tinha mais controle do próprio destino do que ela mesma. O pai escolhera um marido para ela antes que ela sequer aprendesse a falar, antes que ele soubesse quem ou como ela seria. Como poderia saber, ao olhar para um bebê de menos de 1 ano de idade, que ela seria adequada para a vida de duquesa?

Amelia passara a vida inteira esperando que Thomas decidisse se casar com ela. E, mesmo que acabasse não se casando com nenhum dos dois duques de Wyndham, ainda seria obrigada a seguir as ordens do pai.

Grace estava se voltando para a janela quando ouviu um barulho no corredor. Passos, identificou. Masculinos. E, por não conseguir se conter, correu para a porta, abriu uma fresta e espiou.

Jack.

Estava em desalinho, exausto e com um ar abatido que cortava o coração. Estreitava os olhos no escuro, tentando descobrir qual era seu quarto.

Grace, a dama de companhia, talvez tivesse se recolhido ao quarto, mas Grace, a mulher com independência financeira, era um tanto mais audaciosa. Ela saiu e sussurrou o nome dele.

Jack ergueu a cabeça. Seus olhos se arregalaram e Grace se lembrou tarde demais que ainda trajava camisola. A peça não tinha nada de sensual, muito pelo contrário. Na verdade, ela estava bem mais coberta do que se usasse um vestido de noite. Mesmo assim, ela cruzou os braços ao avançar.

– Por onde andou? – cochichou.

Ele deu de ombros.

– Saí por aí. Fui visitar velhos conhecidos.

Havia algo de perturbador na voz dele.

– Mesmo? – perguntou Grace.

– Não. Estava do outro lado da rua. Comendo minha torta de carneiro.

Ele a encarou e esfregou os olhos.

Grace sorriu.

– Com sua cerveja?

– Para falar a verdade, foram duas.

Ele abriu um sorriso maroto, jovial, que tentava expulsar a exaustão de seu rosto.

– Estava com saudade.

– Da cerveja irlandesa?

– A inglesa parece lavagem para porcos.

Grace sentiu um calor por dentro. Havia bom humor nos olhos dele, pela primeira vez em muitos dias. E foi estranho. Tinha pensado que seria torturante ficar perto dele, junto dele, ouvir sua voz e ver seu sorriso. Mas só sentia felicidade. E alívio.

Não suportava vê-lo infeliz. Precisava que ele fosse *ele mesmo*. Ainda que não pudesse ser seu.

– Não deveria sair do quarto assim – alertou ele.

– Não.

Ela meneou a cabeça, mas continuou onde estava.

Jack sorriu e olhou para a chave.

– Não consigo achar meu quarto.

Grace tomou a chave dele.

– Catorze – leu ela.

Levantou a cabeça para fitá-lo.

– A luz está muito fraca – justificou Grace.

Ele concordou.

– É por ali – informou Grace, apontando para o outro lado do corredor. – Passei por ele quando vim para cá.

– Seu quarto é aceitável? – perguntou Jack. – Espaçoso o suficiente para você e a viúva?

A jovem engasgou. Jack não sabia. Grace esquecera completamente. Ele já havia partido quando Thomas lhe dera o chalé.

– Não estou com a viúva – respondeu ela, incapaz de esconder sua empolgação...

– Alguém está vindo – cochichou ele de repente.

De fato, ela ouvia vozes e passos na escada. Ele começou a conduzi-la de volta ao quarto.

– Não. Não posso – falou ela e estacou. – Amelia está lá.

– Amelia? Por que ela...

Então Jack balbuciou algo em voz baixa e depois a arrastou consigo para o outro lado do corredor. Para dentro do quarto 14.

CAPÍTULO DEZOITO

– Três minutos – disse Jack, no momento que fechou a porta.

Porque, verdade fosse dita, ele não achava que conseguiria resistir muito mais. Não quando ela estava de camisola. Era uma peça bem feia, na realidade, grosseira, abotoada do queixo ao pé, mas ainda era uma *camisola*.

E era Grace.

– Não vai acreditar no que aconteceu – disse ela.

– Em geral, essa é uma excelente abordagem – reconheceu Jack. – No entanto, depois de tudo que *aconteceu* nas últimas duas semanas, estou disposto a acreditar em quase qualquer coisa.

Ele sorriu e levantou os ombros. Ficara mais relaxado depois de duas canecas de boa cerveja irlandesa.

Então ela contou uma história incrível. Thomas lhe dera um chalé e uma renda. Grace se tornara uma mulher independente. Estava livre da viúva.

Jack acendeu a lamparina no quarto enquanto ouvia a empolgação na voz de Grace. Sentiu uma pontada de ciúme, não porque achasse que ela não deveria receber presentes de outro homem – a verdade era que ela mais do que merecia qualquer benefício do duque. Cinco anos com a viúva. Meu Deus, ela merecia receber um título de nobreza como indenização. Ninguém havia feito mais pela Inglaterra.

Não, o ciúme que Jack sentia era bem mais instintivo. Ele ouviu a alegria em sua voz e, assim que baniu a escuridão do quarto, viu também a alegria em seus olhos. Era simples: parecia errado que outra pessoa fosse responsável por aquilo.

Ele queria fazer aquilo. Queria iluminar seus olhos de euforia. Queria ser a origem de seu sorriso.

– Ainda terei de acompanhá-los ao condado de Cavan – contou Grace. – Não posso ficar aqui sozinha e não desejaria que Amelia ficasse sem companhia. Tudo tem sido muito difícil para ela.

Grace o fitou e ele assentiu com um meneio de cabeça. Para ser sincero, ele não vinha pensando muito em Amelia, por mais egoísta que isso fosse.

– Tenho certeza de que vai ser complicado lidar com a viúva – prosseguiu Grace. – Ela ficou furiosa.

– Posso imaginar – murmurou Jack.

– Ah, não – discordou Grace, de olhos arregaladíssimos. – Foi uma reação extraordinária até para ela.

Ele pensou por um momento.

– Não sei se fico desapontado ou aliviado por ter perdido tudo isso.

– É provável que tenha sido melhor que não estivesse presente – respondeu Grace com uma careta. – Ela foi um tanto cruel.

Jack estava prestes a dizer que era difícil imaginar algo diferente vindo da viúva, mas de repente Grace pareceu ficar animada.

– Mas sabe de uma coisa? – disse ela. – Eu não me importo!

Ela riu e seu riso trazia o som alegre de alguém que mal consegue acreditar na sua boa sorte.

Ele sorriu. A felicidade dela era contagiante. Não pretendia permitir que ela vivesse longe dele, mas desconfiava que Thomas não tinha presenteado o chalé com a intenção de que ela vivesse por lá como Sra. Jack Audley. Mesmo assim, compreendia seu encantamento. Pela primeira vez em muitos anos, Grace possuía algo dela.

– Sinto muito – disse ela, mas mal conseguia esconder o sorriso. – Eu não deveria estar aqui. Não tinha intenção de esperar por você, mas estava muito animada e queria contar a novidade, porque sabia que você compreenderia.

E ali, vendo seus olhos brilhantes, os demônios de Jack começaram a deixá-lo, um por um, até que ele fosse apenas um homem diante da mulher que amava. Naquele quarto, naquele minuto, não importava que ele estivesse de volta à Irlanda, que houvesse tantos motivos para sair correndo porta afora e embarcar no primeiro navio para qualquer lugar.

Naquele quarto, naquele minuto, ela era tudo para ele.

– Grace – disse ele, erguendo a mão para tocar seu rosto.

Ela se entregou ao carinho e ele compreendeu que estava perdido. Todas as forças que ele achava possuir, toda a vontade de fazer a coisa certa...

Tudo havia desaparecido.

– Beije-me – sussurrou ele.

Ela arregalou os olhos.

– Beije-me.

Ela queria. Dava para ver em seus olhos, para sentir no ar que os envolvia.

Ele se inclinou, aproximando-se... mas não a ponto de encostar os lábios nela.

– Beije-me – repetiu ele, uma última vez.

Ela ficou na ponta dos pés, mas isso foi tudo. As mãos não subiram para acariciá-lo. Não se aproximou, deixando seu corpo junto ao dele. Apenas ficou na ponta dos pés até que seus lábios roçaram nos dele.

E depois se afastou.

– Jack? – sussurrou.

– Eu...

Ele quase disse. As palavras estavam bem ali, prestes a deixar seus lábios. *Eu te amo.*

Porém, de algum modo, ele sabia – não fazia ideia de como, apenas sabia – que se dissesse aquilo, se desse voz ao que ele tinha certeza que ela reconhecia no fundo do coração, Grace se assustaria.

– Fique comigo – murmurou ele.

Estava cansado de agir com nobreza. O atual duque de Wyndham poderia passar a vida fazendo apenas o que era certo, mas ele não tinha condições de ser tão altruísta.

Beijou a mão dela.

– Não devo – murmurou ela.

Beijou sua outra mão.

– Ah, Jack.

Levou ambas até seus lábios, segurando-as junto ao rosto, inalando seu perfume.

Grace olhou para a porta.

– Fique comigo – repetiu ele.

Depois tocou em seu queixo, erguendo o rosto devagar, e deu um beijo delicado em seus lábios.

– Fique.

Jack observou o rosto de Grace e notou sombras conflituosas em seus olhos. Os lábios tremiam e ela se afastou.

– Se eu... – sussurrou ela, a voz trêmula e insegura. – Se eu...

Ele manteve a mão sob seu queixo, mas não a obrigou a encará-lo de novo. Esperou até que ela estivesse pronta para olhar para ele.

– Se eu ficar...

Ela engoliu em seco e fechou os olhos por um momento como se tomasse coragem.

– Você pode... Há algum modo de garantir que não haverá um bebê?

Por um momento, ele não conseguiu falar. Depois assentiu, porque, sim, ele podia garantir que não haveria um bebê. Tinha passado a vida adulta garantindo que não houvesse.

Só que tudo isso se passara com mulheres que ele não amava, mulheres a quem não pretendia adorar e idolatrar pelo resto da vida. Porém quem estava diante dele era Grace, e a ideia de fazer um bebê com ela de repente começou a arder dentro dele como um sonho mágico e cintilante. Via uma família ao lado dela, risonha, provocadora. Sua infância tinha sido assim – ruidosa, bagunceira, correndo pelos campos com os primos, pescando nos riachos sem pegar nada. As refeições nunca eram eventos formais. Os encontros gélidos em Belgrave eram tão estranhos para ele quanto um banquete chinês.

Queria tudo isso e queria ao lado de Grace. Só não havia percebido quanto queria até aquele momento.

– Grace – disse ele, segurando suas mãos com força. – Não importa. Vou me casar com você. *Quero* me casar com você.

Ela balançou a cabeça, um movimento veloz e irregular, quase frenético.

– Não. Não pode. Não se for o duque.

– Vou, sim.

Ele então disse tudo. Havia coisas que eram grandes demais, verdadeiras demais para serem contidas.

– Eu te amo. Eu te amo. Nunca disse isso para outra mulher e nunca direi. Eu te amo, Grace Eversleigh e quero me casar com você.

Grace fechou os olhos como se sentisse dor.

– Jack, não pode...

– Posso, *sim*. E é o que farei.

– Jack...

– Estou cansado de todo mundo me dizer o que não posso fazer – desabafou, soltando suas mãos para atravessar o aposento. – Entende que não me importo? Não me importo com o maldito ducado e com certeza não me importo com a viúva. Eu me importo com você, Grace. Com você.

– Jack – repetiu ela. – Se for o duque, é esperado que se case com uma mulher de família nobre.

Ele praguejou baixinho.

– Fala de si mesma como se fosse uma meretriz na beira do cais.

– Não, não falo – defendeu-se ela, tentando ser paciente. – Sei exatamente quem eu sou. Sou uma jovem empobrecida de linhagem impecável, mas sem distinção. Meu pai foi um cavalheiro rural e minha mãe era filha de um cavalheiro rural. Não temos ligações com a aristocracia. Minha mãe era prima de segundo grau de um baronete, nada além disso.

Jack a fitou como se não tivesse escutado suas palavras. Ou como se as tivesse escutado, mas não ouvido.

Não, pensou Grace, infeliz. Tinha ouvido, mas não escutara. E as primeiras palavras que saíram da sua boca foram:

– Eu não me importo.

– Mas o resto do mundo se importa – insistiu ela. – E, se for o duque, já vai haver um alvoroço. O escândalo será impressionante.

– Eu não me importo.

– Mas *deveria*.

Ela parou, obrigando-se a respirar fundo antes de prosseguir. Queria segurar a própria cabeça e fincar os dedos no escalpo. Queria fechar os punhos até que as unhas cortassem a pele. Qualquer coisa... qualquer coisa que consumisse aquela terrível frustração que parecia revirar suas entranhas. Por que ele não escutava? Por que não conseguia entender que...

– Grace...

– Não! – interrompeu-o, talvez num tom mais alto do que deveria, mas aquilo precisava ser dito. – Vai precisar ser cuidadoso se desejar ser aceito na sociedade. Sua esposa não precisa ser Amelia, mas deve ser alguém como ela. Com antecedentes semelhantes. Senão...

– Está me ouvindo?

Jack a segurou pelos ombros até ela o fitar nos olhos.

– Não tem "senão" – ressaltou ele. – Não preciso que a sociedade me aceite. Só preciso de você, moremos num castelo, numa choupana ou em qualquer outro lugar.

– Jack...

Ele estava sendo ingênuo. Grace o amava por esse motivo e quase chorou de felicidade por ele adorá-la a ponto de imaginar que poderia fugir das convenções de tal modo. No entanto, ele não sabia. Não tinha morado em Belgrave durante cinco anos. Não viajara para Londres com a viúva nem testemunhara em primeira mão o que significava ser um integrante de tal família. Ela vira tudo. Tinha observado e sabia o que esperavam do duque de Wyndham. Sua duquesa não poderia ser uma ninguém da vizinhança. Não se ele quisesse ser levado a sério.

– Jack – repetiu Grace, tentando encontrar as palavras certas. – Eu queria...

– Você me ama? – interrompeu-a.

Grace ficou paralisada. Ele a fitava com uma intensidade que a imobilizou e a fez perder o fôlego.

– Você me ama?

– Eu...

– Você... me... ama?

Grace fechou os olhos. Não queria dizer. Se dissesse, estaria perdida. Nunca seria capaz de resistir a ele – a suas palavras, seus lábios. Se ela concedesse isso, perderia sua última defesa.

– Grace – disse ele, tomando seu rosto em suas mãos.

Abaixou-se e a beijou – uma vez, com todo o carinho.

– Você me ama?

– Sim – sussurrou ela. – Sim.

– Então é tudo o que importa.

Ela abriu os lábios para tentar fazê-lo cair em si pela última vez, mas ele já a beijava. Sua boca quente e apaixonada já cobria a dela.

– Eu te amo – disse ele, beijando seu rosto, a testa, as orelhas. – Eu te amo.

– Jack – sussurrou Grace, mas seu corpo já começara a vibrar de desejo.

Ela o queria. Queria aquilo. Não sabia o que viria a seguir, mas naquele momento estava disposta a fingir que não se importava. Desde que...

– Prometa – disse ela, com intensidade, segurando o rosto dele com firmeza. – Por favor, prometa que não haverá um bebê.

Os olhos de Jack piscaram e se arregalaram, mas ele por fim disse:

– Prometo que vou tentar.

– Vai *tentar?* – repetiu ela.

Com certeza ele não mentiria sobre esse assunto. Não ignoraria seu pedido e depois fingiria que "tentara".

– Farei o que sei fazer. Não é infalível.

Ela relaxou e demonstrou sua concordância, permitindo que seus dedos percorressem o rosto dele.

– Obrigada – sussurrou ela, oferecendo-se para outro beijo.

– Mas prometo uma coisa – disse ele, tomando-a em seus braços. – Você *terá* nosso filho. Eu me *casarei* com você. Não importa quem eu seja, não importa meu nome, eu me casarei com você.

Grace não tinha mais vontade de discutir com ele. Não naquele momento, não quando ele a levava para a cama. Ele a pousou sobre as cobertas e deu um passo para trás, abrindo os botões superiores da camisa, para poder tirá-la pela cabeça.

E de repente ele estava de volta, meio ao lado dela, meio sobre ela, beijando-a como se sua vida dependesse disso.

– Deus do céu! – quase grunhiu Jack. – Esse negócio é feio.

Grace só conseguiu rir enquanto os dedos dele tentavam fazer mágica em seus botões. Ele soltou um rosnado de frustração quando os botões não obedeceram e agarrou a camisola dela pelos dois lados, com a clara intenção de arrancá-la e deixar que os botões voassem por toda parte.

– Não, Jack, não pode fazer isso! – alertou ela, rindo ao falar.

Grace não sabia por que era tão engraçado. Com certeza, defloramentos deveriam ser eventos sérios, transformadores. Mas havia tanta alegria borbulhando dentro dela que era difícil contê-la. Em especial quando ele se esforçava tanto para concluir uma tarefa tão simples e fracassava fragorosamente.

– Tem certeza?

O rosto dele parecia quase cômico naquele momento de frustração.

– Porque estou bem certo de que vou fazer um favor para a humanidade ao destruir isso.

Grace tentou não rir.

– É minha única camisola.

Ele pareceu achar aquela informação interessante.

– Está dizendo que, caso eu a rasgue, vai ter de dormir nua pelo resto da viagem?

Depressa, ela afastou as mãos dele do corpete.

– Não faça isso.

– Mas é tão tentador...

– Jack...

Ele se sentou sobre os tornozelos contemplando-a com um ar ao mesmo tempo faminto e bem-humorado que a fez estremecer.

– Muito bem. Você cuida disso.

Era o que ela vinha planejando fazer. Contudo, sob o olhar atento dele, carregado de desejo, ela se sentiu quase paralisada. Como poderia ser tão despudorada a ponto de se despir diante dele? Tirar a roupa do corpo – fazendo tudo *por conta própria*. Havia uma grande diferença entre tirar a própria roupa e permitir-se ser seduzida.

Devagar, com dedos trêmulos, ela buscou o botão superior da camisola. Não conseguia vê-lo. Estava alto demais, quase no queixo. Mas seus dedos sabiam o que fazer, conheciam os botões e, quase sem pensar, ela abriu o primeiro.

Jack respirou ruidosamente.

– Mais um.

Ela obedeceu.

– Mais um.

E de novo. E de novo, até chegar àquele que se encontrava entre os seios. Ele se abaixou, as mãos grandes indo devagar para os dois cantos do tecido, afastando a camisola. O gesto não a revelou. Grace não tinha desabotoado o bastante, mas sentiu o ar fresco sobre a pele, sentiu o calor da respiração dele ao se abaixar para dar um beijo na planície do seu peito.

– Você é linda – murmurou ele.

Dessa vez, quando seus dedos se dirigiram para os botões, ele conseguiu abri-los sem dificuldade. Tomou a mão dela e deu um leve puxão para que Grace se sentasse. Ela obedeceu, fechando os olhos enquanto a camisola escorregava de seu corpo.

Sem enxergar, ela *sentia* com mais intensidade. E o tecido – que não passava de algodão simples – provocou arrepios ao deslizar pela pele.

Ou talvez fosse apenas porque ela sabia que ele a observava.

Era essa a sensação daquela mulher? Da mulher na pintura? Deveria ser uma mulher com alguma experiência ao posar para o Sr. Boucher, mas com certeza ela também passara por uma primeira vez. Teria também fechado os olhos para *sentir* o olhar de um homem sobre seu corpo?

Grace sentiu a mão de Jack tocar seu rosto, a ponta dos dedos passearem suavemente pelo pescoço até a curva do ombro. Ele parou ali por apenas um segundo e Grace respirou com avidez, esperando os momentos de intimidade que aguardavam por ela.

– Por que está de olhos fechados? – murmurou ele.

– Não sei.

– Está com medo?

– Não.

Ela esperou. Engasgou. Chegou a se sobressaltar quando os dedos dele acompanharam a curva de seu seio.

Sentiu que suas costas se arqueavam. Era estranho. Nunca tinha pensado naquilo. Nunca tinha sequer imaginado como seria ter as mãos de um homem acariciando-a assim, mas agora sabia exatamente o que queria que ele fizesse.

Queria que ele a tomasse e segurasse seu seio todo na palma da mão.

Queria sentir a mão dele roçando nos mamilos.

Queria que ele a tocasse... meu Deus, ela queria tanto ser tocada que a ânsia a inundava. Tinha se alastrado dos seios para o ventre, para aquele lugar escondido entre as pernas. Sentia-se quente, vibrante e com uma avidez ardente.

Uma avidez... *lá*.

Era sem dúvida a sensação mais estranha e envolvente que poderia existir. Era impossível ignorá-la. Não *queria* ignorá-la. Queria alimentá-la, desfrutá-la, deixar que ele a ensinasse como satisfazê-la.

– Jack – gemeu.

As mãos dele passaram a acariciar os dois seios. E então ele os beijou.

Grace abriu os olhos.

Sentiu que os lábios dele estavam nela, bem no bico, e cobriu a boca com uma das mãos para não gritar de prazer. Não tinha imaginado... Tinha pensado que sabia o que queria, mas aquilo...

Ela não sabia.

Agarrou a cabeça dele, usando-a para se apoiar. Era uma tortura, era o paraíso e Grace mal conseguia respirar quando ele voltou a beijá-la na boca.

– Grace... Grace... – murmurou ele repetidas vezes, a voz deslizando na pele dela.

Parecia que ele a beijava em toda parte, e talvez beijasse – num momento, era na boca, no momento seguinte, perto da orelha, depois na curva do pescoço. E as mãos... eram perversas. E implacáveis.

Ele não parava de movimentá-las, não parava de tocá-la. As mãos se encontravam nos ombros dela, depois iam para o quadril. Uma delas começou a deslizar por sua pele, puxando a camisola até que ela se despisse por completo.

Deveria ter se sentido constrangida. Deveria ter se sentido pouco à vontade. Mas não se sentiu. Não ao lado dele. Não quando ele a contemplava com tanto amor e tanta devoção.

Ele a amava. Tinha dito e ela acreditava nele. Agora, ela sentia. O calor, o carinho. Estavam no brilho de seus olhos. E ela compreendeu como uma mulher podia encontrar a ruína. Como alguém poderia resistir a tudo aquilo? Como ela poderia resistir?

Ele se levantou, com a respiração entrecortada, e mexeu nos fechos da calça com dedos frenéticos. O peito já estava desnudo e tudo o que Grace conseguia pensar era: *Ele é lindo. Como um homem pode ser tão lindo?* Não tinha levado uma vida de ócio, dava para ver. O corpo era esguio e firme. A pele mostrava cicatrizes e calosidades aqui e ali.

– Você levou um tiro? – perguntou ela, pousando o olhar numa cicatriz enrugada no braço.

Ele olhou enquanto tirava a calça.

– Foi um atirador francês – confirmou ele e abriu um meio sorriso torto. – Sorte minha ele não ser muito bom no que fazia.

Não deveria ser tão engraçado. Mas a declaração era... *a cara de Jack*. Tão natural, tão sutil e irônica. Grace abriu um sorriso.

– Eu também quase morri – revelou ela.

– Verdade?

– Febre.

Ele fez uma careta.

– Odeio febres.

Ela assentiu, se esforçando para não sorrir.

– Eu odiaria levar um tiro.

Ele voltou a olhá-la, cheio de humor.

– Não recomendo.

Então ela riu, porque aquilo tudo parecia ridículo. Lá estava ele, nu, visivelmente excitado e os dois discutiam o relativo incômodo causado por febres e ferimentos à bala.

Jack subiu na cama e pairou sobre ela com uma expressão predatória.

– Grace? – murmurou.

Ela levantou os olhos e quase derreteu.

– Sim?

Ele sorriu com lascívia.

– Estou melhor agora.

E, depois disso, não houve mais palavras. Quando Jack a beijou dessa vez, foi com uma intensidade e um fervor que os consumiria até o fim. Ela sentia o mesmo – aquele desejo, aquela necessidade implacável – e, quando ele colocou a perna entre as de Grace, ela se abriu imediatamente, sem reservas, sem medo.

Não saberia dizer quanto tempo ele passou beijando-a. Pareceu nada. Pareceu uma eternidade. Pareceu que ela havia nascido para viver aquele momento, com aquele homem. Como se tudo tivesse sido organizado no dia de seu nascimento: em 28 de outubro do ano de Nosso Senhor de 1819, ela se encontraria no quarto 14 da estalagem Queen's Arms e se entregaria àquele homem, John Augustus Cavendish-Audley.

Nada de diferente poderia ter acontecido. Era assim que deveria ser.

Retribuiu seus beijos com igual abandono, agarrando seus ombros, os braços, qualquer lugar que pudesse encontrar. Então, quando ela achou que não poderia suportar mais, a mão dele escorregou entre suas pernas. O toque foi delicado. Mesmo assim, ela achou que iria gritar de assombro e maravilhamento.

– Jack – balbuciou.

Não foi porque quisesse que ele parasse, mas porque não havia como permanecer em silêncio diante das sensações irresistíveis causadas por aquele simples toque. Ele fez cócegas, provocou, enquanto ela arfava e se contorcia. Depois, ela percebeu que ele não apenas a tocava. Estava dentro dela. Os dedos a exploravam de modo tão íntimo que a deixava sem fôlego.

Sentiu que seu corpo se contraía, seus músculos pediam mais. Não sabia o que fazer, não sabia de nada, a não ser que o queria. Ela o queria. Queria algo que só ele poderia lhe dar.

Jack mudou de posição e seus dedos se afastaram. Seu corpo se ergueu e, quando Grace o encarou, ele parecia lutar contra uma força imensurável. Pairava sobre ela, apoiado nos antebraços. A língua dela se moveu, preparando-se para dizer seu nome, mas nesse momento ela o sentiu na entrada de sua feminilidade, delicadamente forçando a passagem.

Os olhares se encontraram.

– Shhhh – murmurou ele. – Espere só... eu prometo...

– Não estou com medo – sussurrou ela.

Um sorriso torto apareceu no rosto dele.

– Eu estou.

Ela queria perguntar o que queria dizer com aquilo e por que sorria, mas ele começou a fazer movimentos para a frente, abrindo-a, expandindo-a, e foi estranho e maravilhoso quando ele *entrou* nela. Parecia espetacular que uma pessoa pudesse entrar na outra. Estavam unidos. Não podia pensar em outra descrição.

– Está machucando? – sussurrou ele.

Grace balançou a cabeça.

– Estou gostando – respondeu ela, baixinho.

Ele gemeu e deu uma estocada. Aquele movimento súbito fez com que ela fosse tomada por uma onda de sensações. Grace arquejou ao dizer o nome dele, agarrou seus ombros e então se descobriu num ritmo arcaico, movendo-se com ele como se fossem uma única criatura. Ondulando, pulsando, tensionando e aí...

Foi como se estivesse se estilhaçando. Contorceu-se, gemeu, quase gritou. E quando por fim se recostou e encontrou forças para respirar, ela não conseguia imaginar como se mantinha viva. Sem dúvida, um corpo não teria condições de passar por aquilo e repetir a experiência.

Então, de forma abrupta, ele saiu de dentro dela e se virou, grunhindo e gemendo diante da própria satisfação. Grace tocou o ombro dele, sentiu os espasmos de seu corpo. Ela não apenas ouviu seu grito de prazer: ela *vivenciou* na sua pele, no seu corpo.

No seu coração.

Por alguns momentos, Jack não se mexeu. Ficou deitado, a respiração voltando ao normal. Então ele rolou e a aconchegou em seus braços. Sussurrou seu nome e beijou o topo de sua cabeça.

E depois fez tudo de novo.

E mais uma vez.

E, quando Grace por fim adormeceu, ouviu a voz de Jack em seus sonhos. Suave, sussurrando seu nome.

⌒

Jack notou o exato momento em que ela adormeceu. Não saberia dizer como – a respiração já tinha se transformado num suspiro lento e ritmado, o corpo jazia imóvel fazia muito tempo.

Porém, quando ela caiu no sono, ele percebeu.

Beijou-a uma última vez, na têmpora. E, enquanto contemplava seu rosto tranquilo, sussurrou:

– Vou me casar com você, Grace Eversleigh.

Não importava quem ele fosse. Não iria perdê-la.

CAPÍTULO DEZENOVE

A viagem até Butlersbridge era exatamente como Jack se recordava. As árvores, as aves, os tons de verde enquanto o vento agitava a relva... Eram as imagens e os sons de sua infância. Nada mudara. Deveria ser reconfortante.

Não era.

Quando ele abrira os olhos pela manhã, Grace já havia escapulido da cama e se dirigido a seu quarto. Jack ficara decepcionado, claro. Tinha despertado por conta de seu amor e de seu desejo e não queria nada além de tê-la nos braços.

Entretanto compreendera. A vida de uma mulher não era tão livre quanto a de um homem, mesmo para uma mulher com independência financeira. Grace tinha uma reputação pela qual zelar. Thomas e Amelia nunca diriam nada contra ela, mas Jack não conhecia lorde Crowland bem o suficiente para supor o que ele faria caso Grace fosse descoberta na sua cama. Quanto à viúva...

Pois bem, não era preciso dizer que a mulher ficaria feliz em destruir Grace, se tivesse a oportunidade.

Os viajantes – à exceção da viúva, para o alívio de todos – se encontraram no salão da estalagem para o desjejum. Assim que Grace chegou, Jack tivera certeza que seria incapaz de impedir que seus olhos denunciassem o que o coração sentia. Seria sempre assim?, ele se perguntou. Sempre seria inundado por aquela sensação indescritível e avassaladora ao vê-la?

Nem era desejo. Era bem mais que isso.

Era amor.

Amor. Com "A" maiúsculo, cheio de letras floreadas, corações, iluminuras e tudo mais que os anjos desejassem usar como enfeite.

Amor. Não podia ser outra coisa. Via Grace e sentia alegria. Não apenas a própria alegria, mas também a alegria de todos. Do desconhecido sentado atrás dele. Do conhecido do outro lado do salão. Via tudo. Sentia tudo.

Era impressionante. Arrebatador. Bastava Grace olhar para Jack para que ele se tornasse um homem melhor.

E ela pensava que ele deixaria que alguém os separasse.

Isso não aconteceria. Ele não permitiria.

Durante o desjejum, ela não chegara a evitá-lo. Houvera muitas trocas de olhares, muitos sorrisos secretos. Mas Grace fora cuidadosa e não o procurara. Na verdade, ele não tivera uma oportunidade sequer de falar com ela. Mesmo que Grace não fosse tão propensa à seriedade, teria sido muito difícil. Amelia segurara a mão de Grace logo depois do desjejum e não a soltara.

A união faz a força, decidiu Jack. As duas damas passariam o dia inteiro presas na carruagem com a viúva. Ele também teria procurado uma mão amiga caso fosse obrigado a suportar o mesmo.

Os três cavaleiros iam montados, aproveitando o bom tempo. Lorde Crowland resolvera tomar um assento na carruagem depois da primeira parada para dar de beber aos cavalos, mas, trinta minutos depois, ele saíra da viatura, cambaleante, proclamando que viajar no lombo de um animal era bem menos cansativo do que ficar com a viúva.

– O senhor teve coragem de deixar sua filha à mercê do veneno da viúva? – perguntou Jack, num tom neutro.

Crowland nem tentou dar desculpas.

– Não disse que estava orgulhoso de mim mesmo.

– As Hébridas Exteriores – disse Thomas, trotando ao lado deles. – Estou dizendo, Audley. São a chave da sua felicidade. As Hébridas Exteriores.

– As Hébridas Exteriores? – repetiu Crowland, olhando de um homem para o outro, em busca de explicações.

– Quase tão longe quanto as ilhas Órcades – acrescentou Thomas, animado. – E é bem mais divertido de dizer.

– O senhor tem propriedades por lá? – indagou Crowland.

– Ainda não – respondeu Thomas, e olhou para Jack. – Talvez você possa restaurar um convento. Algo com muralhas intransponíveis.

Jack concluiu que gostava daquela imagem.

– Como conseguiu viver com ela por tanto tempo?

Thomas balançou a cabeça.

– Não faço ideia.

Conversavam como se tudo já estivesse decidido, percebeu Jack. Conversavam como se ele já tivesse sido apontado como o duque. E Thomas não dava a impressão de se importar. Na verdade, parecia ansioso por sua iminente destituição.

Jack olhou para a carruagem. Grace insistira que não poderia se casar com ele se fosse o duque. No entanto, não poderia imaginar ser o duque sem ela. Estava despreparado para as obrigações que acompanhavam o título. De forma estarrecedora. Mas ela sabia o que fazer, não sabia? Tinha morado em Belgrave durante cinco anos. Aprendera como tudo funcionava. Conhecia o nome de cada um dos criados e até sabia quando faziam aniversário.

Ela era gentil. Delicada. Tinha um senso de justiça inato, um juízo impecável e muito mais inteligência do que ele.

Não seria capaz de imaginar uma duquesa mais perfeita.

Só que ele não queria ser o duque.

De verdade.

Tinha pensado nisso inúmeras vezes, lembrando a si mesmo de todas as razões que fariam dele um péssimo duque de Wyndham. Mas por acaso tinha se pronunciado e posto tudo às claras?

Ele não queria ser o duque.

Observou Thomas, que erguia a cabeça para o sol, cobrindo os olhos com uma das mãos.

– Deve passar de meio-dia – disse lorde Crowland. – Vamos parar para o almoço?

Jack deu de ombros. Não fazia diferença para ele.

– Pelo bem das damas – completou Crowland.

Os três se viraram ao mesmo tempo para olhar para a carruagem.

Jack achou que viu Crowland estremecer.

– A situação ali não está nada boa – disse o conde, em voz baixa.

Jack ergueu uma sobrancelha.

– A viúva – esclareceu Crowland, trêmulo. – Amelia me implorou que a deixasse montar depois que demos água para os cavalos.

– Seria cruel demais com Grace – disse Jack.

– Foi o que disse para Amelia.

– Enquanto fugia da carruagem – murmurou Thomas, sorrindo um pouquinho.

Crowland inclinou a cabeça.

– Eu jamais diria que não fiz isso.

– E eu jamais o puniria por ter feito.

Jack ouvia o diálogo com pouco interesse. De acordo com seus cálculos, deviam estar no meio do caminho para Butlersbridge e ficava cada vez mais difícil achar graça de futilidades.

– Há uma clareira a menos de dois quilômetros daqui – disse ele. – Já parei lá certa vez. É adequada para um piquenique.

Os outros dois homens concordaram e, cerca de cinco minutos depois, eles encontraram o local. Jack desmontou e foi direto para a carruagem. Um cavalariço ajudava as damas a saltar, mas, como Grace seria a última, seria fácil para ele se posicionar para tomar-lhe a mão.

– Sr. Audley – disse Grace.

Ela foi educada, mas seus olhos traziam um brilho secreto.

– Srta. Eversleigh.

Ele olhou para sua boca. Os cantos se erguiam ligeiramente. Ela queria sorrir. Ele percebia. Sentia.

– Comerei na carruagem – anunciou a viúva, ríspida. – Só bárbaros comem no chão.

Jack bateu no peito e abriu um sorriso maroto.

– Tenho orgulho de ser bárbaro.

Ele fez um sinal com a cabeça para Grace.

– E a senhorita?

– Muito orgulhosa também.

A viúva caminhou pelos arredores, para esticar as pernas, depois desapareceu no interior da carruagem.

– Deve ser muito difícil para ela – comentou Jack, observando a situação.

Grace vinha examinando o conteúdo de uma cesta de piquenique, mas ergueu os olhos ao ouvir isso.

– Difícil?

– Não há ninguém para perturbar na carruagem – explicou ele.

– Acho que ela sente que todos nos unimos contra ela.

– O que é verdade.

Grace pareceu em conflito.

– É, mas...

Essa não! Ele não a ouviria justificar as atitudes da viúva.

– Não me diga que guarda alguma compaixão por ela.

– Não – falou Grace, meneando a cabeça. – Não diria isso, mas...

– Você tem um coração de manteiga.

Ela sorriu, envergonhada.

– Talvez.

Assim que as toalhas foram estendidas, Jack deu um jeito para que os dois se sentassem um pouco afastados dos outros. Não foi muito difícil, nem ficou óbvio. Amelia tinha se postado ao lado do pai, que parecia dar algum tipo de sermão. Thomas havia desaparecido, provavelmente em busca de uma árvore que precisasse ser regada.

– Essa era a estrada que você usava quando estudava em Dublin? – perguntou Grace, estendendo o braço para pegar uma fatia de pão e queijo.

– Sim.

Ele tentou disfarçar a tensão na voz, mas provavelmente não conseguiu, pois, quando voltou a encará-la, ela o contemplava de modo perturbador.

– Por que não quer voltar para casa? – perguntou.

Ele esteve prestes a dizer que ela padecia de excesso de imaginação ou a buscar algo astuto para falar, como era seu estilo – envolvendo os raios de sol, a compaixão humana.

Graças a declarações desse tipo, ele escapulira de situações bem mais delicadas.

Mas não tinha energia nem vontade para isso.

Além do mais, Grace percebia. Grace o conhecia muito bem. Jack poderia se comportar como sempre, com irreverência e bom humor. Na maioria das ocasiões, ela iria adorar – pelo menos era o que esperava –, mas não iria gostar que ele tentasse esconder a verdade.

Ou que se escondesse da verdade.

– É complicado – respondeu ele, porque pelo menos não era mentira.

Grace assentiu e voltou para seu almoço. Ele esperou outra pergunta, mas nenhuma veio. Pegou uma maçã.

Observou-a. Ela mantinha os olhos no frango assado que cortava. Ele pensou em falar, mas desistiu. Depois, levou a maçã até a boca.

Não a mordeu.

– Faz mais de cinco anos – balbuciou.

Ela o encarou.

– Desde a última vez que esteve em casa?

Ele assentiu.

– É muito tempo.

– Muito.

– Tempo demais?

Os dedos se fecharam com mais força em volta da maçã.

– Não.

Grace comeu um pouco da sua refeição e voltou a fitá-lo.

– Quer que eu corte essa maçã para você?

Ele a entregou, principalmente porque se esquecera de que a segurava.

– Eu tinha um primo, sabe?

Maldição! Como aquilo viera à tona? Ele não tinha intenção de falar de Arthur. Passara cinco anos tentando não pensar nele, tentando garantir que o rosto de Arthur não fosse a última coisa que ele via todas as noites, antes de adormecer.

– Achei que tivesse dito que eram três primos – disse Grace.

Ela não olhava para ele. Aparentava dar toda a atenção para a maçã e a faca em suas mãos.

– Agora são apenas dois.

Ela o encarou com grande compaixão.

– Sinto muito.

– Arthur morreu na França.

As palavras pareceram sair com dificuldade. Percebeu que fazia muito tempo desde a última vez que dissera o nome de Arthur em voz alta. Cinco anos, provavelmente.

– Ele estava com você? – perguntou Grace, com suavidade.

Ele assentiu.

Grace fitou as fatias de maçã muito bem-arrumadas no prato. Não sabia o que fazer.

– Não vai dizer que não foi culpa minha? – perguntou ele.

Odiou o som da própria voz. Saiu vazia, dolorida, sarcástica e desesperada. Ele mal podia acreditar que acabara de dizer aquilo.

– Eu não estava lá – retrucou ela.

Os olhos dele voaram para seu rosto.

– Não posso imaginar como poderia ser culpa sua, mas eu não estava lá.

Ela estendeu o braço sobre a comida e pousou a mão na dele rapidamente.

– Sinto muito. Vocês dois eram próximos?

Ele assentiu e se virou, fingindo contemplar as árvores.

– Nem tanto quando éramos pequenos. Mas depois que fomos para a escola...

Ele massageou a ponte do nariz enquanto pensava como poderia explicar o que Arthur fizera por ele.

– ... descobrimos que tínhamos muito em comum.

Os dedos dela apertaram os dele e os soltaram.

– É difícil perder uma pessoa amada.

Jack voltou a fitá-la assim que teve certeza de que conseguiria manter os olhos secos.

– Quando perdeu seus pais...

– Foi horrível – falou ela.

Os cantos dos lábios se mexeram, mas não foi para abrir um sorriso. Foi apenas um daqueles rápidos movimentos – uma minúscula onda de emoção que passava quase despercebida.

– Não achei que eu devesse morrer também, mas não sabia como viveria.

– Eu queria...

Ele não sabia o que queria. Ter estado por perto para ampará-la? De que teria adiantado? Cinco anos antes ele também se encontrava péssimo.

– A viúva me salvou – disse ela e deu um sorriso irônico. – Não é engraçado?

Ele ergueu as sobrancelhas.

– Ah, não diga isso. A viúva não faz nada por bondade.

– Eu não disse por que me salvou, disse apenas que me salvou. Se ela não tivesse me acolhido, eu teria sido obrigada a casar com meu primo.

Jack tomou sua mão e a levou aos lábios.

– Fico feliz por não ter feito isso.

– Eu também – disse ela, sem qualquer vestígio de carinho. – Ele é horrível.

Jack riu.

– E eu querendo ouvir que você estava aliviada por ter me esperado...

Grace lhe lançou um olhar irônico e retirou a mão.

– Não conheceu meu primo.

Ele, por fim, pegou um dos pedaços de maçã e começou a mastigar.

– Temos uma abundância de parentes odiosos, você e eu.

Grace torceu os lábios, pensativa, depois virou o corpo na direção da carruagem.

– Preciso ir vê-la.

– Não, não precisa – garantiu Jack com firmeza.

241

Grace suspirou. Não queria sentir pena da viúva. Não depois de tudo o que ela dissera na noite anterior. Mas a conversa com Jack tinha despertado lembranças... de quanto ela devia à mulher.

– Ela está sozinha.

– Ela merece estar.

Ele disse isso com grande convicção e com alguma surpresa, pois não podia acreditar que o assunto fosse questionável.

– Ninguém merece estar só.

– Acredita mesmo nisso?

Não acreditava, mas...

– Quero acreditar.

Ele a encarou, hesitante.

Grace começou a se levantar. Olhou para um lado e para o outro para ter certeza de que ninguém poderia ouvi-la.

– Não deve beijar minha mão quando houver outras pessoas por perto.

Levantou e se afastou depressa, antes que ele tivesse chance de responder.

– Já terminou o almoço? – perguntou Amelia quando ela passou.

Grace assentiu.

– Terminei. Vou até a carruagem ver se lady Cavendish precisa de algo.

Amelia a encarou como se Grace tivesse enlouquecido.

Grace deu de ombros de leve.

– Todo mundo merece uma segunda chance.

Ela pensou nisso e depois acrescentou, mais para si mesma:

– *Nisso* eu realmente acredito.

Dirigiu-se até a carruagem. Era alto demais para que ela pudesse escalar sozinha e os cavalariços não estavam à vista.

– Vossa Graça! – chamou. – Vossa Graça!

Não houve resposta, por isso ela chamou um pouco mais alto.

– Senhora!

O rosto irado da dama apareceu na entrada.

– O que deseja?

Grace lembrou a si mesma que não havia passado a vida inteira frequentando a igreja aos domingos em vão.

– Gostaria de saber se a senhora precisa de algo, Vossa Graça.

– Por quê?

Céus, ela era desconfiada.

– Porque sou uma pessoa boa – disse Grace com alguma impaciência.

Depois cruzou os braços, esperando a resposta da viúva.

A duquesa a fitou por longos instantes.

– Na minha experiência, pessoas boas não precisam afirmar que são boas.

Grace queria indagar qual era a experiência que a viúva tinha com pessoas boas, pois, em sua própria experiência, a maioria delas saía correndo quando a viúva chegava.

Só que seria uma resposta malcriada.

Respirou fundo. Não tinha obrigação de fazer aquilo. Não era obrigada a ajudar a viúva. Grace era dona da própria vida e não precisava se preocupar com sua segurança financeira.

Contudo, como havia ressaltado, ela era uma pessoa boa. E estava determinada a continuar sendo, independentemente de suas circunstâncias. Tinha atendido a viúva nos últimos cinco anos porque precisava, não porque queria, e naquele momento...

Pois bem, ela ainda não queria. Mas faria. Não importavam quais tivessem sido as motivações da viúva no passado: ela salvara Grace de uma vida de infelicidade. E, por esse motivo, Grace podia passar uma hora cuidando dela. Mais do que isso: podia *escolher* passar uma hora cuidando dela.

Era incrível como fazia diferença.

– Senhora? – disse Grace.

Foi tudo. Apenas *senhora*. Tinha dito o suficiente. Agora era por conta da viúva.

– Ora, pois bem – disse a dama, irritada. – Se acha que deve.

Grace manteve o rosto sereno enquanto permitia que lorde Crowland (que acompanhou o trecho final da conversa e disse a Grace que ela estava louca) a ajudasse a subir. Ocupou o assento de costume – de ré, tão distante da viúva quanto possível – e pousou as mãos no colo. Não sabia por quanto tempo ficariam ali. Os outros não pareciam prontos para terminar o almoço.

A viúva olhava pela janela. Grace mantinha os olhos nas mãos. De vez em quando, olhava de relance e, todas as vezes, a viúva continuava virada, com uma postura rígida e severa, os lábios muito tensos.

Então – talvez na quinta vez que Grace olhou – a mulher a fitava.

– Você me decepcionou – disse ela, com a voz baixa.

Não foi exatamente um silvo, mas algo parecido.

Grace ficou imóvel. Prendeu a respiração. Ficou em silêncio. Não sabia o que dizer. Só tinha certeza de que não se desculparia por ter a audácia de buscar a felicidade.

– Não deveria partir.

– Eu não passava de uma criada, senhora.

– Não deveria partir – repetiu a dama.

Dessa vez, porém, algo dentro dela pareceu estremecer. Não foi o corpo nem a voz.

É o coração, percebeu Grace, com espanto. Seu coração estremecera.

– Ele não é o que eu esperava.

Grace piscou, tentando acompanhar o raciocínio.

– O Sr. Audley?

– Cavendish – disse a viúva, incisiva.

– A senhora não sabia que ele existia – ressaltou Grace com toda a delicadeza possível. – Como poderia esperar algo?

A viúva não respondeu. Pelo menos não respondeu à pergunta feita por Grace.

– Sabe por que eu a recebi na minha casa?

– Não – respondeu Grace, baixinho.

A viúva contraiu os lábios por um momento antes de responder.

– Não estava certo. Uma pessoa não deve ficar sozinha neste mundo.

– Não – disse Grace mais uma vez.

Acreditava nisso do fundo do coração.

– Foi por nós duas. Eu peguei uma situação terrível e a transformei em algo bom. Para nós duas.

Ela franziu os olhos, encarando Grace.

– Não deveria partir.

Então – céus, Grace mal pôde acreditar no que estava dizendo.

– Eu a visitarei, se desejar.

A viúva engoliu em seco e olhou para a frente.

– Seria aceitável.

Amelia chegou, informando que partiriam em breve e, assim, Grace foi salva de ter que dizer algo mais. De fato, mal houve tempo para Amelia se acomodar antes que as rodas começassem a ranger e eles avançassem.

Ninguém falou nada.

Foi melhor assim.

Muitas horas depois, Grace abriu os olhos.

Amelia a fitava.

– Você adormeceu – disse ela em voz baixa, botando o dedo nos lábios e indicando a viúva, que também cochilara.

Grace cobriu um bocejo.

– Quanto tempo acha que ainda temos pela frente?

– Não sei – respondeu Amelia, dando de ombros. – Uma hora, talvez? Duas?

Ela suspirou, depois se recostou no assento e fechou os olhos. Parecia cansada, pensou Grace. Estavam todos cansados.

E assustados.

– O que vai fazer? – perguntou Grace antes de ter chance de pensar duas vezes.

Amelia não abriu os olhos.

– Não sei.

Não era uma boa resposta, mas a pergunta não tinha sido justa.

– Sabe o que é mais engraçado? – perguntou Amelia, de repente.

Grace balançou a cabeça, depois se lembrou que os olhos de Amelia continuavam fechados.

– Não.

– Fico pensando: "Não é justo. Eu deveria ter escolha. Não deveria ser negociada como uma mercadoria." Mas aí eu penso: "Por que seria diferente? Fui entregue para Wyndham há anos. Nunca me queixei."

– Você era apenas um bebê – disse Grace.

Amelia permaneceu de olhos fechados e quando falou, sua voz saiu tranquila e cheia de recriminação.

– Tive muitos anos para me queixar.

– Amelia...

– Só posso culpar a mim mesma.

– Não é verdade.

Amelia por fim abriu os olhos. Pelo menos um dos olhos.

– Está dizendo isso só por dizer.

– Não, não estou. Até poderia mesmo – admitiu Grace. – Mas, neste caso, estou falando a verdade. Não é culpa sua. Não é culpa de ninguém.

Grace respirou fundo e soltou o ar.

– Preferia que fosse. Seria bem mais fácil – concluiu Grace.

– Ter alguém para culpar?

– Sim.

– Não quero me casar com ele – sussurrou Amelia.

– Com Thomas? – perguntou Grace.

Eles tinham sido noivos por tanto tempo, contudo não pareciam nutrir grande afeto um pelo outro.

Amelia a olhou com um ar curioso.

– Não. Com o Sr. Audley.

– Verdade?

– Parece tão surpresa.

– Não, claro que não – apressou-se em dizer Grace.

O que deveria contar a Amelia? Que estava tão perdidamente apaixonada por ele a ponto de não ser capaz de imaginar que outra não o quisesse?

– É que ele é tão atraente – improvisou Grace.

Amelia deu de ombros.

– Imagino que sim.

Imagina? Nunca tinha visto o *sorriso* dele?

– Não acha que ele é um pouco encantador demais? – continuou Amelia.

– Não.

Grace baixou os olhos para contemplar as mãos, pois a negativa não saíra no tom de voz pretendido.

E, de fato, Amelia provavelmente notou, pois suas palavras seguintes foram:

– Grace Eversleigh, está gostando do Sr. Audley?

Grace gaguejou, tropeçou nas palavras e só conseguiu pronunciar um "eu" meio rouco antes de ser interrompida por Amelia.

– Está, *sim.*

– Não quer dizer nada – alegou Grace.

Afinal de contas, como ela deveria responder? Para *Amelia*, que talvez estivesse comprometida com ele.

– Claro que quer dizer. E ele gosta de você?

Grace quis derreter e sumir no assento.

– Não. Não responda – disse Amelia, parecendo se divertir muito. – Dá para ver no seu rosto que ele gosta. Pois bem: com certeza não me casarei mais com ele.

Grace engoliu em seco. Sentiu um gosto amargo na garganta.

– Não deve recusá-lo por minha causa.

– O que acabou de dizer?

– Não posso me casar com ele, se for o duque.

– Por que não?

Grace tentou sorrir, porque era mesmo muito gentil da parte de Amelia ignorar a diferença de posição social entre eles. Mas não podia aceitar.

– Se ele for o duque, precisará se casar com alguém adequado. Da *sua* posição social.

– Ah, não seja boba – zombou Amelia. – Não é como se você tivesse sido criada num orfanato.

– Já haverá escândalos suficientes. Ele não deve piorar tudo com um casamento chamativo.

– Seria chamativo se ele se casasse com uma atriz. Você não vai servir de assunto para mais de uma semana de mexericos.

Seria mais do que isso, mas Grace achou que não adiantava discutir.

– Não sei o que se passa na cabeça do Sr. Audley nem sei de suas intenções, mas, se ele está disposto a arriscar tudo por amor, você também deveria arriscar – recomendou Amelia.

Grace a encarou. Como Amelia podia parecer tão sábia? O que acontecera? Quando havia deixado de ser a irmã mais nova de Elizabeth e se tornado... ela mesma?

Amelia estendeu o braço e apertou a mão de Grace.

– Seja uma mulher de coragem, Grace.

Amelia sorriu, murmurou algo mais para si mesma e se virou para a janela.

Grace permaneceu olhando fixamente para a frente, pensando... ponderando... Amelia teria razão? Ou teria dito aquilo por nunca ter passado por dificuldades? Era fácil falar em coragem quando nunca se havia enfrentado o desespero.

O que *aconteceria* se uma mulher com seus antecedentes se casasse com um duque? A mãe de Thomas não vinha da aristocracia. Na época do casamento, o pai era apenas o terceiro na linha de herdeiros e ninguém esperava que ela se tornasse uma duquesa. Pelo que diziam, ela fora imensamente infeliz.

Só que os pais de Thomas não se amavam. Nem sequer se gostavam, segundo Grace ouvira.

247

Porém ela amava Jack.

E ele a amava.

Ainda assim, tudo seria bem mais simples se ele não fosse o filho legítimo de John Cavendish.

Então, do nada, Amelia voltou a se pronunciar.

– Poderíamos botar a culpa na viúva – sussurrou.

Grace se voltou para ela, confusa.

– Por tudo isso – esclareceu Amelia. – Você disse que seria mais fácil se pudéssemos culpar alguém.

Grace olhou para a viúva, sentada na frente de Amelia. Roncava suavemente, com a cabeça colocada num ângulo que só poderia ser desconfortável. Chamava atenção que, mesmo durante o repouso, a boca permanecesse tensa, com um ar de desagrado.

– Com certeza, ninguém tem tanta culpa quanto ela – acrescentou Amelia.

Contudo Grace reparou que ela lançou um olhar nervoso para a viúva ao falar.

– Não posso discordar – murmurou Grace.

Amelia fitou o vazio por vários segundos e, bem no momento em que Grace se convenceu de que não planejava responder, ela falou.

– Não estou me sentindo melhor por conta disso.

– Por culpar a viúva?

– É. Ainda é horrível. Toda a história.

Amelia baixou os ombros um pouquinho.

– Terrível – concordou Grace.

Amelia se virou para encará-la.

– É uma porcaria dos infernos.

Grace se espantou.

– Amelia!

Amelia franziu a testa, pensativa.

– É assim que se fala?

– Não sei.

– Ah, não venha com essa. Não me diga que nunca passou por sua cabeça algo tão vulgar.

– Eu não *diria*.

Amelia a olhou com ar de provocação.

– Mas pensaria.

– É uma desgraça danada.

– Uma sujeira do caramba, se quer saber – acrescentou Amelia, tão depressa que Grace percebeu que ela estava guardando aquilo.

– Estou em vantagem, sabia? – disse Grace, com ar altivo.

– É mesmo?

– Claro. Eu ouço a conversa da criadagem.

– Ah, fale a verdade. Não vai tentar me convencer de que as criadas de Belgrave falam como um peixeiro.

– Não, mas os lacaios às vezes falam.

– Na sua frente?

– Não é de propósito, mas acontece – admitiu Grace.

– Muito bem – falou Amelia com um sorrisinho e bom humor nos olhos. – Faça o pior possível.

Grace pensou por um momento e, depois de olhar de relance para a viúva e se assegurar de que ela ainda dormia, se inclinou e cochichou no ouvido de Amelia.

Quando acabou, Amelia recuou e a fitou, piscando três vezes antes de dizer:

– Não sei se entendi o que quer dizer.

Grace franziu a testa.

– Eu também não.

– Mas parece ruim.

– Uma porcaria dos infernos – disse Grace com um sorriso, acariciando a mão de Amelia.

Amelia suspirou.

– Uma desgraça danada.

– Estamos nos repetindo – apontou Grace.

– Eu *sei* – disse Amelia, com intensidade. – Mas de quem é a culpa? Não é nossa. Fomos resguardadas demais.

– E isso é realmente *uma desgraça danada*.

– Uma sujeira do caramba, se quer saber.

– Que *diabos* as duas estão falando?

Grace engoliu em seco e olhou de relance para Amelia, que fitava com terror a viúva bem desperta.

– Então? – cobrou a viúva.

– Nada – disse Grace.

A viúva a encarou com uma expressão de enorme desagrado e depois voltou sua atenção para Amelia.

– E você, lady Amelia, onde está seu berço?

Amelia deu de ombros – minha nossa – e disse:

– Maldita seja eu se souber.

Grace tentou ficar parada, mas não conseguiu conter a surpresa que praticamente explodiu dentro dela. Sem querer, cuspiu na viúva. Parecia irônico que, na primeira vez que fizesse isso, fosse por acidente.

– É repugnante. Não posso acreditar que pensei em perdoá-la – disparou a viúva.

– Pare de implicar com Grace – repreendeu Amelia, com uma intensidade surpreendente.

Grace se voltou para a amiga, surpresa.

A viúva, porém, estava furiosa.

– O que disse?

– Disse para parar de implicar com Grace.

– E quem pensa que é para me dar ordens?

Grace observou Amelia e poderia ter jurado que a jovem se transformara diante de seus olhos. A garota insegura desaparecera.

– Penso que sou a futura duquesa de Wyndham, pelo que me disseram.

O queixo de Grace caiu de espanto. E admiração.

– Porque, se eu não for, que diabos estou fazendo aqui, atravessando a Irlanda? – acrescentou Amelia, com desdém.

Grace olhou para Amelia e para a viúva e de volta para Amelia. Mais uma vez. E então...

Basta dizer que houve um longuíssimo momento de silêncio.

– Não voltem a falar – exclamou por fim a viúva. – Não consigo tolerar o som de suas vozes.

E, de fato, elas permaneceram em silêncio pelo restante da viagem. Inclusive a viúva.

CAPÍTULO VINTE

Fora da carruagem, a atmosfera era consideravelmente menos tensa. Os três homens permaneciam montados. De vez em quando, um deles aumentava o ritmo ou ficava para trás ou um dos cavalos ultrapassava outro. Algumas saudações eram trocadas.

De vez em quando alguém fazia um comentário sobre o clima.

Lorde Crowland parecia bastante interessado nas aves nativas.

Thomas não dizia muito, mas – Jack olhou para ele – estaria assobiando?

– Está *feliz*? – perguntou com a voz um tanto baixa.

Thomas ficou surpreso.

– Eu? – retrucou e franziu a testa, pensando no assunto. – Suponho que sim. O dia está bonito, não acha?

– O dia está bonito – repetiu Jack.

– Nenhum de nós está preso na carruagem com a bruxa velha – anunciou Crowland. – Devemos ficar felizes.

Depois de uma pausa, ele acrescentou um "perdão", porque afinal de contas a bruxa velha era avó dos outros dois viajantes.

– Não é preciso se desculpar por minha causa – disse Thomas. – Concordo com seu parecer.

Tinha de haver algo de significativo naquilo, pensou Jack. No fato de a conversa sempre voltar para o modo como se sentiam aliviados por não se encontrarem na presença da viúva. Era estranho, para dizer a verdade. No entanto, o fez pensar...

– Vou ter que morar com ela? – balbuciou.

Thomas olhou para ele e sorriu.

– Hébridas Exteriores, homem, Hébridas Exteriores.

– Por que não fez isso? – quis saber Jack.

– Ah, acredite em mim, eu farei, caso ainda tenha algum poder sobre ela amanhã, o que é altamente improvável. E se não tiver...

Thomas deu de ombros.

– Vou precisar de algum tipo de trabalho, não é? Sempre quis viajar. Talvez possa ser seu batedor. Vou encontrar o lugar mais velho, mais frio da ilha. Vou me divertir tremendamente.

– Pelo amor de Deus. Pare de falar assim.

Ele não queria aquela sensação de estar predestinado. Não queria que a destituição ficasse subentendida. Thomas deveria lutar por seu lugar no mundo, não entregá-lo de mão beijada.

Porque ele mesmo não queria aquele lugar. Queria Grace e queria a liberdade e, mais ainda, naquele momento ele queria estar em outro lugar. Qualquer um.

Thomas lhe lançou um olhar curioso e não disse mais nada. Nem Jack. Nem quando passaram por Pollamore ou pela cidade de Cavan ou mesmo enquanto se dirigiam para Butlersbridge.

A noite já caíra, mas Jack conhecia cada fachada, cada placa, cada árvore. Lá estava a pousada Derragara, onde se embebedara no décimo sétimo aniversário. Lá estavam o açougueiro, o ferreiro e, ah, o moinho de aveia onde roubara seu primeiro beijo.

O que queria dizer que em cinco minutos – não, quatro – ele estaria em casa.

Em casa.

Eram palavras que ele não pronunciava havia muitos anos, porque não carregavam significado. Ele vinha morando em estalagens e pousadas e, às vezes, passava a noite sob as estrelas. Tinha seu grupo de amigos maltrapilhos, mas eles se juntavam e se separavam. Roubavam juntos mais por conveniência do que por qualquer outro motivo. E tudo o que possuíam em comum era um passado no exército e a disposição para doar uma parte do que roubavam para aqueles que haviam voltado da guerra menos afortunados do que eles.

Com o passar dos anos, Jack dera dinheiro para homens sem pernas, para mulheres sem maridos, para crianças sem pais. Ninguém questionava a origem daquela riqueza. Supunham que seu porte e sua maneira de falar eram de um cavalheiro e isso bastava. As pessoas viam o que queriam, e quando um ex-oficial (que nunca chegava a dizer seu nome) vinha com presentes...

Ninguém *queria* questionar...

E, durante todo aquele tempo, ele não contara a ninguém. Para quem contaria?

Grace.

Agora havia Grace.

Ele sorriu. Ela aprovaria. Talvez não aprovasse os meios, mas, com certeza, os fins. A verdade era que ele nunca tomara nada de alguém que não parecesse ter de sobra. E sempre fora cuidadoso para roubar mais das vítimas mais irritantes.

Tais escrúpulos não o poupariam do calabouço, mas sempre o ajudaram a se sentir um pouco melhor em relação ao ofício escolhido.

Ouviu um cavalo se aproximar e, ao virar, lá estava Thomas, ao lado dele.

– É esta a estrada? – perguntou em voz baixa.

Jack assentiu.

– Logo depois da curva.

– Não estão esperando por você, não é?

– Não.

Thomas tinha tato demais para continuar fazendo perguntas. Deixou que sua montaria ficasse para trás para dar privacidade a Jack.

E lá estava: Cloverhill. Exatamente como ele se lembrava, a não ser talvez pela hera que tomara um pouco mais da fachada de tijolos. Os aposentos estavam iluminados e as janelas reluziam, emanando calor. Apesar dos únicos sons serem produzidos pelos viajantes, Jack poderia jurar ter ouvido risos e manifestações de alegria atravessando as velhas paredes.

Meu bom Deus, ele achava que sentia saudade, mas aquilo...

Aquilo era algo mais. Era uma dor, uma dor latejante no peito. Um buraco. Um soluço preso para sempre na garganta.

Estava em casa.

Queria parar, levar um momento contemplando aquela casa antiga e elegante, mas ouviu a carruagem se aproximar. Não podia deixar todos parados enquanto ele se rendia à nostalgia.

A última coisa que ele queria era que a viúva entrasse antes dele (e ele estava convencido de que ela seria capaz). Por isso, foi até a entrada, desmontou, subiu os degraus sozinho. Fechou os olhos, respirou fundo e, como não seria provável que tomasse mais coragem nos minutos seguintes, levantou a aldrava de metal e bateu à porta.

Não houve resposta imediata. Não surpreendia. Estava tarde. Não os aguardavam. O mordomo talvez tivesse se recolhido para a noite. Havia muitas razões para que tivessem providenciado quartos no vilarejo e seguido para Cloverhill pela manhã. Não queria que...

A porta se abriu. Jack manteve as mãos às costas, tenso. Tentou deixá-las junto ao corpo, mas elas tremiam.

Viu primeiro a luz da vela. Depois, o homem que a segurava, enrugado e encurvado.

– Senhor Jack?

Jack engoliu em seco.

– Wimpole.

Céus, o velho mordomo devia estar se aproximando dos 80 anos, mas com certeza a tia o manteria por ali enquanto ele desejasse trabalhar, o que seria até o dia de sua morte, conhecendo Wimpole.

– Não o aguardávamos – disse Wimpole.

Jack tentou dar um sorriso.

– Bem, sabe como gosto de surpresas.

– Entre! Entre! Ah, senhor Jack, a Sra. Audley vai ficar tão feliz ao vê-lo. Assim como...

Wimpole parou, franzindo com força seus olhos encarquilhados para espiar pela porta.

– Temo que tenha trazido alguns convidados – explicou Jack.

A viúva já descera da carruagem. Grace e Amelia se encontravam logo atrás dela. Thomas agarrara o braço da avó, aparentemente com força, para que Jack tivesse alguns momentos sozinho, mas a viúva já dava sinais de indignação.

– Wimpole – chamou uma voz feminina. – Quem está aí a esta hora?

Jack permaneceu rígido, mal conseguindo respirar. Era sua tia Mary. A voz era a mesma, como se ele nunca tivesse partido...

Só que ele partira. Se nunca tivesse partido, seu coração não bateria com tanta força. A boca não estaria seca. E, acima de tudo, ele não se sentiria tão apavorado. Morto de medo de ver a pessoa que o amara incondicionalmente a vida inteira.

– Wimpole? Eu...

Ela se aproximou e começou a fitá-lo como se enxergasse um fantasma.

– Jack?

– Em carne e osso.

Jack tentou manter um tom jovial, mas não teve muito êxito. No fundo,

254

bem no fundo, naquele lugar onde guardava seus momentos sombrios, ele queria chorar. Bem ali, diante de todos. Era um sentimento que o virava pelo avesso e que queria se manifestar.

– Jack! – exclamou ela e avançou para abraçá-lo. – Ah, Jack, Jack, meu querido. Sentimos tanto a sua falta.

Ela cobria o rosto dele com beijos, como uma mãe faria com o filho. Como deveria ter podido fazer com Arthur.

– É bom vê-la, tia Mary – disse ele.

Apertou-a com força e aninhou o rosto em seu ombro, pois ela era sua mãe de todas as formas que importavam. E ele sentia sua falta. Por Deus, como sentia sua falta e, naquele momento, não pensava que lhe infligira a pior dor que se podia imaginar. Ele só queria ser abraçado.

– Ah, Jack – disse ela, sorrindo e chorando ao mesmo tempo. – Deveria mandar chicoteá-lo por ter ficado longe por tanto tempo. Por que fez isso? Não sabe quanto ficamos preocupados? Quanto...

– Hum...

Mary parou e se virou, ainda com o rosto de Jack em suas mãos. A viúva tinha chegado à entrada e estava logo atrás dele, nos degraus de pedra.

– Deve ser a tia.

Mary apenas a fitou.

– Sou – respondeu ela. – E a senhora...?

– Tia Mary – apressou-se em dizer Jack, antes que a viúva pudesse abrir a boca de novo. – Devo apresentá-la à duquesa viúva de Wyndham.

Mary o soltou, fez uma reverência e se afastou para dar passagem à duquesa.

– A duquesa de Wyndham? – repetiu ela, olhando para Jack com um espanto inegável. – Céus, Jack, não poderia ter nos avisado?

Jack sorriu, tenso.

– É melhor assim, eu garanto.

Os demais viajantes apareceram naquele momento e Jack concluiu as apresentações, tentando não reparar como a tia ficava cada vez mais pálida à medida que ele identificava o duque de Wyndham e o conde de Crowland.

– Jack – cochichou ela, agitadíssima. – Não tenho aposentos adequados. Não temos nada tão grandioso...

– Por favor, Sra. Audley – disse Thomas, fazendo uma saudação respeitosa. – Não se preocupe por nossa causa. Foi imperdoável chegar sem aviso. Não desejaria que a senhora tivesse tanto trabalho. Embora... – ele olhou para a avó, que estava no saguão com um ar azedo – talvez possa ceder seu melhor quarto para minha avó. Será melhor para todos.

– Claro – respondeu Mary depressa. – Por favor, por favor. Está frio. Devem entrar. Jack, preciso lhe dizer...

– Onde é a igreja? – indagou a viúva abruptamente.

– A igreja? – perguntou Mary, olhando para Jack com ar confuso. – A esta hora?

– Não pretendo rezar – retrucou a viúva. – Desejo inspecionar os registros.

– O vigário Beveridge ainda é o responsável pela paróquia? – perguntou Jack, tentando interromper a viúva.

– É, sim, mas já deve estar na cama. São nove e meia, acredito eu, e ele costuma acordar cedo. Talvez pela manhã. Eu...

– É uma questão de importância dinástica – interrompeu a viúva. – Não me importo se passa da meia-noite. Nós...

– Eu me importo – retrucou Jack, silenciando-a com uma expressão gelada. – Não vai tirar o vigário da cama. Já esperou bastante. Maldição, pode muito bem esperar até a manhã.

– Jack! – repreendeu Mary, espantada, e então se dirigiu à duquesa. – Eu não o ensinei a falar assim.

– É verdade, não ensinou – disse Jack.

Era o mais perto que ele chegaria de um pedido de desculpas enquanto a viúva o encarava.

– A senhora é irmã da mãe dele, não é? – perguntou a viúva.

Mary pareceu um pouco aturdida pela súbita mudança de assunto.

– Sim.

– Compareceu ao casamento dela?

– Não.

Jack ficou surpreso.

– Não?

– Não, eu não podia. Estava esperando um bebê.

Mary olhou para Jack com amargura.

– Nunca contei a você. A criança nasceu morta – disse ela, então seu rosto se suavizou. – Foi mais uma das razões para que eu ficasse tão feliz com sua chegada.

– Vamos nos dirigir para a igreja pela manhã – anunciou a viúva, sem qualquer interesse pela história obstétrica de Mary. – Antes de mais nada. Vamos descobrir os documentos e acabar com isso.

– Documentos?

– A prova do casamento.

A viúva olhou para Mary com uma gélida condescendência, depois a dispensou com um meneio, acrescentando:

– A senhora tem o miolo mole?

Foi bom que Thomas tivesse puxado a avó naquele momento, pois Jack teria avançado no pescoço dela.

– Louise não se casou na igreja de Butlersbridge – disse Mary. – Casou--se em Maguiresbridge. No condado de Fermanagh, onde fomos criadas.

– Qual é a distância até lá? – perguntou a viúva, tentando se livrar do aperto das mãos de Thomas.

– Fica a trinta quilômetros daqui, Vossa Graça.

A viúva resmungou algo desagradável. Jack não conseguiu distinguir as palavras exatas, mas Mary empalideceu. Voltou-se para ele com uma expressão quase alarmada:

– Jack, o que está acontecendo? Por que precisa da prova do casamento de sua mãe?

Ele olhou para Grace, que se encontrava um pouco atrás da tia. Ela fez um pequeno sinal de encorajamento com a cabeça. Jack pigarreou.

– Meu pai era filho dela.

Mary olhou assombrada para a viúva.

– Seu pai... John Cavendish... quer dizer...

Thomas deu um passo adiante.

– Posso intervir?

Jack se sentia exausto.

– Por favor.

– Sra. Audley – disse Thomas, com mais dignidade e autocontrole do que Jack poderia imaginar. – Se houver prova do casamento de sua irmã, então seu sobrinho é o verdadeiro duque de Wyndham.

– O verdadeiro duque de...

Mary cobriu a boca, assustada.

– Não. Não é possível. Lembro-me dele, do Sr. Cavendish. Ele era...

Ela sacudiu os braços no ar como se tentasse descrevê-lo com gestos.

Por fim, depois de tentar algumas vezes uma explicação com palavras, ela desistiu.

– Ele não teria omitido algo assim – concluiu ela.

– Ele não era o herdeiro na época nem tinha motivos para acreditar que se tornaria herdeiro – explicou Thomas.

– Céus, mas se Jack for o duque, então o senhor...

– Não sou o duque – concluiu Thomas com ar irônico. – Tenho certeza de que pode imaginar como estamos ansiosos para resolver tudo isso.

Mary o fitou com espanto. E depois olhou para Jack. Parecia que ela precisava se sentar.

– Estou parada de pé na entrada – anunciou a viúva, altiva.

– Não seja rude – ralhou Thomas.

– Ela deveria ter cuidado para que...

Thomas pegou a avó pelo braço e a puxou, passando por Jack e sua tia.

– Sra. Audley, estamos extremamente gratos por sua hospitalidade. *Todos nós.*

Mary meneou a cabeça, agradecida, e se dirigiu ao mordomo.

– Wimpole, poderia...

– Claro, senhora – respondeu ele.

Jack sorriu enquanto o homem se afastava. Sem dúvida despertaria a governanta para que ela pudesse preparar os quartos necessários. Wimpole sempre soubera o que tia Mary precisava antes mesmo que ela dissesse.

– Os quartos já vão ficar prontos – disse Mary, virando-se para Grace e Amelia, que estavam num lado. – As duas se importariam de dividir um quarto? Não tenho...

– Não será problema algum – garantiu Grace de modo caloroso. – Gostamos de ficar juntas.

– Ah, obrigada – disse Mary, parecendo aliviada. – Jack, você vai ficar com sua antiga cama e... nossa, que bobagem! Eu não deveria desperdiçar o tempo de todos aqui, no saguão. Vamos nos recolher ao salão, onde poderão se aquecer junto ao fogo até que os quartos estejam prontos.

Ela conduziu todos para dentro, mas, quando chegou a vez de Jack, ela colocou a mão em seu braço, detendo-o com delicadeza.

– Sentimos sua falta.

Ele engoliu em seco, mas o nó na garganta não se desfez.

258

– Também senti a falta de todos – admitiu ele, depois tentou sorrir. – Quem está em casa? Edward deve ter se...

– Casado – concluiu a tia. – Sim. Assim que terminou o luto por Arthur. E Margaret se casou logo depois. Os dois moram por perto. Edward, na mesma rua; Margaret, em Belturbet.

– E o tio William?

Jack o vira pela última vez no funeral de Arthur. Tinha parecido mais velho. Mais velho e cansado. Tomado pela dor.

– Ele está bem?

Mary ficou em silêncio, e uma dor insuportável encheu seu olhar. Os lábios se entreabriram, mas ela nada disse. Não precisava.

Jack a fitou transtornado.

– Não – sussurrou, porque não podia ser verdade.

Ele deveria ter tido a chance de se desculpar. Tinha feito toda aquela viagem para a Irlanda. Queria se desculpar.

– Ele morreu, Jack – contou Mary e piscou várias vezes, os olhos úmidos. – Foi há dois anos. Não sabia onde encontrá-lo. Você nunca nos deu seu endereço.

Jack se virou para o outro lado. Deu alguns passos em direção aos fundos da casa. Se ficasse onde estava, alguém poderia vê-lo. Todos se encontravam no salão. Se olhassem para a porta, veriam que ele estava abalado, prestes a cair no choro e talvez prestes a gritar.

– Jack?

Era a tia Mary. Ele ouviu passos se aproximarem dele com cautela. Olhou para o teto, respirando pela boca, trêmulo. Não ajudou, mas foi tudo o que conseguiu fazer.

A tia pousou a mão em seu braço.

– Ele me pediu para dizer que o amava.

– Não diga isso.

Era tudo que ele não suportaria ouvir. Não naquele momento.

– Ele o amava. Disse que sabia que você voltaria. E que o amava e que você era seu filho. Você era seu filho do coração.

Jack cobriu o rosto com as mãos e percebeu que cravava os dedos na pele com cada vez mais força, como se pudesse espremer todas aquelas notícias a ponto de desaparecerem. Por que ficara surpreso? Não havia motivos para se surpreender. William não era jovem. Estava perto dos 40 anos ao se casar com Mary. Jack não poderia esperar que a vida interrompesse seu curso por causa de sua ausência. Que ninguém teria mudado, crescido... ou morrido.

– Eu deveria ter voltado. Eu deveria... Meu Deus, fui um idiota.

Mary tocou sua mão, abaixou-a delicadamente e a segurou. Depois, o levou para o cômodo mais próximo, o gabinete do tio.

Jack se aproximou da escrivaninha. Era um móvel imenso e pesado, de madeira escura e coberta de arranhões, cheirando ao papel e à tinta que sempre ficavam por ali.

Mesmo assim, nunca tinha lhe parecido imponente. Engraçado, ele sempre gostara de ir para lá. Na verdade, parecia estranho. Sempre preferira atividades ao ar livre quando garoto: sempre correndo, coberto de lama. Mesmo agora, ele detestava aposentos com menos de duas janelas.

Porém sempre gostara dali.

Olhou para a tia. Estava no meio do aposento. Tinha encostado a porta e pousado a vela sobre uma prateleira. Virou-se e olhou para ele.

– Ele sabia que você o amava.

Jack balançou a cabeça.

– Eu não o merecia. E não mereço a senhora.

– Pare com isso. Não quero ouvir você falando assim.

– Tia Mary, a senhora sabe...

Ele pôs o punho fechado na boca, mordendo-o. As palavras estavam ali, queimavam em seu peito e era terrivelmente difícil dizê-las.

– Sabe que Arthur não teria ido para a França se não fosse por mim.

Ela o fitou, aturdida, arfou e disse:

– Céus, Jack, está se culpando pela morte dele?

– Claro que sim. Ele foi por minha causa. Nunca teria...

– Ele queria entrar para o exército. Sabia que era isso ou o sacerdócio e só Deus sabe quanto ele não queria o sacerdócio. Sempre planejou...

– Não! – interrompeu-a Jack com toda a força e a raiva em seu coração. – Não planejou. Talvez tivesse dito isso para a senhora, mas...

– Não pode assumir a responsabilidade pela morte dele. Não vou permitir...

– Tia Mary...

– Pare, pare com isso!

A base das mãos dela estava sobre as têmporas e os dedos envolviam a cabeça, como se ela tentasse se fechar para as palavras dele, evitar o que ele tentava lhe dizer.

Porém aquilo precisava ser dito. Só assim ela o compreenderia.

E seria a primeira vez que ele diria aquelas palavras em voz alta.

– Não sei ler.

Três palavras. Não mais que isso. Três palavras. E uma vida inteira de segredos.

Mary franziu a testa e Jack não soube dizer se ela não acreditava nele ou se simplesmente achava que tinha ouvido mal.

As pessoas viam o que esperavam ver. Ele se comportava como um homem educado e era assim que ela o vira.

– Não sei ler, tia Mary. Nunca consegui aprender. Arthur foi o único a perceber isso.

Ela balançou a cabeça.

– Não compreendo. Você foi para a escola. Formou-se...

– Por um triz – emendou Jack. – E só com a ajuda de Arthur. Por que acha que tive de deixar a universidade?

– Jack... – falou ela e soou quase envergonhada. – Contaram que você se comportou mal. Bebia demais, havia aquela mulher e... e... aquela brincadeira terrível com o porco... Por que está balançando a cabeça?

– Eu não queria constrangê-los.

– Não achou que aquilo fosse constrangedor?

– Não conseguia fazer os trabalhos sem a ajuda de Arthur – explicou ele. – E ele estava dois anos atrás de mim.

– Mas nos disseram...

– Preferi ser expulso por mau comportamento a ser dispensado por ignorância.

– Fez tudo aquilo de propósito?

Ele baixou o queixo.

– Ah, meu Deus! – exclamou ela, afundando numa cadeira. – Por que não disse nada? Poderíamos ter contratado um tutor.

– Não teria ajudado.

A tia olhou para ele com um ar confuso.

– As letras dançam – prosseguiu ele. – Mudam de posição. Eu nunca sei a diferença entre um "D" e um "B" a não ser quando é uma maiúscula e mesmo então...

– Você não é ignorante – interrompeu-o com a voz ríspida.

Ele a fitou.

– Você *não* é ignorante. Se existe algum problema, é com seus olhos, não com sua mente. Eu o conheço.

Ela se levantou, trêmula mas determinada, e tocou o rosto dele com a mão.

– Eu estava lá quando você nasceu. Fui a primeira a segurá-lo. Estive a seu lado em todos os tombos e arranhões. Vi seus olhos se iluminarem, Jack. Vi você *pensar*. Só sendo muito esperto para enganar a todos nós.

– Arthur me ajudou na escola – tentou falar da forma mais equilibrada possível. – Nunca pedi. Ele dizia que gostava...

Ele engoliu em seco, pois as lembranças subiam por sua garganta como uma bala de canhão.

– Dizia que gostava de ler em voz alta.

– Acho que gostava.

Uma lágrima rolou pelo rosto da tia.

– Ele o idolatrava, Jack.

Jack lutava contra os soluços presos na garganta.

– Era meu dever protegê-lo.

– Os soldados morrem, Jack. Arthur não foi o único. Ele foi apenas...

Ela fechou os olhos e se afastou, mas não foi tão rápida e Jack viu a onda de dor que tomou conta de seu rosto.

– Ele foi apenas o único soldado a morrer que importava para mim – sussurrou.

Erguendo a cabeça, ela o fitou.

– Por favor, Jack, não quero perder dois filhos.

Abriu os braços e, antes que Jack pudesse perceber, ele já estava no seu abraço. Aos soluços.

Não chorara por Arthur. Nunca. Ficara tão furioso – com os franceses, consigo – que não houvera espaço para o luto.

Contudo ali estava toda a dor, todas as vezes que testemunhara algo divertido, mas Arthur não se encontrava a seu lado para compartilhar. Todos os marcos que havia comemorado sozinho. Todos os marcos que Arthur nunca comemoraria.

Chorou por tudo isso. E chorou por si mesmo, pelos anos perdidos. Tinha passado aquele tempo fugindo, fugindo de si mesmo, e estava cansado. Queria parar. Queria ficar num único lugar.

Com Grace.

Ele não a perderia. Não importava o que fosse preciso fazer para garantir o futuro deles, ele faria. Se Grace dissesse que não poderia se casar com o duque de Wyndham, então ele não seria o duque de Wyndham. Com certeza, seu destino ainda deveria estar sob seu controle em alguma medida.

– Preciso ver os hóspedes – sussurrou Mary e se afastou com delicadeza.

Jack assentiu, enxugando as últimas lágrimas.

– A viúva... – começou Jack.

Meu bom Deus, o que se poderia dizer sobre a viúva?

– Sinto muito – concluiu Jack.

– Ela vai ficar com o meu quarto – disse Mary.

Normalmente, Jack teria proibido a tia de abrir mão de seus aposentos, mas estava cansado e desconfiava que ela também estivesse. Aquela era a ocasião perfeita para colocar a tranquilidade acima do orgulho. E por isso ele concordou.

– É muito gentil de sua parte.

– Desconfio que seja uma questão de autopreservação.

Ele sorriu.

– Tia Mary...

Ela havia alcançado a porta, mas parou com a mão na maçaneta, voltando-se para ele.

– Sim?

– A Srta. Eversleigh.

Algo se iluminou no olhar da tia.

– Sim?

– Eu a amo.

Mary pareceu ser tomada por uma luz especial.

– Fico feliz em saber.

– Ela também me ama.

– Melhor ainda.

– É. É, sim.

Ela fez um gesto na direção do saguão.

– Vem comigo?

Jack sabia que deveria, mas as revelações da noite o exauriram e ele não queria que ninguém o visse daquele jeito, com os olhos ainda vermelhos e inchados.

– A senhora se incomodaria se eu permanecesse aqui?

– Claro que não.

Ela deu um sorriso triste e saiu.

John se voltou para a escrivaninha do tio e correu os dedos lentamente pela superfície lisa. Havia paz naquele lugar. Só Deus sabia como ele precisava de paz.

Seria uma longa noite. Ele não dormiria. Não adiantava tentar. Mas não queria *fazer* nada. Não queria ir a nenhum lugar. Sobretudo, não queria pensar.

Naquele momento... naquela noite... queria apenas *ser*.

⁓

Grace gostou do salão dos Audleys. Era bem elegante, decidiu ela, decorado em tons suaves de bordô e creme, com duas áreas com assentos, uma escrivaninha e diversas poltronas confortáveis nos cantos, para leitura. Os sinais da vida familiar estavam por toda parte, desde a pilha de cartas sobre a escrivaninha até o bordado que a Sra. Audley devia ter abandonado sobre o sofá ao ouvir Jack à porta. Em cima da lareira havia uma prateleira com seis pequenos retratos lado a lado. Grace se aproximou, fingindo aquecer as mãos junto ao fogo.

Era a família Audley, ela percebeu de imediato, em pinturas feitas uns quinze anos antes. A primeira delas era, com certeza, do tio de Jack. Depois, Grace reconheceu a Sra. Audley. Em seguida... minha nossa, era Jack? Tinha de ser. Como alguém podia ter mudado tão pouco? Parecia mais jovem, claro, mas o resto era igual – a mesma expressão, o sorriso maroto.

Ela quase perdeu o fôlego.

As outras três miniaturas eram das crianças Audleys, ou pelo menos foi o que presumiu. Dois garotos e uma garota. Ela abaixou a cabeça e fez uma breve oração ao alcançar o mais jovem dos meninos. Arthur. Jack o amara.

Estaria falando sobre isso com a tia? Grace tinha sido a última a entrar no salão. Vira a Sra. Audley conduzi-lo delicadamente por outra porta.

Depois de alguns minutos, o mordomo chegara, anunciando que os quartos tinham sido preparados, mas Grace se demorou junto à lareira. Não estava pronta para deixar o aposento.

Não sabia por quê.

– Srta. Eversleigh.

Ela ergueu os olhos. Era a tia de Jack.

– A senhora caminha com suavidade, Sra. Audley – disse ela. – Não ouvi sua aproximação.

– Este é o Jack – disse Mary, esticando o braço e tirando o retrato da prateleira.

– Eu o reconheci – murmurou Grace.

– Sim, ele continua bem parecido. Este aqui é meu filho Edward. Mora aqui perto. E esta é Margaret. Ela agora tem duas filhas.

Grace olhou para Arthur. As duas olharam.

– Lamento muito sua perda – disse Grace, enfim.

A Sra. Audley engoliu em seco, mas não pareceu que iria chorar.

– Obrigada.

Virou-se e tomou a mão de Grace.

– Jack está no gabinete do tio. Fica no final do corredor, à direita. Vá vê-lo.

Os lábios de Grace se entreabriram.

– Vá – disse a Sra. Audley com mais suavidade.

Grace sentiu que assentia e, antes de ter tempo de pensar no que fazia, já estava a caminho.

A porta à direita.

– Jack? – chamou ela, baixinho, empurrando a porta de leve.

Ele estava sentado numa cadeira diante da janela, mas se virou depressa e se levantou quando ouviu sua voz.

Ela entrou e fechou a porta devagar.

– Sua tia disse...

Ele estava bem ali. Bem ali, diante dela. E, no instante seguinte, as costas de Grace estavam apoiadas contra a porta e ele a beijava com vigor, com intensidade – *meu Deus!* –, por completo.

E depois ele se afastou. Grace não conseguia respirar, mal podia se manter de pé, e sabia que não seria capaz de formar uma frase completa mesmo que sua vida dependesse disso.

Nunca desejara nada na vida tanto quanto desejava aquele homem.

– Vá para a cama, Grace.

– O quê?

– Não consigo resistir – disse ele com uma voz suave, selvagem.

Ela quis tocá-lo. Não conseguiu se conter.

– Não nesta casa – sussurrou ele.

Só que os olhos deles ardiam de desejo.

– Vá. Por favor – pediu ele com a voz rouca.

Ela obedeceu. Subiu a escada correndo, encontrou seu quarto e foi para debaixo das cobertas.

Porém tremeu a noite inteira.

Tremeu e ardeu.

CAPÍTULO VINTE E UM

– Não consegue dormir?

Ainda sentado no gabinete do tio, Jack ergueu os olhos. Thomas estava junto da entrada.

– Não, não consigo.

Thomas entrou.

– Nem eu.

Jack lhe estendeu a garrafa de conhaque que pegara na prateleira. Não havia nem um grão de poeira, embora estivesse convencido de que ninguém tocara na bebida desde a morte do tio. Tia Mary sempre mantivera a casa imaculada.

– É bom – disse Jack. – Acho que meu tio estava guardando.

Ele piscou, olhando para o rótulo.

– Não para uma ocasião dessas, imagino – murmurou.

Ele apontou para um conjunto de taças de cristal perto da janela e ficou segurando o conhaque enquanto Thomas atravessava o cômodo e pegava uma delas.

Quando o primo voltou e sentou na outra poltrona do gabinete, pousando a taça na mesinha baixa entre os dois, Jack pegou a taça e serviu. Com generosidade.

Thomas bebeu o conhaque, franzindo a testa ao olhar pela janela.

– Vai amanhecer em breve.

Jack assentiu. Não havia vestígios de rosa no céu, mas o brilho pálido da manhã começava a permear o ar.

– Alguém acordou? – perguntou Jack.

– Não que eu tenha ouvido.

Os dois continuaram sentados em silêncio. Jack terminou a bebida e pensou em se servir de outra dose. Levantou a garrafa, mas, assim que as primeiras gotas pingaram, ele percebeu que não queria mais. Ergueu os olhos.

– Já teve a sensação de estar em exibição numa vitrine?

O rosto de Thomas permaneceu impassível.

– O tempo todo.

– Como consegue suportar?

– É a única realidade que eu conheço.

Jack levou os dedos à testa e a massageou. Estava com uma dor de cabeça terrível e não tinha motivos para acreditar que melhoraria.

– Vai ser horrível, hoje.

Thomas assentiu.

Jack fechou os olhos. Era fácil imaginar a cena. A viúva insistiria em ser a primeira a examinar o registro e Crowland ficaria atrás dela, tagarelando, pronto para vender a filha para quem desse o maior lance. Seria provável que a tia desejasse acompanhá-los, bem como Amelia – quem poderia culpá-la? Havia muito em jogo.

A única pessoa que não estaria lá seria Grace.

A única pessoa que ele precisava ter a seu lado.

– Vai ser um circo – resmungou Jack.

– Verdade.

Os dois continuaram sentados, sem fazer nada, então ergueram os olhos no mesmo momento. Os olhares se encontraram e Jack observou o rosto de Thomas enquanto o olhar dele se desviava para a janela.

Lá fora.

– Vamos? – convidou Jack e sentiu os primeiros sinais de um sorriso.

– Antes que todo mundo...

– Bem agora.

Porque, na verdade, aquele era um assunto apenas dos dois.

Thomas se levantou.

– Mostre o caminho.

Jack se levantou e seguiu para a porta. Thomas foi logo atrás. E, enquanto montavam nos cavalos e partiam, com o ar da noite ainda pesando, ocorreu a Jack que os dois...

Eram primos.

E pela primeira vez, aquilo pareceu bom.

A manhã estava bem avançada quando chegaram à igreja de Maguiresbridge. Jack já havia passado por lá diversas vezes, em visitas à família da mãe. As pedras cinzentas e antigas da edificação lhe pareciam confortáveis e familiares. A construção era pequena e humilde – na sua opinião, tudo o que uma igreja deveria ser.

– Não parece que haja alguém por aqui – observou Thomas.

Se a arquitetura simples não o impressionara, ele não indicou.

– O registro provavelmente fica na casa paroquial – disse Jack.

Thomas assentiu e os dois desmontaram e amarraram os cavalos em um poste antes de se dirigirem para a frente da casa. Bateram várias vezes até ouvirem passos que se aproximavam, no interior.

A porta se abriu para revelar uma mulher de meia-idade, com certeza a responsável por cuidar da casa.

– Bom dia, senhora – cumprimentou Jack, fazendo uma saudação educada. – Sou Jack Audley e este aqui é...

– Thomas Cavendish – interrompeu Thomas, fazendo um sinal com a cabeça.

Jack lhe lançou um olhar de reprimenda, que a mulher teria reparado se não estivesse tão irritada pela chegada dos dois.

– Gostaríamos de ver os registros paroquiais – disse Jack.

Ela os fitou por um momento, depois fez um sinal com a cabeça em direção dos fundos.

– Ficam na sala dos fundos. No gabinete do vigário.

– Hum... o vigário está presente? – perguntou Jack, embora a última sílaba tivesse saído como um grunhido, provocado por uma cotovelada de Thomas na sua costela.

– Não temos vigário no momento – explicou a mulher. – A posição está vaga.

Ela se dirigiu até um sofá surrado diante do fogo e se sentou.

– Devemos receber alguém em breve. Mandam alguém de Enniskillen todo domingo para fazer o sermão.

Ela pegou um prato com torrada e deu as costas para os dois.

Jack olhou para Thomas, que já olhava para ele. Supôs que simplesmente devessem entrar. E foi o que fizeram.

O gabinete era maior do que Jack esperara, considerando o tamanho do resto da casa. Havia três janelas, uma na parede norte e duas na oeste, flanqueando a lareira. Uma chama pequena mas firme ardia. Jack se aproximou para aquecer as mãos.

– Tem ideia de como seriam os registros da paróquia? – perguntou Thomas.

Jack deu de ombros e negou com a cabeça. Esticou os dedos e flexionou os pés o melhor que pôde dentro das botas. Os músculos estavam ficando tensos de nervosismo. Toda vez que ele tentava ficar parado, percebia que começava a tamborilar os dedos na perna.

Queria sair da própria pele. Queria deixar sua...

– Talvez seja este.

Jack se virou. Thomas segurava um grande livro. Tinha uma encadernação em couro marrom e a capa apresentava marcas do tempo.

– Vamos olhar? – sugeriu Thomas.

Sua voz estava firme, mas Jack percebeu quando ele engoliu em seco. E as mãos dele tremiam.

– Primeiro você – disse Jack.

Não poderia fingir desta vez. Não poderia ficar parado ali e fingir que lia. Algumas coisas eram impossíveis de suportar.

Thomas o fitou, estupefato.

– Não quer olhar comigo?

– Confio em você.

Era verdade. Jack não conseguia pensar numa pessoa mais digna de confiança. Thomas não mentiria. Nem sobre aquele assunto.

– Não – respondeu Thomas, desconsiderando aquelas palavras. – Não vou fazer isso sem você.

Por um momento, Jack ficou parado. Depois, praguejando baixinho, ele se juntou a Thomas na escrivaninha.

– Você é nobre demais – disparou Jack.

Thomas resmungou algo que Jack não entendeu bem e pousou o livro, abrindo uma das primeiras páginas.

Jack olhou. Era um borrão, cheio de riscos e rabiscos que dançavam diante de seus olhos. Engoliu em seco, olhando de esguelha para Thomas, para conferir se ele percebera algo. Mas Thomas olhava fixamente para o livro, os olhos movimentando-se depressa da esquerda para a direita enquanto ele virava as páginas.

E então ele diminuiu o ritmo da leitura.

Jack cerrou os dentes, tentando distinguir algo. Às vezes ele conseguia identificar as letras grandes e, com frequência, os números. O problema era que não ficavam no lugar que ele achava que deveriam estar ou não era o que ele achava que deveriam ser.

Ah, a estupidez. Deveria ser familiar a ele àquela altura. Mas nunca era.

– Sabe o mês em que seus pais se casaram? – perguntou Thomas.

– Não.

Mas era uma paróquia pequena. Quantos casamentos poderiam ter acontecido?

Jack observou os dedos de Thomas. Eles avançaram junto à margem da página e depois passaram por baixo dele.

E viravam a página. E então estancaram.

Jack olhou para Thomas.

Havia fechado os olhos. Estava escrito em seu rosto. Estava claro.

– Meu bom Deus.

As palavras deixaram os lábios de Jack como se fossem lágrimas. Não era surpresa. No entanto, ele vinha esperando que... vinha rezando para...

Para que seus pais não fossem casados. Ou que o registro tivesse se perdido. Que alguém, qualquer um, estivesse enganado, porque *aquilo* era um engano. Não podia estar acontecendo. Ele não poderia ir adiante.

Bastava olhar para ele. Ali estava, *fingindo* ler o registro. Em nome de Deus, como alguém poderia achar que ele fosse um duque?

Contratos?

Ah, seria divertido.

Aluguéis?

Era melhor providenciar um administrador de confiança, porque *ele* não teria condições de verificar se não seria enganado.

Então – ele conteve um riso horrorizado – era mesmo muito bom que ele pudesse assinar os documentos com um selo. Só Deus saberia quanto tempo levaria para que pudesse assinar seu novo nome sem parecer que tinha de pensar no assunto.

Tinha levado meses para aprender *John Cavendish-Audley*. Era de espantar que ele não usasse o Cavendish?

Jack levou as mãos ao rosto e fechou os olhos com força. Aquilo não podia estar acontecendo. Ele sabia que aconteceria, mas ali estava ele, convencido de que era impossível.

Estava enlouquecendo.

Sentia que não conseguia respirar.

– Quem é Philip? – perguntou Thomas.

– O quê? – quase gritou Jack.

– Philip Galbraith. Ele foi testemunha.

Jack olhou para Thomas e para o registro, onde ficavam os rabiscos e floreios que aparentemente representavam o nome do tio.

– É o irmão da minha mãe.

– Ainda está vivo?

– Não sei. Estava, até onde eu sei. Cinco anos atrás.

Um turbilhão de pensamentos passou pela cabeça de Jack. Por que Thomas perguntava? Teria algum significado se Philip estivesse morto? A prova continuava ali, no registro.

O registro. Jack olhou direto para ele. Seus lábios se entreabriram. Ali estava o inimigo. Aquele livrinho.

Grace dissera que não poderiam se casar se ele fosse o duque de Wyndham.

Thomas não tinha feito segredo de que montanhas de documentos o aguardavam, caso ele fosse o duque de Wyndham.

Restava apenas aquele livro. E apenas aquela página.

Apenas uma página e ele poderia permanecer Jack Audley. Todos os problemas seriam resolvidos.

– Arranque a página – murmurou Jack.

– O que disse?

– Arranque.

– Está maluco?

Jack balançou a cabeça.

– Você é o duque.

Thomas olhou para o registro.

– Não. Não sou.

– Não!

A voz de Jack adquirira um tom de urgência. Ele agarrou Thomas pelos ombros.

– Você é o que o ducado necessita. O que todos necessitam.

– Pare...

– Ouça – implorou Jack. – Você nasceu e foi criado para fazer esse trabalho. Vou arruinar tudo. Está entendendo? Não conseguirei fazer isso. *Não conseguirei.*

Contudo Thomas apenas balançou a cabeça.

– Posso ter sido criado para a função, mas você nasceu para ela. Não posso tomar o que é seu.

– Não quero! – exclamou Jack.

– Não tem o direito de aceitar ou negar – disse Thomas, com uma voz calma. – Não compreende? Não é um bem. É quem você é.

– Ora, pelo amor de Deus! – praguejou Jack.

Correu os dedos pelo cabelo. Agarrou tufos de fios e os puxou até parecer que o escalpo se descolaria.

– Estou *dando* isso a você. Numa bandeja de prata! Você continua a ser o duque e eu o deixo em paz. Serei seu batedor nas Hébridas Exteriores. Qualquer coisa. Só arranque essa porcaria de página.

– Se não queria o título, por que não disse que seus pais não tinham se casado? – retrucou Thomas. – Eu perguntei. Você poderia ter negado.

– Eu não *sabia* que poderia me tornar um herdeiro quando você questionou se eu era filho legítimo.

Jack engoliu em seco. Sentia um gosto amargo e tinha medo. Fitou Thomas, tentando adivinhar seus pensamentos.

Como ele conseguia ser tão correto e nobre? Qualquer um teria rasgado aquela página em pedacinhos. Mas não Thomas Cavendish. Tinha que fazer o que era certo. Não o que era melhor, mas o que era certo.

Maldito idiota.

Thomas estava parado ali, olhando para o livro. E Jack... ele estava pronto para subir pelas paredes. Seu corpo inteiro tremia. O coração batia forte e ele...

Que barulho era aquele?

– Está ouvindo? – sussurrou Jack.

Cavalos.

– Eles chegaram – deduziu Thomas.

Jack prendeu a respiração. Pela janela, viu uma carruagem se aproximar. O tempo estava acabando.

Olhou para Thomas.

Thomas olhava para o registro.

– Não posso fazer isso – sussurrou.

Jack não pensou. Apenas agiu. Pulou na frente de Thomas, pegou o livro da igreja e rasgou a folha.

Thomas se jogou sobre ele, tentando agarrar o papel, mas Jack escapuliu e avançou para o fogo.

– Não, Jack! – berrou Thomas.

No entanto, Jack foi rápido demais. Thomas chegou a segurar seu braço, mas Jack conseguiu atirar a folha nas chamas.

Os dois ficaram quietos no mesmo instante, parados, hipnotizados, olhando o papel se encarquilhar e escurecer.

– Meu bom Deus! – murmurou Thomas. – O que você fez?

Jack não conseguia tirar os olhos do fogo.

– Salvei a todos nós.

Grace não esperava ser incluída na excursão até a igreja de Maguiresbridge. Por mais que tivesse se envolvido com a questão da herança, ela não fazia parte da família. Nem sequer morava mais na mesma casa.

Porém, ao descobrir que Jack e Thomas tinham partido sozinhos para a igreja, a viúva havia enlouquecido – e Grace não considerava haver qualquer exagero na escolha de palavras. A dama precisara de um minuto para se recuperar, mas aqueles sessenta segundos foram horripilantes. Nem Grace havia testemunhado nada parecido.

E então, quando chegou a hora de partir, Amelia se recusara a sair sem ela.

– Não me deixe sozinha com aquela mulher – cochichara no ouvido de Grace.

– Não vai ficar sozinha – tentara explicar Grace.

O pai iria junto, claro, e a tia de Jack também tinha reivindicado um lugar na carruagem.

– Por favor, Grace – implorara Amelia.

Não conhecia a tia de Jack e não suportava a ideia de sentar ao lado do pai. Não naquela manhã.

A viúva tivera um novo ataque, o que não era inesperado, mas a explosão só fizera com que Amelia ficasse mais determinada. Agarrara a mão de Grace e quase esmigalhara seus dedos.

– Ora, façam o que quiserem – ralhara a viúva. – Mas, se não estiverem na carruagem em três minutos, partirei sem vocês.

E foi por isso que Amelia, Grace e Mary Audley se espremeram num dos lados da carruagem enquanto a viúva e lorde Crowland ocupavam o outro.

A viagem para Maguiresbridge parecia interminável. Amelia olhava para fora pela janela a seu lado, a duquesa olhava pela outra. Lorde Crowland e Mary Audley faziam o mesmo. Grace, espremida no meio e viajando de costas, não podia fazer nada além de fitar o ponto entre a cabeça da viúva e a do lorde.

A cada dez minutos, mais ou menos, a viúva se dirigia a Mary e perguntava quanto faltava para que alcançassem seu destino. Mary respondia cada consulta com respeito e paciência admiráveis. Até que, por fim, para alívio de todos, ela avisou:

– Chegamos.

A viúva foi a primeira a saltar, mas lorde Crowland foi logo a seguir, praticamente arrastando Amelia. Mary Audley foi a seguinte, deixando Grace sozinha. Ela suspirou. De algum modo, parecia a ordem natural das coisas.

Quando Grace chegou à frente da casa paroquial, o restante do grupo entrara e se amontoava num pequeno corredor que deveria levar ao cômodo onde se encontravam Jack e Thomas, presumiu, e o importantíssimo livro de registros da igreja.

Uma mulher boquiaberta se encontrava no centro do primeiro aposento, com uma xícara de chá equilibrada de forma precária em seus dedos.

– Bom dia! – disse Grace, apressando-se a sorrir e perguntando a si mesma se os outros tinham se dado ao trabalho de bater à porta antes de entrar.

– Onde está?

A indagação da viúva foi seguida pela pancada violenta de uma porta contra uma parede.

– Como ousaram partir sem mim? Onde está? Exijo ver o registro.

Grace se aproximou, mas os outros, amontoados, impediam que ela conseguisse entrar. Não podia nem mesmo ver o interior do aposento. Então ela fez a última coisa que esperaria de si mesma.

Deu um empurrão. Forte. Para abrir caminho.

Ela o amava. Amava Jack. E, não importava o que acontecesse, ela estaria ao lado dele. Jack não ficaria sozinho. Ela não permitiria.

Entrou no gabinete aos tropeções bem no momento que a viúva berrava:

– O que encontraram?

Grace recuperou o equilíbrio e ergueu os olhos. Lá estava ele. Jack. Com uma aparência terrível.

Assombrado.

Os lábios dela pronunciaram seu nome sem emitir nenhum som. Não conseguia. Era como se sua voz tivesse sido arrancada. Nunca o vira daquele jeito. A cor estava errada: pálido demais ou talvez corado demais – ela não saberia dizer. E os dedos tremiam. Ninguém estava vendo aquilo?

Grace se voltou para Thomas, porque, com certeza, ele faria algo. *Diria* algo.

Porém ele olhava fixamente para Jack. Como todos os outros. Ninguém falava nada. Por quê?

– Ele é o duque – disse Jack, por fim. – Como deveria ser.

Grace deveria ter pulado de alegria, mas tudo o que passou por sua cabeça foi: *Não acredito nele.*

Havia algo de errado na sua aparência. Havia algo de errado nas suas palavras.

A viúva se dirigiu a Thomas.

– É verdade? – questionou.

Thomas não respondeu.

A viúva soltou um grunhido, frustrada, e tomou o braço dele.

– É verdade?

Thomas continuou calado.

– Não há registro do casamento – insistiu Jack.

Grace quis chorar. Ele estava mentindo. Saltava aos olhos... para ela, para todo mundo. Havia desespero e medo em sua voz. Santo Deus, ele estava fazendo aquilo por ela? Renunciaria a seus direitos por *ela*?

– Thomas é o duque – repetiu Jack, olhando para cada um deles com um ar frenético. – Por que não estão me ouvindo? Por que ninguém me ouve?

Mas havia apenas silêncio. Até que...

– Ele está mentindo.

Era Thomas, numa voz baixa e firme, absolutamente verdadeira.

Grace soltou um soluço estrangulado e se afastou. Não suportaria aquilo.

– Não. Estou dizendo... – tentou explicar Jack.

– Pelo amor de Deus! – retrucou Thomas. – Acha que ninguém vai descobrir? Vai haver testemunhas. Acha mesmo que não haverá testemunhas do casamento? Pelo amor de Deus, não pode reescrever o passado.

Grace fechou os olhos.

– Nem pode queimá-lo, como foi o caso – acrescentou Thomas.

Ah, Jack, ela pensou. *O que você fez?*

– Ele arrancou a página do livro de registros – disse Thomas. – E a lançou no fogo.

Grace abriu os olhos, incapaz de *não* olhar para o interior da lareira. Não havia sinal de papel. Nada além de fuligem cinza sob uma chama alaranjada.

– O título é seu – disse Thomas, virando-se para Jack.

Fitou seus olhos e se curvou para fazer o devido cumprimento.

Jack parecia passar mal.

Thomas deu meia-volta e encarou os demais.

– Eu sou... – pigarreou e, quando prosseguiu, sua voz soou firme e orgulhosa. – Sou o Sr. Cavendish. E desejo a todos um bom dia.

Então partiu. Passou por eles e saiu porta afora.

A princípio, reinou um silêncio pesado. Então lorde Crowland se aproximou de Jack e fez uma saudação cheia de mesuras, o que tornou o momento quase grotesco.

– Vossa Graça.

– Não – disse Jack, sacudindo a cabeça.

Jack se dirigiu para a viúva.

– Não permita isso. Ele é bem melhor como duque.

– É verdade – opinou lorde Crowland, alheio ao sofrimento de Jack. – Mas o senhor vai aprender.

Jack começou a rir – não conseguiu se conter. O absurdo da situação veio à tona e ele riu. Porque se havia algo que ele era incapaz de fazer era aprender. Qualquer coisa.

– Ah, o senhor não faz ideia – disse Jack.

Olhou para a viúva. O desespero passara, sendo substituído por algo diferente – algo amargo e fatalista, cínico e sombrio.

– A senhora não faz ideia do que fez. Não faz a mínima ideia.

– Eu o devolvi a seu devido lugar – disse ela, incisiva. – Como era meu dever para com meu filho.

Jack se virou. Não conseguia olhar para ela por mais um segundo que fosse. Contudo lá estava Grace, perto da porta. Parecia transtornada, assustada. Quando ela o encarou, porém, ele sentiu que seu mundo inteiro entrava nos eixos.

Grace o amava. Ele não sabia como nem por quê, mas não era tolo para questionar. E, quando encontrou seu olhar, ele viu a esperança. Viu um futuro mais luminoso do que o nascer do sol.

Passara a vida inteira fugindo. Fugindo de si mesmo, de seus defeitos. Vivia tão desesperado para que ninguém o conhecesse de verdade que havia negado a si mesmo a chance de encontrar seu lugar no mundo.

Ele sorriu. Finalmente sabia qual era seu lugar.

Tinha visto Grace entrar no aposento, mas ela se mantivera distante e ele não podia encontrá-la enquanto se esforçava tanto para manter o ducado nas mãos de Thomas.

Aparentemente, ele havia fracassado nessa tentativa.

Não falharia na outra.

– Grace – chamou ele, aproximando-se e tomando suas mãos.

– Que diabos está fazendo? – inquiriu a viúva.

Ele caiu sobre um dos joelhos.

– Case-se comigo – pediu ele, apertando suas mãos. – Seja minha esposa, minha...

Ele riu, voltando a ver o absurdo de tudo.

– Seja minha duquesa – prosseguiu ele com um sorriso. – Sei que é pedir muito.

– Pare com isso! – sibilou a viúva. – Não pode se casar com ela.

– Jack – sussurrou Grace.

Seus lábios tremiam e Jack sabia que ela ponderava o pedido. Hesitava.

E ele poderia dar um empurrãozinho.

– Uma vez na vida, permita-se ser feliz – disse ele, com fervor.

– Pare com isso! – vociferou Crowland.

Agarrou Jack e tentou levantá-lo, mas Jack não se mexeu. Ficaria ajoelhado pela eternidade, se fosse preciso.

– Case-se comigo, Grace – sussurrou.

– O senhor se casará com Amelia! – interveio Crowland.

Jack não tirou os olhos do rosto de Grace.

– Case-se comigo.

– Jack... – balbuciou Grace.

E Jack percebeu, na sua voz, que ela achava que deveria dar uma desculpa e recusar, dizer algo sobre as obrigações dele ou o lugar dela.

– Case-se comigo – repetiu, antes que Grace pudesse dizer algo.

– Ela não é aceitável – declarou a viúva com frieza.

Jack levou as mãos de Grace aos lábios.

– Não me casarei com outra.

– Ela não tem a mesma posição social!

Ele se virou e lançou um olhar gélido para a avó. Sentia-se, na verdade, um tanto ducal. Era quase divertido.

– Deseja que eu produza um herdeiro algum dia?

A viúva contorceu o rosto a ponto de lembrar um peixe.

– Considerarei isso um sim – anunciou ele. – O que significa que Grace terá que se casar comigo. É a única saída para haver um herdeiro legítimo.

Os olhos de Grace começaram a piscar e os cantos da boca, a se mexer. Ela lutava contra si mesma, tentava se convencer de que deveria dizer não. Mas ela o amava. Ele sabia disso e não permitiria que jogasse tudo fora.

– Grace... – recomeçou ele, então fez uma careta e riu. – Que diabos, qual é mesmo seu nome do meio?

– Catriona – murmurou ela.

– Grace Catriona Eversleigh – disse ele em voz alta e segura. – Eu te amo. Eu te amo com toda a força do meu coração e juro neste momento, diante de todos aqui reunidos – ele olhou em volta e viu a empregada da casa paroquial, que permanecia boquiaberta na entrada – até mesmo da... ora... qual é seu nome?

– Sra. Broadmouse – disse a mulher, de olhos arregalados.

Jack pigarreou. Começava a se sentir à vontade. Pela primeira vez em muitos dias, ele se sentia ele mesmo. Talvez tivesse acabado com aquele maldito título, mas, com Grace a seu lado, ele poderia encontrar um modo de fazer algo de bom.

– Juro diante de todos... incluindo a Sra. Broadmouse...

– Pare com isso! – urrou a viúva, agarrando o outro braço dele. – Levante-se!

Jack olhou para Grace e sorriu.

– Já viu outra proposta de casamento feita sob tanta pressão?

Ela sorriu apesar das lágrimas ameaçarem cair de seus olhos.

– Deve se casar com Amelia! – rosnou lorde Crowland.

E lá estava Amelia, sua cabeça despontando atrás do ombro do pai.

– Eu não o aceito – anunciou ela, num tom bem casual.

Ela sorriu ao olhar para Jack.

A viúva quase engasgou.

– Recusaria meu neto?

– *Este* neto, sim – esclareceu a jovem.

Jack tirou os olhos de Grace apenas para sorrir para Amelia, com ar de aprovação. Ela retribuiu e fez um sinal com a cabeça na direção de Grace, deixando bem claro que era melhor cuidar do assunto.

– Grace – falou Jack mais uma vez, acariciando suas mãos com suavidade. – Meu joelho está doendo.

Ela começou a rir.

– Diga que aceita, Grace – instigou Amelia.

– Ouça o que Amelia está dizendo – aconselhou Jack.

– Que diabos vou fazer com você? – era lorde Crowland, dirigindo-se para Amelia, que não parecia se importar.

– Eu te amo, Grace – disse Jack.

Ela abriu um sorriso. Parecia que seu corpo inteiro sorria, como se ela estivesse envolta numa felicidade que não a deixaria. E disse aquelas palavras. Bem diante de todos:

– Eu também te amo.

Ele sentiu toda a felicidade do mundo tomando conta dele, até o coração.

– Grace Catriona Eversleigh – repetiu. – Quer se casar comigo?

– Sim. Sim.

Ele se levantou.

– Agora vou beijá-la – avisou.

E foi o que ele fez. Bem na frente da viúva, na frente de Amelia e do conde, até mesmo na frente da Sra. Broadmouse.

Ele a beijou. E depois beijou mais. E a beijava quando a viúva saiu dali bufando. E a beijava quando lorde Crowland arrastou Amelia, resmungando algo sobre sensibilidades delicadas.

Ele a beijou e a beijou e teria continuado a beijá-la se não tivesse percebido que a Sra. Broadmouse continuava postada na entrada, fitando os dois com uma expressão calorosa.

Jack abriu um sorriso maroto.

– Um pouco de privacidade, se a senhora não se importar?

Ela suspirou e saiu, mas, antes de fechar a porta, os dois a ouviram dizer:

– Adoro uma boa história de amor.

EPÍLOGO

Minha querida Amelia,

É mesmo possível que tenham se passado apenas três semanas desde a última vez que escrevi? Parece que andei juntando o equivalente a um ano de notícias. As crianças vão bem. Arthur é tão estudioso! Jack se diz espantado, mas sua alegria é evidente. Visitamos a Lebre Feliz no início da semana para conversar com Harry Gladdish sobre os planos para a feira do vilarejo e Jack se queixou sem parar de como era difícil encontrar um novo tutor para Arthur, depois que ele esgotou o último.

Harry não se deixou enganar. Jack estava orgulhosíssimo.

Ficamos encantados em...

– Mamãe!

Grace tirou os olhos da correspondência. Seu terceiro rebento (e única menina), se encontrava na entrada com um ar muito aborrecido.

– Qual é o problema, Mary? – perguntou.

– John foi...

– Só estava passando – defendeu-se John, deslizando pelo chão encerado até parar perto de Mary.

– John! – uivou Mary.

John olhou para Grace com ar de completa inocência.

– Mal toquei nela.

Grace lutou contra a vontade de fechar os olhos e gemer. John tinha apenas 10 anos, mas já possuía o encanto letal do pai.

– Mamãe – disse Mary –, eu ia para o jardim de inverno quando...

– O que Mary *realmente* quer dizer é que *eu* ia para a estufa de laranjas quando ela esbarrou em mim e...

– Não! – protestou Mary. – Não é o que eu queria dizer.

Voltou-se para a mãe com evidente aflição.

– Mamãe!

– John, deixe sua irmã terminar – ordenou Grace, de modo quase automático.

Era uma frase que ela pronunciava várias vezes ao dia.

John sorriu para ela. De modo irresistível. *Minha nossa*, pensou Grace, não ia demorar muito tempo para ele fazer o coração das meninas da região derreter.

– Mãe – disse ele, no tom *exato* de Jack ao usar seus encantos para escapar de uma situação difícil. – Eu não sonharia em interrompê-la.

– Acabou de fazer isso! – retorquiu Mary.

John levantou as mãos como se dissesse *coitadinha.*

Grace se virou para Mary com um ar que ela esperava que demonstrasse compaixão.

– O que estava dizendo, Mary?

– Ele esmagou uma laranja na minha partitura!

Grace se dirigiu ao filho.

– John, isso é...

– Não – retrucou ele, bem depressa.

Grace o fitou com ar desconfiado. Não lhe escapara que a resposta viera antes mesmo que ela terminasse a pergunta. Mas talvez não devesse se ater a esse fato. Afinal, "John, isso é verdade?" era outra das frases que ela repetia muito.

– Mãe – disse ele, com os olhos verdes exprimindo profunda solenidade. – Pela minha honra, juro que não esmaguei uma laranja...

– Está mentindo – chiou Mary.

– *Ela* esmagou a laranja.

– Depois que você a colocou debaixo do meu pé.

Então se ouviu outra voz.

– Grace!

Grace sorriu, feliz. Jack poderia resolver a situação das crianças.

– Grace – disse Jack, virando de lado para passar entre os filhos e entrar no aposento. – Preciso que você...

– Jack! – interrompeu Grace.

Jack olhou para ela, depois olhou para trás.

– O que foi que eu fiz?

Grace fez um gesto para as crianças.

– Não reparou neles?

Ele abriu um sorriso, o mesmíssimo que o filho tentara usar com ela alguns momentos antes.

– Claro que reparei. Não viu que tive que me esgueirar entre eles?

Virou-se para os dois.

– Não ensinamos que é falta de educação bloquear a passagem?

Era muito bom que ela não tivesse passado pela estufa das laranjas, pensou Grace, porque teria atirado uma fruta na cabeça dele. Àquela altura, ela começava a pensar que deveria ter sempre à mão, na gaveta da escrivaninha, um estoque de pequenos objetos redondos e fáceis de lançar.

– Jack, faria a delicadeza de resolver a briga dos dois? – pediu Grace num tom que ela achava que transmitia uma paciência impressionante.

Ele deu de ombros.

– Eles vão se resolver.

– Jack – falou ela com um suspiro.

– Você não tem culpa de não ter irmãos. Não tem experiência com picuinhas familiares. Pode acreditar em mim: no final, tudo dá certo. Minha previsão é que vamos conseguir fazer com que os quatro cheguem à idade adulta com pelo menos quinze membros intactos.

Grace lançou um olhar expressivo ao marido.

– Por outro lado, você corre o perigo supremo de...

– Crianças! Ouçam a sua mãe – interrompeu-a Jack.

– Mas ela não disse nada – destacou John.

– Ora – disse Jack e franziu a testa por um momento. – John, deixe sua irmã em paz. Mary, da próxima vez, não pise na laranja.

– Mas...

– Já está encerrado – anunciou.

E, por incrível que pudesse parecer, os dois se foram.

– Não foi assim tão difícil – disse ele e terminou de adentrar o aposento. – Tenho alguns documentos para você.

Grace pôs de lado a correspondência e pegou os documentos.

– Vieram do meu advogado. Chegaram esta tarde – explicou Jack.

Ela leu o primeiro parágrafo.

– São sobre o prédio Ennigsly, em Lincoln.

– Era o que eu esperava – confirmou Jack.

Ela assentiu e fez um exame minucioso do documento. Depois de doze anos de casados, os dois haviam estabelecido uma rotina tranquila. Jack conduzia todos os negócios cara a cara e, quando recebia correspondências, Grace as lia para ele.

283

Chegava a ser engraçado. Jack tinha levado mais ou menos um ano para ganhar segurança, mas se transformara num administrador admirável para seu ducado. A mente era aguçadíssima e suas decisões eram tão boas que Grace mal podia acreditar que ele não fora educado em administração de propriedades. Os arrendatários o adoravam, os criados o idolatravam (sobretudo depois que a viúva fora banida para os confins da propriedade) e a sociedade de Londres tinha caído a seus pés. Tinha ajudado, era óbvio, o fato de Thomas ter deixado claro que ele acreditava que Jack era o legítimo duque de Wyndham. O que não impedia que o encanto e a vivacidade de Jack também tivessem desempenhado um papel importante, na visão de Grace.

A única coisa que ele não conseguia fazer, aparentemente, era ler.

Quando Jack contara para Grace, ela não acreditara. Achara que *ele* acreditava naquilo. Imaginara que o problema fossem professores ruins. Desconfiara de negligência da parte de *alguém*. Um homem com a inteligência e a educação de Jack não chegaria à idade adulta iletrado.

E ela tentara ajudá-lo. Esforçara-se ao máximo. E ele aceitara. Ao se lembrar do passado, ela mal conseguia acreditar que ele não explodira de frustração. Talvez fosse a mais estranha demonstração de amor – deixar que ela tentasse ajudá-lo, que tentasse muitas e muitas vezes ensiná-lo a ler. E ele até mantinha um sorriso nos lábios.

No final, ela desistira. Ainda não conseguia entender o que ele queria dizer quando falava que as letras "dançavam", mas acreditava nele quando insistia que tudo o que uma página impressa lhe dava era dor de cabeça.

– Está tudo em ordem – disse ela, devolvendo os documentos para Jack.

Ele discutira o assunto com ela na semana anterior, depois de todas as decisões terem sido tomadas. Sempre fazia isso. Para que ela soubesse o que deveria verificar.

– Está escrevendo para Amelia? – perguntou ele.

Grace assentiu.

– Não consigo decidir se conto ou não sobre a travessura de John no campanário da igreja.

– Ah, conte. Vão dar boas risadas.

– Mas faz com que ele pareça tão atrevido...

– E ele é.

Grace soltou um suspiro.

– Eu sei, mas ele é tão gentil.

Jack deu uma risadinha e a beijou na testa.

– Ele é exatamente como eu.

– Eu sei.

– Não precisa ficar tão desesperada.

Então ele sorriu, aquele sorriso inacreditável, endiabrado. Sempre funcionava com ela, do jeito que ele queria.

– Veja como terminei bem – acrescentou.

– Quero que entenda uma coisa. Se ele começar a roubar carruagens, cairei fulminada na mesma hora.

Jack riu ao ouvir aquilo.

– Mande lembranças minhas para Amelia.

Grace estava prestes a concordar, mas ele já desaparecera. Pegou a pena, mergulhou-a na tinta e fez uma breve pausa para se lembrar do que vinha escrevendo.

Ficamos encantados em receber a visita de Thomas. Ele fez sua peregrinação anual até a viúva, que, lamento informar, não se tornou menos severa com a idade. Está tão saudável quanto possível. Desconfio que vá viver mais do que todos nós.

Grace balançou a cabeça. Fazia o trajeto de um quilômetro até a casa da viúva uma vez por mês. Jack dissera que aquilo não era necessário, mas ela mantinha uma estranha lealdade à dama. Sem falar na afeição e na pena que sentia pela mulher contratada para substituí-la como dama de companhia.

Nenhum criado jamais havia sido tão bem-pago. A mulher já recebia o dobro do antigo salário de Grace (que insistira para que fosse assim). Além do mais, haviam lhe prometido um chalé depois que a viúva finalmente partisse. O mesmo que Thomas lhe presenteara tantos anos antes.

Grace sorriu consigo mesma e continuou a escrever, contando para Amelia sobre amenidades – todas as historinhas engraçadas que as mães adoram compartilhar. Mary parecia um esquilo sem o dente da frente. E o pequeno Oliver, de apenas um ano e meio, tinha pulado a fase de engatinhar e, depois de se arrastar de barriga no chão da forma mais engraçada, passara simplesmente a correr. Já tinha se perdido duas vezes no labirinto de sebes.

Sinto sua falta, querida Amelia. Prometa que virá me visitar no verão. Sabe como Lincolnshire é maravilhoso quando todas as flores desabrocham. E, claro...

– Grace?

Era Jack, que estava de novo na entrada.

– Senti sua falta – explicou ele.

– Nos últimos cinco minutos?

Ele entrou e fechou a porta.

– Não demora muito.

– Você é incorrigível – falou ela, mas baixou a pena.

– Parece que isso me serve muito bem – murmurou ele, contornando a escrivaninha.

Tomou sua mão e, com delicadeza, fez Grace se levantar.

– E serve a você também.

Grace conteve a vontade de gemer. Só mesmo Jack para dizer aquilo. Só Jack...

Ela soltou um gritinho quando os lábios dele...

Pois bem, basta dizer que apenas Jack faria *aquilo*.

Ah. E aquilo também.

E ela se derreteu toda. E, com toda certeza, *aquilo*...

OS DOIS DUQUES DE WYNDHAM

O ARISTOCRATA

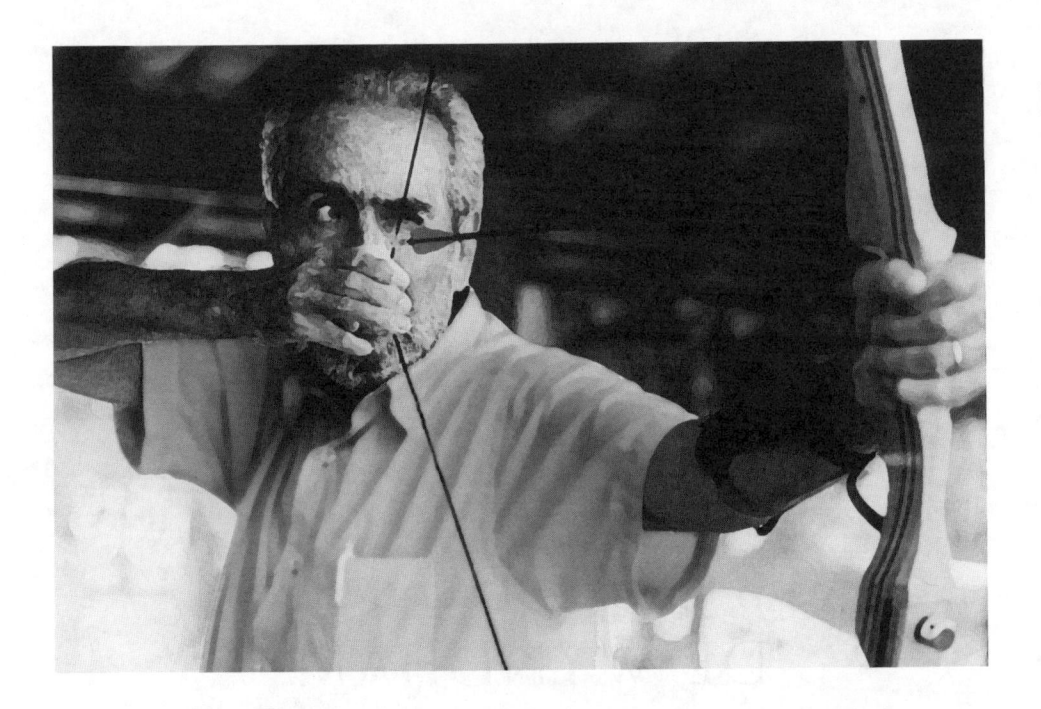

O Arqueiro

GERALDO JORDÃO PEREIRA (1938-2008) começou sua carreira aos 17 anos, quando foi trabalhar com seu pai, o célebre editor José Olympio, publicando obras marcantes como *O menino do dedo verde*, de Maurice Druon, e *Minha vida*, de Charles Chaplin.

Em 1976, fundou a Editora Salamandra com o propósito de formar uma nova geração de leitores e acabou criando um dos catálogos infantis mais premiados do Brasil. Em 1992, fugindo de sua linha editorial, lançou *Muitas vidas, muitos mestres*, de Brian Weiss, livro que deu origem à Editora Sextante.

Fã de histórias de suspense, Geraldo descobriu *O Código Da Vinci* antes mesmo de ele ser lançado nos Estados Unidos. A aposta em ficção, que não era o foco da Sextante, foi certeira: o título se transformou em um dos maiores fenômenos editoriais de todos os tempos.

Mas não foi só aos livros que se dedicou. Com seu desejo de ajudar o próximo, Geraldo desenvolveu diversos projetos sociais que se tornaram sua grande paixão.

Com a missão de publicar histórias empolgantes, tornar os livros cada vez mais acessíveis e despertar o amor pela leitura, a Editora Arqueiro é uma homenagem a esta figura extraordinária, capaz de enxergar mais além, mirar nas coisas verdadeiramente importantes e não perder o idealismo e a esperança diante dos desafios e contratempos da vida.

Julia Quinn
Os dois duques de Wyndham

O ARISTOCRATA

Título original: *Mr. Cavendish, I presume*

Copyright © 2008 por Julie Cotler Pottinger
Copyright da tradução © 2022 por Editora Arqueiro Ltda.

Todos os direitos reservados. Nenhuma parte deste livro pode ser utilizada ou reproduzida sob quaisquer meios existentes sem autorização por escrito dos editores.

tradução: Livia de Almeida
preparo de originais: Sheila Til
revisão: Ana Grillo e Camila Figueiredo
diagramação: Ana Paula Daudt Brandão
capa: Renata Vidal
imagem de capa: Lauren Rautenbach / Arcangel Images
impressão e acabamento: Associação Religiosa Imprensa da Fé

CIP-BRASIL. CATALOGAÇÃO NA PUBLICAÇÃO
SINDICATO NACIONAL DOS EDITORES DE LIVROS, RJ

Q64d
    Quinn, Julia, 1970-
    Os dois duques de Wyndham : O fora da lei ; O aristocrata / Julia Quinn ; tradução Livia de Almeida. - 1. ed. - São Paulo : Arqueiro, 2022.
    560 p. ; 23 cm.   (Os dois duques de Wyndham)

    Tradução de: The lost duke of Wyndham ; Mr. Cavendish, I presume.
    ISBN 978-65-5565-274-1

    1. Ficção americana. I. Almeida, Livia de. II. Título: O aristocrata. III. Título. IV. Série.

22-75834
                              CDD: 813
                              CDU: 82-3(73)

Meri Gleice Rodrigues de Souza - Bibliotecária - CRB-7/6439

Todos os direitos reservados, no Brasil, por
Editora Arqueiro Ltda.
Rua Funchal, 538 – conjuntos 52 e 54 – Vila Olímpia
04551-060 – São Paulo – SP
Tel.: (11) 3868-4492 – Fax: (11) 3862-5818
E-mail: atendimento@editoraarqueiro.com.br
www.editoraarqueiro.com.br

Em memória da amada
Mildred Block Cantor
(1920–2008)
Todo mundo deveria ter uma tia Millie.

E também para Paul,
mas acho que prefiro que ele seja só meu.

O ARISTOCRATA

CAPÍTULO UM

Era um *crime* que Amelia Willoughby ainda não fosse casada.

Pelo menos era o que sua mãe dizia. Amelia – ou melhor, lady Amelia – era a segunda filha do conde de Crowland, de modo que ninguém poderia culpar sua linhagem. Também nada havia a criticar na sua aparência para quem apreciasse beldades inglesas clássicas – o que, para a felicidade de Amelia, consistia na maior parte da alta sociedade. Seu cabelo era de um tom louro médio, os olhos verdes tinham um toque acinzentado e a pele era lisa e clara (desde que Amelia se lembrasse de evitar o sol, pois as sardas não eram suas amigas).

Como a mãe gostava de enumerar, ela também tinha conhecimentos adequados, sabia tocar piano, pintar aquarelas e possuía todos os dentes (a essa altura, a mãe pontuava o discurso com um gesto entusiasmado). Melhor ainda: tais dentes eram perfeitamente alinhados, o que não podia ser dito de Jacinda Lennox, que fisgara o melhor partido da temporada de 1818, o marquês de Beresford. (Não sem antes rejeitar dois viscondes e um conde, como costumava relatar com frequência a mãe de Jacinda.)

Contudo, todos esses atributos empalideciam diante do que era, com certeza, o aspecto mais pertinente e determinante da vida de Amelia Willoughby: seu compromisso de anos com o duque de Wyndham.

Se Amelia não tivesse sido prometida ainda no berço a Thomas Cavendish (futuro herdeiro do ducado, que na época mal começara a dar os primeiros passos), com certeza não teria chegado à constrangedora idade de 21 anos sendo uma donzela solteira.

Tinha passado em Lincolnshire sua primeira temporada de eventos sociais, já que ninguém achava que ela precisava se dar o trabalho de fazer uma viagem a Londres. No ano seguinte, porém, passara a temporada na capital, porque o noivo da irmã mais velha, também comprometida desde o berço, tivera a infelicidade de contrair uma febre mortal, deixando a família sem herdeiros e Elizabeth Willoughby sem um futuro marido.

Na temporada seguinte, Elizabeth estava quase noiva (a família esperava que o pedido acontecesse a qualquer momento) e Amelia continuava com-

prometida com o duque. Ainda assim, as duas acabaram seguindo para Londres, porque teria sido embaraçoso permanecer no interior.

Amelia gostava bastante do tempo que passavam na cidade. Apreciava as conversas e, ainda mais, a dança. Se alguém conversasse com sua mãe por mais de cinco minutos, ouviria que Amelia já teria recebido meia dúzia de propostas – no mínimo – caso estivesse livre para se casar.

Como consequência, Jacinda Lennox teria continuado a ser Jacinda Lennox, em vez de marquesa de Beresford. E, acima de tudo, lady Crowland e suas filhas teriam mantido uma posição social mais elevada do que aquela pirralha irritante.

Infelizmente, a vida nem sempre era justa, como o pai de Amelia costumava dizer. Na verdade, raramente era. Bastava olhar para ele, ora! Cinco filhas. Cinco! Depois de sua morte, o condado, que vinha passando harmonicamente de pai para filho desde que havia príncipes na torre, seria devolvido à Coroa, sem que houvesse sequer um primo distante para se apresentar como herdeiro.

E – como o conde costumava lembrar à esposa – tinha sido graças às manobras precoces dele que uma de suas cinco filhas já estava com a vida assegurada e eles precisavam se preocupar apenas com as outras quatro, de modo que ela deveria fazer a *gentileza* de parar de reclamar do pobre duque de Wyndham e de sua demora em levar Amelia ao altar.

Lorde Crowland valorizava a paz e o sossego acima de tudo, algo que ele realmente devia ter levado em conta antes de escolher Anthea Grantham como noiva.

Ninguém supunha que o duque pudesse quebrar a promessa feita a Amelia e sua família. Pelo contrário, todos tinham certeza que ele era um homem de palavra e, se dizia que se casaria com Amelia Willoughby, por Deus, ele se casaria.

O problema era que ele pretendia cumprir a promessa quando fosse conveniente *para ele*. O que não era necessariamente conveniente para ela. Ou para a mãe dela, na verdade.

E ali estava ela, de volta a Lincolnshire.

E ainda era lady Amelia Willoughby.

– Não faz a menor diferença – declarou ela quando Grace Eversleigh tocou no assunto durante a reunião social de Lincolnshire.

Além de ser a melhor amiga de sua irmã, Elizabeth, Grace Eversleigh era

a dama de companhia da duquesa viúva de Wyndham. Portanto tinha muito mais contato com o futuro marido de Amelia do que a própria Amelia.

– Não quis dizer o contrário – garantiu Grace depressa.

– Ela só quis dizer que Sua Graça tem a intenção de permanecer em Belgrave pelos próximos seis meses, no mínimo – acrescentou Elizabeth, lançando um olhar estranho para Amelia. – E aí *você* disse...

– Sei o que eu disse – disparou Amelia, sentindo que ruborizava.

Não era bem verdade que soubesse. Não conseguiria repetir sua fala palavra por palavra, mas tinha a terrível desconfiança de que, se tentasse, seria algo parecido com:

Ora, com certeza parece bom, mas não devo tirar nenhuma conclusão. De qualquer maneira, o casamento de Elizabeth será no próximo mês e eu não poderia sonhar em levar adiante nosso compromisso tão cedo e, não importa o que digam, não estou com pressa de me casar com ele. Blá-blá-blá. Mal conheço o cavalheiro. Blá-blá-blá, continuo a ser Amelia Willoughby. E não faz a menor diferença.

O que não era o tipo de discurso que alguém desejaria lembrar.

Houve um momento de silêncio embaraçoso. Grace pigarreou.

– Ele disse que viria para cá.

– Disse?! – exclamou Amelia, voltando o olhar depressa para Grace.

Grace assentiu.

– Disse. Encontrei com ele no jantar. Ou melhor, eu o vi quando atravessou o aposento durante o jantar. Ele preferiu não fazer a refeição conosco. Acho que a avó e ele andaram brigando. O que não é incomum.

Amelia sentiu os cantos da boca se retesarem. Não era raiva. Nem mesmo irritação. Na verdade, era mais como resignação.

– Suponho que a viúva o tenha importunado falando de mim – disse Amelia.

Grace pareceu não desejar responder, mas no fim afirmou:

– Bem, ela falou.

Não havia nenhuma surpresa nisso. Todo mundo sabia que a duquesa viúva de Wyndham estava ainda mais ansiosa do que a mãe de Amelia para ver o casamento celebrado. E também era de conhecimento de todos que o duque considerava a avó insuportável. Amelia não se surpreendia que ele tivesse concordado em comparecer àquela festa só para que a avó o deixasse em paz.

11

Como *também* era notório que o duque cumpria com sua palavra, Amelia ficou convencida de que ele, de fato, apareceria por ali. E, como consequência, a partir de sua chegada, a noite seguiria um roteiro bem conhecido: todos olhariam para ele, depois todos olhariam para ela. Ele se aproximaria, os dois conversariam, constrangidos, por algum tempo. Ele a convidaria para dançar e ela aceitaria.

Quando terminassem, ele beijaria sua mão e partiria. Muito provavelmente sairia para buscar as atenções de outra mulher. Um tipo diferente de mulher. Uma que não fosse para casar.

Era algo em que Amelia preferia não pensar, embora não conseguisse evitar. Sinceramente, seria possível esperar que um homem fosse fiel *antes* do casamento? Conversara sobre isso algumas vezes com a irmã e, infelizmente, as duas chegavam sempre à mesma conclusão: não, não era possível. De modo algum, considerando que o homem em questão havia assumido o compromisso ainda na infância. Não seria justo esperar que ele renunciasse aos mesmos prazeres dos amigos apenas porque seu pai assinara um contrato duas décadas antes. Quando a data do casamento fosse marcada, porém, seria *diferente*.

Ou melhor, seria diferente se os Willoughbys conseguissem que Wyndham marcasse uma data.

– Você não parece muito animada com a possibilidade de vê-lo – pontuou Elizabeth.

Amelia suspirou.

– Não estou. Verdade seja dita, eu me divirto bem mais quando ele não aparece.

– Ah, ele não é tão terrível assim – garantiu Grace. – Na verdade, ele chega a ser doce para quem o conhece melhor.

– Doce? – repetiu Amelia, incrédula.

Tinha visto o sujeito sorrir, mas nunca mais de duas vezes na mesma conversa.

– Wyndham? – acrescentou Amelia.

– Talvez eu tenha exagerado – recuou Grace. – Mas o duque será um ótimo marido, Amelia, eu garanto. Ele pode ser muito divertido quando quer.

Amelia e Elizabeth fitaram a amiga com tanta incredulidade que Grace começou a rir.

– Não estou mentindo! – assegurou Grace. – Eu juro. Ele tem um senso de humor endiabrado.

Amelia sabia que Grace tinha boas intenções, mas seus comentários não a reconfortavam. Não sentia ciúme. Com certeza, não estava apaixonada por Wyndham. Como poderia? Raramente tinha a chance de trocar mais do que duas palavras com o homem. Mesmo assim, era um tanto perturbadora a forma como Grace Eversleigh passara a conhecê-lo tão bem.

E Amelia não podia se abrir sobre isso com Elizabeth, a quem costumava confidenciar tudo. Elizabeth e Grace eram grandes amigas desde que se conheceram, aos 6 anos. Elizabeth diria que ela estava sendo boba. Ou lhe lançaria um daqueles terríveis olhares que queriam transmitir compreensão, mas traíam piedade.

Amelia recebia muitos desses olhares nos últimos tempos. Em geral, quando se tocava no assunto "matrimônio". Se fosse adepta a jogos (como pensava que poderia ser se tivesse a oportunidade de experimentar), ela apostaria que já havia recebido olhares compreensivos e piedosos de pelo menos metade das jovens da alta sociedade. E de todas as mães.

– Esta vai ser nossa missão para o outono – anunciou Grace subitamente, com o olhar vivo, cheio de determinação. – Amelia e Wyndham vão finalmente se conhecer melhor.

– Grace, não. *Por favor...* – disse Amelia, corando.

Nossa, como aquilo era desconcertante: ser *a missão* de alguém.

– Cedo ou tarde, vai ter que conhecê-lo melhor – atalhou Elizabeth.

– Na verdade, não preciso. Quantos aposentos existem em Belgrave? Duzentos? – respondeu Amelia, cheia de ironia.

– São 73 – corrigiu Grace.

– Eu poderia passar semanas sem vê-lo. Até anos.

– Está sendo boba – disse a irmã. – Por que não vem comigo a Belgrave amanhã? Arranjei uma desculpa sobre mamãe ter me pedido que devolvesse alguns livros da viúva. Assim posso fazer uma visita a Grace.

Grace se virou para Elizabeth com um ar levemente surpreso.

– Sua mãe pegou livros com a viúva?

– Pegou, sim – respondeu Elizabeth, e então acrescentou com recato: – A meu pedido.

Amelia ergueu as sobrancelhas.

– Mamãe não é uma grande leitora.

– Não era possível pedir o piano emprestado – retorquiu Elizabeth.

Na opinião de Amelia, a mãe tampouco possuía grande talento musical, mas não parecia haver motivos para mencionar isso. Além do mais, a conversa foi interrompida bruscamente.

Ele havia chegado.

Mesmo de costas para a porta, Amelia reconheceu o momento exato em que Thomas Cavendish entrou no salão, porque, raios, ela já havia passado por aquilo.

Fez-se silêncio.

Ela contou cinco segundos. Havia muito que aprendera que os duques exigiam mais do que a média de três segundos de silêncio. Depois começariam os cochichos.

Em seguida, Elizabeth cutucou suas costelas como se ela precisasse ser alertada sobre a chegada do noivo.

E então – ah, ela via a cena inteira na sua cabeça – a multidão se abriu como o mar Vermelho e o duque a atravessou, com porte altaneiro, passos orgulhosos e cheios de propósito. Ele se aproximava e estava quase, quase, quase chegando...

– Lady Amelia.

Ela se preparou e virou para ele.

– Vossa Graça – saudou-o com o sorriso neutro que ela sabia ser exigido dela.

O duque tomou sua mão e a beijou.

– Está encantadora.

Ele sempre dizia aquilo.

Amelia murmurou um agradecimento e esperou com paciência enquanto ele cumprimentava sua irmã. Ele se dirigiu a Grace.

– Vejo que minha avó a libertou de suas garras esta noite.

– Sim – respondeu Grace com um suspiro feliz. – Não é maravilhoso?

Ele sorriu e Amelia reparou que não era o mesmo tipo de sorriso oficial que ele costumava lhe dar. Era um sorriso amigável.

– É mesmo uma santa, Srta. Eversleigh – disse ele.

Amelia olhou para o duque e depois para Grace, e se perguntou, perplexa: *O que é que ele pensa?* Grace não tinha opção. Se ele realmente a achava uma santa, deveria providenciar um dote para ela e lhe arrumar um marido para que não precisasse passar o resto da vida submetendo-se às exigências da avó dele.

Porém ela ficou de boca fechada, claro. Não era o tipo de alerta que se pudesse dar a um duque.

– Grace nos contou que Vossa Graça planeja passar vários meses no interior – comentou Elizabeth.

Amelia quis chutá-la. O que estava subentendido era: se ele tinha tempo para ficar no interior, deveria ter tempo para finalmente se casar com sua irmã.

E de fato os olhos do duque carregavam uma expressão ligeiramente irônica quando ele murmurou:

– É verdade.

– Estarei ocupadíssima até novembro, no mínimo – deixou escapar Amelia.

Porque de repente se tornou imperativo que o duque compreendesse que ela não passava os dias bordando perto da janela enquanto esperava ansiosamente sua chegada.

– Estará? – murmurou ele.

Ela ergueu os ombros.

– Estarei.

Ele franziu ligeiramente os olhos, que eram de um tom lendário de azul. Não havia raiva em sua expressão; ele parecia achar graça, o que talvez fosse pior. Estava *rindo* dela. Amelia não sabia por que demorara tanto a perceber. Durante todos aqueles anos tinha acreditado que ele apenas a ignorava...

Ah, minha nossa.

– Lady Amelia – falou o duque com um ligeiro meneio de cabeça, a saudação máxima que ele se dispunha a fazer –, poderia me conceder a honra de uma dança?

Elizabeth e Grace se voltaram para ela, ambas sorrindo serenamente, cheias de expectativas. Aquela cena já acontecera muitas vezes. E as três sabiam como deveria se desenrolar.

Principalmente Amelia.

– Não – disse ela antes de ser capaz de pensar melhor.

Ele piscou.

– Não?

– Não, obrigada.

E ela deu um lindo sorriso, porque gostava de ser educada.

Ele pareceu estupefato.

– Não deseja dançar?

– Hoje não. Acho que não.

Amelia olhou de esguelha para a irmã e Grace. As duas pareciam horrorizadas.

Amelia se sentiu *maravilhosa*.

Sentiu-se autêntica, algo que ela não tinha permissão de ser na presença dele. Ou na expectativa da presença dele. Ou mesmo depois.

Tudo girava em torno *dele*. Wyndham era assim, Wyndham era assado e como Amelia era sortuda por ter fisgado o duque mais bonito do país sem precisar fazer o menor esforço.

Na única vez que permitira que seu senso de humor irônico emergisse, ela chegara a dizer: "Mas é claro que tive de fazer esforço. Precisei levantar meu chocalhinho de bebê." Acabara recebendo um olhar incrédulo junto com resmungos de "ingrata".

A conversa fora com a mãe de Jacinda Lennox, três semanas antes de Jacinda receber uma chuva de pedidos de casamento.

Era por isso que Amelia em geral ficava de boca fechada e fazia o que se esperava dela. Mas naquele momento...

Ora, não se encontravam em Londres e sua mãe não estava olhando. E ela estava *cansada* do modo como ele a mantinha presa numa coleira. Era verdade: ela já poderia ter encontrado alguém. Poderia ter se divertido. Poderia ter beijado um homem.

Ah, isso não. Não seria possível. Não era tola e valorizava sua reputação. Mas poderia ter ao menos imaginado um beijo, o que não fizera.

E, como não fazia ideia de quando se sentiria tão audaciosa de novo, ela sorriu para o futuro marido e disse:

– Mas deve dançar, se está com vontade. Tenho certeza de que há muitas damas que ficariam felizes com tamanha honra.

– Mas eu gostaria de dançar com a senhorita – insistiu ele.

– Talvez em outra ocasião – respondeu Amelia, abrindo seu sorriso mais encantador. – Obrigada!

E se afastou.

Ela se afastou.

Amelia sentiu vontade de saltitar. Na verdade, ela chegou mesmo a dar um pulo. Mas só depois de estar longe dos olhos de todos.

Thomas Cavendish gostava de pensar em si mesmo como um homem razoável, ainda mais porque sua posição de destaque sendo o sétimo duque de Wyndham lhe permitiria as atitudes mais descabidas. Mesmo que ele se comportasse como um louco, vestisse roupas extravagantes e declarasse que o mundo tinha forma triangular, a alta sociedade ainda se curvaria diante dele, disputando sua atenção e sorvendo suas palavras.

Seu pai, o sexto duque de Wyndham, não havia se comportado como um louco, não usara trajes extravagantes nem declarara que o mundo era triangular, mas *com certeza* fora bem pouco razoável. Por esse motivo, Thomas se orgulhava de seu temperamento ponderado, da inviolabilidade de sua palavra e de sua capacidade de encontrar humor no absurdo, qualidade que tinha escolhido não revelar para muita gente.

E aquela situação era um completo absurdo.

Contudo, conforme a notícia da partida de lady Amelia se espalhou pelo salão, todas as cabeças se viraram na direção dele. Thomas começou a perceber que a linha entre o humor e a fúria era tão fina quanto a lâmina de uma faca.

E duas vezes mais afiada.

Lady Elizabeth, muito pálida, o encarava com ar aterrorizado, como se ele pudesse se transformar num ogro e destroçar alguém a qualquer instante. E Grace – aquela ardilosa – parecia prestes a cair na gargalhada.

– Não faça isso – alertou ele.

Ela obedeceu com dificuldade, então ele se dirigiu a lady Elizabeth:

– Devo buscá-la?

Ela o olhou fixamente, em silêncio.

– Sua irmã – esclareceu ele.

Não houve resposta. Deus do céu. Ninguém mais dava educação para as mulheres?

– Lady Amelia – disse ele, caprichando na dicção. – Minha noiva. Aquela que acabou de me rejeitar.

– Não diria que tenha sido uma *rejeição* – balbuciou Elizabeth por fim.

Ele a contemplou por um tempo desconfortável (para Elizabeth; o duque estava perfeitamente à vontade). Então se voltou para Grace, uma das poucas pessoas do mundo de quem ele podia esperar completa sinceridade, como descobrira fazia muito tempo.

– Devo buscá-la?

– Ah, deve sim – disse ela com os olhos cheios de malícia. – Vá buscá-la.

As sobrancelhas dele se ergueram enquanto ele pensava para onde aquela mulher podia ter se dirigido. Não teria ido embora. As portas da frente davam para a rua principal de Stamford – com certeza não seria lugar apropriado para uma mulher desacompanhada. Nos fundos, havia um pequeno jardim. Thomas nunca tivera a oportunidade de visitá-lo, mas já ouvira falar que muitas propostas de casamento foram feitas em seus confins verdejantes.

Proposta de casamento, nesse caso, era uma espécie de código. Porque propostas de casamento propriamente ditas costumavam acontecer quando as pessoas estavam mais vestidas do que durante um passeio clandestino no jardim dos fundos do salão de festas de Lincolnshire.

Entretanto Thomas não se preocupava muito em ser encontrado a sós com lady Amelia Willoughby. Já estava amarrado a ela, não estava? Não poderia adiar o casamento por muito mais tempo. Tinha informado aos pais da jovem que esperaria que ela completasse 21 anos para desposá-la. Com certeza, não deveria faltar muito para que ela chegasse à idade estipulada.

Isto é, se já não tivesse chegado.

– Minhas opções parecem ser as seguintes – murmurou ele. – Eu poderia buscar minha linda noiva, arrastá-la para uma dança e demonstrar para todos os presentes que tenho total controle sobre ela.

Grace pareceu achar graça. Elizabeth, porém, ficou um tanto esverdeada.

– Mas pareceria que eu me importo com a situação – prosseguiu ele.

– E não se importa? – perguntou Grace.

Ele pensou no assunto. Era verdade que tinha ficado com o orgulho ferido, mas, acima de tudo, achara graça.

– Nem tanto – respondeu e, depois, como Elizabeth era irmã da dama, acrescentou: – Desculpe-me.

Ela assentiu de leve.

– Por outro lado, eu poderia simplesmente ficar por aqui. Recusar-me a fazer uma cena.

– Ah, acho que a cena já aconteceu – murmurou Grace, lançando um olhar maroto na direção dele.

Ele deu uma resposta à altura.

– Tem sorte por ser a única pessoa capaz de tornar minha avó tolerável.

Grace se voltou para Elizabeth.

– Aparentemente, não posso ser demitida.

– Por mais que eu esteja tentado – acrescentou Thomas.

Os dois sabiam que aquelas palavras não eram verdadeiras. Thomas teria se jogado aos pés de Grace se necessário, só para mantê-la como acompanhante da avó. Para sorte dele, Grace não mostrava a mínima inclinação para partir.

Mas ele teria feito aquilo. E triplicado seu salário. Cada minuto que Grace passava na companhia de sua avó era mais um minuto em que ele não precisava ficar junto da viúva. E, na verdade, aquilo não tinha preço.

No momento, contudo, aquele não era o problema. A avó estava na sala ao lado, junto com seu grupo de conhecidos de longa data, e ele tinha a intenção de entrar e sair sem que os dois tivessem que trocar uma palavra sequer.

Sua noiva, porém, era outra história.

– Acredito que devo permitir a ela um momento de triunfo – disse ele, chegando a essa conclusão enquanto as palavras saíam de seus lábios.

Não sentia necessidade de demonstrar sua autoridade – alguém duvidava dela, por acaso? – e não apreciava a ideia de que o bom povo de Lincolnshire pudesse imaginar que ele estava perdido de amores pela noiva.

Thomas não era do tipo que se rendia a paixões intensas.

– É muita generosidade de sua parte, devo dizer – comentou Grace, com um de seus sorrisos mais irritantes.

Thomas deu de ombros. De leve.

– Sou um homem generoso.

Elizabeth arregalou os olhos. Thomas achou que podia ouvir o som de sua respiração. Mas, afora isso, ela não emitia nenhum som.

Uma mulher silenciosa. Talvez devesse se casar com *aquela ali*.

– Então vai embora? – perguntou Grace.

– Está tentando se livrar de mim?

– De modo nenhum. Sabe que sempre me alegro com sua presença.

Ele teria devolvido o sarcasmo à altura, mas, antes de responder, espiou uma cabeça – ou melhor, a pontinha de uma cabeça – surgindo por trás da cortina que separava o salão do corredor lateral.

Lady Amelia. Não tinha ido muito longe, afinal de contas.

– Vim para dançar – anunciou ele.

– Mas você detesta dançar – ressaltou Grace.

– Não é verdade. Detesto ser obrigado a dançar. É uma situação completamente diferente.

– Posso encontrar minha irmã – disse Elizabeth, depressa.

– Não seja boba. É óbvio que ela também detesta ser obrigada a dançar. Grace vai ser minha parceira.

– Eu?

Grace pareceu surpresa.

Thomas fez sinal para o pequeno grupo de músicos na frente do salão. Eles ergueram os instrumentos no mesmo instante.

– Você. Não supõe que eu dançaria com mais alguém daqui, não é?

– Tem a Elizabeth – disse ela, enquanto ele a levava para o meio do salão.

– Com certeza, está brincando – murmurou ele.

Elizabeth Willoughby ainda não tinha se recuperado da palidez que a abatera quando a irmã dera as costas e saíra do salão. Os esforços despendidos com a dança provavelmente a fariam desmaiar.

Além do mais, Elizabeth não serviria a seus propósitos.

Ele olhou de relance para Amelia. Para sua surpresa, ela não se escondeu às pressas atrás da cortina.

Ele sorriu. Só um pouquinho.

Então viu que ela ficou de queixo caído. O que lhe pareceu muito satisfatório.

Depois disso, ela se escondeu atrás da cortina, mas Thomas não se preocupou. Ela observaria a dança. Cada passo.

CAPÍTULO DOIS

Amelia *sabia* o que ele tentava fazer. Era claro demais. Tinha certeza de que estava sendo manipulada. Mesmo assim – maldição! –, ali estava ela, escondida atrás da cortina, observando-o dançar com Grace.

Era um excelente dançarino. Amelia sabia. Tinha dançado com ele muitas vezes – contradanças, ritmos coreografados, valsas –, tudo durante suas duas temporadas em Londres. Danças feitas por obrigação, todas elas.

No entanto, às vezes – *às vezes* – tinham sido encantadoras. Amelia não era imune ao que os outros pensavam. Era esplêndido colocar a mão no braço do solteiro mais cobiçado de Londres, sobretudo quando havia um contrato em vigor declarando que tal solteiro era só dela.

Tudo nele parecia ser maior e melhor do que nos outros homens. Era rico! Tinha um título! Causava desmaios em mocinhas frágeis! E até nas mais robustas – elas também desmaiavam.

Amelia estava convencida de que Thomas Cavendish seria o partido da década mesmo que tivesse nascido com uma corcunda e dois narizes. Duques casadouros não proliferavam por aí e sabia-se que os Wyndhams rivalizavam com a maioria dos principados europeus em termos de terras e dinheiro.

Só que Sua Graça não tinha uma corcunda e seu nariz (que felizmente era único) era reto, belo, de proporções esplêndidas em relação ao rosto. O cabelo era escuro e grosso, os olhos tinham um tom de azul arrebatador. E ele parecia ter todos os dentes. Para ser direta, seria impossível ignorar o fato de que era um homem atraente.

Embora Amelia não estivesse imune a seus encantos, ela também não se deixava cegar. Apesar do compromisso, Amelia se considerava uma juíza muito objetiva do duque. Deveria ser mesmo, porque era capaz de enumerar seus defeitos. E, de vez em quando, se divertia fazendo uma lista deles, que costumava revisar de tempos em tempos.

Parecia justo. E, quando considerava o tamanho da encrenca em que se meteria caso alguém descobrisse tal lista, concluía que ela deveria ser a mais atualizada possível.

Amelia valorizava acima de tudo a exatidão, que considerava uma virtude lamentavelmente subestimada.

Contudo o problema com o noivo (e com a maior parte das pessoas, supunha ela) era que ele era muito difícil de classificar. Como, por exemplo, explicar aquele seu ar indefinível, como se houvesse algo... *a mais* nele do que no resto da sociedade? E ninguém esperava que os duques parecessem aprazíveis. Deveriam ser magros e rijos ou então corpulentos, com vozes desagradáveis e um intelecto superficial. Além disso, certa vez ela avistara as mãos de Wyndham. Em geral, ele usava luvas quando se encontravam, mas uma vez, ela não se lembrava bem por quê, o duque as tirara e ela ficara hipnotizada.

Pelas mãos dele, pelo amor de Deus.

Era maluquice, era inacreditável. Ainda assim, enquanto Amelia observava aquelas mãos, em silêncio e provavelmente de queixo caído, só lhe ocorria que elas tinham feito coisas. Consertado uma cerca. Segurado uma pá.

Se tivesse nascido quinhentos anos antes, ele com certeza teria sido um cavalheiro feroz a brandir uma espada em batalha (quando não estivesse cavalgando com sua amada ao pôr do sol).

Ela admitia: talvez tivesse passado um pouco mais de tempo ponderando sobre as nuances mais sutis da personalidade do noivo do que ele havia pensado nela.

Mesmo assim, no final das contas, Amelia não sabia muito sobre ele. Ser nobre, rico e bonito não queria dizer muita coisa. Não achava pouco razoável desejar saber mais sobre ele. E o que realmente queria – mesmo sem entender o motivo – era que ele a conhecesse um pouco.

Ou que ele *quisesse* conhecê-la um pouco mais.

Que demonstrasse curiosidade.

Que fizesse uma pergunta.

Que ouvisse a resposta em vez de apenas assentir enquanto olhava para alguém do outro lado do aposento.

Desde que Amelia começara a contabilizar, seu noivo lhe fizera exatamente oito perguntas. Sete diziam respeito à sua satisfação com o entretenimento da noite. A outra fora sobre o tempo.

Não esperava que ele a amasse – não era tão sonhadora. Mas supunha que um homem de inteligência mediana gostaria de saber algo sobre a mulher com quem planejava se casar.

Mas não, Thomas Adolphus Horatio Cavendish, estimadíssimo duque

de Wyndham, conde de Kesteven, Stowe e Stamford, barão Grenville de Staine, sem falar de outros tantos títulos honoríficos que ela (felizmente) não tinha sido obrigada a decorar, não parecia se importar com o fato de a futura esposa adorar morango e não suportar ervilha. Não sabia que ela nunca cantava em público nem estava ciente de que, quando se dedicava, podia ser uma aquarelista talentosa.

Ele não sabia que ela sempre sonhara visitar Amsterdã.

Não sabia quanto ela odiava quando a mãe descrevia sua inteligência como "adequada".

Não sabia que ela morreria de saudade da irmã quando Elizabeth se casasse com o conde de Rothsey, que morava do outro lado do país, a quatro dias de viagem.

E não sabia que, se um belo dia, ele lhe fizesse uma simples pergunta, buscasse sua opinião sobre algum assunto além da temperatura do ar, *ele* subiria muitíssimo no conceito de Amelia.

Só que primeiro ele precisaria se importar com o que Amelia pensava dele, o que com certeza não era o caso. Na verdade, a única certeza que tinha a respeito do noivo – e não havia a menor sombra de dúvida – era sobre a completa indiferença que ele sentia pelo que Amelia pensava.

Exceto por...

Ela espiou com cautela por trás da cortina de veludo vermelho que lhe servia de escudo, mesmo ciente de que ele sabia que ela se encontrava ali.

Observou o rosto dele.

Observou o modo como ele olhava para Grace.

O modo como sorria para Grace.

O modo como ele... céus, ele dava *gargalhadas*? Nunca o ouvira soltar uma gargalhada, nem mesmo à distância.

Abriu a boca com o susto e talvez com uma ponta de desânimo. Ao que tudo indicava, ela descobrira algo substancial sobre o noivo.

Ele estava apaixonado por Grace Eversleigh.

Que maravilha.

No baile da reunião social de Lincolnshire não havia valsa, que era considerada muito "inflamada" pelas senhoras respeitáveis que organizavam

o evento trimestral. Thomas lamentava. Não tinha interesse na natureza sedutora da dança – nunca valsara com alguém a quem quisesse seduzir. Mas a valsa era uma oportunidade para conversar com a dama, o que seria bem mais fácil do que uma palavra aqui e uma frase ali trocadas enquanto ele e Grace executavam os movimentos intrincados de uma coreografia.

– Está tentando deixá-la com ciúme? – perguntou Grace, sorrindo de um modo que ele poderia ter considerado provocante, se não a conhecesse tão bem.

– Não diga absurdos.

Porém, àquela altura, ela já dava o braço a um cavalheiro da região. Thomas engoliu um grunhido irritado e esperou que ela voltasse.

– Não diga absurdos – repetiu.

Grace inclinou ligeiramente a cabeça.

– Você nunca tinha dançado comigo.

Dessa vez, ele esperou pelo momento apropriado antes de responder.

– Em que outra ocasião tive oportunidade de dançar com você?

Grace deu um passo para trás e fez uma saudação, como mandava a coreografia, mas Thomas também a percebeu fazer um sinal afirmativo com a cabeça. Ele raramente comparecia aos eventos locais e, embora Grace acompanhasse a avó dele quando ela viajava para Londres, não costumava ser incluída nos programas noturnos. E, quando era, ficava num canto, junto com outras damas de companhia.

Os dois se dirigiram para a frente da fila de dançarinos. Ele tomou sua mão para o passo seguinte e os dois caminharam pela ala central, cavalheiros à direita, damas à esquerda.

– Está zangado – avaliou Grace.

– De maneira nenhuma.

– Orgulho ferido.

– Só por um momento – admitiu ele.

– E agora?

Ele não respondeu. Não precisou. Tinham chegado ao fim da fila e precisavam assumir seus lugares em lados opostos. Quando se aproximaram para uma rápida batida de mãos, contudo, Grace não perdeu a oportunidade:

– Não respondeu à minha pergunta.

Os dois recuaram, depois se aproximaram de novo e ele se abaixou e murmurou:

– Gosto de estar no controle.

Grace parecia prestes a rir daquelas palavras.

Ele abriu um sorriso preguiçoso.

– Está tão surpresa assim? – perguntou ele, assim que teve chance de voltar a falar.

Ele se curvou. Grace girou.

– Você nunca me surpreende – disse, com os olhos cheios de malícia.

Thomas riu ao ouvir aquilo. No instante em que voltaram a se encontrar para mais uma saudação e um giro, ele se aproximou.

– Nunca tentei – respondeu

Grace revirou os olhos.

Grace era uma boa companhia. Thomas duvidava que a avó, ao contratá-la, procurasse algo além de uma criatura que soubesse dizer "sim, senhora" e "claro, senhora", mas escolhera muito bem. E era uma vantagem que Grace tivesse sido criada na região. Perdera os pais alguns anos antes, vítimas de uma febre. O pai era um cavalheiro local, muito querido, assim como a esposa. Como resultado, Grace conhecia todas as outras famílias das redondezas e mantinha boas relações com a maioria. O que era útil para seu posto atual.

Ou, pelo menos, era o que Thomas presumia. Na maior parte do tempo, ele tentava ficar longe da avó.

A música terminou e ele se permitiu uma olhada furtiva para a cortina vermelha. Ou sua noiva havia partido ou se tornara mais habilidosa na arte do disfarce.

– Deveria ser mais gentil com ela – comentou Grace, enquanto os dois deixavam a pista de dança.

– Ela me rejeitou – lembrou Thomas.

Grace apenas deu de ombros.

– Deveria ser mais gentil com ela – repetiu.

Então, fez uma reverência e partiu, deixando Thomas sozinho, o que nunca era uma perspectiva agradável num evento como aquele.

Era um homem comprometido. Além do mais, aquele era um evento local e sua futura esposa era bem conhecida por todos. O que *deveria* significar que ele seria deixado em paz por todos que pudessem imaginar as filhas (ou irmãs ou sobrinhas) como duquesas. Infelizmente, lady Amelia não era uma proteção completa contra a vizinhança. Por mais que fosse estimada

25

(e, até onde ele podia perceber, era mesmo muito popular), nenhuma mãe de respeito deixaria de acalentar a possibilidade de que algo *talvez* desse errado com o compromisso, que o duque *talvez* ficasse disponível e que ele *talvez* precisasse encontrar outra futura esposa.

Ou pelo menos era o que lhe diziam. Em geral, não ficava ao alcance daqueles cochichos. (E ele sempre agradecia ao Criador por isso.)

Embora existissem cidadãos em Lincolnshire que não dispunham de uma filha/irmã/sobrinha desimpedida, havia sempre alguém querendo ficar bem com ele. Era terrivelmente cansativo. Teria dado um braço – bem, talvez um dedo do pé – pela chance de viver apenas um dia sem que ninguém lhe dissesse algo apenas por *achar* que era o que desejava ouvir.

Havia um bocado de vantagens em ser um duque, mas a sinceridade dos outros não estava entre elas.

Assim, ao ser abandonado por Grace à beira da pequena pista de dança, ele se dirigiu imediatamente para a porta.

Uma porta qualquer, para ser mais preciso. Não importava muito para onde se abriria. Ele só queria sair.

Vinte segundos depois, ele respirava o ar puro e gelado de Lincolnshire enquanto considerava seus planos para o resto da noite. Tinha pensado em ir para casa. Na verdade, tudo o que ele queria era passar uma noite tranquila quando a avó o cercara com os planos para o evento.

Agora, contudo, julgava que uma visita a Stamford poderia ser oportuna. Celeste, a viúva inteligente e discreta que era só dele, estaria por lá. O arranjo que mantinham era adequado para os dois. Ele lhe levava presentes que ela podia usar para abastecer sua casa bem-cuidada e complementar a renda modesta deixada pelo marido. E ela fornecia companhia sem a menor expectativa de fidelidade.

Thomas fez uma pausa para se orientar. Havia uma pequena árvore, uma fonte para os pássaros e o que parecia ser uma roseira excessivamente podada... Ao que tudo indicava, ele não tinha saído pela porta que levava para a rua. *Ah, certo, o jardim.*

Franziu a testa de leve e olhou para trás. Não sabia se seria possível chegar à rua sem voltar ao salão, mas por Deus, iria tentar, porque podia jurar ter ouvido uma voz estridente chamando seu nome e depois dizendo as palavras "filha", "preciso" e "apresentar".

Thomas se dirigiu à fonte. Pretendia apenas contornar a construção,

mas, no momento em que passou pela roseira sofrida, pensou ter notado um movimento com o canto do olho.

Não tinha a intenção de olhar. Por Deus, ele não *queria* olhar. Olhar só lhe traria inconveniências. Não havia nada mais estranho do que encontrar alguém num lugar onde ele (ou *ela*, o que era mais frequente) não deveria estar. Mas ele olhou, claro, porque aquela noite estava se desenrolando daquele jeito.

Olhou e preferiu não ter olhado.

– Vossa Graça.

Era lady Amelia, com toda a certeza num lugar onde não deveria estar. Ele a fitou com desagrado enquanto resolvia como lidar com a situação.

– Lá dentro estava abafado – explicou ela, levantando-se.

Até então estava sentada num banco de pedra e seu vestido – verdade fosse dita, ele não conseguia se lembrar da cor do vestido e, sob a luz da lua, era impossível identificá-la. Mas o vestido parecia se mesclar ao entorno e devia ter sido por isso que ele não havia reparado na presença de Amelia antes.

Contudo, não importava. O que importava era que ela estava fora do salão, sozinha.

E era a noiva dele.

Aquilo não iria dar certo.

Teria sido uma saída bem mais grandiosa se Amelia tivesse condições de deixar o salão e ir embora, mas havia um probleminha: sua irmã. E a outra irmã. E a mãe. E o pai, embora estivesse convencida de que ele ficaria feliz de acompanhá-la, não fosse pelas outras três Willoughbys que ainda se divertiam.

Por isso, Amelia tinha se dirigido para a área externa, onde poderia esperar que a família se cansasse das festividades sentada num pequeno banco de pedra. Ninguém passava por ali. Não ficava exatamente no jardim e, como o propósito do evento era ver e ser visto, um velho banco empoeirado não era muito atraente.

Porém a noite não estava muito fria e as estrelas cintilavam no céu, o que oferecia certa distração – embora, com seu talento para identificar constelações, só durasse alguns minutos.

Ainda assim, encontrou a Ursa Maior e depois a Menor, ou pelo menos o que ela achava ser a Ursa Menor. Identificou três grupamentos que poderiam representar ursos – quem tinha pensado naqueles nomes devia ter uma capacidade de abstração e tanto – e depois achou algo que ela podia jurar ser um campanário de igreja.

Não que existissem constelações identificadas como campanários. Mas ela achou.

Amelia mudou de posição para olhar um punhado de estrelas cintilantes ao norte – que poderia, com imaginação, ser um urinol de formato estranho –, mas, antes que pudesse franzir os olhos devidamente, ouviu o som inconfundível de alguém que atravessava o jardim.

Alguém que vinha em sua direção.

Maldição! Daria qualquer coisa por um instante de privacidade. Nunca tinha momentos assim em casa e parecia que também não teria esse direito ali.

Ficou imóvel, esperando que o intruso se afastasse e então...

Não podia ser.

Mas claro que era.

Seu estimado noivo. Em toda a sua esplendorosa glória.

O que ele estava fazendo *ali*? Ao sair do salão, ela o deixara dançando alegremente com Grace. Mesmo que a dança já tivesse acabado, ele não seria obrigado a acompanhá-la e dedicar-se a alguns minutos de conversa? E, depois, não seria abordado por diversos representantes da sociedade de Lincolnshire que nutriam a esperança de que o compromisso entre os dois fosse rompido (com certeza, ninguém queria mal à futura noiva, mas Amelia já tinha ouvido mais de uma pessoa especular sobre a possibilidade de que ela se apaixonasse por outro e fugisse para se casar).

Como se fosse possível escapar de sua casa sem que alguém percebesse.

Contudo parecia que Sua Graça tinha conseguido escapulir com velocidade impressionante e que se esgueirava pelo jardim.

Ah, melhor dizendo, o duque caminhava altivo, ereto e insuportavelmente orgulhoso como sempre. Mesmo assim, estava escapulindo furtivamente, o que Amelia considerou curioso. Ninguém teria coragem de impedir que o duque de Wyndham saísse pela porta da frente com a cabeça erguida.

Amelia ficaria satisfeita se pudesse inventar histórias vergonhosas sobre ele para si mesma, mas o duque escolheu aquele momento para virar

a cabeça na sua direção. Claro, porque ela era a jovem mais azarada de Lincolnshire.

– Vossa Graça – disse Amelia.

Parecia inútil fingir que não sabia que ele a vira. Ele ficou em silêncio, o que ela considerou rude. Mas Amelia achou que não estava em condições de abandonar seus bons modos, por isso se levantou para dar uma explicação.

– Lá dentro estava abafado.

E era verdade. Mesmo que não fosse o motivo de sua saída.

Ele continuou sem dizer nada, apenas observando-a daquele seu jeito arrogante. Era difícil se manter absolutamente imóvel sob o peso daquele olhar e ela imaginava que o objetivo fosse esse mesmo. Estava morrendo de vontade de transferir o peso de um pé para o outro. Ou cerrar os punhos. Ou cerrar os dentes. Mas se recusava a lhe dar tal satisfação (presumindo que ele reparasse em algo que ela fizesse). Por isso se manteve completamente imóvel, a não ser pelo sorriso sereno em seu rosto.

– Está sozinha – disse ele.

– Estou.

– Fora do salão.

Amelia não sabia como assentir sem fazer com que pelo menos um deles parecesse idiota. Por isso, ela se limitou a piscar e a aguardar a declaração seguinte.

– Sozinha.

Ela olhou para a esquerda e depois para a direita e disse, antes que pudesse pensar duas vezes:

– Não mais.

O olhar dele se tornou mais penetrante, de um modo que ela não achava que seria possível.

– Presumo que tenha conhecimento dos riscos para sua reputação.

Dessa vez, ela cerrou os dentes. Mas apenas por um momento.

– Não esperava ser encontrada por ninguém – ressaltou ela.

Ele não gostou do que ouviu. Ficou evidente.

– Não estamos em Londres – prosseguiu ela. – Posso me sentar num banco fora do salão por alguns minutos sem perder meu lugar na sociedade. Desde que o senhor não me abandone.

Céus. Agora era *ele* quem cerrava os dentes? Formavam uma dupla e tanto.

– De qualquer forma – rosnou ele –, esse comportamento não é desejável para uma futura duquesa.

– *Sua* futura duquesa.

– De fato.

O estômago de Amelia começou a executar uma estranha série de cambalhotas e ela não saberia dizer, com toda a sinceridade, se eram por empolgação ou terror. Wyndham parecia furioso, de um modo frio, e, embora ela não temesse pela própria integridade física – ele era cavalheiresco demais para agredir uma mulher –, sabia que, se ele quisesse, poderia transformar a vida dela num inferno.

Desde que podia se lembrar, tinham deixado claro para ela que era aquele homem (ou menino, na época) quem mandava. Era simples: sua vida giraria em torno dele, não havia o que discutir.

Ele falava, ela ouvia.

Ele fazia um sinal, ela pulava.

Ele entrava no aposento, ela sorria, encantada.

Acima de tudo, ela se sentia feliz pela oportunidade. Era uma garota de *sorte* por ter a chance de concordar com tudo o que ele dizia.

O problema – aquilo que ela achava mais insultante – era que ele raramente falava com ela. Quase nunca dava um sinal – o que ele poderia desejar que ela pudesse oferecer, afinal de contas? E ela desistira de sorrir quando ele entrava, porque ele nunca olhava para ela.

Ele até tomava conhecimento da sua existência, mas isso não acontecia com regularidade.

Naquele momento, entretanto...

Ela abriu um sorriso sereno, contemplando seu rosto, como se não percebesse que os olhos dele eram quase tão frios quanto pedacinhos de gelo.

Naquele momento, ele reparava nela.

Então, de forma inexplicável, algo mudou na fisionomia do duque. Como um passe de mágica. Algo dentro dele pareceu se abrandar, os lábios esboçaram um sorriso e ele a contemplou como se fosse um tesouro de valor inestimável, lançado em seu colo por um deus benevolente.

Era o suficiente para deixar uma dama *bem pouco* à vontade.

– Eu a negligenciei – disse ele.

Ela piscou. Três vezes.

– Perdão...?

Ele tomou a mão de Amelia e a levou aos lábios.

– Eu a negligenciei – repetiu, sua voz calorosa. – Não foi gentil da minha parte.

Amelia abriu a boca. Ela deveria fazer algo com o braço (devolvê-lo para junto do corpo teria sido a opção mais óbvia), mas só conseguia ficar parada como uma tola, boquiaberta, inerte, perguntando a si mesma por que ele...

Muito bem. Perguntando apenas *por quê*, para dizer a verdade.

– Devo dançar com a senhorita agora? – murmurou ele.

Ela o fitou. O que ele pretendia?

– Não é uma pergunta difícil – disse ele com um sorriso, puxando a mão dela de leve, enquanto se aproximava. – Basta dizer sim ou não.

Ela prendeu a respiração.

– Ou sim – prosseguiu ele, rindo enquanto a mão livre encontrava as costas dela.

Os lábios dele se aproximaram de sua orelha, sem tocá-la, mas tão perto que as palavras acariciaram sua pele como um beijo.

– Sim é quase sempre a resposta correta.

Ele fez uma pequena pressão e, devagar, de forma muito suave, eles começaram a dançar.

– E é sempre certa quando está comigo – murmurou ele, os lábios finalmente roçando na orelha da noiva.

Ele a estava seduzindo. Aquela ideia a invadiu com partes iguais de excitação e confusão. Não conseguia imaginar por quê; ele nunca tinha mostrado a menor inclinação para fazer isso antes. Também era algo deliberado. Ele estava lançando mão de todas as armas em seu arsenal, ou pelo menos todas as armas permitidas num jardim público.

E vinha obtendo êxito. Ela sabia que suas motivações só podiam ser maquiavélicas – não podia ter se transformado numa mulher irresistível no decorrer daquela noite. Mesmo assim, sentia arrepios e, quando respirava (o que não acontecia com a frequência desejável), seu corpo parecia ficar mais leve e flutuar. Talvez ela não soubesse muito sobre relacionamentos entre homens e mulheres, mas de uma coisa tinha certeza: ele a estava deixando boba.

O cérebro ainda funcionava e a maioria dos pensamentos fazia sentido, mas ele não poderia saber disso, pois tudo o que ela conseguia fazer era

contemplá-lo como um bezerro apaixonado, seus olhos implorando que ele movesse a mão, apertasse suas costas.

Queria se afundar nele.

Tinha sido capaz de pronunciar uma palavra sequer desde que ele segurara a sua mão?

– Nunca percebi como seus olhos são bonitos – disse ele com suavidade.

Ela *quis* dizer que ele nunca tinha se dado o trabalho de olhar. E depois *quis* salientar que ele não podia ver a cor deles à luz da lua.

Em vez disso, ela sorriu como uma boba e ergueu a cabeça, aproximando-se dele, porque talvez... talvez, ele estivesse pensando em beijá-la e talvez... talvez ele acabasse fazendo isso. E talvez... ah, com certeza, ela permitiria.

E ele a beijou. Os lábios dele roçaram os dela no que deveria ser o primeiro beijo mais suave, mais respeitoso e mais romântico da história. Foi tudo o que ela sempre sonhara. Foi doce, delicado e fez com que sentisse calor por todo o corpo. Depois, sem se conter, ela suspirou.

– Tão doce – murmurou ele.

Amelia sentiu que seus braços envolviam o pescoço dele. Ele riu do seu entusiasmo e as mãos dele desceram, envolvendo o traseiro dela de forma muito escandalosa.

Amelia soltou um gritinho, apertando-se contra ele, que a segurou com mais força. O ritmo da respiração dele se alterou.

Assim como o beijo.

CAPÍTULO TRÊS

A intenção do beijo tinha sido apenas controlá-la. Mas *aquilo* era uma surpresa muito agradável.

Lady Amelia era um deleite e Thomas acabara de descobrir que seu traseiro era ainda mais estimulante, tanto que sua mente já vagava num lugar longínquo, um lugar impreciso, onde se dispensavam as roupas e ele poderia insinuar suas mãos ainda mais embaixo, passando pela parte interna das coxas e subindo com os dedos, subindo, subindo...

Bom Deus, talvez devesse pensar em marcar a data com ela.

Intensificou o beijo, apreciando o gritinho de surpresa que ela deixou escapar. Depois a puxou com mais força para si. Era uma delícia senti-la junto a seu corpo, toda feita de curvas suaves e músculos delicados. Ouvira dizer que ela gostava de andar a cavalo.

– Você é linda – murmurou ele, imaginando se ela costumava galopar de pernas abertas.

Contudo não era a ocasião, muito menos o lugar, para deixar a imaginação correr solta. E então, confiante de ter extinguido no nascedouro a pequena rebelião da jovem, ele se afastou, deixando que uma das mãos se demorasse no seu rosto antes de baixá-la.

Quase sorriu. Ela o fitava com um ar atordoado, como se não soubesse bem o que acabara de acontecer.

– Devo acompanhá-la até o salão? – perguntou ele.

Amelia balançou a cabeça. Pigarreou.

– Não estava prestes a sair? – indagou ela por fim.

– Não poderia deixá-la aqui.

– Posso voltar sozinha ao salão.

O olhar dele deveria ser de incerteza, porque ela acrescentou:

– Pode olhar enquanto eu entro, se preferir.

– Por que não quer ser vista comigo? – murmurou ele. – Serei seu marido em breve.

– Será?

Ele quis saber aonde fora parar a criatura atordoada de paixão, porque naquele instante Amelia tinha um olhar claro e incisivo.

– Duvida da minha palavra? – perguntou ele, a voz cuidadosamente impassível.

– Nunca faria isso.

Ela deu um passo para trás e se afastou dele, mas não foi um movimento de recuo. Foi uma espécie de sinal: o efeito hipnótico passara.

– Nesse caso, o que quer dizer?

Ela se virou e sorriu.

– Tenho certeza de que se casará comigo. O que questiono é o "em breve".

Ele a fitou por um longo momento.

– Nunca falamos com franqueza, você e eu – declarou ele.

– Nunca.

Ela era mais inteligente do que ele fora levado a crer. O que era bom, decidiu ele. Às vezes irritante, mas, de modo geral, uma vantagem.

– Qual a sua idade?

Ela arregalou os olhos.

– Não sabe?

Maldição. Era impossível prever quando uma mulher iria criar caso.

– Não, não sei.

– Tenho 21 anos – contou ela e fez uma reverência zombeteira. – Já sou praticamente uma solteirona.

– Ora, por favor!

– Minha mãe fica desesperada.

Ele a encarou.

– Que impertinente!

Amelia quase pareceu feliz com o insulto.

– É mesmo.

– Devo beijá-la de novo – disse ele, erguendo uma das sobrancelhas de modo arrogante.

Amelia não era experiente a ponto de ter uma resposta pronta para isso, o que o duque considerou muito bom. Ele se inclinou ligeiramente, com um sorriso afetado.

– É que você fica calada quando a beijo.

Ela abriu a boca, ultrajada.

– Também fica calada quando a insulto – ponderou ele. – Mas, estranhamente, não acho tão divertido assim.

– Você é insuportável – disparou ela.

– No entanto elas chegam – reclamou ele num suspiro. – Palavras. De seus lábios.

– Estou saindo – declarou a jovem.

Deu meia-volta para entrar no salão, mas ele foi rápido demais e lhe deu o braço antes que Amelia pudesse escapulir. Para um espectador, teria parecido a mais gentil das posturas, mas a mão que pousava sobre a dela fazia mais do que simplesmente cobri-la.

Ela a prendia.

– Vou acompanhá-la – disse ele com um sorriso.

Amelia lhe lançou um olhar insolente, mas não protestou. Ele deu batidinhas na mão dela, decidindo deixá-la escolher se o gesto era reconfortante ou condescendente.

– Vamos? – murmurou.

Os dois voltaram juntos.

A festa acabaria logo. Thomas reparou que os músicos tinham pousado os instrumentos e que a multidão diminuíra um pouco. Não conseguiu encontrar Grace nem sua avó.

Os pais de Amelia estavam no canto oposto a eles, conversando com um cavalheiro da região. Thomas começou a atravessar o salão, meneava a cabeça em resposta àqueles que os cumprimentavam, mas não parava.

Então sua futura esposa se dignou a falar. Baixinho, só para seus ouvidos. Mas havia algo de devastador na sua pergunta.

– Nunca se cansa de ver o mundo interrompendo sua rotação toda vez que você chega?

Sentiu que os pés ficaram imóveis. Encarou-a. Os olhos dela – um tanto verdes, como dava para ver – estavam arregalados. Mas ele não enxergou sarcasmo neles. Era uma pergunta sincera, alimentada pelo interesse genuíno, não pelo desprezo.

Thomas não tinha o costume de revelar seus pensamentos mais profundos para ninguém, mas naquele momento ele sentiu uma fadiga insuportável, talvez até certo cansaço de ser quem ele era. Por isso, balançou a cabeça lentamente e respondeu:

– Todos os minutos de todos os dias.

Muitas horas depois, Thomas subia as escadas rumo a seu quarto no castelo Belgrave. Sentia-se cansado e de péssimo humor – se não era péssimo, era no mínimo ruim. Estava inquieto, principalmente em relação a si mesmo. Passara boa parte da noite pensando na conversa com lady Amelia, o que já era irritante – nunca desperdiçara tanto tempo com ela.

Em vez de voltar direto para casa, como pretendera de início, ele seguiu para Stamford, na intenção de fazer uma visita a Celeste. Só que, ao chegar lá, não se sentira inclinado a bater à porta. Só conseguia pensar que teria de *conversar*, porque era esse o tipo de amizade entre os dois. Celeste não era uma atriz nem uma cantora de ópera, dedicada a uma vida de prazeres; era uma viúva decente. E ele precisava tratá-la assim, com conversas e outras delicadezas, mesmo quando não estava disposto a trocar muitas palavras.

Nem outras delicadezas.

Ele ficara sentado no cabriolé, parado na rua diante da casa dela, durante pelo menos dez minutos. Por fim, sentindo-se um tolo, partiu. Atravessara a cidade e parara para tomar uma cerveja numa taverna onde não seria reconhecido. Gostou bastante de ficar sozinho, de desfrutar uma completa paz sem que ninguém se aproximasse dele com uma pergunta, um pedido ou, pior de tudo, um elogio.

Passara uma hora bebericando aquela cerveja, sem fazer nada além de observar as pessoas à sua volta. Depois, percebendo quanto tinha ficado tarde, fora para casa.

Bocejou. Pensou em sua cama confortável e planejou fazer bom uso dela. Possivelmente até o meio-dia.

O silêncio reinava em Belgrave quando ele chegou. Fazia muito tempo que os criados tinham ido dormir, assim como a avó, ao que tudo indicava.

Graças a Deus.

Supunha que amasse a avó. Era algo teórico, porque com certeza não *gostava* dela. Mas ninguém gostava. Imaginava que lhe devesse algum respeito. Tinha posto no mundo o homem que se casara com a mulher que lhe dera a vida. Era preciso agradecer pela própria existência, pelo menos.

Não conseguia pensar em nenhuma outra razão para sentir afeto. Augusta Elizabeth Candida Debenham Cavendish não era uma pessoa muito gentil, para dizer o mínimo.

Tinha ouvido histórias de pessoas que a conheceram na juventude e diziam que, embora nunca tivesse sido simpática, pelo menos não era tão antipática. Mas eram histórias de tempos muito anteriores a seu nascimento, anteriores à morte de dois dos três filhos da avó. O mais velho partira com a mesma febre que levara seu marido. O filho do meio se fora num naufrágio na costa da Irlanda.

Com dois irmãos perfeitamente saudáveis, o pai de Thomas nunca tivera expectativa de se tornar duque. O destino era mesmo imprevisível.

Thomas bocejou sem se dar o trabalho de cobrir a boca e atravessou o saguão rumo às escadas. De repente, para sua grande surpresa, ele viu...

– Grace?

Ela soltou um gritinho de surpresa e tropeçou no último degrau. Por reflexo, ele se adiantou para ampará-la e a segurou pelos braços até que ela recuperasse o equilíbrio.

– Vossa Graça – falou ela, parecendo muito cansada.

Ele deu um passo para trás, encarando-a com curiosidade. Havia muito que tinham dispensado as formalidades dos títulos na intimidade de Belgrave. Na verdade, ela era uma das poucas pessoas que o chamavam pelo nome de batismo.

– Que diabo está fazendo acordada? – perguntou ele. – Já deve passar das duas.

– Já passa das três, na verdade – comentou ela, e suspirou.

Thomas a observou por um momento, tentando imaginar o que a avó teria exigido para que sua dama de companhia estivesse de pé àquela hora da noite. Tinha até medo da resposta. Só Deus sabia o que ela era capaz de inventar.

– Grace? – chamou ele com gentileza, porque a garota parecia esgotada.

Ela piscou e balançou a cabeça de leve.

– Por que está vagando pelos corredores?

– Sua avó não está se sentindo bem – respondeu ela com um sorriso amargurado. E então atalhou: – Está chegando tarde.

– Tive negócios para resolver em Stamford – disse ele, brusco.

Considerava Grace uma amiga verdadeira, mas era também uma dama. Seria um insulto mencionar Celeste na presença dela.

Além do mais, continuava incomodado com a própria indecisão. Por que diabo havia viajado até Stamford só para dar meia-volta?

Grace pigarreou.

– Tivemos uma noite... agitada – começou ela, então prosseguiu de modo quase relutante. – Fomos abordadas por salteadores.

– Meu bom Deus! – exclamou ele, examinando-a com mais atenção. – Está tudo bem? Minha avó está bem?

– Não nos ferimos – garantiu Grace. – Embora o cocheiro tenha ficado com um galo na cabeça. Tomei a liberdade de lhe dar três dias de descanso para que se recupere.

– Claro.

Por dentro, contudo, ele se recriminava. Não deveria ter permitido que as duas viajassem sozinhas. Deveria ter percebido que voltariam tarde. E o que teria acontecido com os Willoughbys? Era improvável que a carruagem deles tivesse sido abordada. Viajavam na direção oposta. De qualquer maneira, ele não se sentia bem.

– Devo minhas desculpas. Deveria ter insistido em que fossem acompanhadas por mais criados.

– Não seja tolo. Não é sua culpa. Quem poderia imaginar...

Ela balançou a cabeça.

– Não fomos feridas. É o que importa.

– O que eles levaram? – perguntou ele, porque parecia o certo a indagar.

– Não levaram muita coisa – disse Grace com leveza, como se quisesse minimizar a situação. – Nada meu. Imagino que estava óbvio que eu não era uma mulher de posses.

– A vovó deve estar furiosa.

– Está um pouco transtornada – admitiu Grace.

Ele quase riu, o que seria inapropriado e indelicado, como sabia muito bem. Mas tinha adorado a escolha de palavras.

– Ela estava com as esmeraldas, não estava? – perguntou ele, balançando a cabeça. – Aquela velha tem um apego ridículo àquelas pedras.

– Ela não perdeu as esmeraldas – respondeu Grace.

Ele teve certeza de que Grace estava exausta porque ela não ralhou com ele pelo modo como se referira a avó.

– Escondeu-as sob a almofada do assento.

Thomas ficou impressionado.

– Ela fez isso?

– Eu fiz – corrigiu-se Grace. – Ela jogou as pedras para mim quando cercaram o veículo.

Ele sorriu pela sua presença de espírito e, depois de um momento de silêncio estranhamente constrangedor, falou:

– Não me explicou por que está acordada a essa hora. Com certeza também merece um descanso.

Grace balbuciou algo, o que o fez imaginar qual seria a causa de tamanho constrangimento.

– Sua avó fez um pedido estranho – falou ela por fim.

– Todos os pedidos dela são estranhos – replicou o duque.

– Não, este... bem...

Ela soltou um suspiro exasperado.

– Creio que não estaria disposto a me ajudar a tirar um quadro da galeria, estaria?

Por essa ele não esperava

– Um quadro? – repetiu.

Ela assentiu.

– Da galeria.

Ela voltou a assentir.

Thomas tentou imaginar... depois desistiu.

– Suponho que ela não esteja pedindo uma daquelas telas quadradas de tamanho modesto.

Grace pareceu prestes a sorrir.

– Com as tigelas de fruta?

Ele assentiu.

– Não.

Céus, a avó tinha enlouquecido. O que seria bom, na verdade. Talvez pudesse interná-la num asilo. Imaginava que a decisão não fosse causar protestos.

– Ela quer um retrato do seu tio.

– Qual dos tios?

– John.

Ele assentiu e perguntou a si mesmo por que se dera ao trabalho de indagar. Não tinha conhecido o tio, claro. John Cavendish perecera um ano antes de seu nascimento. Mas o castelo Belgrave vivia sob sua sombra desde então. O filho do meio sempre fora o preferido da viúva e todo mundo sabia disso, principalmente os outros filhos.

– Sempre foi o favorito – murmurou ele.

Grace o encarou com um ar intrigado.

– Mas o senhor não chegou a conhecê-lo.

– Não, claro que não. Ele morreu antes que eu nascesse. Mas meu pai falava dele.

Com muita frequência. E nunca com carinho.

Thomas supôs que devesse ajudar Grace a tirar a pintura da parede. A jovem seria incapaz de fazer aquilo sozinha. Balançou a cabeça.

– Aquele retrato é em tamanho natural, não é?

– Temo que sim.

Deus do céu! As coisas que a avó fazia... Não!

Não. Não seria conivente.

Encarou Grace.

– Não – disse ele. – Esta noite, não. Se ela quer o maldito quadro no quarto, pode pedir a assistência de um lacaio pela manhã.

– Garanto que não há nada que eu queira mais do que me recolher, mas será mais fácil simplesmente atender o pedido de lady Cavendish.

– De modo nenhum – respondeu Thomas.

Deus do céu, a avó era mesmo terrível. Deu meia-volta e subiu a escada pretendendo dizer tudo o que ela merecia ouvir. Na metade do caminho, porém, percebeu que estava sozinho.

Qual era o problema com as mulheres de Lincolnshire naquela noite?

– Grace! – berrou.

Então, como a jovem não surgiu de imediato ao pé da escada, ele desceu os degraus correndo e chamou de novo.

– Grace!

– Estou bem aqui – retorquiu ela, apressando-se. – Minha nossa, assim a casa inteira vai acordar.

Thomas ignorou suas palavras.

– Não me diga que tinha a intenção de carregar o quadro sozinha.

– Se eu não fizer isso, ela vai tocar a campainha pelo resto da noite e não poderei dormir.

Ele franziu os olhos.

– Observe.

Ela pareceu alarmar-se.

– O quê?

– O cordão da campainha sendo desarmado – respondeu ele, subindo os degraus com determinação renovada.

40

– Desarma... Thomas!

Ele nem se deu o trabalho de parar. Ouviu que ela corria atrás dele, tentando alcançá-lo.

– Thomas, não pode fazer isso – bufou Grace, sem fôlego, depois de subir a escada de dois em dois degraus.

Ele parou e se virou. Chegou a sorrir, porque aquilo era quase engraçado.

– A casa é minha. Posso fazer o que eu quiser.

Então seguiu a passos largos, mal parando diante da porta da avó, que estava convenientemente escancarada.

– O que acha que está fazendo? – disparou ele ao chegar à cabeceira da cama da avó.

Mas a viúva estava com uma aparência...

Estranha.

Faltava a dureza habitual no olhar e, verdade fosse dita, ela nem parecia tanto uma bruxa a ponto de lembrar a Augusta Cavendish que ele conhecia e não amava.

– Céus, a senhora está bem? – indagou ele, mesmo sem querer.

– Onde está a Srta. Eversleigh? – perguntou a viúva, o olhar frenético a vasculhar o aposento.

– Estou bem aqui – garantiu Grace, atravessando o aposento e instalando-se no outro lado da cabeceira.

– Providenciou o que pedi? Onde está o quadro? Quero ver meu filho.

– Senhora, está tarde – tentou explicar Grace, aproximando-se devagar e olhando para a patroa com atenção.

– Pode instruir um lacaio para trazer o quadro pela manhã – afirmou Thomas.

Ele tentou entender por que parecia que as duas mulheres tinham acabado de trocar uma mensagem silenciosa. Tinha quase certeza de que a avó não fazia confidências a Grace e de que Grace tampouco confiava seus segredos à patroa. Pigarreou.

– Mas não admito que a Srta. Eversleigh se encarregue de tamanho trabalho braçal, muito menos no meio da noite.

– Preciso daquele quadro, Thomas – disse a viúva, num tom diferente da sua arrogância habitual.

A voz parecia vacilar, demonstrando uma fragilidade que era assustadora.

– Por favor – acrescentou ela.

Thomas fechou os olhos. Ela nunca dizia "por favor".

– Amanhã – disse ele, recompondo-se. – Bem cedo, se assim o quiser.

– Mas...

– Não – interrompeu-a. – Sinto muito que tenha sido abordada por salteadores esta noite e com certeza farei o que for necessário... *dentro dos limites do razoável...* para garantir seu conforto e bem-estar, mas isso não inclui realizar caprichos em horas impróprias. Compreende o que estou dizendo?

A viúva franziu os lábios e ele viu um lampejo da arrogância de sempre em seus olhos. Por alguma razão, achou aquilo reconfortante. Não que ele gostasse daquele comportamento, mas o mundo parecia um lugar mais equilibrado quando todos se comportavam conforme o esperado.

A viúva o fitou com fúria. Ele retribuiu o olhar.

– Vá para a cama, Grace – disse ele num tom incisivo, sem se virar.

Houve um longo silêncio. Em seguida, Grace deixou o aposento.

– Não tem o direito de dar ordens desse tipo a ela – sibilou a avó.

– É a *senhora* quem não tem esse direito.

– Ela é minha dama de companhia.

– Não é sua *propriedade.*

As mãos da avó tremiam.

– Você não compreende. Nunca seria capaz de compreender.

– E serei eternamente grato por isso – retorquiu ele.

Ora, no dia em que ele a compreendesse, deixaria de gostar de si mesmo. Passara uma vida tentando agradar aquela mulher, ou pelo menos meia vida tentando agradá-la e a outra metade tentando evitá-la. Ela nunca gostara dele. Thomas se lembrava bem da infância, então tinha certeza disso. Porém não se incomodava mais. Tinha descoberto que ela não gostava de ninguém.

Aparentemente, porém, já havia gostado. Se o ressentimento do pai servisse de indicação, Augusta Cavendish adorava John, o filho do meio. Sempre lamentara o fato de ele não ser o herdeiro direto do título e, quando o pai de Thomas inesperadamente herdou o ducado, ela deixara claro que ele era um substituto bem fraco. John teria sido um duque melhor. E, se não fosse ele, Charles, o mais velho, pelo menos fora preparado a vida inteira para a função. Quando Charles faleceu, Reginald, o caçula, ficara sozinho com uma mãe amargurada e uma esposa que ele não amava nem respeitava. Sempre sentira que tinha sido obrigado a se casar com uma mulher de nível inferior, pois ninguém imaginava que ele se tornaria o duque. E ele não via motivo para não deixar essa opinião bem clara para todos.

42

Embora Reginald Cavendish e sua mãe parecessem se detestar, na verdade os dois tinham semelhanças notáveis. Nenhum dos dois gostava de *ninguém*, muito menos de Thomas, herdeiro do ducado ou não.

– É uma pena que não possamos escolher nossas famílias – murmurou Thomas.

A avó lhe lançou um olhar penetrante. Ele falara baixo e era impossível que ela tivesse ouvido suas palavras, mas o tom de voz com certeza facilitara a interpretação.

– Deixe-me em paz – disse ela.

– O que aconteceu esta noite? – indagou Thomas.

Afinal, aquilo não fazia sentido. Sim, a avó fora abordada por salteadores e talvez tivessem lhe apontado uma arma. Mas Augusta Cavendish não era uma florzinha frágil. Soltaria fogo pelas ventas até que a carregassem para a sepultura. Disso, ele não tinha dúvidas.

A viúva abriu a boca e um fulgor vingativo luziu em seus olhos. Mas ela acabou segurando a língua. Endireitou as costas e cerrou o maxilar.

– Saia – ordenou por fim.

Ele deu de ombros. Se não queria que ele desempenhasse o papel de neto dedicado, ele se considerava liberado daquela obrigação.

– Ouvi dizer que não levaram suas esmeraldas – falou ele, dirigindo-se à porta.

– Claro que não – retrucou ela.

Thomas sorriu. Principalmente porque ela não poderia vê-lo.

– Não foi gentil de sua parte – disse ele, voltando a encará-la ao alcançar a porta. – Jogá-las na Srta. Eversleigh.

Ela desdenhou o comentário, não se dignando a responder. Ele também não esperava uma resposta. Augusta Cavendish nunca teria dado mais valor à sua dama de companhia do que às esmeraldas.

– Durma bem, querida avó – exclamou Thomas, saindo para o corredor e então voltando para ela apenas o bastante para fazer um último comentário. – Se puder, fique em silêncio. Eu pediria que ficasse invisível, mas a senhora insiste em afirmar que não é uma bruxa.

– Você é um neto terrível – chiou a avó.

Thomas deu de ombros e permitiu que a última palavra fosse dela. A avó tivera uma noite difícil. E ele estava cansado.

Além do mais, não tinha a menor importância.

CAPÍTULO QUATRO

O que mais a irritava naquilo tudo, pensou Amelia enquanto bebericava o chá já frio, era que ela poderia estar lendo um livro.

Ou cavalgando sua égua.

Ou molhando os pés num riacho, ou aprendendo a jogar xadrez, ou observando os criados polirem a prataria da casa.

Contudo, em vez de fazer qualquer uma dessas atividades, ela estava sentada ali, num dos doze salões do castelo Belgrave, imaginando se seria indelicadeza comer o último biscoito e se sobressaltando cada vez que ouvia passos no corredor.

– Céus, Grace! – exclamava Elizabeth. – Não é de espantar que esteja tão distraída!

– Hummm? – resmungou Amelia e endireitou as costas.

Ao que tudo indicava, acabara de perder uma informação importante enquanto imaginava como evitar o noivo. Aquele que podia ou não estar apaixonado por Grace, era preciso destacar.

Só que ele a beijara. Tinha sido uma conduta indigna, na verdade. Indigna para com *as duas* damas.

Amelia olhou para Grace com um pouco mais de atenção, observando seu cabelo escuro e os olhos azuis. Percebeu que a jovem era, de fato, muito bonita. Não deveria ter se surpreendido. Conhecia Grace desde sempre. Antes de ter se tornado dama de companhia da viúva, ela era a filha de um cavalheiro da região.

Amelia supunha que ela continuava a ser a filha de um cavalheiro da região, mas de um cavalheiro falecido, o que não lhe favorecia muito em termos de sustento ou proteção. Quando os pais de Grace eram vivos, a família deles e a de Amelia faziam parte dos mesmos grupos sociais do interior. Talvez os pais não fossem próximos, mas as filhas com certeza eram. Era provável que tivessem se encontrado ao menos uma vez por semana desde pequenas. Duas vezes, se contassem a igreja.

Porém Amelia nunca pensara muito sobre a aparência de Grace. Não por

não se importar, nem por considerá-la indigna de sua atenção. Era apenas que... ora, por que faria isso? Grace sempre estivera por perto. Era um elemento estável e familiar de seu mundo. Era a melhor amiga de Elizabeth, perdera os pais de forma trágica e fora acolhida pela duquesa viúva.

Amelia pensou melhor: "acolhida" talvez não fosse o termo ideal. Grace trabalhava muito para sobreviver. Ainda que não executasse um trabalho braçal, o tempo que passava com a viúva era exaustivo.

Como Amelia sabia por experiência própria.

– Já me recuperei – garantiu Grace. – Acho que estou só um pouco cansada. Não dormi bem.

– O que aconteceu? – perguntou Amelia, decidindo que não adiantava fingir ter ouvido.

Elizabeth lhe deu um pequeno empurrão.

– Grace e a viúva foram abordadas por salteadores.

– Verdade?

Grace assentiu.

– Ontem à noite. Quando voltávamos para casa.

Aquilo era mesmo importante.

– Levaram alguma coisa? – perguntou Amelia, pois parecia uma questão pertinente.

– Como pode ser tão controlada? – interveio Elizabeth. – Apontaram uma arma para ela!

Elizabeth se voltou para Grace.

– Não apontaram? – quis confirmar.

– Na verdade, apontaram.

Aquilo chamou a atenção de Amelia. Não a arma, mas a falta de emoção no relato. Talvez Grace fosse uma pessoa fria.

– Não ficou aterrorizada? – perguntou Elizabeth, sem fôlego. – Eu teria ficado. Teria desmaiado.

– Eu não teria desmaiado – ressaltou Amelia.

– Claro que não – retorquiu Elizabeth, irritada. – Grace contou uma coisa dessas e você nem sequer pareceu surpresa.

– Na verdade, parece bastante empolgante – acrescentou Amelia e olhou para Grace com grande interesse. – Foi empolgante?

Grace corou. Céus.

Amelia se aproximou com os olhos brilhando. Aquele rubor podia ter

muitas explicações – todas esplêndidas. Sentiu a animação em seu peito, uma sensação de euforia, como se flutuasse – o tipo de sensação que se tem ao ouvir um mexerico particularmente interessante.

– Ele era bonito?

Elizabeth olhou para a irmã como se ela estivesse louca.

– Quem?

– O salteador, claro.

Grace gaguejou e fingiu beber seu chá.

– Ele *era* – concluiu Amelia.

Sentiu-se bem melhor. Afinal, se Wyndham se apaixonara por Grace, pelo menos não era correspondido.

– Ele estava de *máscara* – protestou Grace.

– Mesmo assim você percebeu que ele era bonito – insistiu Amelia.

– Não!

– Então o sotaque dele era terrivelmente romântico. Francês? Italiano?

Amelia chegou a estremecer de alegria ao se lembrar de todos os versos de lorde Byron que lera nos últimos tempos.

– Espanhol – arriscou Amelia.

– Ficou louca! – disse Elizabeth.

– Ele não tinha sotaque – respondeu Grace. – Quero dizer, não tinha muito sotaque. Escocês, talvez? Irlandês? Eu não saberia dizer com precisão.

Amelia se recostou no assento com um suspiro de felicidade.

– Um salteador. Que romântico!

– Amelia Willoughby! – ralhou Elizabeth. – Grace ficou sob a mira de uma arma e você chama isso de romântico?

Teria dado uma resposta ferina – porque, afinal, se não fosse possível dar respostas ferinas à própria irmã, a quem poderiam ser dadas? –, contudo, naquele momento, ouviu passos do lado de fora.

– A viúva? – sussurrou Elizabeth, dirigindo-se a Grace com uma careta.

Era tão bom quando a duquesa não se juntava a elas para o chá...

– Acho que não – respondeu Grace. – Ainda estava deitada quando eu desci. Ficou bastante... hum... abalada.

– Imagino que sim – retrucou Elizabeth, então abriu a boca, assustada. – Levaram as esmeraldas?

Grace negou com a cabeça.

– Nós as escondemos debaixo das almofadas do assento.

– Ah, que astucioso! – disse Elizabeth, com aprovação. – Não concorda, Amelia?

Porém Amelia já não as ouvia. Percebera que os movimentos do lado de fora do salão pertenciam a alguém mais vigoroso do que a viúva. E logo Wyndham passou diante da porta aberta.

A conversa parou. Elizabeth olhou para Grace e Grace olhou para Amelia. Amelia continuou a encarar o vão por onde vira Thomas. Depois de um momento com a respiração suspensa, Elizabeth se voltou para a irmã.

– Acho que ele não percebeu que estamos aqui.

– Não me importo – declarou Amelia, o que não era bem a verdade.

– Aonde será que ele foi? – murmurou Grace.

Então, como três tolas (na opinião de Amelia), elas permaneceram imóveis, as cabeças viradas para o vão da porta. Um momento depois, houve um grunhido e um estrondo. As três se levantaram em sincronia e observaram.

– Maldição! – vociferou o duque.

Elizabeth arregalou os olhos. Amelia ficou feliz com a manifestação. Aprovava qualquer indício de que o duque não tinha controle total de uma situação.

– Cuidado com isso! – ordenou Thomas a alguém.

Um quadro muito grande passou diante da porta entreaberta, carregado por dois lacaios que se esforçavam para mantê-lo na vertical. Era uma visão bastante singular. Tratava-se de um retrato em tamanho natural – o que explicava a dificuldade de mantê-lo equilibrado – de um homem bonito, com um pé sobre uma rocha e aparência muito nobre e altiva.

A não ser pelo fato de que se encontrava num ângulo de 45 graus e – da perspectiva de Amelia – parecia sacudir para cima e para baixo enquanto desfilava, o que diminuía muito o ar de nobreza e orgulho.

– O que era aquilo? – perguntou Amelia assim que o retrato desapareceu.

– O filho do meio da viúva – murmurou Grace. – Morreu há 29 anos.

Amelia achou estranho que Grace soubesse a data de sua morte.

– Por que estão mexendo no retrato?

– A viúva quer que ele vá para o andar de cima – respondeu Grace.

Amelia pensou em perguntar por que a viúva queria o quadro, mas quem saberia explicar as motivações dela para o que quer que fosse? Além do mais, Wyndham escolheu aquele momento para voltar a passar diante da porta.

As três damas o observaram em silêncio e então, como se o tempo voltasse, ele deu um passo para trás e olhou para o interior do salão. Como sempre, Thomas estava vestido de forma impecável, com uma camisa branca como a neve e um colete com um maravilhoso brocado azul-escuro.

– Senhoritas – cumprimentou.

As três fizeram reverências.

Ele respondeu com uma saudação displicente.

– Com licença.

E, em seguida, saiu.

– Pois bem – disse Elizabeth.

Foi bom que dissesse isso, pois ninguém parecia ter nada a oferecer para preencher o silêncio.

Amelia piscou, tentando entender o que achava daquilo. Não se considerava experiente na etiqueta dos beijos. Nem sabia qual era o comportamento apropriado depois do fato, mas com certeza ela merecia algo mais do que um simples "com licença" depois do que acontecera na noite anterior.

– Talvez devamos partir – sugeriu Elizabeth.

– Não, não podem – respondeu Grace. – Ainda não. A viúva quer ver Amelia.

Amelia gemeu.

– Sinto muito – disse Grace.

E estava claro que ela falava sério. A viúva tinha verdadeiro prazer em implicar com Amelia. Se não era sua postura, era sua expressão. Se não era sua expressão, era uma sarda nova em seu nariz.

E se não era uma sarda nova, era a que ela *iria ganhar*, pois, mesmo que Amelia se encontrasse no interior da casa, inteiramente na sombra, a viúva *tinha certeza* de que seu chapéu não estaria preso do jeito adequado quando chegasse a hora de ir para o sol.

As coisas que a viúva sabia sobre ela eram assustadoras, tanto no conteúdo quanto na falta de exatidão.

"Vai gerar o próximo duque de Wyndham!", salientara a viúva mais de uma vez. "Imperfeições não são toleráveis!"

Amelia imaginou como seria o resto da tarde e soltou um suspiro.

– Vou comer o último biscoito – anunciou, sentando-se.

As outras duas damas assentiram e também retornaram a seus assentos.

– Quer que eu peça mais?

Amelia aceitou, desanimada.

E, naquele momento, Wyndham voltou. Amelia soltou um resmungo de desagrado. Teria de voltar a se sentar com a postura ereta e, ora, estava com a boca cheia de biscoito. E claro, *evidente*, Thomas sequer se dirigiria a ela, que estava ficando agitada sem motivo.

Que homem sem consideração!

– Por pouco não tivemos um desastre na escada – disse o duque para Grace. – A tela tombou para a direita e quase acabou cravada no corrimão.

– Nossa! – exclamou Grace.

– Teria sido uma estaca no coração – disse ele com um sorriso irônico. – Valeria a pena só para ver a cara dela.

Grace se preparou para se levantar.

– Sua avó deixou o leito, então?

– Apenas para supervisionar o transporte do quadro. Você está segura por enquanto.

Grace pareceu aliviada. Amelia não a recriminava.

Wyndham olhou para o prato de biscoitos, viu apenas migalhas e se voltou para Grace.

– Não posso acreditar que ela fez a temeridade de exigir que você buscasse a pintura para ela ontem à noite. Nem que – acrescentou ele, com severidade – você tenha chegado a pensar que fosse capaz de cumprir a tarefa.

Grace se dirigiu às visitas para explicar:

– A viúva solicitou que eu levasse a pintura para ela ontem à noite.

– Mas é uma pintura imensa! – exclamou Elizabeth.

Amelia nada disse. Estava ocupada demais admirando a escolha de palavras de Grace. Todos sabiam que a viúva nunca *solicitava* nada.

– Minha avó sempre preferiu o filho do meio – disse o duque com ar sombrio.

Então, como se tivesse acabado de perceber a presença da mulher com quem planejava se casar, ele lançou um olhar para Amelia.

– Lady Amelia.

– Vossa Graça – respondeu ela, formalmente.

Duvidava que ele tivesse ouvido. Já estava de novo junto de Grace.

– Certamente vai me apoiar se eu mandar trancafiá-la, não?

Amelia arregalou os olhos. Achou que fosse uma pergunta. Mas talvez fosse uma ordem, o que era bem mais interessante.

– Thom... – começou a dizer Grace, mas então pigarreou e se corrigiu.
– Vossa Graça, é preciso ser muito paciente com ela hoje. Sua avó está
abalada.

Amelia sentiu um gosto amargo e ácido subindo-lhe pela garganta.
Como não imaginara que Grace chamava Wyndham pelo nome de batismo? Eram amigos, claro. Moravam na mesma casa – uma casa imensa, era
verdade, e com um exército de serviçais, mas Grace jantava com a viúva, ou
seja, costumava jantar com Wyndham e, depois de cinco anos, deviam ter
conversado inúmeras vezes.

Amelia sabia de tudo isso. Não se importava. Nunca se importara. Nem
se importava que Grace o tivesse chamado de Thomas e que ela, a noiva,
nunca tivesse sequer *pensado* nele assim.

Porém, como não tinha tomado conhecimento daquilo? Deveria ter,
não? E por que se incomodava tanto?

Observou com atenção o perfil do duque. Ele ainda falava com Grace,
com uma expressão que ele nunca – nem uma vez – usara com ela. Havia
familiaridade, o calor das experiências em comum e...

Meu Deus do céu! Ele a teria beijado? Teria beijado Grace?

Amelia levou a mão com firmeza à cadeira para se apoiar. Ele não podia
ter feito aquilo. *Ela* não teria feito. Grace não era tão amiga dela quanto de
Elizabeth. Mesmo assim, nunca teria cometido tamanha traição. Simplesmente não combinava com ela. Mesmo se achasse que estava apaixonada
por ele, mesmo se achasse que um romance poderia levar ao matrimônio,
ela não seria tão grosseira ou desleal a ponto de...

– Amelia?

Amelia piscou até que o rosto da irmã entrasse em foco.

– Sente-se mal?

– Estou perfeitamente bem – retrucou ela.

A última coisa que Amelia queria era que todos olhassem para ela quando estava quase certa de ter empalidecido.

E, naturalmente, todos a olhavam.

Mas Elizabeth não era do tipo que desistisse. Levou a mão à testa de
Amelia.

– Você não está quente – murmurou.

– Claro que não – balbuciou Amelia, afastando-a. – Fiquei de pé por
tempo demais, só isso.

50

– Você estava sentada – observou Elizabeth.

Amelia se levantou.

– Preciso tomar um pouco de ar.

Elizabeth também se levantou.

– Achei que quisesse ficar sentada.

– Vou me sentar lá fora – resmungou Amelia, desejando muito não ter superado seu hábito da infância de socar a irmã no ombro. – Com licença – disse, atravessando o aposento, embora isso significasse que ela teria de passar por Wyndham e Grace.

Ele já tinha se levantado, como o cavalheiro que era, e inclinava a cabeça ligeiramente à sua passagem.

Então – Deus do céu, poderia haver algo mais humilhante? –, com o canto do olho, Amelia viu Grace dar uma cotovelada nele.

Houve um momento terrível de silêncio em que, com certeza, ele olhou furioso para Grace. (Amelia já se dirigira para a porta e, por sorte, não foi obrigada a ver seu rosto.) Então, no seu tom de voz muito educado, Wyndham se pronunciou.

– Permita-me que eu a acompanhe.

Amelia parou na entrada do salão e se virou devagar.

– Agradeço sua consideração – disse ela, cautelosa –, mas não é necessário.

Estava escrito no rosto do duque que ele teria adorado aceitar a rota de fuga que ela oferecera, mas ele devia estar se sentindo culpado por ignorá--la, pois exclamou:

– Claro que é necessário.

No minuto seguinte, a mão dela já estava pousada no braço do noivo e os dois saíram.

E ela queria abrir seu sorriso mais inexpressivo e dizer...

Nossa, que sorte eu tenho de ser sua noiva.

Ou talvez...

Será necessário conversarmos?

Ou no mínimo...

Sua gravata está torta.

Claro que ela não disse nada, porém. Porque ele era o duque e ela era sua noiva e talvez tivesse agido de forma um pouco audaciosa na noite anterior... Bem, antes de ser beijada.

Engraçado como isso mudava tudo.

51

Amelia o observou de esguelha. Ele fitava um ponto à frente e o contorno de seu queixo lhe conferia um ar incrivelmente orgulhoso e resoluto.

Não era assim que olhava para Grace.

Amelia engoliu em seco e conteve um suspiro. Não faria barulho, porque ele se viraria e olharia para ela daquele jeito penetrante e gélido. Sua vida seria bem mais simples se os olhos dele não fossem tão azuis. Ele perguntaria o que estava errado e não se importaria com a resposta, o que ela *perceberia* pelo tom de voz. Ela se sentiria pior e...

E o quê? Por que se importava, afinal?

Ele parou, uma ligeira pausa em sua marcha, e ela voltou a observá-lo. O duque olhava para trás, para o castelo.

Para Grace.

De repente, Amelia se sentiu muito mal. Não foi capaz de conter o suspiro. Aparentemente, ela se importava muito com aquilo.

O que era péssimo.

⌒

Era um dia espetacular, como percebeu Thomas quase friamente. O céu tinha partes iguais de branco e azul, a grama estava alta o suficiente para ondular com delicadeza ao carinhoso toque da brisa. Havia árvores adiante, uma área curiosamente arborizada bem no meio das terras cultiváveis, com colinas suaves que desciam rumo à costa. O mar ficava a mais de três quilômetros de distância, mas, em dias como aquele, quando o vento vinha do leste, o ar tinha um toque de maresia. Não havia nada além de natureza diante deles, como Deus a criara, ou pelo menos como os saxões a deixaram centenas de anos antes.

Era maravilhoso. Maravilhosamente selvagem. Se ficasse de costas para o castelo, era possível se esquecer da existência da civilização. Quase conseguia acreditar que, se seguisse em frente, sem parar de caminhar, poderia continuar, continuar... até desaparecer.

Thomas tinha considerado essa possibilidade algumas vezes. Era tentadora. Contudo, atrás dele se encontrava sua herança. Era imensa e imponente e, por fora, não parecia acolhedora.

Thomas pensou na avó. O castelo Belgrave nem sempre era acolhedor por dentro também.

Porém lhe pertencia e ele o amava, apesar do peso colossal das responsabilidades que vinham junto com ele. O castelo Belgrave estava em seus ossos. Na sua alma. E, por mais que ele se sentisse tentado de vez em quando, jamais poderia abandoná-lo.

Havia outras obrigações mais prementes, porém. E a mais premente de todas caminhava agora a seu lado.

Ele suspirou por dentro, deixando escapar um leve movimento dos olhos como único indício de seu cansaço. Provavelmente deveria ter dado mais atenção a lady Amelia quando a vira no salão. Diabos, provavelmente deveria ter falado com ela antes de se dirigir a Grace. Na verdade, ele *tinha certeza* disso, mas a cena com a pintura fora tão ridícula que ele precisava contar para alguém e lady Amelia não teria compreendido.

Só que ele a beijara na noite anterior. Mesmo tendo todo o direito de fazê-lo, ele supunha que houvesse certa etiqueta a ser cumprida.

– Espero que sua viagem de volta tenha decorrido sem incidentes – disse ele, resolvendo que aquele era um tema tão bom quanto qualquer outro para puxar assunto.

O olhar dela continuou pousado nas árvores à frente.

– Não fomos abordados por salteadores – confirmou.

Ele a olhou de relance, tentando avaliar seu tom. Havia um toque de ironia na voz, mas o rosto permanecia numa placidez magnífica.

Ela reparou no seu olhar.

– Obrigada por sua preocupação.

Ele se perguntou se aquilo seria uma tentativa de zombar dele.

– É uma linda manhã – comentou ele.

Falou isso só porque parecia a coisa certa a dizer para provocá-la. Não sabia o motivo. E não sabia por que queria fazer aquilo.

– Está muito agradável – concordou ela.

– Está se sentindo melhor?

– Desde ontem à noite? – perguntou ela, piscando, surpresa.

Thomas achou graça quando as bochechas da jovem ficaram rosadas.

– Eu me referia ao seu progresso em relação aos últimos cinco minutos, mas também podemos falar de ontem à noite.

Era bom ter a consciência de que ele ainda sabia como provocar rubor numa mulher.

– Estou bem melhor agora – disse ela, com vivacidade, passando a mão

no cabelo que esvoaçava à brisa, fugindo do chapéu, batendo no canto de sua boca. Ele teria achado aquilo terrivelmente irritante. Como as mulheres conseguiam tolerar?

– Eu estava me sentindo um pouco confinada no salão – acrescentou Amelia.

– Ah, claro – murmurou ele. – O salão é um pouco apertado.

Podia acomodar quarenta pessoas sentadas.

– A companhia era sufocante – disse ela, com mordacidade.

Ele sorriu para si mesmo.

– Não fazia ideia de que mantinha relações tão difíceis com sua irmã.

Amelia vinha dirigindo suas indiretas para as árvores que se estendiam colina abaixo, mas, ao ouvir aquilo, ela virou a cabeça bruscamente na direção dele.

– Não falava da minha irmã.

– Eu sei – murmurou ele.

O rubor se acentuou mais ainda e ele se perguntou por quê: raiva ou constrangimento? Os dois, provavelmente.

– Por que está aqui? – cobrou ela.

Ele fez uma pausa para refletir.

– Moro aqui.

– Comigo – resmungou ela por entre os dentes cerrados.

– Salvo engano, você será minha esposa.

Ela parou de caminhar, virou-se e o encarou.

– Sei que não gosta de mim.

Ela não parecia tão entristecida com aquela constatação. Soava exasperada. O que ele achou curioso.

– Não é verdade.

E não era mesmo. Havia uma imensa diferença entre desgostar e ignorar.

– Não gosta – insistiu ela.

– Por que acha isso?

– Como poderia não achar?

Ele lançou um olhar sedutor para ela.

– Acho que gostei muito da senhorita ontem à noite.

Ela não respondeu de imediato, mas seu corpo ficou tão rígido e o rosto, tão concentrado, que ele quase conseguiu ouvi-la contando até dez.

– Sou uma obrigação para o senhor – disparou ela.

54

– Verdade – concordou ele. – Mas, possivelmente, uma obrigação agradável.

A expressão dela mudou com uma intensidade atraente. Ele não fazia ideia do que ela pensava. Um homem que alegasse ser capaz de entender uma mulher seria louco ou mentiroso. Mas Thomas achou bem interessante observar seu raciocínio, ver as mudanças de expressão enquanto ela tentava entender qual seria a melhor forma de lidar com ele.

– Já pensou em mim alguma vez? – perguntou ela, por fim.

Era uma pergunta tipicamente feminina. E a resposta saiu como se Thomas estivesse defendendo todo o gênero masculino.

– Estou pensando agora.

– O senhor *sabe* o que quero dizer.

Ele pensou em mentir. Talvez fosse a maior das gentilezas. Mas havia descoberto recentemente que a criatura com quem deveria se casar era bem mais inteligente do que parecia e ele não achava que ela ficaria satisfeita com palavras vazias. Por isso, disse a verdade.

– Não.

Ela piscou. Voltou a piscar. Piscou muitas vezes. Não era a resposta que esperava.

– Não? – repetiu ela.

– Deve ver a resposta como um elogio. Se não a considerasse tanto, eu mentiria.

– Se me considerasse mais, eu não teria que fazer essa pergunta.

O duque sentiu que começava a perder a paciência. Estava ali, não estava? Acompanhava-a pelo campo quando, na verdade, tudo o que realmente queria fazer era...

Alguma coisa, pensou ele, de mau humor. Não sabia o que gostaria de fazer, mas a verdade era que tinha pelo menos uma dúzia de assuntos que exigiam sua atenção. Embora não desejasse particularmente *fazer* aquelas tarefas, ele queria muitíssimo que fossem realizadas.

Ela pensava que era a única responsabilidade dele? Achava que ele tinha tempo para ficar sentado, escrevendo poemas para uma mulher a quem não escolhera para ser sua esposa? Amelia tinha sido *designada* para ele! Quando ainda estava no maldito berço.

Ele se virou para ela com um olhar penetrante.

– Muito bem, lady Amelia, o que espera de mim?

55

Ela pareceu confusa com a pergunta. Gaguejou alguma bobagem que nem ela deveria entender. Meu Deus, ele não tinha tempo para aquilo. Não dormira na noite anterior, sua avó estava mais irritante do que o normal e agora sua noiva, que até então nunca dera um pio além da costumeira tagarelice sobre o tempo, de repente agia como se ele tivesse obrigações em relação a ela.

Além do matrimônio, claro. Que ele pretendia cumprir, com certeza. Mas não naquela tarde, pelo amor de Deus.

Esfregou as têmporas com o polegar e o dedo médio. A cabeça começara a doer.

– Está se sentindo bem? – indagou lady Amelia.

– Estou bem – retrucou.

– Ou tão bem quanto eu me senti no salão – retrucou ela.

Era mais do que Thomas podia aguentar. Ergueu a cabeça, lançou a ela um olhar fulminante.

– Devo beijá-la de novo?

Ela se calou, mas arregalou os olhos.

Thomas deixou o olhar pousar sobre os lábios dela.

– Isso parece nos tornar pessoas mais agradáveis – murmurou ele.

Amelia continuou sem dizer nada. Ele resolveu interpretar o silêncio como um "sim".

CAPÍTULO CINCO

– **N**ão! – exclamou Amelia, dando um salto para trás.

Se não estivesse tão desconcertada por aquela guinada brusca rumo ao território amoroso, ela teria apreciado imensamente o modo como *ele* ficou desconcertado quando seus lábios encontraram nada além de ar diante de si.

– Verdade? – perguntou ele com indolência, ao recuperar o equilíbrio.

– Sim, porque o senhor não quer me beijar – respondeu ela, dando outro passo para trás.

A expressão dele se tornava ameaçadora.

– Verdade – murmurou ele, com olhos cintilantes. – Assim como não gosto da senhorita.

Amelia sentiu um grande aperto no coração.

– Não gosta?

– De acordo com sua declaração – ressaltou Thomas.

Amelia sentiu a pele arder de constrangimento – uma sensação que só era possível quando a pessoa era confrontada pelas próprias palavras.

– Não quero que me beije – gaguejou.

– Não quer? – indagou ele.

Amelia não entendeu como aquilo era possível, mas os dois já não estavam tão afastados.

– Não – respondeu ela, esforçando-se para manter o equilíbrio. – Não quero porque... porque...

Pensou na resposta. Pensou freneticamente, pois não havia como se manter serena e racional numa situação daquelas.

De repente, ficou claro.

– Não – repetiu. – Não quero. Porque o senhor não quer.

Ele ficou paralisado por um momento.

– Acha que não quero beijá-la?

– Tenho certeza de que não quer – retrucou Amelia.

Deveria ser o momento mais corajoso de sua vida. Porque, naquele instante, ele encarnava o papel de duque em toda a sua glória: feroz, orgulho-

so, possivelmente furioso. Com o vento soprando seu cabelo até ele ficar em ligeiro desalinho, tão belo que quase doía.

E, na verdade, ela gostaria muito de beijá-lo. Mas não o faria se ele não quisesse.

– Acho que está pensando demais – respondeu ele, por fim.

Amelia não conseguiu encontrar uma resposta, mas aumentou a distância entre os dois.

Que ele eliminou de imediato.

– Quero muito beijá-la – garantiu ele, aproximando-se. – Na verdade, talvez seja a única coisa que quero fazer com a senhorita no momento.

– Não quer – retrucou ela, depressa. – Apenas acha que quer.

Ele riu, o que teria parecido insultante se ela não estivesse se esforçando tanto em manter a sensatez – e o orgulho.

– É porque acredita que, assim, conseguirá me controlar – disse ela.

Baixou o olhar para ter certeza de que não estava prestes a pisar na toca de uma toupeira ao dar outro passo para trás.

– Acredita que, se me seduzir, vou me transformar numa manteiga derretida, uma mulher dócil, incapaz de fazer nada além de suspirar seu nome.

O duque parecia prestes a rir de novo, embora ela achasse que talvez ele pudesse rir com ela e não dela dessa vez.

– É o que pensa? – questionou ele, sorridente.

– É o que penso que o senhor pensa.

O canto esquerdo da boca dele havia se erguido. Ele ficou bonito. De um modo jovial. Completamente diferente do habitual – ou pelo menos do homem que ela costumava ver.

– Acho que tem razão.

Amelia ficou tão confusa que sentiu o queixo cair.

– Acha?

– Acho. A senhorita é bem mais inteligente do que deixa transparecer.

Era um elogio?

– Mas isso não altera a essência fundamental do momento – ressaltou ele.

Que era...?

Ele deu de ombros.

– Ainda tenho a intenção de beijá-la.

O coração dela começou a bater com muita força e os pés – membros traiçoeiros! – criaram raízes.

58

– O caso é que a senhorita está correta – disse ele mansamente, tomando sua mão. – Gosto bastante de transformá-la em... como foi que disse? Uma manteiga derretida, uma mulher dócil, cujo único propósito na vida é concordar com todas as minhas palavras. Ainda assim, sinto-me um tanto perplexo ao constatar uma grande verdade.

Amelia entreabriu os lábios.

– Quero beijá-la.

Ele segurou a mão dela e a puxou para junto de si.

– Muito.

Ela queria perguntar o porquê. Não, não queria, porque estava convencida de que a resposta dissolveria qualquer migalha de determinação que sobrasse dentro dela. Mas ela queria... Céus, ela não sabia o que queria. Algo. Qualquer coisa. Qualquer coisa que pudesse lembrar aos dois que ela ainda estava de posse de um cérebro em funcionamento.

– Pode chamar de sorte – disse ele em voz baixa. – Ou de um feliz acaso. Mas, por alguma razão, desejo beijá-la... é muito agradável.

Ele levou a mão de Amelia aos lábios.

– Não concorda?

Ela assentiu. Não conseguiu mentir, por mais que quisesse.

Os olhos dele pareceram escurecer, ganhando novos tons de azul.

– Fico feliz por concordarmos nesse ponto – murmurou ele.

Tocando no queixo de Amelia, ergueu seu rosto. Sua boca encontrou a dela, suavemente no princípio, insistindo que abrisse os lábios, esperando seu suspiro antes de se precipitar, tirando-lhe o fôlego, a vontade e mesmo a capacidade de formar pensamentos exceto que...

Dessa vez, era diferente.

Na verdade, foi a única ideia racional que ela conseguiu formular. Estava perdida num mar de sensações em que o ar lhe faltava, conduzida por uma necessidade que mal compreendia, mas, o tempo todo, ela podia sentir dentro dela: dessa vez, era diferente.

Não importavam os propósitos dele, suas intenções. O beijo não era o mesmo da noite anterior.

E ela não conseguia resistir.

Não tivera a intenção de beijá-la. Nem quando se vira forçado a acompanhá-la num passeio, nem quando desceram a colina, afastando-se da casa, nem mesmo quando zombara dela: *Devo beijá-la de novo?*

Mas quando ela falara sobre ser transformada em manteiga derretida, ele só pudera concordar com ela, tão bonita, lutando com o cabelo que escapava do chapéu enquanto o enfrentava... E, se não o enfrentava de fato, ela pelo menos dizia o que pensava e defendia suas opiniões de um jeito que os outros não ousavam. A não ser, talvez, Grace. E, mesmo nesse caso, somente quando mais ninguém estava por perto.

Foi naquele momento que ele percebeu sua pele, clara e luminosa, salpicada por sardas de um jeito encantador. Seus olhos, que não eram exatamente verdes nem castanhos, reluziam com uma inteligência feroz, apesar de contida.

E os lábios. Ele reparou muito nos lábios – carnudos, suaves, ligeiramente trêmulos, de um modo que só seria possível notar se alguém os observasse com atenção.

Ele os observou. E não conseguiu tirar os olhos deles.

Como nunca reparara nela? Lady Amelia estava sempre por perto, era parte da sua vida desde sempre.

E aí – danem-se os motivos – ele quisera beijá-la. Não para controlá-la, não para subjugá-la (embora ele também não se importasse se conseguisse esses bônus), mas apenas beijá-la. Para conhecê-la. Senti-la em seus braços e absorver o que guardava dentro de si que fazia Amelia ser Amelia.

E talvez, apenas talvez, descobrir quem ela era.

Entretanto, cinco minutos depois, ele não saberia dizer se tinha descoberto algo, porque, assim que começara a beijá-la – beijá-la de verdade, de todas as formas que um homem sonharia em beijar uma mulher –, seu cérebro parou de funcionar direito.

Não compreendia por que, de repente, ele a desejava com uma intensidade que fazia sua cabeça girar. Talvez fosse porque ela lhe pertencia e ele sabia disso. Talvez todos os homens tivessem um viés possessivo e primitivo. Ou talvez fosse porque gostava de deixá-la sem palavras, mesmo que o esforço para isso o deixasse nas mesmas condições de atordoamento.

Não importava. No momento em que seus lábios se entreabriram e a língua dele penetrou em sua boca para prová-la, o mundo em torno deles tinha girado, desbotado e desaparecido e tudo o que sobrara fora *ela.*

As mãos dele encontraram seus ombros, suas costas e depois seu traseiro. Ele a apertou, espremeu, gemeu ao sentir os contornos do corpo dela se moldarem aos dele. Era uma insanidade. Encontravam-se no campo, em plena luz do dia. E ele queria possuí-la bem ali. Naquele momento. Erguer suas saias e derrubá-la, mover-se com ela até destruírem a grama.

E depois, queria fazer tudo de novo.

Beijou-a com toda a energia louca que corria em seu sangue. Por instinto, suas mãos se dirigiram para as roupas, procurando botões, fechos, qualquer coisa que pudesse expô-la para ele, que lhe permitisse sentir sua pele, seu calor. Só recuperara parte da sensatez quando conseguiu, por fim, abrir dois botões nas costas de Amelia. Não sabia o que levara a razão a aflorar – talvez o gemido dela, rouco e acolhedor, tão inapropriado para uma virgem inocente. Mas deveria ter sido a própria reação ao som – veloz, intensa e que envolvia imagens bastante detalhadas de sua noiva despida, fazendo coisas que provavelmente ela nem sabia que eram possíveis.

Ele a afastou com relutância e determinação ao mesmo tempo. Respirou fundo e expirou, mas nada disso ajudou a acalmar o ritmo alucinado de seu coração. As palavras "sinto muito" ficaram na ponta de sua língua. Com toda a sinceridade, era o que ele pretendia dizer, pois era o que um cavalheiro diria. Porém, ao levantar a cabeça e vê-la com os lábios entreabertos e úmidos, olhos arregalados, atordoados e mais verdes do que antes, a boca formou outras palavras sem nenhuma instrução do cérebro.

– Foi... surpreendente – desabafou ele.

Ela piscou.

– Agradavelmente surpreendente – acrescentou o duque, um tanto aliviado por parecer mais tranquilo do que se sentia.

– Eu nunca tinha sido beijada – disse ela.

Ele sorriu, achando graça.

– Eu a beijei ontem à noite.

– Não foi assim – sussurrou ela, como se estivesse falando para si mesma. O corpo dele, que começara a se acalmar, voltou a se incendiar.

– Bem – disse ela, parecendo muito atordoada. – Suponho que agora o senhor *tenha* de se casar comigo.

Em qualquer outro momento, com qualquer outra mulher... diabos... depois de qualquer outro beijo, ele teria entrado num estado de irritação

instantânea. Mas havia algo no tom de voz de Amelia, além de *tudo* na expressão de seu rosto, que exprimia uma confusão muito atraente. A reação dele foi oposta. Ele riu.

– O que é tão engraçado? – cobrou ela.

Só que não cobrou de verdade, porque estava confusa demais para imprimir qualquer sinal de agressividade à própria voz.

– Não faço ideia – respondeu ele com sinceridade. – Venha aqui; vire-se. Vou arrumá-la.

A mão de Amelia voou para a parte de trás do pescoço e, pela sua expressão de surpresa, Thomas se perguntou se ela não tinha notado que ele abrira dois botões. Tentou fechá-los sozinha e ele até gostou de vê-la tentar. Porém, depois de dez segundos de esforços frenéticos, ele se apiedou e afastou os dedos da jovem com delicadeza.

– Permita-me – murmurou.

Como se ela tivesse escolha.

As mãos trabalharam devagar, embora tudo o que havia de racional em seu cérebro lhe dissesse que era necessário fechar os botões depressa. Mas ele estava fascinado por aquele trecho de pele, suave como um pêssego e só dele. Fios de cabelo louro escorregavam pela nuca e, quando sua respiração roçava nela, a pele parecia estremecer.

Ele não conseguiu se conter. Beijou-a.

E ela gemeu mais uma vez.

– É melhor voltarmos – disse ele, abrupto, dando um passo para trás.

Depois percebeu que não tinha fechado o último botão. Praguejou em silêncio, porque não seria boa ideia tocá-la de novo, mas não podia deixá-la voltar para casa com a roupa daquele jeito. Então forçou-se a lidar com os botões, movimentando-se com mais diligência desta vez.

– Pronto – falou.

Ela se virou, encarando-o com cautela. Isso fez com que ele se sentisse um aproveitador. E por mais estranho que parecesse, ele não se importou. Estendeu o braço.

– Posso acompanhá-la de volta?

Ela assentiu. Thomas, por sua vez, sentiu uma necessidade estranhíssima, premente naquele momento: saber o que ela pensava.

Engraçado. Nunca se importara com o que as pessoas pensavam.

Contudo, não perguntou. Porque não se comportava assim. E, na verda-

de, que necessidade havia? Acabariam se casando, de modo que não importava o que qualquer um deles pensava, certo?

⟡

Amelia não achava que o rubor de constrangimento pudesse colorir a face de alguém por uma hora inteira. Era evidente que estava errada, porque quando a viúva a interceptou no saguão *pelo menos* sessenta minutos depois de a jovem ter se reencontrado com Grace e Elizabeth, a dama deu uma olhada em seu rosto e quase ficou roxa de fúria.

E ali estava ela, presa, obrigada a permanecer imóvel como uma árvore no saguão enquanto a viúva expressava seu desagrado num tom de voz cada vez mais alto.

– Malditas sardas. *Malditas!*

Amelia se encolheu. Já fora repreendida pela viúva por causa das sardas (e elas nem eram tantas assim), mas era a primeira vez que a raiva da dama se exprimia em tais termos.

– Não tenho sardas novas – gemeu Amelia.

Perguntou a si mesma como Wyndham conseguira escapulir da cena. Ele desaparecera no momento em que a devolvera ao salão, com as faces rosadas, presa fácil para a viúva, que sempre tivera pelo sol a mesma estima que um morcego.

O que continha certa justiça irônica, pois Amelia tinha pela *viúva* a mesma estima que nutria por um morcego.

A viúva recuou ao ouvir o comentário.

– O que acabou de dizer?

Não era uma reação de surpreender, já que Amelia nunca a contradissera. Mas a jovem parecia estar virando a página nos últimos tempos, assumindo uma nova postura assertiva e audaciosa. Ela engoliu em seco e disse:

– Não tenho sardas novas. Olhei no espelho do lavatório e as contei.

Era uma mentira, uma mentira muito satisfatória.

A viúva franziu os lábios. Lançou um olhar furioso para Amelia durante uns bons dez segundos – ou melhor, nove segundos a mais do que o necessário para deixar Amelia desconfortável.

– Srta. Eversleigh! – rosnou a velha duquesa, então.

Grace surgiu quase num pulo, do salão para o saguão.

A viúva não pareceu notar sua chegada e continuou o discurso.

– Ninguém se importa com nosso nome? Com nosso sangue? Deus é testemunha: será que sou a única pessoa neste maldito mundo que compreende a importância de... o significado de...

Amelia fitou a viúva, horrorizada. Por um momento, pareceu que a duquesa iria chorar. O que não seria possível. Aquela mulher era biologicamente incapaz de derramar lágrimas. Amelia tinha certeza disso.

Grace deu um passo à frente, espantando a todos ao colocar o braço em torno dos ombros da viúva.

– Senhora – chamou ela, procurando tranquilizá-la. – O dia está sendo difícil.

– Não é difícil – disparou a viúva, desvencilhando-se dela. – É tudo menos difícil.

– Senhora – repetiu Grace.

Mais uma vez Amelia se assombrou com a calma e a delicadeza na voz da amiga.

– Deixe-me em paz! – rugiu a viúva. – Tenho que me preocupar com uma *dinastia*! Você não é nada! Nada!

Grace deu um passo para trás. Amelia percebeu que ela engolia em seco, mas não saberia se ela estava prestes a chorar ou tomada pela fúria.

– Grace? – chamou ela com cuidado.

Não sabia o que dizer, apenas achava que deveria dizer algo.

Grace respondeu balançando a cabeça de forma discreta, o que significava, sem a menor dúvida, "não pergunte". Amelia imaginou o que de fato teria acontecido na noite anterior. Porque ninguém parecia agir da forma habitual. Nem Grace, nem a viúva, muito menos Wyndham.

Exceto por ele ter desaparecido, o que era esperado.

– Vamos acompanhar lady Amelia e sua irmã na viagem de volta para Burges Park – determinou a viúva. – Srta. Eversleigh, mande aprontar a carruagem agora. Vamos viajar com nossas convidadas e voltaremos em nosso veículo.

Grace entreabriu os lábios, surpresa, mas estava acostumada com a viúva e seus furiosos caprichos. Apenas assentiu e correu para a frente do castelo.

– Elizabeth! – chamou Amelia em desespero ao avistar a irmã à porta do salão.

A criatura traiçoeira já havia se virado e tentava se afastar sem ser vista, deixando Amelia sozinha com a viúva.

64

Amelia estendeu o braço e a puxou pelo cotovelo.

– Irmã querida – disse ela, quase rangendo os dentes.

– Meu chá – disse Elizabeth com a voz fraca, fazendo um sinal para o salão.

– Está frio – concluiu Amelia com firmeza.

Elizabeth tentou abrir um sorriso débil na direção da viúva, mas não conseguiu ir muito além de uma careta.

– Sarah – cumprimentou a viúva.

Elizabeth não se deu ao trabalho de corrigi-la.

– Ou Jane – emendou a mulher. – Qual é mesmo o seu nome?

– Elizabeth.

A viúva franziu os olhos como se não acreditasse muito no que ela dizia. As narinas se dilataram de modo nada bonito quando ela falou.

– Vejo que voltou a acompanhar sua irmã.

– Ela me acompanhou – esclareceu Elizabeth, pronunciando a frase mais polêmica que Amelia já ouvira a irmã dizer na presença da viúva.

– O que isso quer dizer?

– Eu... eu estava devolvendo os livros que minha mãe pegou emprestados – balbuciou Elizabeth.

– Bobagem! Sua mãe não lê e nós todas sabemos disso. É uma desculpa boba e transparente para *enviá-la* para cá – ralhou a viúva, fazendo um gesto para indicar Amelia. – Para nosso meio.

Amelia ficou boquiaberta, pois sempre pensara que a viúva a queria em seu meio. Não por gostar dela. A viúva queria que ela se casasse logo com o neto para poder produzir pequenos Wyndhams.

– É uma desculpa aceitável – resmungou a viúva. – Contudo não parece estar funcionando. Onde está meu neto?

– Não sei, Vossa Graça – respondeu Amelia.

Era a mais pura verdade. O duque não tinha dado a mínima indicação de seus planos ao abandoná-la. Aparentemente, ele a deixara tão atordoada que achara que não necessitava dar explicações.

– Garota estúpida – resmungou a viúva. – Não tenho tempo para isso. Será que *ninguém* compreende suas obrigações? Tenho herdeiros morrendo a torto e a direito e *você*...

Nesse momento, deu um empurrão no ombro de Amelia.

– Você nem sequer consegue levantar a saia e...

– Vossa Graça! – exclamou Amelia.

A viúva fechou a boca e, por um instante, Amelia achou que a dama percebera ter ido longe demais. Porém tudo que ela fez foi estreitar os olhos até que parecessem duas fendas perversas, e dar meia-volta.

– Amelia? – murmurou Elizabeth, passando para o lado da irmã.

Amelia piscou. Várias vezes. Depressa.

– Quero ir para casa.

Elizabeth assentiu e a reconfortou.

As duas irmãs caminharam juntas rumo à porta da frente. Grace dava instruções para um lacaio, por isso as duas foram esperá-la no caminho de acesso do lado de fora. A tarde tinha ficado um pouco fria, mas Amelia não teria se importado mesmo se uma chuvarada caísse e encharcasse as duas. Só queria sair daquela maldita casa.

– Da próxima vez, eu não venho – declarou para Elizabeth.

Cruzou os braços. Se Wyndham quisesse cortejá-la, poderia visitá-la.

– Eu também não vou voltar – decidiu Elizabeth.

Elizabeth olhou para a casa com ar hesitante. Grace surgiu naquele momento. Ela esperou pela amiga e lhe deu o braço.

– Foi minha imaginação ou a viúva está pior do que o normal? – indagou a Grace.

– Bem pior – falou Amelia.

Grace suspirou. Parecia pensar e repensar as primeiras palavras que surgiram em sua cabeça.

– É... complicado.

Não parecia haver uma resposta àquilo. Amelia observou Grace com curiosidade enquanto ela ajustava o chapéu. De repente...

Grace ficou paralisada. As três ficaram. E depois, Amelia e Elizabeth seguiram o olhar de Grace. Havia um homem à frente, distante demais para que distinguissem seu rosto ou algo além do cabelo escuro e do fato de ele estar montado no cavalo como se tivesse nascido na sela.

O tempo pareceu parar naquele momento silencioso. Depois, sem nenhum motivo aparente, o homem se afastou.

Amelia estava prestes a perguntar a Grace quem ele era, mas, antes que pudesse falar, a viúva chegou.

– Para a carruagem! – rosnou a duquesa.

Amelia não tinha o desejo de manter qualquer tipo de diálogo com a dama, por isso decidiu apenas seguir as ordens e manter a boca fechada.

Alguns momentos depois, estavam todas acomodadas na carruagem Crowland. Grace e Elizabeth seguindo de costas para o cocheiro, Amelia ao lado da viúva, olhando para a frente. Amelia manteve a cabeça erguida, concentrando-se num pontinho que ficava junto da orelha de Grace. Se ela fosse capaz de manter a pose pela meia hora seguinte, talvez escapasse sem ter que pousar os olhos na viúva.

– Quem era aquele homem? – perguntou Elizabeth.

Nenhuma resposta.

Amelia desviou o olhar para o rosto de Grace. Interessantíssimo: ela fingia não ter ouvido a pergunta de Elizabeth. Ficava fácil perceber a artimanha quando se olhava para ela de frente. O canto direito de sua boca parecia rígido de preocupação.

– Grace? – repetiu Elizabeth. – Quem era?

– Ninguém – respondeu Grace depressa. – Estamos prontas para partir?

– Então você o conhece? – perguntou Elizabeth.

Amelia quis amordaçar a irmã. Era *óbvio* que Grace o conhecia. Estava claro como o dia.

– Não, não o conheço – disse Grace, incisiva.

– Do que estão falando? – perguntou a duquesa viúva, irritada.

– Havia um homem no final da estrada – contou Elizabeth.

Amelia quis muito chutá-la, mas era impossível. A irmã estava sentada na frente da viúva, fora de seu alcance.

– Quem era? – quis saber a idosa.

– Não sei – respondeu Grace. – Não consegui ver o rosto.

Não era mentira. Pelo menos a segunda frase. O homem se mantivera distante demais para que fosse possível ver seu rosto. Mas Amelia teria apostado seu dote que Grace sabia exatamente quem ele era.

– Quem era? – vociferou a viúva, a voz se sobrepondo ao som das rodas que começavam a descer a estrada.

– Não sei – repetiu Grace.

Porém todas notaram como sua voz vacilava.

A viúva se voltou para Amelia com o olhar tão agressivo quanto a voz.

– Você o viu?

Os olhares de Grace e de Amelia se encontraram. Houve uma espécie de comunicação entre as duas.

Amelia engoliu em seco.

– Não vi ninguém, senhora.

A viúva a dispensou, bufando, e voltou todo o peso de sua fúria para Grace.

– Era ele?

Amelia tomou ar. De quem falavam?

Grace balançou a cabeça.

– Não sei – gaguejou. – Não poderia dizer.

– Pare a carruagem! – berrou a viúva, jogando-se para a frente e empurrando Grace para o lado, para poder bater na parede que separava a cabine do cocheiro. – Pare, eu ordeno!

A carruagem estacou de repente e Amelia, que ia sentada ao lado da viúva, foi jogada para a frente, aterrissando aos pés de Grace. Tentou se levantar, mas foi bloqueada pela viúva, que estendera o braço para alcançar o queixo de Grace.

– Vou lhe dar mais uma chance, Srta. Eversleigh – sibilou. – Era ele?

Amelia prendeu a respiração.

Grace ficou imóvel e então, muito devagar, assentiu.

E a viúva enlouqueceu.

Amelia tinha acabado de voltar para o assento quando precisou se abaixar bruscamente para escapar de ser decapitada por uma bengala.

– Dê meia-volta! – berrou a viúva.

A carruagem começou a se mover devagar, seguindo-se uma guinada brusca quando a idosa guinchou:

– Vá logo! Vá!

Em menos de um minuto, estavam de volta à porta do castelo Belgrave. Amelia observou horrorizada quando a duquesa empurrou Grace para fora da carruagem. Ela e Elizabeth se levantaram para olhar pela porta do veículo enquanto a viúva saltava atrás da dama de companhia.

– Grace estava mancando? – perguntou Elizabeth.

– Eu...

Ela ia dizer "*não sei*", mas a viúva a interrompeu ao bater a porta da carruagem sem dizer uma palavra.

– O que acabou de acontecer? – perguntou Elizabeth, enquanto a carruagem avançava em direção à casa das duas.

– Não faço a menor ideia – sussurrou Amelia.

Virou-se e viu o castelo se afastar.

– Nem imagino.

CAPÍTULO SEIS

Mais tarde, naquele mesmo dia, Thomas estava sentado em seu gabinete refletindo sobre as curvas muito atraentes da noiva (enquanto fingia inspecionar alguns contratos redigidos pelo secretário). Era um passatempo muito agradável e ele poderia ter continuado daquele jeito até a hora do jantar, não fosse a tremenda comoção que irrompeu no saguão.

– Não quer saber meu nome? – exclamou uma voz masculina desconhecida.

Thomas parou, pousou a pena, mas não fez menção de se levantar. Não tinha nenhuma vontade de investigar o assunto e, assim que tudo ficou em silêncio, decidiu voltar para os contratos. Tinha acabado de mergulhar a ponta da pena na tinta quando a voz da avó retiniu no ar como só ela conseguia.

– Deixe minha dama de companhia em paz!

Ao ouvir aquilo, Thomas se levantou. Poderia ignorar possíveis danos sofridos pela avó, mas não por Grace. Ele entrou no corredor e olhou para a frente. Bom Deus. O que a avó estaria fazendo agora? Encontrava-se à porta do salão, a poucos passos de Grace, que ostentava um ar infeliz e constrangido. Ao lado de Grace estava um homem que Thomas nunca vira.

Um homem cujas mãos pareciam ter sido amarradas às costas a mando de sua avó.

Thomas gemeu. A velha era um perigo.

Avançou, pretendendo libertar o homem com um pedido de desculpas e uma quantia em dinheiro para que ele ficasse de boca fechada, mas, ao se aproximar do trio, ouviu o maldito sussurrar para Grace:

– Posso beijar a sua boca.

– *Que diabo* está acontecendo aqui? Grace, este homem está sendo impertinente? – indagou Thomas, e se aproximou

Ela negou com a cabeça depressa, mas ele percebeu algo mais em seu rosto. Algo muito próximo ao pânico.

– Não, não. Mas...

69

Thomas se voltou para o desconhecido. Não gostou do que vira no rosto de Grace.

– Quem é o senhor?

– Quem é *o senhor*? – retrucou o outro com um sorrisinho desrespeitoso.

– Sou Wyndham – respondeu Thomas, preparado para pôr um fim àquele absurdo. – E o senhor está em minha casa.

Houve uma mudança na expressão do homem. Ou melhor, um brilho fugaz. Levou apenas um momento para que a insolência voltasse. Ele era alto, quase tão alto quanto Thomas, e de idade próxima. Thomas antipatizou com ele no mesmo instante.

– Ah – exclamou o homem, de repente muito encantador. – Bem, neste caso sou Jack Audley. Antigo integrante do estimado exército de Sua Majestade, frequentador recente das estradas poeirentas.

Thomas abriu a boca para dizer o que pensava da resposta, mas a avó foi mais rápida.

– Quem são esses Audleys? – inquiriu a viúva, aproximando-se zangada. – Você não é um Audley. Está no seu rosto. No nariz, no queixo e em cada maldito traço, a não ser nos olhos, que são da cor errada.

Thomas se virou para a avó, impaciente e confuso. Do que ela estava tagarelando agora?

– Da cor errada? – reagiu o homem. – Verdade?

Ele se virou para Grace com um ar inocente e maroto.

– Sempre me disseram que as damas *gostam* de olhos verdes. Fui enganado?

– Você é um Cavendish! – rugiu a viúva. – É um Cavendish e exijo sabe por que não fui informada da sua existência.

Um Cavendish? Estupefato, Thomas olhou para o desconhecido, depois para a avó e, então, de volta para o desconhecido.

– Que *diabos* está acontecendo?

Ninguém respondeu. Por isso, ele se virou para a única pessoa que julgava digna de confiança.

– Grace?

Ela não o fitou nos olhos.

– Vossa Graça – disse ela, com uma nota de desespero na voz –, talvez possamos ter uma palavra em particular?

– E estragar tudo para o resto de nós? – intrometeu-se o Sr. Audley, então bufou: – Depois de tudo pelo que passei...

70

Thomas olhou para a avó.

– Ele é seu primo – anunciou a viúva, cortante.

Thomas ficou calado. Não podia ter ouvido direito. Buscou Grace, mas *ela* acrescentou:

– É o salteador.

Enquanto Thomas tentava digerir *aquilo*, o patife insolente se virou para que todos reparassem em suas mãos amarradas.

– Não estou aqui por vontade própria, posso garantir.

– Sua avó pensou tê-lo reconhecido ontem à noite – explicou Grace.

– Eu o *reconheci* – asseverou a viúva.

Ela fez um sinal com a mão em direção ao salteador.

– Basta olhar para ele.

O salteador olhou para Thomas com um ar confuso.

– Eu estava usando uma máscara.

Thomas levou a mão esquerda à testa e esfregou as têmporas com força, pois a dor de cabeça começava a martelar. Deus do céu! De repente, ele pensou: *o retrato.*

Maldição! Então era aquilo. Às três e meia da maldita madrugada, Grace estava vagando pela casa tentando arrancar o retrato do tio morto da parede e...

– Cecil! – berrou.

Um criado chegou com notável rapidez.

– O retrato do meu tio – rosnou Thomas.

O pomo de adão do criado subiu e desceu. Cecil parecia consternado.

– Aquele quadro que acabamos de levar para...

– Sim. No salão.

E, como Cecil não se movimentou com agilidade suficiente, Thomas praticamente grunhiu:

– *Agora!*

O duque sentiu uma mão pousando em seu braço.

– Thomas – disse Grace com suavidade, numa tentativa de acalmá-lo –, permita que eu explique.

– Sabia de tudo isso? – indagou Wyndham, desvencilhando-se dela.

– Sabia, mas...

Não podia acreditar naquilo. Grace. A única pessoa de quem esperava sinceridade absoluta.

– Ontem à noite – interrompeu-a.

O duque percebeu que guardava a noite anterior como uma espécie de tesouro. Não havia muitos momentos de amizade pura e desinteressada em sua vida. O que ocorrera na escada, por mais bizarro que fosse, tinha sido uma daquelas raras ocasiões. E ele supôs que isso explicava o nó que sentira no estômago ao ver o rosto da jovem cheio de culpa.

– Sabia ontem à noite?

– Sabia, mas, Thomas...

– Basta – vociferou o duque. – Quero todos no salão.

Grace tentou atrair de novo sua atenção, mas ele a ignorou. O Sr. Audley – seu primo, maldição! – franzia os lábios como se estivesse prestes a assobiar uma alegre melodia. E sua avó... bem, só o diabo sabia o que ela pensava. Parecia estar sofrendo uma indigestão. Mas sempre parecia. Ela observava Audley com uma intensidade assustadora. O outro, por sua vez, sequer notava aquele olhar maníaco. Estava ocupado demais cobiçando Grace.

E Grace parecia arrasada. Como deveria mesmo se sentir.

Thomas praguejou baixinho e bateu a porta do salão assim que todos entraram. Audley exibiu as mãos e inclinou a cabeça.

– Seria possível...?

– Pelo amor de Deus – resmungou Wyndham.

Agarrou um abridor de cartas que se encontrava numa escrivaninha. Em seguida, uma das mãos de Audley, e com um golpe furioso, cortou as cordas.

– Thomas – disse Grace, colocando-se diante dele com um olhar intenso –, eu realmente acho que deveria me deixar ter uma palavra antes de...

– Antes do quê? – retrucou ele. – Antes de ser informado de outro primo perdido cuja cabeça pode ou não ser procurada pela Coroa?

– Pela Coroa não, eu acho – disse Audley com brandura. – Mas com certeza por alguns magistrados. E por um ou dois vigários.

Ele se dirigiu para a viúva.

– Ser salteador não é uma das profissões mais seguras.

– Thomas – falou Grace.

Ela olhou de relance para a viúva, que a encarava com fúria.

– Vossa Graça – corrigiu ela –, há algo que o senhor precisa saber.

– De fato – retrucou Wyndham. – Como, por exemplo, quem são meus verdadeiros amigos e confidentes.

Grace estremeceu como se tivesse recebido um tapa, mas Thomas ignorou a pontada de culpa momentânea no próprio peito. Ela tivera todo o tempo necessário para informá-lo do que se passara na noite anterior. Não havia motivos para que ele chegasse àquela situação completamente despreparado.

– Sugiro que o senhor fale com a Srta. Eversleigh de forma mais respeitosa – disse Audley num tom leve mas firme.

Thomas ficou paralisado. Que diabos! Quem aquele homem pensava que era?

– O quê?

Audley inclinou a cabeça de leve. Pareceu correr a língua pelos dentes antes de dizer:

– Não está acostumado a ser tratado como homem, não é?

Foi como se uma fúria cega, com unhas e dentes afiados, tomasse o corpo de Thomas. Antes que pudesse pensar, ele já estava dando um salto e partindo para o pescoço de Audley. Os dois desabaram no chão, rolando sobre o tapete até uma mesinha de canto. Com grande satisfação, Thomas se viu montado no primo querido, com uma das mãos apertando a garganta dele e o outro punho, cerrado, prestes a se transformar numa arma mortal.

– Parem! – gritou Grace.

Porém Thomas nem notou que ela agarrara seu braço. Teve a impressão de que ela caiu quando ele ergueu o punho e acertou o queixo de Audley. Mas Audley era um adversário à altura. Tinha passado anos aprendendo a lutar sujo – como Thomas percebeu depois – e, com um rápido movimento do tórax, acertou uma forte cabeçada no queixo de Thomas, deixando-o atordoado por tempo suficiente para inverter as posições.

– Nunca... volte... a me atacar – rosnou Audley.

Então desferiu um soco no rosto de Thomas para pontuar a frase.

Thomas libertou o cotovelo e golpeou a barriga de Audley com força. Foi recompensado com um grunhido.

– Parem! Parem, os dois!

Grace conseguiu se colocar entre eles, o que provavelmente era a única forma de interromper a luta. Por pouco ela não recebeu um golpe de Thomas.

– Deveria se sentir envergonhado – ralhou ela.

Thomas teria concordado se não estivesse ofegante demais para falar. Então compreendeu que ela se dirigia a ele. Era humilhante. Ele se sentiu tomado por um desejo nada admirável de constrangê-la também.

– Talvez seja melhor que você se afaste do meu...

O duque olhou para baixo, para a parte de seu corpo onde ela se sentara.

– Ah! – exclamou Grace, dando um salto.

Mesmo assim, ela não soltou o braço de Audley. Em vez disso, o arrastou, afastando os dois homens. Audley pareceu feliz de acompanhá-la.

– Vai cuidar dos meus ferimentos? – perguntou ele, olhando-a com o ar tristonho de um filhote maltratado.

– Você não tem ferimentos – disparou ela.

Grace, então, olhou para Thomas, que também havia se levantado.

– Nem o senhor – ressaltou.

Thomas esfregou o queixo. Antes do anoitecer, o rosto de ambos demonstraria que ela estava errada.

Então sua avó – ah, uma pessoa que deveria dar lições de gentileza e civilidade – resolveu que era hora de entrar na conversa. Seu primeiro gesto, como já era esperado, foi um forte empurrão em seu ombro.

– Peça desculpas imediatamente – disparou ela. – Ele é um hóspede em nossa casa.

– Na *minha* casa.

O rosto da viúva ficou tenso. Aquela era a vantagem que ele tinha sobre a avó. Ela só morava ali, como todos sabiam, pela boa disposição e vontade do duque.

– É seu primo – disse. – Dada a falta de parentes próximos em nossa família, seria de se imaginar que você ficasse ansioso por acolhê-lo.

Soava bem provável, pensou Thomas, olhando com cautela para Audley. O problema era que ele antipatizara com o sujeito assim que o vira. Detestara o sorriso irônico, a insolência calculada. Conhecia aquele tipo de homem. Audley não sabia o que era dever, não sabia o que era responsabilidade, mas tinha a audácia de aparecer por ali e fazer críticas?

Além do mais, diabos, como podiam dizer que Audley era *realmente* seu primo? Thomas flexionava os dedos numa tentativa de se acalmar.

– Alguém poderia me fazer o favor de explicar como este homem apareceu no meu salão? – grunhiu Wyndham, furioso.

A primeira reação foi o silêncio, cada pessoa esperando que outra respondesse. Então Audley deu de ombros, fez um sinal com a cabeça na direção da viúva e falou:

– Ela me sequestrou.

Thomas se virou lentamente para a avó.

– Sequestrou – repetiu ele, não porque era difícil de acreditar, mas porque não era.

– De fato – assumiu ela, incisiva. – E eu o faria de novo.

Thomas olhou para Grace.

– É verdade – confirmou ela.

E então – diabos – ela se dirigiu para Audley.

– Sinto muito.

– Desculpas aceitas, claro – disse o homem com encanto e graça dignos dos melhores salões de baile.

O desagrado que Thomas sentia devia estar aparente, pois Grace olhou para ele e disse:

– Ela o *sequestrou*!

Thomas revirou os olhos. Não sentia vontade de debater o assunto.

– E me obrigou a tomar parte – balbuciou Grace.

– Eu o reconheci ontem à noite – anunciou a viúva.

Thomas a encarou com descrença.

– No escuro?

– Apesar da máscara – acrescentou ela com orgulho. – É a imagem do pai. A voz, o riso, igualzinho.

Agora tudo fazia sentido, claro. O retrato, a dispersão da avó na noite anterior. Thomas soltou um suspiro, fechou os olhos e conseguiu reunir forças para tratá-la com delicadeza e compaixão.

– Vovó – disse ele, num tom que poderia ser reconhecido como um ramo de oliveiras, uma oferta de paz, pois ele normalmente a tratava como *senhora* –, compreendo que ainda lamente a perda do seu filho...

– Seu tio – interrompeu-o ela.

– Meu tio – corrigiu-se ele, embora fosse difícil pensar nele nesses termos, pois os dois não tinham se conhecido. – Mas já se passaram trinta anos desde a morte dele.

– Vinte e nove – corrigiu a duquesa.

Thomas olhou na direção de Grace em busca de algo que ele nem saberia explicar. Apoio? Empatia? Os lábios dela formaram uma linha reta, como se tentasse dizer que sentia muito, mas ela permaneceu em silêncio.

Ele se voltou para a avó.

– Faz muito tempo. As lembranças se esvaem.

– As minhas, não – contrapôs ela, altiva. – E com certeza não é o caso com as lembranças que tenho de John. O *seu* pai eu fico mais do que feliz em ter esquecido...

– Quanto a isso, estamos de acordo – cortou Thomas.

A única possibilidade de a situação ficar mais ridícula ainda seria incluindo seu pai como testemunha.

– Cecil! – voltou a berrar.

Cerrava os punhos para não ceder ao desejo de estrangular alguém. Que diabos! Onde estava a maldita pintura? Já fazia séculos que enviara o criado ao quarto da avó. Deveria ser algo simples. Com certeza, a avó ainda não tivera tempo de pendurar a moldura na parede.

– Vossa Graça – veio uma voz do corredor.

Lá estava o quadro, pela segunda vez naquela tarde, sacolejando enquanto dois homens tentavam mantê-lo equilibrado.

– Coloque em qualquer lugar – instruiu Thomas.

Os lacaios encontraram um canto livre e puseram a pintura no chão, apoiando-a com cuidado na parede. E, pela segunda vez naquele dia, Thomas se viu examinando o rosto de seu tio John, falecido tantos anos antes.

No entanto, daquela vez foi diferente. Quantas vezes passara pelo retrato sem se dar o trabalho de olhá-lo com atenção? E por que deveria? Não conhecera o sujeito, nunca tivera motivos para buscar algo familiar em seu rosto.

Agora, porém...

Grace foi a primeira a encontrar palavras para exprimir o sentimento:

– *Ai, meu Deus.*

Thomas fitou o Sr. Audley, estarrecido. Era como se estivesse diante do mesmo homem retratado na tela.

– Vejo que ninguém mais discorda de mim – disse a viúva, cheia de si.

– Quem é *você*? – sussurrou Thomas, encarando o homem que só podia ser seu primo.

– Meu nome – gaguejou o Sr. Audley, incapaz de tirar os olhos do retrato. – Meu nome de batismo... Meu nome completo é John Augustus Cavendish-Audley.

– Quem eram seus pais? – sussurrou Thomas.

Contudo ele não respondeu e Thomas ouviu a própria voz se tornar estridente ao indagar:

– Quem era seu pai?

Audley virou a cabeça bruscamente.

– Quem diabos acha que ele era?

Thomas sentiu como se o mundo desmoronasse. Cada momento, cada lembrança, cada lufada do ar que respirava, tudo que fazia com que acreditasse saber quem ele era, tudo desapareceu, deixando-o sozinho e completamente destituído.

– Seus pais – disse Thomas e sua voz saiu baixa. – Eles eram casados?

– O que está querendo dizer? – rosnou Audley.

– Por favor – implorou Grace a Thomas, voltando a se colocar entre os dois. – Ele não sabe.

Ela olhou para Thomas e ele entendeu o que ela tentava dizer. Audley não sabia. Não fazia ideia do significado de um nascimento legítimo.

Grace olhou para Thomas como se pedisse desculpas. Porque também dava a entender que era preciso explicar para o outro o que se passava. Não podiam guardar segredo, apesar de todas as consequências.

– Alguém precisa explicar ao Sr. Audley...

– Cavendish – vociferou a viúva.

– O Sr. Cavendish-Audley – atalhou Grace, sempre diplomática. – Alguém precisa dizer a ele que... que...

Grace olhou para cada um deles e então seu olhar pousou no rosto atônito de Audley.

– Seu pai... quero dizer, o homem na pintura... presumindo que seja seu pai... ele é o irmão *mais velho*... do pai de Sua Graça.

Ninguém disse nada.

Grace pigarreou.

– Portanto, se... se seus pais fossem de fato legalmente casados...

– Eles eram – rosnou Audley.

– Sim, claro. Quero dizer, não é claro, mas...

Thomas a interrompeu, abrupto, porque não conseguiria suportar nem mais um instante daquela situação.

– O que ela quer dizer é que se for de fato o filho legítimo de John Cavendish, então o senhor é o duque de Wyndham.

Thomas esperou. Não sabia muito bem pelo quê, aquilo bastava para ele. Dissera sua parte. Outra pessoa poderia contribuir com sua maldita opinião.

77

– Não – disse Audley por fim, sentando-se na cadeira mais próxima. – Não.

– Ficará por aqui até que este assunto possa ser resolvido a meu contento – anunciou a viúva.

– Não – disse Audley com mais convicção. – Não ficarei.

– Ah, sim, ficará – ordenou a viúva. – Se não ficar, vou entregá-lo para as autoridades como o ladrão que você é.

– Não faria isso – balbuciou Grace.

Ela se dirigiu a Audley.

– Ela não faria isso. Não se acredita que é sua avó.

– Cale-se! – grunhiu a viúva. – Não sei o que pensa que está fazendo, Srta. Eversleigh, mas não faz parte da família e não deveria estar neste aposento.

Thomas deu um passo à frente para interferir, mas, antes que pudesse pronunciar uma palavra, Audley se levantou com as costas eretas e o olhar endurecido.

E, pela primeira vez, Thomas acreditou que ele dizia a verdade sobre o serviço militar, pois Audley era um oficial da cabeça aos pés ao proferir:

– Não volte a falar desse modo com a Srta. Eversleigh.

A viúva recuou, atônita por ele ousar se dirigir a ela daquele modo por conta de alguém que ela considerava inferior.

– Sou sua avó.

Audley não tirou os olhos de seu rosto.

– Isso ainda deve ser determinado.

– O quê? – explodiu Thomas, antes que pudesse ponderar a própria reação.

Audley o encarou, avaliando-o com indiferença.

– Está tentando dizer que acha que não é filho de John Cavendish? – perguntou Thomas, incrédulo.

O outro homem deu de ombros. De repente, ele tinha voltado a bancar o patife.

– Com toda a franqueza, não sei se gostaria de ganhar acesso a este clubinho tão encantador.

– Você não tem escolha – disse a viúva.

Audley olhou para ela de esguelha.

– Tão amorosa! Tão protetora! A imagem perfeita de uma avó.

Grace emitiu o som abafado que o próprio Thomas teria produzido em outras circunstâncias. Não, ele teria soltado gargalhadas, na verdade. Po-

rém não naquela situação. Não com um usurpador em potencial ali, na porcaria de seu salão.

– Vossa Graça – disse Grace, hesitante.

Entretanto o duque não queria ouvir nada. Não queria ouvir mais nada. Não queria saber a opinião de ninguém, a sugestão de ninguém. Nada.

Por Deus, todos o observavam, aguardando que tomasse uma decisão, como se ele estivesse no comando. Ah, que maravilha! Nem sequer sabia mais quem era. Talvez não fosse ninguém. Absolutamente ninguém. Com certeza, não era o chefe da família.

– Wyndham... – começou a avó.

– Cale a boca – retrucou ele.

Cerrou os dentes, tentando não demonstrar fraqueza. Que *diabos* esperavam que ele fizesse agora? Ele se virou para Audley – *Jack*. Supunha que deveria começar a pensar nele assim, já que não conseguia pensar nele como Cavendish ou, Deus o perdoasse, Wyndham.

– Deve ficar – disse Thomas, odiando o cansaço na própria voz. – Precisaremos...

Deus do céu, mal podia acreditar que diria aquelas palavras.

– Precisamos entender o que está acontecendo.

Audley não respondeu de imediato, e quando respondeu, soou tão exausto quanto Thomas.

– Alguém poderia explicar por favor... – começou Audley.

Ele massageava as têmporas. Thomas conhecia bem aquele gesto. Sua cabeça também latejava como o diabo.

– Alguém poderia explicar a árvore genealógica? – pediu Audley por fim.

– Tive três filhos – disse a viúva, secamente. – Charles era o mais velho; John, o do meio; Reginald, o caçula. Seu pai partiu para a Irlanda pouco depois do casamento de Reginald com a mãe *dele*.

A expressão da viúva foi de visível desgosto e ela fez um gesto com a cabeça na direção de Thomas.

– Ela não era de uma família nobre – completou Thomas, porque, afinal, não era nenhum segredo. – O pai dela era dono de fábricas. Montes e montes de fábricas.

Ah, quanta ironia.

– Agora somos os donos – concluiu.

A viúva ignorou o comentário, mantendo sua atenção em Audley.

79

– Fomos informados da morte de seu pai em julho de 1790. Um ano depois, meu marido e meu filho mais velho morreram de uma febre. Eu não contraí a doença. O caçula não morava mais em Belgrave, por isso também foi poupado. Charles ainda não tinha se casado e acreditávamos que John morrera sem deixar filhos. Desse modo, Reginald se tornou o duque.

A viúva fez uma pausa, sem manifestar a menor emoção.

– Não era o esperado.

Todos olharam para Thomas. Que ótimo! Ele nada disse. Recusava-se a dar o menor sinal de que ela merecesse resposta.

– Vou ficar – disse Audley, por fim.

Embora ele parecesse resignado, como se não tivesse escolha, Thomas não se deixou enganar. O homem era um ladrão, pelo amor de Deus. Um ladrão que acabava de receber a oportunidade de surrupiar legalmente um dos títulos mais importantes do país. Sem falar das riquezas que o acompanhavam.

Riquezas incalculáveis até para ele às vezes.

– Muito sensato de sua parte – afirmou a viúva, juntando as mãos. – Então agora nós...

Audley a interrompeu.

– Mas primeiro devo voltar à estalagem para pegar meus pertences.

Ele observou o salão em que se encontravam como se zombasse de sua opulência.

– Por mais parcos que sejam – emendou.

– Bobagem – decretou a viúva, ríspida. – Seus pertences serão substituídos.

Ela olhou para as roupas dele.

– Por itens de maior qualidade, devo acrescentar.

– Não estava pedindo sua permissão – respondeu Audley, com frieza.

– De qualquer man...

– Além do mais, devo explicações a meus parceiros.

Thomas fez menção de interferir. Não admitiria que Audley espalhasse boatos. Em uma semana, estariam falando do assunto por todo o país. Não faria diferença se suas reivindicações não tivessem fundamento. Ninguém voltaria a olhar para Thomas do mesmo modo. Os cochichos persistiriam eternamente.

Talvez ele não fosse mesmo o duque.

Alguém reivindicou o título, não ouviu falar? A própria avó apoiou o outro.

Seria um pesadelo infernal.

– Nada que se aproxime da verdade – acrescentou Audley, num tom seco, dirigindo o olhar para ele.

Thomas ficou incomodado. Não gostava que seus pensamentos fossem decifrados com tanta facilidade. Ainda mais por aquele homem.

– Não desapareça. Garanto que vai se arrepender – advertiu a viúva.

– Não há por que se preocupar – garantiu Thomas, dizendo em voz alta o que todos deviam saber. – Quem desapareceria diante da possibilidade de receber um ducado?

Audley não pareceu achar graça. Thomas não se importou.

– Eu o acompanharei – declarou Thomas.

Precisava avaliar aquele homem. Precisava ver como se portava, como agia quando não havia uma plateia feminina para seduzir.

Audley deu um sorriso zombeteiro. Ergueu a sobrancelha esquerda – como a viúva, o que era assustador.

– Devo me preocupar com minha segurança? – murmurou.

Thomas se esforçou para não responder. Ninguém precisava assistir à outra troca de socos naquela tarde. Mas o insulto era terrível. Passara a vida inteira colocando o nome Wyndham acima de tudo. O título, o legado, as terras. Nada tinha a ver com ele, com Thomas Cavendish, cavalheiro nascido no condado inglês de Lincolnshire, que amava música, mas odiava ópera, que preferia montar a cavalo em vez de andar de carruagem mesmo sob condições inclementes, que amava morangos, ainda mais com creme de leite, que se formara em Cambridge como o melhor aluno da turma e podia recitar a maior parte dos sonetos de Shakespeare, porém nunca os recitava, pois preferia desfrutar de cada palavra em sua cabeça. Ninguém parecia se importar com o fato de ele encontrar satisfação no trabalho braçal e não suportar ineficiência. E ninguém ligava que ele nunca tivesse tomado gosto por vinho do Porto ou que ele achasse o hábito de cheirar rapé algo, no mínimo, estúpido.

Não, quando chegava a hora de tomar uma decisão – qualquer decisão –, nada disso importava. Ele era Wyndham. Simples assim.

E, aparentemente, também complicado. Porque sua lealdade ao nome da família e ao seu legado permanecia intacta. Ele faria o que era certo, o que era direito. Sempre agia assim. Era risível, irônico demais. Agia da forma correta por ser o duque de Wyndham. E, agora, talvez a atitude digna a tomar fosse entregar o próprio nome a um desconhecido.

Se não fosse um duque... ele se libertaria? Poderia fazer o que quisesse, roubar carruagens, deflorar virgens e tudo o mais que os homens sem o peso da responsabilidade escolhiam fazer?

Entretanto, depois de tudo o que fizera, ouvir alguém sugerir que ele poria o proveito pessoal acima do dever para com sua família... não apenas o machucava; feria como fogo.

Audley se dirigiu a Grace com seu sorriso mais irritante e bajulador.

– Sou uma ameaça à sua identidade. Com certeza, qualquer homem de juízo questionaria a própria segurança.

Tudo que Thomas conseguiu fazer foi manter os punhos cerrados junto ao corpo.

– Está enganado! – disse Grace a Audley.

Thomas se sentiu estranhamente reconfortado pelo fervor em sua voz.

– O senhor cometeu um erro de julgamento. O duque...

Ela parou por um momento, engasgando com aquela palavra, mas ergueu os ombros e prosseguiu:

– É o homem mais honrado que conheço. O senhor nunca correria riscos em sua companhia.

– Garanto que, por mais que eu sinta desejos violentos, nada farei em relação a eles – disse Thomas com brandura, encarando o primo com frieza.

Grace não deixou passar.

– Que coisa terrível de dizer – repreendeu e, em seguida, mais baixo, para que só ele pudesse ouvir: – E depois que eu o defendi.

– Mas é sincero – reconheceu Audley com um meneio de cabeça.

Os dois homens se encararam como se estabelecessem uma trégua silenciosa. Seguiriam juntos até a estalagem. Não fariam perguntas, não dariam opiniões... Inferno, não falariam a menos que fosse absolutamente necessário.

O que estava ótimo para Thomas.

CAPÍTULO SETE

– Seu olho ficou preto.

Foram essas as primeiras palavras de Audley, quase uma hora depois de partirem.

Thomas se virou para encará-lo.

– Seu rosto está roxo.

Estavam quase chegando à estalagem onde os pertences de Audley foram guardados, por isso diminuíram o ritmo. Audley montava um dos cavalos dos estábulos de Belgrave. Thomas notou que ele era um cavaleiro muito habilidoso.

Audley tocou o próprio rosto sem a menor delicadeza e deu batidinhas com três dedos da mão direita.

– Não é nada – garantiu, como se avaliasse os danos. – Com certeza não está tão ruim quanto seu olho.

Thomas lançou a ele um olhar de desdém. Como ele poderia saber? A bochecha dele ficara roxa, bem roxa.

Audley fitou o outro com uma neutralidade exasperante.

– Já levei um tiro no braço e fui esfaqueado na perna – contou. – E você?

Thomas não disse nada. Mas sentiu que cerrava os dentes e percebeu o som da própria respiração.

– Não tem nada de mais no meu rosto – repetiu Audley.

Então olhou adiante e se concentrou na curva que se aproximava.

Estavam bem perto da estalagem. Thomas conhecia a região. Ora, ele era dono de metade dela.

Ou, pelo menos, acreditava ser o dono até então. Agora, quem poderia garantir? Talvez não fosse o duque de Wyndham. Como seria se ele descobrisse ser apenas mais um primo Cavendish? Com certeza havia um bom número deles. Talvez não de primeiro grau, mas havia um sem-fim de primos de segundo e terceiro graus espalhados pelo país.

Era uma questão interessante. E "interessante" era o único termo que ele conseguia usar naquele momento sem sentir ganas de explodir num riso

83

alucinado. Se não fosse o duque de Wyndham, quem seria ele, ora? Seria dono de alguma coisa? Teria um graveto, uma pedra ou um pedacinho de terra para chamar de seu?

Ainda estaria noivo de Amelia?

Por Deus. Olhou para trás, para Audley, que parecia indiferente e inalterado enquanto fitava o horizonte.

Ele ficaria com Amelia? Terras, títulos, até a última moedinha no cofre. Vamos lá, companheiro! Aproveite a ocasião e leve a noiva também.

A julgar pela reação de Grace àquele sujeito irritante, Amelia sucumbiria à primeira vista.

Thomas bufou, exasperado. Se o dia piorasse um pouco mais, ele chegaria aos portões do inferno antes do anoitecer.

– Vou tomar uma cerveja – anunciou.

– Cerveja? – retrucou Audley, surpreso, como se não pudesse imaginar o duque de Wyndham bebendo algo tão típico da plebe.

– Enquanto faz o que deseja fazer – confirmou Thomas, depois olhou Audley de esguelha. – Presumo que não necessite da minha ajuda para dobrar suas roupas íntimas.

Audley arqueou as sobrancelhas.

– Não, a menos que goste das roupas de baixo de outros homens. Longe de mim reprimir o que lhe dá alegria.

Thomas o encarou com frieza.

– Não me obrigue a lutar de novo em você.

– Você perderia.

– Você *morreria*.

– Não pelas suas mãos – resmungou Audley.

– O que disse?

– Você ainda é o duque – respondeu Audley, dando de ombros.

Thomas agarrou as rédeas com mais força do que o necessário. Embora soubesse o que aquelas palavras significavam, sentiu um desejo impertinente de fazer com que o outro dissesse tudo às claras. Por isso usou um tom duro e altivo – muito ducal:

– E o que quer dizer com isso?

Audley se virou. Pareceu indolente, senhor de si e à vontade, o que enfureceu Thomas, pois Audley era – ou parecia ser – tudo o que *ele* costumava ser.

Não naquele momento, porém. Seu coração batia forte, as mãos formiga-

vam e, acima de tudo, seu mundo parecia torto. E não era ele que estava fora de eixo. Sentia-se centrado. O problema era o resto. Quase chegava a sentir medo de fechar os olhos, pois o céu poderia estar verde ao reabri-los, cavalos falariam francês e o chão lhe faltaria sempre que tentasse dar um passo.

Então Audley respondeu.

– Você é o duque de Wyndham. A lei está sempre do seu lado.

Thomas sentiu uma vontade quase incontrolável de bater nele de novo. Ainda mais porque demonstraria que Audley tinha razão. Ninguém no vilarejo ousaria se opor a ele. Poderia bater em Audley até que ele se transformasse numa poça de sangue. O que sobrasse seria simplesmente varrido para um canto.

Saudações ao duque de Wyndham. E pensar em todas as vantagens que ele nunca aproveitara...

Chegaram à estalagem. Ele entregou as rédeas ao jovem cavalariço que se aproximou correndo para cumprimentá-los. Seu nome era Bobby. Thomas o conhecia fazia muitos anos. Seus pais eram arrendatários dele – gente honesta e trabalhadora que fazia questão de levar uma cesta de biscoitos para Belgrave todos os anos, no Natal, embora soubessem muito bem que os Cavendishes não precisassem.

– Vossa Graça – saudou Bobby, ofegando enquanto abria um sorriso.

– Vai cuidar bem deles, Bobby?

Thomas fez um sinal para a montaria de Audley enquanto o menino pegava as rédeas.

– Muitíssimo bem, senhor.

– É por isso que nunca os confiaria a mais ninguém.

Thomas jogou uma moeda para o garoto.

– Vamos estar de volta em... uma hora? – falou o duque e olhou para o suposto primo com ar inquisidor.

– Se tanto – confirmou Audley.

Voltou-se para Bobby e fitou o garoto nos olhos, algo que Thomas achou surpreendente.

– Você não estava por aqui ontem – aventou.

– Não, senhor – confirmou Bobby. – Só trabalho cinco dias por semana.

Thomas cuidava de providenciar ao estalajadeiro certa quantia a cada mês para garantir um dia extra de folga para os mais jovens. Ninguém sabia disso além de ambos.

– Já conheceu Lucy?

Lucy? Thomas ouviu com interesse.

– O capão preto? – perguntou Bobby e seus olhos se iluminaram.

– Tem um cavalo chamado Lucy? – perguntou Thomas.

– Esse mesmo – disse Audley para Bobby.

Só então se dirigiu a Thomas.

– É uma longa história – explicou.

– Ele é uma beleza – disse Bobby com os olhos arregalados de admiração.

Thomas achou graça. Bobby já era louco por cavalos antes mesmo de aprender a dar os primeiros passos. Thomas sempre pensara que acabaria contratando-o para trabalhar nos estábulos de Belgrave.

– Sou muito apegado a ele – disse Audley. – Salvou minha vida uma ou duas vezes.

Os olhos de Bobby ficaram mais arregalados ainda.

– Verdade?

– Verdade. Napoleão não tem a mínima chance contra um bom cavalo britânico como ele – falou Audley e olhou para o estábulo. – Ele está bem?

– Foi escovado e tem água fresca. Eu mesmo cuidei dele.

Enquanto Audley fazia os arranjos para levar embora o cavalo de nome ridículo, Thomas se dirigiu à taverna. Supunha que antipatizasse ligeiramente menos com Audley. Afinal, era preciso respeitar um homem que demonstrava tanto apreço por um cavalo. Ainda assim, uma boa caneca de cerveja cairia muito bem num dia como aquele.

Conhecia o estalajadeiro. Harry Gladdish fora criado em Belgrave, filho de um assistente do cavalariço-chefe. O pai de Thomas o considerara um companheiro aceitável para o filho. Afinal, sua posição social era tão inferior, em comparação a Thomas, que jamais haveria questionamentos sobre quem estaria no comando. "Melhor ser acompanhado por um cavalariço do que por um garoto rico e sem berço", costumava dizer o pai de Thomas.

Em geral, fazia esse comentário na frente da mãe de Thomas, que vinha de uma família rica e não pertencente à nobreza.

Harry e Thomas, porém, brigavam com bastante frequência sobre quem daria as ordens. Como resultado, se tornaram grandes amigos. O tempo os afastara – o pai de Thomas permitira que Harry assistisse às aulas junto com o filho em Belgrave, mas não quisera patrocinar seus estudos além disso. Thomas seguira estudando, em Eton e Cambridge, depois desfrutara

os excessos da vida social em Londres. Harry ficara em Lincolnshire e acabara assumindo a estalagem que o pai comprara quando a esposa recebeu
uma herança inesperada. E, embora Harry e Thomas estivessem um pouco
mais conscientes das diferenças de posição social agora do que na infância,
a amizade despreocupada da juventude vinha se demonstrando duradoura.

– Harry – cumprimentou Thomas, acomodando-se numa banqueta perto do balcão.

– Vossa Graça – saudou Harry, com aquele sorrisinho malicioso que ele
sempre dava ao usar o tratamento honorífico.

Thomas começou a fazer uma careta diante da audácia do outro, então
quase soltou uma gargalhada. Se Harry soubesse...

– Belo olho – comentou Harry, com toda a naturalidade. – Sempre gostei
de roxo.

Thomas pensou em dez respostas diferentes, mas estava sem energia
para proferir qualquer uma delas.

– Cerveja? – ofereceu Harry.

– A sua melhor.

Harry pegou a caneca e a pousou no balcão.

– Você parece mal – afirmou, sem fazer rodeios.

– Ficou compadecido?

– Ainda não – disse Harry, balançando a cabeça. – É sua avó?

Harry conhecia bem a avó de Thomas.

– Entre outras coisas.

– Sua noiva?

Thomas piscou. Não tinha pensado muito em Amelia naquela tarde, o
que era notável, considerando que quase a possuíra numa campina menos
de seis horas antes.

– Tem uma noiva – lembrou Harry. – Mais ou menos dessa altura... –
zombou, fazendo um gesto no ar.

Ela era mais alta, Thomas pensou, distraído.

– Loura – prosseguiu Harry. – Não muito peituda, mas...

– Chega – disparou Thomas.

Harry abriu um sorriso torto.

– Então é sua noiva.

Thomas deu um gole na cerveja e decidiu deixar que ele acreditasse
naquilo.

– É complicado – disse, por fim.

Harry se apoiou no balcão e fez um sinal para indicar que o compreendia. Ele tinha nascido para aquele trabalho.

– É sempre complicado.

Como Harry se casara com a amada aos 19 anos e tinha seis traquinas que viravam de cabeça para baixo a pequena casa onde moravam, atrás da estalagem, Thomas não ficou convencido de suas qualificações como conselheiro para assuntos sentimentais.

– Teve um sujeito aqui outro dia... – começou Harry.

Por outro lado, ele com certeza já ouvira todos os lamentos e histórias tristes da região.

Thomas bebeu a cerveja enquanto Harry falava sem parar sobre nenhum assunto específico. Não prestava atenção de verdade, mas ocorreu a ele, enquanto tomava o último gole, que nunca se sentira tão grato por ouvir aquele tipo de tagarelice sem sentido.

E então o Sr. Audley apareceu.

Thomas fitou a caneca e avaliou se deveria pedir outra. A ideia de virar outra bebida em menos de um minuto lhe pareceu convidativa.

– Boa noite, senhor! – exclamou Harry. – Como está sua cabeça?

Thomas ergueu os olhos. Harry o conhecia?

– Bem melhor – respondeu Audley.

– Fiz minha mistura matinal para ele – contou Harry a Thomas.

O estalajadeiro voltou os olhos para Audley.

– Sempre funciona. Pergunte ao duque aqui.

– O duque costuma necessitar de um bálsamo para seus excessos? – perguntou Audley, educado.

Thomas lhe lançou um olhar raivoso.

Harry não respondeu. Tinha percebido a troca de olhares.

– Os senhores se conhecem?

– Mais ou menos.

– Mais para menos do que para mais – acrescentou Audley.

Harry olhou para Thomas. Os olhares se encontraram por uma fração de segundo, com uma centena de perguntas entre eles, junto com uma garantia assombrosamente reconfortante: se precisasse dele, Harry estaria ali.

– Precisamos partir – disse Thomas.

Ele empurrou a banqueta para trás para se levantar, então se voltou para Harry e fez um meneio de cabeça.

– Estão juntos? – perguntou Harry, surpreso.

– É um velho amigo – disse Thomas.

Na verdade, soou mais como um grunhido.

Harry não perguntou mais nada. Sempre sabia quais perguntas não deveriam ser feitas.

Virou-se para Audley.

– Você não mencionou que conhecia o duque.

Audley deu de ombros.

– Você não perguntou.

Harry pareceu pensar na reposta.

– Boa viagem, amigo – desejou a Thomas.

Thomas inclinou a cabeça numa saudação e seguiu para a porta, deixando que Audley o acompanhasse.

– É amigo do estalajadeiro – declarou Audley assim que saíram.

Thomas se voltou para ele com um sorriso largo e falso.

– Sou um sujeito amistoso.

Foi a última frase que trocaram até se aproximarem de Belgrave, quando Audley se lembrou de algo importante:

– Vamos precisar de uma história.

Thomas olhou para ele com desagrado.

– Presumo que não queira que circule por aí que sou seu primo... o filho do irmão *mais velho* de seu pai, para ser preciso... até haver uma verificação.

– De fato – respondeu Thomas.

A voz estava entrecortada, principalmente porque ele sentia raiva de si mesmo por não ter abordado o assunto antes.

Audley lançou a ele um olhar irritante. Começou com um sorriso e logo se transformou num esgar.

– Vamos ser velhos amigos?

– Da universidade?

– Hum, não. Você luta boxe?

– Não.

– Esgrima?

Como um mestre.

– Sou aceitável – disse ele e deu de ombros.

– Vai ser nossa história. Estudamos juntos. Há muitos anos.

Thomas manteve os olhos na estrada. Belgrave se aproximava cada vez mais.

– Avise-me se desejar praticar – falou o duque.

– Tem equipamentos?

– Tenho tudo que alguém poderia precisar.

Audley se virou para Belgrave, que despontava diante deles como um ogro de pedra, bloqueando os últimos raios do sol.

– E imagino que tenha tudo que ninguém poderia precisar também.

Thomas não comentou. Saltou da montaria e entregou as rédeas a um lacaio. Entrou em casa depressa, louco para se ver longe do homem que vinha atrás dele. Não queria fazê-lo em pedaços. Desejava esquecer que ele existia.

Pensava em como a vida parecia boa, doze horas antes.

Não, oito horas antes. Oito, e ele e Amelia estariam se divertindo um pouco.

Isso mesmo. Aquela era a linha divisória perfeita entre sua vida antiga e a nova. Pós-Amelia, pré-Audley.

Perfeição.

Mas os poderes ducais, por mais amplos que fossem, não lhe permitiam voltar no tempo. Assim, recusando-se a ser diferente do homem sofisticado e contido que fora até então, Thomas deu algumas ordens ao mordomo sobre o que fazer com o Sr. Audley e entrou no salão, onde a avó e Grace o esperavam.

– Wyndham – disse a avó, ríspida.

Ele fez um meneio seco em resposta.

– Mandei que enviassem os pertences do Sr. Audley para o quarto de seda azul.

– Excelente escolha – respondeu a viúva. – Mas preciso repetir: não se refira a ele como Sr. Audley na minha presença. Não conheço esses Audleys e não gostaria de conhecê-los.

– Também não sei se eles gostariam de conhecê-la.

O comentário foi feito pelo Sr. Audley, que entrara no aposento num passo rápido mas silencioso.

Thomas olhou para a avó. Ela apenas erguera uma sobrancelha, como se quisesse demonstrar a dama magnífica que era.

– Mary Audley é irmã da minha falecida mãe – declarou o Sr. Audley.

– Ela e o marido, William Audley, me acolheram desde o nascimento. Criaram-me como se fosse um de seus filhos e, *a pedido meu*, deram-me seu sobrenome. Não tenho intenção de abrir mão dele.

Thomas não podia evitar. Estava apreciando a conversa.

Audley se dirigiu a Grace e se curvou.

– Pode se referir a mim como Sr. Audley se desejar, Srta. Eversleigh.

Grace fez uma pequena reverência sem jeito e olhou para Thomas. Por quê? Para pedir permissão?

– Ela não pode demiti-la por usar o nome legal dele – afirmou Thomas com a habitual ponta de impaciência.

Aquilo estava ficando entediante.

– E, se fizer isso, eu a aposento com uma renda vitalícia e despacho minha avó para uma propriedade bem distante.

– É tentador – murmurou o Sr. Audley. – E qual é o lugar mais distante para onde ela pode ser despachada?

Thomas quase sorriu. Por mais irritante que Audley fosse, tinha seus bons momentos.

– Estou considerando a aquisição de novas propriedades – respondeu Thomas. – As Hébridas Exteriores são lindas nesta época do ano.

– Você é desprezível – disparou a viúva.

– Por que fico com ela? – indagou-se Thomas em voz alta.

Em seguida, por ter sido um dia longo e terrível e porque o conforto oferecido pela cerveja já tinha passado, ele se dirigiu a um armário e se serviu de uma bebida.

Grace se manifestou, como costumava acontecer quando achava que deveria defender a viúva.

– Ela é sua avó.

– Ah, sim, o sangue – disse Thomas, com um suspiro.

Começava a se sentir atrevido e ainda não estava minimamente bêbado.

– Ouvi dizer que o sangue é mais denso que a água. Que pena.

Ele olhou para Audley.

– Vai descobrir em breve.

Audley deu de ombros. Ou talvez Thomas tivesse imaginado aquele gesto. Precisava sair dali, afastar-se daquelas três pessoas, afastar-se de tudo que gritasse Wyndham, Cavendish ou Belgrave ou qualquer um dos outros quinze títulos honoríficos associados a seu nome.

Virou-se e olhou diretamente para a avó.

– E agora meu trabalho foi concluído. Devolvi o filho pródigo para seu seio amoroso e tudo vai bem no mundo. Não no *meu* mundo – não resistiu em acrescentar –, mas no mundo de alguém, tenho certeza.

– Não no meu – respondeu o Sr. Audley com um sorriso indolente e despreocupado. – Caso esteja interessado.

Thomas olhou para o outro homem.

– Eu não estava.

Audley abriu um sorriso insípido e Grace, abençoada fosse, pareceu pronta para se colocar entre os dois de novo, caso voltassem a se atacar.

Thomas abaixou a cabeça numa leve saudação à jovem, então tomou a bebida em um único gole.

– Vou sair.

– Aonde vai? – quis saber a viúva.

Thomas passou pela soleira da porta.

– Ainda não decidi.

Na verdade, não importava. Qualquer lugar serviria. Menos ali.

CAPÍTULO OITO

– Aquele ali não é Wyndham?

Amelia piscou e protegeu os olhos com a mão (o chapéu não parecia ajudar muito naquela manhã) para espiar o outro lado da rua.

– Parece muito com ele, não é? – ponderou ela.

Milly, a irmã mais nova, que a acompanhara na visita a Stamford, se apoiou em Amelia para enxergar melhor.

– Acho que *é mesmo* Wyndham. Mamãe vai ficar feliz.

Amelia olhou para trás, nervosa. A mãe, que estava numa loja próxima, passara a manhã inteira como um pica-pau na madeira. "Faça isso, Amelia." Bicada. "Não faça aquilo." Bicada. "Coloque o chapéu, vai ficar com sardas." Bicada. "Não seja tão deselegante ao sentar, ou o duque nunca vai decidir se casar com você." Bicada. Bicada o tempo todo.

Amelia nunca conseguira entender o que sua postura na privacidade da sala de desjejum teria a ver com a incapacidade do noivo de marcar a data do casamento. Mas também era verdade que nunca compreendera como a mãe sempre sabia qual das cinco filhas surrupiara um pedaço do seu marzipã ou, por acidente, permitira a entrada dos cães ou deixara o urinol cair (Amelia tremeu ao lembrar, porque tinha sido a responsável).

Deixara o urinol cair em cima de um dos roupões favoritos da mãe.

Amelia piscou e voltou a olhar para o homem que Milly indicara, do outro lado da rua.

Não podia ser Wyndham. O sujeito em questão realmente tinha uma semelhança notável com o noivo dela, mas estava claramente... como poderia dizer...?

Em desalinho. Não, "desalinho" era uma palavra gentil demais para descrever aquela situação.

– Ele está bêbado? – perguntou Milly.

– Não é Wyndham – garantiu Amelia com firmeza.

Porque Wyndham nunca parecia tão vacilante.

– Eu acho que é...

93

– *Não é.*

Só que Amelia não tinha tanta certeza.

Milly conseguiu segurar a língua por cinco segundos inteiros.

– Devemos contar para a mamãe.

– *Não devemos* contar para a mamãe – protestou Amelia, puxando a irmã de modo brusco para encará-la.

– Ai! Amy, está me machucando.

Amelia soltou com relutância o antebraço da irmã.

– Escute o que estou dizendo, Milly. Você não vai dizer uma palavra sequer para a mamãe. Nem uma palavra. Entendeu?

Milly arregalou muito os olhos.

– Então você acha que é mesmo Wyndham.

Amelia engoliu em seco, sem saber o que fazer. O homem se parecia com o duque, de fato. E, se fosse ele, seria dever de Amelia ajudá-lo. Ou escondê-lo. Tinha a sensação de que ele escolheria a segunda opção.

– Amelia? – chamou Milly, baixinho.

Amelia tentou ignorá-la. Precisava *pensar*.

– O que vai fazer?

– Fique em silêncio – sussurrou Amelia, furiosa.

Não tinha muito tempo para descobrir como agir. A mãe sairia da loja da modista a qualquer segundo e aí...

Deus do céu! Não queria nem imaginar a cena.

Naquele instante, o homem do outro lado da rua se virou para ela. Piscou algumas vezes como se tentasse se lembrar de onde a conhecia. Tropeçou, aprumou-se, tropeçou de novo e, por fim, se apoiou num muro de pedras, bocejando enquanto esfregava o olho.

– Milly – disse Amelia devagar, ainda observando Wyndham.

Era ele, sem sombra de dúvida. Ela desviou os olhos para contemplar o rosto da irmã mais nova.

– Você consegue mentir?

Os olhos de Milly reluziram.

– Com certeza.

– Diga à mamãe que encontrei Grace Eversleigh.

– A amiga de Elizabeth?

– Ela também é minha amiga.

– Bem, ela é mais amiga de Elizabeth...

– Não faz diferença quem é amiga dela – retrucou Amelia. – Diga a ela que encontrei Grace e que ela me convidou para acompanhá-la a Belgrave.

Milly piscou algumas vezes. Parecia insegura, pensou Amelia.

– A esta hora da manhã? – questionou a mais jovem.

– Milly!

– Só estou tentando garantir que seja uma história convincente.

– Muito bem. Sim, a esta hora da manhã.

Amelia compreendia que estava um pouco cedo para visitas, mas não via outra solução.

– Não precisa explicar nada. Mamãe vai dar alguns resmungos, vai dizer que é um pouco estranho e depois vai esquecer.

– E você vai simplesmente me deixar sozinha, no meio da rua?

– Você vai ficar bem.

– Eu sei que vou ficar bem – retorquiu Milly. – Mas mamãe vai estranhar.

Maldição. Detestava quando Milly tinha razão. Tinham saído para comprar um doce e deveriam voltar juntas. Milly tinha 17 anos e era perfeitamente capaz de caminhar sozinha a distância de três lojas. Contudo, para a mãe, uma jovem de boa família não deveria ir a lugar nenhum sem companhia.

Lady Crowland não achara a menor graça quando, certo dia, Amelia perguntara se aquilo também valia para idas ao toalete. Ao que tudo indicava, jovens de boa família também não mencionavam o "toalete".

Amelia olhou para trás. O sol batia na vitrine da loja da modista e era difícil ver o interior com aquele brilho.

– Acho que ela ainda está nos fundos – murmurou Milly. – Ela disse que planejava experimentar três vestidos.

O que significava que provavelmente experimentaria oito. Mesmo assim, não dava para contar com a sorte.

Amelia pensou depressa.

– Diga a ela que Grace precisava partir logo, por isso não tive tempo de entrar e informá-la sobre a mudança de planos – orientou. – Diga que Grace não tinha escolha. A viúva precisava dela.

– A viúva – repetiu Milly, assentindo.

Todo mundo conhecia a viúva.

– Mamãe não vai se importar – garantiu Amelia. – Vai ficar feliz, tenho certeza. Está sempre tentando me mandar para Belgrave. Agora vá.

Deu um empurrãozinho na irmã, depois mudou de ideia e puxou-a de volta.

– Não. Ainda não.

Milly olhou para ela com irritação.

– Preciso que espere um pouco até que eu o faça sumir.

– Até que *você* suma – retrucou Milly, petulante.

Amelia reprimiu o desejo de sacudir a irmã. Limitou-se a lançar um olhar furioso.

– Consegue fazer isso?

Milly pareceu ofendida por a irmã sentir necessidade de fazer aquela pergunta.

– Claro que sim.

– Ótimo – falou Amelia e fez um sinal vigoroso com a cabeça. – Obrigada.

Deu um passo e então acrescentou:

– Não olhe.

– Ah, agora está pedindo demais – reclamou Milly.

Amelia julgou que era melhor não insistir. Se as posições estivessem invertidas, ela *nunca* deixaria de olhar.

– Muito bem. Mas não diga nada a ninguém.

– Nem para Elizabeth?

– Ninguém.

Milly assentiu. Amelia sabia que podia confiar nela. Elizabeth talvez não fosse capaz de manter a boca fechada, mas Milly (com a devida motivação) era um túmulo. E Amelia era a única pessoa que sabia como toda a coleção dos preciosos charutos importados de lorde Crowland ficara encharcada num acidente com um bule de chá. (A mãe detestava aqueles charutos, por isso declarara não ter interesse em descobrir a culpada.)

Sendo assim, Milly tinha uma forte motivação para segurar a língua.

Depois de um último olhar para a irmã, Amelia atravessou a rua correndo, tomando cuidado para evitar as poças formadas durante a chuva da noite anterior. Aproximou-se de Wyndham – ainda torcendo para não ser mesmo ele – e, com um movimento vacilante da cabeça, ela o saudou.

– Hum... Vossa Graça?

Ele ergueu os olhos. Piscou. Inclinou a cabeça um pouco e estremeceu, talvez devido ao movimento.

– Minha noiva – respondeu ele, com simplicidade.

E Amelia quase caiu para trás, derrubada pelo hálito do duque.

Recuperou-se depressa e agarrou o braço dele com força.

– O que está fazendo aqui? – murmurou.

Olhava de um lado para outro, agitada. Não havia muito movimento na rua, mas alguém poderia passar a qualquer momento.

– Céus, o que aconteceu com seu olho?

Uma mancha de um tom de roxo impressionante se espalhava do alto do nariz até a têmpora. Amelia nunca vira nada parecido. Era bem pior do que a vez em que o hematoma que causara em Elizabeth quando a atingira acidentalmente com um bastão de críquete.

Ele tocou o hematoma, deu de ombros e franziu o cenho, como se ponderasse a pergunta de Amelia.

– Vai ser minha esposa, não vai?

– Não agora – resmungou Amelia.

Ele a encarou com uma concentração estranha e intensa.

– *Acho* que ainda vai ser.

– Wyndham – disse ela, tentando interrompê-lo.

– Thomas – corrigiu ele.

Ela quase soltou uma gargalhada. Ele tinha escolhido justo aquele momento para permitir que ela o chamasse pelo nome de batismo?

– Thomas – repetiu ela, principalmente para fazer com que ele parasse de interrompê-la. – O que está fazendo aqui?

Ele não respondeu.

– Nesse estado – acrescentou ela.

Ele a fitou como se não tivesse compreendido.

– Está bêbado – murmurou ela, com intensidade.

– Não – respondeu o duque, pensando no assunto. – Estava bêbado ontem à noite. Agora estou indisposto.

– Por quê?

– Preciso de um motivo?

– O senhor...

– Claro, *tenho* um motivo. Não estou com vontade de contar qual é, mas tenho um motivo.

– Preciso levá-lo para a sua casa – decidiu ela.

– Minha casa.

Ele assentiu, inclinou a cabeça e assumiu um ar muito filosófico.

– É um termo interessante – declarou ele.

Enquanto Thomas divagava, Amelia olhava para os dois lados da rua, procurando algo – qualquer coisa – que pudesse indicar como ele chegara ali na noite anterior.

– Vossa Graça...

– Thomas – corrigiu ele de novo, com um sorriso enviesado.

Ela ergueu a mão, com os dedos bem abertos, mais numa tentativa de controlar a própria irritação do que de ralhar com ele.

– Como chegou aqui? – perguntou, bem devagar. – Onde está sua carruagem?

Ele pensou.

– Não sei ao certo.

– Meu bom Deus – resmungou Amelia.

– É mesmo? – divagou Thomas – Ele é bom? Mesmo?

Amelia soltou um gemido.

– Está *completamente* bêbado.

Thomas olhou para ela, olhou para ela por muito, muito, muito tempo. No momento em que Amelia se preparava para abrir a boca e dizer que precisavam encontrar a carruagem naquele instante, ele pigarreou.

– Talvez eu ainda esteja um pouquinho bêbado – reconheceu.

– Wyndham – falou Amelia com seu tom mais severo –, com certeza...

– Thomas.

– Thomas – repetiu ela, por entre dentes. – Com certeza se lembra de como chegou até aqui.

Mais uma pausa estúpida. E então:

– A cavalo.

Maravilha. Era *exatamente* do que precisavam.

– Numa carruagem movida a cavalo! – exclamou ele, animado, rindo da própria piada.

Ela o fitou incrédula. Quem era *aquele* homem?

– Onde está a carruagem?

– Ah, bem ali – respondeu ele, sacudindo os braços para trás.

Amelia se virou. "Bem ali" parecia ser uma esquina aleatória. Ou poderia ser na rua que conduzia até a tal esquina. Levando-se em conta o estado dele, poderia ser qualquer lugar em Lincolnshire.

– Poderia ser um pouco mais específico? Pode me levar até lá? – perguntou ela devagar, articulando bem as palavras.

Ele se aproximou, parecendo muito animado.

– Eu *poderia*...

– Então, faça isso.

– Está falando como a minha avó.

Amelia segurou o queixo dele, obrigando-o a ficar parado até os dois se encararem, olho no olho.

– *Nunca mais* diga isso.

Ele piscou algumas vezes.

– Gostei do seu jeito mandão.

Ela o largou, como se ele estivesse pegando fogo.

– Que pena – disse ele, acariciando o queixo no lugar onde ela o tocara.

Soltou o muro de pedra e ficou ereto, vacilando por apenas um segundo antes de recobrar o equilíbrio.

– Vamos?

Amelia assentiu, pretendendo segui-lo, mas ele se virou para ela com um sorrisinho.

– Imagino que não queira me dar o braço, certo? – aventou.

– Pelo amor de Deus! – resmungou Amelia.

Deu-lhe o braço e os dois saíram da rua principal e se dirigiram a um beco. Ele determinava a direção, mas ela fornecia o equilíbrio. Os dois avançavam devagar. Ele quase tropeçou mais de uma vez. Amelia percebia que ele olhava de modo fixo para o chão e fazia pausas ocasionais antes de tentar seguir pelo calçamento. Enfim, depois de atravessarem duas ruas e contornarem mais uma esquina, chegaram a uma praça quase vazia.

– Pensei que estivesse aqui – confessou Wyndham.

– Ali – exclamou Amelia, apontando o dedo de modo pouco elegante. – Naquele canto ali. É a sua?

Wyndham franziu a testa.

– É, sim.

Amelia respirou fundo para retomar suas forças, então atravessou a praça, conduzindo-o à carruagem.

– Acha que consegue agir como se não estivesse bêbado? – murmurou ela, bem perto da orelha dele.

O duque deu um sorriso com um ar de superioridade improvável para alguém que precisava de ajuda para permanecer ereto.

– Cocheiro Jack! – exclamou, com a voz clara e autoritária.

Amelia ficou impressionada.

– Cocheiro Jack? – murmurou.

O hábito não era chamar todos os cocheiros de Cocheiro *John*?

– Passei a chamar todos os meus cocheiros de Jack – explicou Wyndham, de modo um tanto inesperado. – Estou pensando em fazer o mesmo com as copeiras.

Amelia resistiu por pouco ao impulso de botar a mão na testa do duque e verificar se ele estava com febre.

O cocheiro, que cochilava no assento do condutor, acordou sobressaltado e saltou do veículo.

– Para Belgrave – decretou Wyndham, altivo, e estendeu o braço para ajudar Amelia a entrar na carruagem.

Estava fazendo uma ótima representação de alguém que não bebera três garrafas de gim, mas não parecia boa ideia apoiar-se nele para subir.

– Não há como fugir, Amelia – disse ele, com a voz calorosa e um sorriso levemente endiabrado.

Por um momento, quase pareceu o Wyndham que ela conhecia, sempre no controle, sempre dando a última palavra.

Ela pôs a mão sobre a dele e... o que foi aquilo?

Um aperto. Um aperto quase imperceptível, nada sedutor, nada malicioso. Mas pareceu escandalosamente íntimo, um elo de lembranças compartilhadas e de futuros encontros.

Então se foi. Desapareceu. Amelia sentou-se na carruagem e Wyndham se pôs a seu lado, esparramado como era de se esperar do cavalheiro um tanto ébrio que ele era no momento. Ela lançou um olhar penetrante para o assento oposto. Podiam estar noivos, mas com certeza ele não deveria ficar ao lado dela. Não quando os dois estavam sozinhos numa carruagem fechada.

– Não me peça para viajar de costas – falou ele, balançando a cabeça. – Não depois de...

– Eu entendo.

Ela passou depressa para o assento oposto.

– Não precisava fazer isso.

O rosto dele ganhou um ar atípico. Quase como um filhote magoado, mas com um toque de malícia.

– É caso de autoproteção.

Ela o encarou com desconfiança. Já vira aquela palidez antes. A irmã caçula tinha um estômago bastante sensível. Naquele momento, Wyndham parecia muito com Lydia quando estava prestes a botar tudo para fora.

– Quanto andou bebendo?

Ele deu de ombros. Não adiantava continuar tentando bajulá-la.

– Menos do que eu merecia.

– É algo que... costuma fazer com frequência? – perguntou ela com cautela.

Ele não respondeu de imediato.

– Não – disse por fim.

Amelia meneou a cabeça devagar.

– Não achei que fosse.

– Circunstâncias excepcionais – disse ele e fechou os olhos. – Históricas.

Ela o observou por alguns segundos, permitindo-se o luxo de examinar o rosto dele sem se preocupar com o que ele pensaria. Parecia cansado. Exausto. Mais do que isso. Ele parecia... sobrecarregado.

– Não estou dormindo – disse ele, ainda de olhos fechados.

– Percebe-se.

– Você é sempre tão sarcástica?

Ela não respondeu de imediato.

– Sou.

Ele abriu um dos olhos.

– Verdade?

– Não.

– Às vezes?

Amelia não conseguiu conter um sorriso.

– Às vezes. Com um pouco mais de frequência quando estou com minhas irmãs.

– Que bom – falou Thomas e voltou a fechar os olhos. – Não suporto mulheres sem senso de humor.

A jovem pensou no assunto por um momento, tentando entender por que não gostara muito do comentário.

– Acha que humor e sarcasmo são equivalentes? – perguntou ela, por fim.

O duque não respondeu, o que fez com que Amelia se arrependesse da pergunta. Apresentar um ponto de vista complexo a um homem que fedia a álcool não era uma boa ideia.

Virou-se e olhou pela janela. Tinham deixado Stamford para trás e viajavam no sentido norte da estrada de Lincolnshire. Amelia percebeu que deveria ser a estrada por onde Grace viajara na noite em que ela e a viúva sofreram a emboscada dos salteadores. Teria sido num ponto mais longe da cidade, na certa. Se ela fosse atacar uma carruagem, com certeza escolheria um local mais distante. Além do mais, não avistara bons esconderijos, pensou, virando o pescoço para olhar melhor. Um salteador precisaria de um local discreto para ficar à espera, não?

– Não.

Amelia levou um susto e depois olhou para Wyndham, apavorada. Teria pensado em voz alta?

– Não acredito que humor e sarcasmo sejam equivalentes – disse ele.

Que interessante: os olhos dele permaneciam fechados.

– Só respondeu à minha pergunta agora?

Ele balançou os ombros de leve.

– Precisei pensar.

– Ah.

Ela voltou a atenção para a janela, retomando seus devaneios.

– Foi uma pergunta complicada – prosseguiu ele.

Voltou a fitá-lo. Dessa vez, os olhos dele estavam abertos e concentrados nela. Parecia estar um pouco mais lúcido do que minutos antes – o que não chegara a lhe dar ares de um professor de Oxford. Mas pelo menos parecia capaz de manter uma conversa simples.

– Depende do alvo do sarcasmo – disse ele. – E do tom que se emprega.

– Claro – concordou ela, embora ainda não estivesse certa de que ele recuperara o juízo de todo.

– A maioria das pessoas do meu convívio usa o sarcasmo como insulto. Por isso não acredito que seja equivalente ao humor.

Thomas olhou para Amelia com um ar um tanto questionador e ela percebeu que ele esperava por sua opinião sobre o assunto, o que a deixou estarrecida. Ele já pedira sua opinião alguma vez? Sobre qualquer assunto que fosse?

– Concordo – disse ela.

102

Wyndham sorriu. Um pequeno sorriso, como se algo mais vigoroso pudesse deixá-lo nauseado.

– Achei que concordaria.

Ele fez uma pequena pausa.

– Aliás, obrigado.

Ouvir aquela palavra lhe causara uma sensação embaraçosamente deliciosa.

– Disponha.

O sorriso de Wyndham continuou sutil, mas pareceu um pouco mais irônico.

– Faz algum tempo desde a última vez que fui salvo por alguém.

– Imagino que faça algum tempo desde que precisou ser salvo.

Ela se recostou sentindo-se estranhamente satisfeita. Acreditara quando ele dissera não ter o hábito de se embebedar, o que era uma alegria. Tinha pouca experiência com homens embriagados, mas o que vira – em geral nos bailes, quando os pais permitiam que ela ficasse até mais tarde – não lhe deixara uma impressão favorável.

No entanto, não podia deixar de se sentir feliz por surpreendê-lo naquele estado. Até aquele momento, ela só o vira no comando, sempre transbordando confiança e compostura. Não era apenas por ser o duque de Wyndham, inferior a pouquíssimos homens no país em matéria de prestígio social. Era simplesmente *ele*, o seu jeito de ser – seus modos autoritários, a inteligência e tranquilidade. Se ele se encontrasse nos fundos de um aposento, observando a multidão, as pessoas *desejariam* que ele assumisse o comando. Iriam querer que ele tomasse decisões e lhes dissesse o que fazer.

O poeta John Donne se enganara: alguns homens *eram* ilhas, estavam completos tendo apenas a si mesmos. O duque de Wyndham era assim. Sempre fora, desde as mais antigas recordações de Amelia.

Exceto por aquele momento. Uma vez que fosse, ele precisara dela.

Ele precisara dela.

Era empolgante.

E o melhor era que ele nem percebia o que tinha acontecido. Não pedira ajuda. Ela compreendera suas dificuldades, avaliara a situação e agira.

Tinha tomado decisões. Assumira o controle.

E ele aprovara. Afirmara gostar do seu jeito mandão. Era quase o suficiente para que ela se sentisse orgulhosa.

– O que a fez sorrir? – perguntou ele. – Parece muito satisfeita.

– Você nunca compreenderia – respondeu ela, sem o menor vestígio de amargura.

Não se ressentia do fato de ele controlar a própria vida. Na verdade, ela o invejava.

– Isso é injusto da sua parte – reclamou ele, com leveza.

– Era um elogio, na verdade – respondeu Amelia, ciente de que ele também não entenderia *aquilo*.

O duque ergueu uma das sobrancelhas.

– Então preciso confiar na sua palavra.

– Ah, eu nunca mentiria sobre um elogio. Não saio por aí distribuindo elogios. Acho que devem valer algo, não acha?

– Mesmo se a pessoa elogiada não compreender o significado?

Ela sorriu.

– Mesmo assim.

Ele devolveu o sorriso, um sorrisinho de nada, irônico, só com um dos cantos da boca. Mas foi cheio de humor e tinha até um toque de afeto. Pela primeira vez em sua vida, Amelia Willoughby começou a pensar que o casamento com o duque de Wyndham poderia ser algo além de um dever, algo maior do que uma questão de prestígio social.

Poderia ser também um empreendimento extremamente agradável.

CAPÍTULO NOVE

Fora uma sorte ele ainda ter uma boa dose de álcool nas veias ao ser encontrado por Amelia, refletiu Thomas, porque evitara que ele se sentisse horrorizado. Agora – quando o único vestígio do excesso de bebida da noite era um martelar na têmpora esquerda (e um latejar na direita) –, ele concluía que Amelia vira seu pior lado sem sair pelas ruas aos gritos. De fato, parecia bem satisfeita ao andar com ele na carruagem, ralhando de leve e revirando os olhos de vez em quando.

Esse pensamento o teria feito sorrir se um súbito solavanco não tivesse lançado seu cérebro contra o crânio – se isso fosse possível. Não era versado em anatomia, mas essa explicação soava bem mais plausível do que a justificativa que ele imaginava para a dor: uma bigorna entrando pela janela e cravando-se no lado esquerdo de sua cabeça.

Ele soltou um gemido estranho e apertou com força a ponte do nariz como se *aquela* dor fosse capaz de anular a outra.

Amelia não disse nada. Na verdade, nem pareceu achar que devesse – o que reforçou a recente convicção de Thomas de que estava diante de uma mulher excepcional. Permaneceu sentada com uma placidez notável no rosto, considerando-se que ele devia estar um trapo e prestes a despejar substâncias repulsivas sobre ela.

Para não mencionar o olho. Sua aparência já estava um tanto sinistra na noite anterior. Thomas não podia imaginar o tom que adquirira de um dia para o outro.

Respirou fundo e abriu os olhos, observando o rosto de Amelia por trás da mão, que ainda fazia aquela mágica completamente ineficiente de apertar a ponte do nariz.

– Sua cabeça? – perguntou ela, com educação.

Thomas compreendeu que ela esperava um sinal dele.

– Está martelando como o diabo.

– Há algo que possa tomar para se sentir melhor? Láudano, talvez?

– Pelo amor de Deus, não.

Ele quase desmaiou ao pensar naquilo.

– Acabaria comigo de vez.

– Chá? Café?

– Não, o que eu preciso é...

Da mistura matinal de Harry Gladdish.

Por que não pensara nisso antes?

A beberagem só era necessária quando alguém se comportava de forma ridícula, de modo que ele acreditava ser a escolha adequada para a ocasião. Harry aperfeiçoara a mistura no verão em que completaram 18 anos.

O pai de Thomas decidira passar a temporada de eventos sociais em Londres, deixando-o entregue à própria sorte em Belgrave. Ele e Harry tinham ficado soltos. Não cometeram nenhuma grande libertinagem, embora na época se imaginassem como os maiores devassos. Depois de ver como outros rapazes escolhiam se arruinar em Londres, Thomas passara a achar graça daquele verão, pois, na comparação, ele e Harry haviam se comportado como cordeirinhos inocentes. Mesmo assim, beberam demais e com frequência demais e a mistura preparada por Harry, administrada pela manhã (com o nariz tapado e um tremor), os ajudara mais de uma vez.

Ou pelo menos permitira que fossem capazes de se aprumar e chegar com segurança às suas camas, para dormir e se recuperar dos excessos.

Olhou para Amelia.

– Você teria mais meia hora?

Ela fez um gesto indicando seu entorno.

– Ao que tudo indica, tenho o dia inteiro.

Era um tanto embaraçoso.

– Ah, sim – falou ele e pigarreou, tentando manter a firmeza. – Desculpe. Espero que não tenha sido obrigada a abandonar planos importantes.

– Só o chapeleiro e o sapateiro.

Ela fingiu fazer um biquinho amuado, mas qualquer um percebia que era de fato um sorriso.

– Temo que terei de passar o inverno sem chapéus nem calçados.

Ele ergueu um dedo.

– Um momento.

Thomas bateu duas vezes com o punho na parede. O veículo parou na mesma hora. Em condições normais, ele teria descido para dar instruções ao cocheiro. Naquelas circunstâncias, porém, era perdoável que ele tentasse

limitar os próprios movimentos. A última coisa de que precisava era passar mal numa carruagem fechada.

Assim que os novos arranjos foram feitos e o cocheiro retornou a seu posto, o duque voltou a se acomodar no assento. Sentia-se mais animado ao pensar na bebida que tomaria. Harry ficaria intrigado com o fato de ele ter bebido *e* de tê-lo feito em outro lugar, mas não faria perguntas.

– Para onde estamos indo? – perguntou Amelia.

– Para a Lebre Feliz.

Ficava um pouco fora do caminho, mas não era uma mudança tão drástica.

– A estalagem?

De fato.

– Vou me curar.

– Na Lebre Feliz?

Ela parecia incrédula.

– Confie em mim.

– Diz o homem que cheira a gim – murmurou Amelia, balançando a cabeça.

Ele a examinou, arqueando uma das sobrancelhas no aristocrático estilo Wyndham.

– Não bebi gim.

Por Deus, ele era mais elegante.

Amelia pareceu prestes a abrir um sorriso.

– Sinto muito. Então o que bebeu?

Thomas tinha certeza de que aquele não era o tipo de conversa que deveria haver entre noivos, mas nada naquele encontro parecia com o que deveria ser dito ou feito entre noivos.

– Cerveja. Já experimentou?

– Claro que não.

– Ora, quanta indignação!

– Não é indignação – disparou ela, *indignada*. – É fato. Quem teria coragem de me servir cerveja?

Tinha razão.

– Certo – disse ele, educadíssimo. – Mas não foi gim.

Ela revirou os olhos e ele quase soltou uma gargalhada. Eram como um casal com muitos anos de casados. Não que ele tivesse muitas oportunidades de testemunhar casais com muitos anos de casados fazendo algo além de insultar (o pai) ou acatar (a mãe), mas Grace contara que seus pais

eram incrivelmente devotados um ao outro e, pelo que vira de lorde e lady Crowland – pais de Amelia –, eles se entendiam razoavelmente bem. Ou, no mínimo, não pareciam desejar a morte um do outro.

– Seus pais se gostam? – perguntou ele, à queima-roupa.

Amelia piscou várias vezes, numa sucessão rápida, surpresa com a brusca mudança de assunto.

– Meus pais?

– Eles se dão bem?

– Imagino que sim.

Ela fez uma pausa e franziu o cenho de um modo adorável enquanto pensava.

– Não fazem *muita* coisa juntos... Têm interesses que não combinam... Mas acho que têm uma estima mútua. Nunca parei para pensar, para ser sincera.

Não era bem a descrição de uma paixão infinita. Ainda assim, era tão diferente da experiência de Thomas que ele ficou intrigado.

Amelia devia ter percebido o interesse em seu rosto, pois logo acrescentou:

– Suponho que eles se entendam. Do contrário, provavelmente eu já teria pensado *muito* nisso, não acha?

Thomas relembrou as horas infindáveis que desperdiçara pensando em seus pais e assentiu. Por trás da sua inocência e do discurso ingênuo, Amelia demonstrava uma astúcia extraordinária.

– Minha mãe é um pouco resmungona – disse ela. – Bem, mais do que um pouco. Mas meu pai não parece se importar. Sabe que é porque ela sente que é seu dever cuidar para que todas as filhas se estabeleçam. E, claro, ele deseja isso também. Ele só não quer estar envolvido nos detalhes.

Thomas se pegou assentindo. Filhas deviam dar um trabalho absurdo.

– Ele faz as vontades dela por alguns minutos – prosseguiu Amelia – porque sabe quanto ela gosta de uma plateia. Depois, ele costuma menear a cabeça e sair. Acho que vive seus melhores momentos quando está ao ar livre, sujando-se com os cães.

– Cães?

– Ele tem 25 cães.

– Minha nossa!

Amelia fez uma careta.

– Tentamos convencê-lo de que ficou um tanto excessivo, mas ele insiste que qualquer homem com cinco filhas merece o quíntuplo de cães.

Thomas tentou suprimir a imagem em sua cabeça.

– Por favor, diga-me que nenhum deles foi incluído em seu dote.

– Você terá que conferir – disse ela, os olhos cheios de malícia. – *Eu* nunca vi o contrato de noivado.

Ele manteve os olhos nela por um longo momento, com firmeza.

– Isso significa que não – concluiu ele.

Porém Amelia manteve a expressão neutra por tempo suficiente para fazê-lo acrescentar:

– Eu espero.

Amelia riu.

– Ele não suportaria se afastar de nenhum deles. Acho que vai ficar feliz em se livrar de mim, mas os cães... nunca! Seus pais se davam bem?

Thomas sentiu sua expressão se fechar. A cabeça voltou a martelar.

– Não.

Amelia observou o rosto de Thomas por um momento e ele não teve certeza se queria saber o que ela enxergava.

– Sinto muito – disse ela com ar quase piedoso.

– Não sinta – respondeu ele, ríspido. – Acabou. Os dois estão mortos. Não há mais nada a fazer.

– Mas...

Ela parou, o olhar um pouco triste.

– Não importa – concluiu ela.

Thomas não tinha intenção de contar nada à noiva. Nunca falara dos pais com ninguém, nem mesmo Harry – e Harry testemunhara tudo. Mas Amelia se mantinha silenciosa, com uma expressão de profunda compreensão no rosto – mesmo sem ter condições de compreender, já que fora criada numa família gloriosamente entediante e tradicional. Havia algo caloroso e atencioso em seu olhar. Thomas teve a sensação de que ela já o *conhecia*, que ela o conhecia desde sempre e que estava apenas à espera de que ele a conhecesse.

– Meu pai odiava minha mãe.

As palavras deixaram seus lábios antes que ele percebesse o que dizia.

Amelia arregalou os olhos, mas não disse nada.

– Ele odiava tudo o que ela representava. Ela não vinha de uma família aristocrática, sabe?

Ela assentiu. Claro que sabia. Ninguém parecia se importar, mas todos sabiam que a duquesa tinha nascido sem qualquer ligação com a nobreza.

O título. Aquilo era interessante. O pai havia passado a vida inteira a ve-
nerar seu título. E, ao que parecia, nunca fora de fato o verdadeiro duque.
Não se os pais do Sr. Audley houvessem tido o bom senso de se casarem.

–Wyndham? – chamou ela baixinho.

Ele virou a cabeça. Devia ter se perdido nos próprios pensamentos.

– Thomas – corrigiu ele.

Um leve rubor apareceu nas faces de Amelia. Não provocado pelo constrangimento, percebeu ele, mas por alegria. Essa constatação o aqueceu por
dentro, até o fundo, e foi além: atingiu um cantinho de seu coração que
andava adormecido fazia muitos anos.

– Thomas – disse ela, com suavidade.

Foi o suficiente para fazer com que ele tivesse vontade de falar mais:

– Ele se casou antes de herdar o título – explicou. – Quando ainda era
apenas o terceiro filho.

– Um dos irmãos dele morreu afogado, não foi?

Sim, o querido John, que poderia ou não ser o pai de um filho legítimo.

– Era o segundo filho, não era? – perguntou Amelia em voz baixa.

Thomas assentiu. Não tinha a intenção de revelar o que se passara no dia
anterior. Era loucura. Menos de 24 horas antes, ele estava feliz, beijando-a
no jardim, achando que finalmente tinha chegado a hora de torná-la sua
duquesa. Agora nem sabia quem ele era.

– John – obrigou-se a dizer. – Era o favorito da minha avó. Estava num
navio que naufragou no mar da Irlanda. E, um ano depois, uma febre levou
o duque e o primogênito, em um intervalo de uma semana. De repente,
meu pai se tornou o herdeiro.

– Deve ter sido uma surpresa e tanto – murmurou ela.

– E foi mesmo. Ninguém imaginava que ele poderia se tornar duque.
Tinha três opções: o exército, o clero ou o casamento com uma moça rica.

Thomas soltou uma gargalhada áspera.

– Não consigo imaginar que alguém tenha se surpreendido com a escolha que ele fez. Quanto à minha mãe... essa é a parte engraçada. A família
dela também ficou desapontada. Desapontadíssima.

Uma leve surpresa coloriu o rosto de Amelia.

– Com o casamento e seu ingresso na Casa de Wyndham?

– Eles eram riquíssimos – explicou Thomas. – Meu avô era dono de fábricas por todo o Norte. Minha mãe era filha única. Tinham certeza de que

110

conseguiriam usar o dinheiro para arranjar um título para ela. Na época, meu pai não possuía um. E tinha poucas chances de herdá-lo.

– O que aconteceu?

Ele sacudiu o ombro.

– Não faço ideia. Mamãe era bonita. E muito rica. Mas ela não fez muito sucesso. Por isso, precisaram se contentar com meu pai.

– Que, por sua vez, acreditava ter que se contentar com ela – supôs Amelia.

Thomas assentiu, sombrio.

– Ele nunca gostou dela, mesmo no início do casamento, mas quando os dois irmãos mais velhos morreram e ele se tornou duque, ele passou a *odiá-la*. E nunca se deu o trabalho de esconder isso. Nem de mim nem de ninguém.

– E ela sentia o mesmo?

– Não sei – respondeu Thomas.

Nunca se fizera aquela pergunta.

– Ela nunca retaliou, se é o que está querendo saber.

Relembrou a mãe, seu rosto eternamente sofrido, a exaustão constante por trás de seus olhos azuis muito claros.

– Ela... apenas aceitava. Ouvia os insultos, não dizia nada e se afastava. Não. Não – disse, lembrando-se melhor. – Não era o que acontecia. Ela nunca se afastava. Sempre esperava que ele partisse. Nunca deixava um aposento antes dele. Não ousaria.

– O que ela fazia? – perguntou Amelia com gentileza.

– Gostava do jardim – lembrou-se Thomas. – E quando chovia, ela passava um bocado de tempo olhando pela janela. Não tinha muitos amigos... Não creio que...

Estivera prestes a dizer que não se lembrava de vê-la sorrindo, mas uma recordação vívida surgiu em sua mente. Ele devia ter 7 ou 8 anos. Tinha colhido um buquê de flores para a mãe. O pai ficara enfurecido. Aqueles botões faziam parte do projeto de um jardim planejado e não deveriam ter sido colhidos. Mas a mãe sorrira, bem na frente do pai dele. Seu rosto se iluminara e ela sorrira.

Estranho como não pensara naquilo por tantos anos.

– Ela raramente sorria – disse ele com suavidade. – Quase nunca.

Ela morrera quando ele tinha 20 anos, apenas uma semana antes do marido. Foram levados pela mesma febre que atacava os pulmões. Fora um modo terrível de partir, violento. Os corpos devastados pela tosse, os olhares vidrados pela exaustão e a dor. O médico, que não tinha o hábito de falar com

111

delicadeza, explicara que estavam morrendo afogados nos próprios fluidos. Thomas sempre achara que havia uma ironia amarga nisso: os pais, que passaram a vida inteira tentando se evitar, morreram praticamente juntos.

E o pai tivera uma última oportunidade para acusá-la. Suas últimas palavras foram: "É culpa dela."

– É por isso que estamos aqui – disse ele, de repente, oferecendo um sorriso irônico para Amelia. – Juntos.

– O quê?

Ele deu de ombros como se nada importasse.

– Sua mãe deveria ter se casado com Charles Cavendish. Sabia disso?

Ela assentiu.

– Ele morreu quatro meses antes do casamento – disse ele, sem emoção, quase como se relatasse uma notícia de jornal. – Meu pai sempre achou que sua mãe deveria ter sido a esposa *dele*.

Amelia ficou surpresa.

– Seu pai amava minha mãe?

Thomas deu uma risada amarga.

– Meu pai não amava ninguém. Mas a família da sua mãe era tão antiga e nobre quanto a dele.

– Mais antiga – disse Amelia com um sorriso –, mas não tão nobre.

– Se meu pai soubesse que ele viria a se tornar duque, nunca teria se casado com minha mãe.

Thomas olhou para Amelia com uma expressão indecifrável.

– Teria se casado com a sua.

Amelia afastou os lábios e pareceu prestes a dizer algo profundo e incisivo como um "Oh!", mas ele prosseguiu.

– De qualquer modo, foi por isso que ele teve tanta pressa de providenciar meu noivado com você.

– Deveria ter sido com Elizabeth – constatou Amelia. – Porém meu pai queria que a filha mais velha casasse com o filho de seu melhor amigo. Só que ele morreu e Elizabeth precisou procurar um noivo em Londres.

– Meu pai estava determinado a juntar as famílias na geração seguinte.

Thomas riu, mas havia uma nota exasperada naquele som.

– Para retificar a infeliz miscigenação provocada pela participação de minha mãe na linhagem.

– Ah, não seja tolo – falou Amelia, mesmo sabendo que ele não estava sendo.

112

Sentia muito pelo garoto que ele devia ter sido, testemunha impotente da infelicidade dos pais.

– Ora, não são tolices – garantiu ele. – Ele repetia isso com frequência. Eu deveria me casar com uma noiva nobre e garantir que meus filhos fizessem o mesmo. Levaria gerações para que a linhagem voltasse ao que deveria ser.

O duque sorriu para Amelia, mas foi uma expressão terrível.

– Você, minha cara, foi designada para ser nossa salvadora quando tinha apenas 6 meses de vida.

Amelia afastou o olhar. Tentava absorver tudo aquilo. Não era surpreendente que ele não tivesse pressa em marcar a data do casamento. Quem iria *querer* se casar com ela tendo aquela perspectiva?

– Não fique tão tristonha.

Quando Amelia voltou a encará-lo, ele tocou no rosto dela.

– Não é culpa *sua*.

– Também não é culpa sua – replicou Amelia, tentando resistir ao desejo de se virar e se aninhar junto à mão dele.

– Não, não é – murmurou ele.

Então ele se inclinou e ela também, porque não poderia deixar de fazê--lo. Então, enquanto a carruagem trepidava, os lábios deles se encontraram.

Amelia estremeceu. Suspirou. E ficaria feliz de se desmanchar em outro beijo se não tivessem chegado a um trecho particularmente acidentado da estrada. Um solavanco devolveu ambos a seus assentos.

Amelia bufou de frustração. No futuro, descobriria como ser atirada no assento dele. Seria maravilhoso. Mesmo se acabasse numa posição escandalosa, ela seria (quase) inocente.

O problema era que Thomas estava com uma aparência péssima. Já não parecia esverdeado. O pobre sujeito estava muito vermelho.

– Está se sentindo bem? – perguntou ela.

Deslizou devagar pelo banco para não ficar na frente dele.

Thomas disse algo, mas ela achou ter ouvido mal. Soou como "Preciso da mistura maternal".

– O quê?

– Eu a beijaria de novo – disse ele, com uma voz ao mesmo tempo vivaz e nauseada. – Mas estou convencido de que você não apreciaria.

Enquanto ela tentava formular uma resposta adequada, ele acrescentou:

– O próximo beijo...

113

Houve um breve momento de silêncio seguido por um grunhido provocado por outro solavanco.

Ele pigarreou.

– Você vai apreciar o próximo beijo. E *isso*, Amelia, eu juro.

Ela estava convencida de que ele falava sério, porque sentiu um arrepio só de ouvi-lo dizer isso.

Posicionou os braços para diante do próprio tronco e espiou pela janela. Tinha reparado que seguiam mais devagar e, de fato, a carruagem entrara no pequeno pátio diante da estalagem. A Lebre Feliz datava da época dos Tudors. Sua fachada em preto e branco era bem-cuidada e convidativa. Havia jardineiras nas janelas, com flores em todos os tons de vermelho e amarelo. Da cobertura oferecida pelo pavimento superior pendia uma placa retangular com uma bela lebre, de pé, vestida com gibão e gola elisabetana.

Amelia achou tudo muito encantador e pretendia comentar, mas Thomas já procurava a porta.

– Não deveria esperar que a carruagem parasse? – perguntou ela, num tom neutro.

A mão dele permaneceu na maçaneta e ele não disse mais nada até o veículo parar completamente.

– Vou demorar só um instante – assegurou ele, mal olhando para a noiva.

– Vou acompanhá-lo.

Ele ficou paralisado, depois virou a cabeça devagar para encará-la.

– Não prefere permanecer no conforto da carruagem?

Se pretendia extinguir a curiosidade dela, ele não estava agindo certo.

– Quero esticar minhas pernas – afirmou Amelia, abrindo seu sorriso insípido favorito.

Tinha usado aquele sorriso com ele pelo menos uma centena de vezes, mas não depois que se conheceram um pouco melhor. Já não sabia se funcionaria.

Ele a fitou por um longo momento, desnorteado por sua postura plácida.

Funcionava como mágica, concluiu ela. Piscou algumas vezes – sem ser recatada demais nem óbvia demais, apenas uma série de piscadelas, como se esperasse sem pressa pela resposta dele.

– Muito bem – disse o duque, de um modo resignado que ela nunca ouvira dele.

O duque, afinal, sempre conseguia tudo que queria. Por que *precisaria* se sentir resignado?

Ele desceu da carruagem com menos ânimo do que o normal e, em seguida, ofereceu a mão para ajudá-la. Ela aceitou e desceu, parando para ajeitar a saia e observar a estalagem.

Nunca visitara a Lebre Feliz. Passara em frente à estalagem dezenas de vezes, claro. Ela ficava numa estrada movimentada e a vida inteira de Amelia transcorrera naquele canto de Lincolnshire, exceto pelas duas temporadas em Londres. Porém nunca entrara ali. Era uma estalagem destinada sobretudo aos viajantes que atravessavam a região. Além disso, a mãe *nunca* teria posto os pés num estabelecimento como aquele. Na verdade, havia apenas três estalagens que ela se dignava a visitar a caminho de Londres, o que restringia bastante as viagens.

– Costuma vir aqui? – perguntou Amelia, aceitando o braço dele.

Era surpreendentemente empolgante estar de braços dados com o noivo sem que fosse uma obrigação para ele. Era quase como se fossem recém-casados saindo para um passeio, só os dois.

– Considero o estalajadeiro um amigo – respondeu ele.

Amelia se voltou para ele.

– Verdade?

Até aquele dia, ele tinha sido o duque para ela, no alto de um pedestal, muito acima da convivência com simples mortais.

– É tão difícil imaginar que eu tenha um amigo de posição social inferior? – perguntou ele.

– Claro que não.

Amelia não podia dizer a verdade: era difícil imaginá-lo tendo um amigo de qualquer posição social. Não que lhe faltassem qualidades. Pelo contrário: ele parecia tão esplêndido que ninguém imaginava ser possível se aproximar dele para tratar de assuntos banais. E não era assim que costumavam começar as amizades? Ao compartilhar um momento cotidiano, ao dividir um guarda-chuva ou sentar ao lado de um desconhecido num concerto ruim?

Amelia tinha testemunhado a forma como as pessoas se comportavam diante de Thomas. Bajulavam, exaltavam as próprias qualidades, pediam favores. Ou nem sequer chegavam a se aproximar, intimidadas demais para tentar uma conversa.

Nunca pensara no assunto, mas deveria ser um tanto solitário para o duque.

Entraram na estalagem. Embora Amelia não movesse a cabeça para olhar para os lados – o que seria contra a boa educação –, seus olhos dardejavam

em todas as direções, observando cada detalhe com curiosidade. Não sabia por que a mãe achava o lugar tão repugnante. Tudo parecia respeitável. Além do mais, pairava no ar um aroma divino de tortas de carne, canela e algo que ela não conseguia identificar, um tanto picante e doce.

Entraram no que deveria ser a taverna e logo foram saudados pelo estalajadeiro.

– Wyndham! Dois dias seguidos! A que devo sua ilustre presença? – comemorou o homem.

– Nem comece, Gladdish – resmungou Thomas, guiando Amelia até o balcão.

Sentindo-se muito atrevida, ela decidiu se sentar numa banqueta.

– Você andou bebendo – disse o estalajadeiro com um sorriso travesso. – Mas não foi aqui. Estou arrasado.

– Preciso da mistura matinal – falou Thomas.

Amelia pensou que aquilo fazia tão pouco sentido quanto "mistura maternal".

– Preciso de uma apresentação – devolveu o estalajadeiro.

Amelia sorriu. Nunca ouvira ninguém falar com o duque daquela forma. Grace chegava perto... às vezes. Mas não era assim. Nunca teria sido tão audaciosa.

– Harry Gladdish – disse Thomas, o tom de voz irritadíssimo por ser obrigado a dançar conforme a música –, apresento-lhe lady Amelia Willoughby, filha do conde de Crowland.

– E sua futura esposa – murmurou o Sr. Gladdish.

– Estou encantada em conhecê-lo – disse Amelia, estendendo a mão.

Ele a beijou, o que a fez sorrir.

– Estava ansioso para conhecê-la, lady Amelia.

O rosto dela se iluminou.

– É mesmo?

– Desde... vejamos... Ora, Wyndham, há quanto tempos sabemos do seu compromisso?

Thomas cruzou os braços com um ar entediado.

– *Eu* sei desde os 7 anos.

O Sr. Gladdish se virou para ela com um sorriso endiabrado.

– Nesse caso, também sei disso desde os 7 anos. Temos a mesma idade, sabia?

– Então se conhecem há muito tempo?

– Desde sempre – confirmou o Sr. Gladdish.

– Desde que tínhamos 3 anos – corrigiu Thomas e massageou as têmporas. – A mistura, por favor.

116

– Meu pai era assistente do cavalariço-chefe de Belgrave – contou o Sr. Gladdish, ignorando Thomas por completo. – Ele nos ensinou a montar. Eu era o melhor.

– Não era, não.

O Sr. Gladdish se inclinou.

– O melhor em tudo.

– Lembre-se de que você é casado – disparou Thomas.

– Casado? – exclamou Amelia. – Que encantador! Vamos receber o senhor e sua esposa em Belgrave, depois que nos casarmos.

Amelia prendeu a respiração, tomada por uma levíssima vertigem. Nunca imaginara a vida de casada com tamanha clareza. Ainda não conseguia acreditar que tivera a audácia de dizer aquilo.

– Nós ficaríamos encantados – declarou o Sr. Gladdish, lançando um olhar para Thomas.

Amelia se perguntou se ele nunca fora convidado.

– A mistura, Harry – rosnou Thomas. – Agora.

– Ele está bêbado, não está? – perguntou o Sr. Gladdish.

– Não no momento – respondeu ela. – Mas estava. Muito bêbado.

Amelia se virou para Thomas e deu um sorriso torto.

– Gostei do seu amigo.

– Harry, se não colocar uma dose da mistura neste balcão nos próximos trinta segundos, vou mandar demolir este lugar e Deus é minha testemunha.

– Que abuso de poder! – disse o Sr. Gladdish, balançando a cabeça enquanto se punha a trabalhar. – Espero que exerça uma boa influência sobre ele, lady Amelia.

– Vou me esforçar ao máximo – garantiu Amelia com sua voz mais afetada e caridosa.

– Verdade – disse o Sr. Gladdish, pondo a mão na altura do coração. – É só o que podemos fazer.

– O senhor está falando como um pastor – afirmou Amelia.

– Mesmo? Que elogio. Ando cultivando meu tom pastoral. Ele irrita Wyndham, portanto é algo a ser almejado.

O braço de Thomas atravessou o balcão e ele agarrou o colarinho do amigo com uma força notável para alguém no seu estado.

– Harry...

– Thomas, Thomas, Thomas – murmurou o Sr. Gladdish.

117

Amelia quase soltou uma gargalhada ao ver o noivo ser repreendido por um estalajadeiro. Era maravilhoso.

– Ninguém gosta de um bêbado mal-humorado – prosseguiu o Sr. Gladdish. – Aqui está. Pelo bem do restante de nós.

Ele depositou um copinho no balcão. Amelia se debruçou para examinar o conteúdo. Era amarelado, de aparência um tanto grudenta, com uma espiral amarronzada e alguns pontinhos vermelhos.

Tinha cheiro de morte.

– Minha nossa! Não vai tomar isso, vai? – perguntou, olhando para Thomas.

Ele agarrou o copo e o levou aos lábios. Engoliu tudo de uma só vez. Amelia chegou a estremecer.

– Eca! – exclamou ela, incapaz de se conter.

Sentia-se enjoada só de olhar.

Thomas tremeu dos pés à cabeça. O queixo pareceu tenso, como se ele se preparasse para algo muito desagradável. Então exalou um suspiro.

Amelia se afastou da lufada. O tal beijo prometido... Era melhor que ele não estivesse planejando nada para aquele dia.

– Tão gostoso quanto você se lembra, hein? – provocou o Sr. Gladdish.

Thomas retribuiu o olhar do amigo à altura.

– Melhor ainda.

O Sr. Gladdish riu, e Thomas riu junto. Amelia olhou para os dois sem compreender. Não era a primeira vez que lamentava não ter irmãos. Com certeza, teria sido útil adquirir um pouco de prática com outros machos da espécie antes de tentar entender aqueles dois.

– Vai estar curado daqui a pouco – garantiu o Sr. Gladdish.

Thomas fez um sinal afirmativo com a cabeça.

– É por isso que estou aqui.

– Já tomou isso antes? – perguntou Amelia, tentando não torcer o nariz.

O Sr. Gladdish interrompeu Thomas antes que ele pudesse responder.

– Ele pediria minha cabeça se eu contasse quantas vezes ele já virou um desses aí.

– Harry... – disse Thomas com uma nota ameaçadora na voz.

– Éramos jovens e tolos – explicou Harry, erguendo as mãos como se isso bastasse. – Com toda a sinceridade, não sirvo um desses a ele há muitos anos.

Amelia ficou feliz em ouvir aquilo. Por mais divertido que fosse ver Thomas em seus momentos de menos esplendor, ela não apreciava a ideia de se

casar com um beberrão. No entanto, aquilo a levava a se perguntar o que o levara a exagerar na bebida.

– Servi um desses para seu amigo, no outro dia – disse o Sr. Gladdish, de modo inesperado.

– Meu amigo? – repetiu Thomas.

Amelia não vinha prestando muita atenção, mas o tom de voz do noivo a fez voltar o olhar para ele. Parecia entediado... e perigoso, se aquela combinação fosse possível.

– Sabe bem quem é – disse o Sr. Gladdish. – Esteve aqui com ele ontem, não foi?

– Está recebendo alguma visita? Quem é? – perguntou Amelia.

– Ninguém – respondeu Thomas, quase sem olhá-la. – É apenas um conhecido de Londres. Alguém com quem eu costumava praticar esgrima.

– Wyndham é mesmo muito bom com a espada – comentou o Sr. Gladdish, gesticulando para Thomas. – Acabava comigo todas as vezes, por mais que seja doloroso admitir.

– O senhor era convidado a fazer aulas de esgrima com ele? Que ótimo!

– Eu fazia todas as aulas com ele – disse o Sr. Gladdish com um sorriso.

Um sorriso de verdade, sem provocação nem ironia.

– Foi o único gesto de generosidade do meu pai – confirmou Thomas. – Embora não tenha sido tão generoso assim, claro. A educação de Harry foi interrompida quando parti para Eton.

– Wyndham não conseguiu se livrar de mim com tanta facilidade – declarou Harry, e então se inclinou para Amelia. – Todo mundo deve ter alguém que conhece todos os seus segredos nesta vida.

Amelia arregalou os olhos.

– E o senhor conhece os dele?

– Se conheço todos os segredos dele? Cada um.

Amelia se virou para Thomas. Ele não negou. A jovem se voltou para Harry, encantada.

– Então sabe *mesmo*!

– Não acreditou quando falei?

– Achei que seria educado conferir – ressalvou ela.

– Pois bem, a senhorita vai se casar com esse sujeito enquanto eu só preciso suportar sua companhia uma vez por semana.

O Sr. Gladdish virou-se para Thomas e recolheu o copinho vazio do balcão.

119

– Precisa de outro?

– Bastou um. Muito obrigado.

– Já está recuperando a cor – constatou Amelia com algum espanto. – Não está mais tão esverdeado.

– Eu teria dito "amarelado" – interveio o Sr. Gladdish. – A não ser pelo olho roxo. Uma cor muito nobre.

– Harry.

Thomas parecia muito perto de perder a paciência.

Harry se aproximou de Amelia.

– O olho de um duque nunca fica preto. Sempre fica roxo. Combina melhor com os mantos.

– Eles usam mantos?

Harry fez um gesto com a mão.

– Sempre têm mantos.

Thomas segurou o braço de Amelia.

– Estamos de saída, Harry.

Harry abriu um sorriso.

– Mas já?

Amelia acenou com a mão livre enquanto Thomas a arrastava para longe do balcão.

– Foi um prazer conhecê-lo, Sr. Gladdish.

– Venha sempre que quiser, lady Amelia.

– Muito obrigada, eu...

Porém Thomas já a arrastara para fora do aposento.

– Ele é muito gentil – disse Amelia, enquanto saltitava ao lado do noivo, tentando acompanhar os passos largos dele.

– Gentil – repetiu Thomas, balançando a cabeça. – Ele iria gostar disso.

O duque a fez contornar uma poça, mas não foi habilidoso o suficiente. Amelia precisou dar um pulo para poupar suas botinas.

O cocheiro já abria a porta do veículo quando os dois se aproximaram. Amelia deixou Thomas ajudá-la a subir, mas ela ainda nem havia se acomodado quando ele disse:

– Para Burges Park.

– Não! – exclamou ela, botando a cabeça para fora. – Não podemos.

Céus, aquilo seria um desastre.

CAPÍTULO DEZ

Thomas a fitou por mais tempo do que seria necessário, depois fez um gesto para que o cocheiro os deixasse a sós. Como Amelia já estava com metade do corpo para fora da carruagem, ele não precisou se aproximar para perguntar por que não poderiam ir para Burges Park.

– Para preservar sua dignidade – respondeu ela, como se fizesse todo o sentido. – Eu disse para Milly...

– Milly?

– Minha irmã.

Os olhos dela se arregalaram, numa reação típica das mulheres quando ficam frustradas porque o acompanhante (homem, em geral) não compreende seus pensamentos na primeira tentativa.

– Lembra-se de que tenho uma irmã?

– Lembro-me de que tem várias – disse ele, irônico.

Amelia pareceu irritada.

– Não que se possa fazer nada a respeito, mas Milly estava comigo quando eu o vi hoje de manhã...

Thomas praguejou baixinho.

– Sua irmã me viu?

– Uma delas – afirmou Amelia. – E, por sorte, foi a irmã que sabe guardar segredos.

Deveria haver alguma graça nesse comentário, mas ele não a percebera.

– Prossiga.

Ela prosseguiu. Com grande agitação.

– Eu precisava dar *alguma* desculpa para minha mãe por abandonar Milly na rua principal de Stamford. Então orientei minha irmã a contar que eu tinha encontrado Grace, que fazia compras para sua avó. Milly deveria dizer que Grace me convidou a acompanhá-la até Belgrave, mas, que se eu quisesse ir, teria que partir imediatamente, porque a viúva ordenara que ela não se demorasse.

Thomas piscou, tentando acompanhar a história.

121

– Eu precisava de um bom motivo para não ter tempo de entrar na loja de vestidos e informar minha mãe da mudança de planos.

Ela o fitou como se esperasse que ele desse uma resposta. Ele nada disse.

– *Porque* – acrescentou ela com visível impaciência –, se eu falasse com minha mãe, ela teria insistido em sair da loja e devo confessar que eu não saberia como fazê-lo passar por Grace Eversleigh.

Ele esperou até ter certeza de que ela acabara.

– Sarcasmo, Amelia? – murmurou.

Depois de um segundo de silêncio e irritação, ela se manifestou.

– Quando a conversa exige – retrucou.

Encarou o noivo, as sobrancelhas arqueadas de modo quase desafiador. Thomas sustentou seu olhar achando graça, mas disfarçou. Se ganhasse o jogo quem fosse mais arrogante, Amelia nunca venceria.

E, de fato, depois de cinco segundos encarando-o, ela respirou fundo e foi como se nunca tivesse interrompido o relato.

– Percebe, então, que ainda não posso voltar para Burges Park. Não haveria como ter me dirigido para Belgrave, feito uma visita a seja lá quem fosse e então voltar para casa.

– A mim – disse ele.

Amelia o fitou com um ar aparvalhado. Ou melhor, como se achasse que ele fosse parvo.

– O quê?

– A visita deveria ser para mim – esclareceu Thomas.

Ela assumiu uma expressão de incredulidade.

– Minha mãe ficaria mais do que feliz, mas ninguém mais acreditaria.

A resposta magoou Thomas, porém ele mesmo não entendeu por quê. Mas magoou. Sua voz ficou gelada.

– Poderia explicar o último comentário?

Ela soltou uma gargalhada, e, como ele continuou sem dizer nada, ela ficou alerta.

– Ah, está falando sério.

– Dei alguma indicação de não estar falando sério?

Ela franziu os lábios e, por um momento, quase pareceu humilde.

– Claro que não, Vossa Graça.

Ele não se deu o trabalho de pedir que ela o chamasse de Thomas.

– Contudo, imagino que compreenda o que quero dizer – prosseguiu ela, bem no momento em que ele achou que a conversa estava encerrada. – Alguma vez já o visitei em Belgrave?

– Você faz visitas o tempo todo.

– E o vejo apenas pelos dez minutos de praxe. Quinze minutos, quando é generoso.

Ele a fitou, incrédulo.

– Era uma pessoa mais doce enquanto achava que eu estava bêbado.

– Eu não achava: o senhor estava *mesmo* bêbado.

– Não importa.

Ele baixou a cabeça por um momento, apertando a ponte do nariz. Maldição, o que faria agora?

– A cabeça o incomoda? – perguntou Amelia.

Ele ergueu os olhos.

– Percebi que faz assim – disse ela, imitando o gesto do noivo – quando a cabeça o incomoda.

Ele vinha executando tanto aquele movimento nas últimas 24 horas que era espantoso o nariz não estar tão roxo quanto o olho.

– Uma série de coisas vem me incomodando – disse ele, seco.

Amelia pareceu tão abalada que ele se sentiu obrigado a prosseguir:

– Não me refiro à senhorita.

Os lábios de Amelia se entreabriram, mas ela não fez nenhum comentário. Ele também não falou. Um minuto inteiro se passou antes que ela dissesse, num tom cauteloso e quase amargo:

– Acho que devemos partir. Para Belgrave – esclareceu, quando encontrou o olhar dele. – Tenho certeza de que estava pensando o mesmo que eu, que poderíamos apenas pegar a carruagem e sair pelo campo, passear por uma ou duas horas antes de voltar para casa.

De fato, era o que ele planejava. Seria um inferno para a reputação dela se alguém descobrisse, mas aquela parecia ser a menor de suas preocupações.

– Mas não conhece minha mãe – acrescentou Amelia. – Não como eu. Ela vai mandar alguém até Belgrave. Ou talvez ela mesma vá até lá, sob algum pretexto. Talvez para pegar mais livros emprestados com sua avó. Se chegar e não me encontrar, será um desastre.

Ele quase riu. Só não riu porque seria o cúmulo do insulto. Havia traços

123

cavalheirescos que ele não poderia abandonar nem se o mundo desabasse a seu redor.

Na verdade, depois dos acontecimentos da véspera – o novo primo, a possível perda do título, de sua casa e provavelmente até das roupas –, as consequências de um piquenique ilícito pelo campo pareciam triviais. O que poderia acontecer? Alguém os veria e os dois seriam obrigados a se casar? Já estavam noivos.

Estavam mesmo? Ele não sabia.

– Sei que apenas apressaria uma cerimônia que já está prevista há décadas, mas... – começou Amelia, porém a voz dela falhou.

Isso encheu o coração de Thomas de culpa.

– Não é o que você quer – concluiu ela. – Ainda não. Deixou isso bem claro.

– Não é verdade – respondeu o duque depressa.

E não era. Tinha sido. E os dois sabiam disso. Ao olhar para a noiva naquele instante, porém – o cabelo louro reluzindo à luz da manhã, os olhos quase verdes em vez do tom avelã costumeiro –, ele já não sabia por que adiara tanto o casamento.

– *Eu* não quero – disse ela, num tom de voz tão baixo que mais pareceu um sussurro. – Não quero que seja assim, às pressas. Todo mundo já acredita que você não quer se casar comigo.

Ele queria contradizê-la, argumentar que ela estava sendo tola, imaginando coisas que simplesmente não eram verdadeiras. Contudo, não podia. Não a tratara mal, mas também nunca a tratara bem.

Ele se pegou olhando para ela, para o rosto dela, e foi como se nunca a tivesse visto. Ela era bela. De todas as formas. E poderia já estar casada com ele.

Entretanto seu mundo mudara tanto desde o dia anterior que ele já não sabia se tinha algum direito sobre ela. E, por Deus, a última coisa que ele desejava era levá-la para Belgrave. Não seria divertido? Poderia apresentá-la a Jack, o Salteador! Podia até imaginar a conversa.

– *Amelia, gostaria de apresentá-la a meu primo.*

– *Seu primo?*

– *De fato. Ele pode ser o duque.*

– *Então quem é você?*

– *Excelente pergunta.*

Sem falar de outras excelentes perguntas que ela com certeza faria, sobretudo: em que pé ficaria o noivado deles?

Deus do céu! Era preciso muito empenho para compreender e, no caso dele, que ainda se recuperava da bebedeira noturna, preferia evitar qualquer esforço.

Seria tão fácil insistir para não irem a Belgrave. Ele estava acostumado a tomar decisões e ela, a acatá-las. Não pareceria estranho se ele ignorasse os desejos da noiva.

Entretanto não poderia fazer aquilo. Não naquele dia.

Talvez a mãe não enviasse alguém à procura de Amelia. Talvez ninguém jamais soubesse que ela não estivera onde tinha dito que estaria.

Só que Amelia saberia. Saberia que tinha fitado os olhos dele e explicado por que precisavam ir para Belgrave. Saberia que ele fora insensível demais para levar seus sentimentos em consideração.

E ele saberia que a magoara.

– Muito bem – disse ele. – Vamos nos dirigir para Belgrave.

Não se tratava de uma cabana. Com certeza poderiam evitar o Sr. Audley. Provavelmente, ele ainda estaria dormindo. Não parecia o tipo que gostasse de acordar cedo.

Thomas instruiu o cocheiro a seguir para casa e entrou na carruagem, ao lado de Amelia.

– Não imagino que esteja ansiosa por encontrar minha avó – comentou ele.

– Não muito, é verdade.

– Ela prefere usar os aposentos da frente do castelo.

E, se o Sr. Audley estivesse desperto, era provável que ficasse por lá, inspecionando a prataria ou estimando o valor da coleção de quadros de Canaletto do vestíbulo norte.

Thomas se voltou para Amelia.

– Vamos entrar pelos fundos.

Ela assentiu e o acordo foi feito.

⁓

Quando chegaram a Belgrave, o cocheiro foi direto para o estábulo, de acordo com as ordens do duque, supôs Amelia. Evitaram o caminho que era avistado das janelas dianteiras do castelo. Se a viúva estivesse por ali como Wyndham imaginava, os dois poderiam passar o resto da manhã em

relativa paz. E Amelia, de fato, se lembrava de ter visto a viúva apenas em três cômodos do castelo, todos na parte da frente.

– Acho que nunca estive neste lado de Belgrave – comentou Amelia quando entraram pelas portas duplas.

Ela se sentiu quase como um ladrão, esgueirando-se pelos fundos. Belgrave estava em completo silêncio. Ouvia-se cada passo, cada rumor.

– Raramente venho a esta área – comentou Thomas.

– Não consigo imaginar o motivo.

Amelia olhou em volta. Tinham entrado por um corredor longo e largo que dava acesso a uma série de aposentos. O cômodo que se abria diante dela era uma espécie de gabinete, com uma estante cheia de livros com encadernações em couro e cheiro de conhecimento.

– É tão encantador. Tão silencioso e tranquilo. Esses cômodos devem receber o sol da manhã.

– É uma daquelas pessoas diligentes que despertam quando o dia amanhece, lady Amelia?

O tom dele se tornara formal. Talvez por estarem de volta a Belgrave, onde tudo era formal. Ela se perguntou se seria difícil ter uma conversa despretensiosa por ali, cercados de tanto esplendor. Burges Park também era uma residência grandiosa, não havia como negar, mas oferecia um aconchego que faltava a Belgrave.

Ou talvez fosse apenas por ela conhecer Burges. Por ter sido criada lá, ter gargalhado, perseguido as irmãs e provocado a mãe. Burges era um lar. Belgrave parecia um museu.

Grace devia ser corajosa para acordar ali todas as manhãs.

– Lady Amelia – chamou Thomas.

– Sim – respondeu ela, abrupta, só então lembrando-se de responder à pergunta dele. – Sou, sim. Não consigo dormir com a luz do dia. Os verões são particularmente difíceis.

– E os invernos são fáceis?

Ele parecia achar graça.

– De modo algum. São ainda piores. Durmo demais. Suponho que deveria morar perto da linha do equador, com uma divisão perfeita do dia e da noite, todos os dias do ano.

Ele a observou com curiosidade.

– Aprecia o estudo de geografia?

– Aprecio, sim.

Amelia perambulou pelo gabinete, correndo as mãos pelas estantes. Gostava do modo como cada lombada fazia uma ligeira curva quando ela passava os dedos.

– Ou devo dizer que apreciaria, mas não tenho muitos conhecimentos. Não era considerada uma matéria importante por nossa preceptora. Nem por meus pais, suponho.

– Verdade?

Amelia se surpreendeu com aquela demonstração de interesse. Apesar da aproximação recente, ele ainda era... *ele*. Amelia não estava acostumada a vê-lo interessado por seus pensamentos e desejos.

– Dança – disse ela, porque com certeza aquilo responderia à pergunta que ele faria a seguir. – Desenho, piano, matemática básica para sabermos quanto custa um traje completo para uma festa à fantasia.

Ele sorriu.

– Custa caro?

Ela olhou para trás com um sorriso atrevido.

– Ah, é terrivelmente caro. Vou esvaziar seus cofres se organizarmos mais de dois bailes de máscaras por ano.

Ele a encarou por um momento com um ar quase irônico e depois se dirigiu para uma estante no outro lado do aposento.

– Os mapas estão ali, se quiser aprofundar seus conhecimentos.

Ela sorriu para ele, um tanto surpresa com seu gesto. E então, sentindo uma satisfação inenarrável, ela atravessou o aposento.

– Achei que não vinha muito a esta parte da casa.

Ele abriu um meio-sorriso irônico que, de certo modo, destoava de seu olho roxo.

– Venho com frequência suficiente para saber onde encontrar um atlas.

Ela assentiu com a cabeça enquanto puxava um tomo grande e fino da prateleira. Examinou as letras douradas na capa. MAPAS DO MUNDO. A lombada estalou quando ela o abriu. A data na folha de rosto era 1796. Ficou imaginando quando aquele livro tinha sido aberto pela última vez.

– Grace gosta muito de atlas – disse ela.

Aquele pensamento surgira do nada.

– Gosta?

Ela ouviu os passos dele se aproximando.

– Gosta. Acho que me lembro de ela ter dito isso. Ou talvez tenha sido Elizabeth quem me contou. As duas sempre foram muito amigas.

Amelia virou outra página, com cuidado. O livro não era tão frágil, mas algo nele inspirava respeito. Encontrou um grande mapa retangular que ocupava duas páginas. A legenda dizia: *Projeção de Mercator de nosso mundo, ano 1791 de Nosso Senhor.*

Amelia tocou o mapa e seus dedos deslizaram pela Ásia, desceram e chegaram à extremidade sul da África.

– Veja só como é grande – murmurou quase para si mesma.

– O mundo?

Amelia notou que havia uma insinuação de sorriso na voz do duque.

– Sim – murmurou.

Thomas ficou a seu lado e um de seus dedos encontrou a Grã-Bretanha no mapa.

– Veja como somos pequenos.

– É estranho, não é? – observou ela, tentando não reparar que ele estava tão próximo que até era possível sentir o calor que emanava de seu corpo. – Sempre fico impressionada com a distância daqui até Londres, no entanto não é nada aqui.

Ela fez um gesto para o mapa.

– Não chega a ser nada – contrapôs ele, então mediu a distância com o mindinho. – Pelo menos meia unha.

Ela sorriu. Para o livro, não para ele, o que era bem menos desconcertante.

– O mundo medido em unhas. Seria um estudo interessante.

Ele riu.

– Há alguém, em alguma universidade, tentando fazer isso agora mesmo, eu garanto.

Amelia o encarou, o que foi um erro, porque a deixou um tanto sem fôlego. Mesmo assim, ela foi capaz de falar (num tom de voz muitíssimo controlado):

– Os professores universitários são tão excêntricos assim?

– Os que têm unhas compridas, sim.

Amelia riu e Thomas também. Então ela percebeu que nenhum dos dois olhava para o mapa. Os olhos dele, pensou ela, com estranho distanciamento, como se estivesse admirando uma obra de arte. Gostava dos olhos dele. Gostava de contemplá-los.

128

Como nunca percebera que o olho direito possuía um risquinho? Sempre achara que os dois fossem azuis – um tom que não era suave nem cristalino, nem mesmo celeste, mas profundo e com um levíssimo toque acinzentado. Porém agora notava um risco castanho em um deles, partindo do canto direito inferior da pupila.

Ela se perguntou como era possível que nunca tivesse visto aquilo. Talvez porque nunca ficasse tão perto dele. Ou talvez ele nunca tivesse deixado que ela se aproximasse tanto, por tanto tempo.

Então, numa voz tão contemplativa e baixa como a dela soaria se tivesse coragem de falar, ele murmurou:

– Seus olhos parecem quase castanhos agora.

Amelia sentiu-se voltar à realidade de supetão.

– Você tem um risco.

E, no mesmo instante teve vontade de fugir. Que coisa mais estúpida de se dizer.

Ele tocou a pele machucada do rosto.

– Um risco?

– Aí não. No seu olho – esclareceu ela.

Como não havia como retirar o comentário, melhor deixar claro o que ela estava dizendo. Fez um movimento desajeitado para a frente com a mão direita, na intenção de apontar, mas então desistiu. Não podia tocar nele, muito menos em seu olho.

– Ah. Isso aí. Verdade. É diferente, não é?

Ele fez uma cara estranha. Bem, não estranha. Não teria sido estranha em mais ninguém, mas era *nele*. Um pouquinho modesta, quase um pouquinho envergonhada e tão completa e maravilhosamente humana que o coração de Amelia deu um salto.

– Ninguém tinha percebido até agora – acrescentou. – Deve ser melhor assim. É uma imperfeiçãozinha muito boba.

Ele tentava ganhar um elogio? Ela contraiu os lábios para não sorrir.

– Eu gostei. Gosto de tudo que o faz parecer menos do que perfeito.

Algo no rosto dele pareceu se animar.

– É verdade?

Ela assentiu e desviou o olhar. Era engraçado como parecia mais fácil ser franca e corajosa quando ele estava zangado (ou inebriado) do que quando ele sorria.

– Então vai descobrir muitos motivos para gostar de mim – inferiu ele, perto demais para que ela se sentisse à vontade – assim que me conhecer melhor.

Amelia fingiu estudar o mapa.

– Está dizendo que não é perfeito?

– Eu nunca teria a pretensão de dizer algo assim – brincou ele.

Amelia engoliu em seco. Ele estava próximo demais. Era provável que nem estivesse percebendo toda aquela proximidade. A voz dele permanecia inalterada e a respiração, controlada e regular.

– Por que disse que meus olhos são castanhos? – perguntou ela, mantendo os olhos no atlas.

– Não. Eu disse que pareciam castanhos.

Ela sentiu uma onda de vaidade muito imprópria subindo dentro de si. Sempre se orgulhara dos olhos cor de avelã. Eram seu ponto forte. Com certeza, a característica mais singular. Todas as irmãs tinham o mesmo cabelo louro, o mesmo tom de pele, mas ela era a única com olhos tão interessantes.

– Pareciam verdes esta manhã – prosseguiu ele. – Embora eu suponha que possa ter sido a bebida. Mais uma caneca de cerveja e eu veria borboletas saindo de suas orelhas.

Ela se virou, indignada.

– Não foi a bebida. Meus olhos são cor de avelã. Bem mais verdes do que castanhos – acrescentou, resmungando.

Ele deu um sorriso um tanto furtivo.

– Amelia, será que descobri sua vaidade?

Descobrira, mas ela jamais admitiria.

– São cor de avelã – repetiu ela, um pouco afetada. – É um traço de família. Da família de alguém, pelo menos.

– Na verdade, fiquei um tanto encantado pelo modo como eles mudam de cor.

– Ah.

A jovem engoliu em seco, desconcertada com aquele elogio delicado. E, ao mesmo tempo, satisfeita.

– Obrigada.

Voltou-se para o mapa, que continuava aberto e reconfortante sobre a mesa diante dela.

– Veja como a Groelândia é grande – disse ela, principalmente porque aquela grande mancha no topo foi a primeira coisa que viu.

130

– Na verdade, não é tão grande assim – corrigiu ele. – O mapa distorce a área.

– Distorce?

– Não sabia disso?

O tom não foi insultante. Não foi sequer condescendente, mesmo assim ela se sentiu tola. Parecia o tipo de informação que ela deveria ter aprendido. E, com certeza, era o tipo que ela *gostaria* de ter aprendido.

– É o que acontece quando se estica um objeto esférico para torná-lo plano – explicou ele. – Tente imaginar esse mapa envolvendo uma esfera. Sobraria bastante papel nos polos. Ou imagine a superfície de uma esfera e então tente achatá-la. Você não obteria um retângulo.

Ela assentiu, inclinando a cabeça para o lado ao pensar no assunto.

– Então as partes de cima e de baixo foram esticadas. Ou melhor, o Norte e o Sul.

– Exato. Viu como a Groelândia parece ter quase o tamanho da África? Na verdade, tem menos de um décimo da área.

Ela ergueu os olhos.

– Nada é o que parece, não é?

Thomas ficou em silêncio por tempo suficiente para que Amelia se perguntasse se ainda estavam falando sobre mapas. Então ele respondeu, sem demonstrar emoções.

– Não.

Ela balançou a cabeça e voltou ao mapa.

– Estranho.

Então Amelia *achou* ter ouvido: "Você não faz ideia." Ela o fitou com curiosidade. Pensou em perguntar o que ele queria dizer, mas ele já voltara a se concentrar no mapa.

– Essas projeções têm suas vantagens – comentou ele, soando um tanto ríspido, como se fosse sua vez de mudar de assunto. – É verdade que não mantêm a área real, mas os ângulos são preservados. É por isso que são tão úteis para a navegação.

Amelia não soube se entendera tudo, mas gostava de ouvi-lo falar de algo tão acadêmico. E *adorava* o fato de ele não ter considerado o assunto como desinteressante para uma dama. Olhou para ele e sorriu.

– Parece que sabe muito sobre o assunto.

Ele deu de ombros com modéstia.

– É um de meus interesses.

Ela mordeu o lábio superior, hábito que a mãe detestava e que ela não conseguia controlar. Era algo que sempre fazia enquanto decidia o que dizer. Ou se deveria dizer algo.

– Há um nome para este assunto, não há? – perguntou.

Ela remexia um dos pés dentro do calçado, por nervosismo. Queria saber o nome porque gostaria de procurar na enciclopédia que o pai guardava em casa. Mas detestava revelar a própria ignorância. Isso fazia com que se lembrasse de todas as vezes em que fora obrigada a sorrir de modo educado enquanto a mãe a descrevia como "inteligente, mas não em demasia".

– Refere-se à produção de mapas?

Ela assentiu.

– Chama-se cartografia. Vem do grego *chartis*, que quer dizer mapa, e *graphein*, escrever.

– Eu deveria saber disso – resmungou ela. – Não o grego, suponho, mas a palavra pelo menos. Será que meus pais achavam que nunca faríamos uso de um mapa?

– Imagino que achassem que contaria com outras pessoas para cuidar disso – disse Thomas, com gentileza.

Ela o encarou com desânimo.

– Então concorda com eles? Acha que recebi uma educação adequada?

Era uma pergunta terrível para fazer a ele. Colocava-o numa posição terrível, mas ela não conseguira se conter.

– Eu acho que, se demonstrava um desejo por mais conhecimentos, deveria ter podido adquiri-los – respondeu ele em um tom de voz suave e determinado.

E foi naquele momento. Ela não percebeu de imediato. Na verdade, ela não perceberia – ou melhor, ela não *se permitiria* perceber – por muitas semanas ainda. Mas foi naquele momento que ela se apaixonou por ele.

CAPÍTULO ONZE

Uma hora mais tarde, depois de tirar catorze atlas das prateleiras e explicar para Amelia a diferença entre as projeções de Mercator, sinusoidal e cônica, Thomas a acompanhou até um dos salões da frente e avisou ao mordomo que ela viera visitar a Srta. Eversleigh.

Grace precisaria ser informada sobre as atividades da manhã, não havia como evitar. Se uma mentira não podia se aproximar da verdade, Thomas acreditava que a verdade deveria se aproximar da mentira. Assim era bem menos provável que alguém se confundisse. Isso significava, porém, que Amelia precisava fazer uma visita a Grace e, o mais importante, que Grace compreendesse que fizera compras em Stamford naquela manhã e convidara Amelia a acompanhá-la até Belgrave.

No entanto, ele precisava falar com Grace primeiro, sem o conhecimento de Amelia, por isso se colocou na entrada de outro salão, mais próximo da escada, onde conseguiria interceptá-la antes que alcançasse seu destino.

Depois de cinco minutos, ele ouviu passos suaves na escada. Passos femininos, com certeza. Ele se aproximou e confirmou ser Grace. No momento certo, esticou o braço e a puxou.

– Thomas! – exclamou ela, depois de um gritinho de surpresa.

Ela arregalou os olhos ao se dar conta da aparência desgrenhada dele.

– O que aconteceu?

Ele levou um dedo aos lábios e fechou a porta.

– Esperava outra pessoa? – perguntou, pois a surpresa dela parecia maior por conta do *autor* que do acontecimento.

– Claro que não – respondeu Grace depressa.

Porém ficou ruborizada. Olhou de relance para o aposento, na certa para conferir se estavam a sós.

– O que está acontecendo?

– Precisava conversar com você antes que se encontrasse com lady Amelia.

– Ah, então sabe que ela está por aqui?

– Fui eu quem a trouxe – confirmou.

133

Grace ficou em silêncio e seu rosto demonstrou surpresa. Ela olhou para o relógio sobre a lareira, que revelava ainda ser meio-dia.

– É uma longa história – disse ele, antes que ela pudesse fazer qualquer pergunta. – Basta dizer que ela a informará que você esteve em Stamford hoje de manhã e que a convidou para acompanhá-la até Belgrave.

– Thomas, muitas pessoas sabem que não estive em Stamford esta manhã.

– Mas a mãe dela não está entre essas pessoas.

– Hum... Thomas... – começou ela, parecendo não saber como prosseguir. – Sinto que devo dizer que, diante de toda a demora, imagino que lady Crowland adoraria saber...

– Pelo amor de Deus, não é nada disso – resmungou ele.

Quase esperou que ela exclamasse: *corruptor de inocentes!*

Cerrou os dentes. Não gostava nem um pouco da experiência singular de ter que dar explicações sobre seus atos a outro ser humano.

– Amelia me ajudou a voltar para casa quando eu estava... prejudicado.

– Foi um gesto muito caridoso da parte dela – disse Grace, talvez empertigada demais.

Ele a encarou, furioso. E ela parecia prestes a soltar uma gargalhada.

Grace pigarreou.

– Bem... já pensou em se arrumar?

– Não – disparou ele, cheio de sarcasmo. – Eu até que gosto de parecer um idiota desleixado.

Grace se encolheu ao ouvir aquilo.

– Agora escute – prosseguiu o duque, determinado a contornar o constrangimento dela. – Amelia vai repetir o que eu disse, mas é imperativo que não haja nenhuma menção ao Sr. Audley.

Thomas quase rosnou as últimas palavras. Era difícil pronunciar aquele nome sem sentir uma onda de asco.

– Eu nunca faria isso – respondeu Grace. – Conheço meu lugar.

– Certo.

Thomas sabia que poderia confiar em Grace.

– Mas ela vai querer saber por que você... hum...

– Você dirá que desconhece o motivo – determinou ele com firmeza. – Só precisa fazer isso. Por que ela desconfiaria de que você sabe?

– Ela sabe que o considero um amigo. Além do mais, eu moro aqui. Os criados sempre descobrem tudo. Ela tem consciência disso.

– Você não é uma criada – retrucou ele.

– Sou, sim, e sabe disso – respondeu ela, achando graça. – A única diferença é que tenho permissão para usar roupas melhores e, ocasionalmente, dialogar com os convidados. Mas lhe asseguro: tenho acesso a todos os mexericos da casa.

Céus! O que vinha acontecendo naquela casa? Teria desfrutado de privacidade alguma vez? Uma vez sequer? Thomas se virou e praguejou. Então, depois de tomar fôlego e se recuperar, voltou a fitá-la.

– Faça isso por mim, Grace. Dirá a ela, por favor, que não sabe o que houve?

Amelia logo saberia de tudo, mas ele não queria que fosse naquele dia. Estava cansado demais para dar explicações, extenuado demais pelo choque para lidar com a reação dela. Além disso, pela primeira vez na vida, ele se sentia *feliz* por ela ser sua noiva. Com certeza ninguém lhe negaria o desejo de manter esse vínculo por mais alguns dias.

– Claro – afirmou Grace, sem olhar diretamente para ele.

Depois, por ter sido criada para encarar as pessoas, ela acrescentou:

– Tem minha palavra.

Ele assentiu.

– Amelia deve estar esperando por você – disse ele num tom áspero.

– Sim, claro.

Grace estava prestes a sair, mas, ao chegar à porta, parou e se virou para ele.

– Você vai ficar bem? – perguntou.

Que pergunta!

– Não, não responda – balbuciou.

Então ela saiu.

⁓

Amelia aguardou com paciência no salão prateado, tentando não bater com os pés no chão enquanto esperava por Grace. Então percebeu que tamborilava os dedos da mão, o que era um hábito ainda pior (segundo sua mãe). Sentiu-se obrigada a parar com aquilo.

Os pés começaram as batidas no chão no mesmo instante.

Ela soltou um longo suspiro e decidiu que não se importava. Não havia ninguém ali para vê-la e, apesar da insistência da mãe, as batidinhas com o pé não eram um hábito tão ruim quando feitas em sigilo. Era o contrário de

roer as unhas (coisa que ela *nunca* faria), que deixava a pessoa com cotocos de unhas e uma aparência desleixada o tempo todo.

Havia tentado explicar a diferença para Milly, que conseguia se sentar imóvel como uma pedra durante seis horas seguidas, mas não parava de roer as unhas nos últimos anos. Milly declarara ser incapaz de perceber a diferença. Por motivos puramente egoístas, claro.

Amelia examinou as próprias unhas, que não pareciam tão impecáveis quanto de hábito. Sem dúvida, isso se devia ao fato de ter carregado Wyndham pelas ruas de Stamford. Só Deus sabia por onde ele rolara. Supunha que ele se encontrava no andar superior, arrumando-se. Jamais vira o duque em tamanho desalinho. Aliás, acreditava que ele jamais ficara tão desalinhado. E, de fato...

Seria ele passando pelo vão da porta? Ela deu um salto.

– Thomas?

O cavalheiro parou e se virou na direção dela. Amelia percebeu que se enganara. O homem guardava semelhanças com o duque, mas ela nunca o vira. Era alto, mas não desengonçado. Seu cabelo talvez fosse um pouquinho mais escuro que o de Thomas. E ele apresentava um hematoma na bochecha.

Que interessante!

– Sinto muito – apressou-se ela em dizer.

Porém a curiosidade fez com que se dirigisse à porta. Se fosse na direção dele, o homem não poderia seguir seu caminho sem ser imperdoavelmente rude.

– Sinto decepcioná-la – disse o cavalheiro, abrindo um sorriso sedutor.

Mesmo sem querer, Amelia ficou um tanto lisonjeada. Conjeturou se ele saberia quem ela era. Provavelmente não sabia. Quem ousaria flertar com a noiva do duque de Wyndham na casa dele?

– Não. Imagine! – replicou ela com vivacidade. – Foi engano meu. Estava só sentada ali – disse ela, indicando a área onde se encontravam os assentos. – O senhor parecia muito com o duque ao passar.

Os dois cavalheiros tinham até o mesmo jeito de andar. Que estranho! Amelia não percebera que seria capaz de reconhecer o andar de Thomas. Contudo, no momento em que vira aquele homem, notara de imediato que os dois caminhavam do mesmo jeito.

Ele fez uma reverência.

– Capitão Jack Audley a seu dispor, senhora.

Ela respondeu com uma mesura educada.

– Lady Amelia Willoughby.

– A noiva de Wyndham.

– Então o conhece? Claro que sim. É um hóspede.

Ela se lembrou da conversa na estalagem.

– Ah, deve ser o parceiro de esgrima.

O capitão Audley deu um passo à frente.

– Ele falou sobre mim?

– Não muito – admitiu ela, tentando não olhar para o hematoma no rosto dele.

Não poderia ser por mera coincidência que ele e Thomas apresentavam as marcas de um confronto.

– Ah, isto – murmurou o capitão Audley.

Ele pareceu um tanto constrangido ao passar o dedo no rosto.

– Parece pior do que é na realidade.

Amelia procurava o melhor modo de indagá-lo sobre o assunto quando ele perguntou, no tom mais casual do mundo:

– Diga-me, lady Amelia, qual é a cor de hoje?

– No seu rosto?

Ela se surpreendeu com a franqueza dele.

– Sim, sim. Os hematomas parecem piores à medida que o tempo passa. Já reparou? Ontem estava bem roxo, quase num tom de púrpura, com um leve toque de azul. Não andei olhando no espelho nas últimas horas.

Ele virou a cabeça para permitir que ela visse melhor.

– Ainda está bonito?

Amelia o fitou com assombro, sem saber o que dizer. Nunca encontrara alguém tão bem-falante. Aquilo era um dom.

– Bem... não – respondeu ela por fim, pois não fazia o menor sentido mentir quando ele estava tão próximo de um espelho. – Não diria que é bonito.

Ele riu.

– A senhorita não mede palavras, não é?

– Temo que os tons de azul que lhe davam tanto orgulho se tornaram bastante esverdeados.

Ela sorriu, orgulhosa de sua análise. Ele se inclinou com um sorriso malicioso.

– Combinam com meus olhos?

– Não – respondeu ela.

Acabava de descobrir que era imune aos encantos dele, apesar de reconhecer que eles eram inúmeros. As mulheres deviam cair aos pés dele.

– Não com o roxo ao redor – prosseguiu a jovem. – Ficou péssimo.

– Roxo misturado com verde dá o quê?

– Algo terrível.

Ele voltou a rir.

– É encantadora, lady Amelia. Mas tenho certeza de que seu noivo não perde uma oportunidade sequer de dizer isso.

Ela não soube o que responder. Thomas não a elogiava em todas as ocasiões possíveis, claro. Mas aquele dia tinha sido diferente. Melhor.

– Espera por ele? – perguntou o capitão.

– Não, acab...

Por pouco ela não disse que acabara de ver Thomas. Nunca tinha sido boa em inventar histórias.

– Estou aqui para ver a Srta. Eversleigh – declarou Amelia.

Houve um brilho intrigante no olhar dele.

– Já conheceu a Srta. Eversleigh? – perguntou lady Amelia.

– Conheci. Ela é encantadora.

– Sim.

Todos concordavam nesse ponto. Pressionou a língua contra o céu da boca por tempo suficiente para controlar seu desejo de franzir a testa.

– Todos gostam muito dela – acrescentou a dama.

– A Srta. Eversleigh faz parte do seu círculo de relacionamentos?

– Sim. Digo, não. Mais do que isso, devo dizer. Conheço Grace desde a infância. Ela tem uma relação bastante próxima com minha irmã mais velha.

– E com a senhorita também, com certeza.

– Claro – admitiu lady Amelia, assentindo com a cabeça.

Se tivesse qualquer outra reação, poderia deixar subentendido que Grace não era tão amável, o que seria mentira. Não era culpa da jovem que Thomas a tivesse em tão alta conta. Bem como aquele cavalheiro, caso seu interesse servisse de indicação.

– Mas ela é mais próxima da minha irmã. As duas têm a mesma idade, entende?

– Ah, as provações dos irmãos mais novos – murmurou ele, com compaixão.

Amelia o observou com interesse.

– O senhor compartilha dessa experiência?

– De modo nenhum – respondeu ele com um sorriso. – Era eu quem ignorava os menores. Fui o mais velho da ninhada. Uma posição fortuita, acredito. Ficaria muito infeliz se não estivesse no comando.

Amelia podia compreendê-lo muito bem. Costumava reparar que se comportava de maneiras diferentes com Elizabeth e com Milly.

– Sou a segunda de cinco – disse ela. – De forma que também posso apreciar seu ponto de vista.

– Cinco!

Ele pareceu impressionado.

– Todas meninas?

– Como sabe?

– Não fazia ideia – respondeu ele. – Era apenas uma imagem encantadora. Teria sido uma pena estragá-la com um homem.

Céus, ele era mesmo astucioso.

– O senhor é sempre tão abençoado pelo dom da palavra, capitão Audley? Ele abriu um sorriso matador.

– Só quando o assunto me inspira.

– Amelia!

Os dois se viraram. Grace chegara.

– E Sr. Audley – acrescentou Grace, surpresa.

– Ah, sinto muito – disse lady Amelia, um tanto confusa. – Achei que fosse *capitão* Audley.

– E é – confirmou ele, dando de ombros de leve. – Depende do meu estado de espírito.

Ele se virou para Grace e se curvou.

– Com certeza é um privilégio vê-la de novo depois de tão pouco tempo, Srta. Eversleigh.

Grace fez uma reverência.

– Não sabia que o senhor estaria por aqui.

– Não haveria como saber. Eu estava me dirigindo para fora, para dar uma caminhada restauradora, quando fui interceptado por lady Amelia.

– Achei que ele fosse Wyndham – explicou Amelia. – Não é estranho?

– De fato – respondeu Grace.

Amelia achou que a voz da amiga soara um pouquinho vacilante. Apenas um pigarro, provavelmente. Porém seria indelicadeza mencionar aquilo. Ela prosseguiu.

– Claro que não prestava muita atenção, o que deve explicar meu erro. Eu o vi apenas com o canto do olho, quando ele passou diante da porta aberta.

O capitão Audley, ou melhor, o Sr. Audley se virou para Grace.

– Falando assim, faz muito sentido, não?

– Muito sentido – repetiu Grace.

Ela olhou para trás.

– Está esperando alguém, Srta. Eversleigh?

– Não, eu só estava pensando que Sua Graça talvez quisesse se juntar a nós. Afinal, a noiva dele está aqui.

Amelia engoliu em seco, sem graça, grata por ninguém estar olhando para ela. Grace não sabia que ela passara a manhã inteira com Thomas. Nem imaginava que, supostamente, ela mesma andara fazendo compras em Stamford. E nem saberia, pensou Amelia, começando a ficar irritada, caso o Sr. Audley não seguisse seu caminho. Não tinha dito que pretendia dar uma volta?

– Então ele já está de volta? – perguntou o Sr. Audley. – Eu não sabia.

– Foi o que me informaram – disse Grace. – Ainda não o vi.

– Uma pena. Ele está fora há algum tempo – comentou o Sr. Audley.

Amelia tentou chamar a atenção de Grace, mas não conseguiu. Thomas não gostaria que outros soubessem como tinha ficado em péssimas condições na noite anterior – aliás, naquela manhã também.

– Acho que é melhor procurá-lo – disse Grace.

– Mas acabou de chegar aqui – protestou o Sr. Audley.

– Mesmo assim...

– Vamos tocar a campainha e chamá-lo – decidiu o Sr. Audley.

Ele atravessou o aposento e deu um puxão na campainha.

– Aí está. Feito.

Amelia olhou para Grace, que parecia um pouco alarmada. Em seguida, fitou o Sr. Audley, que era a placidez em pessoa. Nenhum dos dois disse nada, eles nem pareciam se lembrar de que ela se encontrava no aposento com eles.

Ela começou a se perguntar o que estava acontecendo ali.

Amelia voltou a olhar para Grace, por conhecê-la melhor, mas a jovem já atravessava o aposento, apressada, em direção ao sofá.

– Acho que vou me sentar – balbuciou.

– Eu a acompanho – disse lady Amelia, reconhecendo que aquela seria uma oportunidade de trocar algumas palavras em particular.

Acomodou-se bem ao lado de Grace, embora houvesse muito espaço no

estofado. Tudo o que ela precisava era que o Sr. Audley se despedisse ou olhasse para o outro lado, ou que fizesse qualquer coisa a não ser seguir as duas pelo aposento com aqueles olhos verdes de gato.

– Que linda cena, as duas juntas – disse ele. – E eu sem meus pincéis...

– O senhor pinta? – indagou lady Amelia.

Fora criada para conversar de modo educado sempre que a situação exigisse – e mesmo quando não exigisse, o que acontecia com frequência. Era difícil vencer certos hábitos.

– Infelizmente, não. Mas andei pensando em aprender. É uma atividade nobre para um cavalheiro, não acha?

– Ah, com certeza – respondeu Amelia, embora no fundo ela acreditasse que teria sido melhor se ele tivesse iniciado seus estudos quando era mais jovem.

Olhou para Grace, pois parecia natural que ela desse uma contribuição à conversa. Como isso não aconteceu, Amelia lhe deu um cutucão delicado.

– O Sr. Audley é um grande apreciador de arte – disse Grace, por fim.

O Sr. Audley sorriu de modo enigmático.

E coube a Amelia, de novo, a tarefa de dar sequência.

– Então deve estar gostando de sua estadia em Belgrave – afirmou.

– Estou ansioso para visitar as coleções – respondeu ele. – A Srta. Eversleigh concordou em mostrá-las.

– Foi muito gentil de sua parte – disse Amelia, esforçando-se para não demonstrar sinais de surpresa.

Não que houvesse algo de errado com o Sr. Audley, fora talvez sua incapacidade de sair do aposento, como ela preferia que ele fizesse. Contudo, uma vez que Grace era a dama de companhia da viúva, parecia estranho que tivessem pedido a ela para mostrar as coleções ao amigo de Thomas.

Grace grunhiu algo à guisa de resposta.

– Planejamos evitar os cupidos – disse o Sr. Audley.

– Cupidos? – repetiu Amelia.

Minha nossa, ele pulava de um assunto para outro.

Ele deu de ombros.

– Descobri que não os tenho em grande estima.

Como alguém podia não ter grande estima por cupidos?

– Vejo que discorda, lady Amelia – constatou o Sr. Audley.

Porém Amelia reparou que ele lançara um olhar para Grace.

– Como é possível não gostar de cupidos? – questionou Amelia.

141

Não pretendera envolvê-lo numa conversa tão ridícula, mas, com toda a franqueza, tinha sido ele a puxar o assunto.

Ele se apoiou no braço do sofá em frente.

– Não acha que são um tanto perigosos? – provocou ele.

– Bebezinhos rechonchudos?

– Portando armas mortais – ressaltou ele.

– Mas não são flechas de *verdade*.

O Sr. Audley se voltou para Grace. Mais uma vez.

– O que acha, Srta. Eversleigh?

– Não costumo pensar em cupidos – respondeu ela.

– No entanto já falamos do assunto duas vezes.

– Porque o *senhor* o levantou.

Amelia se espantou. Nunca vira Grace demonstrar tanta impaciência.

– Eles pululam no meu quarto de vestir – contou o Sr. Audley.

Lady Amelia se virou para Grace.

– Esteve no quarto de vestir dele?

– Não *com ele* – quase rosnou Grace. – Mas com certeza já visitei o local.

Ninguém falou nada por algum tempo.

– Perdão – murmurou Grace, por fim.

– Sr. Audley – disse Amelia com determinação.

Ela decidira assumir o comando. Estava virando uma página naquele dia. Tinha lidado com Thomas e podia muito bem lidar com aqueles dois.

– Lady Amelia – respondeu ele, com um gracioso movimento do queixo.

– O senhor consideraria uma grosseria se a Srta. Eversleigh e eu déssemos uma volta pelo aposento?

– De maneira nenhuma – respondeu ele de imediato, embora fosse mesmo uma grosseria, considerando-se que havia apenas os três no aposento e que ele ficaria sem nada a fazer.

– Obrigada por sua compreensão – disse Amelia, dando o braço para Grace e fazendo com que a amiga se levantasse junto com ela. – Preciso caminhar um pouco e temo que seu passo seja rápido demais para uma dama.

Pelo amor de Deus, ela não acreditava que tinha proferido tamanha besteira, mas pareceu funcionar. O Sr. Audley não disse mais nada e ela conduziu Grace para um lugar perto das janelas.

– Preciso falar com você – sussurrou, modulando o ritmo da caminhada para que parecesse regular e graciosa.

Grace assentiu.

– Hoje de manhã – prosseguiu Amelia, olhando disfarçadamente para o Sr. Audley para verificar se ele as observava (o que ele fazia) –, Wyndham precisou de assistência e fui ajudá-lo, mas tive de dizer para minha mãe que encontrei você e que você me convidou para visitar Belgrave.

Grace voltou a assentir, com o olhar fixo à frente, depois na porta, mas nunca em Amelia.

– Duvido que seja necessário, mas, se minha mãe procurá-la, imploro que não me contradiga.

– Claro que não – assegurou Grace, depressa. – Tem minha palavra.

Amelia não pôde deixar de se surpreender por ter sido tão simples. Não esperava que Grace recusasse seu pedido, mas que pedisse maiores explicações. A amiga, porém, não havia sequer perguntado *por que* Wyndham necessitara de assistência. Com certeza, aquilo suscitaria alguma curiosidade. Em que outra ocasião ele havia necessitado de algo?

Ficaram em silêncio ao desfilar perto do Sr. Audley, que parecia achar graça no espetáculo que as duas proporcionavam.

– Srta. Eversleigh. Lady Amelia – cumprimentou ele.

– Sr. Audley – respondeu Amelia.

Grace repetiu o cumprimento da amiga.

As duas continuaram a volta pelo salão e Amelia retomou a conversa assim que se encontraram a uma distância segura.

– Espero que eu não esteja me excedendo – sussurrou.

Grace permaneceu muito silenciosa. Amelia tinha consciência de que exigia muito dela, ao pedir que mentisse.

Ouviram passos no saguão e o corpo inteiro de Grace se voltou para a porta. Porém era apenas um lacaio, passando com um grande baú, provavelmente vazio, já que ele o carregava no ombro com facilidade.

– Perdão – disse Grace. – Disse algo?

Amelia fez menção de repetir o comentário, mas acabou desistindo. Nunca vira Grace tão distraída.

– Não.

Continuaram a circular, como na primeira vez, percorrendo o maior perímetro possível do salão. Quando se aproximaram da porta, ouviram mais passos.

– Com licença – murmurou Grace.

Afastou-se e correu porta afora. Espiou o corredor e voltou para o lado de Amelia.

– Não era o duque – informou.

Amelia também espiou pela porta aberta. Mais dois lacaios se deslocavam, um deles com mais um baú e o outro com uma caixa de chapéus.

– Alguém vai para algum lugar? – indagou Amelia.

– Não – respondeu Grace. – Bem, suponho que alguém vá viajar, mas não sei de nada.

A voz de Grace transparecia tanta ansiedade que Amelia teve que perguntar:

– Grace, você está bem?

Ela virou a cabeça, mas não o suficiente para que Amelia encontrasse seus olhos.

– Ah, não... digo, sim. Estou muito bem.

Amelia voltou a fitar o Sr. Audley. Ele acenou. Ela se virou para Grace, que corara.

Isso era motivo para espiar o Sr. Audley. Ele observava Grace. As duas damas estavam de braços dados, mas era óbvio qual delas era o alvo de seu olhar sedutor.

Grace também sabia. Ela prendia a respiração e, na verdade, seu corpo inteiro parecia rígido. Amelia sentia a tensão em seu braço.

Então lhe ocorreu um pensamento maravilhoso.

– Grace, está apaixonada pelo Sr. Audley? – sussurrou.

– Não!

As bochechas de Grace, que tinham começado a voltar ao tom normal, ficaram muito vermelhas de novo. A negação fora expressa num tom bem alto, sob o olhar curioso e divertido do Sr. Audley. Grace deu um sorriso débil, meneou a cabeça e disse "Sr. Audley", embora ele estivesse sentado longe demais para ouvi-la.

– Acabei de conhecê-lo – cochichou Grace, frenética. – Ontem. Não, anteontem. Não me lembro mais.

– Anda conhecendo muitos cavalheiros intrigantes nos últimos tempos – comentou Amelia.

Grace se virou para a amiga.

– O que quer dizer?

– O Sr. Audley – provocou Amelia. – O salteador italiano.

– Amelia!

– Ah, certo. Você disse que ele era escocês. Ou irlandês. Não tinha certeza.

Amelia pousou os olhos no Sr. Audley naquele instante e lhe ocorreu que também tinha sotaque estrangeiro.

– De onde o Sr. Audley vem? Ele também tem um pouco de sotaque.

– Não sei – disse Grace.

Amelia a julgou bastante impaciente.

– Sr. Audley! – chamou.

Ele levantou a cabeça, curioso.

– Grace e eu estávamos imaginando de onde o senhor vem. Seu sotaque não me é familiar.

– Da Irlanda, lady Amelia, logo ao norte de Dublin.

– Irlanda! – exclamou Amelia. – Minha nossa, o senhor está longe de casa.

Ele apenas sorriu.

As duas jovens se encontravam de volta ao lugar onde haviam sentado. Amelia soltou o braço de Grace e se acomodou.

– Está apreciando Lincolnshire, Sr. Audley?

– Acho muito surpreendente.

– Surpreendente?

Amelia lançou um olhar para Grace para ver se ela também achava curiosa a resposta, mas a jovem tinha se colocado diante da porta e olhava para fora, nervosa.

– Minha visita não foi o que eu esperava.

– Verdade? O que o senhor esperava? – indagou Amelia – Garanto que somos muito civilizados nesta parte da Inglaterra.

– Com certeza – concordou ele. – Civilizados demais para o meu gosto, se me permite a franqueza.

– O que quer dizer, Sr. Audley?

Ele deu um sorriso enigmático, mas se calou. Amelia achou que aquilo não combinava com a personalidade dele. Ocorreu-lhe então que ela o conhecia havia quinze minutos. Como era estranho achar que algo não combinava com a personalidade dele.

– Ah! – exclamou Grace. – Com licença.

Grace saiu correndo do aposento.

Amelia e o Sr. Audley olharam um para o outro e se viraram para a porta ao mesmo tempo.

145

CAPÍTULO DOZE

Com exceção de Harry Gladdish, ninguém conhecia Thomas melhor do que Grimsby, o criado pessoal que servia o duque desde o dia em que ele partira para a universidade. Ao contrário da maioria dos valetes, Grimsby era dotado de enorme força física. (Ninguém diria isso à primeira vista. Ele era esguio e de uma palidez tal que levava a governanta a se preocupar e tentar convencê-lo a comer mais carne de boi.)

Quando Thomas voltava de um galope alucinado na chuva, com as roupas encharcadas e todo enlameado, Grimsby se limitava a perguntar pelo estado do cavalo.

Quando Thomas passava um dia no campo dedicando-se a trabalhos braçais junto com os arrendatários e retornava com múltiplas camadas de sujeira na pele, no cabelo e sob as unhas, Grimsby indagava se ele preferia um banho morno, quente ou fervente.

Contudo, quando Thomas entrou no quarto cambaleante, possivelmente ainda fedendo a álcool (ele havia deixado de perceber o cheiro), sem a gravata e ostentando um notável tom de roxo em um dos olhos, Grimsby deixou cair a escova de lustrar calçados.

Talvez fosse a única vez na vida em que ele demonstrou alarme.

– Seu olho – disse Grimsby.

Certo. Ele não vira Grimsby desde a briga com o novo priminho. Thomas abriu um sorriso meio petulante.

– Talvez pudéssemos escolher um colete que combine com a cor.

– Acredito que não tenhamos nenhum, Vossa Graça.

– Verdade?

Thomas se encaminhou para a bacia. Como sempre, Grimsby tinha providenciado que estivesse cheia. Morna, àquela altura, mas o duque não estava em condições de reclamar. Jogou um pouco de água no rosto, secou-se com uma toalha de mão. E repetiu o processo depois de uma rápida olhada no espelho revelar que ele mal havia começado a desfazer o estrago.

– Teremos que solucionar esse problema, Grimsby – declarou Thomas, esfregando a testa com força.

Voltou a olhar para o valete com um sorriso sarcástico.

– Acha que consegue memorizar o tom até nossa próxima viagem a Londres?

– Poderia sugerir, Vossa Graça, que não volte a submeter seu rosto a tal abuso?

Grimsby entregou a ele mais uma toalha, embora Thomas não a tivesse pedido.

– Assim seria eliminada a necessidade de considerar tal cor ao escolher o guarda-roupa para o próximo ano.

Ele ofereceu uma barra de sabão.

– Se desejar, porém, ainda poderia adquirir um colete nessa cor. Imagino que o tom seja mais belo num tecido do que na pele.

– Falou com elegância – murmurou Thomas. – Nem soou como bronca.

Grimsby sorriu com modéstia.

– Eu me esforço, Vossa Graça.

O criado lhe ofereceu mais uma toalha. *Minha nossa*, pensou Thomas, seu estado devia ser pior do que imaginara.

– Devo pedir que lhe preparem um banho, Vossa Graça?

Era uma pergunta puramente retórica, pois Grimsby já havia providenciado tudo antes mesmo de dizer "Vossa Graça". Thomas tirou as roupas, que Grimsby recolheu com pinças, e vestiu o roupão. Desabou na cama e considerou seriamente adiar o banho para depois de uma boa soneca, porém houve uma batida à porta.

– Foi rápido – comentou Grimsby, atravessando o aposento.

– Sua Graça tem visita – avisou inesperadamente Penrith, mordomo de Belgrave.

Thomas não se deu ao trabalho de abrir os olhos. Naquele momento, não havia ninguém que o faria se levantar.

– O duque não está recebendo ninguém no momento – avisou Grimsby.

Thomas decidiu dar-lhe um aumento assim que possível.

– É a noiva de Sua Graça.

Thomas se sentou na cama, rápido como um raio. Que diabo...? Amelia deveria estar ali para visitar Grace. Tudo tinha sido planejado. As duas mulheres tagarelariam por uma hora e depois ele faria sua apari-

147

ção habitual. Ninguém desconfiaria que Amelia passara a manhã inteira em Belgrave.

O que poderia ter dado errado?

– Vossa Graça – disse Grimsby quando Thomas jogou as pernas para o lado da cama, pronto para se levantar –, não poderia pensar em receber lady Amelia nesse estado.

– Planejo me vestir, Grimsby – retrucou Thomas, um tanto seco.

– Sim, claro, mas...

Grimsby pareceu incapaz de completar a frase em voz alta, mas suas narinas se dilataram um pouco e depois se franziram. O que, para Thomas, queria dizer: "O senhor está fedendo."

Porém, não havia nada a fazer. Seria impossível deixar Amelia sozinha caso algo tivesse fugido do previsto. De fato, Grimsby conseguiu fazer um pequeno milagre em apenas dez minutos. Quando Thomas deixou o quarto, tinha voltado a parecer a pessoa que era. (A pessoa que era com a barba ainda por fazer, na verdade.) O cabelo já não se eriçava como se ele fosse uma ave exótica. O hematoma ainda parecia terrível, mas pelo menos Thomas não estava mais com os olhos tão avermelhados e o ar exaurido.

Bastou usar um pouco de pó dentifrício para estar pronto. Grimsby, por outro lado, exibia todos os indícios de precisar de um bom descanso.

Thomas desceu a escada pretendendo se dirigir direto para o salão, mas ao entrar no saguão, viu Grace a uns dois metros da entrada, gesticulando como louca e levando um dos dedos aos lábios.

– Grace – disse ele ao se aproximar. – O que significa isso? Penrith me informou que Amelia estava aqui e queria me ver.

Ele não diminuiu o ritmo; presumiu que ela o acompanharia. Mas, ao passar por Grace, ela agarrou seu braço e fez com que ele parasse.

– Thomas, espere.

Ele se virou, arqueando uma das sobrancelhas numa pergunta silenciosa.

– É o Sr. Audley – disse ela, afastando-o ainda mais da entrada. – Ele está no salão.

Thomas olhou de relance para o salão e depois para Grace, sem compreender por que lhe disseram que *Amelia* estava ali.

– Com Amelia – completou Grace.

Ele praguejou, incapaz de se conter mesmo na presença de uma dama.

– Por quê?

– Não sei – disse Grace, parecendo irritada. – Ele estava lá quando cheguei. Amelia disse que o abordou quando ele passava pela porta, achando que fosse você.

Ah, aquilo era uma maravilha. Abençoados por traços de família. Que encantador.

– O que ele disse? – perguntou Thomas, por fim.

– Não sei. Eu não estava lá na hora, depois não pude interrogá-la na presença dele.

– Não, claro que não.

Ele comprimiu a ponte do nariz enquanto pensava. Aquilo era um desastre.

– Tenho quase certeza de que ele não revelou sua... identidade a ela.

Thomas lhe lançou um olhar de irritação.

– Não é culpa minha – defendeu-se Grace.

– Eu não disse que era.

Ele bufou, também irritado, e avançou para o salão. O Sr. Audley era como um câncer entre eles. Ao longo de todos os anos em que Grace trabalhava na casa, eles nunca haviam trocado palavras agressivas. E só Deus sabia o que aquele sujeito estaria dizendo para Amelia.

∽

Desde o instante em que Grace saíra correndo do aposento, nem Amelia nem o Sr. Audley pronunciaram uma única palavra. Parecia que os dois haviam chegado a um acordo tácito. O silêncio prevaleceria enquanto ambos tentavam ouvir o que era dito do lado de fora do salão.

Entretanto, a menos que a audição do Sr. Audley fosse incrível, Amelia admitia que ambos fracassariam. Ela não conseguia escutar nada. Grace devia ter interceptado Thomas no final do corredor.

Grace parecia agitada demais naquela tarde, o que Amelia estranhava. Compreendia que pedira muito a ela, ainda mais por Grace ser mais próxima de Elizabeth do que dela, mas com certeza aquilo não justificava seu comportamento intrigante.

Amelia se inclinou, como se aquilo pudesse melhorar suas chances de sucesso. Algo acontecia em Belgrave e ela estava ficando muito irritada por ser a única pessoa a ignorar o que se passava.

– Não vai conseguir ouvir nada do que dizem – comentou o Sr. Audley.

149

Amelia lhe lançou um olhar que se esforçava para transmitir reprovação.

– Ora, não finja que não estava tentando. Eu, com certeza, estava.

– Muito bem – disse ela, decidindo que não adiantava protestar. – Sobre o que supõe que estejam falando?

O Sr. Audley deu de ombros.

– É difícil dizer. Não presumo compreender a mente feminina, tampouco a de nosso estimado anfitrião.

– O senhor não gosta do duque?

Com certeza, aquilo estava subentendido no seu tom de voz.

– Não disse isso – respondeu ele, com delicadeza.

Ela contraiu os lábios com vontade de replicar que ele nem *precisava* dizer. Contudo não ganharia nada com a provocação, pelo menos não naquele momento. Em vez disso, ela perguntou:

– Por quanto tempo permanecerá em Belgrave?

– Quer se livrar de mim, lady Amelia?

– Claro que não.

Era mais ou menos verdade. A princípio não se incomodava com ele, embora sua presença tivesse sido bastante inconveniente naquela tarde.

– Vi que a criadagem transportava baús pela casa. Achei que talvez fossem seus.

– Imagino que os baús pertençam à viúva – falou ele.

– Ela vai a algum lugar?

Amelia sabia que não deveria ter falado com tanta animação, mas até uma jovem bem-educada só era capaz de fingir indiferença até certo ponto.

– Irlanda – respondeu ele.

Antes que ela pudesse fazer outra pergunta, Thomas surgiu, parecendo bem mais ducal do que na última vez que ela o vira.

– Amelia – disse ele, dirigindo-se a ela.

– Vossa Graça – respondeu Amelia.

– Fico feliz em vê-la. Vejo que já conheceu nosso hóspede.

– Conheci. O Sr. Audley é muito agradável.

Thomas olhou de relance para o outro cavalheiro, sem demonstrar qualquer afeição, como Amelia notou.

– Muito – ecoou o duque.

Houve um silêncio estranho, quebrado por Amelia.

– Vim visitar Grace.

– Claro – murmurou Thomas.

Afinal de contas, tinha sido a história que os dois combinaram.

– Porém encontrei lady Amelia primeiro – interveio o Sr. Audley.

Thomas lançou um olhar que teria liquidado qualquer homem conhecido por Amelia, mas o Sr. Audley apenas deu um sorriso afetado.

– Na verdade, *eu* o encontrei – interveio Amelia. – Eu o vi no corredor e achei que fosse o senhor.

– Impressionante, não é? – murmurou o Sr. Audley e se voltou para Amelia. – Não temos a mínima semelhança.

Amelia olhou para Thomas.

– Não. Não temos – decretou Thomas, ríspido.

– O que acha, Srta. Eversleigh? – perguntou o Sr. Audley.

Amelia se voltou para a entrada. Não tinha percebido que Grace retornara. O Sr. Audley se levantou, o olhar fixo em Grace o tempo todo.

– Será que eu e o duque compartilhamos algumas semelhanças?

A princípio, Grace não parecia saber o que dizer.

– Temo não conhecer o senhor suficientemente bem para ser uma juíza justa – respondeu, por fim.

O Sr. Audley sorriu e Amelia pôde perceber que compartilhavam algo naquele momento que ela não compreendia.

– Boa resposta, Srta. Eversleigh – elogiou ele. – Devo concluir, portanto, que a senhorita conhece muito bem o duque.

– Trabalho para a avó dele há cinco anos – disse Grace, com uma postura um tanto rígida e formal. – Durante esse período, tive a sorte de conhecer um pouco do caráter de Sua Graça.

– Lady Amelia – interrompeu Thomas –, posso acompanhá-la até sua casa?

– Claro.

Amelia ficou ansiosa pela viagem. Não contava com a companhia dele. Era uma deliciosa mudança de planos.

– Já? – murmurou o Sr. Audley.

– Minha família está à minha espera – explicou Amelia.

– Partiremos neste momento – declarou Thomas, oferecendo o braço à noiva.

Amelia o aceitou e se levantou.

– Vossa Graça?

151

Viraram-se para Grace, que permanecia próxima à entrada do salão. Parecia bastante agitada.

– Será que eu poderia dar uma palavra com Vossa Graça, antes de partir? – solicitou ela, a voz hesitante. – Por favor.

Thomas pediu licença e seguiu Grace até o lado de fora do salão. Ainda podiam ser vistos, embora fosse difícil – ou melhor, impossível – captar a conversa.

– Qual poderia ser o assunto? – perguntou o Sr. Audley a Amelia.

A jovem percebia pelo seu tom de voz que ele sabia bem qual era o assunto e que tinha ciência de que ela, não. Ele também tinha *certeza* de que ela ficaria irritada com aquela pergunta.

– Posso garantir que não faço ideia – respondeu ela, ríspida.

– Nem eu – disse ele, mantendo um tom leve e casual.

Então os dois ouviram:

– Irlanda!

Era Thomas, num tom de voz elevado, como não costumava usar. Amelia adoraria saber o que veio a seguir, mas Thomas pegou o braço de Grace e os dois foram para um canto, ficando completamente fora do alcance dos olhares curiosos. Ao que tudo indicava, também ficariam fora do alcance de seus ouvidos.

– Temos nossa resposta – murmurou o Sr. Audley.

– Ele não pode estar perturbado porque a avó vai sair do país – disse Amelia. – Era de esperar que ele planejasse uma comemoração.

– Acredito que a Srta. Eversleigh o informou que a avó pretende que ele a acompanhe.

– Até a Irlanda? – indagou Amelia, surpresa. – Ora, o senhor deve estar enganado.

O Sr. Audley deu de ombros.

– Talvez. Mas sou apenas um recém-chegado por aqui.

– Além de não conseguir encontrar um motivo para que a viúva queira ir à *Irlanda*... não que eu não queira conhecer seu belo país – acrescentou depressa, ao lembrar que era a terra natal dele –, mas não parece característico da viúva, que já ouvi falar de forma bem pouco elogiosa da Nortúmbria, da região dos lagos e, na verdade, da Escócia inteira...

Ela fez uma pausa, tentando imaginar a viúva vivendo os rigores de uma viagem.

– A Irlanda parece um pouco demais para ela.

Ele assentiu de forma graciosa.

– Na verdade não faz sentido que ela deseje que Sua Graça vá junto. Eles não apreciam a companhia um do outro – concluiu Amelia.

– Quanta delicadeza em suas palavras, lady Amelia. Alguém aprecia a companhia deles?

Amelia arregalou os olhos, surpresa. Aquilo era uma admissão ainda mais clara de seu desapreço por Thomas. E dita na casa do duque! Era uma enorme indelicadeza.

E também algo intrigante.

Naquele exato momento, Thomas voltou ao salão.

– Amelia – chamou ele com certa rispidez. – Temo não ter condições de acompanhá-la até sua casa.

– Claro – respondeu ela.

Amelia olhou na direção do Sr. Audley sem saber por quê.

– Tomarei todas as providências para seu conforto. Talvez queira escolher um livro na biblioteca – sugeriu.

– Consegue ler numa carruagem? – perguntou o Sr. Audley.

– O senhor, não? – replicou Amelia.

– *Consigo*. Consigo fazer quase tudo numa carruagem. Ou com uma carruagem – acrescentou, com um sorriso estranho.

Thomas tomou o braço da noiva com uma firmeza surpreendente, obrigando-a a se levantar.

– Foi um prazer conhecê-lo, Sr. Audley – disse Amelia.

– Sim, parece que a senhorita está de partida.

– Amelia – disse Thomas, seco.

Ele a conduziu para fora do aposento.

– Há algum problema? – perguntou ela assim que saíram do salão.

Ela procurou por Grace, mas a amiga desaparecera.

– Claro que não – disse ele. – Preciso apenas cuidar de algumas questões.

Amelia estava prestes a perguntar sobre a viagem para a Irlanda, mas, por algum motivo, não o fez. Não sabia bem por quê: foi mais como um pressentimento, não uma decisão consciente. Thomas parecia tão distraído... Ela não queria chateá-lo ainda mais.

Além disso, Amelia duvidava que fosse receber uma resposta sincera se de fato fizesse a pergunta. Thomas não mentiria. Seria algo impensável para

153

ele. Porém ele descartaria a indagação com alguma réplica vaga e condescendente e Amelia perderia todos aqueles deliciosos sentimentos que conquistara ao longo da manhã.

– Se importa se eu levar um daqueles atlas comigo? – pediu.

A viagem para casa levaria menos de uma hora, mas ela adorara olhar para os mapas. Era algo que tinham feito juntos, com as cabeças abaixadas sobre os livros, as testas quase encostadas.

O contorno de um continente, o tom azul-claro de um oceano sobre a página – aquilo sempre a faria pensar nele.

No caminho para casa, enquanto a carruagem sacudia devagar pela estrada, ela virou as páginas até encontrar a Irlanda. Gostou muito do formato, todo achatado no leste e parecendo estender os braços em direção ao Atlântico no oeste.

Ela perguntaria a Thomas sobre a viagem na próxima vez que o encontrasse. Com certeza ele não deixaria o país sem dizer nada a ela.

Fechou os olhos e visualizou o rosto do noivo – eliminando o olho roxo. Tinham iniciado um novo capítulo no relacionamento. Disso, Amelia tinha certeza.

Ainda não sabia o que levara Thomas a beber na noite anterior, mas disse a si mesma que pouco importava. O que importava era que o episódio fizera com que Thomas se aproximasse dela e talvez tivesse feito com que ela se aproximasse de si mesma.

Ela despertara. Depois de anos de sonambulismo, despertara.

CAPÍTULO TREZE

Quatro dias depois

Passado o choque inicial, Thomas foi obrigado a reconhecer que, num ponto, a avó tinha razão: a única solução para o dilema que viviam era a viagem à Irlanda. A verdade tinha que vir à tona, por mais desagradável que fosse.

Era possível que, com o devido encorajamento monetário, o Sr. Audley estivesse disposto a renunciar a seus direitos ao título (embora Thomas duvidasse que a viúva permitisse isso), porém Thomas sabia que nunca ficaria em paz sem descobrir quem realmente era. E não manteria o título se soubesse que pertencia a outro por direito.

Sua vida inteira teria sido uma mentira? Talvez nunca tivesse sido o verdadeiro duque de Wyndham, nem sequer herdeiro do título.

A única parte engraçada da história era que seu pai também nunca fora o duque. Thomas quase lamentava que o pai não estivesse vivo, só para ver sua reação. Imaginou se teriam que mudar a inscrição em sua lápide. Era provável que sim.

Ele entrou na saleta na frente da casa e se serviu de bebida. Pensou que gostaria de apagar o título do pai na sepultura. Era bom saber que poderia haver algo de bom em tudo aquilo.

Dirigiu-se à janela e deixou que o olhar vagasse pela paisagem. Ia até ali com frequência, quando desejava ficar sozinho. Claro que podia fazer o mesmo em seu gabinete, mas lá ele ficava cercado por livros contábeis e pela correspondência – lembretes de tarefas ainda incompletas. Ali ele podia simplesmente se entregar aos próprios pensamentos.

A aversão que sentia pelo primo parecia ter diminuído – no decorrer dos quatro dias desde que ele o encontrara no salão com Amelia, as conversas haviam sido perfeitamente educadas –, mas Thomas ainda achava que ele sofria de uma irremediável falta de seriedade. Sabia que Audley fora oficial do exército e que, nessa posição, ele devia ter exercitado a cautela e a ponderação. Mesmo assim, Thomas tinha dúvidas enormes sobre sua capacidade de se dedicar ao ducado com a diligência necessária.

Será que ele compreenderia que o ganha-pão de centenas de pessoas, até

mesmo suas vidas, dependia dele? Teria consciência da história por trás da posição que herdaria? Do patrimônio? Do pacto silencioso com o solo, as pedras, o sangue derramado por tantas gerações? Wyndham era mais do que um título a ser somado ao nome de alguém. Era...

Era...

Thomas sentou em sua poltrona de couro preferida e fechou os olhos, angustiado.

Era ele. *Ele* era Wyndham. Não tinha a menor ideia de quem seria se perdesse tudo. E ele perderia, mais cedo ou mais tarde. Ficava mais convencido disso a cada dia. Audley não era tolo. Por Deus, ele não os levaria até a Irlanda se a prova de sua legitimidade não estivesse à espera deles.

Audley devia saber que seria coberto de privilégios e de dinheiro mesmo se tivesse declarado que a mãe era uma prostituta da beira do cais que mantivera um relacionamento de três minutos com seu pai. A avó estava tão encantada pela possibilidade de seu rebento preferido ter gerado um filho que ela teria lhe fornecido uma renda vitalícia independentemente das circunstâncias.

Audley teria uma vida estável e bem menos complicada caso fosse um filho ilegítimo. O que queria dizer que ele não era. Em algum lugar da Irlanda havia uma igreja com a prova do casamento de lorde John Cavendish com a Srta. Louise Galbraith. E, quando a encontrassem, Thomas sabia que ele seria o Sr. Thomas Cavendish, cavalheiro de Lincolnshire, neto de um duque, mas apenas isso.

O que faria da sua vida? Como preencheria seus dias?

Quem ele seria?

Baixou os olhos e contemplou a bebida. Já a terminara – e ele acreditava ser a terceira. O que Amelia diria? Garantira a ela que não exagerava no consumo de bebidas alcoólicas, e era verdade, em condições normais. Mas a vida não corria nada normal nos últimos tempos.

Talvez aquilo se transformasse num novo hábito. Talvez fosse assim que ele preencheria seus dias, na vã tentativa de esquecer tudo. Com a quantidade certa de conhaque, ele conseguiria se esquecer de que não sabia mais quem era, nem o que possuía, nem o modo como deveria agir.

Soltou uma gargalhada amarga. Também não sabia como os outros deveriam agir diante dele. Na verdade, seria divertido observar a sociedade tropeçar e gaguejar, sem ter ideia do que dizer. Ir às reuniões sociais de Lincolnshire seria um prazer macabro. Londres seria ainda pior.

E havia Amelia. Seria obrigado a romper o noivado ou, pelo menos, insistir que ela rompesse, pois um cavalheiro não poderia sugerir a rescisão do contrato. Ela não iria querê-lo, com certeza. E a família dela, menos ainda.

Do mesmo modo que Thomas fora criado para ser o duque de Wyndham, Amelia fora criada para ser a duquesa. Ao que tudo indicava, porém, isso não aconteceria. Duvidava que Audley se casasse com ela. Mas havia muitos outros títulos espalhados pelo país, bem como nobres em busca de uma esposa. Amelia encontraria uma opção bem melhor do que se casar com um plebeu sem dinheiro e sem grandes habilidades.

Melhor dizendo, sem grandes habilidades para nada além de ser o proprietário de muitas terras e de um ou outro castelo.

Amelia.

Fechou os olhos. Podia ver seu rosto, a curiosidade aguda naqueles olhos cor de avelã, as sardas muito claras salpicadas pelo nariz. Desejara beijá-la no outro dia, mais do que havia percebido na ocasião. Tinha ficado acordado na cama pensando nela, perguntando a si mesmo se passara a querê-la porque ela não podia mais ser sua.

Imaginou como seria tirar seu vestido, venerá-la com as mãos, com os lábios, conquistar sua pele contando as sardas que, com certeza, ela ocultava sob a roupa.

Amelia.

Serviu-se de mais bebida em homenagem a ela. Parecia apropriado, já que a cerveja os unira na última vez que se encontraram. Agora ele bebia um excelente conhaque, forte porém suave, uma das últimas garrafas que ele adquirira antes que a importação da França se tornasse ilegal. Amelia merecia um brinde com o que havia de melhor.

E talvez mais de um, decidiu ele, assim que esvaziou a taça. Amelia merecia mais uma taça de conhaque, sem dúvida. Contudo, ao se levantar e se encaminhar para o decantador, ele ouviu vozes vindas de fora.

Era Grace. Parecia feliz.

Feliz. Que desconcertante! Thomas não conseguia sequer imaginar uma emoção tão simples e livre. Quanto à outra voz – ele levou apenas um segundo para identificá-la – era de Audley, que parecia decidido a seduzir Grace.

Maldição.

Grace gostava de Audley. Thomas percebera nos últimos dias que ela corava na presença dele e ria de seus gracejos. Sem dúvida tinha o direito de se apaixonar por quem quisesse, mas por Audley? Por Deus!

Parecia o pior tipo de traição.

Incapaz de se conter, ele se dirigiu para a porta. Estava entreaberta, o suficiente para ouvir sem ser visto.

– Pode me chamar de Jack – disse Audley.

Thomas sentiu vontade de vomitar.

– Não, acho que não – respondeu Grace.

Porém seu tom de voz dava a entender que sorria, como se ela não falasse a sério.

– Não vou contar para ninguém.

– Humm... Não.

– Já me chamou assim.

– Foi um erro – respondeu Grace, ainda flertando.

Thomas entrou no saguão. Havia um limite para o que conseguia suportar.

– *De fato.*

Grace engasgou e se virou assustada para o duque, de um modo que ele considerou satisfatório.

– De onde diabos ele veio? – murmurou Audley.

– Que conversa agradável – comentou Thomas com a voz arrastada. – Uma de muitas, eu presumo.

– Andou bisbilhotando? – perguntou o Sr. Audley num tom leve. – Que vergonha.

Thomas decidiu ignorá-lo. Ou ignorava Audley ou o estrangulava. Desconfiava que seria difícil se explicar às autoridades.

– Vossa Graça – começou Grace –, eu...

Ora, pelo amor de Deus, se ela podia chamar Audley de Jack, podia muito bem voltar a usar seu nome de batismo.

– É Thomas – interrompeu, cheio de desdém. – Ou não se lembra? Já usou o *meu* nome mais de uma vez.

Thomas sentiu uma breve pontada de remorso diante da expressão arrasada de Grace, mas o sentimento passou depressa quando Audley interveio com seu modo sempre eloquente.

– É mesmo? – perguntou ele, contemplando Grace. – Nesse caso, insisto que me chame de Jack.

Virou-se para Thomas e deu de ombros.

– É justo.

Thomas se manteve imóvel. Algo sinistro crescia dentro dele, uma terrível fúria. E, cada vez que Audley falava naquele tom tão bem-humorado – com um sorriso tão largo –, era como se nada *importasse*. Aquilo alimentava o nó sombrio em sua barriga e fazia o peito arder.

Audley se voltou Grace.

– Vou chamá-la de Grace.

– Não, não vai – retrucou Thomas.

Audley ergueu uma sobrancelha, mas não deu qualquer outro sinal de prestar atenção ao duque.

– Ele sempre toma essas decisões pela senhorita?

– Esta é a minha casa – retrucou Thomas.

Maldição, não permitiria que o ignorassem.

– Não por muito tempo, provavelmente – murmurou Audley.

Era a primeira vez que Audley fazia um comentário que levava a um confronto direto. Por algum motivo, Thomas achou engraçado. Olhou para Grace, para Audley e, de repente, ficou claro que Audley estava desesperado para levá-la para a cama.

– Deve saber que ela não vem junto com a casa – disse Thomas, adotando o mesmo tom de voz, o mesmo sorriso, a mesma postura de Audley.

Audley ficou rígido e de queixo caído. Ah, pensou Thomas, um golpe certeiro. Magnífico!

– O que quer dizer? – disparou Audley.

Thomas deu de ombros.

– Acho que sabe.

– Thomas – tentou intervir Grace.

Aquilo serviu para lembrá-lo de como se sentia amargurado em relação à amiga.

– Ah, voltamos a Thomas, não é?

Então Audley, com sua elegância habitual, se virou para Grace e disse:

– Acho que ele nutre sentimentos pela senhorita.

– Não seja ridículo – respondeu Grace, de imediato.

E Thomas pensou: por que não? Por que *não tinha* sentimentos por Grace? Seria bem menos complicado do que aquele desejo por Amelia que não parava de crescer.

159

De qualquer forma, achou divertido que Audley imaginasse aquilo. Por isso, cruzou os braços e o encarou.

Audley apenas sorriu com ar desafiador.

– Não gostaria de afastá-lo de suas responsabilidades.

– Ah, agora são *minhas* responsabilidades – retrucou Thomas.

– Enquanto a casa for sua.

– Não é apenas uma casa, Audley.

– Acha que não sei disso?

Algo reluziu em seus olhos, algo completamente novo. Era medo, Thomas percebeu num sobressalto. Audley estava apavorado pela ideia de herdar o título.

Como deveria ficar.

Pela primeira vez, Thomas começou a sentir uma centelha de respeito pelo primo. Se ele tinha noção suficiente para sentir medo... Bem, significava que Audley não era um completo idiota.

– Com licença – disse Thomas, pois já não sentia tanta firmeza.

Era resultado do conhaque, sim, mas também daquele episódio. Ninguém vinha se comportando da forma devida – nem Grace, nem Audley, muito menos ele.

Deu meia-volta e voltou para a saleta, batendo a porta com força. Ainda os ouviria caso falassem, mas eles não seriam tolos a ponto de permanecerem ali. Procurariam outro canto onde rir e flertar. Audley tentaria beijar Grace e ela talvez permitisse. E os dois ficariam felizes, pelo menos naquele dia.

Thomas afundou na poltrona e olhou para a janela. Perguntou a si mesmo por que não conseguia chorar.

Mais tarde, naquela noite, Thomas se encontrava no gabinete para, em tese, cuidar de negócios. Buscava privacidade, de fato. Não vinha apreciando muito a companhia de outras pessoas nos últimos dias, sobretudo quando as "outras pessoas" eram apenas a avó, o novo primo e Grace.

Havia diversos livros contábeis abertos sobre a mesa, com colunas preenchidas de números bem-traçados, cada um desenhado com capricho por ele mesmo. O intendente de Belgrave recebia um salário para manter tais registros, mas Thomas gostava de cuidar pessoalmente dos seus livros. De

algum modo, as informações pareciam diferentes em seu cérebro quando ele se encarregava de anotar os números. Havia tentado desistir daquele hábito anos antes, pois parecia desnecessário ter duas vias completas dos registros, mas ele sentia que não conseguiria enxergar a floresta se não olhasse para cada árvore.

Um duque *tinha* de ver a floresta. O ducado de Wyndham era uma imensa responsabilidade, com propriedades espalhadas por todo o país. Audley compreenderia isso? Respeitaria essa necessidade ou delegaria decisões importantes a intendentes e secretários, como tantos de seus contemporâneos faziam, em geral com resultados desastrosos?

Seria possível um homem cuidar de um patrimônio como o de um ducado sem ter nascido nele? Thomas reverenciava sua herança, mas tivera a vida inteira para nutrir o amor pela terra e reunir o conhecimento necessário para cuidar dela. Audley tinha chegado na semana anterior. Como poderia compreender o que tudo aquilo representava? Ou seria algo que vinha no sangue? Teria posto os pés em Belgrave e pensado "Arrá! Este é meu lar"?

Não era provável. Não depois de ter sido recebido pela avó.

Thomas esfregou as têmporas. Era preocupante. Tudo poderia desmoronar. Não de um momento para outro. Ele tinha administrado o patrimônio bem demais para que isso acontecesse. Mas, com o passar do tempo, Audley poderia arrasar tudo, mesmo sem ter intenção.

– Não será problema meu – declarou Thomas em voz alta.

Ele não seria o duque. Diabos, ele provavelmente nem residiria em Lincolnshire. Não havia recebido algo no testamento do avô? Uma casinha perto de Leeds que fora deixada para o filho caçula. Thomas não queria ficar por perto para ver Audley assumindo o papel de duque. Encontraria refúgio na outra propriedade e liquidaria o assunto.

Deu mais um gole no conhaque sobre sua mesa. Quase terminara a garrafa, o que lhe dava alguma satisfação. Não fora fácil consegui-lo e Thomas não tinha grande desejo de abandoná-lo. Mas aquilo serviu para lembrá-lo de algumas necessidades fisiológicas. Levantou-se. Havia um urinol num canto, mas ele acabara de reformar aquela área de Belgrave com as mais recentes tecnologias sanitárias. Com certeza não renunciaria àquele prazer antes de ser banido para Leeds.

E lá foi ele. Estava tarde. Nenhum movimento pela casa, apenas silêncio. Resolveu seu problema e parou um segundo para admirar as maravilhas do

progresso, então seguiu de volta ao gabinete, onde pretendia passar a noite, ou pelo menos ficar até terminar o conhaque.

No caminho de volta, entretanto, ele notou um movimento. Parou e espiou o salão rosa. Um castiçal aceso sobre a mesa iluminava o aposento com um brilho vacilante. Grace se encontrava no canto mais afastado, vasculhando a escrivaninha, abrindo e fechando gavetas com um ar frustrado.

Disse a si mesmo que deveria pedir desculpas a ela por seu comportamento abominável naquela tarde. Tinham muitos anos de amizade para permitir que terminasse assim.

Chamou seu nome na entrada do salão e ela ergueu os olhos, surpresa.

– Thomas, não percebi que ainda estava acordado.

– Não é tão tarde assim.

Ela deu um sorrisinho.

– Não, suponho que não. A viúva está na cama, mas ainda não dormiu.

– Seu trabalho nunca acaba, não é? – perguntou ele, entrando no aposento.

– Nunca – respondeu ela, dando de ombros de leve.

Ele já a vira fazer aquele gesto inúmeras vezes, bem como a expressão que o acompanhava – um pouco amarga, um pouco irônica. Não sabia como Grace conseguia aguentar sua avó. Ele resistia porque era obrigado.

Bem, de certa forma, ela também era obrigada. Oportunidades de trabalho para jovens de boa educação com pouca ou nenhuma fortuna não eram exatamente abundantes.

– Fiquei sem papel de carta lá em cima – explicou ela.

– Para sua correspondência?

– Para a correspondência de sua avó – afirmou ela. – Não tenho com quem me corresponder. Suponho que quando Elizabeth Willoughby se casar e se mudar...

Ela parou, pensativa.

– Vou sentir falta dela.

– São boas amigas, não são? – murmurou ele, lembrando-se do que Amelia lhe dissera.

Ela assentiu.

– Aqui está.

Grace puxou uma pequena pilha de papel, depois olhou para ele com uma careta.

– Preciso escrever as cartas da sua avó.

– Ela não as escreve sozinha? – perguntou ele com surpresa.

– Ela pensa que escreve. Mas a verdade é que a caligrafia dela é péssima. Ninguém conseguiria decifrar. Eu mesma tenho dificuldades. Acabo improvisando metade do que preciso copiar.

Ele riu ao ouvir aquilo. Grace era uma pessoa adorável. Perguntou a si mesmo por que ela não se casara. Os cavalheiros ficariam intimidados demais diante do posto que ela ocupava em Belgrave? Era provável que sim. Supunha que ele também fosse culpado, por conta de seu desespero em mantê-la como acompanhante da avó. Tinha deixado de fazer o que era certo, que seria lhe fornecer um pequeno dote para que ela pudesse deixar o trabalho e encontrar um marido.

– Devo me desculpar, Grace – disse, caminhando na direção da jovem.

– Pelo que aconteceu hoje à tarde? Não, por favor, não seja bobo. É uma situação terrível e ninguém poderia culpá-lo por...

– Por muitas coisas – interrompeu ele.

Devia ter lhe dado a oportunidade de encontrar um marido. Se tivesse feito isso, ela não estaria ali quando Audley apareceu.

– Por favor – disse ela, forçando um sorriso. – Não posso pensar em nada que justifique seu pedido de desculpas, mas garanto: se houvesse um motivo real para ele, eu o aceitaria com toda a boa vontade.

– Obrigado – disse ele.

Supunha que se sentia um pouco melhor – mas não muito – ao ouvir aquilo. Então, como sempre era possível encontrar refúgio no óbvio, ele atalhou:

– Partiremos para Liverpool em dois dias.

Grace fez um sinal afirmativo com a cabeça.

– Imagino que tenha muito a fazer antes de partirmos – falou ela.

Ele pensou no assunto. Não era verdade. Tinha passado os últimos quatro dias com o pressuposto de que voltaria para a Inglaterra sem nada, por isso trabalhara freneticamente, garantindo que cada canto das propriedades do ducado estivesse como deveria estar. Não admitiria que alegassem que ele havia sabotado o novo duque.

E concluíra tudo. Havia um pedido de cereais para revisar e malas por fazer. Fora isso...

163

Seus dias como duque estavam encerrados.

– Quase nada – respondeu ele, incapaz de eliminar a nota de amargura na voz.

– Ora.

Grace pareceu surpresa, nem tanto pela resposta, mas pelo fato de ele ter dito aquilo.

– Deve ser uma mudança agradável – concluiu ela.

Thomas se inclinou ligeiramente. Percebeu que Grace parecia pouco à vontade. Ele havia bebido o suficiente para apreciar isso um pouco.

– Estou praticando – disse ele.

Ela engoliu em seco.

– Praticando?

– Praticando ser um cavalheiro ocioso. Talvez devesse imitar o seu Sr. Audley.

– Ele não é *meu* Sr. Audley – replicou ela de imediato.

– Ele não deve se preocupar – prosseguiu Thomas, ignorando seus protestos.

Os dois sabiam que ela estava mentindo, afinal.

– Deixei todos os negócios em perfeita ordem. Todos os contratos foram revisados e todos os números de todas as colunas foram examinados. Se ele acabar com a propriedade, será por conta própria.

– Pare com isso, Thomas – ralhou ela. – Não fale assim. Não sabemos se ele é o duque.

– Não sabemos?

Deus do céu, a quem ela tentava enganar?

– Sejamos francos, Grace. Sabemos muito bem o que vamos encontrar na Irlanda.

– Nós não sabemos – insistiu ela, mas sua voz soou estranha.

Então ele compreendeu.

Deu um passo na direção dela.

– Você o ama?

Grace ficou paralisada.

– Você o ama? – repetiu Thomas, impaciente. – Audley.

– Sei de quem está falando – retrucou ela.

Por pouco ele não soltou uma gargalhada.

– Imagino que saiba.

Então refletiu que estavam condenados. Os dois. Amelia estava fora de seu alcance e Grace tinha se apaixonado por ninguém menos que Audley. Nada poderia dar certo. Thomas estava ciente de que a própria posição teria lhe permitido se casar até com alguém da classe social de Grace, mas Audley, não. Assim que se tornasse duque, ele teria de escolher uma moça de feições fortes e linhagem tão nobre quanto a dele. Havia muitas pessoas desconfiadas e maledicentes. O novo duque precisaria de um excelente casamento para demonstrar que era digno do título.

Além do mais, Audley era um tolo irresponsável. Não merecia uma mulher como Grace.

– Há quanto tempo está aqui? – perguntou ele, tentando encontrar a resposta em meio às brumas de seu cérebro.

– Aqui, em Belgrave? Cinco anos.

– E durante todo esse tempo eu não...

Thomas balançou a cabeça.

– Por que será? – questionou ele.

– Thomas, o que está dizendo? – perguntou, cautelosa.

– Não faço a mínima ideia – respondeu ele e riu com amargura. – O que vai ser de nós, Grace? Estamos condenados, como sabe. Os dois.

– Não sei do que está falando.

Ele não podia acreditar que Grace tinha a coragem de fingir não compreender o que ele dissera com toda a clareza.

– Ora, Grace, você é inteligente demais para isso.

Ela olhou para a porta.

– Preciso ir.

Porém ele bloqueava sua passagem.

– Thomas, eu...

Então ele pensou: "Por que não?" Amelia estava perdida para sempre e Grace – a boa, equilibrada e confiável Grace – se encontrava bem ali. Era bonita, ele sempre achara, e não era das piores escolhas. Mesmo para um homem sem um centavo.

Tomou o rosto dela em suas mãos e a beijou. Foi um beijo de desespero, nascido da dor, não do desejo, e ele continuou a beijá-la porque esperava que talvez aquilo se transformasse em algo diferente, que talvez, se ele se esforçasse bastante, por tempo suficiente, uma faísca se acenderia entre os dois e ele esqueceria...

– Pare! – ordenou ela e o empurrou para se afastar. – Por que está fazendo isso?

– Não sei – respondeu ele, dando de ombros. – Estou aqui, você está aqui...

– Estou de saída.

Uma das mãos de Thomas permanecia no braço de Grace. Precisava soltá-la. Sabia que era o que deveria fazer, mas não conseguia. Talvez ela não fosse a mulher certa, mas talvez... talvez ela também não fosse de todo errada. Talvez os dois devessem tentar.

– Ah, Grace, não sou mais o duque. Nós dois sabemos disso.

Ele fez uma pausa, deu de ombros e a soltou. Parecia, por fim, se render ao inevitável.

Ela o fitou com curiosidade.

– Thomas?

Então – quem haveria de saber como surgiu aquela ideia? – ele disse:

– Por que não se casa comigo quando tudo isso tiver acabado?

– O quê?

O olhar de Grace foi tomado pelo horror.

– Ah, Thomas, você está louco.

Contudo ela não se afastou.

– O que acha, Grace?

Thomas levantou seu queixo, obrigando-a a fitá-lo. A jovem não disse sim nem não. Thomas sabia que ela estava pensando em Audley, mas não se importou. Grace parecia ser sua última esperança, a tentativa final de preservar sua sanidade.

Ele se inclinou para beijá-la de novo, parando para lembrar a si mesmo de sua beleza. Aquele cabelo cheio e escuro, os olhos azuis deslumbrantes – tudo aquilo devia fazer seu pulso acelerar. Se ele a apertasse junto a si com vigor, se a buscasse com avidez, o corpo dele responderia manifestando desejo?

Porém ele não fez isso. Não queria. Parecia errado. Sentiu-se sujo por pensar naquilo. E, quando Grace virou a cabeça para o lado e sussurrou que não podia fazer aquilo, ele não insistiu. Em vez disso, pousou o queixo sobre sua cabeça, abraçando-a como faria com uma irmã.

– Eu sei – murmurou, sentindo uma pontada no coração.

– Vossa Graça?

Sentado à sua escrivaninha na manhã seguinte, Thomas ergueu os olhos e imaginou por quanto tempo ainda receberia aquele tratamento. O mordomo se encontrava na entrada, à espera de que o duque notasse sua presença.

– Lorde Crowland está aqui para vê-lo – disse Penrith. – Com lady Amelia.

– A esta hora?

Ele piscou enquanto procurava pelo relógio, que parecia ter desaparecido.

– São nove e meia, senhor – informou Penrith. – E o relógio foi retirado para conserto.

Thomas levou a mão à ponte do nariz, a região que parecia ter concentrado os efeitos desagradáveis do consumo da garrafa de conhaque na noite anterior.

– Por um momento, pensei que estivesse ficando maluco – murmurou.

Na verdade, o desaparecimento do relógio seria o menor dos sintomas.

– Encontram-se no salão rosa, senhor – informou o mordomo.

Onde ele havia se jogado sobre Grace poucas horas antes. Perfeito.

Thomas esperou que Penrith saísse, então fechou os olhos, arrasado. Deus, ele beijara Grace. Agarrara e beijara a pobre moça. Que diabo vinha pensando?

No entanto... não conseguia sentir arrependimento. Parecera uma ideia sensata na hora. Se não podia ficar com Amelia...

Amelia.

O nome dela o fez cair em si. Amelia estava ali. Não podia deixar que esperasse. Levantou-se.

Ela estava na companhia do pai, o que nunca era um bom sinal. Thomas mantinha boas relações com lorde Crowland, mas não podia imaginar um motivo para que o sujeito fizesse uma visita ainda tão cedo. Não conseguia sequer se lembrar da última visita do conde.

Céus, esperava que ele não tivesse trazido os cães. Sua cabeça doía demais para que ele lidasse com aquilo.

Não estava muito distante do salão rosa. Ao entrar no aposento, viu Amelia num sofá com ar de quem gostaria de estar em outro lugar. Ela lhe deu um sorriso que mais pareceu uma careta. Thomas se perguntou se a noiva estaria se sentindo mal.

167

– Lady Amelia – disse ele, embora devesse ter cumprimentado primeiro o pai da jovem.

Ela se levantou e fez uma pequena reverência.

– Vossa Graça.

– Há algo de errado? – perguntou ele.

Sentiu a cabeça se inclinar ligeiramente ao fitar os olhos dela. Estavam verdes de novo, com pontinhos castanhos nas bordas. Mas ela não parecia bem. Quando passara a conhecê-la a ponto de notar tais sutilezas em sua aparência?

– Estou muito bem, Vossa Graça.

Entretanto ele não gostou do tom de voz, tão manso e apropriado. Queria de volta a outra Amelia, aquela que se debruçara sobre velhos atlas empoeirados junto com ele, com os olhos iluminados de alegria por suas novas descobertas. Aquela que rira com Harry Gladdish – que rira dele!

Engraçado. Nunca tinha pensado que valorizaria tanto numa esposa a disposição para rir dele, mas era verdade. Não queria ser colocado num pedestal. Não por ela.

– Tem certeza? – perguntou ele, porque ficava cada vez mais preocupado. – Está pálida.

– Graças ao uso adequado do chapéu – disse ela. – Talvez pudesse relatar à sua avó.

Os dois trocaram um sorriso e, naquele momento, Thomas se dirigiu ao pai dela.

– Lorde Crowland, perdoe minha desatenção. Como posso ajudá-lo?

Lorde Crowland não se deu o trabalho de responder com gentilezas, nem mesmo com um cumprimento.

– Perdi minha paciência com o senhor, Wyndham – rosnou.

Thomas olhou para Amelia em busca de uma explicação. Mas ela não o encarava.

– Temo não compreender o que quer dizer – falou Thomas.

– Amelia me contou que o senhor está de partida para a Irlanda.

Amelia sabia que ele ia para a Irlanda? Thomas piscou, surpreso. Aquilo era novidade.

– Ouvi sua conversa com Grace – disse ela, engolindo em seco. – Não tinha a intenção. Sinto muito. Não deveria ter dito nada. Não achei que ele ficaria tão furioso.

– Já esperamos demais – explodiu Crowland. – Mantém minha filha presa durante anos e, agora, quando pensamos que está prestes a se dignar a marcar uma data, ouço que o senhor está fugindo do país!

– Planejo voltar.

O rosto de Crowland ficou um tanto arroxeado. Talvez a ironia não fosse a melhor opção.

– Quais são, senhor, suas intenções? – disparou o conde.

Thomas respirou fundo para manter a calma.

– Minhas intenções – repetiu ele.

Até que ponto seria preciso resistir antes de poder dizer que não aguentava mais? Que estava cansado de ser educado, de tentar fazer o que era certo? Pensou nos acontecimentos dos últimos dias. No final das contas, concluiu que reagira bastante bem. Não tinha matado ninguém – e só Deus sabia quanto ficara tentado.

– Minhas intenções – voltou a repetir Thomas.

Ele cerrou um dos punhos ao lado do corpo, o único indício exterior de sua aflição.

– Em relação à minha filha.

Aquilo era mesmo a gota d'água. Thomas lançou um olhar gélido para lorde Crowland.

– Não creio que eu tenha outras intenções que sejam da sua alçada.

Amelia soltou uma exclamação que deveria ter feito Thomas sentir remorso. Mas não sentiu. Ao longo da última semana, ele vinha sendo humilhado, reprimido, provocado, aguilhoado – estava prestes a estourar. Bastava mais uma pequena ofensa e ele...

– Lady Amelia! – exclamou alguém nada bem-vindo. – Não sabia que a senhorita nos brindava com sua encantadora presença.

Audley. Claro que ele estaria ali. Thomas começou a rir.

Crowland o encarou com algo próximo da repugnância. Encarou Thomas, não Audley, que acabara de chegar de uma cavalgada, com o cabelo desgrenhado pelo vento, atraente e tratante.

Ou, pelo menos, era o que Thomas presumia. Era difícil saber o que as damas viam naquele homem.

– Hum... pai, posso apresentar-lhe o Sr. Audley? – apressou-se em dizer Amelia. – Ele é hóspede em Belgrave. Eu o conheci no outro dia, quando fiz uma visita a Grace.

– Onde está Grace? – perguntou-se Thomas em voz alta.

Todos estavam presentes. Parecia quase injusto deixá-la de fora.

– No saguão – informou Audley, encarando-o com curiosidade. – Na verdade, eu estava me dirigindo...

– Com certeza estava – interrompeu Thomas.

Dirigiu-se, então, para lorde Crowland.

– Muito bem. O senhor desejava saber das minhas intenções.

– Talvez não seja o melhor momento – argumentou lady Amelia, nervosa.

Thomas sentiu uma intensa punhalada de remorso. Ela acreditava estar protelando algum tipo de rejeição, quando a verdade era bem pior.

– Não – disse ele, pronunciando a palavra como se realmente pensasse naquela possibilidade. – Mas talvez seja a única oportunidade.

Por que vinha guardando segredo? O que teria a ganhar? Por que não deixar às claras toda aquela maldita história?

Grace apareceu.

– Vossa Graça desejava me ver?

Thomas ergueu as sobrancelhas, surpreso, e olhou em volta.

– Falei tão alto assim?

– O lacaio o ouviu.

Ela interrompeu a frase e fez um sinal indicando o saguão, onde o criado bisbilhoteiro possivelmente ainda esperava.

– Entre, Srta. Eversleigh – convidou o duque, fazendo um gesto de boas-vindas com o braço. – Talvez queira tomar um assento para assistir a este espetáculo.

Grace franziu a testa com ar de preocupação, mas entrou no aposento e tomou um lugar perto da janela. Longe dos outros.

– Exijo saber o que está se passando – decretou lorde Crowland.

– Claro – disse Thomas. – Como estou sendo rude. Onde estão meus modos? Tivemos uma semana bastante palpitante em Belgrave. Muito além dos maiores desvarios de minha imaginação.

– O que quer dizer? – indagou de modo seco lorde Crowland.

Thomas lançou um olhar inexpressivo para o homem.

– Ah, sim. Provavelmente seria bom que soubesse que este homem bem aqui – falou Thomas e apontou Jack – é meu primo. E talvez seja o duque.

Sustentou o olhar de Crowland e deu de ombros.

– Não temos certeza – concluiu.

CAPÍTULO CATORZE

*A*i, meu Deus do céu.

Amelia fitou Thomas, depois o Sr. Audley, retornou a Thomas e aí...

Todos a encaravam. Por que todos a encaravam? Ela dissera algo? Dissera "Ai, meu Deus do céu" em voz alta?

– A viagem para a Irlanda... – dizia seu pai.

– Será para determinar se ele é filho legítimo – assegurou Thomas. – Vai ser um grupo e tanto. Até minha avó se juntará a nós.

Amelia olhou para ele horrorizada. Thomas não agia como de costume. Aquilo estava errado. Tudo estava errado.

Não podia estar acontecendo. Fechou os olhos. Com força.

Por favor, alguém diga que isto não está acontecendo.

Ouviu, então, a voz sombria do pai.

– Vamos acompanhá-los.

Amelia abriu os olhos num sobressalto.

– Pai?

– Fique fora disso, Amelia – ordenou ele, sem nem olhar na direção dela.

– Mas...

– Garanto que faremos nossas determinações com a maior rapidez possível – interrompeu Thomas. – E o informaremos imediatamente.

– O futuro de minha filha está em risco – respondeu Crowland, acalorado. – Estarei lá para examinar os documentos.

A voz de Thomas ficou gélida.

– Acha que queremos enganá-lo?

Amelia deu um passo na direção deles. Por que ninguém lhe dava atenção? Achavam que ela era invisível? Que não tinha nenhuma importância naquela terrível situação?

– Quero apenas garantir que os direitos da minha filha sejam respeitados.

– Pai, por favor.

Amelia colocou a mão no braço dele. Alguém precisava falar com ela. Alguém tinha que ouvi-la...

171

– Por favor, apenas um minuto.

– Já falei para ficar fora disso – vociferou o conde e puxou o braço.

Amelia não esperava por aquela rejeição. Acabou cambaleando para trás e colidindo com uma mesinha.

Thomas chegou a ela em um instante. Segurou seu braço e a ajudou a se levantar.

– Peça desculpas à sua filha – exigiu num tom mortal.

O conde pareceu atordoado.

– Que diabos está dizendo?

– *Peça desculpas a ela* – rugiu Thomas.

– Vossa Graça – chamou Amelia depressa. – Por favor, não julgue meu pai com excessiva severidade. São circunstâncias excepcionais.

– Ninguém sabe disso melhor do que eu.

Thomas não desviou o olhar do rosto de lorde Crowland.

– Peça desculpas a Amelia ou terei de expulsá-lo da propriedade.

Amelia prendeu a respiração. Todos prenderam, com exceção de Thomas, talvez, que parecia um antigo guerreiro exigindo o que lhe era devido.

– Sinto muito – disse o pai, um tanto confuso. – Amelia – prosseguiu, por fim, virando-se para ela –, você sabe, eu...

– Eu sei – interrompeu Amelia.

Aquilo bastava. Conhecia o pai, conhecia seus modos gentis.

– Quem é esse homem? – perguntou o pai, fazendo um gesto na direção do Sr. Audley.

Jack se voltou para Wyndham e ergueu uma sobrancelha, permitindo que o duque respondesse.

– É o filho de um dos irmãos mais velhos do meu pai.

– Charles? – perguntou Amelia com desânimo.

O homem com quem a mãe deveria ter se casado?

– John.

O que morrera num naufrágio. O favorito da viúva.

Lorde Crowland assentiu, pálido e abalado.

– Tem certeza?

Thomas deu de ombros.

– Pode examinar o retrato, se quiser.

– Mas o nome...

– Era Cavendish quando nasci – interrompeu o Sr. Audley. – Frequentei a escola como Cavendish-Audley. Pode verificar os registros, se quiser.

– Aqui? – perguntou Crowland.

– Em Enniskillen. Só vim para a Inglaterra depois de servir no exército.

O pai de Amelia assentiu. Sempre desejara entrar para as forças armadas, ela se lembrou. Não podia, claro. Tinha recebido o título de conde aos 17 anos, sendo o único descendente do sexo masculino na família. Não podia arriscar a vida antes que tivesse a chance de procriar. E acabara tendo cinco filhas. Amelia se perguntava se às vezes ele desejava ter apenas se juntado ao exército. No que dizia respeito ao condado, o resultado seria o mesmo.

– Estou convencido de que ele seja um parente consanguíneo – disse Thomas em voz baixa. – Resta determinar se ele também é um parente aos olhos da lei.

– É um desastre – resmungou o pai de Amelia.

Ele se dirigiu até a janela e ficou olhando para fora.

Todos os olhares o seguiram – o que mais havia para ser visto dentro daquele cômodo silencioso?

– Assinei o contrato de boa-fé – disse ele, ainda fitando os gramados. – Há vinte anos, eu assinei o contrato.

Amelia arregalou os olhos. Nunca ouvira o pai falando daquele modo. A voz estava tensa, controlada com dificuldade, como uma corda puxada com muita força, vibrando, prestes a arrebentar.

De modo abrupto, ele se virou.

– Compreende? – exclamou ele.

Foi difícil saber a quem se dirigia até que seus olhos pousaram no rosto de Thomas.

– Seu pai me procurou com os planos e eu concordei, acreditando que o senhor fosse o herdeiro do ducado. Ela se tornaria uma duquesa. Uma duquesa! Pensa que eu teria entregado minha filha num contrato se soubesse que seria para um simples... simples...

O rosto do pai ficou vermelho e terrivelmente assustador enquanto ele tentava entender quem era Thomas. Ou quem ele seria caso as alegações do Sr. Audley fossem confirmadas. Amelia se sentiu mal. Por si mesma. Por Thomas.

– Pode me chamar de Sr. Cavendish, se desejar – disse Thomas com uma voz assustadoramente calma. – Caso isso o ajude a se acostumar com a ideia.

173

Porém o pai de Amelia não havia terminado.

– Não vou permitir que minha filha seja lesada. Se não provar que é o duque de Wyndham diante da lei, pode considerar o noivado anulado para todos os fins.

Não!

Amelia quis gritar. Ele não podia acabar com o noivado. Não podia fazer aquilo com ela. Olhou para Thomas, frenética. Com certeza ele teria o que dizer. Tinha acontecido algo entre os dois. Já não eram estranhos. Ele gostava dela. Ele se importava com ela. Ele brigaria por ela.

Mas não.

Sentiu um peso no coração.

Aparentemente, ele nada faria. Pois, quando os pensamentos de Amelia ficaram organizados o bastante para que ela fitasse o rosto de Thomas, percebeu que ele assentia.

– Como preferir – disse Thomas.

– Como preferir – repetiu ela, incapaz de acreditar.

Porém ninguém a ouviu. Fora apenas um murmúrio. Um murmúrio horrorizado de uma mulher que ninguém parecia perceber.

Não olhavam para ela. Nenhum deles. Nem Grace.

O pai se virou e encarou o Sr. Audley com o dedo em riste.

– Se for o caso, se o senhor for o duque de Wyndham, então *o senhor* se casará com ela.

⌒

Amelia reviveria aquele momento em sua cabeça naquela noite e em todas as outras das semanas seguintes. O pai virando-se e apontando. Seus lábios formando as palavras. A voz dele. O espanto de todos.

O terror no rosto do Sr. Audley.

E, todas as vezes, ao rever a cena, ela dizia algo. Uma frase inteligente ou uma tirada cortante. Talvez algo irreverente ou cheio de fúria. Mas sempre se manifestava.

Na realidade, porém, ela nada disse. Nem uma palavra sequer. O pai tentou empurrá-la para um homem que ela não conhecia diante de pessoas que ela *conhecia.*

E ela não dissera nada.

174

Não soltou sequer uma exclamação de surpresa. Sentiu que o rosto congelava como se fosse uma gárgula capturada em seu tormento eterno. O queixo caiu, os lábios se transformaram em pedra numa máscara de horror e espanto.

Porém ela não emitiu um único som. O pai devia estar muito orgulhoso dela. Sem sinais de histeria feminina.

O Sr. Audley parecia ter sido afetado de forma semelhante, mas recobrou a compostura bem mais depressa, embora as primeiras palavras saídas de sua boca não passassem de:

– Ah.

E em seguida:

– *Não*.

Amelia achou que ia passar mal.

– Ah, vai – advertiu Crowland.

Amelia conhecia aquele tom de voz. Não era usado com frequência, mas ninguém tinha coragem de enfrentá-lo quando ele falava assim.

– Vai se casar com ela nem que eu tenha que levá-lo para o altar sob a mira do meu bacamarte.

– Pai! – exclamou lady Amelia, a voz falhando. – Não pode fazer isso.

Ele ignorou a filha. Deu outro passo, furioso, na direção do Sr. Audley.

– Minha filha está noiva do duque de Wyndham e vai se casar com o duque de Wyndham – exclamou.

– Não sou o duque de Wyndham – disse o Sr. Audley.

– Ainda não – replicou o pai. –Talvez nunca seja. Mas estarei presente quando a verdade for descoberta. E vou garantir que ela se case com o homem certo.

– É loucura! – exclamou o Sr. Audley.

Encontrava-se visivelmente alterado e Amelia quase soltou uma gargalhada ao vê-lo manifestar horror, algo que nunca fazia. Era notável ver um homem reduzido ao pânico diante da perspectiva de se casar com ela.

Amelia olhou para o próprio braço quase esperando enxergar pústulas. Ou talvez gafanhotos invadissem o cômodo.

– Eu nem a conheço – argumentou o Sr. Audley.

– Isso está longe de ser um problema – respondeu o conde.

– O senhor está *louco*! – exclamou o Sr. Audley. – Não vou me casar com ela.

Amelia cobriu a boca e o nariz com as mãos e respirou fundo. Sentia-se instável. Não queria chorar. Acima de tudo, não queria chorar.

– Perdão, senhorita – disse o Sr. Audley, dirigindo-se a ela. – Não é nada pessoal.

Amelia conseguiu fazer um sinal com a cabeça. Não foi nada gracioso, mas foi cortês. *Por que ninguém dizia nada?*, ela se perguntava. *Por que não pediam a opinião dela?*

E por que ela não parecia capaz de falar o que pensava? Era como se assistisse a tudo aquilo a distância. Não a ouviriam. Podia gritar, se esgoelar, e ninguém a ouviria.

Olhou para Thomas. Ele fitava um ponto à sua frente, imóvel como uma pedra.

Olhou para Grace. Com certeza Grace iria em seu auxílio. Era mulher. Sabia o que significava ter a vida virada de cabeça para baixo.

E então olhou de volta para o Sr. Audley, que ainda buscava qualquer argumento que o livrasse dela.

– Não fui eu quem fez esse acordo – disse ele. – Não assinei nenhum contrato.

– Ele também não assinou – respondeu o conde, apontando a cabeça na direção de Thomas. – Foi o pai dele quem assinou.

– Em nome *dele* – o Sr. Audley praticamente berrou.

O conde nem piscou.

– É aí que o senhor se engana. Não há nenhum nome especificado. Minha filha, Amelia Honoria Rose, deve se casar com o sétimo duque de Wyndham.

– Mesmo? – manifestou-se Thomas *por fim*.

– Não leu os documentos? – indagou o Sr. Audley, espantado.

– Não – disse Thomas. – Nunca vi necessidade.

– Pelo amor de Deus. Como fui parar com esse bando de idiotas? – praguejou o Sr. Audley.

Amelia não via motivo para contradizê-lo.

O Sr. Audley olhou direto para o pai da jovem.

– Senhor, não vou me casar com sua filha.

– *Ah, vai, sim.*

E foi aí que o coração de Amelia se partiu. Porque não foi o pai que pronunciou aquelas palavras.

Foi Thomas.

– O que disse? – perguntou o Sr. Audley.

Thomas atravessou o aposento e só parou quando estava bem perto do Sr. Audley.

– Esta mulher passou a vida inteira se preparando para ser a duquesa de Wyndham. Não permitirei que destrua a vida dela. Está me compreendendo?

Não. Era tudo o que conseguia pensar.

Não. Ela não queria ser a duquesa. Não se importava. Queria apenas Thomas. O homem que ela passara a vida inteira sem conhecer.

Até pouco tempo atrás.

Até se encontrar junto dela, olhando para algum mapa sem sentido, explicando por que a África era maior do que a Groenlândia.

Até dizer-lhe que gostava do seu jeito mandão.

Até fazer com que ela sentisse que *importava*. Que seus pensamentos e opiniões tinham algum valor.

Ele fazia com que ela se sentisse completa.

Mas lá estava ele, exigindo que se casasse com outro. E ela não sabia como acabar com aquilo. Porque, caso falasse, caso contasse a todos o que ela queria e ele a rejeitasse de novo...

Mas não fora a *ela* que Thomas dirigira sua pergunta. Fora ao Sr. Audley, que respondeu:

– Não.

Amelia respirou fundo e olhou para o teto, tentando fingir que os dois homens não discutiam sobre quem tinha de se casar com ela.

– Não. Não compreendo – prosseguiu o Sr. Audley, com um tom provocador e ultrajante. – Perdão.

Amelia voltou a acompanhar os dois. Era difícil desviar os olhos. Era como um acidente de carruagem. Só que era sua vida que estava sendo atropelada.

Thomas encarava o Sr. Audley como se estivesse prestes a cometer um assassinato. Então falou, num tom quase descontraído:

– Acredito que vou matá-lo.

– Thomas!

Ela soltou o grito antes mesmo de ter tempo de pensar, e cruzou o aposento num segundo, a tempo de agarrar o braço dele para contê-lo.

– Pode roubar minha vida – rosnou Thomas, puxando o braço como se

fosse um animal zangado e ferido. – Pode roubar até meu nome, mas não vai roubar o dela.

Então era isso. Ele acreditava estar fazendo o que era certo. Amelia quis chorar de frustração. Não haveria como convencê-lo do contrário. Thomas passara a vida inteira fazendo o que era certo. Sem pensar em si mesmo. Sempre em nome do legado do duque de Wyndham. E agora achava que aquilo era o certo a fazer por ela.

– Ela *tem* um nome – retrucou o Sr. Audley. – É Willoughby. E, pelo amor de Deus, ela é filha de um conde. Vai encontrar outra pessoa.

– Se for o duque de Wyndham – disse Thomas, com fúria –, vai honrar seus compromissos.

– Se eu for o duque de Wyndham, então não poderá me dizer o que fazer.

– Amelia – disse Thomas, com uma calma mortal. – Solte meu braço.

Amelia o segurou com mais força.

– Não acho que seja uma boa ideia.

O pai da jovem escolheu aquele momento para interferir – *finalmente*.

– Cavalheiros, por favor, é tudo hipotético a esta altura. Talvez devamos esperar até...

– De qualquer modo, eu não seria o sétimo duque – resmungou o Sr. Audley.

O pai de Amelia pareceu um tanto irritado com a interrupção.

– O quê?

– Eu não seria o sétimo duque – repetiu o Sr. Audley e olhou para Thomas. – Como eu poderia ser? Pois seu pai foi o sexto duque. Só que ele não era. Se eu for. Ele teria sido, se eu fosse?

– Do que diabos estão falando? – quis saber o conde.

– Seu pai morreu antes do próprio pai – falou Thomas ao Sr. Audley. – Se seus pais se casaram, *você* teria herdado o título depois da morte do quinto duque, eliminando meu pai... e eu... da sucessão.

– O que me torna o duque número seis.

– De fato – afirmou Thomas, contrariado.

– Então não sou obrigado a cumprir o contrato – declarou o Sr. Audley. – Nenhum tribunal do país exigiria isso de mim. Duvido que reconhecessem sua validade mesmo se eu fosse o sétimo duque – declarou Jack.

– Não é a um tribunal que você deve recorrer – disse Thomas, em voz baixa –, mas à corte da própria responsabilidade moral.

Amelia engoliu em seco. Aquilo era tão típico de Thomas, tão digno e verdadeiro. Como discutir com um homem daqueles? Sentiu que os lábios começavam a tremer. Olhou para a porta e tentou contar quantos passos seriam necessários para que ela saísse dali.

O Sr. Audley permanecia rígido e, ao falar, suas palavras também soavam rígidas.

– Não pedi nada disso.

Thomas apenas balançou a cabeça.

– Nem eu.

Amelia cambaleou, sufocando um grito de dor. Não, ele nunca pedira nada. Nunca pedira o título, nem as terras, nem as responsabilidades.

Nunca pedira *Amelia*.

Ela sabia disso, claro. Sempre soubera que não fora escolhida, mas nunca achara que doeria tanto ouvi-lo dizer aquelas palavras. Ela era apenas mais um dos fardos jogados sobre os ombros dele por conta de seu nascimento.

Com o privilégio vinham as responsabilidades. Quanta verdade havia nisso!

Amelia recuou lentamente, tentando se afastar o máximo possível do centro do salão. Não queria que ninguém a visse. Não naquele estado, com os olhos que ameaçavam se encher de lágrimas e as mãos trêmulas.

Queria desaparecer, deixar aquele aposento e...

Então sentiu a mão de alguém segurar a sua.

Olhou para baixo, para as duas mãos unidas. Depois ergueu os olhos, mesmo sabendo que era Grace.

Amelia nada disse. Não confiava na própria voz. Não confiava sequer que seus lábios conseguissem pronunciar as palavras que ela queria dizer. Porém, quando encontrou o olhar de Grace, entendeu que ela compreendia o que se passava em seu coração.

Apertou firme a mão de Grace.

Nunca havia precisado tanto de uma amiga como naquele momento.

Grace apertou sua mão.

E, pela primeira vez naquela tarde, Amelia não se sentiu completamente sozinha.

CAPÍTULO QUINZE

Quatro dias depois, no mar

Aquela vinha sendo uma travessia excepcionalmente tranquila. Pelo menos foi o que o capitão garantiu a Thomas quando começou a escurecer. Thomas se sentia grato. Não tinha chegado a passar mal com as oscilações do mar da Irlanda, mas poderia. Um pouco mais de vento, uma correnteza mais forte ou qualquer coisa que contribuísse para sacudir o pequeno navio, e seu estômago teria protestado da maneira mais desagradável.

Thomas descobrira que era mais fácil permanecer no convés. Abaixo dele, o ar era denso e os aposentos, apertados. Nele, podia tentar apreciar o forte aroma do ar salgado, a sensação revigorante na sua pele. Conseguia respirar.

Viu Jack à frente, apoiado na madeira da amurada, contemplando o mar. Será que pensava que aquele era o local onde o pai morrera? Mais próximo do litoral da Irlanda, supôs Thomas, pois a mãe dele havia alcançado a costa.

Como deveria ser não conhecer o próprio pai? Thomas supunha que teria sido melhor não ter conhecido seu próprio pai mas, por tudo que ouvira até então, John Cavendish fora um sujeito bem mais simpático do que o irmão caçula.

Estaria Jack pensando em como sua vida teria sido se não fosse por uma tempestade? Teria sido criado em Belgrave, com certeza. A Irlanda não teria sido nada além da terra da mãe, o lugar onde ela fora criada. Talvez fizesse visitas ocasionais, mas não teria sido o seu lar.

Teria estudado em Eton, como todos os garotos Cavendishes, e depois seguido para Cambridge. Teria sido matriculado em Peterhouse, porque apenas as escolas mais tradicionais serviriam para a Casa de Wyndham. Seu nome seria acrescentado à longa lista de Cavendishes inscrita na parede da biblioteca que a família doara centenas de anos antes, nos tempos em que duques ainda eram condes e a igreja era católica.

Não importaria o que ele escolhesse estudar, nem mesmo se ele estudaria. Jack teria se formado independentemente de suas notas. Teria sido o herdeiro Wyndham. Thomas não conseguia imaginar nada que pudesse levá-lo a ser expulso, exceto talvez o completo analfabetismo.

Em seguida viria uma temporada em Londres, como acontecera com Thomas. Jack teria feito uma farra, pensou Thomas, com ironia. Possuía o tipo de sagacidade que o tornaria um jovem e solteiro herdeiro de um ducado ainda mais atraente para as damas. Com certeza, não receberia permissão para entrar no exército. Muito menos assaltaria carruagens na Lincoln Road.

Como uma tempestade podia fazer diferença!

Quanto a Thomas, ele não sabia onde teria ido parar. Mais ao norte, provavelmente, em alguma casa fornecida pelo pai de sua mãe. Teria seu pai entrado para o negócio da família? Administraria fábricas? Era difícil imaginar algo que Reginald Cavendish tivesse detestado mais.

O que poderia ter feito de sua vida se não fosse o filho único de um duque? Não conseguia imaginar essa liberdade. Desde suas primeiras lembranças, a vida já fora planejada para ele. Tomava dezenas de decisões todos os dias, mas as mais importantes – aquelas que se relacionavam à vida dele – já haviam sido tomadas por outros.

Supunha que tudo dera certo. Ele gostara de Eton e adorara Cambridge e, mesmo que tivesse sentido o desejo de defender seu país como Jack... ora, parecia que o exército de Sua Majestade tinha se saído muito bem sem ele. Mesmo Amelia...

Fechou os olhos por um instante e permitiu que o movimento do barco brincasse com seu senso de equilíbrio.

Mesmo Amelia teria sido uma escolha excelente. Sentiu-se um idiota por ter demorado tanto a conhecê-la.

Todas aquelas decisões que não pudera tomar... Perguntou a si mesmo se teria conseguido fazer coisa melhor.

Provavelmente, não.

Thomas avistou Grace e Amelia sentadas num banco na proa. Vinham dividindo uma cabine com a viúva e, como a dama havia se aboletado lá dentro, as duas preferiram ficar fora. Lorde Crowland tinha recebido a outra cabine. Thomas e Jack ficaram no porão, com a tripulação.

Amelia não parecia reparar que ele a observava, provavelmente porque seus olhos ficariam contra o sol caso ela mirasse na direção dele. Tinha tirado o chapéu e o segurava, enquanto as longas fitas esvoaçavam ao vento.

Ela sorria.

181

Ele vinha sentindo falta daquilo, percebeu. Não vira o sorriso dela na viagem até Liverpool. Supunha que Amelia não tinha muitos motivos para sorrir. Nenhum deles tinha. Até Jack, com tanto a ganhar, parecia ficar cada vez mais nervoso à medida que se aproximavam da Irlanda.

Thomas desconfiava de que o primo teria que enfrentar os próprios demônios quando chegasse à terra firme. Precisava existir um motivo para ele nunca ter voltado.

Olhou para o oeste. Fazia tempo que Liverpool desaparecera do horizonte e agora o que restava para ver era apenas água, ondulante, um caleidoscópio de tons de azul, verde e cinza. Estranho como uma vida inteira admirando mapas não preparava um homem para a vastidão infinita do mar.

Tanta água. Era difícil de assimilar.

Aquela era a viagem marítima mais longa que ele já fizera. Que estranho: nunca visitara o continente. As grandes viagens pela Europa, realizadas pela geração de seu pai, foram interrompidas pela guerra e, portanto, os retoques finais em sua educação aconteceram em solo britânico. Entrar para o exército estava fora de questão. Herdeiros de ducados não tinham permissão para arriscar suas vidas no estrangeiro, por mais patrióticos ou corajosos que fossem.

Outro ponto que teria sido diferente, caso o navio não tivesse afundado: ele teria partido para combater Napoleão. Jack teria sido mantido em casa.

O mundo de Thomas era medido pela distância que o separava de Belgrave. Ele não viajava para muito longe do seu centro. De repente, aquilo lhe pareceu muito limitado. E muito limitador.

Quando se virou de novo, notou que Amelia estava sentada sozinha, cobrindo os olhos com a mão. Thomas olhou em volta e não viu sinal de Grace. Não havia ninguém por perto além de Amelia e de um garoto que dava nós nas cordas na proa.

Não voltara a conversar com ela desde aquela tarde em Belgrave. Não, não era verdade. Tinha quase certeza de que tinham trocado alguns "com licença" e talvez um "bom dia" ou dois.

Porém ele a vira. Ele a observava de longe. De perto também, quando ela não estava olhando.

O que o surpreendia – o que ele não esperava – era quanto doía simplesmente olhar para ela. Vê-la tão infeliz. Saber que ele era a causa de pelo menos parte daquela infelicidade.

O que mais poderia ter feito? Dado um passo à frente e se manifestado? *Hum... na verdade acho que gostaria de me casar com ela afinal de contas, agora que meu futuro ficou completamente duvidoso.* Claro, teria sido recebido com uma salva de palmas.

Precisava fazer o que era o melhor. O que era certo.

Amelia compreenderia. Era inteligente. Ele não passara a semana anterior descobrindo que ela era bem mais perspicaz do que imaginara? Também tinha senso prático. Era capaz de resolver seus assuntos.

Ele gostava disso.

Com certeza, ela perceberia que o melhor seria que se casasse com o duque de Wyndham, quem quer que ele fosse. Era o que sempre estivera nos planos. Para ela *e* para o ducado.

Além disso, Amelia não morria de amores por ele.

Alguém deu um grito – o capitão, na certa – e o garoto largou os nós e desapareceu, deixando os dois sozinhos no convés. Thomas esperou um momento, dando a Amelia uma oportunidade de escapulir, caso não desejasse ficar presa numa conversa com ele. Mas ela não se mexeu. Por isso ele se aproximou, oferecendo um meneio respeitoso ao chegar a seu lado.

– Lady Amelia.

Ela ergueu os olhos e os baixou.

– Vossa Graça.

– Posso acompanhá-la?

– Claro.

Ela se deslocou para o lado o máximo que pôde sem cair do banco.

– Grace precisou descer.

– A viúva?

Amelia assentiu.

– Queria que Grace a abanasse.

Thomas não conseguia imaginar como o ar denso e pesado do porão pudesse ficar mais leve com a ajuda de um leque. Mas ele também duvidava que a avó se importasse com isso. O mais provável era que estivesse procurando alguém com quem se queixar. Ou alguém de quem se queixar.

– Eu deveria tê-la acompanhado – disse Amelia, sem muito arrependimento. – Teria sido a escolha mais gentil a fazer, mas...

Ela suspirou e balançou a cabeça.

– Estava além das minhas forças.

183

Thomas se manteve em silêncio por um momento, para o caso de ela querer acrescentar algumas palavras. Como Amelia se absteve, não houve mais pretexto para o silêncio dele.

– Vim pedir desculpas – disse ele.

As palavras saíram da sua boca com dificuldade. Não estava acostumado a se desculpar. Não estava acostumado a se comportar de modo que exigisse pedidos de desculpas.

Ela se virou e o encarou de modo desconcertante.

– Desculpar-se pelo quê?

Que pergunta! Ele não havia esperado que ela o obrigasse a explicar tudo.

– Pelo que aconteceu em Belgrave – respondeu ele.

Esperava não ter que entrar em detalhes. Algumas recordações não deveriam ser guardadas com toda a nitidez.

– Não tive intenção de afligi-la.

O olhar de Amelia percorreu toda a extensão do navio. Thomas percebeu que ela engoliu em seco e que havia algo de melancólico em seus modos. Algo reflexivo, sem ser exatamente tristonho.

Parecia resignada demais para estar tristonha. E ele *detestava* ter alguma responsabilidade por aqueles sentimentos.

– Sinto... muito – disse ele, as palavras saindo devagar. – Acho que talvez tenha se sentido indesejada. Não foi minha intenção. Eu jamais desejaria que se sentisse assim.

Ela continuou com o olhar perdido, de perfil. Ele viu os lábios dela tensos. Havia algo de hipnotizante no modo como ela piscava. Nunca imaginara que pudesse haver tantos detalhes nos cílios de uma mulher, mas os dela eram...

Adoráveis.

Ela era adorável. De todas as formas. Era uma palavra perfeita para descrevê-la. Parecia pálida e inexpressiva a princípio, mas, quando observada com mais atenção, se tornava cada vez mais complexa.

Ser *linda* era algo intimidante, atordoante... e solitário. *Adorável* não era assim. Adorável era caloroso e acolhedor. Tinha um brilho suave e penetrava sorrateiramente no coração da pessoa.

Amelia era adorável.

– Está ficando escuro – disse ela, mudando de assunto.

Thomas percebeu que era sua forma de aceitar o pedido de desculpa. E ele deveria respeitar aquilo. Deveria fechar a boca e não dizer mais nada, porque era o que ela desejava, sem dúvida.

Porém não conseguiu. Ele, que nunca tinha encontrado motivos para justificar seus atos a ninguém, estava tomado pela necessidade de *falar*, de explicar a ela todas as palavras. Precisava ter certeza, até o fundo da alma, de que ela compreendia. Não queria desistir dela. Não dissera que ela deveria se casar com Jack Audley porque queria. Tinha feito aquilo porque...

– Deve ficar com o duque de Wyndham – disse ele. – Da mesma forma como deveria ficar comigo quando eu *acreditava* ser o duque de Wyndham.

– Ainda é – sussurrou ela, continuando a fitar um ponto à sua frente.

– Não.

Ele quase sorriu. Não sabia por quê.

– Nós dois sabemos que não é verdade – ressaltou ele.

– Não sei de nada disso.

Amelia finalmente virou-se para encará-lo. Os olhos dela pareciam ferozes, protetores.

– Planeja desistir de sua herança com base numa pintura? Seria possível encontrar cinco homens nos pardieiros de Londres capazes de passar por alguém retratado numa das pinturas de Belgrave. É uma semelhança física. Nada mais.

– Jack Audley é meu primo – disse ele.

Não tinha pronunciado muitas vezes aquelas palavras. Sentiu uma estranha sensação de alívio.

– Tudo o que resta é estabelecer se ele é fruto de uma ligação legítima.

– Ainda é um obstáculo e tanto.

– Um obstáculo que poderá ser vencido com facilidade, acredito. Registros paroquiais... testemunhas... Não faltarão provas.

Foi a vez dele de olhar para a frente, fitando o mesmo ponto vago no horizonte. Percebeu por que ela estava tão fascinada. O sol havia baixado o suficiente para que se pudesse olhar para ele sem franzir a vista. O céu apresentava as nuances mais espetaculares de rosa e laranja.

Ele poderia olhar aquilo para sempre. Parte dele queria fazer isso.

– Não achei que fosse o tipo de homem que desiste com tanta facilidade – disse ela.

185

– Ah, não estou desistindo. Estou aqui, não estou? Mas devo me planejar. Meu futuro não é o que eu tinha imaginado.

Com o canto do olho, ele viu que ela começava a protestar, por isso acrescentou com um sorriso:

– Provavelmente.

O queixo dela ficou tenso, então relaxou. Alguns momentos depois, ela falou:

– Gosto do mar.

Ele também gostava, constatou Thomas com surpresa, mesmo com o estômago meio virado.

– Não se sente mal? – perguntou Thomas.

– De modo nenhum. E você?

– Um pouco – admitiu ele.

Isso a fez sorrir. Ele a fitou nos olhos.

– Gosta quando me encontra indisposto, não é?

Ela contraiu os lábios de leve, constrangida.

Ele adorou.

– É verdade – confessou ela. – Bem, não exatamente indisposto.

– Fraco e indefeso? – sugeriu ele.

– Sim! – respondeu ela com tanto entusiasmo que o rubor a cobriu no mesmo instante.

Ele também adorou aquilo. Ela ficava bem com as bochechas rosadas.

– Nunca cheguei a *conhecê-lo* enquanto estava cheio de si e no comando de tudo – acrescentou ela depressa.

Teria sido tão fácil fingir confusão, dizer que tinham se conhecido a vida inteira. Mas obviamente não era verdade. Sabiam como se chamavam e o destino que os esperava, nada mais do que isso. E Thomas começava a perceber que não era grande coisa.

Não era o bastante.

– Sou mais acessível quando fico bêbado? – tentou brincar ele.

– Ou mareado – ressaltou ela de um jeito bondoso.

Thomas riu.

– Tenho sorte, porque o tempo está muito bom. Ouvi dizer que, em geral, o mar se mostra bem menos tranquilo. O capitão contou que a travessia de Liverpool até Dublin costuma ser mais difícil do que toda a viagem das Índias Ocidentais até a Inglaterra.

Os olhos de Amelia se iluminaram, com interesse.

– Não pode ser verdade.

Thomas deu de ombros.

– Estou apenas repetindo o que ele me disse.

Amelia pensou por um momento.

– Sabe que nunca estive tão longe de casa?

Ele se aproximou.

– Nem eu.

– Verdade?

O rosto dela demonstrava surpresa.

– Para onde eu poderia ter ido?

Ele a observou enquanto pensava no assunto, achando graça. Uma série de expressões passou pelo rosto de Amelia até que, por fim, ela disse:

– Você gosta tanto de geografia. Pensei que viajasse.

– Teria gostado de viajar.

Thomas observou o crepúsculo. Estava se esvaindo depressa demais para seu gosto.

– Tenho responsabilidades demais em casa, suponho – falou ele.

– Vai viajar se...

Ela interrompeu a frase e ele nem precisou olhá-la para decifrar a expressão que tomara seu rosto.

– Se eu não for o duque? – concluiu ele.

Ela assentiu.

– Espero que sim – disse ele e remexeu um pouco os ombros. – Não sei bem para onde eu iria.

De repente Amelia se voltou para ele:

– Sempre quis conhecer Amsterdã.

– Verdade?

Ele pareceu surpreso. Talvez até intrigado.

– Por quê?

– Acho que é por causa de todas aquelas lindas pinturas holandesas. E os canais.

– A maioria das pessoas viaja para Veneza para ver canais.

Amelia sabia, claro. Talvez fosse por isso mesmo que nunca tivesse desejado ir lá.

– Quero ver Amsterdã.

– Espero que veja – desejou ele.

Ficou em silêncio apenas pelo tempo suficiente para que a pausa fosse perceptível. E depois acrescentou, com amabilidade:

– Todo mundo deveria poder realizar pelo menos um de seus sonhos.

Amelia o encarou. Ele a olhava com a mais gentil das expressões. Quase partiu seu coração. O que havia sobrado dele, pelo menos. Por isso, ela desviou o olhar. Era difícil demais.

– Grace desceu.

– Sim, você disse.

– Ah.

Aquilo era embaraçoso.

– Ora, claro. O leque.

Ele não respondeu. Por isso ela acrescentou:

– Havia também uma referência à sopa.

– Sopa? – repetiu ele, meneando a cabeça.

– Não consegui decifrar a mensagem – admitiu Amelia.

Ele deu um sorriso um tanto irônico.

– Aí está uma responsabilidade que não vou lamentar por abrir mão.

Amelia deu um risinho.

– Sinto muito – disse ela, depressa, tentando se controlar. – Foi grosseiro da minha parte.

– De modo nenhum – tranquilizou-a.

Seu rosto se aproximou com ar conspirador.

– Acha que Audley terá coragem de mandá-la embora?

– Você não teve.

Ele levantou as mãos.

– Ela é minha avó.

– Também é a avó dele.

– Sim, mas ele não a conhece, o sortudo.

Thomas se inclinou para junto de Amelia.

– Sugeri as Hébridas Exteriores.

– Pare com isso.

– Sugeri mesmo – insistiu ele. – Contei a Audley que pensava em comprar uma propriedade por lá, para deixá-la isolada.

Dessa vez ela riu.

– Não deveríamos falar dela desse jeito.

– Por que todo mundo que conheço fala de velhinhas rabugentas como se, na verdade, tivessem coração de ouro? – questionou ele.

Ela o encarou achando graça.

– Minha avó não é assim – disse ele, quase como se não conseguisse acreditar naquela injustiça.

Amelia tentou não sorrir.

– Não – concordou Amelia e depois abriu um sorriso brincalhão. – Ela não é.

Quando seus olhos se encontraram, os dois entenderam quanto achavam graça daquilo e caíram na gargalhada.

– Ela é horrível – disse Thomas.

– Ela não gosta de mim – disse, por sua vez, Amelia.

– Ela não gosta de ninguém.

– Acho que gosta de Grace.

– Não, ela apenas desgosta de Grace menos do que desgosta das outras pessoas. Nem gosta do Sr. Audley, embora trabalhe de forma incansável para entregar o título a ele.

– Ela não gosta do Sr. Audley?

– Ele a *detesta*.

Amelia balançou a cabeça e depois contemplou o sol, que já havia quase se posto por completo.

– Que confusão!

– Que sutileza a sua.

– Que nó? – sugeriu ela, sentindo-se muito náutica.

Ela ouviu uma pequena manifestação de humor dele. Em seguida, Thomas se levantou. Amelia ergueu os olhos. Ele bloqueava os últimos raios de sol. Na verdade, parecia dominar todo o seu campo de visão.

– Nós poderíamos ter sido amigos – disse Amelia, surpreendendo-se.

– Poderíamos?

– Seríamos – corrigiu ela.

E sorriu. Parecia assombroso. Como era possível que ela ainda conseguisse sorrir?

– Acho que seríamos amigos, se não fosse... se tudo isso... – tentou explicar a jovem.

– Se tudo fosse diferente?

– Sim. Não. Nem tudo. Apenas... algumas coisas.

Ela começou a se sentir mais leve. Mais feliz. E não tinha a mínima ideia do motivo.

– Talvez se tivéssemos nos conhecido em Londres.

– Se não estivéssemos noivos?

Ela assentiu.

– E se você não fosse um duque.

Ele ergueu as sobrancelhas.

– Duques são muito intimidadores – explicou Amelia. – Teria sido bem mais fácil se não fosse um duque.

– E se sua mãe não tivesse ficado noiva do meu tio – acrescentou ele.

– Se tivéssemos acabado de nos conhecer.

– Se não tivéssemos uma história.

– Nenhuma.

As sobrancelhas dele subiram de novo e ele sorriu.

– Se eu a tivesse notado na multidão?

– Não, não, nada assim.

Amelia balançou a cabeça. Ele não estava entendendo. Ela não estava falando de romance. Não suportaria sequer pensar no assunto. Mas amizade... isso era algo completamente diferente.

– Algo bem mais corriqueiro. Se um dia sentasse a meu lado num banco – sugeriu ela.

– Como este?

– Talvez numa praça?

– Ou num jardim – murmurou ele.

– Você se sentaria a meu lado...

– E pediria sua opinião sobre projeções de Mercator.

Ela riu.

– Eu diria que são úteis para a navegação, mas que têm distorções terríveis.

– Eu pensaria: "Que maravilha, uma mulher que não esconde sua inteligência!"

– E eu pensaria: "Que maravilha, um homem que não presume que não tenho nenhuma inteligência!"

Ele sorriu.

– Seríamos amigos.

– Sim – concordou Amelia.

Ela fechou os olhos. Por apenas um instante. Não o suficiente para se permitir sonhar.

– Sim, seríamos.

Ele ficou em silêncio por um momento, depois pegou a mão de Amelia e a beijou.

– Vai ser uma duquesa espetacular – disse ele, suave.

Amelia tentou sorrir, mas era difícil. Sentia um nó na garganta.

Então ele acrescentou baixinho – mas não tão baixinho que ela não ouvisse:

– Meu único arrependimento é que nunca tenha sido minha.

CAPÍTULO DEZESSEIS

No dia seguinte, estalagem Queen's Arms, Dublin

Thomas se inclinou para murmurar no ouvido de Amelia:

– Acha que há alguma embarcação que saia direto do porto de Dublin rumo às Hébridas Exteriores?

Ela pareceu engasgar e, em seguida, lhe lançou um olhar muito sério, que divertiu Thomas imensamente. Encontravam-se com os outros viajantes no salão da frente da estalagem Queen's Arms, onde o secretário de Thomas lhes providenciara quartos antes que seguissem para Butlersbridge, o vilarejo onde Jack Audley fora criado, no condado de Cavan.

Tinham alcançado o porto de Dublin no final da tarde, mas, até recolherem seus pertences e chegarem à cidade, a noite já havia caído. Thomas estava cansado e faminto e convencido de que Amelia, o conde, Grace e Jack também estavam.

A avó, no entanto, não queria saber de nada disso.

– Não está tarde demais! – insistiu ela, a voz estridente preenchendo todos os cantos do aposento.

Era o terceiro minuto consecutivo do acesso de fúria. Thomas desconfiava que toda a região já descobrira que ela desejava seguir para Butlersbridge naquela mesma noite.

– Senhora – disse Grace, com sua voz calma e reconfortante –, já passa das sete da noite. Estamos todos cansados e famintos. As estradas estão escuras e são desconhecidas.

– Não são desconhecidas para ele – retrucou a viúva, virando a cabeça para Jack.

– Estou cansado e faminto – disparou Jack, no mesmo instante. – E, graças à senhora, parei de viajar pelas estradas à noite.

Thomas conteve um sorriso. Iria acabar gostando daquele sujeito.

– Não deseja resolver logo este assunto, de uma vez por todas? – perguntou a viúva.

– Nem tanto assim – respondeu Jack. – Com certeza, não desejo isso tanto quanto uma fatia de torta de carneiro e uma caneca de cerveja.

– Apoiado, apoiado! – murmurou Thomas, mas apenas Amelia ouviu.

Era estranho, mas o humor de Thomas melhorava à medida que se aproximavam do seu destino. Imaginara que iria se sentir cada vez mais torturado. Afinal, estava prestes a perder tudo, até o próprio nome. Supunha que devesse estar torcendo pescoços àquela altura.

Em vez disso, sentia-se quase alegre.

Sim, alegre. Era uma maluquice! Tinha passado a manhã com Amelia no convés, trocando histórias e soltando gargalhadas ruidosas. Até seu estômago se esquecera de ficar mareado.

Thomas agradecia aos céus pela graça alcançada. Na noite anterior, a história tinha sido diferente. Por pouco ele não devolvera as três garfadas que dera na ceia.

Perguntou a si mesmo se sua inesperada boa disposição se devia ao fato de já ter aceitado que Jack era, por direito, o duque. Desde que deixara de repelir a ideia, passara a querer resolver logo toda aquela maldita encrenca. Na verdade, a espera era a parte mais difícil.

Tinha organizado os negócios do ducado, fizera tudo que era necessário para uma transição harmônica. Só faltava executá-la. Depois, ele poderia partir e levar a vida como ela teria sido se não estivesse ligado a Belgrave.

Em algum ponto durante suas considerações, ele percebeu que Jack estava de partida, talvez em busca da tal fatia de torta de carneiro.

– Acredito que ele esteja correto – murmurou Thomas. – A ceia parece infinitamente mais atraente do que uma noite nas estradas.

A viúva virou a cabeça para ele abruptamente, e lançou um olhar enfurecido.

– Não que eu esteja tentando adiar o inevitável – acrescentou Thomas. – Mesmo os duques prestes a perder o título sentem fome.

Lorde Crowland soltou uma gargalhada.

– Ele tem razão, Augusta – disse, jovial, e partiu para o bar.

– Farei minha ceia no quarto – anunciou a dama num tom de voz que soou como um rosnado. – Srta. Eversleigh, pode me acompanhar.

Grace suspirou, cansada, e começou a segui-la.

– Não – disse Thomas.

– Não? – repetiu a viúva.

Thomas se permitiu um sorrisinho zombeteiro. Tinha mesmo organizado todas as suas pendências.

– Grace vai jantar conosco. No salão – informou ele à avó.

– Ela é minha dama de companhia – protestou a viúva.

Ah, ele estava mesmo apreciando o rumo daquela conversa. Bem mais do que imaginara.

– Não é mais.

Ele abriu um sorriso cordial para Grace, que o fitava como se ele tivesse enlouquecido.

– Ainda não fui afastado de meu posto – disse ele. – Assim, tomei a liberdade de fazer alguns arranjos de última hora.

– Que diabos está dizendo? – rosnou a viúva.

Thomas a ignorou.

– Grace, está oficialmente dispensada de seus deveres para com minha avó. Ao voltar para casa, vai descobrir que pus um chalé em seu nome, junto com fundos suficientes para fornecer uma renda para o resto da sua vida.

– Está louco? – explodiu a viúva.

Grace só conseguia olhar para ele, estarrecida.

– Deveria ter feito isso há muito tempo – prosseguiu ele. – Fui egoísta demais. Não suportava a ideia de viver com ela – Thomas apontou a cabeça na direção da avó – sem contar com sua intermediação.

– Não sei o que dizer – sussurrou Grace.

Ele encolheu o ombro com modéstia.

– Em condições normais, eu aconselharia um "obrigada", mas, como sou eu quem está agradecido, basta um simples "És um príncipe entre os homens".

Grace conseguiu abrir um sorriso vacilante.

– És um príncipe entre os homens – sussurrou.

– É sempre bom ouvir. Agora, gostaria de se juntar a nós para a ceia?

Grace se virou para a viúva, que ficara vermelha de fúria.

– Sua prostitutazinha gananciosa. Acha que não sei o que você é? Acha que eu permitiria que voltasse à minha casa?

Thomas estava prestes a interferir, mas percebeu que Grace lidava com a situação com muito mais desenvoltura do que seria possível para ele.

O rosto dela permaneceu calmo e impassível enquanto ela se pronunciava:

– Estava prestes a dizer que ofereceria minha assistência à senhora pelo resto da viagem, pois nunca sonharia em deixar meu posto sem um aviso prévio e cortês. Acredito, porém, que reconsiderei minha oferta.

194

Grace, então, se voltou para Amelia mantendo as mãos junto ao corpo.

– Posso dividir o quarto com você esta noite?

– Claro – respondeu Amelia, de imediato, e deu o braço para Grace. – Vamos cear.

Foi uma saída em grande estilo, avaliou Thomas, mesmo sem ver o rosto da avó, pois ele já seguia as jovens. Mas ele bem que podia imaginá-la: vermelha e bufando. Um clima mais fresco faria bem a ela. De verdade. Ele precisava tratar do assunto com o novo duque.

– Foi magnífico! – exclamou Amelia assim que entraram no salão de jantar. – Minha nossa, Grace, deve estar tão empolgada!

Grace parecia atônita.

– Mal sei o que dizer.

– Não precisa dizer nada – atalhou Thomas. – Apenas aproveite o seu jantar.

– Ah, eu vou.

Grace se voltou para Amelia como quem estivesse prestes a cair na gargalhada.

– Desconfio que vá ser a melhor torta de carneiro que já provei na vida.

E aí ela caiu na gargalhada. Todos caíram. Os três cearam e riram, riram, riram.

E, enquanto Thomas adormecia com as costelas ainda doloridas de tanto rir, ocorreu a ele que não tinha lembrança de uma noite mais agradável do que aquela.

Amelia também se divertira muito durante a ceia. A tal ponto que a tensão da manhã seguinte foi como um golpe para ela. Acreditava ter acordado cedo. Grace ainda dormia profundamente quando ela saiu do quarto para tomar o desjejum. Contudo, ao alcançar a sala de refeições privativa da estalagem, o pai já se encontrava lá, assim como a viúva. Não havia como escapulir. Os dois logo a avistaram. Além disso, ela estava faminta.

Supôs que seria capaz de aguentar os sermões do pai (cada vez mais frequentes) e a peçonha da viúva (sempre frequente) caso pudesse desfrutar daquilo que se encontrava sobre o aparador e emanava um cheiro maravilhoso de ovos.

Porque deviam ser ovos mesmo.

Sorriu. Pelo menos ainda se divertia. E isso contava.

– Bom dia, Amelia – saudou o pai quando ela tomou seu lugar à mesa.

Ela respondeu com um educado aceno de cabeça.

– Pai – disse, depois olhou para a viúva. – Vossa Graça.

A viúva se limitou a franzir os lábios e emitir um som.

– Dormiu bem? – perguntou o pai.

– Muito bem, obrigada – respondeu.

Não era verdade. Dividira a cama com Grace e a jovem se mexia muito.

– Partiremos em meia hora – anunciou a viúva, ríspida.

Amelia tinha acabado de levar uma garfada de ovos à boca. Aproveitou o tempo necessário para mastigar para lançar os olhos em direção à entrada, que estava vazia.

– Não acho que os outros estarão prontos. Grace ainda está...

– Ela não tem a menor importância.

– Não podemos ir a lugar nenhum sem os dois duques – salientou lorde Crowland.

– Suponho que esteja achando graça – disparou a viúva.

Lorde Crowland deu de ombros.

– Como deveria me referir a eles?

Amelia sabia que deveria se sentir indignada. Considerando tudo, aquela era uma declaração muito imprópria. Mas o pai dela era tão espontâneo e a viúva parecia tão ofendida que Amelia decidiu que era bem melhor achar graça.

– Às vezes não sei por que me esforço tanto para permitir que entre para a família – disse a viúva para Amelia, com um olhar de ódio.

Amelia engoliu em seco. Desejou ter uma resposta na ponta da língua, porque achava que teria coragem suficiente para falar. Mas nada lhe ocorreu, pelo menos nada tão cortante e astucioso quanto ela gostaria. Por isso, manteve a boca fechada e fitou um ponto na parede, acima do ombro da viúva.

– Não há motivo para essas palavras, Augusta – disse lorde Crowland.

E, enquanto a dama idosa o fulminava com os olhos por ter a ousadia de chamá-la pelo nome (ele era uma das poucas pessoas que fazia isso, o que sempre a enfurecia), ele acrescentou:

– Um homem menos sereno poderia considerá-las um insulto.

196

Por sorte, a tensão do momento foi interrompida pela chegada de Thomas.

– Bom dia – disse ele, com tranquilidade, sentando-se à mesa.

Não pareceu perturbado por ninguém retribuir a saudação. Amelia supôs que o pai estava ocupado demais tentando colocar a viúva no devido lugar. Quanto à viúva... bem, ela raramente respondia à saudação de alguém, de modo que seu silêncio não pareceu anormal.

Amelia gostaria de ter respondido. Na verdade, era muito bom não se sentir mais intimidada na presença de Thomas. Porém, quando ele se sentou bem na sua frente, os olhares dos dois se encontraram e...

Ela não se sentiu intimidada. Só pareceu ter esquecido como respirar.

Os olhos dele eram mesmo *muito azuis*.

A não ser por aquele risco, claro. Ela amava aquele risco. Amava que ele achasse que era uma bobagem.

– Lady Amelia – murmurou Thomas.

Ela fez um sinal com a cabeça, conseguindo balbuciar "duque", porque "Vossa Graça" parecia ter sílabas demais.

– Estou de partida – anunciou a viúva, de repente, e arrastou a cadeira de forma furiosa ao se levantar.

Aguardou um momento, como se esperasse que alguém fizesse algum comentário sobre sua saída. Como ninguém disse nada (ela achava mesmo que alguém tentaria impedi-la, avaliou Amelia), a viúva acrescentou:

– Saímos em trinta minutos.

Depois voltou seu olhar furioso para a jovem.

– Vai viajar comigo na carruagem.

Amelia não compreendeu por que a viúva sentira necessidade de fazer tal declaração. Tinha atravessado a Inglaterra com ela, afinal. Por que seria diferente na Irlanda? No entanto, algo no seu tom de voz fez com que ela sentisse um aperto no estômago. Assim que a duquesa saiu, ela soltou um suspiro de exaustão.

– Acho que estou ficando mareada – disse ela, permitindo-se relaxar na cadeira.

O pai olhou para ela com impaciência, depois se levantou para reabastecer o prato. Mas Thomas sorriu. Foi um sorriso que se concentrava basicamente nos olhos. Mesmo assim, ela sentiu um companheirismo, um sentimento caloroso e bom que talvez bastasse para afastar a sensação de terror que começava a se formar em seu peito.

– Mareada em terra firme? – murmurou ele, ainda com o sorriso nos olhos.

– Meu estômago parece mal.

– Revirado?

– Dando cambalhotas – afirmou ela.

– Estranho – disse ele, com ironia.

Mordeu um pedaço de bacon e terminou de mastigá-lo antes de prosseguir.

– Minha avó é capaz de muitas coisas... não creio que a peste e a fome estejam fora de seu alcance. Mas deixar uma pessoa mareada...

Ele deu um risinho.

– Estou quase impressionado – concluiu.

Amelia suspirou. A comida agora lhe parecia apenas ligeiramente mais apetitosa que uma porção de minhocas. Ela afastou o prato.

– Sabe quanto tempo levaremos para chegar a Butlersbridge?

– Deve levar o dia inteiro, acho eu. Ainda mais se pararmos para o almoço.

Amelia olhou para a porta por onde a duquesa saíra.

– Ela não vai querer.

Thomas deu de ombros.

– Ela não vai ter escolha.

O pai de Amelia voltou à mesa naquele momento, com o prato cheio.

– Quando se tornar duquesa – disse ele, revirando os olhos ao sentar –, sua primeira ordem deve ser bani-la para outra casa.

Quando ela se tornasse duquesa. Amelia engoliu em seco, pouco à vontade. Era terrível que o pai fosse tão indiferente em relação a seu futuro. Não fazia diferença que ela se casasse com qualquer um dos dois homens, desde que fosse o verdadeiro duque.

Olhou para Thomas. Ele comia. Manteve os olhos nele. E esperou, esperou... até que ele percebeu sua atenção e encontrou seu olhar. Fez um pequeno movimento com os ombros, que ela foi incapaz de interpretar.

De algum modo, aquilo a fez sentir-se ainda pior.

O Sr. Audley foi o próximo a chegar para o desjejum, seguido por Grace, dez minutos depois. A jovem parecia ter se arrumado depressa. Estava corada e ofegante.

– A comida não a agradou? – perguntou Grace, olhando para o prato de Amelia, quase intocado.

Grace ocupou o lugar onde a viúva estivera.

198

– Não estou com fome – disse Amelia, embora seu estômago roncasse.

Acabara de descobrir a diferença entre fome e apetite. Sentia fome, mas não tinha o menor apetite.

Grace lhe lançou um olhar intrigado e depois comeu, ou pelo menos comeu tanto quanto conseguiu em três minutos, quando o estalajadeiro chegou com uma expressão de sofrimento.

– Hum... Vossa Graça – começou ele, torcendo as mãos. – Ela está na carruagem.

– Infernizando seus homens, não? – indagou Thomas.

O estalajadeiro fez um sinal afirmativo com a cabeça, com ar de infelicidade.

– Grace não acabou a refeição – ressaltou o Sr. Audley sem se abalar.

– Por favor, não nos demoremos por minha conta – insistiu Grace. – Estou satisfeita. Eu...

Ela tossiu como se estivesse muito constrangida e Amelia teve a estranha sensação de não ter compreendido uma anedota.

– Peguei comida demais – concluiu Grace, por fim, gesticulando para o prato, do qual comera menos da metade.

– Tem certeza? – perguntou Thomas.

Ela assentiu, mas Amelia reparou que a amiga ainda deu uma série de garfadas enquanto todos se levantavam.

Os homens foram na frente para ver os cavalos. Amelia esperou que Grace devorasse mais um pouco de comida.

– Com fome? – perguntou ela, quando as duas ficaram sozinhas.

– Faminta – confirmou Grace.

Limpou a boca com o guardanapo e seguiu Amelia.

– Eu não queria provocar a viúva.

Amelia se virou para a outra, as sobrancelhas erguidas.

– Não queria provocá-la ainda mais – esclareceu Grace.

As duas sabiam muito bem que a viúva sempre se comportava como se tivesse sido provocada por uma coisa ou outra. E, como previsto, quando elas se aproximaram da carruagem a viúva discutia por um motivo qualquer, aparentemente insatisfeita com a temperatura de um tijolo quente que tinha sido colocado sob seus pés, no interior do veículo.

Tijolo quente? Amelia quase caiu para trás. Não era um dia de calor, mas também não fazia frio. A cabine seria como um forno.

199

– Ela está eriçada hoje – murmurou Grace.

– Amelia! – rosnou a viúva.

Amelia agarrou a mão de Grace. Com força. Nunca tinha se sentido tão grata pela presença de outra pessoa. A ideia de passar mais um dia na carruagem com a viúva sem a intermediação de Grace...

Tinha certeza de que não sobreviveria.

– Lady Amelia – repetiu a viúva. – Não ouviu quando chamei seu nome?

– Sinto muito, Vossa Graça – disse Amelia, arrastando Grace enquanto avançava. – Não ouvi.

A duquesa franziu os olhos. Sabia que era mentira. Mas a dama tinha outras prioridades, pois virou a cabeça na direção de Grace, ríspida, e disse:

– *Ela* pode viajar junto do cocheiro.

Aquelas palavras foram ditas com todo o afeto que alguém poderia demonstrar a um verme.

Grace fez menção de se afastar, mas Amelia a puxou com força.

– Não – disse para a viúva.

– Não?

– Não. Quero que ela me faça companhia.

– Eu não quero.

Amelia pensou em todas as vezes que tinha sentido assombro diante dos modos reservados de Thomas, do jeito como ele conseguia fustigar os outros com um simples olhar. Respirou fundo, procurando absorver melhor aquelas lembranças, depois empregou na viúva o que aprendera.

– Ora, pelo amor de Deus! – disparou a dama, depois que Amelia a fitou por vários segundos. – Traga-a. Mas não espere que eu puxe conversa.

– Eu nem sonharia com tal coisa – murmurou Amelia.

Então subiu no veículo, seguida por Grace.

Infelizmente para Amelia, para Grace e para lorde Crowland, que decidiu embarcar na carruagem depois de uma parada para dar água aos cavalos, a viúva decidiu conversar.

A palavra *conversa*, no entanto, implicaria a participação de duas partes, o que, para Amelia, não acontecia. Houve muitas ordens e o dobro de queixas. Conversa, porém, estava em falta.

O pai de Amelia levou apenas trinta minutos para bater na parede da frente, fazendo com que a carruagem parasse para ele descer.

Traidor, pensou Amelia. Tinha planejado colocá-la na casa da viúva desde o dia em que Amelia nascera, mas não conseguia suportar mais de meia hora em sua companhia?

Ele fez uma tentativa patética de se desculpar na hora do almoço – não por tentar obrigá-la a se casar com alguém contra sua vontade, apenas por deixar a carruagem naquela manhã –, mas qualquer compaixão que ela pudesse sentir por ele desapareceu quando o pai começou um sermão sobre seu futuro e as decisões que ele tomaria a respeito.

Seu único alívio veio depois do almoço, quando a viúva e Grace cochilaram. Amelia ficou observando através da janela, vendo a Irlanda passar, ouvindo o som dos cascos dos cavalos. E, durante todo o tempo, não conseguiu deixar de pensar em como tudo acontecera. Era sensata demais para achar que estava sonhando, mas como era possível que a vida de alguém pudesse dar tamanha reviravolta da noite para o dia? Não parecia possível. Na semana anterior, ela era lady Amelia Willoughby, noiva do duque de Wyndham. E agora...

Céus, era quase cômico! Ela continuava a ser lady Amelia Willoughby, noiva do duque de Wyndham.

Só que nada era como antes.

Estava apaixonada. Possivelmente pelo homem errado. E ele? Será que a amava? Amelia não sabia. Gostava dela, disso tinha certeza. E a admirava. Mas amar?

Não. Homens como Thomas não se apaixonavam depressa. E, caso se apaixonassem – se *ele* se apaixonasse –, não seria por alguém como ela, alguém que ele conhecera a vida inteira. Se Thomas por acaso sucumbisse a uma paixão inesperada, ela seria dirigida a uma bela desconhecida. Ele a veria num salão lotado e seria tomado por um forte sentimento e a certeza de que teriam um destino em comum. Uma paixão.

Seria assim que Thomas se apaixonaria.

Se ele se apaixonasse.

Engoliu em seco, odiando o nó que sentia na garganta, odiando o cheiro no ar, odiando o modo como podia ver as partículas de poeira flutuando nos raios de sol do final da tarde.

Havia muito a odiar naquela tarde.

201

Diante dela, Grace começou a se agitar. Amelia observou o processo. Na verdade, foi até fascinante observar alguém acordando. Era a primeira vez que fazia aquilo, pensou.

Por fim, Grace abriu os olhos.

– Você adormeceu – disse Amelia em voz baixa, depois levou um dedo aos lábios e apontou a viúva com um gesto da cabeça.

Grace cobriu um bocejo.

– Quanto tempo acha que ainda temos pela frente? – perguntou.

– Não sei. Uma hora, talvez? Duas?

Amelia suspirou, se recostou no assento e fechou os olhos. Estava cansada. Todos estavam cansados, mas ela se sentia egoísta e preferia se concentrar na própria exaustão. Talvez pudesse cochilar. Por que algumas pessoas tinham tanta facilidade para dormir numa carruagem enquanto outras – como ela – não pareciam capazes de fazer isso fora de uma cama? Não era justo...

– O que vai fazer?

Era a voz de Grace. E, por mais que Amelia quisesse se fazer de desentendida, descobriu que não conseguiria. Não fazia diferença, na verdade, pois a resposta seria insatisfatória. Abriu os olhos. Parecia que Grace tinha se arrependido da pergunta.

– Não sei – respondeu Amelia.

Encostou-se no estofamento e voltou a fechar os olhos. Gostava de viajar de olhos fechados. Sentia melhor o ritmo das rodas. Era reconfortante na maioria das vezes. Porém não naquele dia. Não quando estava a caminho de um vilarejo até então desconhecido na Irlanda, onde seu destino seria resolvido pelas informações do registro de uma igreja.

Não quando passara o almoço ouvindo um sermão do pai que fizera com que ela se sentisse uma criança travessa.

Não naquele dia, quando...

– Sabe o que é mais engraçado? – perguntou Amelia, as palavras saindo antes que ela percebesse o que diria.

– Não.

– Fico pensando: "Não é justo. Eu deveria ter escolha. Não deveria ser negociada como uma mercadoria." Mas aí eu penso: "Por que seria diferente? Fui entregue para Wyndham há anos. Nunca me queixei."

Disse tudo isso na escuridão de seus olhos fechados. Podia parecer estranho, mas era mais fácil daquele jeito.

– Você não passava de um bebê – disse Grace.

– Tive muitos anos para me queixar.

– Amelia...

– Só posso culpar a mim mesma.

– Não é verdade.

Amelia por fim abriu os olhos. Pelo menos um deles.

– Está dizendo isso só por dizer.

– Não, não estou. Até poderia mesmo – admitiu Grace. – Mas, neste caso, estou falando a verdade. Não é culpa sua. Não é culpa de ninguém. Preferia que fosse. Seria bem mais fácil.

– Ter alguém para culpar?

– Sim.

– Não quero me casar com ele – sussurrou Amelia em seguida.

– Com Thomas?

Thomas? O que ela estava pensando?

– Não – disse Amelia. – Com o Sr. Audley.

Grace abriu a boca, surpresa.

– Verdade?

– Parece tão surpresa.

– Não, claro que não – apressou-se em dizer Grace. – É que ele é tão atraente.

Amelia deu de ombros.

– Imagino que sim. Não acha que ele é um pouco encantador *demais*?

– Não.

Amelia olhou para Grace com interesse renovado. Aquele *não* tinha sido um pouquinho mais defensivo do que o necessário.

– Grace Eversleigh, está gostando do Sr. Audley? – indagou ela, baixando a voz enquanto dava uma rápida olhada na viúva.

Ficou mais do que óbvio que era verdade, pois Grace gaguejou, tropeçou nas palavras e produziu um som parecido com o coaxar de uma rã.

Amelia achou imensa graça naquilo.

– Gosta, *sim*.

– Não quer dizer nada – balbuciou Grace.

– Claro que quer dizer – respondeu Amelia, com atrevimento. – E ele gosta de você? Não. Não responda. Dá para ver no seu rosto que ele gosta. Pois bem: com certeza não me casarei mais com ele.

203

– Não deve recusá-lo por minha conta – disse Grace.

– *O que* acabou de dizer?

– Não posso me casar com ele, se for o duque.

Amelia quis bater nela. Como podia *ousar* desistir do amor?

– Por que não?

– Se ele for o duque, precisará se casar com alguém adequado – explicou Grace e olhou para ela, incisiva. – Da *mesma* posição social.

– Ah, não seja boba. Você não veio de nenhum orfanato.

– Já haverá escândalos suficientes. Ele não deve piorar tudo com um casamento chamativo.

– Seria chamativo se ele se casasse com uma atriz. Você não vai servir de assunto para mais de uma semana de mexericos.

Esperou que Grace fizesse algum comentário, mas ela pareceu tão confusa e tão... tão... *triste*. Era difícil suportar. Amelia pensou em Grace apaixonada pelo Sr. Audley, e pensou em si mesma, sendo levada pelas marés das expectativas de outras pessoas.

Não queria que as coisas fossem assim.

Não queria *ser* assim.

– Não sei o que passa na cabeça do Sr. Audley nem sei de suas intenções, mas, se ele está preparado para arriscar tudo por amor, você também deveria arriscar.

Buscou a mão de Grace e a apertou.

– Seja uma mulher de coragem, Grace.

Amelia sorriu em seguida, tanto para Grace quanto para si mesma.

– Eu também serei – sussurrou.

204

CAPÍTULO DEZESSETE

A viagem para Butlersbridge vinha se desenrolando bem como Thomas previra. Ele, Jack e lorde Crowland seguiam a cavalo, a melhor forma de aproveitar a temperatura agradável. Havia pouquíssima conversa. Não conseguiam se manter lado a lado, a uma distância que permitisse o diálogo.

De vez em quando, um deles aumentava o ritmo ou ficava para trás. Um cavalo ultrapassava o outro. Breves saudações eram trocadas. Ocasionalmente, alguém fazia comentários sobre o tempo. Lorde Crowland parecia bastante interessado nas aves da região.

Thomas tentou apreciar a paisagem. Tudo era muito verdejante, bem mais do que em Lincolnshire. Ele se perguntou qual seria o índice pluviométrico anual. Chuvas mais intensas resultariam num aumento da produção agrícola? Ou esse fator seria suplantado pela...

Pare com isso, ordenou a si mesmo.

Agricultura, criação de animais... Tudo isso se tornara apenas um interesse acadêmico para ele. Não possuía terras, nem animais além de seu cavalo, e talvez nem mesmo o cavalo.

Não tinha nada.

Ninguém.

Amelia...

Lembrou-se de seu rosto de repente, uma recordação muito bem-vinda. Ela era muito mais do que ele esperava. Ele não a amava – não *podia* amá-la. Mesmo assim... sentia sua falta. O que era ridículo, já que ela se encontrava no interior da carruagem, uns vinte metros atrás deles. Tinham se encontrado no piquenique do almoço. E, mais cedo, haviam tomado juntos o desjejum.

Não havia motivos para sentir falta dela.

Só que ele sentia.

Sentia falta de seu riso, do jeito como soara durante uma ceia particularmente agradável. Sentia falta do brilho caloroso de seus olhos, do jeito como eles ficariam na primeira luz da manhã.

Se um dia ele a visse à luz do amanhecer – o que não aconteceria.

Porém ele sentia falta dela do mesmo jeito.

Olhou para trás, para a carruagem, quase surpreso por não ver labaredas saindo pelas janelas.

A avó bastante agitada naquela tarde. E *aquilo* era algo de que ele não sentiria falta depois de perder o título. A duquesa viúva de Wyndham tinha sido bem mais do que um peso nas suas costas. Ela era a própria Medusa, cujo único objetivo parecia ser tornar a vida dele a mais difícil possível.

Contudo a avó não seria o único fardo de que ele ficaria feliz por se livrar. A papelada infinita. Ele não sentiria falta daquilo. Nem da falta de liberdade. Todos achavam que ele podia fazer o que quisesse – todo aquele dinheiro e poder deveriam dar a um homem controle máximo sobre sua vida. Mas não era verdade, ele estava preso a Belgrave. Ou pelo menos, estivera.

Pensou em Amelia, nos sonhos dela com Amsterdã.

Raios! Ele poderia partir para Amsterdã no dia seguinte, se quisesse. Poderia sair direto de Dublin. Visitar Veneza. As Índias Ocidentais. Não havia nada para detê-lo...

– Está feliz?

– Eu?

Thomas encarou Jack um tanto surpreso e depois percebeu que vinha assobiando pelo caminho. Assobiando. Não conseguia se lembrar da última vez que fizera isso.

– Suponho que sim. É um dia bonito, não acha?

– Um dia bonito – repetiu Jack.

– Nenhum de nós está preso na carruagem com a bruxa velha – anunciou Crowland. – Devemos ficar felizes.

Depois ele acrescentou um "perdão", porque, afinal, a bruxa velha era avó dos outros dois viajantes.

– Não é preciso se desculpar por minha conta – disse Thomas, sentindo-se animado. – Concordo com seu parecer.

– Vou ter que morar com ela? – balbuciou Jack.

Thomas olhou para ele e deu um sorriso. Audley estaria percebendo apenas naquele momento a extensão de seus fardos?

– Hébridas Exteriores, homem, Hébridas Exteriores.

– Por que não fez isso? – quis saber Jack.

– Ah, acredite em mim, eu farei, caso ainda tenha algum poder sobre ela amanhã, o que é altamente improvável. E se não tiver...

Thomas deu de ombros.

– Vou precisar de algum tipo de trabalho, não é? Sempre quis viajar. Talvez possa ser seu batedor. Vou encontrar o lugar mais velho, mais frio da ilha. Vou me divertir tremendamente.

– Pelo amor de Deus – praguejou Jack. – Pare de falar assim.

Thomas o encarou com curiosidade, mas não fez qualquer comentário. Não era a primeira vez que ele conjeturava o que se passava na cabeça do primo. O rosto de Jack tinha uma expressão abatida, um olhar desolado.

Jack não queria voltar para casa. Não. Ele tinha *medo* de voltar.

Thomas sentiu uma leve emoção no peito. Compaixão por um homem a quem deveria desprezar, pensou ele. Mas não havia nada a dizer. Nada a perguntar. Assim, permaneceu calado durante o resto da viagem.

As horas se passaram, o ar esfriou com o cair da noite. Atravessaram vilarejos encantadores, cruzaram a cidade de Cavan, maior e mais movimentada, até que por fim chegaram a Butlersbridge.

Deveria parecer um lugar sinistro, pensou Thomas. As sombras deveriam estar alongadas e deformadas, com estranhos uivos de animais ecoando pela noite. Era ali que sua vida viraria de ponta-cabeça. Não era para o lugar parecer tão pitoresco.

Jack se encontrava um pouco à frente e havia diminuído bastante o ritmo. Thomas se aproximou e fez com que seu cavalo acompanhasse o do outro.

– É esta a estrada? – perguntou em voz baixa.

Jack assentiu.

– Logo depois da curva.

– Não estão esperando por você, não é?

– Não.

Jack fez o cavalo começar um trote, mas Thomas manteve o ritmo, deixando que o primo assumisse a dianteira. Havia coisas que um homem precisava fazer sozinho.

No mínimo, ele poderia tentar segurar a viúva enquanto Jack reencontrava os familiares.

Diminuiu o ritmo e se posicionou com a montaria de forma que a carruagem também fosse obrigada a ir mais devagar. Ao final de uma curta estrada de acesso, ele viu Jack desmontar, subir alguns degraus e bater à

207

porta de uma residência. Um raio de luz vazou quando a porta se abriu, mas Thomas não ouviu as palavras trocadas.

A carruagem parou num dos lados da via de acesso e a viúva desceu, ajudada por um dos cavalariços. A dama avançou, mas Thomas apeou depressa e segurou seu braço, para impedi-la.

– Solte-me – protestou ela, tentando se desvencilhar.

– Pelo amor de Deus, mulher, dê a ele um momento com a família – disparou Thomas.

– *Nós* somos a família dele.

– A senhora não tem nenhuma sensibilidade?

– Há questões em jogo bem mais importantes que...

– Não há *nada* que não possa aguardar mais dois minutos. Nada.

Ela franziu os olhos.

– Tenho certeza de que é o que *você* acha.

Thomas praguejou e não foi baixinho.

– Viajei até aqui, não foi? Eu o tratei com civilidade e, nos últimos dias, com respeito. Ouvi os comentários cruéis e as queixas incessantes da senhora. Atravessei dois países, dormi no porão de um navio e até entreguei minha noiva a outro, o que foi o insulto final, devo acrescentar. Acredito que provei que estou preparado para o que poderemos descobrir neste lugar. Mas, por tudo o que é mais sagrado, não vou renunciar aos resquícios de decência humana que consegui manter depois de ser criado na mesma casa que a *senhora*.

Com o canto dos olhos, Thomas percebeu que Grace e Amelia o fitavam, boquiabertas.

– Maldição! Aquele homem tem o direito de passar dois minutos com a família – vociferou Thomas, quase rangendo os dentes.

A avó o fitou por um longo e gélido segundo.

– Cuide de seu linguajar quando estiver na minha presença.

Thomas ficou tão desconcertado pela completa falta de reação da avó a tudo o que ele dissera que afrouxou a mão. A dama se soltou com um gesto brusco e subiu depressa os degraus, colocando-se atrás de Jack, que, naquele momento, abraçava uma mulher que Thomas imaginou ser sua tia.

– *Hum...* – disse a viúva, de modo inimitável.

Thomas deu um passo à frente, pronto para interferir caso fosse necessário.

– Deve ser a tia – falou a viúva, dirigindo-se à mulher na entrada.

A Sra. Audley apenas a fitou.

– Sou – respondeu por fim. – E a senhora...?

– Tia Mary – apressou-se em dizer Jack. – Devo apresentá-la à duquesa viúva de Wyndham.

A Sra. Audley o soltou, fez uma reverência e se afastou para dar passagem à duquesa.

– A *duquesa* de Wyndham? – repetiu ela. – Céus, Jack, não poderia ter nos avisado?

Jack abriu um sorriso sombrio.

– É melhor assim, eu garanto.

Jack se virou para Thomas.

– O duque de Wyndham – disse ele, fazendo um gesto com o braço. – Vossa Graça, esta é minha tia, a Sra. Audley.

Thomas se curvou para cumprimentá-la.

– Sinto-me honrado em conhecê-la, Sra. Audley.

Ela gaguejou uma resposta, desconcertada pela chegada inesperada de um duque.

Jack concluiu as apresentações. As damas ainda faziam reverências quando a Sra. Audley o puxou de lado. Cochichou, mas seu pânico era tão grande que Thomas ouviu todas as palavras.

– Jack, não tenho aposentos adequados. Não temos nada tão grandioso...

– Por favor, Sra. Audley – disse Thomas, fazendo uma saudação respeitosa. – Não se preocupe por minha causa. Foi imperdoável chegar sem aviso. Não desejaria que a senhora tivesse tanto trabalho.

Ele tentou não demonstrar exaustão ao dizer em seguida:

– Embora talvez possa ceder seu melhor quarto para minha avó. Será melhor para todos.

– Claro – respondeu depressa a Sra. Audley. – Por favor, por favor. Está frio. Devem entrar. Jack, preciso lhe dizer...

– Onde é a igreja? – indagou a viúva, sem cerimônias.

Thomas gemeu. A avó não podia esperar até que entrassem?

– A igreja? – perguntou Mary, olhando para Jack com ar confuso. – A esta hora?

– Não pretendo rezar – retrucou a viúva. – Desejo inspecionar os registros.

– O vigário Beveridge ainda é o responsável pela paróquia? – perguntou Jack, tentando interromper a viúva.

– É, sim, mas já deve estar na cama – respondeu a tia. – São nove e meia, acredito eu, e ele costuma acordar cedo. Talvez pela manhã. Eu...

– É uma questão de importância dinástica – interrompeu a viúva. – Não me importo se passa da meia-noite. Nós...

– Eu me importo – retrucou Jack. – Não vai tirar o vigário da cama. Já esperou bastante. Maldição, pode muito bem esperar até a manhã.

Thomas quis aplaudir.

– Jack! – repreendeu a tia, espantada, então se dirigiu à viúva. – Eu não o ensinei a falar assim.

– É verdade, não ensinou – disse Jack, fulminando a avó com o olhar.

– Você era irmã da mãe dele, não era? – conferiu a viúva.

A Sra. Audley pareceu um pouco aturdida pela súbita mudança de assunto.

– Eu sou.

– Compareceu ao casamento dela?

– Não.

Jack ficou surpreso.

– Não?

– Não, eu não podia. Estava esperando um bebê. Nunca contei. A criança nasceu morta.

Seu rosto suavizou.

– Foi mais uma das razões para que eu ficasse tão feliz com sua chegada.

– Vamos nos dirigir para a igreja pela manhã – anunciou a viúva. – Antes de mais nada. Vamos descobrir os documentos e acabar com isso.

– Documentos?

– A prova do casamento – proferiu a viúva quase num rosnado. – A senhora tem o miolo mole?

Aquilo era demais. Thomas puxou a avó, o que provavelmente foi o melhor para ela. Jack parecia prestes a pular no seu pescoço.

– Louise não se casou na igreja de Butlersbridge – ressaltou a Sra. Audley. – Casou-se em Maguiresbridge. No condado de Fermanagh, onde fomos criadas.

– Qual é a distância até lá? – perguntou a viúva, tentando livrar o braço. Thomas a segurou firme.

– Fica a trinta quilômetros daqui, Vossa Graça.

A Sra. Audley se dirigiu, então, para o sobrinho.

– Jack, o que está acontecendo? Por que precisa da prova do casamento de sua mãe?

Jack hesitou por um momento, então pigarreou.

– Meu pai era filho dela – contou, fazendo um sinal de cabeça na direção da duquesa.

– Seu pai... John Cavendish... quero dizer...

Thomas deu um passo adiante, sentindo-se estranhamente preparado para assumir o comando de uma situação que se deteriorava depressa.

– Posso intervir?

Jack assentiu.

– Por favor.

– Sra. Audley, se houver prova do casamento de sua irmã, então seu sobrinho é o verdadeiro duque de Wyndham.

– O verdadeiro duque de...

A Sra. Audley cobriu a boca, estarrecida.

– Não. Não é possível. Lembro-me dele, do Sr. Cavendish. Ele era...

Ela sacudiu os braços no ar como se tentasse descrevê-lo com gestos. Por fim, depois de tentar algumas vezes se explicar com palavras, ela desistiu.

– Ele não teria omitido algo assim.

– Ele não era o herdeiro na época – explicou Thomas.

– Céus, mas se Jack for o duque, então o senhor...

– Não serei o duque – concluiu Thomas com ar irônico.

Olhou para Amelia e Grace, que acompanhavam a conversa junto à porta da frente.

– Tenho certeza de que pode imaginar como estamos ansiosos para resolver tudo isso.

A Sra. Audley só conseguia fitá-lo, espantada.

Thomas sabia exatamente como ela se sentia.

⁓

Amelia ignorava a hora. Com certeza passava da meia-noite. Ela e Grace tinham sido conduzidas ao quarto muitas horas antes e, embora já tivesse lavado o rosto e vestido as roupas do dormir, a jovem continuava desperta.

Permanecera sob as cobertas por um longo tempo, fingindo haver algum tipo de música na respiração regular de Grace durante o sono. Depois, Amelia acabou se levantando e se dirigindo para a janela. Se não conseguia dormir, pelo menos ficaria olhando para algo mais interessante do que o teto.

A lua quase cheia empalidecia um pouco o brilho das estrelas. Amelia suspirou. Mesmo sem esse agravante, costumava ter dificuldades para identificar as constelações.

Com alguma apatia, localizou a Ursa Maior.

Então o vento soprou uma nuvem e ela desapareceu.

– Ah, que beleza – resmungou ela.

Grace começou a roncar.

Amelia sentou-se no amplo peitoril e apoiou a cabeça no vidro. Fazia isso quando era mais nova e não conseguia dormir – ir para a janela, contar as estrelas e as flores. Às vezes até escapulia pelo majestoso carvalho que ficava junto da sua janela – antes que o pai mandasse podá-lo.

Aquilo era divertido.

Queria sentir de novo aquele prazer. Divertir-se. Naquela noite. Queria banir o desânimo sombrio, a sensação terrível de apreensão. Queria sair, sentir o vento no rosto. Queria cantar para si mesma onde ninguém pudesse ouvi-la. Queria esticar as pernas, ainda doloridas depois de tantas horas passadas no interior da carruagem.

Desceu do peitoril num salto e vestiu o casaco, passando na ponta dos pés por Grace, que balbuciava durante o sono. (Mas, infelizmente, não dizia nada que ela pudesse entender. Se Grace estivesse falando algo compreensível, ela ficaria para ouvir.)

A casa estava silenciosa, como era esperado àquela hora. Amelia tinha alguma experiência em se mover de modo sorrateiro por casas adormecidas, embora suas façanhas anteriores se limitassem a pregar peças nas irmãs – ou se vingar pelas peças pregadas nela.

Continuou pisando de leve, com a respiração bem ritmada. Antes que pudesse imaginar, já alcançara a entrada.

Abriu a porta da frente e escapuliu para a noite. O ar estava fresco, úmido com o orvalho, mas tudo parecia glorioso. Fechou o casaco e atravessou o gramado, rumo às árvores. Seus pés congelavam – para se movimentar em silêncio, abrira mão dos sapatos –, mas ela não se importava. Ficaria feliz de espirrar no dia seguinte, se pudesse ter liberdade naquela noite.

Liberdade.

Saiu correndo, dando gargalhadas.

Thomas não conseguia dormir.

Não se surpreendeu. Na verdade, depois de se banhar e tirar a poeira do corpo, ele vestira calça e camisa limpas. Seria inútil colocar roupas de dormir.

Recebera um quarto muito bom, que só perdia para os aposentos reservados para a avó. Não era enorme, o mobiliário não parecia ser novo nem caro, mas tudo era de boa qualidade, bem-cuidado, aconchegante e acolhedor. Havia retratos sobre a escrivaninha, cuidadosamente dispostos num lugar onde poderiam ser vistos enquanto alguém escrevia a correspondência. Outros se encontravam sobre a lareira da sala de estar, enfileirados com carinho. As molduras estavam um pouco envelhecidas, com a tinta gasta no lugar onde costumavam ser erguidas e admiradas.

Aquelas imagens – aquelas pessoas retratadas – eram amadas.

Thomas tentou imaginar uma exposição parecida em Belgrave e quase soltou uma gargalhada. Claro que todos os Cavendishes haviam sido imortalizados em pinturas – a maioria deles, mais de uma vez. Porém os quadros ficavam pendurados na galeria, documentos formais da grandeza e da riqueza. Thomas nunca os contemplava. Por que contemplaria? Não havia ninguém ali que ele gostaria de ver, ninguém cujo sorriso ou o bom humor lhe provocassem boas lembranças.

Foi até a escrivaninha e pegou um dos pequenos retratos. Parecia Jack, com uns dez anos a menos.

Estava sorridente.

Thomas se pegou *sorrindo* sem saber bem o porquê. Gostava daquele lugar. Cloverhill era o nome. Colina dos trevos. Um nome encantador. Adequado.

Aquele teria sido um bom lugar onde crescer.

Onde aprender a ser homem.

Pousou o retrato e seguiu para a janela. Apoiou as mãos no peitoril. Estava cansado. E indócil. Era uma combinação nociva.

Queria que tudo fosse resolvido. Queria seguir em frente e descobrir – não, ele queria *saber* quem ele era.

E quem não era.

Ficou parado por vários minutos, contemplando o gramado bem-cuidado. Não havia mais nada para ver, não no meio da noite, mas, por algum motivo, ele não conseguia sair dali. E então...

Seus olhos perceberam um movimento. Ele se aproximou do vidro. Havia alguém do lado de fora.

Amelia.

Não podia ser. Mas era indiscutível: só podia ser Amelia. Ninguém mais tinha o cabelo daquela cor.

Que diabos estava fazendo? Não estava fugindo. Não, era sensata demais para fazer algo assim. Além disso, não carregava nenhuma bolsa. Não, parecia ter decidido dar um passeio.

Às quatro da manhã.

O que, com certeza, não era um exemplo de *sensatez*.

– Desmiolada – resmungou.

Jogou um roupão sobre sua camisa fina e deixou o quarto. A vida dele teria sido assim caso tivesse se casado com ela? Correr atrás da esposa no meio da madrugada?

Menos de um minuto depois, Thomas saía pela porta da frente, que tinha ficado entreaberta. Atravessou a via de acesso e se dirigiu ao gramado onde a vira pela última vez. Nem sinal da jovem.

Amelia desaparecera.

Pelo amor de... Não queria sair gritando seu nome. Acordaria a casa inteira.

Avançou. Diabos, onde havia se metido? Não podia ter ido longe. Mais do que isso: ela *não iria* longe. Amelia, não.

–Amelia? – sussurrou.

Nenhuma resposta.

–Amelia? – chamou no tom mais alto que ousava arriscar.

E, de repente, ela apareceu, pondo-se sentada na grama.

– Thomas?

– Estava *deitada*?

O cabelo estava solto, pendurado nas costas numa única trança. Thomas nunca a vira daquele jeito. Não poderia.

– Observando as estrelas – explicou ela.

Thomas olhou para o céu. Não podia evitar, depois daquela declaração.

– Estava esperando que as nuvens se dissipassem – acrescentou.

– *Por quê?*

– Por quê? – repetiu Amelia, olhando-o como se fosse ele a pessoa que acabara de fazer uma declaração incompreensível.

– Estamos no meio da madrugada – ressaltou Thomas.

– Sim, eu sei.

Ela se levantou.

– Mas é minha última chance.

– Última chance de quê?

Ela deu de ombros com ar desamparado.

– Não sei.

Thomas abriu a boca para dizer algo, ralhar, repreendê-la por aquela tolice. Então ela sorriu. Ficou tão bonita que chegou a doer.

– Amelia.

Não sabia por que pronunciara seu nome. Não havia nada que quisesse lhe dizer especificamente. Mas lá estava ela, diante dele, e Thomas nunca desejara uma mulher – não, nunca desejara *nada* – mais do que ele a desejava.

Num gramado úmido, no meio da Irlanda, no meio da madrugada, ele a queria.

Como um louco.

Nunca se permitira pensar no assunto. Ele a desejava. Havia muito tempo que desistira de fingir que não. Mas se recusava a sonhar, a imaginar como seria – suas mãos sobre os ombros dela, descendo pelas costas. O vestido caindo pela ação de seus dedos famintos e expondo a perfeição de...

– Precisa voltar para a casa – disse ele, rouco.

Amelia fez que não com a cabeça.

Ele respirou fundo, com dificuldade. Amelia teria noção do risco que corria ao permanecer ali, ao lado dele? Era preciso recorrer a todas as suas forças – forças bem maiores do que ele imaginara possuir até então – para se manter firme no lugar, a dois passos, a uma distância apropriada. Ela estava próxima... tão próxima. E, ao mesmo tempo, fora do seu alcance.

– Quero ficar aqui fora – respondeu ela.

Ele encontrou seu olhar, o que foi um erro, porque tudo o que ela sentia – a insegurança, cada dor, cada mágoa –, ele leu no fundo daqueles olhos maravilhosos.

Thomas se sentiu dilacerado.

– Eu estava no andar de cima – prosseguiu ela. – Fazia calor e eu me senti abafada. Só que não estava quente, mas parecia.

Era uma declaração louca, mas ele a compreendia.

– Estou cansada de me sentir numa prisão – declarou ela, com tristeza. – A vida inteira me disseram aonde ir, o que dizer, com quem falar...

– Com quem se casar – disse ele, baixinho.

Ela fez um leve sinal com a cabeça.

– Só queria me sentir livre. Nem que fosse por apenas uma hora.

Ele olhou para sua mão. Seria tão fácil pegá-la, tomá-la na sua. Bastava dar um passo à frente. Nada mais. Um passo para que Amelia estivesse em seus braços.

Em vez disso, ele disse:

– Precisa voltar.

Porque era o que ele deveria dizer. Era o que ela deveria fazer.

Não podia beijá-la. Não naquele momento. Não ali. Não quando não tinha a menor convicção na sua capacidade de se conter.

Conseguiria se limitar a um único beijo? Não achava que fosse capaz.

– Não quero me casar com ele – sussurrou Amelia.

Thomas ficou agitado. Ele já sabia. Amelia já deixara bem claro. No entanto... naquele momento... quando se encontrava ali, sob a luz do luar... eram palavras impossíveis. Impossíveis de suportar. Impossíveis de ignorar.

Não quero que ele fique com você.

Thomas queria dizer aquilo, mas se calou. Não podia se permitir. Pois sabia que, assim que a manhã chegasse, tudo seria revelado. Todos saberiam que Jack Audley era o duque de Wyndham. Se ele dissesse aquelas palavras, se as dissesse para ela, naquele momento – *fique comigo...*

Ela ficaria com ele.

Ele via em seus olhos.

Talvez até pensasse que o amava. E por que não? Tinha passado a vida inteira ouvindo que deveria amá-lo, obedecê-lo, ser grata pela atenção concedida e pela sorte de estar comprometida com ele por tantos anos.

Contudo ela não o conhecia direito. Nem ele tinha certeza de quem realmente era. Como ele poderia lhe pedir algo quando não tinha nada a oferecer?

Ela merecia mais.

– Amelia – sussurrou ele, pois tinha de dizer algo.

Ela aguardava sua resposta. Balançou a cabeça.

– Não quero.

– Seu pai... – disse ele, engasgando.

– Ele quer que eu seja uma duquesa.

– Ele quer o melhor para você.

– Ele não sabe.

– *Você* não sabe.

Ela lhe lançou um olhar devastador.

– Não diga isso. Diga qualquer coisa, mas não que não sei o que quero.

– Amelia...

– *Não.*

Foi um som terrível. Apenas uma sílaba saída das profundezas do seu ser, traindo a dor, a raiva, a frustração. Aqueles sentimentos o feriram com uma precisão assustadora.

– Sinto muito – murmurou Thomas, sem saber o que mais poderia dizer.

E sentia mesmo. Não sabia a razão, mas aquela sensação terrível, dolorosa, em seu peito só podia ser tristeza.

Ou arrependimento.

Por ela não ser sua.

Por ela nunca vir a ser sua.

Por ele não conseguir deixar de lado aquela parte de si que sabia como permanecer honrada e leal. Por ele não ter condições de mandar tudo para o inferno e tomá-la bem ali, naquele momento.

Para sua surpresa, descobriu que não era o duque de Wyndham que sempre fazia a coisa certa.

Era Thomas Cavendish.

A única parte de si mesmo que ele nunca perderia.

CAPÍTULO DEZOITO

Era irônico que ela tivesse se interessado tanto por cartografia nos últimos tempos, pensara Amelia mais de uma vez durante a viagem até Cloverhill. Porque acabara de se dar conta de como sua vida tinha sido mapeada pelos outros. Mesmo agora que seus planos pareciam ter sido arruinados, um novo mapa com as possíveis rotas que ela deveria seguir estava sendo desenhado para ela.

Por seu pai.

Pela viúva.

Até mesmo por Thomas.

Ao que parecia, todo mundo tinha algo a contribuir para seu futuro, menos ela. Mas não naquela noite.

– É tarde – disse ela, de mansinho.

Thomas arregalou os olhos e Amelia percebeu seu ar confuso.

– Mas não é tarde demais – sussurrou.

Ergueu os olhos. As nuvens haviam se afastado. Ela não sentira o vento – não sentira nada além de Thomas, e ele nem a tocara. Mas, de algum modo, o céu estava limpo, com as estrelas à vista.

Era importante. Não sabia por quê, mas era.

– Thomas – sussurrou enquanto seu coração saltava, batia forte.

A ponto de se partir.

– Thom...

– Não – disse ele, com a voz rouca. – Não diga meu nome.

Por quê?

A pergunta estava na ponta da sua língua, pronta para ser feita, mas ela se calou. De algum modo, sabia que não deveria se manifestar. A resposta não importava. Não queria ouvi-la. Não naquele momento, não quando ele a fitava com tanto ardor e tristeza.

– Não há ninguém por aqui – sussurrou.

Era verdade. Todos dormiam. E ela não sabia ao certo por que dissera algo tão óbvio. Talvez quisesse apenas que ele soubesse... sem dizer com todas as letras, que, se ele se aproximasse... se a beijasse...

Ela o acolheria.

Thomas balançou a cabeça.

– Sempre há alguém.

Contudo estava enganado. Era o meio da noite. Todos dormiam. Estavam sozinhos e ela queria... queria...

– Beije-me.

Os olhos dele se incendiaram e, por um momento, pareceu que ele sentia uma dor intensa.

– Amelia, não.

– Por favor – pediu ela e sorriu com todo o atrevimento de que foi capaz. – Está me devendo.

– Eu...

Primeiro ele pareceu surpreso, depois achou graça.

– Estou devendo a você?

– Por vinte anos de noivado. Você me deve um beijo.

Ele esboçou um sorriso relutante.

– Por vinte anos de noivado, acho que lhe devo vários beijos.

Ela umedeceu os lábios. Estavam secos por causa da respiração agitada.

– Basta um.

– Não, não bastaria – disse ele, com delicadeza. – Nunca bastaria.

Ela parou de respirar. Ele ia fazer aquilo. Ele a beijaria. Ele a beijaria e, por Deus, ela corresponderia.

Deu um passo à frente.

– Não – disse ele, mas sua voz não tinha firmeza.

Ela estendeu o braço. Sua mão ficou a centímetros da mão dele.

– Amelia, *não* – disse ele, áspero.

Ah, não. Ele não iria afastá-la. Amelia não deixaria que ele fizesse isso. Não fingiria que era para o seu bem ou que ele sabia o que era melhor ou que todo mundo sabia o que era melhor, menos ela. Era sua vida, sua noite e, Deus era testemunha, ele era seu homem.

Jogou-se sobre ele, de verdade.

– Am...

Talvez ele estivesse tentando dizer o nome dela. Ou talvez fosse um grunhido de surpresa. Ela não sabia. Não se importava. Tinha o rosto dele em suas mãos e o beijava. Talvez de modo desajeitado, mas com toda a energia louca que ardia nela.

219

Ela o amava.

Ela o *amava*. Talvez não tivesse dito a ele, talvez nunca tivesse a oportunidade de dizer, mas ela o amava. E, naquele momento, ia beijá-lo.

Porque era o que uma mulher apaixonada fazia.

– Thomas – disse ela, porque queria dizer seu nome.

Repetiria muitas e muitas vezes se ele permitisse.

– Amelia...

Ele pousou as mãos nos seus ombros, preparando-se para afastá-la. Ela não permitiria que aquilo acontecesse. Envolveu-o em seus braços, comprimindo o corpo inteiro junto ao dele. Suas mãos se afundaram nos cabelos dele, puxando-o para junto de si, e seus lábios se uniram aos dele.

– Thomas – gemeu ela e aquele som penetrou por todos os poros dele. – Thomas, por favor...

Porém ele não se moveu. Permaneceu rígido, sem manifestar reação diante daquele ataque e então...

Algo se suavizou. Primeiro foi seu peito, como se ele por fim se permitisse respirar. E uma de suas mãos se moveu... devagar, quase trêmula... até a base da coluna dela.

Ela estremeceu, gemeu, colada a ele. Voltou a correr seus dedos pelos cabelos de Thomas. E implorou.

– Por favor.

Se ele a rejeitasse... ela achava que não conseguiria suportar.

– Preciso de você – sussurrou.

Ele ficou paralisado, tão imóvel que ela chegou a achar que o perdera. Então ele explodiu, tomado por uma energia apaixonada. Envolveu-a em seus braços numa velocidade atordoante e não estava apenas retribuindo seus beijos...

Minha nossa, parecia que ele a devorava.

E ela permitia.

– Ah, sim – suspirou e se afundou ainda mais no corpo dele.

Era o que Amelia queria. Ela realmente o desejava, mas, acima de tudo, desejava aquilo: a sensação de poder, a consciência de ter provocado o que estava acontecendo. Tinha sido *ela* a beijá-lo.

E ele queria. Ele *a queria*.

Um arrepio sacudiu seu corpo ao mesmo tempo que Amelia se sentia arder. Foi tomada por um desejo de jogá-lo no chão, de cavalgá-lo e...

Deus do céu, o que havia acontecido com ela?

Não importava quem ela era até poucas horas antes: aquela mulher desaparecera, substituída por algum espírito fogoso que não passara 21 anos aprendendo a ser uma dama. Quando o beijara – não, quando se atirara sobre ele rezando para que ele não a repelisse – tinha sido um gesto emocional. Estava zangada, desesperada, triste, melancólica, desejando ter uma chance de se sentir no comando.

Naquele momento, entretanto, a emoção se fora e o corpo entrara em cena, fustigado por uma necessidade que ela nunca experimentara. Era como se tivesse sido agarrada por dentro. Algo palpitava em suas entranhas, em lugares com os quais nunca sonhara, que ela nem mesmo reconhecia.

E ele – Thomas – só tornava tudo pior.

E melhor.

Não, pior.

– Por favor – implorou ela, desejando saber o que estava pedindo.

E gemeu, porque ele voltava a fazer com que tudo ficasse melhor. Os lábios dele estavam em seu pescoço e as mãos, em toda parte – no cabelo, acariciando suas costas, envolvendo seu traseiro.

Ela queria ficar ainda mais colada a ele. Acima de tudo, queria *mais*. Queria seu calor, sua força. Queria a pele dele ardendo contra a sua. Queria arquear as costas, afastar as pernas.

Queria se *movimentar*. De formas que nunca sonhara ser possível.

Debatendo-se naquele abraço, ela tentou se livrar do casaco, mas ele só chegou à altura do cotovelo antes que Thomas sussurrasse:

– Vai ficar com frio.

Ela tentou despir a manga direita.

– Você pode me manter aquecida.

Ele se afastou um pouquinho, o suficiente para que ela percebesse sua expressão de sofrimento.

– Amelia...

Ela ouviu o antigo Thomas naquela voz. O Thomas que sempre fazia o que era certo.

– Não pare. Esta noite, não – implorou.

Thomas tomou seu rosto nas mãos, de modo que os narizes dos dois ficaram a alguns centímetros de distância. O olhar dele, torturado e sombrio, encontrou o dela.

– Não quero parar – disse ele, ofegante.

Mas preciso.

Os dois sabiam quais eram as palavras não ditas.

– Não... não posso...

Ele parou, a respiração trêmula enquanto se obrigava a dar um passo para trás.

– Não posso... fazer algo que...

Escolhia as palavras com cuidado. Se não fosse assim, não conseguiria manter o pensamento lógico.

– Se fizer isso... Amelia...

Ele passou os dedos no cabelo, as unhas arranhando o couro cabeludo. Queria sentir dor. Naquele momento, ela era necessária. Precisava de algo, qualquer coisa que o mantivesse ancorado, que o impedisse de desmoronar.

Que o impedisse de perder a última parte de si mesmo.

– Não posso fazer algo que possa determinar seu futuro – obrigou-se a dizer.

Ergueu a cabeça esperando que ela tivesse desviado o olhar, mas não, lá estava ela, encarando-o: olhos arregalados, lábios entreabertos. Via o vapor de sua respiração na noite úmida, cada lufada que subia pelo ar.

Era uma tortura. Seu corpo gritava por ela. Sua mente...

Seu coração.

Não.

Ele não a amava. Não *podia* amá-la. Não podia existir um deus tão cruel que infligisse tamanho sofrimento.

Obrigou-se a respirar. Não era fácil, em especial quando seus olhos deixavam o rosto dela... e desciam... pelo pescoço.

O pequeno laço no corpete da camisola estava parcialmente desfeito.

Engoliu em seco. Já vira bem mais dela em inúmeras ocasiões. Vestidos de festa costumavam ser decotados. No entanto, ele não conseguia tirar os olhos dos cordõezinhos, do único laço que desabava sobre a curva do seio.

Se o puxasse...

Se estendesse a mão e o puxasse, a camisola se abriria? O tecido deslizaria?

– Volte para a casa – disse ele, ofegante. – Por favor.

– Thom...

– Não posso deixá-la sozinha aqui e não posso... não posso.

Respirou fundo. O que não o ajudou a se acalmar.

Porém Amelia não se mexeu.

– Volte para dentro, Amelia. Se não fizer isso por si mesma, faça por mim.

Os lábios dela formaram seu nome sem que nenhum som saísse de sua boca. Amelia não compreendia.

Thomas tentou respirar. Era difícil. Estava ardendo de desejo.

– Preciso de todas as minhas forças para não possuí-la neste exato momento.

Os olhos dela se arregalaram, brilhando. Era tentador, tão tentador, mas...

– Não deixe que eu me transforme no bruto que a arruinou uma noite antes de... antes de...

Ela umedeceu os lábios. Era um tique nervoso, mas o sangue de Thomas fervia.

– Amelia, *vá*.

E ela deve ter percebido o desespero em sua voz, porque partiu, deixando-o sozinho no gramado, duro feito uma rocha e amaldiçoando-se por ser tão tolo.

Um tolo nobre, talvez. E honesto. Mesmo assim, um tolo.

***

Horas depois, Thomas ainda vagava pelos corredores de Cloverhill. Tinha esperado quase uma hora depois de Amelia entrar. Dissera a si mesmo que gostava do ar frio da noite. Dava uma sensação boa nos pulmões e arrepiava sua pele. Dissera a si mesmo que não se importava que os pés ficassem gelados e enrugados naquela grama úmida.

Eram apenas desculpas, claro. Sabia que, se não desse muito tempo (e mais um pouco) para que Amelia voltasse a seu quarto – o quarto que por sorte ela dividia com Grace –, ele correria atrás dela. E, se ele a tocasse de novo, se sequer sentisse sua presença antes da manhã, não seria capaz de se conter.

Havia limites para as forças de um homem.

Tinha voltado para o quarto, onde esquentara os pés gelados junto ao fogo. Depois, como não conseguia sossegar, calçou os sapatos e desceu silenciosamente em busca de algo – de qualquer coisa – que pudesse distraí-lo até o amanhecer.

A casa continuava em silêncio e deserta. Não havia sequer o barulho dos criados, de pé para as tarefas matinais. Então ele ouviu algo. Uma batida surda ou talvez o ruído de uma cadeira se arrastando no chão. Uma luzinha tremulava no fim do corredor, vinda de uma porta entreaberta.

Por curiosidade, Thomas se aproximou. Jack se encontrava sozinho, o rosto abatido e exausto. Como ele mesmo se sentia.

– Não consegue dormir? – perguntou Thomas.

Jack ergueu os olhos. Seu rosto permaneceu estranhamente inexpressivo.

– Não, não consigo.

– Nem eu – disse Thomas, entrando.

Jack lhe estendeu a garrafa de conhaque, que ainda continha mais de três quartos de bebida – prova de que Jack buscava uma forma de se consolar, não de esquecer.

– É bom – disse Jack. – Acho que meu tio estava guardando.

Ele olhou para a garrafa e piscou.

– Não para uma ocasião como esta, imagino.

Havia um conjunto de taças perto da janela. Thomas foi até elas e pegou uma. De algum modo, não havia a menor estranheza no fato de se encontrar ali bebendo conhaque com o homem que, dentro de poucas horas, ficaria com tudo o que ele possuía.

Sentou-se diante de Jack e pousou a taça na mesinha baixa entre as duas poltronas. Jack pegou a taça e serviu uma dose generosa.

Thomas tomou o conhaque. Era bom. Cálido e suave, o mais perto do que buscava em qualquer bebida. Tomou outro gole e se inclinou, pousando os braços nas coxas enquanto olhava pela janela. Agradeceu aos céus quando percebeu que a vista não se abria para o gramado onde ele beijara Amelia.

– Vai amanhecer em breve.

Jack se voltou na mesma direção que ele, observando a janela.

– Alguém já acordou? – perguntou ele.

– Não que eu tenha ouvido – respondeu Thomas.

Os dois continuaram sentados, em silêncio. Thomas bebeu seu conhaque devagar. Andava bebendo demais. Supunha que tivesse um bom motivo para isso. Mas não gostava do homem que se tornava. Grace... Ele nunca a teria beijado se não fosse pela bebida.

Já perderia o nome, a posição social, todas as suas posses. Não precisava renunciar à sua dignidade e ao bom senso.

Recostou-se, confortável no silêncio, enquanto observava Jack. Tinha começado a perceber que o primo recém-encontrado era um homem mais digno do que ele julgara a princípio. Jack levaria a sério suas responsabilidades. Cometeria erros, assim como ele cometera. Talvez o ducado não prosperasse nem crescesse sob o comando de Jack, mas não seria arruinado.

224

Era o suficiente. Tinha de ser.

Thomas observou que Jack pegava a garrafa de conhaque e começava a se servir de novo. Contudo, assim que caíram as primeiras gotas, ele parou, levantando a garrafa de forma abrupta. Ergueu a cabeça e, com uma inesperada clareza, encontrou o olhar de Thomas.

– Já teve a sensação de estar em exibição numa vitrine?

Thomas quis rir. Em vez disso, porém, não mexeu um músculo.

– O tempo todo.

– Como consegue suportar?

Ele pensou por um momento.

– É a única realidade que eu conheço.

Jack fechou os olhos e esfregou a testa. Era como se quisesse apagar uma lembrança.

– Vai ser horrível, hoje – disse Jack.

Thomas assentiu. Era uma descrição fiel.

– Vai ser um circo – resmungou Jack.

– Verdade.

Os dois continuaram sentados, sem fazer nada, então ergueram os olhos ao mesmo tempo. Os olhares se encontraram e Thomas virou para o lado, em direção à janela.

Lá fora.

– Vamos? – convidou Jack.

– Antes que todo mundo...

– Bem agora.

Thomas pousou a taça, ainda com metade de seu conteúdo, e se levantou. Olhou para Jack e, pela primeira vez, sentiu os laços de sangue que os uniam.

– Mostre o caminho.

E foi estranho, mas, quando montaram seus cavalos e partiram, Thomas finalmente soube dar um nome à sensação de leveza que tomava conta de seu peito.

Era liberdade.

Ele não desejava renunciar ao condado. Wyndham... era ele. Era quem ele era. Mas aquilo era maravilhoso. Escapulir, galopar pelas estradas ao romper da aurora.

Estava descobrindo que talvez ele valesse mais do que seu nome. E talvez, quando tudo fosse resolvido, ele permanecesse inteiro.

CAPÍTULO DEZENOVE

Thomas achou a cavalgada até Maguiresbridge surpreendentemente agradável. Já esperava que a paisagem rural fosse pitoresca, mas as circunstâncias daquele dia não favoreciam um olhar apreciativo. Jack parecia pouco inclinado a conversar, mas, de vez em quando, fornecia algumas informações sobre a história da região.

Jack tinha apreciado sua infância ali, Thomas percebeu. Não, mais do que isso, ele tinha amado. Sua tia era uma mulher adorável, não havia como descrevê-la de outro modo. Thomas estava convencido de que devia ter sido uma mãe maravilhosa. Com certeza, crescer em Cloverhill seria bem mais agradável do que em Belgrave.

Ora, que ironia! Sob todos os aspectos, parecia que Jack tivera sua herança roubada. No entanto, Thomas começava a sentir que o mais prejudicado fora ele. Claro que sua infância não teria sido melhor caso não fosse o herdeiro Wyndham: o pai teria se tornado ainda mais amargo se morasse no Norte e fosse conhecido por todos como o genro do dono de uma fábrica.

Mesmo assim, aquilo levantava todo tipo de hipóteses, não sobre o que poderia ter acontecido, mas sobre o que ainda seria possível. Tomara para si a missão de não imitar o pai, mas nunca pensara muito no tipo de pai que ele poderia se tornar algum dia.

Sua casa seria adornada por retratos com molduras desgastadas pelo excesso de manipulação? Bem, esse pensamento partia do princípio de que ele teria uma casa, o que ainda era muito duvidoso.

Avistaram um pequeno vilarejo e Jack diminuiu o ritmo, parou e fitou à distância. Thomas olhou para ele com curiosidade. Não achava que Jack tinha intenção de fazer paradas.

– É aqui? – perguntou ele.

Jack assentiu e os dois continuaram pela estrada.

Thomas observou o cenário enquanto se aproximavam do vilarejo. Era um lugarzinho bem-arrumado, com lojas e casas enfileiradas na rua com

calçamento de pedras, um telhado e uma parede de palha ali... Não era muito diferente de qualquer outra pequena aldeia nas Ilhas Britânicas.

– A igreja fica por ali – disse Jack, fazendo um gesto com a cabeça.

Thomas o seguiu pelo que presumiu ser a rua principal até alcançarem a igreja. Era uma construção simples, de pedras cinza, com janelas estreitas e arqueadas. Parecia antiga e Thomas não pôde deixar de pensar que seria um lugar muito bonito para um casamento.

A igreja, porém, estava deserta.

– Parece não haver ninguém por aqui – constatou.

Jack olhou para uma construção menor, à esquerda da igreja.

– O registro provavelmente fica na casa paroquial – disse Jack.

Thomas assentiu e os dois desmontaram. Amarraram os cavalos num poste e se dirigiram para a frente da casa. Bateram várias vezes, até ouvirem passos se aproximarem lá dentro.

A porta se abriu para revelar uma mulher de meia-idade. Thomas presumiu que fosse a responsável pelos cuidados da casa.

– Bom dia, senhora – disse Jack, fazendo uma saudação educada. – Sou Jack Audley e este aqui é...

– Thomas Cavendish – interrompeu Thomas, ignorando o ar de surpresa de Jack.

Parecia ser exagero apresentar-se com o título completo nos últimos minutos antes de perder o direito de usá-lo.

Jack parecia prestes a revirar os olhos, mas apenas se voltou para a mulher e disse:

– Gostaríamos de ver os registros paroquiais.

A mulher os fitou por um momento. Depois fez um sinal com a cabeça, assentindo.

– Ficam na sala dos fundos. No gabinete do vigário.

– Hum... o vigário está presente? – perguntou Jack.

Thomas deu uma cotovelada nas costelas do primo. Deus do céu, ele estava *pedindo* que fossem acompanhados?

Contudo a mulher não deu o menor indício de achar aquele pedido intrigante.

– Não temos vigário no momento – disse ela, com ar entediado. – A posição está vaga.

Ela se dirigiu até um sofá e se sentou.

– Devemos receber alguém em breve. Mandam alguém de Enniskillen todo domingo para fazer um sermão.

Ela pegou um prato com torradas e deu as costas para os dois. Thomas considerou que aquilo era a permissão para entrarem no gabinete, então foi na frente, seguido por Jack a poucos passos de distância.

Havia várias prateleiras na parede diante da lareira e Thomas começou por ali. Diversas bíblias, livros de sermões, poesia...

– Tem ideia de como seriam os registros da paróquia? – perguntou Thomas.

Tentou se lembrar se já vira o livro de registros na igreja próxima a Belgrave. Supunha que sim, mas não deveria ser algo que chamasse sua atenção. Caso contrário, ele se lembraria.

Jack não respondeu e Thomas não se sentiu inclinado a insistir. Por isso partiu para uma inspeção das prateleiras.

A retidão moral e o homem moderno. Não, obrigado.

História de Fermanagh. Ele também dispensava. Por mais bela que fosse a região, ele já estava satisfeito.

Relato de viagens, de James Cook. Ele sorriu. Amelia gostaria daquele.

Fechou os olhos e respirou, permitindo-se pensar nela por um momento. Vinha tentando não pensar. Durante toda a manhã, ele se mantivera concentrado na paisagem, nas rédeas, na lama que grudava na parte de trás da bota de couro de Jack.

Porém não em Amelia.

Com certeza, não pensava em seus olhos que não eram da cor das folhas nas árvores. Não, de jeito nenhum. Da cor do tronco, junto com as folhas. Verde e castanho. Uma mistura. Ele gostava disso.

Nem vinha pensando em seu sorriso. Nem na forma exata de sua boca quando ela se encontrava diante dele na noite anterior, ofegante, tomada pelo desejo.

Ele a queria. Por Deus, ele a queria.

Só que ele não a amava.

Não podia. Era uma situação insustentável.

Voltou à tarefa que tinha em mãos com uma dedicação ferrenha, tirando da prateleira todos os livros sem título em relevo para abrir e olhar. Por fim, chegou a uma seção onde só havia cadernos contábeis. Pegou um deles e seu coração acelerou quando percebeu que as palavras diante dele eram registros de nascimentos, mortes e casamentos.

Encontrara um dos livros de registros da paróquia, porém, não o que

continha as datas que ele buscava. Os pais de Jack deviam ter se casado em 1790. As anotações ali eram recentes demais.

Thomas olhou para trás para dizer algo a Jack, mas o outro permanecia rígido diante do fogo, os ombros tensos. Parecia petrificado e Thomas percebeu por que não ouvira seus movimentos pelo cômodo, em busca do registro.

Jack não se mexera desde o momento em que os dois entraram ali.

Thomas quis dizer algo. Quis atravessar o aposento e chacoalhar Jack até que ele recuperasse a maldita sensatez. Afinal de contas, do que ele poderia se queixar? Era *Thomas*, não Jack, quem teria a vida arruinada. Era *ele* quem perderia o nome, a casa, a fortuna.

A noiva.

Jack sairia dali como um dos homens mais ricos e poderosos do país. Ele, por outro lado, nada teria. Supunha que teria amigos, mas eram poucos. Conhecidos ele tinha em abundância, mas amigos... Ele contava com Grace, Harry Gladdish... possivelmente Amelia. Achava difícil acreditar que ela quisesse vê-lo depois que tudo estivesse concluído. Ela acharia esquisito. E se acabasse casada com Jack...

Aí *ele* acharia esquisito.

Fechou os olhos e se obrigou a voltar a atenção para a busca. Tinha sido *ele* quem dissera a Amelia que ela deveria se casar com o duque de Wyndham, não importasse quem fosse. Não poderia reclamar se ela resolvesse seguir seu conselho.

Thomas devolveu o volume à prateleira e pegou outro, verificando as datas dos lançamentos. O livro era um pouco mais antigo que o primeiro, terminando no final do século XVIII. Tentou mais um, depois outro e, dessa vez, ao examinar a caligrafia elegante e cuidadosa, ele encontrou as datas que procurava.

Engoliu em seco e olhou para Jack.

– Talvez seja este.

Jack se virou. Os cantos da boca estavam tensos e o olhar, agoniado.

Thomas olhou para o livro e percebeu que as mãos tremiam. Engoliu em seco. Chegara até aquele momento com uma determinação inabalável. Tinha sido perfeitamente estoico, preparado para fazer o que era certo para Wyndham.

Agora estava apavorado.

Mesmo assim, recorreu às suas últimas forças e conseguiu abrir um sorriso

irônico. Porque se não conseguisse se comportar como um homem, o que sobraria dele? No final das contas, tinha sua dignidade e sua honra. E era tudo.

Fitou Jack nos olhos.

– Vamos olhar?

– Pode fazer.

– Não quer olhar comigo?

– Confio em você.

Thomas entreabriu os lábios, não muito surpreso. Afinal, por que Jack não confiaria? Ele não alteraria o documento bem na sua frente. Mesmo assim, apesar de todo o temor, ele não gostaria de ver? Não gostaria de ler as páginas? Thomas não conseguia imaginar que alguém que tivesse viajado até ali não olharia para cada página, à medida que fossem viradas.

– Não – respondeu Thomas. Por que ele deveria fazer aquilo sozinho? – Não vou fazer isso sem você.

Por um momento, Jack ficou imóvel. Depois, praguejando baixinho, ele se juntou a Thomas na escrivaninha.

– Você é nobre demais – disparou Jack.

– Não por muito tempo – resmungou Thomas.

Ele pousou o livro sobre a mesa e abriu a primeira página de registros. Jack estava a seu lado e, juntos, os dois olharam para a letra miúda e sensata do vigário de Maguiresbridge por volta de 1786.

Thomas engoliu em seco, nervoso. Sentia um nó na garganta. Mas tinha de fazer aquilo. Era seu dever. Por Wyndham.

Sua vida inteira não tinha sido dedicada a esse objetivo? A cumprir suas obrigações para com o ducado?

Quase riu. Se alguém um dia o acusasse de levar os deveres a sério demais... só poderia ser em relação àquele momento.

Thomas foi virando as páginas até encontrar o ano certo.

– Sabe o mês em que seus pais se casaram? – perguntou para Jack.

– Não.

Não era um problema, concluiu Thomas. Era uma paróquia pequena. Não aconteciam tantos casamentos.

Patrick Colville e Emily Kendrick, 20 de março de 1790. William Figley e Margaret Plowright, 22 de maio de 1790.

Deslizou os dedos junto à borda do volume. Com a respiração suspensa, virou mais uma página.

E lá estavam.

John Augustus Cavendish e Louise Henrietta Galbraith, casados em 12 de junho de 1790, tendo como testemunhas Henry Wickham e Philip Galbraith.

Thomas fechou os olhos.

Então era isso. Tudo se esvaía. Tudo que definira quem ele era, tudo que ele possuíra...

Era o fim. De tudo aquilo.

E o que sobrava?

Abriu os olhos e olhou para as próprias mãos. Para seu corpo. Sua pele, seu sangue, músculos e ossos. Bastava?

Também perdera Amelia. Ela se casaria com Jack ou com algum aristocrata e passaria o resto da vida como esposa de outro homem.

Aquilo doía. Ardia. Thomas mal podia acreditar em como aquilo ardia.

– Quem é Philip? – sussurrou, olhando para o registro. Galbraith era o sobrenome de solteira da mãe de Jack.

– O quê?

Thomas olhou para o outro. Jack estava com as mãos no rosto.

– Philip Galbraith. Ele foi testemunha.

Jack olhou para ele, e para o registro.

– É o irmão da minha mãe.

– Ainda está vivo?

Thomas nem sabia por que perguntava. A prova do casamento estava ali, nas mãos dele, e ele não a contestaria.

– Não sei. Estava, até onde eu sei. Cinco anos atrás.

Thomas engoliu em seco e ergueu os olhos, fitando o espaço. Seu corpo parecia estranho, quase sem peso, como se seu sangue tivesse se transformado em algo menos denso. A pele formigava e...

– Arranque a página.

Thomas se virou assustado para Jack. Não podia ter ouvido direito.

– O que disse?

– Arranque.

– Está maluco?

Jack balançou a cabeça.

– Você é o duque.

Thomas olhou para o registro e foi então, com grande tristeza, que ele verdadeiramente aceitou seu destino.

231

– Não. Não sou – disse Thomas, baixinho.

– Não!

Jack agarrou Thomas pelos ombros. Seus olhos estavam arregalados, cheios de pânico.

– Você é o que o ducado necessita. O que todos necessitam.

– Pare...

– Ouça – implorou Jack. – Você nasceu e foi criado para fazer esse trabalho. Vou arruinar tudo. Está entendendo? Não conseguirei fazer isso. *Não conseguirei.*

Jack estava assustado. Thomas disse a si mesmo que aquilo era um bom sinal. Só um homem estúpido ou incrivelmente superficial enxergaria apenas a riqueza e o prestígio. Se Jack via o suficiente para se sentir aterrorizado, ele era digno de ocupar o posto.

Por isso ele apenas balançou a cabeça enquanto encarava o primo.

– Posso ter sido criado para a função, mas você nasceu para ela. Não posso tomar o que é seu.

– Não quero! – exclamou Jack.

– Não tem o direito de aceitar ou negar – declarou Thomas. – Não compreende? Não é um bem. É quem você é.

– Ora, pelo amor de Deus – praguejou Jack.

As mãos dele tremiam. O corpo inteiro tremia.

– Estou *dando* isso a você. Numa bandeja de prata. Você continua a ser o duque e eu o deixo em paz. Serei seu batedor nas Hébridas Exteriores. Qualquer coisa. Só arranque essa porcaria de página.

– Se não queria o título, por que não disse que seus pais não tinham se casado? – retrucou Thomas. – Eu perguntei. Você poderia ter negado.

– Eu não *sabia* que poderia me tornar um herdeiro quando você questionou se eu era filho legítimo.

Thomas olhou para o livro de registros. Apenas um livro – não, apenas uma folha de um livro. Era a única coisa que existia entre ele e tudo o que lhe era familiar, tudo o que ele pensava ser sólido.

Era tentador. Ele chegava a sentir o gosto em sua boca: desejo, ganância. Medo também. Numa dose perturbadora.

Poderia arrancar a folha. Ninguém ficaria sabendo. As páginas não eram sequer numeradas. Se a retirasse com cuidado, ninguém perceberia a ausência.

A vida voltaria ao normal. Ele voltaria para Belgrave e tudo estaria como ele deixara, as mesmas posses, responsabilidades e compromissos.

Inclusive Amelia.

Ela já deveria ser a duquesa. Ele não deveria ter esperado tanto tempo.

Bastava arrancar aquela página...

– Está ouvindo? – sussurrou Jack.

Thomas se aprumou e, por instinto, inclinou a cabeça na direção da janela. Cavalos.

– Eles chegaram – deduziu Thomas.

Era agora ou nunca.

Fitou o livro.

E continuou a fitar.

– Não posso fazer isso – sussurrou.

Então tudo aconteceu depressa. Jack empurrou Thomas, que cambaleou para o lado. Thomas mal tinha tido tempo de recuperar o equilíbrio quando viu Jack com as mãos no livro... rasgando-o.

Thomas se jogou sobre o primo e tentou resgatar a folha de papel, mas Jack escapuliu e correu para junto do fogo.

– Não, Jack! – berrou Thomas.

Porém Jack foi rápido demais. Quando Thomas conseguiu segurar seu braço, ele já havia lançado o papel nas chamas.

Thomas cambaleou para trás, horrorizado com aquela visão. As chamas consumiram primeiro o centro da página, abrindo um buraco. Em seguida, os cantos começaram a se encarquilhar e enegrecer.

Os dois ficaram quietos, parados, hipnotizados, olhando o papel se desfazer.

Fuligem. Cinzas. Pó.

– Meu bom Deus! – murmurou Thomas. – O que você fez?

⁓

Amelia acreditava que nunca mais precisaria empregar a expressão "o pior dia da minha vida". Depois da cena no salão de Belgrave, quando dois homens quase trocaram socos para resolver quem seria obrigado a se casar com ela, ora, ninguém acharia possível alcançar tal nível de humilhação duas vezes na vida.

O pai, porém, não tinha sido informado.

– Papai, pare – implorou ela, batendo o pé enquanto ele tentava arrastá--la porta adentro na casa paroquial de Maguiresbridge.

– Achei que estaria um pouquinho mais ansiosa para obter uma resposta – disse ele com impaciência. – Deus sabe que eu estou.

Fora uma manhã horrível. Ao descobrir que os netos tinham partido para a igreja sem ela, a viúva tivera um verdadeiro acesso de fúria. Mais assustadora ainda fora a velocidade de sua recuperação. (Menos de um minuto, pelo cálculo de Amelia.) A ira da duquesa foi toda canalizada e transformada em uma determinação gélida, o que Amelia achou ainda mais amedrontador do que a fúria.

Quando Amelia descobrira que Grace não pretendia acompanhá-los até Maguiresbridge, ela se agarrara ao seu braço e cochichara:

– Não me deixe sozinha com aquela mulher.

Grace até tentara explicar que ela não ficaria sozinha, mas Amelia não aceitara. Recusara-se a partir sem ela. E, como lorde Crowland exigia a presença de Amelia e todos precisavam que a Sra. Audley indicasse a igreja certa, uma carruagem lotada se dirigiu ao condado de Fermanagh.

Amelia tinha viajado de costas, no mesmo assento que Grace e a Sra. Audley, o que não seria problema caso não estivesse de frente para a viúva, que exigia que a pobre Sra. Audley a informasse sobre o progresso da viagem a cada minuto. Para isso, a Sra. Audley tinha de se virar, comprimindo Grace, que se chocava contra Amelia, que já estava excessivamente tensa e apreensiva.

Assim que chegaram, seu pai a agarrou pelo braço e cochichou em seu ouvido um último sermão sobre pais e filhas e as regras que regiam as relações entre eles, além de três frases completas sobre legados dinásticos, fortunas familiares e responsabilidades para com a Coroa.

Tudo em menos de um minuto. Se não tivesse sido obrigada a suportar aquele mesmo discurso tantas vezes na semana anterior, Amelia não teria entendido uma palavra sequer.

Tentou dizer a ele, em vão, que Thomas e Jack mereciam ter privacidade, que não deveriam descobrir seus destinos diante de uma plateia. Àquela altura, não adiantava mais, porém. A viúva avançara a toda a velocidade e Amelia ouvia seus brados:

– Onde está?

Amelia se virou, encarando Grace e a Sra. Audley, que estavam a alguns pas-

sos de distância, horrorizadas. Contudo, antes que pudesse dizer qualquer coisa, o pai puxou seu braço com força e ela entrou cambaleante por uma porta.

A mulher no meio da sala, com uma xícara na mão, tinha uma expressão que manifestava algo entre a surpresa e o pavor. Devia ser a empregada da casa paroquial, embora Amelia não pudesse parar para perguntar. O pai continuava a arrastá-la, determinado a não permitir que a viúva alcançasse Thomas e Jack muito antes dele.

– *Ande*! – rosnou o pai.

Um pânico estranho, quase sobrenatural, começou a tomar conta dela. Amelia não queria entrar naquele aposento.

– Papai... – tentou dizer, sem conseguir prosseguir.

Thomas.

Lá estava ele, diante dela depois que o pai a arrastara porta adentro. Estava imóvel, com o rosto desprovido de qualquer expressão, os olhos fixos num ponto na parede onde não havia janelas, nem pinturas, nem nada que pudesse chamar sua atenção.

Amelia sufocou um grito. Ele perdera o título. Não precisava dizer nada. Nem precisava olhar para ela. Estava escrito em seu rosto.

– Como ousaram partir sem mim? – protestou a viúva. – Onde está? Exijo ver o registro.

Entretanto ninguém respondeu. Thomas permaneceu imóvel, rígido e impassível como o duque que todos acharam que ele fosse e Jack – céus, ele parecia mal. Estava corado e respirava depressa demais.

– O que encontraram? – praticamente berrou a viúva.

Amelia fitou Thomas. Ele não falou nada.

– Ele é o duque – disse Jack, por fim. – Como deveria ser.

Amelia entreabriu os lábios, esperando, *rezando* para estar enganada sobre a expressão de Thomas. Pouco lhe importavam o título, as riquezas, as propriedades. Era Thomas quem ela queria, mas sabia que ele era orgulhoso demais para ficar com ela se fosse apenas o Sr. Thomas Cavendish, cavalheiro de Lincolnshire.

A viúva se dirigiu a Thomas, incisiva:

– É verdade?

Thomas não respondeu.

A duquesa repetiu a pergunta agarrando o braço do neto com tamanha ferocidade que Amelia se assustou.

235

– Não há registro do casamento – insistiu Jack.

Thomas nada disse.

– Thomas é o duque – repetiu Jack, parecendo assustado, desesperado – Por que não estão me ouvindo? Por que ninguém me ouve?

Amelia prendeu a respiração.

– Ele está mentindo – disse Thomas em voz baixa.

Amelia engoliu em seco, porque a outra opção seria cair no choro.

– Não! – protestou Jack. – Estou dizendo...

– Pelo amor de Deus! – retrucou Thomas. – Acha que ninguém vai descobrir? Vai haver testemunhas. Acha mesmo que não haverá testemunhas do casamento? Pelo amor de Deus, não pode reescrever o passado.

Thomas olhou para o fogo.

– Nem pode queimá-lo, como tentou fazer.

Amelia o fitou e percebeu... *que ele poderia ter mentido*. Poderia, mas não mentiu. Se tivesse mentido...

– Ele arrancou a página do livro de registros – disse Thomas num tom estranho, distante e inexpressivo. – E a lançou no fogo.

Todos se voltaram ao mesmo tempo para a lareira, hipnotizados pelas chamas que crepitavam. Mas não havia mais nada para ver, nem a fumaça escura que subira no ar enquanto o papel ardia. Não havia evidências do crime de Jack. Se Thomas tivesse mentido...

Ninguém saberia. Ele poderia ter ficado com tudo. Poderia ter mantido o título. O dinheiro. Poderia ter ficado com *ela*.

– O título é seu – declarou Thomas, virando-se para Jack.

Ele, então, se curvou diante de Jack, que parecia estar em completa agonia. Depois deu meia-volta e encarou o restante das pessoas.

– Eu sou... – pigarreou e, quando prosseguiu, sua voz soou firme e orgulhosa. – Sou o Sr. Cavendish. E desejo a todos um bom dia.

Então partiu. Passou por eles e saiu porta afora.

Não olhou para Amelia.

E, enquanto ela permanecia ali em silêncio, ocorreu-lhe: ele não a encarara em momento nenhum. Ficara parado, olhara para a parede, para Jack, para a avó e até para Grace.

Mas não para ela.

Era estranho se sentir reconfortada por aquele fato. Mas ela se sentiu.

CAPÍTULO VINTE

Thomas não sabia aonde ir. Enquanto deixava a casa paroquial, passando pela empregada do lugar (que substituíra o desinteresse pela bisbilhotice assumida), enquanto descia os degraus e encontrava o luminoso sol irlandês, enquanto permanecia parado por um momento, ofuscado, desorientado, uma única ideia passava por sua cabeça...

Fugir.

Tinha de fugir.

Não queria ver a avó. Não queria ver o novo duque de Wyndham.

Não queria que Amelia *o* visse.

Assim, ele saltou no lombo de seu cavalo e partiu. Tomou o rumo de Butlersbridge porque era o único lugar que conhecia. Passou pela entrada de Cloverhill – não estava pronto para voltar *para lá*, pois os outros retornariam em breve. Por isso seguiu em frente até encontrar uma estalagem. Parecia respeitável, por isso ele desmontou e entrou.

E foi lá que Amelia o encontrou, cinco horas depois.

– Estávamos procurando por você – anunciou ela num tom que se esforçava para parecer alegre e animado.

Thomas fechou os olhos por um momento e massageou a ponte do nariz antes de responder.

– E parece que me encontrou.

Ela mordeu o lábio e seu olhar pousou na caneca de cerveja pela metade diante dele.

– Não estou bêbado, se é o que está pensando.

– Não o condenaria se estivesse.

– Uma mulher tolerante.

Thomas se recostou no assento com uma postura preguiçosa e insolente.

– Pena que não me casei com você.

Talvez não estivesse bêbado, mas consumira álcool suficiente para agir com um pouco de perversidade.

Amelia não respondeu. O que provavelmente foi a melhor opção. Se ti-

vesse lhe passado a descompostura que merecia, ele se sentiria obrigado a responder à altura. Porque era esse seu estado de espírito. E aí, passaria a gostar menos de si mesmo, menos ainda do que gostava naquele momento.

E, de fato, ele achava tudo muito cansativo.

Ela não merecia servir de alvo para seu péssimo humor, mas ele *tentara* se abster de toda interação social. Amelia fora atrás dele na estalagem Derragarra.

Ela se sentou na cadeira em frente, encarando-o com uma expressão tranquila. Então algo ocorreu a Thomas...

– O que está fazendo aqui?

– Acredito que eu disse que estava à sua procura.

Ele olhou em volta. Estavam num bar, pelo amor de Deus, cercados por homens que bebiam.

– Veio até aqui sem acompanhantes?

Ela deu de ombros.

– Duvido que alguém tenha percebido minha ausência. Há um bocado de animação em Cloverhill no momento.

– Todos festejando o novo duque? – perguntou ele, seco e irônico.

Ela inclinou a cabeça, num pequenino reconhecimento do sarcasmo dele.

– Todos festejando o casamento dele, que acontecerá em breve.

Ele a encarou de repente.

– Não é comigo – disse ela apressada, levantando a mão como se quisesse afastar a pergunta.

– Claro – murmurou ele. – Os festejos ficariam um pouco estranhos sem a noiva.

Amelia contraiu os lábios, traindo sua impaciência, mas foi capaz de controlar seu temperamento e dizer:

– Ele vai se casar com Grace.

– Vai mesmo?

Ele abriu um sorriso sincero.

– Que bom! Muito bom!

– Os dois parecem muito apaixonados.

Ele a observou. Tinha um ar tranquilo. Não era apenas sua voz, era seu comportamento, seu aspecto. O cabelo estava preso, mas alguns fios rebeldes escapuliam. Amelia não sorria, mas também não parecia triste. Considerando tudo o que se passara naquele dia, sua calma e serenidade eram notáveis. Também parecia um tanto feliz por Jack e Grace.

238

– O pedido de casamento foi muito romântico – informou ela.

– Você o testemunhou?

Ela abriu um sorriso.

– Todos nós testemunhamos.

– Até minha avó?

– Ah, sim.

Ele riu apesar de estar determinado a continuar zangado.

– Lamento ter perdido.

– Também lamento que tenha perdido.

Havia algo em sua voz... E, quando ele levantou a cabeça, havia algo em seus olhos também. Mas Thomas não queria ver. Não queria saber. Não queria piedade, nem compaixão, nem o sentimento que havia quando o rosto de uma mulher exibia aquela expressão horrível – um pouco maternal, um pouco tristonha, como se ela quisesse resolver seus problemas, fazer tudo desaparecer com um beijo e palavras afáveis.

Seria muito querer alguns momentos para chafurdar na própria infelicidade?

E a infelicidade era *dele*. Não era o tipo de experiência a ser compartilhada.

Ah, sim, sou o homem anteriormente conhecido como duque de Wyndham.

Ele ia fazer um sucesso incrível nos eventos sociais.

– Acho que o Sr. Audley está assustado – disse Amelia.

– Ele deveria estar.

Ela fez um sinal afirmativo com a cabeça, com ar pensativo.

– Suponho que sim. Ele terá muito que aprender. Você sempre parecia ocupado quando eu visitava Belgrave.

Ele deu um gole na cerveja, mas não por sentir vontade – era o terceiro caneco e ele achava que já bebera o suficiente. Contudo, se Amelia acreditasse que ele planejava beber até cair, talvez fosse embora.

Seria mais fácil sem ela.

Naquele dia. Ali. Ele era o Sr. Thomas Cavendish, cavalheiro de Lincolnshire, e naquele momento seria mais fácil ficar sem ela.

Porém ela não se abalou. Na verdade, pareceu estar se acomodando melhor no assento enquanto dizia:

– Grace vai ajudá-lo. Tenho certeza. Ela sabe muito sobre Belgrave.

– Ela é uma boa mulher.

– É, sim.

239

Amelia olhou para os dedos, que acompanhavam os arranhões e vincos na mesa, depois ergueu os olhos.

– Eu não a conhecia muito bem antes desta viagem.

Thomas estranhou.

– Você a conhece desde sempre.

– Não conhecia tão bem – esclareceu ela. – Sempre foi amiga de Elizabeth, não minha.

– Imagino que Grace discordaria dessa afirmação.

As sobrancelhas dela subiram o suficiente para exibir desdém.

– É fácil notar que você não tem irmãos.

– O que quer dizer?

– É impossível manter amizades idênticas com dois irmãos. Sempre existe um amigo principal.

– Deve ser complicado fazer amizade com as irmãs Willoughbys! – disse Thomas, irônico.

– Cinco vezes mais complicado do que fazer amizade com *você*.

– Mas nem de longe tão difícil.

Ela o fitou com uma expressão indiferente.

– No momento, sou obrigada a concordar.

– Essa doeu.

Ele sorriu, mas sem achar graça nenhuma.

Amelia se manteve em silêncio, o que por alguma razão o deixou irritado. Mesmo *sabendo* que estava se comportando como um idiota, ele se esticou e olhou atentamente para as mãos dela.

Ela as retirou na mesma hora.

– O que está fazendo?

– Procurando as garras – respondeu ele, num tom irônico.

Amelia se levantou de forma abrupta.

– Você não é a mesma pessoa. Não o reconheço.

Aquilo bastou para que ele soltasse uma gargalhada.

– Acabou de perceber?

– Não estou me referindo a seu nome – retrucou ela.

– Ah, então deve ser pelo meu comportamento encantador e pela minha aparência.

Os lábios dela ficaram tensos.

– Não costuma ser tão sarcástico.

Deus do céu. O que ela esperava dele?

– Por favor, tenha alguma compaixão, lady Amelia. Não tenho permissão sequer para sofrer, por algumas horas, a perda de tudo o que eu amava?

Ela se sentou, mas os movimentos foram desajeitados e ela não pareceu à vontade.

– Perdoe-me.

O queixo estava tenso e ela engoliu em seco antes de prosseguir.

– Preciso ser mais compreensiva.

Thomas soltou um suspiro de irritação. Céus, estava cansado! Não tinha dormido na noite anterior, nem mesmo fechado os olhos, e passara pelo menos uma hora de sua vigília numa situação um tanto desagradável, tomado pelo desejo por ela. E agora ela agia *assim*?

– Não peça meu perdão – disse ele, exausto.

Amelia abriu a boca, depois fechou. Ele desconfiou que ela quase pedira desculpas por pedir desculpas.

Thomas deu mais um gole na bebida.

De novo, ela pareceu ignorá-lo.

– O que vai fazer?

– Esta tarde? – murmurou ele, sabendo muito bem o que ela queria dizer.

Ela lhe lançou um olhar aborrecido.

– Não sei – disse ele, irritado. – Passaram-se apenas poucas horas.

– Claro que sim, mas faz mais de uma semana que você pensa nisso. E, no barco, você parecia bem certo do que iria acontecer.

– Não é a mesma coisa.

– Mas...

– Pelo amor de Deus, Amelia, não pode me deixar em paz?

Ela recuou e ele se arrependeu de suas palavras no mesmo instante, mas não o suficiente para pedir desculpas.

– É melhor eu ir embora – disse ela, num tom inexpressivo.

Com certeza, Thomas não a impediria. Não vinha *tentando* se livrar dela? Amelia deveria sair pela porta para que ele, finalmente, pudesse recuperar a paz e a tranquilidade, sem precisar ficar sentado ali se esforçando tanto para não olhar o rosto dela.

A sua boca.

Aquele lugarzinho em seus lábios que ela costumava tocar com a língua quando ficava nervosa.

241

Contudo, quando ela se levantou, algo dentro dele reagiu: aquela integridade irritante que se recusava a abandoná-lo junto com o resto de sua identidade.

Maldição.

– Você trouxe um criado? – perguntou.

– Não preciso de acompanhante – respondeu ela, sem se abalar com o tom de voz de Thomas.

Thomas se levantou, fazendo a cadeira arrastar no chão.

– Vou acompanhá-la.

– Eu disse que...

Ele tomou seu braço com um pouco mais de força do que pretendia.

– É uma mulher solteira e sozinha num país estrangeiro.

Ela o fitou com algum espanto.

– Tenho uma montaria, Thomas. Não vou sair caminhando sozinha pelas estradas.

– Vou acompanhá-la – repetiu.

– Vai ser bem-educado?

– A boa educação parece ser a única coisa que não consigo perder – disse ele, irônico. – Do contrário, ficaria feliz por deixá-la partir.

Por um momento, ele achou que Amelia argumentaria, mas o bom senso prevaleceu.

– Muito bem – concordou ela e soltou um suspiro de impaciência. – Pode me deixar no final da alameda, se assim desejar.

– É uma provocação, lady Amelia?

Ela se voltou para ele com um olhar tão triste que Thomas sentiu como se tivesse levado uma bofetada.

– Quando voltou a me chamar de lady?

Ele a fitou por vários segundos antes de responder, por fim, numa voz baixa:

– Desde que deixei de ser um lorde.

Amelia não fez comentários, mas ele percebeu que ela se esforçava para conter a emoção. Maldição, era melhor que não chorasse. Ele não teria condições de fazer aquilo se ela caísse em prantos.

– Então vamos voltar – disse ela, soltando o braço e andando depressa na frente dele.

Thomas percebeu, porém, que sua voz vacilara e que seu passo, ao caminhar rumo à porta, estava diferente.

Ela parecia rígida e não segurava as mãos como de hábito. O braço não

balançava no leve e gracioso movimento que ele adorava. Que ele não tinha percebido quanto adorava.

Não *imaginara* que conhecia os ritmos de seus passos até perceber que eles estavam diferentes.

E era frustrante que, naquele momento, no meio daquele desastre, quando ele só queria ficar sozinho e sentir pena de si mesmo, sua dor fosse por *ela*.

– Amelia – chamou ele, assim que saíram da estalagem.

Ele soou ríspido, mas não tivera intenção de gritar. Apenas... aconteceu.

Ela parou. Os dedos subiram até o rosto e desceram, só depois ela se virou.

– Peço desculpas – disse ele.

Amelia não questionou aquele pedido, mas a dúvida ficou no ar.

– Peço desculpas por ser tão rude. Você não merecia.

Ela olhou para cima, depois para o lado, até que por fim encontrou o olhar de Thomas.

– Você se comportou bem melhor do que a maioria dos homens na sua situação.

De algum modo, ele conseguiu abrir um sorriso.

– Caso venha a conhecer mais alguém... na minha situação, quero dizer... por favor, diga-lhe como me encontrar.

Um risinho agoniado escapou dos lábios dela.

– Sinto muito – disse Amelia, com dificuldade.

– Não sinta. Não há ninguém que mereça rir tanto quanto você.

– Não – respondeu ela de pronto. – Eu nunca poderia...

– Não é o que quis dizer – interrompeu Thomas antes que pudesse dizer algo que o faria se sentir ainda mais estúpido. – Quis dizer apenas que sua vida também virou de cabeça para baixo.

Ele a ajudou a subir na sela, tentando não permitir que suas mãos se demorassem muito em sua cintura. Tentando não perceber que ela cheirava a rosas.

– Não estamos longe de Cloverhill – disse ela assim que partiram.

Thomas assentiu.

– Ah, sim, claro que sabe disso. Passou pela entrada quando voltou de Maguiresbridge.

Ele assentiu mais uma vez.

Ela assentiu também e olhou para a frente, os olhos grudados na estrada. Era uma boa amazona, ele reparou. Thomas não sabia como ela enfrentaria condições mais adversas, mas a postura na sela era perfeita.

Ele se perguntou se a coluna dela perderia a rigidez, se os ombros se curvariam um pouco se ela se virasse e olhasse para ele.

Porém ela não olhou. Sempre que ele a observava, via apenas seu perfil. Até que chegaram à entrada da propriedade dos Audleys.

– O fim do caminho. Acredito que foi o que você especificou – murmurou ele.

– Vai entrar? – perguntou ela.

Não havia hesitação na sua voz, apenas um cuidado que partia o coração.

– Não.

Ela assentiu.

– Entendo.

Ele duvidava que entendesse, mas não havia motivos para contrariá-la.

– Vai voltar em algum momento? – quis saber Amelia.

– Não.

Ele não tinha pensado no assunto até aquele momento, mas não, não desejava fazer a viagem de volta à Inglaterra com aquela comitiva.

– Vou voltar sozinho para Belgrave.

Depois disso, ele não sabia o que iria fazer. Supunha que permaneceria por lá durante uma semana mais ou menos, para mostrar tudo a Jack. Juntar seus pertences. Com certeza, algumas coisas pertenciam a ele, não ao ducado. Seria difícil de engolir se não possuísse sequer suas botas.

Ele não conseguia entender por que isso seria mais deprimente do que a perda de todo o maldito castelo.

– Então, adeus – disse ela e deu um pequeno sorriso.

Bem pequeno. De certo modo, aquele sorriso era a coisa mais triste que ele já vira.

– Adeus, Amelia.

Ela aguardou por um momento, então instigou sua montaria para a esquerda, para pegar a estrada de acesso.

– Espere! – exclamou ele.

Amelia se virou, os olhos reluzindo de esperança. Alguns fios de cabelo se soltaram na brisa, formando um sinuoso arco no ar antes que ela os jogasse para trás da orelha com impaciência.

– Preciso pedir um favor – disse ele.

E era verdade, embora aquilo não explicasse o alívio que sentiu quando Amelia retornou para seu lado.

244

– Claro.

– Preciso escrever algumas palavras. Para o duque.

Ele pigarreou. Era difícil saber quanto tempo levaria para que aquela palavra saísse de sua boca com naturalidade.

– Você poderia entregar uma carta?

– Sim, mas ficaria feliz de simplesmente transmitir o recado. Para que você não tenha o trabalho de...

Suas mãos fizeram um gesto desajeitado no ar.

– Bem, o trabalho de escrevê-la, suponho.

– Se transmitir minhas palavras, vão saber que me viu.

Ela entreabriu os lábios, mas não respondeu.

– Precisa levar em conta sua reputação – disse ele, em voz baixa.

Amelia engoliu em seco e ele compreendeu que ela refletia. Os dois nunca tinham precisado se preocupar com a reputação dela.

– Claro – disse ela, com a voz vacilante.

– Pode se encontrar comigo aqui? – perguntou ele. – Logo depois do anoitecer?

– Não.

Ele piscou, surpreso.

– Você pode se atrasar e não quero esperá-lo numa estrada pública.

– Não vou me atrasar – garantiu ele.

– Vou encontrá-lo no caramanchão.

– Há um caramanchão?

– A Sra. Audley me mostrou mais cedo.

Amelia explicou onde ficava e depois acrescentou:

– Não fica longe da casa. Mas você não vai ser visto, se essa é a sua preocupação.

Thomas assentiu.

– Obrigado. Aprecio sua colaboração.

Ela partiu e ele esperou, vendo-a desaparecer na distância. Aguardou até que ela contornasse a ligeira curva do caminho e saísse de seu campo de visão. Depois, ele esperou mais.

Por fim, quando seu coração ficou tranquilo de que ela já teria saltado do cavalo e entrado na casa, ele deu meia-volta e partiu.

Mas só depois de ter certeza.

CAPÍTULO VINTE E UM

O sol se punha tarde naquela época do ano e a Sra. Audley mantinha horários condizentes com o campo. Por isso, Amelia se dirigiu ao caramanchão muito depois do jantar. Como esperava, ninguém percebeu que ela havia saído. O pai se retirara para o quarto logo depois da refeição. Ainda estava zangado com o pedido de casamento que Jack fizera a Grace. A viúva nem se dera ao trabalho de descer para se juntar aos outros.

Depois do jantar, a Sra. Audley convidara Amelia para acompanhá-la ao salão, junto com Jack e Grace, mas Amelia dispensara o convite. Já havia passado uma hora no mesmo lugar, antes da refeição, com as mesmas três pessoas. Toda conversa consistia em histórias das aventuras de Jack quando menino. Eram divertidas, mas talvez fossem mais divertidas para alguém que estivesse apaixonada por ele, o que não era seu caso. Ninguém se surpreendeu quando ela disse que estava cansada e que preferia ler na cama.

Ela pegou um livro na pequena biblioteca, subiu a escada, se estendeu na cama por um minuto para deixar as cobertas marcadas, depois se esgueirou para fora da casa. Se Grace voltasse ao quarto durante sua ausência – o que Amelia considerava pouquíssimo provável, pois a jovem ouvia com atenção todas as palavras da Sra. Audley –, ficaria parecendo que ela saíra por um momento para ir até a biblioteca pegar um livro. Ou talvez que saíra em busca de algo para comer. Não havia motivos para que alguém desconfiasse que ela planejava se encontrar com Thomas. Todos exprimiram curiosidade de saber por onde ele andava, claro, mas compreendiam sua necessidade de ficar sozinho por algum tempo.

O sol afundava no horizonte enquanto ela se dirigia ao caramanchão e tudo já ganhava uma aparência acinzentada – as cores estavam menos vívidas, as sombras tinham desaparecido. Amelia disse a si mesma que aquele encontro não tinha nenhum significado, que ela estaria apenas prestando um favor, pegando a carta para deixá-la na mesa do saguão e depois fingir surpresa como todos, quando fosse encontrada. Era provável que não fosse mesmo nada. Não iria se jogar nos braços dele. Sua última tentativa de agir

de forma apaixonada preenchera sua cota de humilhações para a vida inteira. E Thomas não dera nenhuma indicação de que desejaria levar adiante o romance dos dois. Não agora, depois de ter perdido o título.

Thomas era orgulhoso demais. Amelia imaginava que era o resultado de passar a vida sendo um dos vinte homens mais poderosos do país, ou algo parecido. Ela poderia arrancar o coração de seu peito e entregá-lo a ele, dizendo que o amaria até o dia de sua morte, e ele ainda se recusaria a se casar com ela.

Para o bem dela.

Essa era a pior parte. Ele diria que era para o bem dela, que ela merecia mais.

Como se Amelia algum dia tivesse se importado com o título e as riquezas. Se tudo tivesse acontecido no mês anterior, antes de conversarem, antes de se beijarem, ela não teria se importado.

Ah, ela se sentiria constrangida quando fosse a Londres, supunha. Mas muitos diriam ter sido um golpe de sorte que ela não tivesse se casado com Thomas antes da perda do título. E Amelia conhecia seu valor. Era razoavelmente bonita, inteligente (mas não inteligente demais – *muito obrigada, mamãe*), filha de um conde, dona de um bom dote. Ela não ficaria muito tempo sem um noivo.

A situação teria sido perfeitamente aceitável se ela não tivesse se apaixonado por ele. Por ele. Não pelo título, não pelo castelo. Por ele. Só que Thomas nunca entenderia.

Ela atravessou o gramado correndo, com os braços em volta do corpo para se proteger da friagem. Tinha tomado o caminho mais longo para não passar perto da janela do salão.

Ocorreu-lhe que estava ficando bem experiente em sair de modo furtivo daquela casa. Tinha de haver alguma graça naquilo. Ou, no mínimo, uma ironia. Ou talvez fosse apenas triste.

Ela via o caramanchão a distância, com sua pintura branca ainda se destacando na penumbra. Levaria apenas mais um minuto para que...

– Amelia.

– Ah!

Ela deu um pulo.

– Meu Deus do céu, Thomas, você me assustou.

Ele deu um sorriso torto.

– Não estava me esperando?

– *Aqui*? Não.

O caramanchão ainda ficava a muitos metros de distância.

– Minhas desculpas. Eu a vi e me pareceu uma grosseria não avisá-la da minha presença.

– Não, claro. Só estou...

Ela respirou, bateu no peito com a mão.

– Meu coração ainda está em disparada.

Houve um momento de silêncio. E, depois, outro. E aí, mais um.

Era terrível. Embaraçoso, como no tempo em que Amelia não o conhecia de verdade. Quando Thomas era um duque e ela era sua noiva sortuda. Quando nunca tinham nada a dizer um para o outro.

– Aqui está.

Ele entregou um pedaço de papel a ela, dobrado e lacrado com cera. Depois lhe deu o anel de sinete.

– Eu ia usá-lo no lacre, mas aí percebi...

Ela olhou para o anel gravado com o emblema de Wyndham.

– Na verdade, teria sido engraçado – julgou Amelia.

– Dolorosamente engraçado.

Ela tocou na cera. Estava lisa no lugar onde tinha sido pressionada com um selo achatado. Ergueu os olhos e tentou sorrir.

– Talvez eu possa lhe oferecer um novo de presente. Pelo seu aniversário.

– Um anel novo? – repetiu Thomas.

Minha nossa, aquilo não parecia estar soando direito.

– Não, claro que não – falou ela, sem graça, então pigarreou e prosseguiu. – Seria uma grande presunção.

Ele esperou, inclinou a cabeça para indicar que ainda não tinha entendido o que ela queria dizer.

– Um selo. Para lacrar – explicou ela, odiando a cadência de sua voz.

Apenas quatro palavras, mas ela parecia toda atrapalhada. Boba e nervosa.

– Ainda vai precisar mandar cartas.

Ele pareceu intrigado.

– Que estampa você escolheria?

– Não sei.

Ela voltou a fitar o anel, depois o guardou no bolso para mantê-lo em segurança.

– Você tem um lema?

Ele fez que não com a cabeça.

– Quer ter um?

– Quer escolher um para mim?

Ela riu.

– Ah, você não deveria me provocar.

– O que quer dizer?

– Quero dizer que posso pensar em algo mais inteligente do que *Mors ærumnarum requies.*

A testa dele se vincou enquanto ele tentava traduzir.

– A morte é o repouso das aflições – informou ela.

Ele riu.

– O lema heráldico dos Willoughbys – disse ela, com uma careta. – Desde o tempo dos Plantagenetas.

– Sinto muitíssimo.

– Por outro lado, vivemos até uma idade avançada.

Como finalmente estava se divertindo, ela acrescentou:

– Inválidos, artríticos e asmáticos, tenho certeza.

– Não se esqueça da gota.

– Como é gentil de me lembrar.

Ela revirou os olhos e lançou um olhar curioso para Thomas.

– Qual é o lema dos Cavendishes?

– *Sola nobilitus virtas.*

Sola nobili... ela desistiu.

– Meu latim anda enferrujado.

– A virtude é a única nobreza.

– Ah. Que irônico! – avaliou ela e estremeceu.

– Mas não é verdade?

Ela não sabia o que dizer. E ele, aparentemente, também não. Amelia deu um sorriso sem jeito.

– Certo. Muito bem.

Ela segurou a missiva.

– Cuidarei bem dela.

– Obrigado.

– Então, adeus.

– Adeus.

Ela deu meia-volta, mas parou e se virou, segurando a carta na altura do ombro.

249

– Devo presumir que não planeja se juntar a nós em Cloverhill?

– Não. Eu não seria uma companhia agradável.

Ela fez um pequeno sinal com a cabeça, os lábios se abrindo num sorriso discreto e sem graça. Desceu o braço e sabia que deveria partir. E partiu, realmente, ou pelo menos pensou em partir, mas então...

– Está tudo aí.

– O quê?

Ela parecia um pouco ofegante, mas talvez Thomas não notasse.

– Na carta – explicou ele. – Deixei tudo por escrito sobre o que pretendo. Para Jack.

– Claro.

Ela assentiu. Tentou não pensar em como o movimento parecia desajeitado.

– Tenho certeza de que foi muito detalhado.

– Zeloso em todos os assuntos – murmurou ele.

– É seu novo lema?

Ela prendeu a respiração, feliz por ter encontrado uma nova avenida por onde conduzir a conversa. Não queria se despedir. Se partisse naquele momento, tudo estaria acabado, não era verdade?

Ele sorriu de forma educada e ergueu o queixo na direção dela.

– Vou esperar seu presente com ansiedade.

– Então vou voltar a vê-lo?

Ah, *maldição*! Maldição, maldição, *maldição*. Não pretendia dizer aquelas palavras como uma pergunta. Deveria ser uma declaração irônica e sofisticada, que definitivamente não poderia ter sido proferida naquela vozinha patética e esperançosa.

– Tenho certeza de que vai.

Ela assentiu.

Ele assentiu.

Os dois ficaram ali, se olhando.

Então...

Dos lábios dela...

Saiu a declaração mais estúpida...

– Eu te amo!

Meu Deus!

Meu Deus, meu Deus, meu Deus. De onde viera aquilo? Ela não deveria ter dito. E não deveria soar tão desesperada. E ele não deveria fitá-la como se

tivessem surgido chifres na sua cabeça. E ela não deveria ficar tremendo e *deveria* respirar. Ai, meu Deus, ela ia chorar, porque era mesmo uma infeliz e...

Jogou as mãos para cima. Agitou-as freneticamente.

– Preciso ir!

Ela saiu correndo. *Céus, céus.* Deixou a carta cair.

Ela voltou para pegar.

– Perdão.

Pegou-a. Olhou para ele.

Ah, aquilo foi um erro. Porque tinha voltado a falar como se a sua boca não tivesse feito outra coisa além de deixá-la parecendo uma tola naquela noite.

– Sinto muito. Não deveria ter dito aquilo. Eu não, quero dizer, eu não deveria e estou... estou...

Abriu a boca, mas a garganta se contraiu e ela achou que tinha parado de respirar. Finalmente, como um terrível soluço, as palavras saíram...

– Preciso mesmo ir.

– Amelia, espere.

Thomas pousou a mão no braço dela. Ela ficou imóvel. Fechou os olhos para suportar a agonia.

– Você...

– Não deveria ter dito – balbuciou ela.

Tinha de interrompê-lo antes que ele dissesse algo mais. Porque sabia que ele não diria que a amava também e que isso seria insuportável.

– Amelia, você...

– Não! – exclamou ela. – Não diga nada. Por favor, só vai tornar tudo pior. Sinto muito. Eu o deixei numa posição terrível e...

– *Pare.*

Ele pôs as mãos nos ombros dela, um toque firme e caloroso. Amelia desejou deixar a cabeça pender para o lado e descansar o rosto em Thomas. Mas não fez isso.

– Amelia – disse ele.

Parecia que vinha buscando palavras. O que não podia ser um bom sinal. Se ele a amasse... se quisesse que ela soubesse disso... saberia o que dizer, não?

– Foi um dia fora do comum – disse ele, vacilante. – E... – tentou prosseguir, pigarreou. – Muitas coisas aconteceram e não seria surpreendente se *pensasse* que...

– Acha que cheguei a esta conclusão esta tarde?

– Eu não...

Amelia já não tinha condições de tolerar nem um pouco aquela condescendência.

– Nunca se perguntou por que resisti tanto à ideia de me casar com o Sr. Audley?

– Na verdade, você não disse muito naquele dia – lembrou Thomas num tom baixo.

– Porque perdi a fala. Fiquei em choque. Como acha que se sentiria se seu pai, de repente, exigisse que se casasse com alguém que você nunca viu e o homem que era seu noivo até aquele momento, com quem você *achava* estar finalmente formando uma amizade, exigisse o mesmo?

– Era para o seu bem, Amelia.

– Não, não era!

Ela o afastou, quase gritando aquelas palavras.

– Como poderia ser bom para mim ser obrigada a me casar com um homem que está apaixonado por Grace Eversleigh? Eu, que pouco tempo antes achava que você sentisse o mesmo.

Houve um terrível silêncio. Ela não podia ter dito aquilo. Não, não. Ela não podia ter dito aquilo.

O rosto dele foi tomado pela surpresa.

– Achou que eu estivesse apaixonado por Grace?

– Ela com certeza o conhecia melhor do que eu – resmungou Amelia.

– Não, não faria isso... quero dizer, eu não me apaixonei, só que...

– O quê?

– Nada.

Porém ele tinha um ar culpado. Julgava que fizera algo errado.

– Conte-me.

– Amelia...

– Conte-me!

E ela deveria estar parecendo uma completa megera, pronta para saltar no pescoço dele, porque ele disparou:

– Pedi a ela que se casasse comigo.

– *O quê?*

– Não significou nada.

– Pediu alguém em casamento e não significou nada?

– Não é o que parece.

252

– Quando foi isso?

– Antes de partirmos para a Irlanda – admitiu ele.

Amelia ficou de queixo caído, indignada.

– Ainda era meu noivo. Não se pode pedir alguém em casamento quando se está comprometido com outra.

Ela nunca poderia ter imaginado um gesto tão pouco característico de Thomas.

– Amelia...

– Não.

Ela balançou a cabeça. Não queria ouvir desculpas.

– Como pôde fazer isso? Sempre faz o que é certo. Sempre. Mesmo quando é um problema enorme, sempre...

– Achei que não continuaria sendo seu noivo por muito tempo – interrompeu ele. – Disse apenas que, se Audley fosse o duque, talvez devêssemos fazer uma tentativa, quando tudo estivesse acabado.

– Fazer uma *tentativa*? – repetiu Amelia.

– Eu não disse assim – resmungou ele.

– Ai, meu Deus.

– Amelia...

Ela piscou, tentando absorver aquelas informações.

– Mas você se recusaria a casar comigo – sussurrou ela.

– Do que está falando?

Ela ergueu a cabeça, finalmente capaz de se concentrar no rosto dele. Bem nos olhos dele, de forma incisiva, e dessa vez ela não se deixou abalar por todo o azul que encontrou.

– Disse que não se casaria comigo se perdesse o título. Mas se casaria com Grace?

– Não é a mesma coisa – argumentou ele.

Contudo, parecia constrangido.

– Por quê? Como? De que modo é diferente?

– Porque você merece mais.

Amelia arregalou os olhos.

– Acho que acabou de insultar Grace.

– Maldição! – resmungou ele, passando a mão no cabelo. – Está distorcendo minhas palavras.

– Acho que está fazendo um ótimo trabalho em distorcê-las sozinho.

Thomas respirou fundo, tentando se acalmar.

– Passou a vida inteira esperando para se casar com um duque.

– O que importa?

– O que *importa*?

Por um momento, ele pareceu incapaz de encontrar palavras.

– Não faz ideia de como sua vida poderia ser caso se visse destituída de seus relacionamentos e de seu dinheiro.

– Não preciso disso – protestou ela.

Porém ele prosseguiu como se não tivesse ouvido.

– Eu não tenho nada, Amelia. Não tenho dinheiro nem propriedades...

– Tem a si mesmo.

Ele bufou, zombando de si mesmo.

– Nem sei quem é essa pessoa.

– Eu sei – sussurrou ela.

– Não está sendo realista.

– Não está sendo justo.

– Amelia, você...

– Não. Não quero ouvir – interrompeu Amelia, zangada. – Não posso acreditar que tenha me insultado a esse ponto.

– Insultado?

– Acha mesmo que sou uma espécie de florzinha de estufa que não tem condições de enfrentar as menores dificuldades?

– Não serão menores.

– Mas Grace conseguiria...

Thomas manteve a mesma expressão e não respondeu.

– O que ela disse? – perguntou Amelia, com sarcasmo.

– Ela recusou – respondeu ele, por fim, com a voz vacilante.

– Você a beijou?

– Amelia...

– Beijou?

– O que importa?

– Você a beijou?

– Sim! – explodiu ele. – Sim, pelo amor de Deus, eu a beijei, mas não houve nada. Nada! Eu tentei, acredite em mim, tentei sentir algo, mas não era nada parecido com isso.

Ele a agarrou e seus lábios encontraram os dela com tanta urgência, com

tanta força, que Amelia não teve tempo de respirar. E não importava. As mãos dele estavam nela, apertando-a com força. Ela sentia a rigidez de seu desejo e era o que queria.

Queria aquilo.

Avançou sobre as roupas dele, ansiando pelo calor da sua pele. Os lábios dele percorriam seu pescoço. A mão havia descido para debaixo da saia e subia por sua perna.

Amelia ofegava de desejo. O polegar dele encontrara a carne macia de suas coxas e apertava, acariciava, e ela não sabia se conseguiria ficar de pé. Agarrou-se aos ombros dele para se apoiar, suspirando seu nome, gemendo, implorando mais e mais.

E as mãos dele subiram ainda mais pela curva da sua perna, no lugar onde encontrava o quadril, tão perto... Tão perto.

Ele a tocou.

Ela ficou rígida, depois se deixou cair sobre ele, instintivamente relaxando enquanto ele a tocava.

– Thomas – gemeu ela e, antes que se desse conta, ele a deitou no chão.

Thomas a beijava e a tocava. Amelia não tinha ideia do que fazer. Sabia apenas que queria aquilo. Queria tudo o que ele fazia e muito mais.

Aqueles dedos habilidosos não paravam. Até que ele insinuou um deles dentro de suas partes mais íntimas, na mais perversa carícia de todas. Ela arqueou o corpo, gemendo de espanto e prazer. Ele havia encontrado o caminho com tanta facilidade, como se o corpo dela estivesse à espera. Estaria seu corpo se preparando para aquele exato momento, quando ele se acomodaria entre suas coxas e a tocaria?

Respirava cada vez mais rápido, com mais força, e queria que ele se aproximasse ainda mais. Seu corpo inteiro pulsava e tudo o que conseguia fazer era agarrá-lo, passar as mãos em suas costas, no cabelo, nas nádegas... qualquer coisa para apertá-lo mais contra si, para sentir a pressão crescente do corpo dele.

A boca dele se deslocou para seu colo, para a planície de pele exposta pelo vestido. Ela estremeceu quando ele encontrou o decote e os lábios acompanharam o contorno... e desceram... deixaram o ombro rumo à curva delicada do seio. Ele puxou o tecido com os dentes, a princípio com suavidade, depois com mais vigor, quando ele não cedeu. Por fim, segurou o tecido na altura do ombro e o puxou até que deslizasse pelo braço dela.

Um seio ficou exposto e Amelia mal teve a chance de suspirar antes que a boca dele se fechasse sobre o mamilo.

Um grito abafado escapou de seus lábios e ela não sabia se deveria se afastar ou se aproximar ainda mais e, no fim das contas, não importava, porque ele a segurava com firmeza e, a julgar pelos grunhidos de prazer, ela não iria a lugar nenhum. A mão dele – aquela que vinha causando a deliciosa tortura – tinha envolvido seu traseiro e, com força implacável, fazia com que ela roçasse contra seu desejo. A outra mão deslizou sobre a pele macia e sensível do braço colocando as mãos dos dois sobre suas cabeças.

Com os dedos enlaçados.

Eu te amo, era o que ela queria gritar.

Mas não gritou. Não conseguia falar, não conseguia se permitir dizer uma única palavra. Ele iria parar se ela falasse. Não sabia por que estava tão convencida daquilo, mas tinha certeza de que era a verdade. E se ela fizesse algo para quebrar o encanto, para devolvê-lo à realidade, ele pararia. E ela não suportaria.

Sentiu que as mãos dele se mexiam, lutando com os fechos da calça. E lá estava ele, inteiro. Duro e quente, apertando-a, abrindo-a, e ela não tinha mais certeza de que aquilo iria funcionar e não tinha mais certeza de que iria gostar. E aí...

Ele arremeteu com um grunhido primal e ela não conseguiu se conter – soltou um minúsculo grito de dor.

Ele ficou petrificado no mesmo instante.

E ela também.

Ele ergueu o corpo, jogando a cabeça para trás, e Amelia teve a impressão de que só naquele momento ele a enxergava. A névoa da paixão tinha se desvanecido e agora... ah, era tudo o que ela temia.

Ele se arrependia.

– Ai, meu Deus – balbuciou Thomas. – Ai, meu Deus.

O que ele tinha acabado de fazer?

Era uma pergunta estúpida, feita no momento mais estúpido de todos, pois estava em cima de Amelia, dentro dela, e os dois se encontravam sobre a grama. *Sobre a grama!* Ele tirara sua virgindade sem ao menos se preocu-

par com seu conforto. O vestido estava levantado até a cintura. Havia folhas em seu cabelo e, por Deus, ele nem tirara as botas.

– Sinto muito – sussurrou ele.

Amelia sacudiu a cabeça, mas ele não conseguia adivinhar o que ela pensava.

Ele se casaria com ela. Não havia dúvida. Ele a arruinara da forma mais aviltante. Tinha ao menos murmurado o nome dela? Enquanto faziam amor, ele ao menos dissera seu nome? Estivera consciente de algo além de seu desejo implacável?

– Sinto muito – repetiu ele, mas as palavras não bastavam.

Ele fez menção de se retirar para poder ajudá-la, reconfortá-la.

– Não! – gritou Amelia, agarrando seus ombros. – *Por favor*. Não vá.

Ele a fitou, incapaz de acreditar em suas palavras. Sabia que não a violara. Ela também queria aquilo. Tinha gemido com suas carícias, agarrado seus ombros, suspirado seu nome com desejo. Mas agora, na certa, desejava que aquilo acabasse. Para esperar por condições mais civilizadas. Numa cama. Como sua esposa.

– Fique – murmurou ela, acariciando o rosto dele.

– Amelia – sua voz estava rouca.

Ele rezou para que Amelia conseguisse ouvir todos os pensamentos que ele concentrava naquela única palavra, porque ele não achava que poderia dar voz a eles.

– Está feito – disse ela com suavidade, mas seu olhar ficou ardente. – E *nunca* vou me arrepender.

Ele tentou dizer algo. Emitiu uma espécie de som, mas vindo das profundezas, de algum lugar onde não havia palavras.

– Psiu! – murmurou ela e tocou os lábios de Thomas. – Está feito – repetiu.

E então sorriu e sua expressão era o cume de um milhão de anos de experiência feminina.

– Agora faça com que seja bom.

O pulso dele acelerou. A mão dela subiu pela parte de trás de sua perna até alcançar a pele nua de suas nádegas.

Ele gemeu.

Ela o apertou.

– Faça com que seja *maravilhoso*.

E foi o que ele fez. Se a primeira parte do ato de amor tinha consistido apenas de estocadas frenéticas e paixão cega, naquele momento ele havia

se transformado num homem com um propósito. Cada beijo era pura arte, cada carícia tinha como objetivo levá-la ao ápice. Se algo a fazia suspirar de prazer, ele repetia... e repetia de novo.

Ele sussurrou seu nome... sem parar, roçando em sua pele, em seus cabelos, enquanto os lábios tocavam seus seios. Ele faria com que fosse bom para ela. Faria ser *maravilhoso*. Não descansaria até levá-la ao auge do êxtase, até que ela desmoronasse em seus braços.

Aquilo não era para ele. Pela primeira vez em semanas, algo não girava em torno dele. Não tinha relação com seu nome, nem com sua identidade, nem com nada além das formas possíveis de dar prazer a Amelia.

Era para ela. Para Amelia. Era tudo para ela e talvez fosse assim pelo resto de seus dias. E talvez ele não se importasse com isso. Talvez fosse algo bom. Algo muito bom.

Ele a contemplou, perdendo o fôlego ao ver os lábios dela se abrindo num pequeno suspiro de desejo. Nunca vira nada tão belo. Nada se comparava, nem o mais reluzente dos diamantes, nem o mais espetacular dos crepúsculos. Nada se comparava a seu rosto naquele momento.

E foi então que tudo ficou claro.

Ele a amava.

Aquela garota... não, aquela mulher... a quem havia ignorado educadamente durante tantos anos. Ela conseguira alcançar as profundezas de seu ser e roubar seu coração.

De repente ele já não sabia como pudera pensar que permitiria que ela se casasse com Jack. Não sabia como fora capaz de imaginar que conseguiria viver longe dela. Ou que pudesse viver mais um dia sem saber que ela seria sua esposa. A mulher com quem teria filhos. Com quem envelheceria.

– Thomas?

A voz de Amelia o fez voltar à realidade e ele percebeu que tinha parado de se mexer. Ela o encarava com uma mistura de curiosidade e carência. Seus olhos... sua expressão... ele não saberia explicar o que fazia com ele nem como, mas ele se sentia feliz.

Não estava contente, nem satisfeito, nem achando graça.

Estava feliz.

Doido de amor, como se tivessem injetado champanhe em suas veias. Tomado pelo desejo de gritar para o mundo a sua felicidade.

– Por que está sorrindo? – perguntou ela, que também abriu um sorriso.

Porque aquilo era contagioso. Tinha de ser. Ele não iria guardar o que sentia dentro de si.

– Eu te amo – disse ele e sabia que seu rosto devia trair seu maravilhamento e sua surpresa.

Amelia o olhou com ar cauteloso.

– Thomas...

Era imperativo que ela compreendesse.

– Não estou dizendo isso porque você disse primeiro. Nem estou dizendo porque obviamente tenho a obrigação de me casar com você. Estou dizendo porque... porque...

Ela ficou imóvel.

– Estou dizendo isso porque é a verdade – sussurrou ele por fim.

Os olhos dela se encheram de lágrimas e ele se abaixou para beijá-las.

– Eu te amo – sussurrou.

E não conseguiu conter um sorriso maroto.

– Mas, pela primeira vez na vida, não vou fazer o que é certo.

Amelia arregalou os olhos, alarmada:

– O que quer dizer?

Ele beijou seu rosto, sua orelha e depois o contorno gracioso de seu queixo.

– Acho que o certo seria parar com toda essa loucura neste instante. Não que você já não esteja devidamente arruinada. Mas eu deveria pedir a permissão de seu pai antes de prosseguir.

– De prosseguir *com isto*? – indagou ela, quase engasgando.

Ele deixou outra trilha de beijos no outro lado de seu rosto.

– Eu nunca seria tão tosco. Estou me referindo a cortejá-la, no sentido geral.

Ela abriu e fechou a boca algumas vezes. Depois emendou com algo que talvez pudesse ser um sorriso.

– Mas seria uma crueldade – murmurou Thomas.

– Crueldade? – repetiu Amelia.

– É. Não continuar fazendo *isto*.

Ele avançou só um pouquinho, o suficiente para fazê-la soltar um grito de surpresa.

Thomas acariciou seu pescoço e aumentou o ritmo.

– Começar algo e não terminar... não parece certo, não é?

– Não – respondeu ela.

Sua voz soava tensa e sua respiração ficava cada vez mais irregular.

E Thomas prosseguiu. Amou-a com o corpo da mesma forma como a amava com o coração. E quando sentiu que ela estremecia, ele se soltou, permitindo-se explodir com uma força que o deixou exaurido... e pleno.

Talvez não fosse a forma certa de seduzir a mulher que ele amava, mas com certeza era boa.

CAPÍTULO VINTE E DOIS

No final das contas, Thomas fez o que era certo.

Ou quase.

Amelia esperava que ele procurasse seu pai no dia seguinte e que pedisse formalmente sua mão em casamento. Em vez disso, Thomas lhe pedira que deixasse a carta e o anel na casa, como planejado, acrescentando que voltariam a se ver dentro de duas semanas, na Inglaterra.

Ele a amava. Ele a amava mais do que podia dizer em palavras, mas precisava voltar sozinho.

Amelia compreendera.

E, num belo dia, quase três semanas depois, ela se encontrava no salão de Burges Park na companhia da mãe, das quatro irmãs e de dois dos cães do pai quando o mordomo apareceu na entrada e anunciou:

– O Sr. Thomas Cavendish, minha senhora.

– Quem? – foi a resposta imediata de lady Crowland.

– É o Wyndham! – protestou Elizabeth.

– Ele não é mais Wyndham – corrigiu Milly.

Amelia fitou seu livro – um terrível guia de etiqueta que a mãe tinha considerado "edificante" – e sorriu.

– Por que raios ele viria aqui? – perguntou lady Crowland.

– Talvez ainda esteja noivo de Amelia – sugeriu Milly.

A mãe se voltou para a garota com completo terror.

– Não *saberíamos* disso?

– Acho que não sabemos – respondeu Milly.

Amelia manteve os olhos no livro.

– Amelia – chamou lady Crowland, ríspida. – Qual é a situação de seu noivado?

Amelia tentou responder com um movimento de ombros e um olhar vago, mas logo ficou evidente que não seria o bastante.

– Não sei ao certo.

– Como é possível? – perguntou Milly.

– Não rompi o compromisso – informou Amelia.

– E ele?

– Hum...

Amelia parou, sem saber a quem dar a resposta, pois a pergunta tinha cinco origens diferentes. Por fim, decidiu se dirigir à mãe. Voltou-se na sua direção.

– Não. Não de modo formal.

– Que confusão. Que confusão!

Lady Crowland levou a mão à cabeça, parecendo muito ressentida.

– Você terá de terminar o compromisso. Ele não vai fazer isso. É um cavalheiro educado demais. Mas com certeza nunca esperaria que se casasse com ele *nessas circunstâncias.*

Amelia mordeu o lábio.

– É provável que esteja aqui para fornecer uma oportunidade para que você faça o rompimento. É isso. Deve ser isso – concluiu a mãe.

Lady Crowland se virou para o mordomo:

– Acompanhe-o até aqui, Granville. E o restante de vocês... – disse ela, fazendo um gesto com a mão na direção das filhas, o que não era fácil, pois estavam espalhadas pelo aposento. – Vamos cumprimentá-lo e depois, com discrição, pediremos licença e sairemos.

– Um êxodo geral seria discreto? – perguntou Milly.

Lady Crowland fulminou a filha com os olhos e depois se virou para Amelia.

– Ah! Acha que seu pai deveria estar aqui?

– Acho. Acho, sim – disse Amelia, sentindo-se incrivelmente tranquila diante daquela situação.

– Milly, vá procurar seu pai.

Milly ficou boquiaberta.

– Não posso sair daqui *agora*.

Lady Crowland soltou um suspiro dramático.

– Ora, pelo amor de Deus, onde já se viu uma mãe passando por tantas dificuldades?

Ela se virou para Elizabeth.

– Ah, não – disse Elizabeth, no mesmo instante. –Não quero perder nada.

– Vocês duas – determinou lady Crowland, gesticulando em direção às caçulas. – Encontrem seu pai e não reclamem.

Ela pôs a mão na cabeça.

– Tenho certeza de que vou acabar com uma enxaqueca.

Como as duas meninas não se mexeram com rapidez suficiente, ela acrescentou:

– Não há nada para ser visto aqui! Wyndham...

– Cavendish – corrigiu Milly.

Lady Crowland revirou os olhos.

– Quem já ouviu falar em tal coisa? Um primo perdido, de fato.

E então, com notável agilidade verbal, ela se virou para as duas garotas mais novas que pairavam perto da porta.

– Vão!

As duas se foram, não sem antes esbarrar em Thomas, que tinha acabado de entrar. Ele carregava um pacote achatado e muito grande, que, por orientação de lady Crowland, apoiou contra a parede.

– Lady Crowland – cumprimentou, fazendo uma profunda reverência.

Amelia recebeu uma cotovelada na costela. Era Elizabeth.

– Ele não parece arrasado – cochichou Elizabeth. – Ele não acabou de perder tudo?

– Talvez não tenha perdido tudo – murmurou Amelia.

Contudo Elizabeth não a ouviu. Estava ocupada demais tentando dissimular seu espanto.

Thomas se voltou para as três irmãs Willoughbys.

– Lady Elizabeth – disse ele com educação. – Lady Amelia, lady Millicent.

As três fizeram reverências e ele retribuiu o gesto com um elegante meneio de cabeça.

Lady Crowland pigarreou.

– Que surpresa agradável, Vossa... digo...

– Sr. Cavendish – emendou ele, com bom humor. – Tive algumas semanas para me acostumar.

– E, afinal de contas, já era mesmo seu nome – interveio Milly.

– Millicent! – ralhou a mãe.

– Não, não – disse Thomas com um sorriso irônico. – Ela está correta. Eu me chamo Thomas Cavendish desde que nasci.

Houve um instante de constrangimento. Então lady Crowland disse:

– O senhor parece estar em ótima saúde.

– Muito boa. E a senhora?

– Tão bem quanto pode ser esperado.

Ela suspirou, batendo no peito algumas vezes.

– Filhos podem ser muito exaustivos.

– Espero descobrir isso algum dia – disse Thomas.

Lady Crowland corou e gaguejou.

– Claro, todos nós esperamos ser abençoados com filhos, não é verdade?

– Não consigo me lembrar da última vez que ela se referiu a mim como uma bênção – resmungou Milly.

Amelia a ignorou. Estava feliz demais por ver Thomas do outro lado do aposento. Sentira sua falta, mas não tinha se dado conta da imensidão da saudade até vê-lo. Queria tocá-lo. Queria abraçá-lo e aconchegar-se no seu abraço. Queria beijá-lo, sentir seu cheiro, ficar junto dele.

Ela suspirou. Aparentemente de modo muito ruidoso. Milly lhe deu um chute e foi então que ela percebeu que todos a observavam.

Amelia deu um sorriso torto. Não conseguiu evitar.

A mãe olhou para ela de forma estranha, depois se voltou para Thomas:

– Imagino que o senhor gostaria de dispor de alguns momentos de privacidade com Amelia.

– Gostaria disso acima de tudo – disse ele com gentileza. – Embora eu também...

– Cavendish!

Amelia olhou para a porta. O pai tinha chegado.

– Lorde Crowland – saudou Thomas.

– Andei me perguntando quando estaria de volta. Não que eu o recrimine por ter desertado na Irlanda. Muito bem, suponho que temos assuntos para tratar.

Ele olhou em volta do salão como se tivesse acabado de reparar no bando de mulheres Willoughbys espalhadas por ali, tensas.

– Hum, talvez no meu gabinete?

Amelia esperava que Thomas concordasse. Thomas nunca faria uma proposta de casamento formal sem primeiro obter a permissão de seu pai. Ou pelo menos tentar. Não sabia o que Thomas faria caso o pai não concordasse, mas tinha fé que eles se casariam.

Seria bem mais fácil se a família dela não protestasse.

Porém Thomas a surpreendeu. De fato, ele surpreendeu a todos ao dizer:

– Não há necessidade de nos retirarmos para outro aposento. Não tenho nada a dizer que não possa ser dito diante de todos.

– *Adoro* quando falam isso! – exclamou Milly.

264

– Milly! – protestou Elizabeth.

– Ele não consegue me ouvir.

– Na verdade, consigo – murmurou Thomas.

Amelia teve de cobrir a boca para abafar seu riso.

– Acabaram? – quis saber lorde Crowland, olhando irritado para as três filhas mais velhas.

Elas não responderam. Havia um limite para a insubordinação que podia ser manifestada com segurança.

– Pois bem, então – disse lorde Crowland, voltando-se para Thomas. – O que precisa me dizer?

– Em primeiro lugar – respondeu Thomas –, desejo dissolver formalmente o contrato de noivado.

Elizabeth abriu a boca e até Milly pareceu horrorizada por aquela declaração pública.

Amelia apenas sorriu. Não tinha ideia do que Thomas planejara, mas confiava nele.

– Está feito – disse lorde Crowland. – Embora eu já pensasse que o contrato não valesse mais.

Thomas inclinou a cabeça de leve.

– Mas é bom esclarecer tudo, não concorda?

Lorde Crowland piscou algumas vezes, sem saber o rumo que aquela conversa tomava.

– Eu gostaria de deixar clara mais uma questão – disse Thomas.

Então ele se virou.

Fitou Amelia nos olhos.

Atravessou o aposento.

Tomou suas mãos.

A sala desapareceu. Havia apenas ele... e ela. Amelia sentiu que começava a rir – em silêncio, tonta – com felicidade demais para guardar dentro de si.

– Amelia – disse ele, sem tirar os olhos dela.

Ela começou a fazer um sinal positivo com a cabeça embora ele não tivesse perguntado nada. Mas Amelia não conseguia se conter. Bastou que ele sussurrasse seu nome para que sentisse vontade de gritar. *Sim! Sim!*

Ele se apoiou num joelho.

– Amelia Willoughby – disse ele, um pouco mais alto –, poderia me conceder a grande honra de se tornar minha esposa?

265

Ela não parava de assentir com a cabeça. Não conseguia parar.

– Pergunto porque desta vez a escolha é *sua* – prosseguiu ele.

– Sim – murmurou ela. E depois gritou. – *Sim! Sim!*

Ele colocou um anel em seu dedo trêmulo. Amelia nem tinha percebido que ele segurava um anel, de tão concentrada que estava em seu rosto.

– Eu te amo – disse ele.

Bem ali, na frente de todo mundo.

– Eu também te amo.

A voz dela vacilou, mas as palavras foram verdadeiras.

Thomas se levantou, ainda segurando a mão de Amelia e se virou para o pai da jovem.

– Espero que o senhor nos dê sua bênção.

O tom de voz era leve, mas a intenção estava clara. Os dois se casariam, com ou sem consentimento.

– Tem condições de sustentá-la? – perguntou lorde Crowland, sem cerimônia.

– Fiz um acordo com o novo duque. Nada lhe faltará.

– Você não vai ter um título – destacou lady Crowland.

Mas sua voz não tinha um viés de desagrado. Era como um lembrete, como se quisesse verificar delicadamente se a filha tinha pensado bem em tudo.

– Não preciso de título – respondeu Amelia.

E depois, quando pensou em tudo, ela imaginou que o amor que sentia devia estar reluzindo em seu rosto, pois a mãe ficou com os olhos úmidos, balbuciando alguma bobagem sobre poeira.

– Pois bem – disse lorde Crowland, com o ar de quem preferia estar ao ar livre com os cães. – Suponho que esteja resolvido. De novo.

– Eu deveria ter me casado com você há muito tempo – disse Thomas para Amelia, levando uma de suas mãos aos lábios.

– Não. Talvez eu não me apaixonasse, se você fosse meu marido.

– Poderia explicar isso? – perguntou ele, com um sorriso.

– Para falar a verdade, não posso – disse ela, sentindo-se muito atrevida.

– Ah, quase esqueci – disse ele, de súbito. – Trouxe um presente.

Amelia não conseguiu conter o sorriso. Nunca tinha sido sofisticada a ponto de ocultar sua empolgação ao ganhar presentes.

Ele atravessou o aposento, passando por toda a família, que ainda assistia à cena com alguma descrença. Thomas pegou o grande pacote achatado.

– Aqui está – falou ele, pousando o embrulho sobre uma mesa próxima.

Amelia correu para o seu lado, assim como os outros Willoughbys.

– O que é? – perguntou a ele, toda sorridente.

– Abra – insistiu ele. – Mas tenha cuidado. É delicado.

Ela abriu. Desfez o laço e depois tirou o papel com gentileza.

– O que é isso? – quis saber Milly.

– Gostou? – perguntou Thomas.

Amelia assentiu, emocionada.

– Adorei.

– O que é isso? – insistiu Milly.

Era um mapa. Um mapa com o formato de um coração.

– Uma projeção cordiforme – explicou Thomas.

Amelia olhou para o noivo, empolgada.

– Não distorce a área. Veja como a Groenlândia é pequena.

Ele sorriu.

– Confesso que o adquiri principalmente pelo formato de coração.

Ela se virou para a família.

– Não é o presente mais romântico que já viram?

Todos a fitaram como se ela tivesse enlouquecido.

– Um mapa – disse lady Crowland. – Não é interessante?

Elizabeth pigarreou.

– Posso ver o anel?

Amelia estendeu o braço, deixando que as irmãs fizessem exclamações admiradas diante de seu novo diamante enquanto ela contemplava seu novo noivo – ou, melhor dizendo, o novo antigo noivo.

– É neste momento que devo fazer um comentário perspicaz sobre o modo como você encontrou o mapa do meu coração? – perguntou ele.

– Pode fazer isso sem me fazer chorar?

Ele pensou no assunto.

– Acho que não.

– Muito bem. Diga de qualquer maneira.

Ele disse.

E ela chorou.

– Ora, esse é um casamento por amor – declarou Milly.

Os dois assentiram. Era mesmo.

EPÍLOGO

Castelo de Windsor
Julho de 1823

– Já acabamos?

O rei estava entediado. Jorge IV nunca apreciava as reuniões com o lorde camareiro. Sempre aconteciam num momento ruim. Ele não sabia como Montrose fazia aquilo, mas os encontros sempre pareciam interferir em alguma refeição.

– Só mais um assunto, Majestade.

O duque de Montrose, que ocupava o posto de lorde camareiro fazia dois anos, mexeu em alguns papéis, olhou para baixo, depois ergueu os olhos.

– O conde de Crowland morreu.

Jorge piscou.

– É uma pena.

– Ele tinha cinco filhas.

– Nenhum filho?

– Nenhum. Não há herdeiro. O título voltou para a Coroa, Majestade.

– Foi recentemente?

– No início do mês.

– Ora, vejamos – disse Jorge, bocejando. – Daremos à viúva bastante tempo para o luto antes de retomarmos a propriedade.

– É muita gentileza, Majestade. Como sempre.

– Mas há uma pequena questão... Espere um momento.

A testa de Jorge se franziu.

– Crowland, não é? Ele não estava envolvido naquela questão terrível de Wyndham?

– A filha estava noiva do duque. Do primeiro duque – explicou Montrose e pigarreou. – Mas há a questão da propriedade. Com o condado de Crowland disponível...

– Como está Wyndham? – interrompeu Jorge.

– Hum. Qual dos dois?

Jorge deu uma boa risada ao ouvir aquilo.

– O novo. O verdadeiro. Ah, o outro também. Era um bom sujeito. Sempre gostamos dele. Anda sumido, não?

– Acredito que tenha voltado recentemente de Amsterdã.

– Que diabos fazia por lá?

– Não sei, Majestade.

– Ele se casou com aquela garota Crowland, não foi? Depois de toda a confusão com o título.

– Casou.

– Que garota estranha ela deve ser! – devaneou Jorge. – Com certeza poderia ter encontrado um partido melhor.

– Minha esposa afirma que foi um casamento por amor – contou Montrose.

Jorge deu uma risada. Era difícil encontrar algo realmente agradável nos dias que corriam. Aquela era uma boa história.

Montrose pigarreou mais uma vez.

– Precisamos resolver a questão do condado. Com certeza pode esperar, mas...

– Dê para Cavendish – decretou Jorge com um gesto.

Montrose olhou espantado para ele.

– Para...

– Para Cavendish. O ex-Wyndham. Deus sabe como ele merece o título depois de tudo pelo que passou.

– Creio que a esposa dele não era a filha mais velha. O precedente...

Jorge soltou outra gargalhada.

– Ouso dizer que não há precedente para nada disso. Vamos esperar seis meses. Dê tempo para que a família chore sua perda antes da transferência.

– Tem certeza, Majestade?

– Isso me diverte, James.

Montrose assentiu. O rei usava seu nome de batismo raríssimas vezes.

– Ele ficará extremamente grato, tenho certeza.

– Pois bem, não é um ducado – disse Jorge com uma risada. – Mas...

Sete meses depois, na Casa Crowland, em Londres

– Ah, eu não acho que consiga chamá-lo de lorde Crowland – disse Amelia, dando um gole em seu chá. – Fico com a sensação de estar falando com meu pai.

Thomas apenas balançou a cabeça. Tinha se passado apenas um mês desde que foram convocados a Windsor e apenas uma semana desde que a notícia se tornara pública. Ele tinha acabado de se habituar a não se virar toda vez que alguém dizia "Wyndham".

Um lacaio entrou no aposento carregando uma bandeja.

– Os jornais, senhor – anunciou.

– Ah, é quarta-feira, não é? – exclamou Amelia, avançando para a bandeja.

– Você está viciada nesse pasquim de mexericos – acusou Thomas.

– Não posso evitar. É tão delicioso!

Thomas pegou o *The Times* e procurou as notas de política. Supunha que voltaria a frequentar a Câmara dos Lordes. Precisaria estar mais bem--informado.

– Aaaah – murmurou Amelia, quase enterrada no jornal.

Thomas ergueu os olhos.

– O quê?

Ela fez um gesto de desdém.

– Nada que você acharia interessante. Ah!

– E agora?

Dessa vez, ela o ignorou por completo.

Thomas voltou à leitura do jornal, mas só tinha lido três frases quando Amelia soltou um verdadeiro guincho.

– O que é? – perguntou Thomas, impaciente.

Ela brandiu o jornal no ar.

– Estamos aqui! Estamos aqui!

– Deixe-me ver – pediu ele, arrancando o jornal da mão dela.

Ele começou a ler.

De Wyndham a Cavendish a Crowland...

Esta autora oferece um prêmio para quem identificar corretamente o homem casado com lady Amelia Willoughby (nome de solteira). E, de fato, depois de cinco anos em meio às massas plebeias, com certeza o novo conde

daria trabalho ao próprio Sr. Shakespeare. Pois ser um cavalheiro com um título, propriedades e 30 mil libras por ano parece muito mais atraente do que ser um simples senhor.

Com certeza a nova lady Crowland concordaria. Será? Apesar de seu longo noivado com o homem que costumava ser Wyndham, ela se casou com o sujeito quando ele não tinha praticamente nada.

Se esse não é um casamento por amor, esta autora engolirá sua pena...

CRÔNICAS DA SOCIEDADE DE LADY WHISTLEDOWN,
4 DE FEVEREIRO DE 1824

CONHEÇA OS LIVROS DE JULIA QUINN

OS BRIDGERTONS
O duque e eu
O visconde que me amava
Um perfeito cavalheiro
Os segredos de Colin Bridgerton
Para Sir Phillip, com amor
O conde enfeitiçado
Um beijo inesquecível
A caminho do altar
E viveram felizes para sempre

Os Bridgertons, um amor de família

QUARTETO SMYTHE-SMITH
Simplesmente o paraíso
Uma noite como esta
A soma de todos os beijos
Os mistérios de sir Richard

AGENTES DA COROA
Como agarrar uma herdeira
Como se casar com um marquês

IRMÃS LYNDON
Mais lindo que a lua
Mais forte que o sol

OS ROKESBYS
Uma dama fora dos padrões
Um marido de faz de conta
Um cavalheiro a bordo
Uma noiva rebelde

TRILOGIA BEVELSTOKE
História de um grande amor
O que acontece em Londres
Dez coisas que eu amo em você

DAMAS REBELDES
Esplêndida – A história de Emma
Brilhante – A história de Belle
Indomável – A história de Henry

Os dois duques de Wyndham – O fora da lei / O aristocrata

editoraarqueiro.com.br

CONHEÇA OS LIVROS DE JULIA QUINN

OS BRIDGERTONS
O duque e eu
O visconde que me amava
Um perfeito cavalheiro
Os segredos de Colin Bridgerton
Para Sir Phillip, com amor
O conde enfeitiçado
Um beijo inesquecível
A caminho do altar
E viveram felizes para sempre

Os Bridgertons, um amor de família

QUARTETO SMYTHE-SMITH
Simplesmente o paraíso
Uma noite como esta
A soma de todos os beijos
Os mistérios de sir Richard

AGENTES DA COROA
Como agarrar uma herdeira
Como se casar com um marquês

IRMÃS LYNDON
Mais lindo que a lua
Mais forte que o sol

OS ROKESBYS
Uma dama fora dos padrões
Um marido de faz de conta
Um cavalheiro a bordo
Uma noiva rebelde

TRILOGIA BEVELSTOKE
História de um grande amor
O que acontece em Londres
Dez coisas que eu amo em você

DAMAS REBELDES
Esplêndida – A história de Emma
Brilhante – A história de Belle
Indomável – A história de Henry

Os dois duques de Wyndham – O fora da lei / O aristocrata

editoraarqueiro.com.br